瑪珥湖

李春良◎著

時代文藝出版社

图书在版编目（CIP）数据

玛珥湖 / 李春良著．—长春：时代文艺出版社，2020.8

ISBN 978-7-5387-5888-7

Ⅰ．①玛… Ⅱ．①李… Ⅲ．①长篇小说－中国－当代 Ⅳ．①I247.5

中国版本图书馆CIP数据核字（2018）第118179号

出 品 人　陈　琛
产品总监　邓淑杰
责任编辑　刘瑀婷
封面题字　景喜猷
装帧设计　孙　利
排版制作　隋淑凤

玛珥湖

李春良 著

出版发行 / 时代文艺出版社
地址 / 长春市福祉大路5788号　龙腾国际大厦A座15层　邮编 / 130118
总编办 / 0431-81629751　发行部 / 0431-81629755　北京开发部 / 010-63108163
官方微博 / weibo.com / tlapress　天猫旗舰店 / sdwycbsgf.tmall.com
印刷 / 三河市天润建兴印务有限公司
开本 / 710mm × 1000mm　1 / 16　字数 / 520千字　印张 / 31.25
版次 / 2020年10月第1版　印次 / 2020年10月第1次印刷　定价 / 58.00元

图书如有印装错误　请寄回印厂调换

谨以此作献给世代生活在玛珥湖的人们，
并向我的祖父、祖母，父亲、母亲致敬。

引　子

我确认，这次回父亲的老家玛珥湖，不是养伤治病，而是为了偷窥一个女人洗澡。

月光有些暧昧，轻佻地洒了一地，似乎很明亮，可就是让你看不清楚。远处的山、近处的树和树边的湖都披上了白色的纱。这样很好，隔着这层纱，江欣怡脱下白裙时的身体就不那么炫目了。那一瞬间我是闭了眼睛的，有许多次我曾大逆不道地想，江欣怡的身体应该和她的裙子一样白。这么想时，我就看到了红红的血在她的血管里水一样哗哗地奔涌，同样红红的心在胸腔里起伏，白色的骨骼像玉像瓷，晶莹剔透，于是，我只好闭上眼。

可是今晚没有，当我睁开眼睛时，白裙子已挂在那棵老槐树上，江欣怡正一步一步走向玛珥湖。

头脑分外清醒起来，我记起刚才江欣怡好像点了一堆火，拿着黄色的纸在烧。她的手真是瓷做的，可以从火里拿起燃烧的纸画出优美的弧线，就像跳舞。然后就到了湖边，她慢慢蹲下，反反复复地撩起水洗手，又捧起水到嘴边，轻轻吹了吹，小心地喝了一口。

水已浸过江欣怡的小腿，漫过臀部，没到了腰，江欣怡仍然义无反顾地往湖心走。我站起来，用尽全身力气想喊她停下，可是，眨眼之间，湖面又归于平静，早没了江欣怡的身影。

一

当子弹向我飞来时，我听到金属撕裂空气的锐响，我听到这声音了，真的，假如是音乐家，或许能从弹头与空气的摩擦中听出美妙的音阶，而我听到的却是死亡的召唤。所以当这声音越来越大，向我迎面扑来时，我终于不再犹豫，向着那个纤秀的身影，扬起了头，右手紧紧地握了一下。是的，是握了一下，射击教练当年就是这样教的。只是，握一下的同时，我把枪口抬高了一些。声浪以我的右手为原点震荡开去，把凄厉的尖啸声冲淡了。我希望能像武侠小说中描写的那样，两个高人随手弹出两个火球，让它们在半空中相撞，然后发出火光爆炸，或者像科幻电影里那样，两粒子弹飞速向前，轻巧地撞在一起，然后垂直落地。不知我当年的数学老师能否计算出这样的概率是几亿分之一抑或是几十亿分之一，总之，这样的奇迹并没有出现。在我的右手再次握紧的瞬间，金属侵入头颅的感觉分外强烈，思维是空白的，天高地远，我看到了着黑衣的死神，长发披肩。

麻木的战栗之后，思维先从记忆的角落里恢复，我感到眼皮有些沉重，眼前有一团团的黑影飘过，我又看到了黑衣死神，长发披肩。

“你睁开眼睛，你睁开眼睛看看我啊！”是燕琳，我听出了她的声音。我偎在她怀里，偎在她平日里挺拔骄傲的胸脯上，很柔软。还有一个男人的声音呼喊着叫救护车。

燕琳哭了，冰凉的眼泪簌簌地落了我一脸，一片黑暗的思维中好像有了一丝亮光。我真想睁开眼，我不想吓着燕琳，她比我大几岁，早当了几年刑警，一直以来又总是像大姐姐一样地关心着我。可是我的确没有睁开眼的力量了，我好像在一个幽暗无边的深渊里悬着，伴随着电光石火般的光亮和巨大可怕的声响，正飞速地下沉。恐怖霎时摄住我的心，我呼喊，挣扎……

“你不能死，你睁开眼睛看看我啊！”燕琳的声音从遥远的地方断断续续地透进耳鼓，我停止了下沉，那可怕的声响和光亮渐渐远去了。

我真的要死了吗？如果我真的死了，那就是刑警队第一个烈士吧！可我不能死在这儿，这儿是北堤路与建国大桥交会处，这不应该是我死的地方啊！

好想睁开眼，看看穿城而过的美丽的辉发河，看看北堤上的如烟绿柳。

燕琳的哭喊声渐渐远去，可怕的光亮和声响复强大起来，我又开始向黑色的深渊下沉，骇人的恐怖再一次紧紧地摄住我。

医生说人是有灵魂的，灵魂也是物质的，因为在实验的天平上，濒死的人停止思维的瞬间，天平发生了倾斜，准确地说是倾斜了 21 克，这就是灵魂的重量了。那么当我 21 克的灵魂脱离躯体时，它会以什么方式？是沉沉的下坠，还是如鸿毛般飘升，若升到空中，我是否能看到自己呢？我终于感到，所有将死之人都是怕死的，对死亡是极其恐惧的。我努力想听到燕琳的喊声，听到燕琳的哭声，可我什么也听不到，连燕琳身体的柔软也感觉不到了，眼前只是可怕的光亮，耳畔全是巨大的声响，黑色的无底深渊迎面向我扑来。

“燕琳，燕琳，拉住我，别让我下沉！”

我手脚挣扎，可是什么也没抓住。

我想我是真的要死了！

黑衣的死神长发披肩向我走来，我终于看清了死神的脸，苍白的，有点儿像子慧。

看来，是该兑现承诺的时候了。

我终于想起了子慧！

子慧，你还好吗？还记得分手的那一刻吗？你就像富士山下那泓碧水波光盈盈，你说：“你能记着富士山、记着河口湖、记着我吗？”

“子慧，到死我都记着你！相信我！”

“干吗非要说死呢？以后不许再这样说了！”你迷人的眼睛终于泪水滔滔。

“子慧，现在我要死了，我在记着你。”

二

“万古天风吹不断，青空一朵玉芙蓉。”我确定安积艮斋读过李白的诗，我甚至自私地想，他也应该和我一样，时常匍匐在李白脚下，衷心地顶礼膜拜一番。“万古天风吹不断”，怎么读都感觉像太白先生于半醉半醒中，潇洒地挥舞着酒杯，和着清风明月随口吟诵出的佳句。

“青空一朵玉芙蓉”，我又在心里默念了一遍。不错，见到富士山时首先吸引我的就是山顶上那皑皑白雪，像一朵倒悬的银色芙蓉花。然而细细琢磨，我又觉得富士山真正的美不是雪，而是她的形，她绝佳的对称之美。无论从哪个角度看，她都保持着极其规则的圆锥体，秀美典雅、端庄匀称，完全符合东方人潜意识中的审美标准。

太阳在山顶的左侧慢慢上升，还没露出笑脸，早有红霞渐渐弥漫了半个天空。本栖湖北岸，几十个人长枪短炮地一字排开，这是今年春天第一个难得的好天气，我庆幸自己的运气，在一串噼噼啪啪的快门声中，我举起相机加入了合唱。镜头中的富士山更有一种震撼人心的美。一枝白中透粉的樱花伸进画面右下角，我毫不犹豫地连连按动快门。天边的红霞愈发浓重了，映着皑皑白雪，苍茫中透出无比的壮美。我把镜头稍稍移动，让富士山不再占据画面正中，给红色的云霞留出空间，耐心等待太阳升起的辉煌一刻。

这时，有人轻轻拉了我一下，我的眼睛很不情愿地移开取景框。是一只手，一只白皙清秀的手很快地从我的衣袖上缩回去。我急忙扭过头，一个年轻人给我弯腰鞠躬，看发型是个翩翩少年，听声音又分明不是，她说什么？我又仔细听了一遍，她说请求我把位置让给她拍几张。我摇摇头，还微微向她弯了一下腰。

她抬起头，又固执地说了一句："求您了！"

她身材苗条，只可惜是一头短发，若长发披肩，一定会更加清丽动人。

凭什么？就凭你长得漂亮？还是因为我是外人？我心中涌起一股无名火，为了占个好位置，我可是放弃了舒适的温泉浴和榻榻米。

我仍旧摇头，并往边上的一个空位指了指，她却摆出不达目的不罢休的样子，瞥了我的相机一眼，立刻吃惊地张大嘴："哎呀，你用这么普通的相机却占这么好的位置，不如让我拍，然后送你几张。"

我看看手中略显老旧的相机，加上普通的长广角镜头，总共也就五六千元的产品。而她身边的GIT20三脚架上，中画幅的哈苏昂首挺立。

我的自尊心像被人捅了一刀，压低声音，用生硬的日语恶狠狠地说："想占好位置下次就别在榻榻米上睡懒觉！"

我转回身，再次举起相机。这时我才意识到，自己犯了一个常识性的错误，摄影的时机瞬息万变，可遇而不可求，天边的红霞不会停在那儿一直等我，刚才那一片灿烂此时已化作苍茫的灰白，我的心情也霎时像富士山头的那片苍灰。

我愤怒转身盯着她，她张大嘴，又低眉顺目地给我鞠了一躬。

三

离开本栖湖北岸，我的游兴大减，望着深蓝色的湖水，身心被罩在深不可测的神秘中，好似水中会随时钻出个水怪，张开血盆大口。

来富士山，北麓的富士五湖是必游的，方才的本栖湖是最西边的一个，也是五湖中最深的一个。原想从西向东一路走来，此时却想调整一下心情，便从东往西走。山中湖是富士五湖中最大的一个，湖畔的旅游设施很齐全，湖面上游船点点。

我顺着湖边转了一会儿，来到旁边的忍野村，这里有“忍野八海”。看过之后不过尔尔，就是叫涌池、镜池、菖蒲池等等的八个池塘，是火山喷发时把山中湖隔出了八个小块，很小的八小块，没有九寨海子的清秀，不及长白山天池的雄浑，更赶不上玛珥湖的绮丽。还是去看樱花吧，我问过了村里的一位老人，便直奔花都公园。

由于忍野村人很早就重视旅游资源的开发，所以人工景点很多，就连稻田的池埂都抹上了水泥，美观又便于行走。但这里的樱花却看不出什么人工修饰的痕迹，花团锦簇，自由自在地怒放着。什么是花的海洋，只有当你置身其中的时候，才能真切地体会到。铺天盖地的樱花拥抱着我，我置身在铺天盖地的樱花之海中，即使久了，有些疲惫了，审美疲劳了，但心情仍然是美好的，就像这樱花一样意气风发。

下午，我来到了河口湖，今晚要住宿在这里，我在东京时就预订好了这里樱之都宾馆的客房。我为自己的周到计划感到骄傲，毕竟这是我第一次一个人出远门，加上刚才一路的樱花相伴，我的心情又被调整到了最佳状态，尽管有些累，但全身浸透着喜悦。可本地人看樱花怎么就能看出了悲凉呢？明明是漫天飞舞的樱花，非要配上苍茫凄楚的音乐，就因为花期太短了吗？美丽的花都开得很短暂，也真是矫情。

感到有些饥肠辘辘时，我顺手在路边买了一袋葡萄干大嚼起来，信步走进一家艺术馆。这是河口湖有别于其他几个湖的地方，也许是交通便利，河口湖有十来个工艺美术馆。在这里，交不多的钱就可以学习制作工艺品，并留作纪念。一幅装帧在相框里的摄影作品吸引了我，照片上的富士红云要比今早的日出美上千百倍，一种热烈与壮丽跃出画面，撞得我浑身一颤。

我看了一眼价签，准备掏钱。馆主有些为难，鞠躬致歉道：“先生，就这一幅了，并且这位小姐已付了钱。对不起！”

我咽下嘴里的葡萄干，正想着怎样把这幅照片买到手。

“您再看看这幅富士山斗笠云吧？”馆主说着把另一幅照片递到我手上。可斗笠云的画面太过苍凉了，我不喜欢。

“小姐，你能不能把这幅……”我凑上去，前面的人转过身来，我们同时吃了一惊。小姐平静地瞅瞅照片，又看着我，没有说话，只是学着我早上的样子坚决地摇着头。

我再没有游览的兴致，大嚼着葡萄干找到樱之都宾馆。看宾馆古朴典雅的造型和格局，我觉得叫客栈更准确。要进房间时，突然发现那个丫头竟一直跟在我身后。我警惕地转身盯着她低声问：“你干吗跟着我？”

她在几步之外站住，又给我鞠了一躬，然后竟哧哧地笑起来，说：“先生，这是公共场所！”

她的笑声让我小小地尴尬了一下，我前后瞅瞅，迅速开门进屋，把她湖水一样的目光关在了外面。

我在房间点了刺身和寿司，吃完又给自己泡了杯红茶。泡茶前我犹豫了一下，日本更是讲究茶道的地方，我很想出去找一个茶道馆，去体会那种传说中与世隔绝的清幽与静谧。看到已经从行李箱转移到榻榻米上的《李白全集注评》，只好作罢。我舍不得李白，读李白是我旅行的一大乐趣，我知道喝茶其实更应该读柳咏、读晏殊的。读李白应该喝酒，并且应该是烈一点儿的酒，不要像当年李白喝的那样清淡，也不要太名贵，酒具更不要太精致，水晶小杯盛53度茅台不行，梅河口老泥窖正好，咕咚咚倒进粗糙的泛着黑亮光泽的陶碗中，一大口吞下，吼一声“五花马千金裘，呼儿将出换美酒，与尔同销万古愁”，该是何等惬意。其实，我这个年纪应该喝咖啡的，燕琳就喜欢喝，那些同学同事也是。可我就是喜欢喝茶，不知为什么。有时候一个人喜欢什么是没有缘由的，就是骨子里喜欢。只有傻瓜才去问为什么，包括我喜欢李白，捎带着喜欢李白的那些狐朋狗友。燕琳就从不问为什么，她只是说：“李继承，你的前世或者前世的前世，或者前好多世，一定是个写诗的人。”燕琳的话慢慢地我就信了。

我不知道为什么就想起了燕琳，其实我不应该想起她，想起她我的心情就有些灰暗，像外面已经到来的黄昏时刻。

天色渐暗下来，大地处在昼与夜的临界点上，富士山在皑皑白雪的映衬下越发清晰起来。我举起相机，想隔着玻璃窗随便拍几张，却发现落地窗上有个把手，试着扳一下，竟是一扇拉门。

四

屋后庭院，曲径通幽，花木森森，顽石几粒，一眼温泉蒸腾着热气，真是别有洞天。我感叹着举起相机拍着，眼睛的余光中却突然闯进了那台昂首挺立的哈苏，哈苏旁边，她正站在落地窗前望着我。

“对不起，我为早上的冒昧打扰正式向您道歉！”

她恭恭敬敬地向我鞠躬。想到早上的事情，我还有几分恼火，可在这个如此谦逊有礼的女孩子面前，我若再斤斤计较就显得太小肚鸡肠了，也有失我堂堂大国公民的风范。我学着她的样子，前倾一下身体，说：“没关系，其实你不用道歉，早上我应该把位置让给你。”

她笑了。她的确很漂亮，身材修长，明亮的眼睛如本栖湖水碧波荡漾，扑闪的长睫毛又给湖水罩上了一层似隐又现的雾，左眼下有一颗小米粒大的红痣，越发衬出皮肤的白净与细腻。

“为什么？”她一边问一边洒脱地按下快门，哈苏咔嚓咔嚓地连拍了好几张，她自信满满地没有看取景框，而是专注地盯着我。

我本想学着她的口气说“因为哈苏”，但话到嘴边又觉得有一丝嘲讽。“因为——你的美丽！”我说。

我说的是实话，她却微笑了，说：“谢谢你的赞美，认识一下，我叫古坚子慧！你呢？你不是日本人吧。韩国人，台湾人，还是中国人？”

古坚子慧的语速很快，我认真地看着她的口型，终于弄明白了她的大概意思，又在自己有限的日语词汇中搜寻了一会儿，放慢语速说：“你看我像韩国人吗？告诉你，我是中国人。同时，我还有必要纠正你一下，台湾人也是中国人！ OK？”

一个说汉语的中国人，说着并不流利的日语，末了还加上个英文单词，我不知道是一种什么效果，只顾自己说得高兴。

古坚子慧笑出了声，脸上的表情生动起来，说："你是外交官吗？那我应该怎么说？先生，我叫古坚子慧！"

她再次自我介绍并且向我伸出了手。我说："知道吗，在我们中国东北，过去有一伙儿人，见了面报号不是握手而是抱拳，喊一句'达摩老祖威武'。"

"达摩老祖威武"我是用汉语说的，因为我实在找不到合适的日语词汇，然后，在她不知如何进退的时候，我抓住她的手轻轻握了握。她的手很凉，让我半条胳膊都有了冰冻的感觉。

我说："本人姓李名继承，李继承。古坚子慧小姐，你似乎很冷，最好回去加件衣服吧，小心感冒！"

我这半生不熟的日语她听得很吃力，不过最后这句她肯定听懂了，微微前倾一下身体，说："谢谢！我不冷，一会儿泡一下温泉就好了。再说，我还要拍霞光呢。"

"霞光？天方夜谭吧，这天马上就黑了……"

没待我说完，古坚子慧突然手指压在嘴唇上嘘了一声，然后嘴里呢喃着，呆呆地站在了那里。

一束金色的阳光瞬间镀上了远处的富士山头，紧接着颜色变深变红，皑皑的白雪似乎燃烧了起来，红色的火光把天和山联结在一起，本来昏沉的大地被这富士山头的霞光辉映得明亮了许多。更让我惊异的是霞光中的古坚子慧，她的脖颈以下是暗的，衬托得脸颊更加明丽，熠熠生辉。显然，富士山日落的美景让她沉醉，她的眼里涌出泪珠，在细密的睫毛上晶莹剔透着。

我急忙举起相机拍了两张。古坚子慧惊醒过来，急步抢到哈苏前按下快门，可是美好的事物总是稍纵即逝，眨眼之间，那一抹绚烂的霞光旋即闪去，天空复又苍茫了起来。大半块月亮悬在富士山头一侧，像巨兽半眯着的独眼，冷冷地注视着皑皑的白雪。

古坚子慧嘴里发出遗憾的嘶嘶声，说："就怨你，就怨你！干吗不拍富士山？"

"我要拍最美的！"

的确，我拍人像摄影以来，这帧画面是最美的，还不只是美，画面里的少女有一种摄人心魄的力量，是只要看了就会长久刻入记忆的那种。古坚子慧瞟了一眼，说：“不行，删了吧！”她伸手要夺相机。

我警惕地后退一步：“凭啥？这是我的艺术创作！”

“你……你不讲道理！”古坚子慧生气地嘟起嘴，卸下相机，收起三脚架，大概见我有些尴尬，她走到落地窗前停下，扭头问：“你要去洗温泉吗？”

我没有跟上她的思路，犹豫着不知怎么回答，她指了指森森花木下几粒石头围起的露天温泉，水面正蒸腾着热气。

我倒吸一口凉气，说：“要感冒的！”

古坚子慧撇撇嘴，正色道：“那好，外面的归我，但是，你，不许偷窥！”

我学着她的样子撇了一下嘴，说：“古坚子慧小姐，你当自己是谁呀？瑶池仙女啊？呵呵，一洼小热水坑而已，一半男一半女的青涩小孩儿而已，而已而已！”

古坚子慧秀目圆睁时，我已转身走向落地窗。

“喂……你说什么？你什么意思！喂……”

也许是我的日语水平差，或者文化的差异，古坚子慧好像没明白我的意思。

我咣当一下拉上门，把古坚子慧的声音关在了外面，又拉上窗帘，开了灯，好让她放心。她在暗处，我在明处，看来黑暗的确能给人带来安全感。

日语电视节目被我这个二把刀看得一塌糊涂，便调到 CCTV4，听着新闻泡个澡，然后坐下来细细品味红茶的幽香，读李白。

“云想衣裳花想容，春风拂槛露华浓……”我合上书，再打开，“一枝红艳露凝香，云雨巫山枉断肠……”我放下书，喝了口茶再次随意翻开，“名花倾国两相欢……”天啊！鬼使神差，我怎么信手一翻，竟然三次翻到了赞颂美人的诗句。

我看到风流倜傥的太白先生迈着微醺踉跄的步子，一手高擎酒杯，一手指天挥地，面对着国色天香的牡丹和倾国倾城的美人，旁若无人地朗声吟哦着……

许多年后，我终于确信，有个冥冥中的主宰安排着我的一切，是上帝是佛祖是苍天，抑或是李白老先生那不朽的诗魂穿越千年时空来到我身边，在富士山下，在河口湖这家客栈的一个普通房间里，和我这个不知天高地厚的崇拜者产生了心灵感应。

待茶喝到第三泡时，窗外突然响起敲击声，我吓了一跳，唰的一下拉开窗帘。

明亮的灯光晃得古坚子慧眯了一下眼，她下意识地往前扯了扯披在肩头的浴巾。天蓝色的泳衣包裹着她白皙的身体，暗夜衬托下像一尊精致的青花瓷。

青花瓷微微发抖。

我急忙推开落地窗，问："发生了什么事？你怎么了？"

古坚子慧笑笑，抖动着嘴唇说："没怎么，要不，要不你也来泡泡吧，我们一起！"

"泡泡？你这是要冻冰棍吧？都成落汤鸡了！"我抓起毛毯裹到古坚子慧身上，推她回到自己的屋子，又回房间取了包茶。

"真搞不懂你，露天一小洼，只要冒点儿热气，冰天雪地的也能跳进去扑腾一阵，这要回归野猴子的节奏啊！"

我烧水，沏茶。古坚子慧乖乖地坐在榻榻米上扑闪着眼睛望着我，直到我把一杯红茶递到她手上。

"喝吧，我们中国的滇红，暖胃的！喝完至少还可以再续三次水！多冷啊，没事别总跳小水洼，喝喝茶，看看中国的茶经，有日文版的。"

我怕她听不明白，又强调了一遍，谁知古坚子慧竟咬着口型，说了句流利的汉语："我懂的！"她轻轻嗅嗅，茶的幽香让她陶醉得眯起眼睛，然后小呷一口，望着我说："比咖啡好喝。"

我吃惊不小，"你会说汉语？你不是日本人？你是中国人？不对，你日语说得很像日本人啊。"

古坚子慧静静地望着我，一小口一小口地抿着茶，一言不发。

一杯茶下肚，古坚子慧暖过来，放下杯子，起身迅速将裹在身上的毛毯折叠几下，递给我。

"李继承君，衷心地谢谢你，谢谢你的茶！"

古坚子慧深深地鞠躬，青花瓷般的身体又让我目眩，一颗米粒大小的痣像红玛瑙，恰到好处地点缀在她左乳上方，熠熠生辉。

我不敢再看下去，只好匆匆逃离。

一晚上，相机里的古坚子慧和她青花瓷一样的身体多次闯入我的梦乡。在梦里，我与她似乎毫不陌生，抑或相识许久，就像燕琳说的前世，或者前世的前世，我们就已相识，只是失散了许久，终于在今天重逢。后来，燕琳也出现在我的梦里，尽管我万分不情愿，可她还是来了，在古坚子慧隐去的那一刻。

早晨，敲门声把我叫醒时，阳光已透过窗帘缝隙灌满屋子，一定是古坚子慧。我兴奋地跃起，拉开门，竟是宾馆的服务生，他向我鞠了一躬，说："先生，这是那位叫古坚子慧的小姐让转交您的。"

是那幅昨天没有买到手的摄影作品，富士红云如火焰一般跃动着，似乎让人听到了呼呼的声响。相机里的少女又在我眼前晃动，在富士晚霞的辉映下正调皮地向我眨眼。

我推开门口的服务生，冲了出去。

五

醒来时，我的手脚、我的身体都是没有知觉的。我睁开眼睛，强烈的光亮让我眩晕，只好又闭上。

一切都雪白着。

我是谁？我在哪里？我为什么在这里？我是一个游荡的灵魂吗？我来自何处？我将去往何方？我再次睁开眼，左右瞅瞅，白色的，还有吱吱响着的仪器。稍稍抬起头，看到了自己的身体，这时手脚有了感觉，浑身酸痛难忍，我判断，这里应该是医院，可我为什么在这里？我到底是谁呢？那个一直陪伴着我的姑娘又是谁，她去哪儿了？我想说话，叫个人来问问，可张了几次嘴，却连自己都没有听到声音。我再次抬起头来，没错，这里就是医院，穿白衣的是医生和护士，而那些人是谁？是病人吗？他们怎么了？

病人真多啊，人影憧憧，晃晃悠悠，拥挤在走廊里、病房里，看到白衣人走过来，他们便飘到一边，是的，他们不是走，是飘。一个白衣人向我走来，后面还跟着几个白衣人，有个高大的黑影躲闪不及，天啊，几个白衣人竟从他的正中间穿过。白衣人走到我跟前，停下，我仰视着他，他的脸躲在口罩后面，然后，我抬起头，寻找那个被他们穿过身体的黑衣人。在拥挤的病房里，一个高大的黑色背影没事一样向前飘去。

“呵呵，你终于醒了。我就说嘛，奇迹一定会出现的。作为医生，任何时候都不能轻言放弃。”白衣人的语调很兴奋，开始对我说，后来又对身边的白衣人说。随着他的声音，有许多人围了过来，把我圈在中间，我有了密不透风的感觉，我张了一下嘴想说话，但仍然没有声音。

白衣人俯下身关切地说：“别着急。”另一个白衣人俯下身用小匙将一点儿水送到我嘴里。白衣人说：“咽下去，还会吞咽吗？”我的喉咙用了一下力，龟裂的胸腔感到一些凉意。“还好，有吞咽功能！”白衣人又说，“语言功能也应该没问题！”我左右瞅瞅，没有戴口罩的人忽而清晰，忽而模糊。清晰时有的还向我龇牙咧嘴伸舌头扮鬼脸。我拼尽力气说：“让他们都走，都走，别围着我！”

几个白衣人互相看看，说：“真是奇迹，他的功能一点儿没受限……”白衣人俯下身，指着其他几个白衣人问：“让他们走吗？”

“不，那些看热闹的。”我伸出手去，“你们走，再不走我毙了你们！”

还好，除了几个白衣人，其他人呼啦一下飘散去了。我心里一下子敞亮了许多，长长呼出一口气。白衣人俯下身来，手在我眼前晃了晃。

我说：“我看得见你的手！”

白衣人伸出一根指头。

我说：“食指。”

白衣人说：“查数，几？”

我说：“一。”

白衣人依次把五根指头伸完。

我说：“我睡着了，只是睡了一觉，没傻，我是不是睡着了？”

“是的，”白衣人说，“只是你这一觉睡得可够长。”他把笑容捂在口罩后面。

“这儿应该是医院吧？你们是医生？那我是谁？我为什么会睡在这儿？”

“别急，你慢慢会想起来的，我提示你一下，你刚才不是说要把我们都毙了吗？”

几个白衣人笑出了声，他们似乎在逗一个小孩子玩耍。我有些恼火，拿眼睛瞪他们。

白衣人终于除去口罩，说：“哥们儿，你认识我吗？”另外几个人也摘下口罩，“他们几个呢？有认识的吗？”

我看着几张陌生的面孔，摇头，使劲儿摇头，说：“不认识，你们都是谁？”

“你再仔细看看。”一名年轻的护士把床摇起了一些，我半躺着，又仔细盯着他们的脸。奇迹就在这一刻发生了——或许对我来说，这不应该叫奇迹，而是诡异。我看到了几名白衣人的骨骼，像瓷，白色的，一具具骨架上端撑着个骷髅头。我急忙闭上眼，大口喘息了一会儿。再看，还是一具具白色的骨架，骨架中悬着一颗跳动的心脏。更可怕的是他们的心脏还不是一个颜色，跟我对话的这具骨架的心是紫色的，另几具是红色的，鲜红，还有几具是黑色的，那个摇床护士竟是蓝色的。

我闭上眼睛不再睁开，只听到一个声音说：“他累了，让他睡吧。”

我已经睡得不知道自己是谁了，不敢再睡，待他们离去，便又睁开眼睛。

渐渐地，那些看热闹的人又回来了，围在我床边，有男有女，有老有少，很好，他们没有白色的骨架和恐怖的骷髅头，也没有红的紫的蓝的黑的心脏。我友好地冲他们笑，他们也冲我笑。我就这样和他们对望着傻笑，后来累了，我想闭上眼休息一会儿，一个声音提醒我说：“你别睡，睡了他们会害死你的，我们都是他们害死的！”我只好睁开眼，寻找着刚才和我说话的人，可这些人只是冲着我笑。

有冰凉的雨滴落到我的脸上，我知道自己又睡了过去，却不知道又睡了多久。我睁开眼睛，看见一张姑娘的脸。我问：“我是死了吗？”姑娘突然扑到我胸前，呜呜地哭出了声，说：“你还活着，你还活着啊！”

我不知如何是好，手在半空中举了好久，实在累了，才放到姑娘后背上拍了拍，问：“这些天都是你陪着我的？”

姑娘止住哭，抬起头望着我，复又哭，说：“太好了，你没失忆！”姑娘伸出手轻轻抚摸我的脸。

这回我的脸有了感觉，有一丝丝痒。我望着姑娘，觉得她不像日夜陪伴我的那个人。我想说话，可她突然俯下身来，把她的脸颊贴到我的脸上，有一股幽香袭来，让我窒息，还有两片温润而富有弹性的花瓣印上我的额头、我的脸颊，最后是我的嘴。窒息的感觉更强烈了，可我说不出话来，只是努力地想了又想，头脑还是一片白花花的雪花点儿，一点儿她的印象也没有。

终于，姑娘的唇累了，从我的嘴上恋恋不舍地挪开。我才咂着有些麻木的双唇告诉她，搞错了，日夜陪着我的不是她！

“不是我，那就是鬼了！”姑娘复又嬉笑着，坐在床边的凳子上，有些不好意思地拢拢鬓角零乱的发丝，说：“你就是被我吻醒的！告诉你，你可是欠着我的，欠我一辈子的。”

“你到底是谁？我媳妇吗？那我又是谁？为什么会在这里？”我好像被噩梦魇着了。

姑娘起身，一手支着床边，另一只手在我的眼前晃晃，然后指向自己的脸颊。她不是特别漂亮，但五官还算端正，皮肤稍黑，紧抿的嘴角透着果敢与坚定。她的手继续向下，我看到了领花、肩牌、臂章和警号。

“你是警察？”我脱口而出时，姑娘突然哭了，说：“承子，你真的不记得我了吗？我是燕琳啊！你总调皮地叫我姐姐的！你忘了？咱俩是搭档啊！你也是警察啊！你负伤了，你在这儿整整躺了一年多了啊！到今天正好是一年零一个月二十天，你知道这一年零一个月二十天我是怎么过来的吗？”

“你叫燕琳，我叫承子？”我困惑地瞅着她。

“李继承！你再想想，要是一时想不起来也不要紧，你就记住我叫燕琳，你叫李继承就行。就像一台新电脑，大不了重装系统呗。那样更好，咱俩的一切都重新开始！”她说着，用手指轻轻弹了一下我的脑壳。我一时还不能全部理解她的意思，朦胧感觉到这个姑娘即使不是日夜和我在一起的那个人，也应该和我有着特殊的亲密关系。我指了指自己的嘴：“那刚才……刚才……”

她笑笑，又突然捧起我的脸吻了一下，说：“承子，咱俩是恋人啊！”

“恋人？夫妻吗？”

“现在还不是，不过是你未来的媳妇，现在还是你的未婚妻！”

我点点头，有些明白了，想伸出手摸摸燕琳的脸。燕琳抓过我的手贴在自己的脸上轻轻地摩挲着。我望着她，突然就感觉她漂亮迷人了许多。“可是，可是你真的不是那个人。”我又想起了那个日夜陪伴我的姑娘。

“如假包换，不信等会儿阿姨来了你问问她。”

“阿姨？谁啊？”

“你妈妈呀！”

“我还有妈？”我喃喃了一句。

燕琳哈哈大笑，说：“难道你是孙猴子啊！”然后，燕琳告诉我，我妈妈也是一名警察，爸爸是位官员，我也算是个传说中的“官二代”了。

这回我相信了燕琳，她应该是我的亲人，不像那些穿白大褂的医生，我感觉自己正一点点儿地摆脱梦魇中的恶魔。

“你是警察，所以他们都怕你，可我也是警察，他们怎么不怕我呢？”我突然意识到什么，抬起上身向门口望了望，那些围在床边的人、在病房里拥挤的人都躲在了门口。

“谁？在哪儿？”燕琳警惕地抬起头。

我向门口指了指，燕琳的手又在我眼前晃了晃，说：“没有人，承子，你别吓我，你刚醒过来，一定是累了，快躺下歇一会儿。”

我向门口摆摆手，冲他们笑笑，他们也冲我笑。

燕琳站起身冲他们大叫：“滚，滚蛋！”

门口霎时清静了。

我说：“你把他们吓跑了。”

几个白衣人匆匆进来，其中一个卸下口罩，问：“你认识我吗？”

我说：“认识，你是医生。”

医生笑了，对燕琳说：“肯定没问题的！但是需要个过程。”

我紧接着又说了一句，让医生的眉头瞬间聚起个大疙瘩。我说：“可是，可是他们告诉我，你会害死我的！”

这时，又有一男一女走进病房，女的进来就扑到我身边，拉着我的手呜呜地哭，男的站在床头摘下眼镜一个劲儿地擦眼角，我无助地扭头望着燕琳。

燕琳说：“承子，爸爸妈妈啊！”

我努力瞅着他们，想了一会儿，说：“李由，辛秋阳。”

“儿子！我的好儿子！”他们俯下身来，我却突然闭上了眼。我又看到了他们的骨架，一具一具的，白瓷一样，骨架上端支撑着骷髅头，妈妈的那具还前后颤着，只是他们的骨架中悬着的那颗心全是紫色的。

“天啊！”我叫喊了一声。我感到有什么大事要发生。

六

这一回，我没再一觉睡过去。早上七点多，我按时醒过来。

王主任说：“恭喜你哥们儿，你的睡眠已完全恢复正常了！”王主任就是那个总在我床前晃来晃去的白衣人。燕琳说，他是我的主治医生，还告诉我，我俩是很好的朋友，可我还是没有一点儿记忆。

王主任说：“你慢慢会想起来的，想不起来也不要紧，只是别说我要害你就行，我可是你的救命恩人啊，难道你们当警察的还恩将仇报？”

“不是我说的，是他们说的。”

“他们是谁？”王主任警觉起来。

我又用力瞅瞅王主任，说：“也许他们错了！”

我是相信燕琳的，她是我醒来后第一个对我表示亲近的人，我确信她不会害我，因为她的心脏是紫色的。李由、辛秋阳，也就是我的爸妈，他们的心脏也是紫色的。王主任的当然也是紫色的，在那一大群白衣人中只有他的是紫色的。我能做这样的推理，证明我的逻辑思维正常，这让我很高兴。想想看，一觉醒来，过去的人和事都不记得了，甚至连自己是谁都不知道了，这该是一件多么恐怖的事！好在我的思维还正常，语言也正常，那就听燕琳的，当自己是一台新电脑。其实燕琳说"电脑"这个词时我是蒙的，她跟我解释了一大堆，我还是蒙。她急了，说："你这个'官二代'真要傻掉了不成？""官二代"这个词有点儿印象，我受到了刺激，就像在一个漆黑的地洞中摸索了许久，终于看到了洞口的光亮，顺着光亮一下子走到日光朗朗的天地间……我头脑中的语汇瞬间活动起来，可以让我根据情况随意进行排列组合，不用再努力去想，或者像个傻子一样蒙。

爸妈来了，看到燕琳扶着我练习行走，爸爸又开始擦眼角，妈妈又开始掉眼泪了。

妈妈瞅瞅燕琳，跟爸爸交换了一下眼神，说："多亏燕琳这孩子了！"

爸爸叹口气，说："一切都过去了，塞翁失马，这，或许是件好事。"

我认定他们应该是我的亲爸亲妈，虽然我不知道自己躺在床上的这一年多他们都经历了什么，但我可以去推理。

屋里人影挤挤撞撞，好在他们都躲着我，为了燕琳，也怕王主任追问，现在我不和他们傻笑，也不跟他们打招呼了。只是我搞不明白以往燕琳一来他们就都躲到门口，今天怎么都挤到病房里了。空气似乎都让他们吸去了，我有些胸闷气短。我仔细瞅瞅燕琳，发现她今天没穿警服，原来他们怕的是那身衣裳。

妈妈盛了两碗鸡汤，一碗给燕琳，一碗端过来要喂我。

我说："我自己能吃了，我吃给你们看。"

爸爸说："没想到恢复得这么快。"

妈妈说："好了以后可不能像以前那样了。将来，你要好好待燕琳，要不是她天天给你按摩，这关节早强直了，哪能这么快就会走？"

燕琳边吃边说："就是，爬都不会！"

他们几个一起笑了，我也跟着笑。

我说："过两天我自己能走了，就出院上班！"

爸爸说："出院行，上班可不行，得去个地方再养一段！"

妈妈想说什么，瞅爸爸。爸爸锐利地扫了她一眼，坚决地说："听我的！"

他们好像在这个问题上有过争执。

“去海边，局里已经做出决定了。”妈妈犹豫了一下，还是固执地瞅着爸爸，“玛珥湖有什么好？”

“玛珥湖的负氧离子比海边高一万倍！”爸爸向上推了推眼镜，语气坚定。

“可是……可是……”妈妈很犹疑，但最终她还是扭过头来看着我幽幽地说，“继承是我的儿子，不是她的。”

“你……”爸爸用手指了一下妈妈，看得出来，他想发作，可能碍于燕琳和我，又努力控制住，摘下眼镜反复地擦，边擦边长长地深呼吸。他们在争论如何处置我的问题，这就是我预感的大事情了吧。而妈妈口中的“她”又是谁呢？

爸妈走后，我问燕琳：“李由那家伙是个多大的官？”

燕琳笑说：“哪有这么叫自己爸爸的？”

我又问：“负伤前我和他们的感情好吗？‘她’是谁？”

“一家人有什么不好的？”燕琳眨巴几下眼睛说，“看来你真是脑袋进水了。”

“你知道，我是相信你的。当时，你找来任何一对老夫妻说他们是我爸妈，我都会信的！”

燕琳咯咯地笑起来，敲敲我的脑袋说：“哥们儿，你真行。你要过不了这个坎儿，做个DNA呀。DNA你还明白吧？不过我可告诉你，你们感情很好，虽然你把他们都忘了，但你们可是世上最亲的父子、母子啊。打个比方，假如现在有人想要你的命，他们会毫不犹豫地拿自己的命去换。你和他们就是这样的感情、这样的关系。同样，如果他们遇到了危险，你也会以命相搏的，这就是你和他们之间要记住的感情基础。记住了？不过，这个‘她’我真不知道是谁。”

我点点头，又问：“那我爸是个多大的官啊？”

得知我爸只是个副处级干部时，我笑得不行：“七品芝麻官啊，还是个从七品。就这还说我是‘官二代’，亏你想得出。”

“嗯，看来这一枪把你打谦虚了！”燕琳上来拍拍我的脸，递上水。我喝呛了，她急忙扳过我的头，拍我的后背。我的头感觉到了那份柔软，我伸手摸摸，发现自己靠在燕琳的怀里，我的手触在她高耸的胸脯上。

燕琳打了一下我的手：“别耍流氓！”

“这感觉好熟悉啊！”我说。

燕琳突然抓起我的手，贴在她的胸前，说：“对啊，承子，你快想想，你负伤时我就是这样抱着你的，想起来了吗？那个开枪的人是谁？长得什么样儿？”

我看到，仇恨的火焰正在燕琳眼里熊熊燃烧。

七

一本神秘的书稿没来由地突然摆到了我面前。

《玛珥湖》序：

东海之外，大荒之中，有山龙岗，天湖玛珥。碧野翠谷，莽莽苍苍，巨龙卧兮，日月出焉。水雾烟霞，浩浩渺渺，神龟潜兮，日月入焉。山水相拥，四时列序。

若夫三春伊始，气象万千。朝雨初霁，旭日妍丽。满目鹅黄，玉宇清廓。夏则万倾覆碧，翡翠欲滴，旧年鸥鹭，仙宿新枝。浪携微风，雏羽开翅，悠悠而飞，恰恰娇姿。白鹭竞竞而争唱，锦鲤跃跃似媲形。白露秋风，黄花匝地，层林尽染，万山竞奇。云水相依，一泓琼碧，五花灼灼凝七彩，渔帆点点映虹霓。至若冬至，不胜唏嘘。烟起深谷，霞锁雄峰，皑皑灿灿，银雕玉砌。冬捕锦翅裂冰镜，欸乃声中山水绿。

伏皇娲娘，临渊嗟叹。莽莽大地，浩浩长天，脉脉线溪，汤汤巨流。金人将现，龙腾薮渊，凤兮凰兮，百鸟来仪，鸾歌凤舞，盛世已矣。

《玛珥湖》又序：

初，燕弱，开为胡质。开者，鲁国秦氏，德能备也。昭王图强，拜开大将。开挥军击胡，取地千里。修长城，治北境，建五郡，置侯城，复辽东，饬边备。先临东辽水，又及二龙山，再达玛珥湖。王令班师，开留边将，行前三嘱，久卫此地，不可再失。口占偶语，慷慨而去：全人出，龙腾渊，凤歌骞，盛世见！

此为传说，然民谣流传至今。

小三子出生在玛珥湖边，出生那天很平常，既没有天降祥瑞，也没有地呈异相。大中午的，他爹在地里头忙，他娘没怎么费劲儿就把他生出来了。秦大娘来借镰刀时正撞见，才帮三子娘剪了脐带，烧水给三子清洗。其实秦大娘不来，三子娘也行的。在三子之前，他娘已经生了两个儿子和一个女儿，积累了一些生孩子的经验。长大后，每念及此，三子都暗自敬佩娘的勇敢。可当时不行，当时小三子不知道自己是娘生的。那时小孩子若追问自己是怎么来的，大人都会说是从外头捡来的，或者是老鹰叼着送来的。

日子一天天过去，小三子慢慢成长。长大了的小三子也看不出有什么天赋异禀，最起码他爹和秦大爷都没发现。倒是仝叔见了，每每赞叹两句，说："这孩子印堂明亮，周身红光，将来必成大器。等我有了闺女，就招他入赘当女婿。"

三子爹听了总是笑笑。秦大爷却不干了，说："你那姑娘在哪儿呢？观音娘娘的包袱里吧？这孩子，一出生我就号下了，我好几个闺女，尽管挑。"

小三子瞅着几个大人，觉得他们说的话挺好玩儿。

那时，玛珥湖还不能叫镇，甚至连个村都不是。"以前不是这样的，"秦大爷说，"这里曾经很繁华，也可能出现过城，很大很像样的那种城。后来衰败了，才变成现在这个样子。不过，也不是一下子就衰败的，也可能繁华了衰败，衰败了又繁华，反反复复许多次吧……"

"到底有多少次呢？"三子问秦大爷。

秦大爷笑笑，说："小兔崽子，我哪儿知道，许多次就是许多次吧。"秦大爷还说，目前这景象也不是玛珥湖最孬的。最孬时，只剩了一户人家，还东躲西藏的。

三子眨眨眼，想象不出一户人家在玛珥湖该怎么活，也想象不出城是什么样子，大概就像赶集的场面吧。

不过，玛珥湖一直叫镇，这一点秦大爷很肯定，也是玛珥湖人骄傲的地方。

这时的三子还很小，玛珥湖还归海龙县管，当然这海龙县也刚从海龙府变过来没几年，在秦大爷的口中还是叫府的。从玛珥湖走到海龙府，得两天的光景。若是着急，手脚利索的年轻人起大早贪大黑，一天也行。

小三子的大名很响亮、很有文化，他姓李，名文明，字化之。从名字看，他爹对小三子是寄予了厚望的。尽管仝叔夸赞小三子时他爹只是笑笑，但他心里是深信仝叔对小三子将来“必成大器”的说法的。因为仝叔有文化，懂《周易》，在玛珥湖方圆百里可是数得着的人物。小三子的两个哥哥、一个姐姐和后来出生的小妹妹，李文中、李文华、李韭儿和李麦子，都是只有名没有字，只有小三子，名文明，字化之，听着就不一般。当时，仝叔说按传统这字可等总角之时再起。三子爹说都民国这么多年了，一起弄全乎了省事。

其实，三子爹李民也不是个普通农民。当年，刘单子在海龙一带闹忠义军时，他就是一员骁将，和俄国佬打，和清兵干，声势隆隆，两次攻占海龙府，一心想打出个太平世界。后来兵败，他逃到玛珥湖被秦金银藏了起来，躲过了追捕。他们不服，趁着日本人和俄国人掐得你死我活时，和刘单子继续筹谋更大的行动。后来紫禁城的小皇帝宣布退位了，刘单子也病殁了，没了主心骨，忠义军也就散了。李民想想半辈子扑腾又回到起点，便心灰意冷，回山东老家把媳妇接过来，在秦金银的帮助下在玛珥湖边安了家。可是每念及兵败，李民都痛心地感叹忠义军里文化人太少，缺少谋略。想想看，就那千把的俄国兵，咱们县一人一口唾沫也能淹死他，那样就不只是海龙府玛珥湖了，连俄国兵把守着的铁路也能夺回来。不至于再让日本人来，俄国人又反客为主，赖在铁路上不走了。这西太后老佛爷也就是个窝里横，看清了这点，他们后来才要起来彻底反清的。打打杀杀十来年，李民用性命体会到文化的重要，所以咬着牙把孩子一个一个送到海龙城里读书。

现在轮到他最器重的也是书念得最好的小三子，念完了私塾，该上县立高级小学了，但家里的这几亩薄田终于让他难以为继了。早几年，他的日子就过得紧巴巴的，不然他会直接让小三子去海龙城里读初小的。他叼着长长的烟袋锅，想了一个又一个办法，最后还是没办法，倒是小三子给他想了个稍觉安慰的办法。

小三子说：“爹，我先不去念高小了，缓一缓，等哥哥姐姐毕了业，能挣钱了，我想念时，再去！”

李民说：“你这么小，在家能咋？”

“我在家念，我现在能识好几千个字了，哥哥师范学校的书、姐姐女中的书，我都能念，不会的我再问哥哥姐姐；还有，我还能教麦子念，还能帮爹娘还有秦大爷干点儿活儿！”

李民的眼睛一亮，小三子长这么大，这声爹第一回叫得他这么舒坦。要说这孩子有什么异禀，就是从小便叫自己爹而不叫爷，为了纠正，李民打过他一巴掌，可他却振振有词，说：“爹的爹才叫爷呢，立冬就管他爹叫爹。”

“那立冬还管他娘叫妈呢。”李民的巴掌又高高扬起。小三子看着，梗了一下脖子，说：“我和立冬不一样，我就叫爹娘。”

小三子娘说：“叫什么不一样，反正又没叫差辈。”

那时候，小三子刚上私塾就表现出自己的主见，可惜李民并没太在意。现在，小三子的一番话不得不让这个从枪林弹雨里冲杀出来的老汉刮目相看了。也许仝雄仝半仙说得没错。李民磕了磕长烟袋锅，拍了拍小三子的头，长叹一声，“儿啊，你可给爹解决大难题了，自己学，我儿有志气，将来定有大出息！”

之后，玛珥湖边，李家的庭院里，就常常传出读书声：

人之初，性本善，性相近，习相远，苟不教，性乃迁，教之道，贵以专……

赵钱孙李，周吴郑王，冯陈褚卫，蒋沈韩杨，朱秦尤许，何吕施张……

天地玄黄，宇宙洪荒，日月盈昃，辰宿列张，寒来暑往，秋收冬藏……

这是小三子在教妹妹麦子蒙学。

燕燕于飞，差池其羽，之子于归，远送于野，瞻望弗及，泣涕如雨……

天命之谓性，率性之谓道，送也者，不可须臾离也；可离，非道也……

这是小三子在自修国文。

至于博物、地理、历史，小三子学得也很顺手，算术弄不明白的要多一些，他就都记下来问哥哥姐姐；至于英语，小三子视为天书，得全靠哥哥姐姐放假时给他辅导了。

秦金银听到了琅琅书声，说：“你这私塾也得让我借个光。我把俩妮子也送来，等于上你家私塾，给点儿奉票也行。”说话间，就把立秋、立冬小姐妹俩送了过来，和麦子一起开蒙。小小的三子就这样当起了蒙学先生。在三子的眼里，秦大爷也不是一般的人，他就像月光下的玛珥湖，隐隐约约罩着一层神秘的气息。

三子家的家堂是供在进门堂屋正中间的，可秦大爷家的却供在东屋的山墙根，神龛里也不是祖宗的牌位，而是一只比烧水壶大一些的青瓷罐，这就让三子比较好奇，他想秦大爷祖先的牌位也许喜欢住在罐子里。他去问立冬，罐子里真是家神的牌牌吗？立冬马上瞪大眼睛说不知道，封着，爹从来不让她们碰，连她妈也不行。三子觉得立冬立秋的祖先要比自己家的金贵许多。

三子陪秦大爷去玛珥湖打鱼，船到湖心，湖面突然就起了人雾，三子惊得不知所措。秦大爷却趁着雾气连连撒网，待雾气渐渐上升，化作一条银龙昂首跃出水面时，小小的船舱里已有几十条大白鱼在活蹦乱跳，闪动着耀眼光芒，发出啪啪的声响。

“秦大爷，龙！”三子兴奋地张大了嘴。

“金人出，龙腾渊，凤歌鸾，盛世见。三子你给大爷带来好运了。”秦大爷呵呵笑着又撒下一网。他告诉三子，这大湖神着呢，一湖圣水浩浩渺渺，涝不盈长，旱不见缩。那年老天爷发威，霹雳闪电连下七七四十九天，海龙城南的辉发河漫出河道，淹掉了整个海龙城，淹死的人更是成千上万。可玛珥湖呢，它就像顶在镇子头上的一盆水，仝叔安排全镇人日夜轮流值守，生怕这盆水倒扣下来，可玛珥湖硬是没涨一寸。遇上干旱更是不得了，除了供人吃马喂，全镇的水旱田全靠它浇灌，一时间大湖周边的水渠密如蛛网，清清的河水汩汩不停地流向龟裂的大地，无论怎么折腾，这一湖大水也不曾减少一分。更神的是湖心的雾气，这雾气偶尔会化作一条银龙，一年到头也见不到一次，可每当银龙腾渊出现时，大白鱼就会成群结队地出现在水面。要是正晌午太阳足，这银龙飘上湖面，会放出金色光芒，变成金龙，那盛景更是多少年才出现一次。幼小的三子就对玛珥湖肃然起敬了，他望着渐渐隐没在天水间的那条银龙，脱口道："东海之外，大荒之中，有山龙岗，天湖玛珥。碧野翠谷，莽莽苍苍，巨龙卧兮，日月出焉。水雾烟霞，浩浩渺渺，神龟潜兮，日月入焉。"

"好小子，你也会背。"

"秦大爷，咱这大湖有来历呢，'开挥军击胡，取地千里。修长城，治北境，建五郡，置侯城，复辽东，饬边备。先临东辽水，又及二龙山，再达玛珥湖。'看看，歌谣里都有咱玛珥湖，只是这个开，是谁？"

许是打了这么多大白鱼，秦大爷高兴了，他说："不知道，可能是我祖上吧。"

三子惊得目瞪口呆，回家便查大哥二哥和大姐他们的书。翻了十来本，好歹查着一条"燕有贤将秦开"。从此三子对秦大爷也像对天湖一样，肃然起敬了。

仝叔背着手踱着方步来时，小三子正让立秋、立冬和麦子描大字，自己修国文。国文是他最喜欢的一科，他愿意大声诵读，他的私塾先生也是这么教他的。

象曰：大哉乾元，万物资始，乃统天。云行雨施，品物流形。象曰：天行健，君子以自强不息。潜龙勿用，阳在下也。见龙在田，德施普也……

仝叔大惊，说："孺子可教，日后定成大器，当我的徒弟吧，可否愿意？"

李民当然不好驳仝半仙的面子，说："求之不得呀。"

可是，小三子却不同意。

仝半仙问："你可知道你仝叔的本事吗？"

小三子答："知道，只是我不想只攻《周易》，它说的事太少了。"

八

再翻过一页时，突然一片空白，再翻一页还是空白，一个字也没有，白花花的A4纸晃得我眯起眼睛。

显然这是一份书稿，我不知道是谁悄悄放在这里的，是有心还是无意。这是怎么回事呢？说实话，我虽然学过语文，但古文水平一般，看前面两个序言时有些头大。“小三子”这一章刚刚看出点儿兴致来，却又突然没了下文，就好像三伏天得了个冰棍，刚吃一口就化没了，这感觉很不爽。

来到玛珥湖，本来就像做梦，这回梦的感觉更强烈了。

是燕琳开警车送我来的，燕琳说在我们来之前爸爸打过前站了。妈妈送我上车，叮嘱的话说了一大堆，最后告诉我若在玛珥湖住不习惯，就马上回。燕琳又教会了我如何使用手机，临别千叮咛万嘱咐的，还让我演示了一遍，一副连心连肺的牵挂样子。

我说：“你比我妈还唠叨。”

燕琳弹了一下我的脑袋，说：“傻瓜，我们是要过一辈子的，我当然要比你妈还关心你了。”

燕琳的紫色心脏又在骨架中跳动了。我闭上眼睛，该不是又有什么事要发生吧，又想一辈子有多长呢？应该很长很长吧。这一年多，确切地说是我醒来这些天，天天和燕琳在一起，就已经有了独自待一会儿的想法，要是一辈子，那是多么漫长的日子啊，真不敢想。

“真放心不下你，想一直和你待在这世外桃源里呢！”燕琳双臂环着我的脖颈，扬起头深情地看了我一会儿，把红唇送了上来。

这回我主动吻了她。吻完，我说：“那就留下来吧，我很高兴你留下来。”这样说时，我的心咯噔了一下，我知道，一张白纸般的大脑已经学会言不由衷了，呵呵，我学得还真快。

燕琳说她已经接手这个案子了，“他们之前查了一年没进展，我要重新查，一定要查出向你开枪的凶手。”这样说时，她的眼里又燃起了火焰。

燕琳回去后，我就一个人到湖边走走，到镇上溜达，然后接待一些关心我的亲人们。看来，爸爸是对的，他告诉我玛珥湖是他的老家，当然也算是我的老家，这里的一切让我感到既陌生又熟悉。

玛珥湖镇不大，但很精致，两条十字交叉的街，饭店、商店、药店、医院、旅店、菜市场、客运站……市井生活的场所一样不缺。可能是旅游淡季，靠近镇东的龙岗大酒店一直关着门，只有旁边几家二三层楼的小旅店在无精打采地营业。玛珥湖却很大，烟波浩渺，青山环抱，远远望去，像是一望无际的绿色林海捧出一块巨大的圆形蓝宝石，晶莹剔透。湖边一棵苍老的槐树侧歪着身躯，屈曲的虬枝，似要扑倒在地，而终又傲立向天。我也只能这样描述玛珥湖了，想起那篇序文，我感到自己大脑词汇库的僵硬与贫乏。那应该是个老学究写的吧，看来这玛珥湖镇还真有高人啊。

“伏皇娲娘，临渊嗟叹，莽莽大地，浩浩长天，脉脉线溪，汤汤巨流，金人将现，龙腾薮渊，凤兮凰兮，百鸟来仪，鸾歌凤舞，盛世已矣。”我突然发现自己现在的记忆力超好，难道真成了一台被删空了程序的电脑，一旦重新启动，反而变得功能强大？这段像《诗经》，但比《诗经》好懂一些，更像歌词，若放到诗经里，应该归类为“颂”更准确吧？还有那民谣：“金人出，龙腾渊，凤歌鸾，盛世见！”这都是说玛珥湖的吗？是今人的手笔还是古人的文字，这深山里的大湖难道也曾经人文渊薮？

玛珥湖，火山喷发后形成的高山湖泊或湖泊群，在地质学上，对那些尚未喷发但已经形成的火山锥也称为玛珥湖地貌。站在湖边，我无法想象几十万年前，如此之大的一柱火焰冲天而起时是何等的壮观。

山林里黑得早，天色渐渐暗下来，大湖上腾起一层薄薄的白雾，使幽蓝的湖水充溢着神秘。

一条条溪流抑或是一道道人工开掘的水渠，血管一样围着大湖盘旋、交错，汩汩的清泉不舍昼夜地润泽着焦渴的大地，世世代代养育着玛珥湖人。

这样想时，我眼前的玛珥湖突然就改变了颜色，刚才还一湖幽碧圣洁的天水变成红彤彤的一片，倒悬在碧绿而巨大的圆锥体中，粗细不一的血管里涌动着鲜红的血液。

大湖就像天母突然俯身垂下的一只巨乳，不知疲倦、无怨无悔地为这片山河、这方土地提供着滋养。

湖中央的雾气还在聚集，升腾变幻。我想起秦大爷和小三子说过的话，盼望着银龙腾渊的奇景在眼前出现，秦大爷不是说一年也看不到一回吗？此刻，要是让我看到该是何等幸运呢？然而龙腾薮渊没有出现，大湖中央，那几缕袅袅升腾的雾气慢慢地相互缠绕嬉戏一番后，渐渐拉长变细，幻化出发髻高挽的头和纤秀的身躯、舞动的四肢，最终化作衣袂飘飘的白衣仙子，在红色的湖面上轻盈地飘荡了一会，白衣慢慢变粉、变红，最后融入湖中不见了。

我目瞪口呆了好一会儿，一股无法言说的情绪突然就包围了我，悲怆还是欣喜？或者悲喜交加。

一刹那，我涕泪横流。不管以前来没来过玛珥湖，可此时，我觉得好像第一次来到她的身旁。我被一股强大的神秘力量牵扯着，慢慢跪下来，像虔诚的基督徒面对着突然驾临的上帝，像佛家弟子见到显灵的佛祖。玛珥湖，冥冥之中你就是我那说不清道不明的神祇吗？你这滋养万物生命的天湖啊！

我翻过山岭来到镇上，晚霞正灿烂着。

我住在镇招待所的一个套间里，招待所的餐厅提供一日三餐。继红告诉我这是梅姑安排的，费用我们局里能负担。我爸说缺边少袖的我们自己也可以添补，但梅姑没让。继红还告诉我，我以前是见过梅姑几次的，并且梅姑对我很好。我使劲儿想了想还是一点儿印象也没有。继红是我的堂妹，在派出所当协警，天天穿着协警的制服在镇上转，似乎也是个人物。

爸爸告诉我有事可以找梅姑，可燕琳临别却交代说那个梅姑是个大忙人，又不住在镇子上，让我有事儿找继红，再有事找欣怡——江欣怡。

看继红对我的热乎劲儿，我判断自己以前应该和她很熟。我和燕琳来那天，她早早就去镇外的路口迎接，然后带我回招待所，介绍一大堆亲人。叔叔婶子、大爷大娘、姑姑姑父，更多的是哥哥姐姐、弟弟妹妹，什么继礼、继康、继铭、继耀、继祖、继川、继东，等等一大堆，不管我以前认识熟悉的，还是一次也没见过的，对我来说都是全新的面孔。我按着燕琳的指示一律微笑相迎，热烈握手，然后傻笑。

最后，我实在记不住他们到底谁是谁了，继红一手卡腰一手在半空中挥舞着说："承哥，反正你记住在这镇上，咱是大家族，不管姓李的还是姓秦的，咱'继'字辈的都是平辈，'龙'字辈的晚一辈，'凤'字辈的晚两辈。"

"想不到，在这个镇上，我可以当爷爷了。"

继红笑笑说："可以啊，不过还有给咱们当爷爷的，他对玛珥湖来说就是神一样的存在，你面子大，将来一定要见见他。"

"谁啊？"

"山爷！"

我用心记下，说："那好，哪天你带我去见见。"

继红摇摇头，有些自惭形秽地说："我，不行，得找梅姑。"

人群中的继先，继红没有介绍，他一直站在角落里，默默注视着我。我看他时，好像他自己说的叫继先，蓝西裤、白上衣，戴副金丝眼镜，文文弱弱的一个书生，衣着打扮好像和大家差着一个年代。

待这些人都散去，江欣怡才款款走来。她一袭白裙，发髻高挽，面色沉静，表情微冷，确切地说她不是走而是飘，就像医院里那些一有机会便拥挤到我病房的影子一样。这也是我坚决提前出院的原因，但是在玛珥湖该不会再遇到那些人了吧。

我揉揉眼睛，盯着江欣怡，白瓷一样晶莹剔透的骨架中一颗蓝色的心脏在收缩扩张。我喘口粗气，感觉燕琳的话不能信，一见面我就发现继红的心是红的，而这个江欣怡又是蓝的，她俩都不是紫的。还好，还有梅姑，梅姑的电话号就存在我的手机里。

江欣怡飘到我跟前停下，说："继承是吧？我是欣怡，过来看看你有什么事没有。房间需要收拾吗？吃饭了没有？还缺什么不？"

我有点儿蒙，继红没有告诉我“欣”字辈在什么位置。所以我只好说：“谢谢，我吃了。我是该叫你姐姐呢还是妹妹？你好像年龄不大，不可能是长辈吧？”

江欣怡微笑一下，那笑容是倏然而逝的那种，说：“我是你嫂子，叫我江欣怡也行！”

“嫂子！”我叫了一声，也是为了在词语中找一下链接，江欣怡和我是平辈，应该是哪位堂哥的妻子。

我给江欣怡倒了杯水，说：“嫂子，请喝茶。”江欣怡接杯子的手冰凉，我再次定睛，确认她不是会飘的那些人。然后我说：“嫂子，不知以前我们见过面没有，是否很熟。你知道，我对以前的事都不记得了，所以……”

“没事，你不用担心，以前咱俩没见过，你回来几次，我都有事儿忙，再说咱这家人太多，又没什么要紧的事儿。”

江欣怡告诉我，她工作很忙，在玛珥湖林业局搞林区土壤生物多样性的研究。这次若不是梅姑特意叮嘱她，还有九叔——也就是我爸——托付，加上我又在康复期，她也不会过来的。

临别，江欣怡留下写着电话号码的纸条，说：“我既然答应了九叔，就一定会照顾好你，有事就打电话。”

看来我爸不光找了梅姑一个人。

最后一个来的是继青，在门外老远就喊：“继承，哥……哥来看你……了，咋……咋整的，还把记忆……整没了……呢？”

我赶紧开门，见走廊里一个满脸油乎乎的家伙，裤管挽得一高一低，光脚趿着拖鞋，手里还拎着一个绿色的啤酒瓶子。

“嘿嘿，承子……还认识哥不？我……继青啊！……嘿嘿想想……想起来没？”

我摇摇头，说：“没印象。不过你已经告诉我了，继青哥是吧？”我堵在门口。他却从我边上很窄的空硬挤进来。

“好……好兄弟啊，还认我这个哥，听说……让哪个王八蛋……干了一枪，给干傻了？没……没事，等哥……给你报仇。咱哥儿俩……先把这绿棒子……干了！”

继青把啤酒瓶子蹾在茶几上，舌头越发硬了。

我说：“继青哥，看来咱俩以前挺熟，明天找个时间再慢慢聊呗。”

“别等明天了，咱俩……可不是一般地铁啊，看来……你真傻了。我告诉你，你还……给我办……过事呢。那……次，你……一句话，事办了，我回……来一忽悠，嘿嘿，我就挣了……五万……块啊！”继青说着，张开一只巴掌在空中挥舞，像划水的鸭掌。

看来这事是真的，我的心不由得一沉。

“你……别害怕，小事……关键……我忽悠的！”继青瞅着我嘿嘿傻笑。

继红来了，她不放心，临睡前再过来看看。

继红说：“继青，你又在哪儿灌的猫尿？在楼下就听你在这儿咋呼。这么晚了，还不让承哥休息啊？”

“嘿嘿，我要跟承子……喝一杯！”

“赶紧滚！想喝到我们所里喝去！”

继红抄起瓶子，怼到继青怀里。

继青摇晃了一下，说：“你……你个小……丫头片子，继承不找马大哈……你能……当警察？神气……神气个……屁，现……现在继承傻……傻了……”

“你敢叫我们所长外号？我打死你！”继红举起手中的橡胶棒子。

继青嘿嘿笑着晃出去。

继红说：“承哥，你别往心里去，他就一个醉鬼。”

我说：“没了记忆，跟傻子也差不多少，继青说得也没错。”

继红她们所长姓马，外号马大哈，继红的协警是我当年帮忙给安排的，我跟这个马所长也很熟，我用心记下这些。

继红说：“继青的父母都不在了，他就一个人破罐子破摔，天天拎个瓶子，不管是啤酒瓶子还是矿泉水瓶子，里面一律装的是小烧白。喝醉后随便哪里躺下睡一觉。地也不种，低价租出去了，租地的钱没几天就喝没了。清醒的时候就抱个竹签筒子、举个太极图，给人抽签算卦，不过他清醒的时候少。再不就忽悠能给人办事，骗俩酒钱。所以，哥，你以后别搭理他，离他远点儿。”

“那他没成家？”

继红撇撇嘴，说：“三十多岁了光棍一个，哪个姑娘瞎了眼跟他呀。”

我叹口气：“看来，咱这个大家族还真有人才啊！”

继红咂一下嘴，说：“可不，要是继青能把书念完，说不准是个才子。”继红告诉我继青的父母她叫四叔四婶，我应该叫四大爷四大娘。继青从小学习很好，四大爷一咬牙把他送到城里念书，自己拼了命地打工挣钱，下煤窑挖煤得了硅肺病，把挣的钱全搭进去还没够，欠了一屁股债也没保住命。四大爷没了，亲戚朋友那里再也借不到钱供继青上学。四大娘在一个月黑风高之夜，爬上了小金龙顶子跳了玛珥湖……

看来，继青也是个苦命之人啊。

这是我来玛珥湖那天晚上的事，那时燕琳已经走了，一切都得靠自己分析判断。接待了两个“不速之客”，我突然感觉到很累，拿起手机想给燕琳打电话，可才分开又觉得没啥说的。我坐在沙发上半梦半醒间，好像继先又过来坐了一会儿。他戴副眼镜，文文弱弱的，我问他还有啥事，他笑笑也没说什么，坐了一会儿就出去了。

暮色像一张大网，静悄悄地罩下来，把小镇上的人间烟火罩在半空。一层薄厚不均的白雾随着微熏的春风起伏鼓荡，透过网眼，有或明或暗的星星在眨眼。

晚饭一汤三菜，地抢皮土豆丝汤、蛋炒刺嫩芽、山芹菜炒里脊，还有一盘白黄相间散发着清香气的我不知道是什么，主食是米饭和馒头。刺嫩芽和山芹菜都是玛珥湖边大山里的野菜，正值春末，这样鲜嫩的野味在城里是无缘享用的。正吃着，梅姑打来电话。燕琳把电话号都存好了，我看看屏幕，按下接听键，叫了声“梅姑”。

听筒里，一个清亮好听的女声传来：“继承，山里的生活还习惯吗？”

“还好，挺习惯的。这里空气清新，环境优美，挺适合我养病的！”我搜索着词库，尽量排列得好一些，使词能达意。

梅姑笑了，说：“你这孩子是不有意吓唬我们啊，瞅你这不完全康复了吗？过去的记忆没了，咱重新记，关键要树立信心，看你这状态梅姑真是很高兴呢！”

“谢谢梅姑，我会努力的，放心吧！”我想说完这句梅姑差不多就该挂电话了，可梅姑并没有马上结束的意思。

“吃的还可以吧？他们今晚给你做什么好吃的了，估计是山野菜吧？”

梅姑说完，我才明白，菜谱都是梅姑亲自审定的，厨师手里有一份，她电脑里也存着一份。然后梅姑又问了我住的情况，提醒我到野外散步不要离开镇子太远，别走“麻达”了；还解释了没及时来看我的原因，说这几天忙完手里的活儿就过来看我；饭菜如果不可口就自己点，别怕花钱……然后才挂断电话。

“麻达”是走迷路的意思，这是玛珥湖山里人的说法，这个词我的词库中没有，是这几天才学会的。梅姑的电话让我感到一股温暖从心底升起，她真的很关心我，看来燕琳说梅姑以前就对我很好，此话不虚呢。

吃完饭，我又和厨师——那个胖胖的大脑袋聊了一会儿山野菜和蘑菇的知识，他告诉我那盘白中透着嫩黄清香绵柔的菜是爆炒槐花，是玛珥湖边老槐树上摘下来的。我就又想起了那个屈曲着虬枝的苍老身影。

我慢吞吞地回到房间，希望奇迹再次出现，让《玛珥湖》的故事能够继续下去，先不管谁写的，不管故事的真假，更不管给我看的人是什么用意，哪怕从头到尾都是我这个大脑受到创伤的病人自己的幻觉也都无所谓。家族的大部分人一直在这块土地上生存，现在我又来到这块土地养伤，哪怕仅仅是对曾在这块土地上生死歌哭的先人们脚步的追寻，也足以让我兴奋、让我着迷。

我盼望着谜一样的《玛珥湖》再次出现在我外间书桌的抽屉里。

但是，我失望了。《玛珥湖》不仅没有了下文，甚至连前面那些纸页也不翼而飞了，书桌的抽屉里空空荡荡。没错，是我亲手放在那里的，红红的小铁夹，白白的一沓 A4 打印纸，第一页上三个大字“玛珥湖”，翻开就是序一、序二，然后是“第一章：小三子……”。

怎么没了呢？我又有了做梦的感觉，使劲儿拧了一把耳朵，很疼，看来不是梦。

里间突然传来响动，我警觉地摸了一下腰间，喊了一句：“谁？”

燕琳说，这是我当警察留下的一个习惯动作，尽管对人和事的大部分记忆没有了，但一些习惯动作却没忘，也正是这些习惯动作和正常的思维，让王主任他们坚信我能找回记忆。

继红从里间出来，说：“我帮你铺一下床。”

我说：“你悄没声地吓我一跳，还以为又是继先来了呢。”

继红“哦”了一声，给我倒了杯水，问：“饭菜还可口吗？”

我说很好，想了想，又问她是否看到书桌抽屉里的那些书稿。

继红摇摇头，问:“什么书稿？丢了我明天再去给你买一本，或者让燕琳姐买了送来。”

我说:“其实它们还不能叫书。”我用手比画着，把书稿的大致内容说了一下。

继红总算听明白了，说:“可能是让谁拿走了吧，你也不锁门，以后出去记得锁门啊！”

我答应着，依旧按照自己的推理往前走，说:“也许吧，没锁门，难道继先来拿走了？”

“也可能啊！”继红说着打开卫生间的门。突然，她吃惊地回头瞪大眼睛盯着我，问:“继承哥，你刚才说谁？是谁？”

“继先啊！怎么啦？他就这么悄没声的，和你一样。”

“你……你……以前认识他？”继红一手扶着门框，一手抖抖地指着我。

“没有，我来的那天，你介绍那一大堆‘继’字辈的人，他就站在你这位置，好像他自己说的叫继先！”我有点儿吃惊，问，“你怎么了？”

继红早已瘫在卫生间的门口，脸色白得像纸，涕泪横流，说:“哥，你别说了，别吓唬我，求你了！”

我急忙倒了杯水递给继红，继红却突然大叫:“你……你别过来！”

我更蒙了，感觉完全像做梦，我把水杯小心地推给继红。她没接，瘫在地上使劲儿拧了自己大腿一把，接着尖叫一声，然后颤抖着端起杯喝了一口，深深呼出一口气，说:“哥，你扶我起来，我要上厕所。”

我扶起继红，给她关上卫生间的门，陷入深深的困惑。

继红上完厕所出来，让我等她一会儿，便跑出去。我追到走廊，只看到她一个背景。

继红怎么了，神神道道的，莫非也傻掉了？我倚着门框，看着空旷的走廊，努力回忆着刚才的一幕，想从中找到答案。我知道自己的大脑正在装填程序软件，继红的举动超出了我的理解范围。在我考虑是要出去找继红，还是给她打个电话问一下时，继红回来了，后面还多了一个白色的身影，长裙曳地，莲步轻移，绝对是在飘。身影未到，一缕幽香已先袭来，让我想起了玛珥湖上的白衣仙子。我只好再次定睛，进入状态，我看到瓷一样的骨架里蓝光闪耀的心脏。

“继承，你怎么了，我身上有花？”

江欣怡笑笑，在桌前坐下来。

“什么花？嫂子，花在哪儿？”我莫名其妙。

继红拽过一把椅子，在江欣怡侧后坐下，说：“嫂子，继承哥脑瓜打滑，开不得玩笑，你快问吧，刚才吓死我了！”

江欣怡说：“继承，你说继先回来了，你确认吗？是不是谁给你介绍错了？你以前认识他吗？”

我边听边伸着指头。江欣怡肯定还有第四个问题，看到我举在面前的三个手指头后，突然停住了。

我缩回小指，说：“嫂子，那天人多，站在门口的一个年轻人，瞅着比我还年轻呢，好像他自己说的叫继先，不过我不太确定。”然后我缩回无名指，“当时没人介绍他，我记得是继红介绍其他兄弟姐妹的空当，他嘟囔了一句。”最后，我缩回了中指，“我不知道以前是不是认识他，但可以肯定的是，在那天之前，我没有一点儿印象。”

江欣怡和继红互相对视了一下，江欣怡又说：“继承，那你能说说他那天穿什么衣服、什么模样吗？”

“他挺好记住的，也有点儿另类，蓝裤子、白上衣，戴一副眼镜，脸白白的，很帅气，一看就是个斯文的书生。你们走了以后，他一个人又回来在沙发上坐了一会儿。”我说。

继红“妈呀”叫了一声，双手紧紧拽住江欣怡，瞅我像瞅个外星人。

泪水顺着江欣怡白皙的脸颊流下来。我急忙抽了一张纸巾递给她，说：“嫂子，我不该和你说这些，对吗？”

江欣怡抽泣了一会儿，按一下手机递给我，说：“你看是他吗？”

我接过手机，荧光闪闪的屏幕上，一个帅气的年轻人戴着金丝眼镜。我点点头。

江欣怡定定地望着我和继红，说：“你们俩今天都记住，你们继先哥，他真的回来了！”

继红从椅子上跌落。

九

这天晚上，我又一次糊涂了。我开始以为是梦，如果是正常人也应该认为那就是梦，可后来我突然意识到我没有睡着，我的手脚还能活动，我的头脑分外清醒。我记得临睡前继红过来一趟，我特意闭了一下眼睛又睁开，没有看到她的心，当时我还欣慰地想，不会有什么意外的事情发生。这些日子，我很累，我需要时间来慢慢消化一下缠绕着我的一些事情。

我把手举在空中晃了晃，黑暗中什么也看不到。眼前仍然是让人心烦意乱的光影，我双手使劲地捂住耳朵，可还是有各种巨大的声响灌进来，胀得耳鼓连带整个后脑勺生疼。我终于明白痛不欲生的不适感就来自这里。我双手左右开弓使劲儿捶了几下，疼痛减轻了一些。我想要是力度再大一些，拿头使劲儿撞墙，是否效果会更好？我闭上眼睛，任由眼花缭乱的光影弄出各种怪异的声响。当我认为攒足了爬起来的力量时，浑身仍软绵绵的，像掉进一个巨大的梦魇，如同一只困兽被抬上了祭坛，任由宰割。

渐渐的，各种声响汇聚到一起，变成一波又一波有节奏的律动，强烈地冲撞着我的耳鼓。我头疼得似乎要炸裂开，我渴求着它炸裂，炸裂了就一定不这么难受了。眼花缭乱的颜色终于变得单一了，红，是血一样的红，火一样的红，那是一条红色的火龙啊。火龙咆哮着、翻滚着、聚集着，又把一条条小的火龙吞噬掉，让自己巨大的身躯变得越发势不可挡。最终，伴着天崩地裂的声响，巨大的火龙终于腾空而起，一柱冲天，在天地间爆燃。

待响声消失，火龙隐没，我看到波涛起伏峰峦如铸的碧绿林海间，一泓天水荡漾在倒置的巨大圆锥体中，闪耀着蓝宝石般的光芒。

这是天母俯身垂下的巨乳，是我白天见到的玛珥湖啊！

“不，都不是，那是一湖相思的泪，那是满山被相思熬白的少年头啊。”

我确定，这声音很熟悉，是个好听的女声，柔柔的，带着一丝幽怨的情绪，就像玛珥湖心那团水汽充盈的仙雾，然后，我便看到了一张活色生香的脸。我渐渐想起来了，昏睡的日子里，半梦半醒间，就是这张脸陪着我的，她肯定不是燕琳。

你——是谁呀？

我，你都不认识了？你再好好想想！

姑娘妩媚地笑笑，左眼下一颗小小的红痣似有若无。犹如暗夜中射进一孔亮光，我黑暗的记忆一阵电光石火般炸裂。

我一阵风似的冲出樱之都客栈，早不见了子慧的身影。日华朗朗，游人如织，河口湖一如往常般热闹着，我却感到万分的清冷与孤寂。忽又见扛着长枪短炮的人们都急急忙忙往前奔，我便返回客栈退了房加入到人流中，退房时那个服务生还热心地建议我赶紧去湖边拍“逆富士”，那是难得一见的盛景。

河口湖北岸高低错落的长枪短炮一律指向南面，要想在如此大的阵仗中找出那台哈苏，几乎是不可能的。我叹了口气，自西向东慢慢行走。今天无风，天上没有一丝云彩，整个蓝天一下子全都掉进了湖里，富士山也一个向下一个向上，如果没有白色的山头，恍惚间我是分不清上下方位的。我想，也许下一秒钟那台哈苏就会进入我的视线，但是奇迹没有出现，我像一不小心弄丢了珍贵的心爱之物，不知不觉间又空落落地转回了那家樱之都客栈。

服务生吃了一惊，说：“先生，您落下什么东西了吗？”

我摇摇头，才想起已经退了房，便返身往回走。服务生却把我叫住了，他看了看我拎在手里的那朵富士红云，说出了让我心惊肉跳的话：“子慧小姐也回来过，还问您是否退了房。”

我目瞪口呆了一会儿，毫不犹豫地改变了行程，重新办理了入住手续，又拜托服务生把那幅富士红云摆在了樱之都客栈门口的醒目位置，然后，再次回到河口湖北岸。刚才，也就是刚刚过去的几个小时，古坚子慧并没有在这里拍难得一见的逆富士，而此时她一定会在这里。我坚信自己的判断，继续在长枪短炮间检阅。中午了，肚子开始咕噜咕噜地抗议，嘴却没有任何咀嚼的欲望，一丝丝苦涩从舌根处洇开来，弥散到舌尖的味蕾上。冥冥之中我隐约感到，如果和古坚子慧从此擦肩而过，我一定会终生遗憾的。这之前，我是不相信什么缘分、什么一见钟情的。说一见钟情也许不准确，确切地说在我寻找她的前一刻，还有一种潜意识提醒我，如果找不到，古坚子慧也会像与我有过一面或几面之缘的许多人一样，成为我人生旅途的匆匆过客，不久便会彻底忘记。可是，古坚子慧又回樱之都找我了，所以即使是匆匆过客，注定也是难以忘怀的。她住在哪里？做什么工作？为什么汉语说得那么好？我不敢奢望和这个女孩子之间会发生点儿什么故事，只想再次走近，去破解围绕在她身上的一道道美丽的谜题，而我内心深处的某个隐秘角落，却又热切渴盼着能和古坚子慧发生点儿什么。

买船票时，我顺便买了瓶水，冲淡一下口中的苦涩。我似乎有些自作多情了，萍水相逢、擦肩而过的一个日本女孩，至于吗？我为自己当前的状态感到可笑，意识到自己的不正常，是的，转了大半天，没再见到古坚子慧的身影，我有些着急上火。可是我就是控制不住自己，或许也不想控制，此时，我终于强烈地意识到，富士晚霞辉映着的那个美丽倩影是多么深刻地嵌入了我的记忆。

游船分上下两层，下层是船舱，上层是观光的甲板。春天时节，船开起来风还是很凉的。我在下层船舱坐下来，努力让窗外的碧水蓝天和富士倒影赶走古坚子慧的一颦一笑。游船开得很快，环湖一周也就半个多小时。

下船时，平静的湖面上突然起了风，那是怎样一股神秘莫测的风啊。水中洁白如玉的富士山头一下子破碎了，蓝宝石般掉在湖里的天空也碎裂成无数小块。风还顺手摘走了一位老人头上的帽子，老人身边的小男孩伸手想去抢回来，却随着风扑通一声掉到湖里。一切都太突然太猝不及防，小男孩喊叫了一句什么我没有听清，黑色的小脑瓜便没入了水里。在一片哇里哇啦的惊叫声中，我飞身跳入湖中，然后，我便后悔了。

我不是逞英雄，我与小男孩的距离仅仅几米远，并且我看到湖边的两名救生员已经冲过来了，我只需捞起小男孩不让他下沉，不用半分钟救生员就会赶到。可是湖水太凉了，几乎在我入水的同时就将我全身的热量吸得一干二净，我的胳膊腿瞬间变得僵硬。我选择的落水点极其准确，小男孩随着溅起的水花一把抓住了我的左胳膊，像抓住棵救命稻草般死抱着不放，我便和小男孩一起下沉。水没过了头顶，我咕咚咕咚呛了好几口水，胸口就像塞进块冰。我慌乱中清醒过来，双脚一阵使劲儿地踢蹬，配合上右胳膊，拼尽全身的力气终于拱出水面。救生员终于到了，我托举起小男孩推过去，我听到了一阵欢呼声，左小腿就在这时一阵钻心的疼痛，小腿肚子似乎转到了前面，腿抽筋了！我望着救生员的背影想呼喊，可我已经喊不出声音，即使喊出来也会被欢呼的声浪淹没。我又一下子沉入水里，沉入水里时我憋了一口气，还本能地把右手向上举了又举。

无数个偶然凑到一起，发生的不是故事就是事故。此时，苍天显然不是跟我讲故事玩，我用憋着的这口气，右腿右胳膊使劲儿扑腾，拼尽了最后一丝力气，不但没有钻出水面，还咕咚咕咚又连呛好几口水。深不可测的湖底，有一股巨大而神秘的力量，像一只魔鬼的手，死死抓住我的左腿往下拽。死神第一次离我这么近，几乎追到眼前跟我面对面了。我闭上眼睛想听天由命，可想到死又充满恐惧，只好再惊骇地睁开眼。我真的看到死神了，脸色苍白，秀目微眯，嘴角咕噜咕噜地吐着一串串气泡。不是血盆大口，也没有长舌獠牙，让这样的死神拿走性命，或者说跟着这样的死神去赴死，还算不错。我开始不那么惧怕死亡了，被呛得一片混沌的大脑渐渐有点儿清醒。我感到那只神秘而可怕的手不再往黑沉沉的湖底撕扯我，眼前的死神正带着我向着光芒处升腾，并且光芒越来越强烈，突然哗啦一声，好像打开了天国的大门，万丈光芒刺得我双眼生疼，我急忙闭上眼，适应了一会儿才睁开。

蓝天丽日，阳光灿烂，一张天使的脸庞正深情款款地对着我。我真的好像到了天堂，原来带着我飞升的不是死神而是天使。

一阵欢呼声强行闯进了我的耳朵，这是天堂里的喧嚣吗？我清醒了一些，看到天使白皙的脸颊还挂着湿漉漉的水珠，左眼下一颗红痣像粒微小的玛瑙若隐若现。

天啊，古坚子慧！

巨大的悲怆夹杂着巨大的喜悦，瞬间激活了我麻木的身体。我紧紧抓住子慧的手，吃力地扭过头，见救生员已把小男孩送上岸。

混蛋！子慧抹一把脸上的水珠，冲着救生员的背影怒骂了一句日语，她的骂声没传多远就被人们巨大的欢呼声吞没了。

我和子慧互相搀扶着爬上岸，跌跌撞撞回到樱之都客栈，没有人注意到我们，我们也不想让别人注意。只是从湖边到客栈这段路上，我们湿漉漉的形象招来一些异样的目光。一路上，我都紧紧抓住子慧的手，生怕一松开她又会眨眼间没入人群不见了。从清早到现在，大半天的时间好像大半生一样漫长。

樱之都客栈门口，那幅富士红云不见了，我不免心头一紧，进到门厅，方见立于接待柜台后。服务生见我们落汤鸡的样子，有点儿吃惊，继而欣慰地笑笑，递给我一张门卡，又递给子慧一张，然后，双手郑重地把富士红云捧给我，说："先生，这个我替您收回来了。"

我道过谢，问子慧："你不是已经退房了吗？"

子慧说："你不是又续住了吗？"

我们的房间还是昨晚那两间，走到门口，我的右手仍紧紧抓着古坚子慧的左手不放。

古坚子慧用力握握我的手，说："李继承君，今天你伤了，赶紧把湿衣裳换了，一会儿我来给你泡茶。"

我望着她没有松手。

古坚子慧又说："岐阜大学数理设计专业，古坚子慧，家庭住址岐阜县高山市。"

我满意地笑笑，松开手，可古坚子慧的手仍然用力握着，我说："东北师范大学文学院古代文学专业李继承，家庭住址吉林省梅河口市新华街。"

古坚子慧说得没错，河口湖冰凉刺骨的水的确伤到了我，爬上岸时就有呕吐的感觉，我一直努力控制着。回到房间换上干爽的衣服，想泡个温泉浴，浴盆里的水还没注满，呛了一肚子的水已经往上荡漾了，像有一只手在猛烈地往上扯着我的五脏六腑。我趴在抽水马桶上哇哇地狂吐起来。

古坚子慧什么时候进来的我不知道，在呕吐的间隙，我感到有一只手抚着我的肩头，另一只手轻轻地拍着我的后背。

我说："你出去吧，我这形象有碍观瞻。"

那只手仍然在我后背上起伏着，轻柔且固执。

好一阵翻江倒海，感觉倒空了肚子里的一切，站起身来时我觉得眼冒金星，双腿发抖。

子慧扶着我问是否要到医院去。我摆摆手，子慧便接了杯纯净水、挤了牙膏，让我漱口刷牙，然后又哗哗地放满一浴缸温泉水让我赶紧泡一下。

她说："这温泉祛风湿驱寒邪，泡一下发发汗应该就没事了。"

我说："你这话说得太像个老中医了，你不应该学数理设计。"

她说："那好，我将来去中国留学。"

古坚子慧边说边做着手势让我赶紧泡温泉。

我指指卫生间的门，又指指自己，说："要不，像咱俩泡河口湖那样，我穿着衣服泡？"

古坚子慧白皙的脸微微红了一下，妩媚地笑笑，白了我一眼，带上门出去了。

古坚子慧掌握着时间，等我泡完温泉，她的一壶红茶也刚刚泡好。看到她的一招一式，我就感到昨晚跟她讲茶有些班门弄斧了。

古坚子慧换了套和服，一脸沉静地跪坐在榻榻米上，纤纤素手灵巧地清洗着茶盏，可惜的是她的一头秀发剪得太短，倘若发髻高挽，我会感到穿越回了大唐。

我发现，古坚子慧就是一个标致的东方美人，而本栖湖北岸扛着哈苏和我争位置的翩翩少年，尽管清丽帅气，却严重破坏了她的古典美。

古典的东方美人，现代人群中早已芳踪难觅了。

"李继承君，怎么这样看我？"古坚子慧将淡红色的茶汤冲入透明的茶盏。

我意识到自己失礼，笑笑说："这是日本的茶道吗？"

"不，不是日本茶道，也不是中国茶道，怎么说呢？你让我想想。"古坚子慧微蹙秀眉，歪着头沉思了一会儿，顽皮地说："这算是中日混搭的日常饮茶吧。"

"你对中国很精通？"我想起了她不时冒出来的流利汉语。

"不，我的姑姑，"古坚子慧抬头看看我，"达摩老祖威武，姑姑说那是过去土匪见了面打招呼的互相问候，不就和你争个位置吗？就把我当成土匪！欺负我不懂！"

古坚子慧娇嗔地白我一眼，双手捧起茶盏恭敬地递过来，说："继承君，请先！"

我知道遇上了高手，何况她后面还站着个姑姑。我急忙跪坐在榻榻米上，双手接过茶盏，犹豫着，在记忆中搜索着是马上啜饮还是有什么礼节。我跪得急了些，双手捧着茶盏有些晃，那样子似乎很滑稽。

古坚子慧突然哈哈大笑起来，她开心的笑声和此时此刻的气氛极不协调，刚才用和服、用她沉静优雅的古典美和她柔情的声音，以及缕缕似有若无的茶香营造出来的“幽玄”意境，瞬间碎裂了一地。

“继承君，你随意坐吧，又不是在茶室。”

我坚持跪坐，说：“必须和子慧小姐举案齐眉。”

这话子慧听懂了，脸上升起一抹红云，说：“那你在国内怎么喝，现在就怎么喝。”

“牛饮，有时也小啜，更多的时候喝茶如喝水，是我生活的必需。”我如实相告，小啜一口，然后一饮而尽。

古坚子慧再敬我一盏，又给自己倒了一盏，她双手捧着，翘着纤秀的兰花指三转茶盏，闻香、轻品、慢饮，放下茶盏时还陶醉地微眯了一下眼睛。

我咕咚喝下去一碗。古坚子慧边给我倒茶边说：“其实茶道从唐朝传入日本，经过近千年的发展，程序礼节要比现在烦琐复杂得多，多亏了千利休前辈大师进行了简化。一部茶道史差不多就是一部简明的日本文化史。简单的和、敬、清、寂，融入了宗教、哲学、日常人伦和审美情趣等等丰富的文化内涵。有时候我很喜欢这些程序，觉得庄重，特别有仪式感，有时候又很讨厌，哎呀不就是喝个茶嘛，怎么这么麻烦，你看我就是这么矛盾的一个人。”

古坚子慧说着，端起茶盏不再小口轻啜，而是像我一样咕咚咕咚两口喝下去，放下茶盏抹一把嘴角瞅着我笑。我回应着子慧，心脏忽悠一下快速跳动了起来。

千利休我知道，16 世纪末正宗日本茶道的创立者，其“茶禅一味”——茶即禅的观点成为茶道的精髓所在，他不注重茶具等奢靡的器物，而是注重茶的清洁禅意。我随口吟诵千利休的诗句：“水与汤可洗净茶巾和茶筅……”

没想到，子慧竟接上了：“而柄杓则可以洗净内心。”

“身无彩凤双飞翼。”我又诵了句刘禹锡。

“心有灵犀一点通。”子慧又接一句。

“子慧小姐才华横溢，游泳技术也好，领教了。”

“还有射击和跆拳道呢，将来，你可以慢慢领教的，只要你想，继承君。”子慧目光灼灼地望着我，让我摇荡的心旌瞬间飞升到九天云外。

然后，我们便沉默了。四目相对，似有千言万语，又一时不知从何说起。我们就这样默默对望着，任时光流逝，听彼此的心跳呼吸，许久许久。

这一刻，我相信了缘分，相信人的前世与来生，我和子慧的前世即使不是相知相亲的情侣，也一定是千古难觅的知音。好像我们失散了许久，寻觅了许久，才终于在这一世的这一刻欣喜重逢。

“继承君，你相信缘分吗？好像我们相识相知多年，一切都是为了这一次的遇见！”子慧的心再一次和我碰撞到一起，她定定地望着我，轻声细语，生怕惊醒了一个沉醉的梦境。一层雨雾渐渐在她眼底升起，两颗晶莹剔透的泪涌出了双眼，顺着瓷一样的脸颊滑落。

我拿纸巾给子慧轻轻擦拭，又把她白皙纤秀的手握在手里。子慧把头抵在我怀里，柔情款款地说：“继承君，我很激动、很喜悦！早晨退了客房离开后，我突然就心里空得难受，开始还以为舍不得富士红云，后来发现不是。寻找你的这大半天，我觉得比过了大半辈子都漫长，看到门前的富士红云知道你也在找我，我就想，即便找到天边也要再见你一面，哪怕只一面。”

我说：“所以，我们感动了上苍。这应该是咱俩多少世修来的缘分，这大半天，我和你的想法竟然出奇地一致。只是，只是今天在河口湖你救了我一命，我该怎么报答你呢？”

子慧扑哧一下笑了，抬起头认真地想了好一会儿，说：“那你就先欠着我一条命，用一辈子慢慢还我吧！可以吗？”

“好，两辈子也行啊！”我举起茶盏说，“一言为定，干杯！”

“一辈子就好，下辈子的事再说，我，就要这辈子！”古坚子慧一字一顿地说，“可是，这是茶啊！”她认真的神态更加可爱。

我说：“在我们中国有句俗话叫‘以茶代酒’！就依你，一辈子！”

两只茶盏碰撞出悦耳的声音，在我和子慧之间振荡缠绕。

十

考虑到我身体的承受能力，我和古坚子慧都调整了接下来的行程。北海道我不去了，中部内陆山区子慧也不去了，索性就在富士山游个尽兴。我们参观了美术馆、博物馆，坐缆车去了天上山公园。在兔子神社，子慧买了一只可爱的兔子御守，她边给我讲兔子的神话边把玩偶开心地收到背包里，那神态还是个天真烂漫的小女孩。

观景台上，视野开阔，美丽的富士山和山下的河口湖尽收眼底。我给子慧连续拍了一组照片，我说可以上杂志封面的。古坚子慧扑闪着大眼睛说那得是合影。架好相机，定好延时，她挽着我的左胳膊，半依偎着我，以富士山和河口湖为背景。这是我俩的第一张合影，我知道，拍完这张合影，我俩的关系便又近了一层。

我说："这是值得记住的一天。"

古坚子慧说："这是值得铭记一生的一段日子，特别是这山、这湖。"

子慧的声音有些异样，我仔细瞅了一眼，见她河口湖一样深邃的眼底又朦胧出雨雾。

我说："我们应该感谢这湖！"

"不，我恨！"子慧瞬间咬牙切齿起来，"假如，假如昨天在二层甲板上我没有看见你，那我可能就再也见不到你了，继承君，我后怕！"

那双深潭又要汹涌澎湃，我急忙拍拍子慧的后背递上纸巾说："都过去了，我福大命大，上苍早就安排好了，我们会以这种方式再见，不会让我喂鱼的。"

古坚子慧开心地笑起来，望着被游船犁起一道道雪白浪花的河口湖，把头轻轻靠到我的肩上，小声说："他们都没有看见，你跳入湖中时，帅极了，在我心里你就是大英雄，你是我的大英雄！富士山作证，河口湖作证。我们，可以用一生一世的时间去证明……”子慧欲言又止，指了指自己的心，“可以吗？”

古坚子慧微扬起头，双目迷离地望着我慢慢闭上，阳光下，她鬓角处有一层细密的绒毛若隐若现，左眼下那粒微小的红痣使白皙的脸颊越发生动细腻，两片红唇像期待盛开的花瓣饱满而艳丽。

在古坚子慧面前，我永远处于被动地位，但这一刻我没再逃避，以平生最大的勇气回应着子慧。

“太可以了，我觉得，时间还可以再长点儿。”

然后，我们旁若无人地亲吻在一起。

下午，我们来到音乐盒公园，尖顶小屋，七彩花圃，恍如一个童话世界。音乐盒公园是我给起的名字，准确的叫法是“河口湖音乐盒之森”，我半生不熟的日语，把公园名字翻译成了河口湖音乐盒子。

子慧嘻嘻笑着纠正，说：“继承君，后面还有两个字。”

陈列馆里，千奇百怪的音乐盒看得我眼花缭乱，想不到这样一个物件经过了时间的淘洗，便充满了历史沧桑感，甚至还变得意义非凡起来。

“关键是这里的每一件都深深地刻上了时代的记忆。”子慧说，“如果我们再了解到每件盒子和它主人的故事，那该是怎样的有趣啊。”

子慧再次跟上了我的思路，像一个博学的教授。

子慧告诉我，音乐盒在日本大多叫八音盒，其实八音盒的故乡在瑞士，二战后由美国人大量带入日本，给苦难中的人们带来无限的心灵慰藉，聪明的日本人便创新了技术，让这个小小的盒子一时风靡全世界。

“这个我还真不知道，”我说，“不过，我觉得叫八音盒更好，我们中国小孩子背的《三字经》就有‘匏土革，木石金。丝与竹，乃八音’的说法。”

这几句我是用汉语说的，然后又尽量用日语解释了一遍。子慧扑闪着大眼睛，想了一会儿说：“真了不起！”然后，她尽量咬着口型，用汉语问，“匏，是什么？”

我用手比画着，说：“葫芦，用葫芦做的乐器，比如中国的葫芦丝。”

“我将来一定要去中国，精进汉语！”子慧表情坚定。其实她的汉语说得很溜了，不仔细听，根本听不出外国人讲汉语的生硬尾音。

在纪念品售卖店，古坚子慧调皮地向我眨眼，然后低头盯着那件玲珑剔透的舞钢琴音乐盒。

我说："送你留个纪念吧！"

"好啊，我喜欢！"子慧满心欢喜地接过去，小心翼翼地装到背包里，心满意足地笑了，说："谢谢你继承君，再过一百年，它会和咱俩的故事一起陈列在展柜里吗？"

我说："会的，只要你把我们的故事写出来。"

"那太好了！"古坚了慧高兴地拉起我的手，蹦蹦跳跳地往外走，那神态还是个十分快乐的小女孩。

我想去体验一下真正的日本茶道，走到一家茶室门口，古坚子慧犹犹豫豫地停下，说："继承君，要不，要不请你去家里的茶室？"

我说："岐阜县高山市？可是，时间来不及了。"

"那就下次，来日方长嘛，我想，我想亲自为继承君持茶。"

"来日方长"子慧是用汉语说的。

我说："子慧，谢谢你！"

因为我准确的理解，子慧更加高兴，她边走还边小声哼唱了一段优美的旋律。最终，我们找到一家提供套餐烧烤的传统炉端烧料理店。这里庭院阔大，花草树木葳蕤繁茂，室内木制装修，还有许多鬼怪的面具，让我想到了中国的傩文化。置身其间，仿佛时光倒转。

"我喜欢这里！"我说。

"我也喜欢！"子慧说。在等待上菜时，她打开背包小心地取出音乐盒，按了一下，伴着《欢乐颂》的优美旋律，琴台上的芭蕾舞女孩翩翩起舞。古坚子慧把头轻轻靠上我的肩膀，我感到天地间全都充盈着她那浓俨的深情和幸福的甜蜜。

假如，古坚子慧知道接下来发生的事儿，她还会如此快乐吗？谁知道呢？

未来的事情，只能交给未来。

登富士山，是调整行程后我和子慧最重要的行动。我们准备妥当便早早出发了。下了公交巴士，顺一条进山的小道一路走来，路越走越窄，游人也越来越少，最后，不知不觉间，前后左右就只有我和子慧了。子慧的直觉比我敏感，她停下，手有些颤抖，说：“继承君，我感觉哪里不对劲儿，这森林怎么越来越茂密了？”

我说：“不要紧，这里海拔低，再往高处走一会儿，就应该看不到树了，长白山就是这样的。”

我牵起子慧的手继续往前走。路越发窄了，森林也更加深郁浓密，一团团浓重的雾气不知从什么地方冒出来，渐渐弥散在整个大林子里，把高大的乔木、低矮的灌木和蒿草拥挤着的有限空间填满，让人有了窒息感。随着山岚雾气越来越浓重，我不禁打了个寒战，特别是那团浓重的黑雾包围过来时，子慧浑身剧烈地颤抖起来。

我低下头仔细辨认脚下似有若无的小路。一开始还能感觉到行走在坡地上，我们是顺着山坡往上走的，山坡就是方向，只要上山坡或者下山坡，总还能走出这片浓密骇人的大森林。此时，双脚明显感到行走在平地上，虽然轻松了不少，但却让我更加紧张。这应该是富士山中的高山台地。在我的老家，高高的山峰总有几个台地的，称为二台子、三台子，如果离开了小路，我们很可能会迷失在这片平坦的台地中。

待黑雾飘散，我发现，脚下没有了路，那条似有若无的小路早已消失得无影无踪。我唰的一下紧张出一身冷汗。

古坚子慧说：“太阳早该升起了，不应该这么黑暗啊。”她抖抖地抬起手腕看表，“怎么停了？”说着又拿出手机。

我急忙说别看！可还是晚了一步。子慧惊叫一声，她的嘴张成了大大的O形，嗫嚅着说：“难道这是、难道这是——天啊！”

子慧急忙拨了几个号码，说：“手机也失灵了！”我知道她拨的是911，刚才我已悄悄地试过了。

我们无意间闯入了一片诡异的危险地带！

“想不到，美丽的富士山，还有这么要人命的鬼地方。”我嘟囔了一句汉语，子慧听懂了，她说：“一定是！”

我说：“是什么？”

“都怨我！”子慧自责着，左右瞅瞅，说，“继承君，我要上厕所！”

我拍拍子慧的后背，说："别紧张，没事的！"

"我真的要上厕所！"

"那，就地解决，视线别离开我！"

"不行！"

"我转过身去，闭上眼！"

"还有声音呢，太不雅！"子慧说着弯下腰。

我指着七八米外的一丛灌木，说："那后面，听话，千万别走远！"

子慧急忙奔过去，隐在树影后。又一片浓重的黑雾飘过来，我叮嘱子慧黑雾飘散前不要走动。可是我没有听到子慧的声音，四周传来一片嗡嗡的回响，倒好像我的声音。我感到后脊梁一阵凉飕飕的，头发一根根直挺挺地竖立起来。我怕黑雾愈发浓重子慧找不到我，便借着朦胧的光线向那丛灌木靠近，我确信这丛灌木一直在我的视线中没有离开，子慧就是在那树影后面。可是当我走到那里时，却不见了子慧的身影，我急忙绕着灌木丛转了一圈，还是没有。我揉揉眼睛，仔细看了一下，发现四周几十米的距离内有十几丛这样的灌木，我奔向最近的一丛，跑出几步，突然反应过来。我意识到自己的不正常，想起了提醒子慧的话，努力控制住刚才的想法，假如我把这些树丛都搜索一遍，找到子慧的概率只有十几分之一，更多的可能是我会离子慧越来越远，现在，如果子慧还蹲在那里，我和她的距离顶多也就十几米。

我慢慢冷静下来，钉子一样钉在那里，一遍遍大声喊叫，叮嘱子慧原地别动。

终于，嘈杂的声音中似乎有子慧的声音传来，声音微弱且辨不清来源，好像从四周传来的回响，也有点儿像从地底下冒出，隔着很厚的土层，但我听出那是子慧的声音。

子慧提醒我不要走动！

待黑雾飘散，森林里复又空出可隐藏万千冤魂和鬼魅的缝隙时，我循着子慧的声音转过头来，子慧竟然站在我左侧后十几米的一丛灌木旁。我再次惊出一身冷汗。

子慧不顾一切地冲过来。

我迎上前去。

我和子慧紧紧地拥抱在一起。

子慧抖动着双肩，边哭边说："继承君，我再也不和你分开了！"

我轻抚着子慧的肩头，又拍拍她的后背说："别怕，有我呢，一切都会过去的！"

子慧渐渐止住哭泣，用手背抹一下泪痕。我找出一袋湿巾纸递给她，她又随手放进包里，说："留着吧，关键时候用。"

子慧突然平和淡定的声音让我惊异，更让我感到目前处境的险恶。我说："你知道这是什么鬼地方了？"

子慧点点头，说："应该是树海，青木原。都怨我，功课没有做足，领错了路！继承君，对不起，真的对不起！"

子慧双手握在身前，深深地给我鞠了一躬，让我有些不知所措，我说："不怨你，或许是上苍又在考验我们，咱俩都经过一劫生死了，不怕！"

我终于冷静下来，听子慧讲这片自杀森林是多么诡异多么有名，她虽然从未来过，但在一些日本作家的文学作品中早有了解。

"继承君，我刚才看见死神了！长发披肩，长舌垂胸。"子慧平静地说，还笑了一下，脸上的泥道道显得牙齿很白。

我说："长舌垂胸那应该是吊死鬼呀！再看见告诉我，让我也开开眼！"我回应着子慧的笑容，在树林间找了块石头，折了一根树枝拍打一下坐下来。

"对呀对呀，来这里上吊自杀的人很多呢！"子慧打开包拿出一瓶水递过来，我接过拧开又递给她。

"你喝呀！"

"我不渴！"

我的舌头在干涩的嘴里转动一下。上山时，子慧说沿途能够买到吃喝，我们就没多带，每人包里两瓶水一块面包，子慧包里还有两块羊羹，我的包里是两根火腿肠。刚才一紧张，我们都喝光了一瓶水，空瓶子也不知扔到什么地方了。剩下的这点食物和水能维持多长时间呢？

"继承君，我们咋办？"子慧把头靠到我肩膀上，轻轻地小声说，她说的是汉语，并且有意放慢语速，我知道经过了最初的慌乱她也在尽力淡定着，并且她的淡定对我影响巨大。

我把子慧的包拿过来，装到我的包里，说：“第一要冷静，不要慌乱；第二要保持体力；第三要明确行动方向。还有最好能找到水，不过要是找到小溪小河什么的，也就找到行动方向了。”

“继承君，我听你的！”子慧站起来，仰起头努力在树隙间寻找天空和太阳。可是浓密阴郁的大森林里，荫翳蔽日，一团团山岚雾气不断从脚下的什么地方冒出来，幽幽地升腾到半空，填补着树冠枝叶间的空隙，别说是太阳，连巴掌大的一角蓝天也寻觅不得。

子慧最终失望地叹了口气，坐下来。

书上曾说，山林向着太阳也就是南方一侧，树木的枝叶会粗壮密集一些，可这里根本无法分辨。我又拿手机调出指南针，那个红色的小针仍然东也不是西也不是地拿不准主意。

我问：“这是些什么树？”

子慧摇摇头。

这些阴森森的、长得一模一样的树可能是槭树科，如果是榆树或柳树，那它的树叶可以让我们多支撑一段时间。我开始对立即找到方向很快走出这片自杀森林不太乐观，这里的一切都太恐怖诡异了，既然无意间闯入了死亡地带，就必须做最坏的打算。肚子咕噜咕噜叫了，我拿出一块面包，掰开，递给子慧一半，子慧咬了一口，问：“你怎么不吃？”

“我不饿！”

“那我也不饿！”子慧把面包又递回来。

我只好举起手中的面包向子慧示意一下，咬下一口慢慢地嚼着，然后趁子慧不注意迅速塞回包里。

子慧说：“你吃得这么快？”

我笑笑说：“男人嘛，嘴大当然吃得快了。”

子慧拽过包打开，拿出那小半块面包，说：“继承君，你要饿死了，我还怎么走出去？”她又拿出一块羊羹，去了包装纸和面包一起递过来。

“你是男人，你必须比我吃得多才有力量，你要是不吃，那我也不吃！”

古坚子慧就那样固执地伸着手，在这个倔强的丫头面前，我只好妥协，接过来，把羊羹掰开。

“那咱俩均分，一人一半！”

“好，你得说话算数！”

子慧紧盯着我，我吃一口面包，她也吃一口，我咬一口羊羹，她也咬一口，我不吃，她便停下。终于吃完，子慧递上水瓶，我慢慢地喝了一小口递回去。子慧接过盖上瓶盖就要往包里装，我说：“你说的，说话算数！”

子慧打开盖，小心翼翼地仰起头。就在这时，森林里刮过一阵风，树海深处似有万千冤魂在呜咽悲鸣，那才是真正的鬼哭狼嚎，听得我浑身一抖，唰的一下起了满身鸡皮疙瘩。

子慧本能地扑到我怀里，她微蹙着眉头，惊恐地盯着头上的树冠，好像那阴沉黑暗的枝叶间隐着一个青面獠牙的魔鬼，会随时闪出来把我俩撕成碎块吃掉。

好一会儿，树海的悲号停止，子慧突然惊叫一声：“雪，富士山的雪，继承君！”

斜上方，顺着子慧手指的方向，在树冠的枝叶间，真的开了一个天窗，富士山的皑皑白雪好像近在眼前，又远在天上。我换了个角度再看，大致可以确定，我们面对着的方向就是富士山的主峰，而身后就是我们来的方向。

子慧完全赞同我的判断。我兴奋地拿过子慧手中的水瓶，猛喝两大口，是鼓励子慧也是给自己打气，说：“你也多喝点儿，要快！趁着能辨别方向，一鼓作气冲出这片死亡之森。”

子慧向前指了指，问：“继续上山吗？”她显然比我乐观。

我说：“不，保持体力，下山。”

我背上包不由分说牵起子慧向山下狂奔，不时回过头找一下富士山的雪做参照。我期盼着上苍能多给我们些时间，让头顶的山岚雾气合拢得慢一点儿。

因为走得急，不一会儿，我和子慧就汗流浃背气喘吁吁了。见身后的一角天空和皑皑白雪一直跟着我们，我多少放下心来，稍稍放缓了脚步。子慧拢一下被树枝剐得乱蓬蓬的头发，抹一把汗水，就愣在了那里。顺着她的目光，在视线的余光中我发现，脸颊右侧的树枝上，一双邪恶的小眼睛正不怀好意地盯着我，眼睛后面是个长长的花花绿绿的家伙。一条大蛇！大蛇在树枝上晃晃悠悠，长长的红信子嗖嗖地吐着阴森森的冷风，准备向我发起致命的一击。

关键时刻，子慧用力拉了我一把，我扑到子慧身上，子慧被我扑倒在地，我们就势翻滚到一边，喘息了好一会儿才爬起来。大蛇早没了踪影，我有些遗憾，觉得应该打死它，关键时刻也许它能让我们活下去。

子慧说："我们不需要它了，走！"

好在，身后的富士山和白雪，还在。

又走了一会儿，一棵粗大的朽木横在眼前，我蹲下，让子慧踩着我的膝盖，我推着她的屁股把她举上去，然后，子慧回身拉我上去。我攀上去的瞬间，子慧用力过猛，滑了下去。她像是被什么东西绊了一跤，紧接着发出一声惨叫。

我浑身一颤飞身跃下，一把将子慧拉起来。朽木下，两具骷髅斜靠着在一起相互搂抱着，保持着我和子慧刚才的姿势，一根白森森的腿骨被子慧踢到了一边。我感到一阵毛骨悚然。

"前辈，对不起，打扰了！"我对着骷髅微鞠一躬，拉起子慧赶紧离开。

子慧说："他们，他们也是情侣吗？也是迷了路死在这里的吗？还是到这里殉情自杀的？"

我说："也许，也许，是吧，谁知道呢？你渴了吧，喝水！"

又走了一会儿，一股难闻的气味飘过来，越往前走，气味就越大。最后，我分辨出是令人作呕的恶臭。

"我恶心，要吐！"子慧说。

我说："坚持一下，这也许是好兆头。"我想这气味只有人类能弄出来吧。这想法还没等我说出来，我就肝胆俱裂地浑身一哆嗦。在我们要走过去的正前方，离地不高的树杈上，荡荡悠悠地吊着一个人，气味就来自那里。好在，这人是背对着我们，没有让我们看到他那骇人的长舌头。

我急忙拿手挡在子慧眼前，说："子慧别看，千万别看，咱绕过去。"

我推着子慧往回走，子慧双肩一抖一抖地开始哭泣。我安慰着子慧，想这自杀森林还真是名不虚传！

我们终于摆脱了那令人作呕的恶臭气味，天已经昏暗下来。身后，早不见了富士山的白雪。我和子慧却坚信，我们是一直朝着山下走的，按时间推算，我们应该走出这片高山台地了，可脚下仍没感觉到早晨上山时的坡度。

“看来，我们今夜得在山里过了。”我故作轻松地说，松开一直紧握着子慧的手，停下脚步。大概一个小时前我就边走边寻找过夜的地方了，这里的树木稍微稀疏，灌木旁有一块大石头，离大石头不远一棵高大的树木侧歪着，粗壮的树根被抻成板状，翘出地面一米多高，不仅可以挡避风寒，靠着它还可以躲避来自身后的危险。

“你确定今天走不出去了吗？继承君。”子慧心有不甘。

我向上指了指，说：“这不是雾，天说黑就黑了，天黑了绝对不敢乱闯的。”

“听你的，继承君！”子慧说着退下牛仔裤方便，这是当着我面的第三次，前两次她都命令我转过身去，闭上眼睛，或再说一句“不许听”，然后才安心。我学着前两次的样子，转过身去闭上眼睛。待子慧站起身来，我发现似乎一眨眼，大森林的夜幕就降临了。这里的夜不是从暗沉的天空降下，而是从地底下冒出来的，一团团黑暗夹带着骇人心魄的恐惧，幽幽地升腾起来，不一会儿就挤满了树木间的空隙。黑暗和恐惧使空气变得黏稠起来，让人能够感知和触摸，伴随着一阵阵悲鸣哀号，身边似乎拥挤着成千上万的冤魂，好像每走一步都能和它们撞个满怀。

我牵着子慧绕过大石头，让她坐到大树根前，说：“眼睛盯紧我，不能离开你的视线，离开十几二十米就赶紧叫我。”

子慧点点头，急忙从包里掏出手机打开手电给我照亮。

我向子慧翘翘大拇指，飞快地就近折了一抱树枝，又去大石头旁搂了一抱去年干枯的草，最后折了几根长一点儿的枝条。我没有刀具，折不动稍粗的，便找了一块锋利石头砸。我把长枝条一头搭在树根上，另一头插进泥土里，将树枝从下往上挂上，又把干草铺在地上，搭了个小小的简易窝棚。

做完这一切，天也黑透了。

我让子慧钻进窝棚，我坐在外面正好给她遮挡，这让她多少有了点儿安全感。

子慧说：“训练过野外生存？继承君。”

我说：“没有，小时候在老家山里生活过一段时间。”

“那很苦吧。”

“不，很快乐！在山里玩游戏，搭过很多这样的小窝棚。”

“想到过我吗？”

“有时候真想过，你信吗？搭个窝棚和一个漂亮的女孩住，该多好！”

子慧哧哧地笑：“真的啊，你好早熟啊，不过那时候我们要在一起该多好！”

“那时的练习，可能就是为了今天吧！”

沉默了一会儿，子慧把右手从我的左手中抽出来，伏上我的肩头，然后双臂环上我的脖子，幽幽地说：“谢谢你，继承君！让我终于遇到了你。你别担心，我不怕死，我做好死的准备了，虽然有遗憾，可是和你在一起，我还是很快乐很满足的。”

我知道子慧在安慰我，想让我尽量放松下来，便轻轻抚摸着她的后背，说：“子慧，别说死，我们不能死也不会死的，我们才刚刚在一起，我们明天一定能走出去！”

“这是我的心里话，我是认真的，和你一起去死，我真的感觉很幸福！”子慧用汉语说，每当她要认真郑重地表达想法，或者需要着重强调时，她都改用汉语。

“我知道，我知道的，可是，你一定要记住，为了幸福，我们一定要活着，明白吗，子慧！”

“明白，继承君，那我们吃点儿东西好吗？”

包里还剩下一瓶水、一块羊羹、两根火腿肠和一块面包，如果不能很快走出去，死亡真的已经迫到眼前了。而这点食物和水，就是我和子慧活下去的最后希望。

子慧打开手机照明，我掰下一半面包递给子慧，又拧开水瓶递过去。子慧把面包送到我嘴边：“你先吃第一口，继承君！”

我轻轻推开子慧的手，说：“子慧，你听我说，剩下的面包必须给你留着，我虽然在河口湖呛了水，但目前的体质不知道好过你多少倍，不吃不喝抗几天没问题，可你就不行了，一天你可能都挨不下去，所以，为了我们幸福的未来，你，必须听我的！”

子慧扑闪着大眼睛，把半块面包默默地塞回包里，嘟一下嘴用汉语说：“继承君，你不守信！”

然后，她关掉了手机，伏在我怀里，长久地沉默不语。我只好妥协，说：“那面包留给你明天吃，今晚咱俩吃火腿肠和羊羹，好不好？”

“好！”子慧高兴地坐起来。

我拿出火腿肠和羊羹分别一掰两半。

子慧怕我再作弊，一把夺过去，说：“我喂你！”

我也怕子慧不吃，说：“那我也喂你。”

关掉手机，恐怖的大森林复又陷入漆黑一片。

黑暗中，我和子慧互相摸索着给对方喂食。

子慧说：“我俩多像两只落难的小鸟啊！”

“不是落难，是相濡以沫！”

“错了，这是鼻子！”子慧嘻嘻笑着扳着我的手把火腿肠送到口中。

面对随时可能到来的死亡，在这恐怖到令人心胆俱裂精神崩溃的自杀森林的夜晚，子慧竟然开心地笑出声，她的坚强达观让我肃然起敬。从小到大，我自认天赋异秉，内心深处常以自豪的目光傲视所有同龄人，可是，我遇到了子慧，我很庆幸，棋逢对手，将遇良才。人生对自己另一半的寻找往往就像子慧说的这样，等待了百年千年，这个让你折服、让你尊崇、让你甘愿燃尽生命之火去倾心相依相恋相守相爱的人才蓦然惊现。

黑暗的夜，更加黑暗了。我抬起抚在子慧肩头的手晃了晃，眼前除了黑暗，还是黑暗。没有一丝风，黑暗深处，却不断涌出一阵阵低吟悲号，拖着长长的尾音，似有万千冤魂争相向你诉说着它们的千古悲苦。鼓励你解脱，邀请你参与。

“我控制不住了，想加入它们，继承君！”子慧伏在我怀里幽怨地说。

我说：“别听，闭上眼睛睡一觉，天就亮了！”

“闭上眼也有，继承君！”

“那是你的幻觉，别怕！”

“睁开眼更多，它们在大石头那儿，死神，不，伸长舌头的吊死鬼一样，跟我打招呼呢，朝我俩蹦过来了。”

我毛骨悚然，急忙打开手机，一道细细的光柱劈开浓重的黑暗。灌木丛边光溜溜的大石头，像命运之神一样冷着脸。

子慧微笑一下，放心地闭上眼睛。

我借着手机的光亮，轻轻梳理了一下子慧蓬乱的头发，她虽是短发，但发型也让树枝剐得不成样子了。白皙的脸上还挂着汗痕泪痕留下的泥道道。

子慧微笑一下，用汉语说："蓬头垢面，是吧，哎呀顾不得了，我最丑的一面都让你看到了。"

"不，在我看来，这是你最美的一面！"

子慧终于睡着了，我确认她是带着微笑入睡的。

我插上充电宝，关掉手机，在万千鬼魂悲苦的呻吟声和哼哼呀呀的惨叫声中闭上眼睛。

我确认睡过去了，并且睡得很沉，因为子慧焦急地摇醒我时我的头脑一片混沌，停了大概有几秒钟，我才把记忆的链条接上。

"继承君，快看，那是什么鬼？"

我以为子慧又产生了可怕的幻觉，可不是，这一回我也看到了，幽深无边的黑暗中，有两个亮点在飘忽移动，似鬼火，荧光闪闪的。子慧伏在我怀里有点儿抖。

"飘了好一会儿了。"子慧说。

"别怕，可能是鬼火！"我轻轻拍拍子慧的头。

鬼火移动的速度不快，似乎悬在半空中，我目测了一下，估计大概比大石头更远。

两个亮点让黑暗变得更加神鬼莫测了！

飘忽了一会儿，鬼火好像慢慢向我们飘过来。子慧爬起来，双手紧抓住我的胳膊。

当鬼火飘到大石头远近的距离时，我听到唰啦唰啦的声响，本能地将握在手里的石头投了过去——那是我搭窝棚时斫枝条用的石头——然后我把一根木棍紧攥在手里。我就准备了这两样武器，后悔没多捡几块石头了。

鬼火停住了，大概感受到了我的威力。子慧松开我的胳膊，把手机递到我手里。我一手持棍一手持手机，等待着，不管你是青面獠牙，还是血舌垂胸，若敢伤害我的子慧，我一定跟你拼个你死我活。

终于，鬼火又犹犹豫豫地向前移动了，待唰啦唰啦的声响越来越大，还夹杂着喘息声时，我舞动一下手中的木棍，点下按钮。

强烈的光线中，一条黑影嗖地一闪。

“是狼！”子慧惊叫一声，然后，她似乎轻松地呼出口气。

我浑身一颤，是狼更可怕，若是鬼，我们只需战胜自己，可这条恶狼会严重威胁我和子慧的安全，如果再招来一群，那会瞬间夺走我们的性命。

好在，这条狼迟迟没有发出那声令人胆寒的长嗥，它只是隔一会儿向我们靠近，打开手机，再躲走。大概也是在这幽暗的树海中生活久了，它对光明特别害怕，可是它又无法拒绝鲜活食物的引诱，特别是子慧，在狼的眼里，该是一顿怎样鲜嫩可口的大餐呢？

我慢慢地放下心来，让子慧再睡一会儿。

子慧说：“我睡了好久，这天怎么还不亮。你睡吧。”她拿手机，我没松手，就势把她按在怀里，说：“听话，我已睡足了！”

子慧便再次睡去。

我就这样和狼僵持着，一头狼，只要我不睡过去，凭手中的木棍战胜它还是有信心的。直到天色微明，子慧还在沉睡，狼已不见了踪影。

嗓子干涩难忍，喉咙像裂开了无数道小血口。我扭头看了看打开的包，其实不用看我也知道，还剩一块面包一根火腿肠半瓶水，还有一个空瓶子。我决定无论子慧怎样坚持，这些食物必须全部留给她，我相信我的体能，即便她不再吃喝，最坏的打算是等她饿昏渴昏时，我不至于束手无策。

我小心翼翼地将子慧的头轻轻地放到树枝上，睡梦中她已将半躺半坐的身体蜷缩成侧卧，那姿态还算舒服。我走出几米，摘下几片树叶舔了舔，我很奇怪，这里树叶上的露水怎么这么少。

这时听到子慧呓语着说：“继承君，去准备早餐吧！”

我几步走回窝棚，又听子慧说：“转过身去，闭眼，不许看不许听。”

我笑一下，说：“好的，不看也不听。”

我把面包掰下一半递到子慧嘴边，她醒过来说：“还是你先吃！”

我双手扳着子慧的肩头，郑重地说：“子慧，我说过了，我的体质比你好，耐受力比你强，比你多抗几天，没事儿的。”

子慧没吱声，拿开我的手，仰头看着我，幽幽地说：“继承君，我也说过了，你要是先饿死了，我一定和你一起去死的！”

“你要想到活，幸福地活，干吗总想到死啊？”

“活，并且是幸福地活，当然好！”子慧改用了汉语，“可是继承君，死，又有什么不好呢？当命运安排我们走到那一步时，让我们微笑着一起去面对死亡吧，那是多么辉煌壮丽的时刻啊！像怒放的樱花，刹那芳华，然后，瞬间寂灭，我们的生命一定会迸发出更加绚烂的光彩，我们的灵魂也一定会得到神圣的升华。特别是现在，继承君，茫茫人海，我们这对失散了百年千年的情侣，相思了百年千年，寻找了百年千年，现在终于又相逢了，如果命运安排我们死在这里，我也是满怀欣喜的，继承君！”

子慧定定地瞅着我，话语间，她好像对死亡充满了无限向往，这让我感到可怕。我蹲下身，盯着她看了一会儿，说：“子慧，那你告诉我，在你的心里，死亡那一刻，到来没有？”

“现在还没有，不过快了吧，我俩得有这个准备。”

我释然了一些，说：“那好，你吃了它。”

“不！”子慧摇摇头！

“那你喝口水！”

“也不！”

然后，子慧越过我肩头的目光，定住不动了。

十一

让子慧神往的那一刻，还是很快到来了！

我惊骇地回过头，发现那块大石头上竟然伏着个什么东西。我捡起木棍，小心地一步一步往前走，子慧双手扯着我的左臂，每一步她都在向后使劲儿。

“狼！昨夜那只！”走了几步，子慧先看清了，黑色的背，苍青的身，淡黄的爪子，静静地躺在大石头上一动不动。

“不太像狼，可能是条野狗。”我胆子大起来，牵着子慧的手走上前去细看，果然是条狗。

狗听到声音，眼睛抽动了一会儿，才慢慢睁开。没有了昨夜鬼火般幽幽的荧光，反倒现出一丝哀怜，就像一个濒死的孩子的眼神，我断定它是被我们的食物吸引过来的。

“它病了吗？”子慧扑闪一下长睫毛。

“好像是饿的。”

子慧急忙返回窝棚，又三两步跑过来，没容我反应过来，剩下的那半块面包就被送到了狗的嘴边，狗嘴一张，脖子一抻，吞掉了。

我在一旁看得目瞪口呆。

“真可怜！你是黑暗中跑来的，就叫你黑暗，好吗？”子慧大着胆子上前摸了摸狗头。狗张一下嘴，好像要舔子慧的手，可终究力气不足，只动了动头向子慧表示亲近。

“继承君，它会死吗？”

我哭笑不得，死死盯着子慧，子慧吓了一跳，她反应过来，给我鞠了一躬，说：“继承君，对不起，我没顾上多想，你别生气，好吗，求你了！”

我没有吱声，子慧又鞠一躬，说：“继承君，你就当——就当我吃了，好吗？”

我叹口气，拍拍子慧的头，说：“你啊，说你什么好呢！刚才你还说死是多么辉煌壮丽的事。”

“可是，继承君，它是狗呢，它不是我啊！”子慧又去抚摸狗脑袋。

就在这时，我突然感到一丝不祥，打着寒战前后左右上下扫视了一圈。我发现大石头旁立着一根树叶蔫掉的枝条，这不应该是我昨夜留下的，在大石头上，我只搂了一抱干草，那最近一定有人到过这里。这样想着，我又看到了地上的那张纸，那张包羊羹的纸，大概是昨天中午，我和子慧吃饭休息的地方，然后我们看到了富士山的雪，确定了方向，离开了这里。

天啊！

我牵起子慧的手想离开这里，可她还是发现了，弯腰拾起那纸片，平静地说："难怪我一直瞅着眼熟，我们走了那么久，竟然又绕回来了！"

这时，我感到死亡真的来临了！

原来想再等等，等昏暗的天窗开道缝，再看到富士山的雪时，我们狂奔一下，说不定下一分钟就能走出死亡森林。现在这最后的一线希望破灭了，能想的办法全都想过了，仍然无法确定方向。我们只能保持体力等待别人发现，在这阴森恐怖的大森林里，可能性为零，除了等待最后时刻的到来，还能做什么呢？

我和子慧沉默着牵手走回树根下的窝棚，子慧从包中摸出最后半块面包和那根火腿肠。

我说："你吃一点儿吧，让我再想想，还没到最后的时刻。"

子慧笑笑，默不作声地站起来。我明白了她的意思，拉住她。

"继承君，你就当我吃了吧。"

我没有松手。

"继承君，在这个地方，多一点儿时间和少一点儿时间，意义是一样的！"

我仍然没有松手。

"求你了，继承君！"

我坚持着。

子慧的眼底亮光闪闪，泪唰地流下脸颊，她就瞪着一双泪眼静静地望着我。我知道，她这哀怜的神态在我面前永远是战无不胜的。

我只好妥协，在子慧答应把那根火腿肠留给自己后，让她把最后的半块面包又喂给了黑暗。然后，子慧便坐回窝棚里梳理蓬乱的头发。她打开手机的镜子，一丝不苟的梳理着，又撕开那袋湿巾纸擦脸、脖颈、手和手臂上的泥道道，她擦得十分认真仔细，就像一个梳洗打扮将要出嫁的新娘。渐渐地，子慧又容光焕发起来，那白皙的脸颊脖颈手臂又闪着瓷一样的光芒。

"我美吗？"子慧问。

我点点头。子慧就张开双臂扑到我怀里，她双手环着我的脖子，仰起脸主动亲吻了我好一会儿，喘息着说："继承君，让我做你的新娘，好吗？"

我想继续亲吻子慧，她把脸偏向一边，改用汉语："继承君，我准备好了，这一世，我们——可以——做夫妻……"

我扳过子慧的脸，用力吻住了她的嘴，许久许久，当我感到嘴唇麻木了时，一颗大滴的泪掉落子慧白瓷一样的脸上。

子慧吓了一跳，伸手擦我满脸的泪痕，说："继承君，你哭了，我做错了吗？你别哭啊！"

我握住子慧的手，说："谢谢你，子慧，你没有错，可是，你知道的，在我心里，你就是仙子就是天使，就这样让你做我的新娘，太亵渎你的感情你的圣洁了！我不甘心。如果，如果这一世，我们就结束在这里，那，我们就希望在来世，轰轰烈烈地做一世长相厮守感天动地的挚爱夫妻吧。"

泪水涌出子慧深潭一样的大眼睛，把长长的睫毛濡湿，我们哭着亲吻，亲吻着流泪，最后倦了，累了，相互搂抱着沉沉睡去。

醒来时，大森林依然阴暗着，是否又过了一夜，我不确定，感觉才刚刚睡了一会儿。我把子慧的一缕秀发轻轻理到耳后。子慧睁开眼睛，眨了眨，盯了我足有一分钟，说："继承君，我们还活着？"

"当然！"

"又赚了！"子慧笑笑，抬起头看大石头，黑暗仍趴在那里，只是这回，它掉了个，把头冲着窝棚。

"它，活过来了呢！"子慧惊喜地叫了起来。

我说："是的，狗都不容易死，何况我们人呢！"我搂着子慧的后背拍了拍。

"继承君，说点儿什么吧。"子慧扑闪着大眼睛，语气平静安详，"什么都行，我都愿意听。"

我便缓缓地给她讲少年时神秘而美丽的玛珥湖，严格说来那是父亲的老家，讲我的中学、大学，讲我和李白有关的硕士论文。

讲完这些，子慧又说："讲讲你家里的亲人吧，我想听。"

这是我不想说的，可子慧愿意听，况且到了这个时刻，讲讲也无妨。我讲了和父母的矛盾，讲了他们给我安排好我不想干的工作，让我娶不想娶的姑娘。

子慧听了咔咔地笑，说："你们中国父母还是喜欢包办一切？包括婚姻？"

“早不了，不过凡事都有例外，也有很大一部分父母喜欢这样。”

“所以你就反抗，逃避？”

“别无选择！”

“我支持你，继承君！”子慧说着，伸手拍拍我的脸。

我说：“该你了。”

子慧说：“我的经历很简单，幸福的童年，快乐的少年，多彩的青年。生在高山市长在高山市，在岐阜市念大学。爸爸经营着一个家族小企业，做岐阜团扇和木制家具、木雕什么的，姑姑经营着几家连锁的汉医馆，所以她经常去中国。我爷爷曾说我们家和中国人有缘，现在看来，真的是呢！”

“就这些？”我心有不甘，“我觉得，你应该有更丰富的人生经历的。”

“嗯，真的没有了，就这些。”

“你学的是工科，怎么又喜欢上摄影绘画了？”

子慧眨眨眼，说：“数理设计，其实也是某种意义的绘画啊。老师说可以借鉴艺术美学的许多东西，我非常赞同。你知道黄金分割吧，你眼睛的大小和位置，你的鼻子和你的嘴，你的胳膊和你身材的比例，肯定符合黄金比，否则你就不可能是帅哥了。人类早已告别了原始的蒙昧，现代工业产品不只是满足人们的功能需求，还有审美的需求，这就是我们数理设计该干的事。简单地说就是运用等差数列、等比数列、调和数列，等等手段，找出数理比例设计的基本尺寸或者各种比例关系中的黄金比，把一件产品设计得更美观更有视觉审美效果，更吸引眼球。”

“要是我说了算，就把你们专业划到艺术类里去。”

“错了，工业产品的属性不能改变！”

子慧妩媚地笑笑，原谅了我的孤陋寡闻。

终于，又说到我的专业，李白和日本籍的大唐高官阿倍仲麻吕——晁衡。

子慧说：“晁衡我知道，李白好像还写诗纪念过他。”

我吟道：“日本晁卿辞帝都，”

子慧接上：“征途一片绕蓬壶。”

我吟：“明月不归沉碧海。”

子慧吟：“白云愁色满苍梧。”

当年，晁衡归国途中遇风浪，死亡的消息传到长安，友人们给晁衡建了衣冠冢，李白在冢前写下了这首悼亡诗。后来，晁衡成功脱险回到长安，读到了此诗。

“你说，晁衡回到长安，得知这么多友人怀念他，该是什么心情？”子慧扑闪一下长睫毛。

我说：“其实，我更感兴趣的是太白老先生得知晁衡活着时是何等欣喜！”

这一刻，太白先生的不朽灵魂突然就穿越了千年时光，来到了我身边。在这幽暗的充满死亡气息的自杀森林里。老先生长袖挥舞，衣袂飘飘，正高声吟唱着：

“欲渡黄河冰塞川，将登太行雪满山。……行路难！行路难！多歧路，今安在？……”

吟毕，太白先生的身影渐渐没入树海深处。我一个激灵坐起来。

“长风破浪会有时，直挂云帆济沧海！”太白先生余音袅袅，从时空的深处传来。

这一刻，我终于又领悟到了太白先生的神谕。

“我们不能这样等死，必须尽量争取！子慧，你明白吗？”

我拎起木棍，一步一步走向大石头。子慧愣在那里，刚才子慧抬头瞅黑暗，我就灵光一闪，是太白先生坚定了我的信心。

这条狗的确是饿的，一个面包下肚，精神了许多，见我走来，竟半支起前爪，头向我伸了伸，抽动了一下鼻子，大概在判断我是否又给它带来了食物。

我把足够大的力量集中在右臂，就要在空中划出一道弧线时，子慧突然在身后抱紧了我。

“求求你，继承君！它已经活过来了，你不要再伤害它，求你啦！”

我挣扎了一下，没有成功，子慧大概用了全身力气。我轻轻拍拍子慧的手，叹口气说：“子慧，也许这条狗就是苍天派来救我们的，尽管它很瘦，可它的血、它的肉让我们支撑十天八天没有问题，这么长的时间，我保证能想出办法，我们一定能走出去，就是背，我也能把你背出去！”

“不，我不许你伤害它！”子慧的下巴抵住我的后背，双手死死扣在一起，勒在我的腹部。

我只好侧转身体，方便右臂活动，却被子慧趁机扯倒在地。

子慧像一头突然发了疯的小兽，怒视着我大吼：“那你先杀了我！”然后她又转过去，冲着狗大叫：“黑暗，快跑，逃命去，快跑啊！”

黑暗开始被吓傻了，这会儿好像终于明白了子慧的意思，后腿一弓，竟然摇摇晃晃地站了起来，然后踉踉跄跄下了石头，瞅瞅子慧，一步步向树海深处走去。

子慧转过身来，怒气咻咻地挡在我和狗之间。

这是我们最后的生机，不能由着子慧任性胡来，更不能让黑暗消失在视线中。我爬起来一把扯开子慧撵上前去。

“黑暗，快跑，跑啊！”子慧大叫着，扯住我的右臂，拼命往后拉。

狗快走了两步，可它实在太虚弱了，并没有达到跑的速度，如果不是子慧拼命拉着我，我早就撵上它了。

大森林里更加阴暗了，树的缝隙中不断涌出一团团骇人的黑雾，又一个夜晚即将来临。

我抱怨着子慧的任性，焦急地加快速度。子慧仍然拼尽力气向后扯着我，不断哀求着，一会儿日语一会儿汉语。渐渐的，她说累了，也许是看到我面目狰狞阴沉着脸，子慧终于闭上了嘴，只是双手仍然拽着我不放，让我拖得趔趔趄趄，白皙的手臂被树枝划出一道道血口。我狠了狠心，装作没看见。突然，子慧脚下一软，紧拽着我的双手松开了，身体像截木头一样倒下。

我本能地向前奔跑两步，又突然停下了。我若撵上了黑暗，结果了狗命，回来找不到子慧怎么办？那这一切还有什么意义？我急忙转回来察看，子慧双眼紧闭躺在草丛中，她是先晕后倒的。我大声唤着子慧，摇摇她的肩膀，子慧毫无反应。我把子慧揽在怀里，摸向肩头，不禁又是一惊，背包落在窝棚里了，我不知道走出了多远，但我断定不可能找回去了。我急忙摸口袋，手机随身带着，充电宝和那根火腿肠还有子慧的哈苏都在背包里。好在，我在子慧的上衣兜里摸到了那半瓶水。

子慧紧闭着嘴，水从干裂的唇流到嘴角，顺腮滑落。我只好把水含到嘴里，努力控制住咽下去的欲望，再喂到子慧嘴里。我想，也许这就是最后的时刻了，如果子慧就此休克过去，不再醒来，那这里就该是我们此生的终点了。半瓶水被我一口一口给子慧喂下，但她仍然昏迷着。我摸了摸她的脉搏，感觉比刚才明显了些，便扭头分辨黑暗逃跑的方向。我惊喜地发现，阴暗的树隙中，一双蓝幽幽的眼睛正望着我和子慧。

我抄起木棍，背着子慧吃力地站起来。我向黑暗微微鞠了一躬，说："黑暗，你都看到了，子慧为了救你，饿昏了，她就要死了，现在，为了救她，你必须得死，别怨我心狠，你的血还有你的肉能让我们多活十天，十天啊！"

我流泪了。

然后，我背着子慧，一步一步向黑暗靠近，当距离足够近，我举起棍子时，黑暗冲我龇了一下牙，掉头继续向树海深处走去。

我说："这回你跑不掉的，没有子慧阻拦，我一定能追上你！"

我背着子慧，紧盯着前面的黑暗，跌跌撞撞踉踉跄跄地走着，不去看路，不再辨认方向，我知道那些都没有意义。我的目标只有一个，追上黑暗，打死它，吃它的肉，喝它的血，让它来延续我和子慧的生命。空水瓶我没扔，用石头砸开它的皮，砸断它的血管，就能接到血了。

舌头似乎有了点儿潮湿，我咽了一口，嗓子干涩地痛了一下。我惊喜地发现，前面黑暗的脚步明显慢下来，它后臀向下塌着，似乎在努力用前爪拖着后腿走。它本来就饿得半死了，一块面包能支撑多久呢？也许不用我费劲儿，再追一会儿就会把它累死的，那样，我就没有负疚感了，子慧也不会再生我气了。

我这样想时，就感觉和黑暗的距离在一点点缩短。我抹一把满脸的汗水，信心大增，拼尽最后一丝力气，加快了脚步。而前面的黑暗却越来越慢，最后无声无息地躺倒在地上。

我一阵心花怒放，轻轻放下子慧，说："子慧，黑暗不是我杀死的，是它自己死的。"我找来一块锋利一点儿的石头，在手里掂了掂。我怕疼痛会让黑暗突然醒来，再作垂死前的挣扎，我举起了石头……黑暗就在这一刻突然睁开了眼，头努力地动了动，可终究没能抬起来，它的眼角竟然挤出一滴泪。天啊，难道它也不甘心这么死去吗？

树海里如此阴暗，这个距离我是不可能看到它流泪的。这样想着，我揉了一下眼睛，突然发现明亮了许多，大森林里什么时候变得如此明亮了？我抬起头，前后左右看了一圈。这里视野开阔，蓝天湛湛，白云悠悠，富士山的白雪光芒闪耀，一条小路如绸带般赫然飘荡在眼前。路旁的那块牌子上有一行醒目的字，"富士箱根伊豆国立公园青木原树海”。

我扔下石头，浑身软绵绵地踉跄到子慧身边，把子慧轻轻抱在怀里，任凭泪水扑簌簌地洒落子慧白皙的脸颊。

十二

子慧早于黑暗醒来，她看到四肢软塌塌地堆在地上的黑暗，右手使劲儿抠着我的肩膀，恶狠狠地说：“继承君，我杀了你！”

我疼得咧咧嘴，扶子慧坐起来。子慧瞬间惊呆，然后踉跄过去跪到黑暗身边，抱着黑暗嘤嘤地抽泣。

晚上，子慧摇摇晃晃地扶着我，我气喘吁吁地抱着黑暗，狼狈地出现在樱之都客栈时，年轻的店主吓了一跳。他说：“你们没有按时回来，我还以为出现了意外。”

我告诉他的确遇到了意外，然后请求他能让我们把黑暗暂时寄养在后面庭院。

店主摇头，说：“这恐怕不合规定，这条野狗应该交流浪动物中心。”

子慧简明扼要地叙述了一遍，说：“黑暗对我们有救命之恩，可以付费用的。”

店主这才勉强同意了。

当晚，子慧发起了烧，我要送她去医院，她说：“行李箱里带着汉方药，是葛根感冒冲剂。”我想这可能是她姑姑医馆经营的。我照顾子慧服下，又用凉水投了条毛巾敷在她额头上，守了她一宿。

早晨，我轻轻拿下毛巾，用手试了试，温度降了下来。看来，子慧的身体不似我想象的那样弱不禁风。我蹑手蹑脚来到后院，拿店主提供的狗粮喂给黑暗。黑暗的眼神明亮了许多，一双干涩的眼睛有了水汪汪的感觉。见我过来，它的大尾巴还摇摆了几下。我蹲下来，一粒一粒喂它，又拍它的头，说："黑暗，谢谢你！你别记恨我，都是为了救子慧啊！"

白皙的手臂从后面环过来，又双手交叠在我胸前，我贪婪地深吸一口带着奶味的香甜气息。

子慧弯下腰贴着我的脸，说："谢谢你，继承君！黑暗不会记恨你的！"

我抚摸着子慧的光滑手臂，说："子慧，富士山，我们还登吗？"

"登，登啊！干吗不呢。"子慧声音很轻，但很坚决。

休整一天，我们再次向富士山进发，想不到，这一次竟出奇地顺利。我们没在山下逗留，乘坐大巴直接到了五合目。下了车，没容我欣赏风景，子慧拽着我到登山纪念处拍照，她说一会儿人多就该排队了。

子慧举着我的相机，认真地变换着角度。她的哈苏留给了死亡大森林——那夜，她发着烧还心疼得直咂巴嘴，好在之前拍的照片都及时保存进了电脑小本。

"继承君，好像是深不够呢！"

我知道子慧用不习惯，说："我给你拍吧！我们有句俗话，'一分钱一分货'，景深够，谁还买哈苏。"

子慧笑笑，顺从地递过相机。我先拍人物，后拍风景，在子慧的指导下，架着相机，就像架着一支狙击枪，子慧指哪我打哪，将富士山的美丽风光一一记录下来，好留待将来，它们有幸被子慧选中，进入她的画作或者成为某个人物的背景。

我边拍边催促说："一会儿我们赶紧往山上走吧！"

子慧笑说："对不起，继承君，现在登富士山只能走到这儿。"

难怪昨天她不让我准备登山杖。我说："你咋不早说？"

子慧说："我怕你失望呗，你们不是常说不到长城非好汉吗？你要是想登顶，只能等 7 月份再来了，行吗？"

我说："半山腰，到了两千多米，也算是了，再说还和你在一起，怎么会失望？"

子慧伸手轻轻抚摸一下我的脸，妩媚地笑笑，在兜里翻找。

"找啥？"

"零钱，上厕所！"

我小声说：“这里没有青木原方便是吧？我可以闭上眼睛啊。”

“去你的！”子慧接过200日元，掐了一把我的胳膊，一溜小跑去了洗手间。

中午，在大餐厅吃完简餐，我要下山。

子慧扑闪几下长睫毛，说：“继承君，我想再晚一点儿，好吗？明天，我们又要天各一方了！”

我们来到外面，在游人稀少、离观景台稍远点的石头上坐下来。子慧很自然地把头靠上我肩膀，我们相拥着和眼前的富士山头默默对视，许久许久，直到晚霞热情奔放地在富士山头的皑皑白雪上跳跃燃烧，给子慧白皙的脸颊轻柔地镀上一层美丽的嫣红。

子慧说：“继承君，你什么时候回来？”

我说：“会很快！”

子慧说：“你看，富士山头都白了，那是被相思熬白的少年头啊。”

我说：“你放心吧，我决不会让你熬白少年头的。”

子慧说：“继承君，我不想和你分开，不想让你走！”

天地间溢满了子慧那浓俨得化解不开的离情别绪，我牵着她的手越握越紧。

空客320很快爬升到了飞行高度，穿行在云海间。窗外，大朵的白云越聚越多，最后堆成了一座又一座高大的棉花山，山与山的缝隙间，一张张挂满泪珠的脸颊全是子慧的。有几次，我甚至想伸出手去，替子慧擦擦那双朦胧的泪眼，再牵着她的手，在棉花山上跳跃打滚，手却一次次被冰冷的舷窗挡了回来。

“我很快就会回来的！昨天，不是说好不哭的吗？”

“谁哭了，我才没哭呢！”子慧努力地笑笑，有泪珠在她的大眼睛里晶莹闪烁。

“如果其他都办不成，那我还办个旅游签证。”

“嗯，好的，继承君，快些走吧，要不该误机了。”子慧说着，手却死死地攥着我的手不放。

我焦急地扭头瞅了一眼出关通道，说：“接上黑暗就先回家吧。”

“嗯，放心吧，我，还有黑暗在高山市等着你，望眼欲穿地等，你要是一去不复返，我就一直等下去。”

“怎么会呢？你救过我一命，黑暗又救过我一命，你们俩对我都有救命之恩，我岂能做忘恩负义的小人？”

“那好，记住昨天面对富士山我们许下的诺言。”

“别让富士山熬白了少年头！”我说。

“也不让玛珥湖蓄满相思泪！”子慧说完，眼泪还是没有控制住，扑簌簌地流下脸颊，“快走吧，这回真来不及了！”

我活动一下被子慧攥麻木的手。子慧紧咬着下唇，努力瞅我一眼转身跑去，边跑边挥手拭泪。

高山市，有一位美丽的姑娘和一条叫黑暗的狗在等着我，我一定要尽快回来。

我再一次默念着，暗自下定决心。飞机巨大的轰鸣声却震得我肝胆俱裂，使我毫无征兆地沉入无边的黑暗中。我还没有弄清楚是怎么一回事，便又一次失去了知觉。

我确定自己不是自然醒来的，而是好像有人拿铁錾子在一下一下凿开我的头骨，巨大的疼痛把我从黑暗中拉出来，我慢慢睁开眼睛，强烈的光晃得我一阵天旋地转，我急忙闭上眼。这时，我听到了一个声音。

“哥，你哪不舒服啊？可吓死我们了。”

我睁开眼，看到一张黑红的脸，想了好一会儿，终于记起来。

“继红，你咋来了？”

“你要再不醒，我们就要给九叔九婶打电话了！”

我发现床的另一边站着江欣怡和继青。

“承子，是不做梦了？这胡话让你说得也听不清个数啊。”清醒状态下的继青还是挺会说话的。

我努力回忆着黑暗中的一切，“好像不是梦，子慧是谁，还有黑暗？”我爬起来，拍一拍后脑勺，剧烈的疼痛正一波一波地冲撞着那里。

他们三个人一起摇头。继红递过来一条湿毛巾，说：“哥，你先擦擦，清醒一下。”

我说："黑暗，黑暗是一条狗，还有，富士山，什么地方？"

江欣怡微笑一下，说："日本啊，你还说没做梦，躺在床上就去了日本，不是做梦是什么？"

几个人一起笑起来。

他们不信我，这让我有点儿恼火，有点儿不自信，明明刚才很清晰的事，这回又都变得遥远而且模糊了。也许真是做梦吧，江欣怡是不会骗我的，自从我醒来，所有的事都历历在目，只有梦才是这个样子的。

"没啥事那我先走了啊，单位还一大摊子事儿呢，又是停锯又是下岗分流的。"江欣怡走了几步，瞅瞅继红和继青，停下说，"要不你俩多陪继承一会儿，大概是他昨天到处溜达，累着了。"

"你快去忙吧，这回你如愿以偿了！"继红说。

江欣怡撇撇嘴，说："跟你说你也不懂。那么多人咋安置，我要是继祖哥也得愁死。"

江欣怡去了，是婷婷袅袅地飘走的。让我想起了昨天玛珥湖上那个衣袂飘飘的白衣仙子。

我问继红，什么是停锯。

继红告诉我，就是停止采伐的意思。这玛珥湖周边方圆百十里的大森林，林业局管辖着十几个林场，几十年来，一直不停地砍伐，一车车原木源源不断地从大山里往外运。这些年江欣怡不知哪根神经搭错了，年年往省里跑，一篇篇调研报告往上交，坚决反对砍伐，呼吁立即停锯。可是现在，上级终于做出决定，她却好像又不高兴了，早没了当初那个劲头。

"她就是这么个怪人，时间长了你就知道了。"继红翘翘嘴角，有了不屑的神情。

"停就停呗，没事干正好天天喝酒，反正他们又没有地种，多好！"一旁的继青倒很看得开。

"都像你似的，一天到晚就知道灌猫尿，日子不过了？"继红瞪了继青一眼。

我看着见面就掐的兄妹俩，觉得玛珥湖的人真的很有趣。

十三

小三子拒绝拜师。

仝叔说："三小子，你将来会后悔的。"

小三子放下课本，背起手，摇晃着小脑袋，说："庄辛对曰：'臣闻鄙语曰：见兔而顾犬，未为晚也；亡羊而补牢，未为迟也。'仝叔，要是将来我后悔了，再拜也不迟啊！"

小三子说着，双手作揖向仝叔深鞠一躬。仝叔拍拍小三子的后脑勺儿，说："好小子，我倒没话说了。"

然后，仝叔就和小三子的爹李民谈正事，小三子继续给立秋、立冬和麦子开蒙。

其实，在三子的眼里，不光是秦大爷，仝叔更不是一般的人。

仝叔是玛珥湖的镇长，管着镇上大大小小一揽子事儿。他不光有文化，家里还有很多地，每当秋天，交地租的牛马车、小推车从仝家大院一直排出去很远。他家房子也多，进了大门拐过影壁墙一进一进的大长房子还分出了前院后院。前院是王管家和长短工住的，住后院的才是仝叔家。更让三子羡慕的是仝叔的三个儿子，二哥长河三哥长海都在海龙城里念书，大哥长江还漂洋过海到东洋去留学。东洋，那得见多大世面啊。

仝叔说他的祖上在南边的佟佳江两岸，那里仝氏后人最多，他们这一支是朝廷开禁丈荒放地时迁过来的，当时就买了很多地，是响当当的大户人家。

"叔可是正宗的镶黄旗人，仝，位列满洲八大姓之首。镶黄旗，你知道吗？由皇帝爷直接指挥的旗军，那可是八旗军里地位最高的。富察氏、叶赫氏好多个皇亲国戚都是咱镶黄旗。”仝叔每每和小三子炫耀。其实仝叔是个严谨的人，玛珥湖镇上，他只和小三子偶尔开句玩笑，他说：“咱俩是读书人啊，他们，都不懂。”

仝叔是来商量地租的。李民在玛珥湖边的家业除了这三间草屋、两间厢房、一座庭院，还有五亩薄田。这五亩薄田是官府丈荒放地时买来的。仝雄曾经不止一次地说：“早知闹不成事，还不如早点儿来玛珥湖种地了。”

这玛珥湖早年是皇帝爷的围场，后来挡不住流民涌入开荒，海龙府便丈荒放地。因是生地，价钱要比熟地便宜许多。玛珥湖平地少，李民又赶个尾，要没有秦金银帮着找熟人，怕是连这五亩也买不下。这些年他就是靠着这五亩薄田，苦巴苦业地熬着。后来孩子们逐渐大了，要供上七张嘴，还有三个孩子在海龙城上学，无论如何也撑不下去了，他便又从仝雄那儿租了五亩水田。仝雄这人不错，地租要得也不高，一亩两斗。玛珥湖这儿不缺水，无论年景好坏，一亩水田将近一石的收成，再扣除官府的地亩捐，他还能剩不少。

“不闹，咋知道成不成。人啊，不管是桥是路，走过来了，就全是风光。我地少，这不还有老弟你吗？”李民磕磕烟袋锅，从长长的烟袋杆上撸下烟口袋递给仝雄，“来一袋？”

“太冲，我抽这个！要不你也来一支？”仝雄摆摆手，从兜里掏出洋烟卷儿。

李民划火给他点上，说：“儿子在日本给你邮回来的吧？没劲儿，你抽吧，我别给抽瞎了。”

“空谷传声，虚堂习听，祸因恶积，福缘善庆，尺璧非宝，寸阴是竞……”

孩子们的诵书声传来，李民很受用地眯起眼。

仝雄说：“老哥，虎父无犬子，你当年跟着刘单子敢和老毛子、小鬼子叫板，依我看，这三小子不在你之下。林中俊鸟，人中龙凤，早晚成大气候。”

“老弟抬举了，一个十几岁的毛孩子！”李民口上虽然这样说，但心里早乐开了花。日子再艰难，只要想起孩子们，他就看到了希望。他突然想起仝雄不会无缘无故跑来跟他夸孩子，便问：“老弟有事吧？”

仝雄向李民抱了抱拳，说：“老哥，不好意思，这不又开春了嘛，我合计咱那五亩水田涨点儿地租吧。”

李民心里一紧，说：“我还寻思你要不租我了呢。那……涨多少呢？”

仝雄说：“不瞒老哥说，我们农会的那些田，早就一亩五十斤了，其他人的，我头一两年就涨了，你这是最后一份了，他们都一亩涨二斗，老哥，你这儿涨一斗吧。你别跟那些佃户说，供这好几个孩子念书，又起过事，兄弟敬重哥呢。再说，那些大侄子们将来出息了，我这当叔的还想着借个光什么的呢。”

“好，这份人情我记下了！”李民冲仝雄抱抱拳，心算了一下，要是一亩交四斗，再扣除地亩捐，那连一半的收成也达不到了，不免对仝雄心生感激。

秦金银在玛珥湖边也有十亩田的，也是五亩旱田、五亩水田，只是他的田都是自己的，年头也久远，当年围场丈荒时还给他收回去了许多，那可是一等一的熟地呀。从古至今，官府没有讲道理的，小草民就逆来顺受吧。秦金银每次说起，都像是让人挖走了心头肉似的。那地是祖上留下来的，传了多少代，秦金银也说不清，反正口口相传，有许多次这玛珥湖边就剩下他们一家人了，他们还是坚持了下来。最近这次康熙爷封禁围场，他的祖上在山里东躲西藏，和守边门的旗兵躲猫猫，最后实在坚持不下去了，流落奉天几十年，待形势稍有好转，爷爷就领全家返回了玛珥湖，可以说，秦家世世代代都是玛珥湖的居民。秦金银还有一条小渔船，农闲时还能去玛珥湖打鱼。玛珥湖水凉，出产的鱼不多，一种白鱼尺把长，还有一种叫柳根。但由于打鱼得不少，除去渔税和车船捐，收入还不错，加上四个姑娘只有二丫头立夏在城里读书，日子就比李民好过些。

秦金银也曾有过两个儿子，可都没“站住”，四五岁上全都得了黄水病[①]夭折了，接下来媳妇就一连串地给他生了四个姑娘。“这都是命啊！可能我命里无儿，只是……”秦金银每次说到这儿都满腹心事地止住，好像生不出儿子他就没完成天大的使命似的。这些年看见文中、文华、文明一天天长大，他比李民还高兴，说：“兄弟，你就是老天爷派来帮我的呢。这三个儿子都给我当姑爷啊，我春夏秋冬四个丫头呢。”

李民开玩笑说：“那我才三个儿，咋娶呀！”

“没事，我把小三当上门女婿，立秋、立冬他挑一个，要是他同意，两个都给他。”秦金银好像深思熟虑过，不是开玩笑。说起孩子们的话题，最后总会落到小

---

① 黄水病：又称克山病，新中国成立前主要发生在东北的黑龙江、吉林、辽宁等高寒山区，20世纪90年代后全国已无此新病例出现。

三子头上。

毕竟还是孩子，除了读书，小三子还会领着立秋、立冬和麦子抓鱼、摸蝲蛄，或者上山采蘑菇。

大湖边，一条清凌凌的溪水长年流淌，溪水清凉澄碧，生活着几种小鱼。柳根鱼，黄褐色的背，雪白的肚皮，成群结队地游于水流平缓处，偶见嬉戏，水中便泛起一片耀眼的银白。老头鱼，头大身短，尾小，通体漆黑，行动迟缓，小三子用手就能抓住。还有花泥鳅，全身黄花纹，煞是好看。大点儿的只有一种细鳞鱼，玛珥湖人习惯叫大白鱼，鱼鳞鲜亮，腹两侧有两道五彩斑斓的美丽条纹，凶猛异常，尺把长的一条能把小溪水搅起很高的浪花，小孩还从来没有抓到过。秦大爷说这鱼长得极慢，要二十多年才能长尺把长，数量少，很珍贵。小河里的鱼皆肉质白嫩，少刺且肉中带油，或炖汤或生炒，撒点儿盐即可，味道却是极其鲜美。这几个孩子的劳动成果就成了秦李两个贫苦人家改善生活的一道美味。

正值春天，小溪的桃花水涨过后，小草拱出了地皮，连绵起伏的大山上李子树开花时，在深水湾中待了一冬的鱼儿要逆流而上交尾产卵，捉鱼的最佳时节到了。秦大爷还不让小三子到湖里捕鱼，湖水太深危险，他教三子用坞子在小溪里捕。在水湾上游一侧河边，用鹅卵石和粗沙垒个“八”字形的坞口，一股网状波纹的水流便从“八”字的口处直通深水湾，把一个小嘴坞子置于“八”字口处。夜间熏风起时，水湾中的鱼儿们嫌主河道的水流太急，便成群结队顺这股细细的水流钻入坞子中。小三子编坞子的手艺也是秦大爷教的，立秋领着立冬和麦子用拐子把线麻打成细绳，他上河边割来软软的柳条，编扎上精致的倒须，他很为自己的手艺得意。

盛夏，待小溪腰身瘦下来，三子便领着立秋、立冬、麦子去翻石头抓蝲蛄，翻开一块石头，一只黄色的大蝲蛄便啪的一下蹿上水皮，啪啪地拍打着尾巴倒退着逃跑，小三子会瞅准时机果断地捏住那两只大钳子，用整个手抓不行，那样愤怒的蝲蛄会夹伤手指，立冬和麦子就让蝲蛄夹哭过，立秋刚刚跟三子学会。每次抓住蝲蛄，三子都会仔细端详一会儿。

麦子会问：“哥你看啥呢？”

三子才甩甩水，装到立冬拎着的小柳编篓里。传说山神爷临成仙前就是靠蝲蛄充饥的，还在玛珥湖边留下了题字诗：“家住莱阳本姓孙，千辛万苦来挖参，三天吃了个蝲蝲蛄，你说伤心不伤心！”所以三子每次抓到蝲蛄都会想起山神爷，他到底经历了怎样的千辛万苦？

除了下河，他们还上山，一望无际、莽莽苍苍的大山长年为贫苦的人们提供着可以果腹的食物。可是大人们坚决不让他们往远了走，山里很容易麻达山的。秦大爷还特意讲了玛珥湖东边那条麻达沟的凶险，又领三子扛着猎枪到大林子里转悠过一趟，教他怎么打枪，怎么看树林辨方向，怎么不离开小路，怎么跟着溪水走。

三子说：“迷复，有灾眚，要顺应天时，存敬畏之心。秦大爷，你放心吧！”

可是，这年秋天，三子领着三姐妹还是遭遇了凶险。除了野菜，大山里还盛产蘑菇，榛蘑、趟子蘑、狍屁股蘑、猴头蘑、扫帚蘑、花一样开在榆树上的榆黄蘑、一大块一大块长在山梨树根部的树鸡蘑，还有一种羊肚蘑，小小的蘑菇分好几层，外层有规则的凹坑，状如羊肚。羊肚蘑炒辣椒、树鸡蘑炒韭菜、榆黄蘑炒刚从鸡窝里摸出的鸡蛋，几个孩子一说起来就开始流口水。

立冬问：“三子，今天还能采着树鸡蘑吗？”

麦子说：“立冬，你咋不叫哥呢？”

立冬嘟起小嘴，说：“不叫不叫就不叫！”

三子摆摆手说：“不叫就不叫吧，叫小名更好！”

立秋说：“三哥，你还没回答立冬呢。”其实立秋比三子大几个月，可她愿意跟着立冬和麦子这样叫。

已是老秋了，今天他们要去捡冻蘑。三子领着姐妹三人说说笑笑，不知不觉间走入了大山的深处，在一个沟趟子旁边的大倒木上，一片一片冻蘑像开满了一朵朵黄色的花。三子说冻蘑多数长在椴树上，所以必须找到椴树林。立冬说：“三子，你知道的真多。”三子说：“都是跟大人学的，爹和你爹告诉我最多。”立秋说：“俺爹从不告诉这些。”三子背个小背筐，立秋提个篮子，很快装满了。三子说：“咱们回走吧，多了也拿不动。”立秋折了根柳条棍，说：“我再穿一串让立冬麦子拎着吧。”说话间一个人影慢慢从倒木的另一头晃晃悠悠站了起来，手里还攥着一把冻蘑。前面的立秋拔腿就往回跑，立冬和麦子吓得傻在那儿。三子定睛看时才知道那不是人影，是头正在抢秋膘准备冬眠的黑瞎子。看来黑瞎子也没有思想准备，和三子他们突然照面，也惊呆在那里。三子想到大人们的经验，喊住立秋不让她跑，立秋回头瞅瞅两个哭叫的小妹妹，自觉羞愧，问三子咋办。

三子回过头来，瞅着黑瞎子，领着她们慢慢往后退。

三子和黑瞎子四目相对，挡在三姐妹前面，他知道自己不能转身跑，一跑立秋就会跟着跑，那立冬和麦子就危险了。一旦黑瞎子被激怒，对付这两个小孩都不用熊掌，一屁股就能把立冬和麦子坐死。每退一步，三子都小声鼓励一下身后的三个姐妹，他后悔没扛着猎枪来。还好，黑瞎子只是呆立着没有攻击他们的意思，最终，让他们一步一步退出沟趟子，退到了半山腰。透过树枝，三子看到那头熊瞎子已旁若无人地胡噜着冻蘑往嘴里塞。立冬不小心咔叭踩断个树枝，它只是抬头向这边瞅了瞅，就又低下头继续大快朵颐。在熊瞎子眼里，他们四个或许就是几头没有恶意的小动物而已。

回到玛珥湖边，意识到最终脱离危险时，立秋、立冬和麦子瘫在地上相拥大哭。三子坐在一边瞅着她们嘿嘿笑，说："哭吧，哭出来就没事了。"

哭完，一向沉静的立秋抹抹眼泪，说："三哥，遇着熊瞎子这事咱们不能跟爹妈说！"

三子说："让爹知道了非得打我一顿。还有，他不会再让咱们上山了。"立冬便表情坚定地点头，三子瞅瞅麦子，麦子最小，嘴也快，三子问她："能做到吗？"

麦子说："你们能我就能。"

回到家，三子还是大病了一场。

十四

这年冬天，玛珥湖边发生了一件骇人的大事。

先是秦大娘，然后是三子娘，紧接着是麦子、立秋、立冬，都先后病倒在炕上。三子第一次感到天要塌了。

爹和秦大爷火烧火燎地急，把镇上中药铺子里的黄先生一遍一遍地请来，黄先生把了脉，开了药，只是摇头。三子整天蹲在灶坑给娘和麦子熬药，可药喝下去不一会儿又哗哗地吐出来。

麦子说："娘啊，我难受，头疼得要裂开了！"娘无能为力，拉拉麦子的手。麦子说："三哥啊，我要死了。"三子瞅着麦子，恨不得自己去替麦子死。麦子说："爹呀，救救我！"爹的眼泪唰地一下就流出来，然后对娘说："难受就让孩子喊两声吧。"

三子实在受不了，跑去秦大爷家。冰天雪地，秦大爷坐在院子里的木墩上吧嗒着长烟杆，像没有看见三子。屋子里立春大姐正在熬药，泪珠子一串串滴落到药罐子里。立冬、立秋和秦大娘都静静地躺在炕上，好像死过去一样。三子拉拉立冬的手，又拉拉立秋的手。立秋睁开眼睛，努力地瞅三子。立冬说："三子哥，我要死了，当不成你媳妇了！"

三子想都没想就说："能，一定能，你能好！"

秦大娘拼尽力气，说："三子，家去吧，别再传给你，家去离你娘和麦子也远点儿。"

三子没回家，他想到了仝叔，仝叔是镇公所的人。

王管家正在给长工们安排活儿，见了三子，说："哎哟，这不是大先生嘛。"王管家愿意和三子开玩笑，可今天三子没心情。不光三子，整个玛珥湖镇都笼罩在死亡的阴影中，人人脸上愁云密布，镇上已经死了好些人了，有一家娘和三个孩子都死了。三子心中抱怨着王管家，说找仝叔。

王管家指指后院。

仝叔坐在八仙桌旁，皱着眉头，拿着卷烟不抽，只是放在鼻子底下闻，瞅瞅三子，长长叹了口气。

"仝叔，我想这事儿，你得管！"三子站在八仙桌前，一字一顿地说。

仝叔又叹口气，说："三子，回去跟你爹说，把你送海龙城里的哥哥姐姐那儿待一阵子吧，离玛珥湖越远越好！"

三子说："仝叔，你得管！"

全叔说：“你爹和老秦把粮食都卖了时，我就给他们备好了二十块大洋，他们都拿去了。镇上缺钱救命的人家我也都借了，可人不是还成天地死吗？三子，十块大洋都治不好的病，天王老子也没办法了。我刚才问经打卦，蹇卦啊，上卦为坎，坎为水，下卦为艮，艮为山，让水倒流上山，难也，险在前也。”

“那，那到底这是啥病啊？”

全叔告诉三子，这是黄水病，早些年也有人叫它悠眼翻，怕冷怕冻怕烟呛，所以多在冬天暴发，又多是女人和小孩染病。在玛珥湖每十来年就来一茬，五年六年的时候也有，要不这玛珥湖山高皇帝远，又无兵灾匪祸，咋就人丁不旺呢。得这病，先是呕吐，吃啥吐啥，后来什么不吃也吐，吐黄水，等黄水也吐完了，人也就蹬腿了，从病到死很快，也就是十几二十天的工夫，悠眼翻大概说的就是这个意思。

“这是老天爷让人死呢！山神爷让人死呢！”全叔无奈地说。

爹又去海龙城里抓了药，回来吃了仍然没起色。娘说：“别治了，治得了病治不了命啊！你把粮食都卖了吧？你借钱了吧？我和麦子两眼一闭，你们爷四个明年的日子咋过呀？怎么还不让三子走啊？”

爹说：“文中、文华和韭儿那儿都妥当了，明天就让三子去。”

三子说：“我哪儿也不去，就陪着娘和麦子！”

爹和娘好说歹说，三子就是不肯走。爹抡起巴掌一顿劈头盖脸地打，三子咬牙挺着。爹打完，三子说：“我肯定不走，死也跟娘和麦子、立冬她们一起！”

娘开始吐黄水了，接着是麦子。三子跑到立冬家，秦大娘和立秋、立冬也同样在吐，地上撒了一层灶坑里的灰，屋子里弥漫着苦涩的土腥味。三子六神无主地回到家，一头栽倒在地大吐不止。

秦大爷慌慌地来看三子。爹说：“作孽啊。不知天高地厚的东西，把话说绝了，这回真是和他娘一起死了！”

秦大爷说：“三子不能死，谁死也不能让三子死啊！”三子摇摇晃晃从炕上爬起来，捶着要炸裂开来的头来到外间，说：“爹，秦大爷，生死有命，你们别太悲伤，陪着娘和麦子还有大娘立冬她们一起，挺好！”

三子做好了和娘、麦子、立冬她们一起病死的准备。

娘和麦子黄水也吐干了，只剩下干呕，三子也开始吐黄水了。爹去镇上当铺买回来几件衣裳，娘看了看，说：“我不穿了，给人家退回去吧，我这一身用草帘子一卷埋了就行。”

爹说：“钱还有，怎么也不能让你黄土盖脸，打棺材的人我都定好了，还有三子、麦子的。”

说着话，外间屋门有响动，文中、文华、韭儿和立夏站在了门口。

爹立刻暴怒，说：“你们几个孩子，不是不让你们回来吗？你们这不找死吗？你们看看三子，这群犟种！”

文中说：“爹，玛珥湖黄水病大流行，你不该瞒我们！再说，我们也不是小孩了！”

立夏和韭儿向外间招招手，进来一个头戴貂皮棉帽、身穿大氅的人。来人冲爹点点头，走到炕前，看了看三个垂死的人，说：“大人最重啊，我可不保活，俩孩子应该能救过来。”

娘听了，拼尽全力一把拉住先生的手，吃力地说：“能救活孩子，你就是俺的大恩人，见了阎王爷，俺也会念先生的好。”

先生摇摇头，说：“我试试吧，烧水，拿针，越长越好！”

文中劈柴，文华和立夏烧水，韭儿找出了几根长长的缝衣针。

来人对爹说：“放心，我刘三邪不会治别的病，您眼翻碰到我就是您眼好！”

水烧开了，刘三邪把几根针在水里烫一下，临下针前，不放心地瞅着四个年轻人说：“说好了，一家先救一个，然后给钱！”

文中说：“放心吧，刘先生，卖房子卖地都行，只要你能救命！”

一排针从娘的后脖颈扎下去，最深的那根只剩下穿在针鼻儿里的线头。刘先生在下针的部位用力捏了一会儿，便一根根起针。然后，他对立夏说：“去你家！”

文华说：“爹，我和韭儿也去吧！”

爹说：“你们都去，快去看看你秦大娘怎么样了。”

刘先生说：“再去镇上买点儿五味子和红糖，熬了喝下。”

爹说：“不中用了，喝了就吐出来。”

刘先生说：“这回再试试。”

文中跑着去了镇上。爹说：“多买点儿，先给你秦大娘送去。”

娘终于停止了干呕，还跟爹要水喝。爹急忙凉了水给娘喂下，娘也没再吐。

爹喜极而泣。

娘说：“他爹，不该先救我，该先救三子啊！”

爹说：“三子、麦子咱都救，卖房子卖地，砸锅卖铁也救。”

秦大爷慌慌地跑来，说：“兄弟，贵人啊！神人啊！孩子们是咱的恩人啊！真好使啊，一排针下去，你嫂子就不呕了。”

爹问：“他说没说多少钱？刘先生要多少钱？”

秦大爷说：“治一个十块大洋，不好不要钱。”

爹吓了一跳，说：“三十块，六十块，已经跟东家借了那么多了，咋好再开口。可卖地卖房也来不及啊！”

秦大爷瞅瞅炕上奄奄一息的麦子和三子，说：“兄弟，你说，这是不是过不去的一道坎啊？”

爹点点头，说：“一道大坎啊。”

秦大爷又摸了摸三子的头，说：“孩子，你说呢？”

三子努力睁开眼，说：“大爷，水流而不盈，上下两坎，重险也！”三子说完又闭上眼。

秦大爷说：“孩子，就凭你这满肚子文章，大爷也要救你！都上下两道坎了，我不会违背祖训了！”

这晚，秦大爷做出个重要决定。他回家净了手脸，又换上一身干净衣裳，点上三炷香，在家堂神龛前跪下，说：“列祖列宗在上，今冬黄水病凶险，我秦氏子孙有难，到了惊动各位祖先的紧要关头，望列祖列宗不要怪罪，继续保我秦氏子孙在玛珥湖开枝散叶永续根脉。”三个头磕在地上，秦大爷颤抖着双手，恭恭敬敬把那只幽光闪烁的青瓷罐捧下来。

刘先生没等大洋到手就开始下针，三子、麦子、立冬、立秋挨个儿扎了一遍，果然是针到病除。起了针，三子立刻就不恶心了，又喝了五味子红糖水，等哥哥姐姐从海龙城里回来时，他们都能喝粥了。

文中、文华的书兜里每人背回了五十块大洋，秦大爷留下五十块和立夏回家。

爹说：“留三十给刘先生就行了。”秦大爷说：“你先留下，我自有道理，几个孩子来回跑，你给他们弄些吃的填填肚子吧！”

爹说：“咱们老了，孩子们长大了！”

刘先生背起六十块大洋又去了镇上，把还没死的女人孩子一个个扎活过来。

仝叔要刘先生留下。

刘先生说：“我刘三邪跳神、驱鬼、扎黄水，不能久居一地。”

仝叔又要给刘先生立碑。

刘先生更是连连摆手，说：“三邪三邪，邪性之人不可树碑立传！”

仝叔说：“可是这黄水病说不定什么时候又流行起来。”

刘先生说：“机缘到时，三邪自会再来的！”

刘先生走的那天，正是小年，家家鞭炮送灶神，天上鹅毛大雪纷飞。大雪中刘先生哈哈大笑，高唱着“金人将现，龙腾渊薮，凤兮凰兮，百鸟来仪，鸾歌凤舞，盛世已矣”的词，向着玛珥湖东面的大山飘忽而去。

年很快便到了，玛珥湖边的两户人家因为一起经历的磨难又相互扶持走出了困境，感情更深了，孩子们也都不分彼此，不论谁家，有活儿就干，赶上饭就吃。这期间，三子问大哥，怎么就从城里背回那么多救命的大洋。

大哥说：“小孩子别问那么多。”三子再去问二哥，二哥说：“长大了你就知道了。”又去问大姐，大姐说：“这个不能说，我答应过立夏的。”

过了年，孩子们就要回城上学了。秦大爷、秦大娘过来和爹娘商量文中和立春的事儿。谁知文中一听，脑袋几乎要从脖子上摇下来似的。

秦大爷说：“大侄子，咱穷人没那么讲究，再说咱都是一家人了，要是你相不中立春，立夏怎么样？”

文中笑说：“大爷、大娘，你们难道没看出来，立夏和文华他俩早就好上了？你们已经有一个姑爷了啊！”

谁知秦大爷就是看好文中了，说：“那就立春吧，立春长得比立夏还俊呢，就是少识了几个字呗！怎么你相不中？”

爹娘打心眼儿里同意这门亲事，又受了秦家这么多恩惠。爹说：“文中，听你大爷的，就这么定了！”

文中忽地一下站起来，说：“爷，大爷，立春妹妹很好，可是我不想一辈子窝在玛珥湖。你要是想早点儿有个姑爷心里踏实，那就先给文华立夏办呗！”

“混账，你不是老大吗？”爹终于不耐烦了，“要了立春就窝在玛珥湖了？那看你有没有出息，再说你大爷多一个姑爷有什么不好！”

这天晚上，解围的还是三子。二哥文华和大姐韭儿都去秦大爷家了，三子和麦子在里间。三子说：“我去给秦大爷当姑爷怎么样？”

麦子哧哧地笑说：“行，我同意！”

三子从里间出来，说：“爹，娘，我去给大爷大娘当姑爷，我愿意！”

大人们都愣住了，大哥文中说：“三子，大人们说正事呢，小孩子别胡闹，你这么小，怎么能娶立春姐姐？”

三子说：“我没胡闹，我不是要娶立春姐姐，我是要立冬，立冬都跟我说好几回了，说长大了她就嫁给我，我跟她说这事得让大人定！”

事情就这么定下来了，两家在一起吃了个饭，文华和立夏一毕业就结婚，三子和立冬还小，要圆房也得再过几年。娘和秦大娘都心满意足，爹和秦大爷却不甘心。爹说：“文中和立春的事早晚能成。”

秦大爷说：“那就缓一缓，好饭不怕晚。”

开学前一天，三子又问大哥大洋的事。大哥说去当铺当的钱。三子问啥能当这么多钱。大哥说是两张古代的拓帖。三子问拓帖上写的啥。大哥想了一会儿，让他去问大姐，说韭儿和立夏看得仔细。

三子又去问大姐。

大姐说：“人要守信不是？我得保守秘密，我都答应秦大爷和立夏了。”

三子说：“大姐，秦大爷现在可是我的岳丈大人嗳。”

韭儿就笑着刮了一下三子的小鼻子，说：“你个小人精，我咋忘了，你们都是一家人了，早晚得知道，不过你得保守秘密。”

“拓帖是秦大爷祖上传下来的，让立春缝在立夏的棉袄里，到了当铺才拆开。尽管秦大爷交代谁都不许看，可我们四个还是忍不住先看了一眼，装裱过的两张夹宣，黑底白字，一排排篆字古意盎然。”

“都写了啥？”三子是个穷究根底的人。

大姐摇摇头，说：“篆字我认不全，后来和立夏一起回忆，好像最后一节有刘先生唱的那几句，前面还有几句我记得是这样的……”

红红的灶火映着韭儿的脸颊，她一字一句地小声背诵：“伏皇娲娘，临渊嗟叹，莽莽大地，浩浩长天。脉脉线溪，汤汤巨流。金人将现，龙腾渊薮，凤兮凰兮，百鸟来仪，鸾歌凤舞，盛世已矣。”

三子若有所思，说：“原来，是这样啊！”

之后不久，韭儿吟诵的这些词句就从海龙城流传开来，很快传到了玛珥湖，传到玛珥湖时又多了四句歌谣：“金人出，龙腾渊，凤歌鸾，盛世见。”

三子听了，突然觉得这真是在说玛珥湖啊！

十五

我确定这部书稿让我沉醉在似梦似醒的感觉中。我会经常拧耳朵，去寻找疼痛的感觉，以此判断自己是否活在当下。有时候睡梦中我也会伸出手，疼醒的那一刻，我意识到自己不是在梦中，但又不知道自己是谁，很是崩溃。好在我这一段的记忆还好，加上刻意和用心，我会慢慢想起燕琳，想起爸妈，想起继红、江欣怡、梅姑这些人。于是，我和李继承这三个字又重新建立起联系。尽管我忘了来时的路，但当下，我的大脑不再是一片空白。

我记得那天晚上继红跌坐在地的情景。她的动作有些夸张，我问继红咋了。协警也占个“警”字啊，咋吓成这样？我上前想拉她起来，她却急忙摆手，像躲个瘟神一样爬起来绕到江欣怡一侧，在我和她之间，把江欣怡隔进来。

江欣怡笑笑，瞅瞅继红，拉起我的手，又拉起继红的手，把我们三个人的手叠在了一起。

江欣怡说："温的，你怕啥？"

我却突然感到江欣怡的手冰凉，不知继红有没有同感。然后，像来时一样，江欣怡轻移莲步，袅袅婷婷，飘然而去，让我想起了玛珥湖上的白衣仙子。不一会儿，玛珥湖镇的夜空中就飘荡起幽幽的歌声：

伏皇娲娘，临渊嗟叹，莽莽大地，浩浩长天，脉脉线溪，汤汤巨流，金人将现，龙腾渊薮，凤兮凰兮，百鸟来仪，鸾歌凤舞，盛世已矣。

歌声婉转，一咏三叹，如九曲流水，激荡回环。只是在这小镇的深夜，寂静中突然飘来这哀婉的女声，就让我有了如泣如诉的感觉。我崭新的记忆中还寻不到这曲调的印象，便打电话求救。

燕琳吓了一跳，问："亲爱的，怎么了，遇上什么事了？"

我抬头看看表，说："对不起，我忘了已经半夜了，你听听，这是什么调调这么好听。"我学了一遍。

燕琳叹了口气，说："京剧呀，也可以变成京歌，西皮流水。"

我又问："什么是西皮流水，啥意思？"

燕琳哈哈笑起来说："亲爱的，西皮流水就是西皮流水，你先睡觉，过两天我去专门给你补课，OK？"

第二天，梅姑来看我了。当时，我刚吃完早餐，还惦记着那本看到一半的《玛珥湖》书稿，于是想再到玛珥湖边转转，说不准回来时书稿就又躺抽屉里了。

可是梅姑来了，梅姑进屋先拥抱了我一下，问："承子，你还好吗？"

燕琳拥抱过我，妈妈拥抱过我，别人没有了，所以对于梅姑的拥抱，我还有些不适应。

我说："请问……你是……"

梅姑说："承子，真的不认识我了？我是梅姑啊！"

啊，梅姑，这就是燕琳说的视我为己出的梅姑。

可是她不是我想象中的梅姑，我知道梅姑已经五十多岁了，可眼前的梅姑身上却看不出太多岁月的痕迹，和江欣怡、继红划为同代人也不会有人怀疑。

等继红和江欣怡到来时，我的这种感觉就更强烈了。

梅姑问："饮食还习惯吗？住得还好吧？你是来疗养的，保持好心情是第一要务，遇上什么事儿想不起来也别着急，慢慢来，千万别上火，听见没有？这里的负氧离子是你们城里的上万倍，对你的大脑极有好处，没事到林子边走走，但是千万别往林子里去，没人领着你，会麻达的。"

我又像在电话里那样复述了一遍。这些天梅姑经常和我通话，我想她也会经常联系继红和江欣怡吧。我的一切早在她的掌握中，当面再叮嘱一番就像所有长辈对晚辈不放心一样，重要的事情说 N 遍，特别是"听见没有""要听话啊"这样的语气，让我渐渐把眼前这个人和电话里的梅姑融合在了一起。

中午饭是江欣怡安排的，江欣怡说梅姑好长时间没来了，一定想吃湖鱼了，而我天天在招待所食堂吃，也腻了，换换口味。说着，领我们到一个还算洁净的小馆子。这时候我觉得江欣怡的心应该是绿色的，我眯起眼睛，果然，一颗绿色的心脏在收缩扩张。倒是梅姑的心却是紫色的，紫得艳丽无比，像朵花，我吃惊不小。难道又有什么事情要发生？

梅姑理了一下鬓角，又理理衣领，用手在我眼前晃晃，说："承子，吃鱼啊！"

我突然想到了一个词：优雅。梅姑的衣着打扮、言谈举止，无一不流露着高贵的气息。优雅，这个词好像就是为她准备的。

玛珥湖的白鱼奇香，玛珥湖的小柳根奇鲜。吃着鱼，继红说："梅姑，你还想见谁，继川？继东？是镇上那几个？还是嫂子她们局里那几个？还是村里种地的那些？不过继英和继玉在南方呢。"

江欣怡说："梅姑好不容易来歇歇，见他们干啥？又没啥紧要的事！"

梅姑想了想，说："要不还是把继青找来吧。"

江欣怡瞪了继红一眼。

继青和那天晚上判若两人，规规矩矩地站在梅姑面前，说："梅姑好。"

继红说："继青，你的酒瓶子呢？"

继青说："早戒了，不喝了，你什么眼神？昨天我拎的是矿泉水！"

梅姑说："好了，继青，你没吃饭吧？快坐下吃吧。"于是几个人边吃边听梅姑说话。当然，梅姑是说继青，所以继青边吃边点头。

梅姑说：“继青，你这一段看来还是有进步，这就好，只要有决心就好，浪子回头金不换，可不能再浪荡下去了啊。继青，只要你改好了，梅姑肯定给你安排个工作，然后再给你物色个好姑娘。人生短短几十年，把自己活成你以前的样子，别说对不起你死去的爹娘，连这片青山绿水你也对不起呀！继青，你要是再不改好，梅姑就永远不管你了，这是我给你的最后一次机会！听见没？”

饭吃完了，梅姑也说累了，从精致的小包中摸出一张卡，说里面有几千块钱，先借给继青花，让他别把自己弄得像个乞丐似的。

继青千恩万谢，捧着卡走了。

继红说：“梅姑，他就会在你面前装。”

江欣怡说：“梅姑饭都没吃好。”

梅姑要回去了，她的公司在省城，有个药材种植基地在玛珥湖东边山里。

我说：“梅姑，哪天我去药材基地看你。”

梅姑不让，说：“山里路不好走，颠，影响你恢复。”

我说：“那我什么时候能去见山爷呢？”

梅姑一下冷下脸来，瞅瞅我，说：“先告诉山爷一声，哪天来接你吧！”

望着梅姑的车远去，我说：“梅姑真是菩萨心肠啊。”

继红说：“何止是菩萨心肠，她就是一活菩萨，玛珥湖的人有了难处，第一个想到的就是她，这些年她不知道做了多少善事。反正辛辛苦苦挣来的钱自己没剩下啥，都拿出来做善事了，镇上人都叫她梅菩萨。”

“看来，应该在玛珥湖边给李梅同志立个碑了。”我开了句玩笑。

继红纠正说：“梅姑叫李青梅。”

这名字好奇怪，怎么比爸爸和那些姑姑们多了一个字？这样想时就见继青晃晃悠悠从一个小商店里出来，手里拎着一个矿泉水瓶子。

江欣怡的嘴角撇了撇，叹口气说：“看看吧，这就是梅姑的菩萨心肠。”

继红喊继青：“你的良心让狗叼走了？你敢骗梅姑！”

继青晃晃手中的矿泉水瓶，说：“没……没骗，水就是水……水。”说着，腿脚立刻又利索起来，哧溜一下钻进对面的胡同不见了。

这天晚上，我简单喝了一碗粥，吃了几样盐渍的山野菜，便回到房间。连续好几天，我充满希望地回来，拉开抽屉，却空空如也，我盼望的书稿一直没有出现。我打开电视，漫无目的地按着遥控器。

燕琳打来电话，问我一天来的情况。

我说："我见着梅姑了，她的心脏是紫色的。"

燕琳吓了一跳，说："亲爱的，你又胡说了。你这样我怎么能放心？"

我意识到说走了嘴，努力控制了一下，让思维回到正常人的轨道，说："我没事。今天中午，欣怡嫂子请我们吃了玛珥湖的鱼，奇香奇鲜，你下次来我请你吃。"然后，我又把继青的事尽量以正常人的口吻描述了一遍。

电话里燕琳咯咯地笑，说："看来你们玛珥湖李氏有人才呢，继青绝对是个奇葩。"燕琳终于放下心来，说这几天抽空过来看我，然后便挂了电话。

临睡前，江欣怡来了，送给我一张卡。

我说："嫂子，我不缺钱。再说你们把我照顾得这么好，我也不用花什么钱啊。难道，你想学梅姑，把我当继青了？"

江欣怡说："拿着吧，这是我们局食堂的饭卡。总在招待所里吃，肯定腻了，想换口味时就到我们局食堂来。不过，只中午过来就好，早晚饭菜太单调，不适合你养病。"

"谢谢嫂子！"我接着想说，"嫂子，你的心脏咋又变红了呢？"努力再努力，终于控制住了自己的嘴，否则江欣怡一定认为我脑子真的坏掉了。

十六

夜深了，我没有拉窗帘，半个天空的星星一齐朝我挤眉弄眼，提醒我天上除了太阳和月亮，还有它们。它们虽然常常被忽视，但太阳和月亮隐没时，它们点缀在暗夜的天幕上，也能像萤火虫一样发出光亮来。

夜空中又飘来荡气回肠的歌声，这回我知道了，这是一种京剧的声腔。西皮流水闪电一样击穿我的身体，直达内心，我的一切都被这魔力巨大的声音瞬间掏空。

我爬起来，像个夜游症患者，循着这美好的声音懵懵懂懂地走上前去。

街道上的路灯早熄了，因为满天的繁星，如纱的夜色揉进清凉的气息，非但不觉得憋闷，反倒使周身的每个细胞都充溢起兴奋自在的泡泡。

金人将见，龙腾薮渊，凤兮凰兮，百鸟来仪，鸾歌凤舞，盛世已矣……

我追寻这如梦似幻的声音，很快出了玛珥湖镇，爬上了东山，向下眺望，黑魆魆的大湖像一块墨玉，静眠于群山的怀抱。层层叠叠的山岭只是一道朦胧的轮廓，蓝幽幽的，弥散出神秘和恐怖的气息。

金人出，龙腾渊，凤歌鸾，盛世见……

歌声从大湖北面的山坳里传出。她是在跟我捉迷藏吗？我忘记了梅姑的叮嘱，拐下北侧的山坡。

近了，我终于看到了那个白色的身影，婷婷袅袅，莲步款款，不是走，而是在飘，不是在湖面，而是在林间的一条似有若无的小路上。是江欣怡！没错，其实听声音我已经断定是她了，只不过我想进一步证明。这时，看到了她的身影，我才意识到，我真实的目的不是证明，而是探究。这么晚了，她在干什么？在茫茫的大森林里，她不害怕吗？

林子里露水重，好在江欣怡蹚路在前，我只湿了膝盖下的裤腿。

下到沟趟子里，有一条潺潺小溪，顺着溪水往上，又走了大概十分钟，在一棵大树下，江欣怡扶着树喘息了一会儿，拧了拧裙摆的露水，跨过小溪，折向北面，爬上山坡一百多米后，停住了。

过了一会儿，一团红红的火苗一抖，夜的纱便被点燃了，巨大的黑幕被烧了一个窟窿，光亮努力地挤进来，但没走多远，便又被黑幕给拽了回去。

江欣怡俯下身不断把包中的纸抽出来投入到火光中，她似乎嫌火燃烧得不够旺盛、不够热烈似的，把手伸进火里，拿起燃烧的纸来回抖动。黑的夜、红的火、白的江欣怡，她的一招一式像是在舞蹈，在火的烘托下又似瞬间凝固在黑夜幕布上的一尊白色雕塑。

一切的黑似乎只是为了烘托这一点点白。

我目瞪口呆。

大山沉寂的夜终于被扰动了，不知什么鸟儿先发出几声怪叫，接着引来一群鸟共鸣，然后就从附近的树上扑棱棱地飞上天空，盘旋在火的上空，像飞舞着的一群幽灵。燃过的纸灰如同听到了召唤，呼啦啦冲上半空，它们相互召唤着汇合在一起，壮大了这支黑色幽灵的队伍。

我吓了一跳，可江欣怡还是一下一下舞动着手中燃烧的纸，口中念念有词，或许，还是在唱她的西皮流水吧。

终于，那团火焰渐渐矮下去，坍塌于无边的黑暗中。黑暗重新把烧了一个洞的夜幕缝合，似乎刚才的一切都不曾发生过。

我揉揉眼，躲进一边的树林。江欣怡走过去时，我犹豫了一下，是到刚才燃烧的地方看一看？还是继续跟着她走？这时候，暗暗的天幕上忽然出现了梅姑的影像。她发髻高挽，脸如满月，优雅地瞅着我，眼神中似乎还带着一丝责备。我知道我得跟住江欣怡，否则我就会麻达在这黑夜的山林中。

江欣怡顺来路爬上南面的山梁，没有顺山梁折回西面的镇子，而是翻过山梁顺坡而下，来到了玛珥湖边。一湖黑色的水沉沉地睡着，波澜不惊，愈发显得神秘莫测了，好像下一秒就会呼啦一下翻腾出一条巨龙或者水怪。江欣怡慢慢蹲下，撩水仔细地洗手。此时，我想湖水一定很凉，而她的手会比湖水更凉。洗完手，江欣怡走到一棵大槐树边，开始一件一件脱衣服，其实她的衣服并不多，除去白衣白裙，然后就是贴身的内衣裤。

江欣怡一步一步慢慢走向玛珥湖，我远远地替她感到冰冷。我不知她要干什么，更不知自己该干什么，想喊住她，可终究没能喊出口。我在左右为难的纠结中，任由江欣怡走向湖水深处，消失在苍茫的黑水中。

时间一分一秒过去，沉寂的黑夜没有一丝被搅动的痕迹。我有些后悔了，觉得刚才即使江欣怡赤身裸体，我也应该叫住她。我站起来，走向湖边，从树丛迈上湖边甬路时我摔了一跤，但是我没有立即爬起来，而是就势趴在了草丛里，因为我抬起头时，看见江欣怡正站在大槐树下的浅滩洗濯身体。

我眼前的世界顿时明亮了起来。

江欣怡白皙的身体似乎是透明的，还闪着银色的光。高挑的身材，凸凹的曲线，如一件美轮美奂的瓷雕，在黑暗的夜色中熠熠生辉，光芒四射，使这方山水立刻充满了仙气。她似乎就在我眨眼之间，从天而降，而随时都有可能再驾一片彩云飞天而去。

我趴在地上，屏住呼吸，有一只小虫爬到我的脸上，痒痒的，我来不及弹去，紧张地盯着水中的江欣怡，准备在彩云飘来时，冲上前去拉住她。然而，彩云没有出现，江欣怡开始一件一件穿好衣服，向着玛珥湖镇悠然飘去。

早上醒来，我浑身酸疼，感觉好像做了一夜的梦，梦中我在玛珥湖边偷窥江欣怡洗澡。可是看到地上湿漉漉的裤子和运动鞋，昨夜的一切霎时清晰起来，是梦游？抑或是真实地发生了？我急忙洗漱，去楼下餐厅匆匆吃了早饭，循着昨晚的记忆一路走去。

翻过玛珥湖北边的山梁，下到谷底，果然有一条清凌凌的小溪淙淙地流淌。我捧起一捧水，刺骨的冰凉，我想玛珥湖的水也应该这样，可江欣怡昨夜还在湖中洗澡。或许那不是真的，只是我的幻觉，这时候我毫不怀疑自己是一个大脑出了问题的病人。当务之急，我要找到昨天江欣怡留下的痕迹。没错，顺着小溪向东，继续前行五百多米，有一棵高大的树木屈曲盘旋，遮蔽了大半个天空。我仔细辨认脚下，一条似有若无的小路折向北面山坡，跨过小溪，爬上山坡一百多米，一大片山腰平地使眼前豁然开朗。

再往前走，我吃惊地跌坐在地。

靠山根，一棵青松下，一堆土丘前，一捧燃尽的纸灰黑色蝴蝶般在晨风中抖动着翅膀。

一个身穿蓝色西裤、白色衬衫，戴着一副金边眼镜的男人，站在角落里，淡然地说:“我是继先。”

“继先，你就是继先？”我仔细瞅着土丘前石头上的字——“夫李继先之墓，妻江欣怡泣立”，照片里是继先那张文文弱弱的脸。

十七

江欣怡哭了，这是我第一次见她哭得如此投入如此泪雨滂沱。她头发蓬乱，苍白的脸上满是泪痕，双肩剧烈地抖动，伏在继先墓碑上呜呜地哭，像个受了天大委屈无处诉说的怨妇，完全没有了玛珥湖上白衣仙子的神采。

本来，今天应该是个高兴的日子。

会场设在玛珥湖边的广场，彩旗飘扬，标语林立，还有几只大气球悬在半空，垂下红色的条幅，“封山育林，永续利用”“绿化家园，造福子孙”“绿水青山就是金山银山”……金色的大字闪耀着光芒。主席台正中悬挂着“玛珥湖林业局停锯仪式”的会标，气氛热烈而庄重。

玛珥湖的初夏，盎然的绿意中还透着清新与娇嫩。江欣怡今天没穿白裙，白衬衫、灰西装让她苗条的身姿尽显端庄。看得出来，她很高兴，专程邀请我来凑热闹。

继红告诉我，当年是继先哥最先提出“全面停止采伐，彻底封山育林”的想法。上级领导考虑到国家建设和林业职工的生活安置，没有采纳。后来，经过调研论证，不再片伐，间伐也缩小了规模。玛珥湖方圆十几个林场数万职工和家庭，从上世纪50年代开始，几代人的日夜奋战，到底砍伐了多少棵树，没有人能说得清楚。后来，继先走了，江欣怡接过丈夫的衣钵，保持着一年一次的频率，孤独地奔走着，只是她的调研报告比继先的数据更翔实充分。

每到年底，林业局领导都会找她谈话。

“小江，今年报告就别写了，上级领导们都知道了。你个人有什么困难就提出来。”

“小江，岁末年初，领导们都很忙，别给领导添麻烦了。”

“小江，集团又缩减了咱们局的采伐指标，没有活干，上万职工的生活都会受到影响啊！”

“小江，考虑考虑局领导的难处，啊！”

江欣怡始终表情淡然，当局领导给她掰开饽饽说馅说累了，她会点点头，淡淡地回一句：“我知道了！”

如果领导压不住火，把桌子拍得山响，江欣怡也只是轻声细语地加一句：“我的报告有问题吗？如果有，可以讨论，修正！”

然后，她会把报告写得更尖锐更犀利。“如果不当机立断采取措施，十年后，玛珥湖地区将无木可采，三十年后，珍贵的腐殖土层将流失殆尽，五十年后玛珥湖会干涸，生态环境将走上无法恢复的不归路。”

现在，江欣怡的报告终于惊醒了领导，让他们痛下决心，挂斧、封锯、停采、转岗分流职工，昔日的伐木能手眨眼之间变成了封山育林的护林员。

仪式由仝玉斌副局长主持，局长秦继祖做了重要讲话。“重要讲话”是仝副局长说的，我倒没听出什么重要来，无非就是说了一些停采封山育林的重要意义，这重要意义到玛珥湖学校找个小学生也能说出来。此外，就是号召林场职工们克服困难，转岗创业，拿出当年为国家砍树的劲头去栽树护林。

秦局长讲完话，上台的是一个叫李什么的老职工代表发言，名字我没听清，所以我不知道是不是我的本家。事先准备好的讲话稿揉得皱皱巴巴，让他念得磕磕巴巴。据说当年他曾是玛珥湖林业局的劳动模范，一个人创造过一个班次伐树一千棵的最高纪录。好歹念完，仪式便开始了，台上的领导们走下来，和老工人一起把一把旧斧头系上红缎带挂到一边的背景墙上，老工人又架起一台掉了漆的旧油锯，打了一下火，油锯发出一阵惊心动魄的吼叫，老工人又迅速熄火，放进一只箱子里，和领导们一起系上红缎带。

最后，在鞭炮声中，领导们和老工人一起揭下了玛珥湖林业局“挂斧封锯停采育林纪念碑”上的红绸子。全副局长还说这鞭炮是替玛珥湖的子孙后代放的，子孙后代会感谢我们的，等等。

意外就是在这时候发生的。

鞭炮还没放完，领导们便都纷纷乘车离去。站在前边的江欣怡转过身来向我招手，没等我反应过来，她就一下子淹没在人流中。我等在一边，等着人流很快散去，可是我发现人流没有散，反而是在聚，是以江欣怡刚才招手的位置为原点，原来我这个嫂子还有如此威信，受到伐木工人的拥戴？

有起哄声传来，凝聚的人流似乎还在旋转，这可不像受拥戴的样子。我挤上前去。

“你说，凭什么说俺伐木越多越有罪？”

“没活干了你让咱咋个活？”

“吃里爬外！”

“砸俺们饭碗！”

“不是个东西！”

人声嘈杂，话越骂越难听。江欣怡一时惊呆在那里，脸色涨红，手足无措。进而人群中有了推搡，还有几个年轻人不怀好意地挤上前去对江欣怡动手动脚。

我急忙弯腰重心下沉，手肩并用连推带扛硬挤进去，拉起江欣怡便跑，在人们还没反应过来时，冲出了那团人疙瘩。

江欣怡的哭声渐渐由大到小，最后没了声音，只有双肩在有节律地耸动。

我静静地待在一边困惑地望着江欣怡，不知道自己该干什么。燕琳曾经告诉过我，不明白自己该干什么时就观望。江欣怡哭了有一个小时，开始是跪在那儿，双手扒在墓碑上哭，好像墓碑就是继先。现在她坐在碑侧，头疲倦地歪靠在碑上，双肩隔一会儿抽动一下。她什么时候变换了姿态我竟没有发现，她把眼睛哭红，把脸哭成了一张白纸。

我想，这时候我应该安慰她一下，可是我在头脑中搜寻了一遍，也没有找到合适的词语，只好走上前，伏下身轻轻拍拍她瘦削的肩膀。又折了一把松枝和野花恭恭敬敬地放到继先坟头，潜意识提醒自己，值得让江欣怡生死相守的继先哥，也值得我恭敬。

然后，我说："嫂子，其实，今天是个好日子，我们应该欢庆才对！"

我为找到一句适合此时此地说的话感到高兴。

江欣怡怔了一下，好像刚发现我似的，抬头瞅我一眼说："继承啊——"

她长叹一声，站起身解开松垮地垂在脑后的发髻，把皮筋叼在嘴里，迎着呼呼的山风理了理头发，重新扎了个马尾。她的头还不自觉地摆了一下，似乎要把一切烦恼甩掉。她的西服被扯掉了一个纽扣，不知她发现了没有。

"继承，想听你继先哥的事吗？"江欣怡边折着紫红浓艳的胡栀子边说。

"想啊，非常想！"

"那好，你快些好起来，不然，现在和你说也是白说。"

"其实，我已经好了！"

江欣怡没再回答我，她把那束胡栀子花捧到墓碑前，幽幽地说："继先，继承说得没错，今天是个应该开心快乐的日子，更是个值得纪念的日子，玛珥湖从今天开始，终于挂斧停锯封山育林了，你高兴吗？继先，十年了啊！"

我看到，江欣怡的眼里，有团晶莹的小火苗在跃动。

这天晚上，夜空中飘荡的西皮流水，格外清亮高亢，慷慨激昂。

第二天，林业局公布了下岗分流名单，继红告诉我江欣怡的名字在上面。我没有感到吃惊，我知道江欣怡的事儿没有完，昨天离开时，我清楚地看到了她蓝幽幽的心。

我给江欣怡打电话，这回我知道该说什么，我说："嫂子，听说你被他们分流了，这不公平。"

江欣怡很平静，淡然地说："继承，养好你的病，别操心我的事儿，啊！我的办公室还在，我的工作也没变动，放心吧！"

没容我再说什么，江欣怡就挂了电话。

继红说："她的工作是没动，专业性太强，没人能接，暂时还真得她干，只是她的待遇和分流人员一样了。"

岂有此理，这不比下岗分流更不公平吗？我无法忍受他们这样欺负一个弱女子。

继红阻拦说："继承哥，你千万别管，祸都是她自己惹出来的，继祖哥是咱自己人，江欣怡要是不过分，他能不照顾她吗？"

在继红看来，或者说在大多数人眼里，江欣怡是自作自受，被欺负也活该。可我不是一般人，我是个病人，并且是个头上挨了一枪被打傻打得神经错乱整天胡思乱想的病人，所以我有理由为江欣怡说话出头。

我走进林业局的大门，这回不是来食堂吃饭，而是找秦继祖。

"听说你来了一阵子了，忙，也没过去看看你！"

面前这个油光锃亮的人笑容可掬，找不到一丝主席台上的威严。

"咱俩认识？"我是带着气来的，没有叫他哥，甚至连名字也没叫。

"岂止认识啊，九叔的大公子，很熟啊，看来你真是失忆了。老弟啊，你可快点儿好起来吧！"

继祖给我泡了杯绿茶，放到我面前的茶几上。

我定定地瞅着玻璃杯，饶有兴趣地看茶叶在热水中慢慢舒展开腰身，说："那就好办，那就好办！"我重复了好几句，才把目光从茶叶挪到继祖油乎乎的大脸上，"你们太不公平了！"

继祖呆住，我又说："对江欣怡。"

继祖咧咧嘴，他可能不适应我这断片式的说话方式，沉默了一会儿，说："江欣怡让你来的？不会吧，她不是这性格。老弟你别管这事了，你也管不了，我都管不了呢。你别看我是局长，可事儿都是班子开会定的，脚上的泡都是自己走的。你这个本家嫂子太傲气太任性，犯众怒了，我有啥办法？全集团十来个林业局，就她年年上书，那报告写得真叫有水平，直看得人头皮发炸，嗡嗡响。所以集团年年缩减我们局的采伐指标，这回我们又是试点，成为集团第一个停锯的林业局。为了一个玛珥湖，好像全局上下就她眼光长远，就她为子孙后代着想，别人都是败家子似的。民意难违，你让我咋办？"

门，当的一声开了，江欣怡表情淡然地走进来。她一句话没说，冷着脸一把拽起我就往外走。

继祖说："欣怡，你看，我就说不是你让继承来的吧，这事儿都定了，我也不好说啥啊。"

江欣怡没听见一样，拽着我回到她办公室，按我坐到沙发上。在地上转了几圈，又突然俯下身双手扳着我的肩头，盯了我足有半分钟，一字一顿地说："继承，咋这么不听话啊？净给我丢人，我很生气，真的很生气！"

我迎着江欣怡的目光，说："嫂子，你不能这么逆来顺受，这不公平。"

江欣怡叹口气，轻轻摇了摇头，站起身给我倒了杯水，说："公平？那是别人的事。"

我无比困惑起来。

"继承，你看，如果为了公平，我和他们去争辩去理论，用上一年半载的时间，当然这个过程可能会更长，还有，越和他们争辩理论，我就会越生气，等争来个长短，我的精气神也耗得差不多了，这有意思吗？你继先哥已经走了十年了。细想一下，人生何其短暂，总有一些更有意义的事在等着你，让你心无旁骛耽搁不得，别说是一年半载，就是一天两天，我都不会原谅自己。"

近在眼前的江欣怡没有了飘的感觉，但我还是想起了玛珥湖上的白衣仙子，高傲而圣洁。我知道，俗世间的这一切于她而言，不是不想，而是不屑。

"可是，嫂子，你的生活咋办？"

"没事，饿不死我。"

江欣怡竟然笑了笑，理理鬓角的发丝，说："继承，你要真想帮我，就去找继红，这丫头一直跟我面和心不和，你让她把继英和继玉找回来，我需要她俩帮忙。"

十八

这天下午，燕琳来了，是开警车过来的。

我问："你怎么不怕督察了？"

她抖了一下作训服上的灰尘，说：“以办案的名义，假公济私呗，嘿嘿，想你了嘛！”燕琳扔下作训服，摸了一下我的脸，扑到我怀里，紧紧地抱着我说：“亲爱的，你好像结实了许多。”

继红敲门进来，说：“给嫂子接风洗尘。”

燕琳眨眨眼，问：“你叫我啥？改口了？嫂子？行，小姑子，我喜欢这称呼！”

“嫂子，那就请用膳吧！”继红调皮地歪下头。

燕琳去里间换了身便衣，两个人嘻嘻哈哈、勾肩搭背地先走出去。我急忙打开抽屉，希望看到《玛珥湖》的书稿再次出现，但结果仍然让人失望。

我们去了小鱼馆。

继红说：“那天看继承哥吃得痛快，估计嫂子一定也喜欢。”说着，拧开了一瓶玛珥白，又起开两瓶啤酒。

我吃惊地说：“喝了我就更糊涂了。”

继红说：“不让你喝，我和嫂子喝。”

燕琳拿起酒瓶看看，吓了一跳，说：“60度！赶上喝酒精了，你可饶了我吧！”

继红夺过酒瓶，啪啪摆上两个酒杯，咚咚地倒满，说：“嫂子，既然嫁给我们玛珥湖的人了，就得入乡随俗，玛珥湖的女人都得能喝酒，而且要喝烈酒。再说了，你这权当和我哥度蜜月了，不喝酒咋行，不吉利啊！”

架不住继红的一顿神劝，燕琳端起杯和继红碰了一下，小抿一口。

继红仰脖一饮而尽，说：“嫂子，干了。”

燕琳深吸一口气，学着继红的样子一口喝下去。

“还行！这酒量，及格吧，照比我还差那么一点点。”继红说着，又给自己面前的杯倒满，举着酒瓶晃晃说：“嫂子，还来吗？不行你就喝啤酒吧。”

我急忙夹起一块白鱼放到燕琳面前盘子里，说：“别着急，吃鱼，这鱼鲜着呢，你以前肯定没吃过。”

燕琳没理我，把酒杯往前一拍，说：“满上，小姑子，今天嫂子就跟你较量一下，来！”

我知道燕琳上了继红的当，可两个女人斗酒我又不好说什么，或者说我苍白的记忆中还没有储存进把控这种场面的人生经验，眼巴巴地看着燕琳喝晃悠了，然后，继红也喝晃悠了。她俩晃晃悠悠的状态最终影响到了我，以致回到招待所时，我也有些晃悠了。遇上江欣怡，她急忙跑过来扶住我，说："继承，你不能喝酒，谁让你喝的？"江欣怡的口吻充满责备，然后又拿眼睛瞅瞅继红和燕琳。

燕琳大笑。

继红说："咦，哥，你没喝酒，跟着瞎晃悠啥？嫂子，咱俩快撤吧，别耽搁人家度蜜月。嫂子，我哥刚好，你可悠着点儿啊！"

江欣怡扶着继红离去。

我瞅瞅燕琳，说："再开个房间吧，难不成你真和我住一起？"

燕琳醉眼蒙眬地瞅着我，轻佻地伸手拍我的脸，说："小朋友，难道我会放过你吗？"说着就突然扑进我怀里，仰起头一下子衔住我的嘴。她的酒气让我窒息，游动的小舌头又搅起我一种从未有过的感觉。我感到周身热血奔涌，似乎能听到流淌的声音。无数痒滋滋的小气泡随着血的流动不断膨胀壮大，当燕琳呢喃着甩掉衣裙，扯下内衣时，我早已把自己点燃，把燕琳点燃，然后膨大到极限的气泡陡然破灭，幻作无边的黑暗。

我们俩第二天上午十点多才醒过来。燕琳说浑身酸疼，骨头像散了架一样。

我说："谁让你喝那么多酒，拦都拦不住。"

燕琳侧过身环住我的脖子说："老公，咱不带这样的啊，明明是你弄的，你得负责任。"

我拍拍燕琳的脸，说："好，那你今天别回去了，我陪你到处走走。"

燕琳说："今天是周末，我本来也没打算回去呀。"说着，又在我脸上亲了一下。

我说："我昏睡这一年，你是不总这样亲我？你这叫劫色知道吗？"

燕琳翻过身来使劲儿亲了我好几下，说："我就劫了，你能咋样？没良心的，我这叫帮你找回记忆！"

"那以前，我是说没挨这一枪之前，我们俩就这样过吗？同床共枕？"我爬起来，双臂半支在床上。

燕琳在我胳膊上拧了一把，说："倒打一耙啊，天一亮你就不认账了是吧！"

我叹口气说：“这感觉我咋一点儿印象都没有？再说，都轻车熟路了，你也不用喝那么多酒壮胆啊！”

燕琳幽幽地说：“老公，谁再说你傻我就毙了他。你精着呢，比猴都精！”

“告诉我，子慧是谁？”潜意识中突然就蹦出了这句话。

燕琳哆嗦了一下，一个鲤鱼打挺坐起来拿手在我眼前晃了晃，说：“咋回事？咋又冒出来一个子慧？”

我说：“我问你呢，好像那天晚上做了个梦，醒来后模模糊糊记得这么个名字。”

燕琳叹口气说：“看来让你分清现实和梦境真的很难啊。”

起床时已是中午，只能两顿饭一起吃了。

大脑袋师傅端上四菜一汤，还特意来问早上的馒头粥小菜都留着呢，要不要一起上来。

没待我说话，燕琳挥挥手说：“上来，我想喝碗粥。”

这时候，就听前面小楼上传来争吵声。镇政府庭院不大，对着大门的是政府的小楼，从小楼两侧就绕到了后院。一侧原来是继红他们派出所，现在派出所另置新址搬出去了，就改为车库仓库。另一侧是土地所、财政所等单位。正对面和政府平行的就是招待所，楼上住宿，一楼餐厅。前面政府楼上的窗户开着，所以声音就很凛然地撕裂了空气传过来。

我刻意听了一会儿，好像是继川，他在镇上当副镇长。我在想用不用过去看看。我征求了燕琳的意见，我还不知道这种事情该如何处理，所以询问时又加上了两个字，变成：“用不用过去看看热闹？”

燕琳咯咯地笑，说：“得过去啊，看你哥的热闹哪能缺席！”燕琳呼噜呼噜喝下一大碗粥，碗一推，先走了出去。

王师傅过来小声说：“继承，这姑娘真俊，和你很般配呢！就是吃饭太快，喝粥呼呼的，像个爷们儿。”

上到三楼，我发现继川已经在刚才的争吵中占了上风。继东站在他对面，继红双手抱膀坐在沙发上。

见了我和燕琳，继川又一拍桌子，说：“继承，你来得正好，我说他俩还不服，你看看咱哥们儿中还真有人才呢。”

我拿起被继川拍得啪啪直响的那张纸，原来祸起继青。

继青整日游手好闲，喝了上顿没下顿，继东念及手足情，力排众议给继青办了低保补助。按说继东是玛珥湖村的村主任，继青也的确有困难，也算合情合理。谁知继青享受低保后仍然今天去东家鸡窝里摸个鸡蛋炒尖椒下酒，明天又偷西家的大鹅炖了酸菜。贫穷固然让人同情，可人们的同情心不是没有底线的，继青的行为终于激起了民愤，人们便拿低保说事，前几次都让继东给压下了，这回却一下子捅到了市里。领导们批示彻查，还怀疑继川徇私。

“掐了，纠正，立即纠正！”继川语气坚定，不容打半点儿折扣。

“那他还不得饿死！”继东又嘟囔一句。

继红说：“可怜梅姑了，又得跟着操心！”

“早饿死早托生，大家都省心了！”

我觉得继川这句无论如何说得有些过了，更有失一个镇长的风范。

村主任继东说：“再怎么着也是咱一门的兄弟，还能眼瞅着他死？”

继川双手插到头发里长叹悲声，悲叹发自心底，曲了拐弯儿地充满压抑，听起来就像一声哀号。

燕琳有些动容，继红也放下了双臂。

继川说：“你们是不知道啊，愁死我了！”

去年春天，市里的扶贫工作队听说了继青的事，向上汇报，市长亲自送来一对小尾寒羊，千叮咛万嘱咐说：“老弟，你好好养着，很快你就会当上羊司令，保你三年脱贫。”继青拉着市长大人的手就差下跪磕头了。谁知市长前脚走，他后脚就拿一只羊换了酒。酒换回来他又嫌干喝没意思，瞅瞅剩下的那只羊，二话没说拿刀就宰了当下酒菜。

今年开春，市里开扶贫工作会时，市长还特意问继川，他那个同门兄弟的羊群扩大了没有。见继川回话支支吾吾，市长语重心长地说：“我们要把贫困群众的冷暖挂在心上呢，只要我们真心扶贫，他们就一定能脱贫，何况他还是你的兄弟呀！”市长的语气已满含着责备，那意思再明白不过了：你连自己兄弟的冷暖都这么漠视，对其他群众更好不到哪里去了。

继川慌慌张张地从市里跑回来，赶紧自己掏钱又买了一对羊送去，说："继青，你行行好，可怜可怜我这个小官当得也不易，好歹把这一对养大吧。你要不脱贫，我这官路也走到头了。市长哪天高兴了要真来问，你就说这羊发情晚，所以还没生羔！"

继青看继川说得动情，眨巴两下干枯的眼睛，说："川哥，你牵走吧，要不你替俺养着，等市长来了俺再牵回给他看！"

继川哭笑不得，说："什么，你说什么？是你脱贫，还是我脱贫？"

继青咂一口矿泉水瓶子里的酒，就又说下了道："拿啥脱贫呀？你们这些当官的说得也忒容易了，你当是让小姐脱衣服呢，给俩钱说脱就脱了。这贫都跟了俺半辈子了，两只羊就脱了？不易呢！"

继川说："咋不易？在玛珥湖边养两只羊咋就不易了？养大了羊生羊羔，又不是让你下羊崽子，咋就不易了？"

继青再咂一口酒，说："嘿嘿，哥，实话告诉你吧，俺怕管不住自己，再把这两只小畜生喝了吃了。"

继川怒说："你敢？我打折你的腿！"

从此，继川就多了一个活儿，早一遍晚一遍地去继青那儿看羊。一连几十天，渐渐养成了习惯，每天晚上不去继青那儿看一眼他就睡不着觉。前些天给几个贫困户去辽宁买果树苗子，他实在放心不下，临走时交代给继红，谁知继红不知道里面的利害，也是继青根本没把继红放在眼里，两只羊很快就遭遇了上两只的命运。

继川回来气得拎着棒子去找继青，继青老远就跑。

派出所所长马大哈说："镇长，打折腿可犯法，同门兄弟也不行啊。"

继川气得也顾不上镇长风范，泼妇骂街一样跳着脚大骂，骂完，又仰天长叹。

十九

下午，我领燕琳到玛珥湖边散步。我终于跟她说了江欣怡的事，说了继先已经死了，可是那天我分明看到他了，站在角落里，文弱书生的样子，和墓碑上的照片一模一样。当然，我没说玛珥湖边那一幕，我不知道怎么跟燕琳说。我看到湖边那棵老槐树，仿佛又看到了江欣怡白瓷一样的身体站在那里熠熠生辉。

燕琳嘻嘻笑着，拿手在我眼前晃晃，说：“哥们儿，你真得在这儿疗养一段，看来你还没完全恢复，我以为你看不见飘着走的人就好了呢。”

“可是，可是我真的看见继先了，他就埋在后山坡上，不信我领你去！”我拉起燕琳的手。

燕琳把另一只手也握过来，说：“老公，我信，继先死了，这没错，他出现在你的幻觉里，也没错，仅此而已。你不需要刻意纠结这件事。”燕琳耸耸肩，阳光透过大槐树的枝叶洒在她的脸上，让那张脸有了活色生香的感觉。

我觉得继先哥的死有问题。我把目光从燕琳脸上挪开，望向苍茫的湖面。

“我问过继红了，她说继先哥是淹死的，就死在这玛珥湖，更多的情况她也不知道，许多年了。”

“你这是警察的思维啊！”燕琳惊奇地叫了一声，“老公，你知道吗，这是你的潜意识，说明你的记忆正在一点点恢复。看来我得鼓励你，你有什么证据吗？”

“没有，凭感觉！”

燕琳没再说话，面向大湖站定。湖面浩渺，一抹夕阳斜照下来，一条光瀑把湖水一分为二，被山遮住的部分幽蓝可怖，另一半却一片碎金闪烁。远处，丝丝缕缕的白雾升腾起来，伴随着一缕神秘的气息逐渐向湖面弥散开来。

“玛珥湖就是人生啊！”燕琳莫名其妙地感叹了一句，我听得就像湖面上那缕升腾的雾气。燕琳血红的心又在我眼前跳动，我不知道又要发生什么事。

燕琳拉起我走向湖东，走到木制的栈道尽头，我又看到那块立在林子里的牌子：“每立方米负氧离子含量三万五千个。”

我停下脚步，说这是梅姑给我划的界限，大林子里会迷路的，迷路会死人的。

燕琳笑笑说：“有路，有我，怕啥！”

她不由分说牵着我拐上羊肠小道。我有点儿兴奋，越过界限，总是让人感到刺激。看燕琳的神态，她好像对这里并不陌生。脚下的路渐渐地似有若无起来，坡也越来越陡，我们需要躬身前倾，接近爬行。燕琳的手紧紧拉着我，即使手心里全是湿漉漉的汗也没松开。当脚下的路突然平坦起来时，眼前也豁然开朗了。山顶台地，稀疏的树木，大片黄色的蒲公英花和紫色粉色我叫不上名字的小花铺满一地。燕琳告诉我，玛珥湖人叫它野猪牙花，学名叫什么，她也不知道。山风清凉地刮过，爬山时的热汗被瞬间吹走。向下望，透过树枝空隙，一泓碧水隐约可见。

小金龙顶子！燕琳领我来这干什么？

看到燕琳弯腰采野花，我也折了一束胡栀子，那天送给继先的就是胡栀子。我不喜欢蒲公英和野猪牙，蔫得太快。燕琳却很快用这些黄的紫的小花做了花束花环，她折了蒿草做骨架，把一朵朵黄花紫花插在上面。这些细碎的小花立刻呈现出灿烂夺目的光彩。

走到悬崖边，玛珥湖尽收眼底，像块玲珑剔透的蓝宝石镶嵌在绿色的林海中。我期待着燕琳把手中的花献给这圣洁的大湖，却突然发现她的脚边是松林掩映下的一片土丘，土丘里应该安息着一个个逝去的灵魂。我反应过来，在土丘间寻找，这是一片没有墓碑的坟茔。

“跪下吧！”燕琳轻声说，生怕声音大了惊醒了泥土掩埋着的梦境。我看着她跪在一座坟前，恭敬地磕了三个头，把花束和花环奉上。

我也学着她的样子，跪下，磕头，献花。

我问：“这是谁？”

“我太奶奶！”

哦，原来燕琳和我一样，也是玛珥湖的后人，这片土地上同样埋葬着她的祖先。我突然有了究根问底的想法，我正在考虑现在问是否合适，思路又让燕琳打断了。

燕琳牵起我的手紧攥着，说：“李继承你听好了，嫁给你，是我的使命，娶我，更是你的责任。当然，我喜欢你，爱你，可责任和使命比爱还重要，你明白吗？”

这是什么逻辑？这个奇怪的女人！我困惑地眨眨眼，不知道该摇头还是点头。

“算了，你慢慢会明白的。”

燕琳的声音极轻，幽幽地像从坟茔里传出，听得我浑身唰的一下起了一层鸡皮疙瘩。

回到镇上时，继红打来电话，说跟爸妈说了，不回去吃了，还要陪燕琳嫂子吃饭。不过可能要晚一点儿，她正在所里处理继青的事。

燕琳瞅瞅我，说：“你这个妹子，看来她不想让咱俩单独吃。”

我们直接去了派出所。

继红抱着膀瞅着坐在沙发上的继青，继青拿矿泉水瓶不时咂上一口。

马大哈所长在地上转着圈，看见我和燕琳进来，过来和我们寒暄一下。寒暄完，我说：“继青，你是不是又作祸了？咋答应梅姑的，还喝！”

“不是酒，水！”继青舌头有些硬。

马大哈摇摇头，哭笑不得，说：“你这个奇葩本家呀……”

玛珥湖镇的居民冬天取暖，一靠枝柴，二靠秸秆，三才靠煤，这几样都和继青不沾边，他靠电。要说他没正事也不尽然，这几年口挪肚攒，他从酒钱里抠出了一点儿给自己做了副寿材，三十多岁就准备后事，这在玛珥湖镇也是绝无仅有。去年冬天，天实在冷，铺着电褥子盖着电褥子，空旷的屋子还是像个冰窖。继青就把寿材拖到当院，把电线扯进去，电褥子一铺一盖，空间小了，竟出奇地暖和。他就这样提前住进了棺材，天天晚上咂两口酒，钻进去，把棺材盖板留条缝儿喘气，早晨起来再钻出来。只是当院放一口红红的棺木，胆小的大人和孩子一到天黑就不敢走他门口。继东找他谈了几次，他脖子一梗，说：“我住我的，又没给你们找麻烦，你管得着吗？”他这一住还上了瘾，春天暖和了，他在棺木上又搭了个篷，仍住在里面。

昨天晚上，邻村一对小夫妻吵架，媳妇赌气离家出走，临出家门时撂下句狠话：嫁鬼也不嫁你。偏偏凑巧，路过继青家门口时憋了泡尿，夜深人静，家家大门紧闭，只有继青家没大门，院子和街路连在一起。小媳妇也是尿急，着急忙慌地找个地方蹲下就尿。继青并没睡，沙沙的声音让他好奇，心说这天也没下雨呀。他把棺材板子错开，探出半个头来，说："那谁呀，咋在我房山头撒尿？"小媳妇这才看清自己正蹲在一口大棺材前，棺材里还真冒出来个"鬼"，"妈呀"一声号叫着提着裤子连滚带爬地跑了。

"不只把人家吓尿了裤子，今天还住院了！"马大哈磨叨着，"咋整？这事我们所要是不管，人家就要上告！"

继青又咂了一口，说："那也没钱，要不我去赔礼道歉？"

马大哈的大嘴张开半天没声音，最后又无奈地闭上了。

继红说："继青，你以为你是谁呀，你的道歉值几个钱？连一分钱都不值，知道吗？"

继青梗起脖儿，一副死猪不怕开水烫的样子，说："她跑到我院子里撒尿，我那儿又不是厕所，不跟她要卫生费就不错了，还讹上我了？就是天塌地陷了也没钱，要命一条，要钱没有！"

我算了一下，那天梅姑给的卡里还应该有钱，可继青是谁？嗜酒如命，甚至酒比命重，而只有钱才能换酒。别说这事他没有直接责任，就是他把天捅个窟窿，也不会拿钱去修补的。继红显然也在打他那张卡的主意，摆出不达目的决不罢休的架势。

走了一下午，我想燕琳一定是饿了，可这边继青不拿钱，事就没完，事没完继红就不能走，继红走不了燕琳和我就吃不上饭。推理的最终结果，我开始掏兜。此时，我对钱的概念还没有完全建立起来，不过就是几张红花花的能换来东西的票子而已。

继红说："承哥，你别管，他闯的祸让他平，让他长点儿记性。一个大活人住棺材，这是作死的节奏啊！"

我没揣钱，掏出银行卡递给继红，说："继青拿不出来的，你拿去吧，跟人家协商一下。我和燕琳可都饿了。"

燕琳说："马所长，继青哥最多也就是个间接责任，息事宁人，给拿几百块钱安慰一下得了！”

马大哈说：“差不多，我们给调解一下。”

继青瞅着我的银行卡说：“白瞎了承子，这要给我，能买多少斤小烧啊！”说着，他又仰脖咂了一口。

继红叹口气拿上卡去镇医院给人家划了五百元，这事就算过去了。然后我们几个人一起去吃饭，当然燕琳叫上了马大哈。

晚上回到房间，燕琳又拿灼灼的目光电我，一双眼睛像两汪蓝幽幽的玛珥湖水，我终于主动把燕琳拥进怀里。

二十

燕琳前脚走，继英和继玉后脚就回来了。我给继红打电话，她说这俩家伙可不是她招回来的，江欣怡的事儿本来不想管，可是我让她管，她正犹豫管还是不管呢。

“那这是咋回事儿？”

“你问她俩吧，正好她俩还要请你吃饭呢！我寻思是在南方待不下去了吧？那边这段时间扫黄打非正在高潮。”

我想提醒继红都是姐妹，话别说得这样恶毒。可终究碍于情面没有说。

我又给江欣怡打电话，江欣怡一连说了好几个“好”。

她说：“继承，你们当警察的办事效率就是高。”

我话到嘴边还是忍住，没把继红的话告诉她。

聚餐是江欣怡安排的，她说应该先给继英和继玉接风洗尘。

我问继红这两个人是谁，怎么称呼，哥哥弟弟？姐姐妹妹？我以前认识吗？

继红翻了一下眼珠子，说：“都比你小，妹妹，在外打工好多年了。”

正说着，继英和继玉就到了，继英穿了件淡蓝色的连衣裙，冲我笑笑，轻轻叫了声承子哥，又跟江欣怡和继红打招呼。

继玉却在老远就向我挥着手大声说：“哥，想死妹妹了，你还是那么帅，谁说你傻掉了？瞎说！”说着，她张开双臂和我拥抱了一下。

我断定她俩以前跟我是熟悉的，特别是继玉。她穿着红色的衬衫，黑色的超短裙，两条雪白的大长腿有些招摇，还有那么一点儿让人说不上来的感觉。也许正是这感觉，让继红瞅她的眼神有一些轻蔑，她和我拥抱时，继红还在一边撇了撇嘴。

这两个人，江欣怡需要她俩干什么呢？

继川、继东、继青也先后到了。

继玉眨眨眼，说：“嫂子，给俺俩接风这动静整得也太大了，村镇领导都来了，有些受宠若惊啊。”

“说啥呢？都是一家人。”江欣怡说着，把玛珥白、玛珥红和啤酒、饮料一一摆到桌子上，“都是家里人，想喝什么自己倒，想喝多少也随意，只是不能躺着出去。”

继青冲江欣怡咧咧嘴，说：“早知道，早知道——”

江欣怡拿过他见底的矿泉水瓶子，启开一瓶玛珥白给他灌满，又给他面前的玻璃杯倒满，说：“就一杯，没事吧？剩下的回去喝。”

“没事没事。”继青说着，瞅瞅继川和继东，和他俩坐一起，继青终于显得有些拘谨了。

继川说：“欣怡，你是想学梅姑咋的？”

江欣怡笑笑，说：“我可没有梅姑的本事，想喝啥？倒酒啊！”

继玉拿起玛珥白说：“别自满了，我给倒吧。”她不由分说，给继川和继东倒上白酒，给继英和江欣怡倒上红酒，继红担心万一所里有事，说什么也不喝，两人僵持着，我只好递过去一瓶饮料。

继玉说：“那就看继承哥面子，饶了你。”说罢，一手举玛珥白一手举玛珥红向我晃了晃。

江欣怡说："继承，能喝点儿红的吗？要不和继红一样吧。"

我说："别介嫂子，安排这大场面，咋也得整点儿酒啊，来点儿红的吧。"

众人一阵哄笑。最后，继玉把自己的杯子也倒满白酒。

江欣怡冲继玉笑笑，她显然很满意继玉，说："继川哥、弟弟妹妹们，感谢你们来作陪，为继玉和继英接风。以前我可能和你们联系得少了些，后来继承回来了，现在继玉和继英也回来了，从今天开始，我会改变的。"

江欣怡和每个人碰了杯，令人愉悦的声音还在耳边回旋，江欣怡已一扬脖，杯子见了底。我又想起了玛珥湖上的白衣仙子，眼前这个女人还是那个飘飘若仙的江欣怡吗？

一杯酒干掉，气氛有些微醺，清炖玛珥湖大白鱼端了上来。

继玉贪婪地抽动了一下鼻子，说："继英，就是这味儿，这是咱玛珥湖独有的味道啊，多少年了？"

继英没有回答，默默拿起瓷勺，从江欣怡开始，给每个人盛了一碗鱼汤，然后低着头只顾呼呼地喝，待一碗鱼汤下去，继英抬起头来时，竟然满脸是泪。她用手背抹了一把，说："嫂子，谢谢你！"

江欣怡急忙递上纸巾。

继红不屑地撇撇嘴，说："这大白鱼吃的，咋还哭上了？"

继川挥挥手说："继英眼窝子浅，让她们姐几个先哭一会儿，咱哥四个走一个啊。"

继青端起酒杯等不及碰，嗞溜一口又干了。

我说："继青，好像超量了！"

继东说："你别再喝了，可给咱哥们儿省点儿心吧！"

继川说："不是我说你，继青，你能不能有点儿出息啊！你说在这玛珥湖镇，咱就不说继祖了，我和继东大小也算个干部吧，跟着你丢多少人啊！"

继青梗一下脖子，涨红着脸说："咋了，又没喝你们的酒，欣怡嫂子请我喝，要是你们，我都不稀罕来。"

我怕继青犯浑，更怕他们吵起来，急忙拍拍继青的后背，又冲继川说："哥，咱们敬她一下吧。"

继川手又一挥，说：“好啊，欣怡，敬你了，今天这举动说明你是个有心人，比哥哥我强。”

继东眨巴两下眼睛，说：“嫂子，你该不是有啥事吧？”

江欣怡笑笑，说：“有啊，给继玉和继英接风洗尘嘛。”

继东不依不饶，说：“那就是跟继玉和继英有什么事吧？”

继川拍拍胸脯子说：“欣怡，有事儿你尽管跟哥说，现在不方便就完事儿说，咱都是自已人，在咱这玛珥湖镇，就一个字，办！包括你们，咱是一家人，听见没有？”

继川手指继玉和继英，最后又指向继红。职务带给人的力量总是无穷的，有时候也包括说点儿大话吹点儿牛皮的力量。玛珥湖镇副镇长的位置让继川有了闪闪放光芒的气魄，最起码此时，在江欣怡安排的这桌酒席上，他是牛气冲天的。

继玉和继英认真地点点头，继玉还说：“嫂子有事就吩咐，赴汤蹈火在所不辞。”

继红却一直冷眼旁观，看看江欣怡，又瞅瞅继玉和继英，嘴角往肥嘟嘟的腮上咧了咧。说实话，她这神态让我好像卡了根鱼刺一样。她什么意思呢，高傲轻蔑看不起，或者有意表现得与众不同？

聚餐很晚才散，回到招待所时已经快半夜了，整个镇子早已沉入夜色深处，就像没入了玛珥湖底。夜的纱幕如同清凉的湖水般荡漾，让我很惬意。我喝了几杯玛珥湖山葡萄酒，感觉还好，就是看什么都有点儿朦胧的感觉。

继红说：“继承哥你喝多了，走路都散脚了！”说着，拿眼睛瞪江欣怡。

江欣怡装作没看见，也许是真没看见。她开始是想尽量把控局面的，可一杯一杯喝下来，越喝越高兴，特别是她说要办公司开酒店，继川和继东表态支持，继玉和继英愿意帮忙，她就更放开了量，最后把自已也喝晃悠了。散席时，继川和继东搂脖抱腰一步三晃，继青拎个矿泉水瓶子踉踉跄跄地瞅着他俩傻笑。

继玉像踩在棉花上深一脚浅一脚地奔过来，搀起我的胳膊说：“继承哥我送你吧，你现在可是我们的大熊猫，宝贝着呢！”

我让继玉的满身酒气熏得发蒙，加上模模糊糊的夜色，一下子就沉到了梦里，可一个词还是很鲜活地跳进脑海。我也不知道为什么，这个词在这个时候蹦出来，去吻合继玉身上那种说不出来的感觉，风尘味，是的，继玉身上有一股风尘味。

江欣怡说：“继玉，让继英送你，继承还是交给我和继红吧。”

继红瞪江欣怡一眼，说：“算了，继承哥我送，继英你负责她俩。”

继红不由分说拽起我就走。镇子不大，招待所离白鱼馆又不远，继红对江欣怡的不满和抱怨还没说完，我就已经躺倒在床上了。

我说：“继红，你先别说了，我现在像做梦，说了也记不住。”

继红噘一下嘴，给我烧了壶水放在床头柜上，又叮嘱了几句才抱怨着离去。

我瞪大两眼，想努力保持清醒，可一会儿就觉得自己飘了起来，那感觉很难受，像梦魇着一样。看来，继红不让我喝酒是对的。我想喊，喊不出来，感觉嘴张得挺大了，就是听不到声音。想动，手脚一点儿知觉也没有。这时候我的灵魂或者说我的思想和身体是分离的，这样一想，我好像真的飘起来了，如一粒尘埃在屋子的上空飘荡。朦胧的夜色中，我看见自己傻傻地躺在床上，一动不动，我还冲着自己调皮地眨眨眼，然后，我飘出了窗外，在茫茫无垠的黑暗中，飘向了另一个时空。

二十一

远远的，子慧向我挥手，灿烂地笑。

出了到港闸口，我看见子慧花一样的笑脸上挂满泪珠。她分开熙熙攘攘的人流冲上来，把我扑了个趔趄。我一手拉着行李箱，一手轻抚着子慧的后背，带着她尽量往边上靠了靠。正是机场的到港高峰，我和子慧这别致的造型会堵塞交通的，可子慧显然顾不上这些，任性地哭了个稀里哗啦。

我说：“子慧，黑暗还好吗？”

子慧点点头，一手牵起我，一手拽过行李箱往外走。

我说我自己来。子慧没听到一样，两只手都用着力，生怕劲小了我和行李箱会飞到天上去。

上了车，子慧手搭方向盘，扭头定定地瞅着我，泪珠仍扑簌簌地从脸上滚落。

我拿纸巾给子慧擦泪，说："哭成这样，不能长途开车了。"

我拿手机从网上订了附近的酒店。

进了房间，子慧终于不再控制，扑在我怀里号啕大哭，暴雨滂沱，翻江倒海。我不断地拿纸巾擦拭她横流的涕泪。

我没有制止子慧，任凭她酣畅淋漓地哭。两年来，我们时常电话或者视频，子慧呈现给我的都是明艳和欢愉，见面后她瞬间崩溃让我有些无所适从。我明白，在分别的日子里，不只是我，于她，也一定发生了许多的意外。

直到把酒店提供的一盒抽纸抽尽，子慧的哭声才渐渐弱下去，最后止住。

我说："子慧，眼睛都肿了。"

子慧幽幽地说："继承君，你不讲信用！"

"对不起，子慧，对不起！"我把子慧按坐到床上，让她躺下，投湿了毛巾给她轻轻敷到眼睛上。

子慧紧紧握住我的手，说："继承君，不用说对不起，我知道你山一程水一程地来到我身边很不容易，很难，是吗？"

两年时间，子慧的汉语水平有了惊人的进步，没有了说母语之外的生硬尾音，她的声音更加圆润动听了。

我专注地盯着子慧，笑笑说："不难，没什么难的，一切都是我不好，咱不说这些了，好吗？"

"不，要说，你从北京、大连、青岛、上海绕了一大圈，最后突然从宁波飞名古屋，好像故意兜着圈子在摆脱谁，到底发生了什么事？"

我叹了口气，面对聪慧又善解人意的子慧一时不知如何回答。

"别犹豫了，说出来，我们一起面对，继承君。"

我只好如实相告，"其实也不是什么天大的事儿，就是李由那家伙，千方百计地阻挠我来日本。"

当得知李由就是我的父亲时，子慧笑了笑，扯下湿毛巾，坐起来，歪头瞅着我认真地说：“不许这样说你爸爸！”进而，她的表情又黯淡下去，“爸爸不同意？他反对我们，是吗？”

我摇摇头，又点点头。

这两年，也不知怎么了，一向对我宽容大度的爸爸突然变了。在我成长过程中——爸爸——这个叫李由的家伙对我基本上是放养的。他秉持树大自然直的理念，给了我足够宽广的成长空间和天地。应该说，这里面包含着他深沉的父爱，我能体会得到。我们的关系也很融洽。可是这两年，他突然性情大变，变得那么暴躁严厉、不近人情甚至不可理喻。我曾经大逆不道地猜想他得了什么不治之症，曾悄悄地和妈妈讨论是否让他做个彻底检查。对我疼爱有加呵护倍至的妈妈却站在爸爸的立场上断然否定了我的想法，告诉我一切只要听爸爸的，他自然就会好起来。我想他俩可能都到了更年期，我是他们的独子，应该孝顺些。他们否定了我去日本留学的想法，收缴了我的护照。我稀里糊涂地当了一名刑警，暂时放弃了追随太白先生的脚步，破案、抓逃、努力工作。我想以此换来他们的开心高兴，换来说服他们的契机，可是我一次又一次失败了。最后，被逼无奈，才不得不以我的聪明机智，加上两年刑警的历练，和父亲李由展开了一场斗智斗勇的游击战。

“这家伙，领着他的秘书跟在屁股后面撵，非要跟我好好谈谈，估计这会儿还在浦东机场傻等呢。”

子慧终于受到感染，有些开心地笑了。她长舒一口气，胳膊小蛇一样环上我的脖子，说：“我知道的，虽然你从来不和我说，可是分别的日子你一定很难，只是你的爸爸为什么反对，因为，我是日本人吗？”

“不知道，我想不至于吧！”

“所以，继承君，我觉得，你的爸爸说得对，你们应该坐下来，好好谈谈，而不是像现在这样逃避。”

“你不了解，没用的！”我摇摇头，叹口气，很想让刚刚轻松起来的气氛延续下去，“说说你吧，你好像有一肚子委屈。”

子慧怔了一下，笑着说：“我比你好多了，马上就毕业了，很轻松。”

我双手扳着子慧的肩膀，让她坐直。

“哎呀，我还担心你真的一去不返了呢。”

子慧再次双手环着我的脖子用力，双目微合，扬起脸颊，饱满的双唇润泽艳丽。我只好心绪重重地低下头去。

稍事休息，子慧提议出去走走。她除了眼睛有些红肿，脸色已恢复了往日的明艳。看得出来，她想尽量让我对日本多一些了解。

我们去了名古屋城东的德川园。这是一处私家山水园林，一花一树，一石一山，瀑布深潭，小溪曲径，精巧别致中透露出古朴典雅的意蕴，有些像苏州园林，仔细体味又有一份独有的精致。

“知道德川家康吗？”子慧问我，我反应过来，这里好像叫德川园。说实话我对日本的历史不太了解，对这位幕府时期的将军更是知之甚少，原来这里竟是他们家族的隐居之地。子慧边领着我看园子的风景，边详细讲解日本历史上的幕府政治，从镰仓幕府到室町幕府再到江户幕府，简明扼要地梳理了一遍六百多年的幕府历史。德川家康正是江户幕府时代的创造者，成就了幕府政治最后三百多年的辉煌。尽管这里二战时曾被美国空军炸成一片废墟，可通过子慧的讲解，我还是嗅出了古老沧桑的气息。

聪慧的子慧，我懂了她的良苦用心。

在一棵高大的枫树下，子慧架好了相机，还是哈苏，和丢在死亡之森青木原树海那款一样。枫树刚刚抽出嫩绿的叶芽，而一片绚烂的樱花正在怒放，子慧秀眉微蹙，笑靥如花。

一瞬间，我又想起了李白，随口吟道：“玉面高山女，青娥红粉妆。”

“你说什么？”子慧见我按下快门，笑嘻嘻地向我招手。

“没说啥，借太白先生诗句用一下。”

子慧莞尔，抬起左脚，拽拽长裙，用汉语说：“一双金齿屐，两足白如霜。”

子慧开心地笑。我感到整个德川园里瞬间纠缠起我们的浓浓情愫，千丝万缕，铺天盖地。

去神社的路上，子慧看出我有些犹疑，便放慢车速，说：“继承君，你若不想去，就说出来。”

我知道，日本的神社多。在神道教里信奉万物皆有灵，奉祀的神更是有许许多多，甚至一块石头、一只蟾蜍都会成为神明。

我说：“那咱俩就去最后一站吧。”

子慧慢慢把车停在路边，扭头瞅了我好一会儿，突然笑出了声。我让她吓了一跳，急忙摸一下她的额头。

子慧继续开车前行，车速慢了许多。她说：“继承君，不是你想的那样，这个神社天皇皇后都来参拜过，这是守护国家的神宫，有近两千年的历史了。我知道的，在你眼里，有历史就有价值，看看这里能不能让你想起李白？”

子慧告诉我，这里奉祀的除了“天照大神”外，还有武尊倭建，武尊倭建也是皇室成员，是公元2世纪景行天皇的儿子，他为了国家抛妻别子征战杀伐，也曾杀死了把妹妹占为己有的哥哥。一次东征归来，屯驻尾张国时，与尾张国造的女儿宫篑媛一见钟情，互生爱慕，便娶了宫篑媛为妃。婚后不久，武尊倭建又要出师征战了。临别，新婚宴尔的武尊倭建和宫篑媛妃难舍难分，宫篑媛妃含着泪送了一程又一程。最后武尊倭建一咬牙把随身的佩剑解下来送给了宫妃，说剑就是自己，让它护佑着爱妃的平安，等着他凯旋。说罢，两人洒泪而别。

宫篑媛妃抱着剑回到家里，吃饭抱着它，睡觉抱着它，有时还抱着它登高远眺，盼望着旌旗招展，武尊班师。可是不久，却等来了噩耗，武尊倭建在中部大山里遭遇山岚毒气身亡，临死时口中高吟“江山秀美兮我大和，重峦叠嶂兮似翠屏，日思夜想兮宫篑媛，山水阻隔兮不得见——”

宫篑媛痛不欲生，怀抱着丈夫留下的这柄剑，不顾一切地筹集资金，历尽艰辛和磨难，在当时尾张国这个地方，建起了这座气势恢宏的神宫，把武尊倭建的这把剑奉祀在这里。这就是有名的“草薙剑”，又叫“天丝云剑”，是日本历史上的三大神器之一。

想不到，这里还有着这么一段凄美的爱情故事。

下了车，远远就见闹市区的尽头，一片蓊蓊郁郁的森林，俗世与神界立即泾渭分明起来。

我感喟于武尊倭建和宫篑媛妃的爱情，有了朝圣般的庄严，任凭子慧牵着手默默前行，放轻脚步，不敢言语，及至没入一片雾一样弥漫的嫩绿中，这感觉越发强烈起来。四周是如此宁静，似乎我们就是宁静的一部分，完全忘记了不远处的闹市区。参天的古树蓊蓊郁郁，有乌鸦和鸽子扑棱着翅膀。也许是负氧离子的作用，一股清凉爽洁的气流贯入憋闷的胸口，让人顿感神清气爽，不知不觉便带上了几缕仙气，看来神界与俗界真是不一样啊。

在一个类似于牌坊的门口，子慧往路边靠了靠，松开我的手，微微前倾一下身体。我学着她的样子，也鞠了一躬。子慧告诉我，这个建筑叫鸟居，是神界与俗界的分界线。然后，顺笔直的路继续前行一段，几根圆柱支起一个宽敞的棚厦，棚厦有顶无壁，设有水槽，我看文字介绍是“手水舍”。

子慧瞅我微笑着示意一下，右手拿柄杓，取水，浇至左手，换手，再浇右手，再换手，取水，左手接水，低头吸水，漱口，吐于排水处，再取水，倒浇杓柄及右手放回。我想这大概是参拜前净手、净口、净心的意思。子慧做得一丝不苟，庄重圣洁的表情充满了神性，我就有了遥远而陌生的感觉，她好像从神国仙界降临，让我这个凡夫俗子只能仰望膜拜。

“继承君！”

子慧轻轻唤了一声，我回过神来，学着她的样子，净手净口净心，严肃而庄重。

终于，我们来到了拜殿前，子慧掏出两枚硬币，一枚给我，另一枚恭恭敬敬投到写有“奉纳”的善款箱中，然后，面对拜殿正中站定，深深鞠躬两次，双手合十拍掌两次，再鞠躬一次。我学着子慧的样子，虔诚而庄重地投钱，鞠躬，拍掌，再鞠躬，还不断地在内心祈求着武尊倭建和宫簀媛妃能够保佑我和子慧，这是子慧一路上反复叮嘱我的。

参拜完，子慧似乎意犹未尽，又投钱，拉着我一起再拜。我不知道这是传统，还是子慧的创新，直起腰来时，见子慧早已泪流满面。我拿纸巾轻轻擦拭，子慧就势扑到我怀里抽泣起来。

“继承君，你说，宫簀媛妃会保佑我们吗？”

“会的，还有武尊大神，他们一定会的！”

我轻轻拍拍子慧的后背，安慰着。几个巫女和神官匆匆走向本殿，后面还有一群人簇拥着黑衣白袍的一对年轻男女。

子慧说：“他们这是举行婚礼，将来，我们的婚礼也在这里举行，好吗？”

我说："当然，刚才我都祈求大神了！"

子慧就笑了，她向西和北分别指了指，告诉我，不远处有白鸟古坟和断夫山古坟，据传分别安息着武尊倭建和宫簀媛妃。

我戚然了。原来，他们生没有相见，死也未能相守，只能遥遥相望，让那份彼此的牵挂和思念随着时间一年年老去，在一千九百多年后，等待着我和子慧的到来。

我叹了口气，见子慧白皙的脸颊上，有一滴泪珠正晶莹剔透地滑落。

二十二

车出岐阜市，什么时候进入的山区，我没有明显感觉，大概也是一个渐渐的过程。出了闹市区，一路向北，车辆越来越少，路的起伏越来越大，等我有感觉时，车辆已如 叶扁舟飘荡在茫茫无际的绿色林海了。

眼前的景色，完全颠覆了我头脑中对日本列岛固有的印象。烂漫的樱花、雪白的梨花、粉红的山杏花，一丛一树一片地在满目的新绿中热烈怒放着。远处起伏的山岭朦胧起一团团嫩绿的雾，加上白色的山岚祥云般飘荡其间，恰似一副浓淡相宜的山水画，让人恍惚间如入仙境。

我侧身把子慧的日文版《李白集》放到后座上，拿起她的哈苏。

我说："真的超出我的想象。"

子慧说："你想象是什么样？"

我说："局促，狭小，人工景致多，天然景色少，可眼前特别像我小时候的玛珥湖。"

子慧绽放出如花般笑靥，说："继承君，你这样想，我真的好开心呢。"

子慧告诉我，我们行驶在中部山岳的大山里，中部山岳有三大山脉，分别是飞驒山脉、木曾山脉和赤石山脉连绵相接，也叫北阿尔卑斯、中阿尔卑斯和南阿尔卑斯。全日本海拔超过三千米的高峰除富士山外，其余全在这里。子慧微蹙着眉，神态专注地目视着前方，脸颊线条柔和生动，这张美丽的侧影，不用数理计算一定是最佳的黄金比。上苍是何等厚爱她、眷顾她。我转过镜头，按动快门。

“我没准备好，继承君。”子慧说。

我说：“神宫里的大神们太偏爱你了！”

“应该说，大神们太偏爱你了，是不是？”子慧白我一眼。

我想起了青木原树海，那个我为子慧搭建的世上最简易的窝棚；想起了子慧拿湿巾仔细擦去满脸的汗迹泪痕，面对着即将到来的死亡，平静地拥吻着我说：“我准备好了！继承君。”

昨天晚上，子慧洗漱完，一边一缕缕擦干满头秀发，一边瞅着我微笑。其实不用她提醒，我也记得自己曾说过的话——“待你长发垂肩，就做我的新娘。”

长发飘飘的子慧，白天随意扎个马尾，此时又黑瀑般披在肩头，不见了英俊少年的顽皮，多了如水女儿的柔媚。

我有些不能自持，拥子慧入怀，吻了她。

子慧近距离地看着我，轻抚一下我的脸，说：“继承君，洗澡水我给你放好了。还有，我还没准备好。对不起！”

我笑笑说：“那我再开一间房吧！”

子慧调皮地眨眨眼说：“我怕一觉醒来，又见不到你了！再说，多浪费钱。”

在子慧面前，我把自己放得越来越低，可是即使低到尘埃里，我也是心甘情愿的。当初我没有如约回归，是我失信于她。两年来，通过视频连线、语音电话，我们保持着热络的联系。这个懂我的女孩以超凡的毅力坚韧地隐忍着一切，给我以信任理解，给我以柔情爱意，让我真正体会到了从未有过的人生美好。哪怕是风雨如晦刀光剑影的日子，一想到子慧，我的心头便幸福缠绕，浑身充满力量。

此时，别说低到尘埃里，为了子慧，我甘愿献出一切。

熄灯后，子慧翻来覆去无法入睡。

我爬起来，借着室外的朦胧光线，发现子慧的一双大眼睛闪闪烁烁。她哧哧地笑说："继承君，对不起，影响着你了。"

我跳下床将两张单人床尽量合在一起，伸出左手让子慧握着，她才放下心来，嘴里喃喃着："谢谢你，继承君，你是懂我的！"然后，慢慢睡去。

我懂子慧，子慧也懂我，这就是我们这段跨国情缘的神奇所在吧。茫茫人海，万丈红尘，又有几对恋人是真正相互懂得的呢？

离开名古屋前，子慧载我去了科学馆，望着两座楼间那个巨大的圆球，我怕时间太紧子慧开车会很赶，有些犹豫。

子慧挥挥手，说："既然昨天纳入了行程，不去你会有遗憾的。"

我牵起子慧的手，加快脚步走马观花。看星象仪，看投影屏，看光影壁，体验极地寒冷。走到星光回廊，如梦似幻的星光闪烁跳跃缠绕，整个人仿佛一下置身茫茫的夜空，群星为伴，飘飘欲仙。子慧开心得叫出了声，然后就伏在我怀里，双手用力扳着我的肩头，仰起了脸颊。星光迷离，恍如仙境，我低下头，看到她一双秀目微合，仙子般艳丽的脸，便轻轻地吻了一下。

"继承君，我准备好了，准备好了！"

我听到子慧如春燕般的呢喃，后悔没有随身携带戒指。当子慧又呢喃一遍时，我终于单膝跪地，牵着子慧的双手用日语说："子慧，我亲爱的子慧，在我们中国，男孩向心爱的女孩表白时，常常说：'除了天上的星星我摘不下来，我可以把世上一切美好的事物都送给你。'可是今天，我就要摘下天上的一颗星星送给你。子慧，这颗星星就是我的心，它会永远在你的夜空闪烁。嫁给我，做我幸福的新娘，好吗？"

我放开子慧的手，捧起了一颗闪烁跳动的星。

子慧笑着微微俯下身，轻轻将双手放到我的手中，那颗星便闪烁在子慧的手中，一会儿变成蓝的，一会又变成黄的，最终变成鲜艳的红色停住不动了。

"你懂我，星星也懂我！继承君，嫁给你，做你幸福的新娘，我准备好了！"

我捧着子慧的双手，子慧的双手捧着红色的星星，在群星闪烁的夜空中，我们幸福地笑着凝视，许久许久。

这都是在名古屋时的事情。从名古屋到岐阜比我想的要近，也就几十公里，路也平坦，似乎刚从名古屋出来，我还沉浸在梦幻星光的温情中，一眨眼，车便进入了岐阜市。子慧要带我去拜竹笼大佛，她想让我比较一下佛教在我们两个国家是否相同。

我说：“应该是一样的，不然，怎么对得起鉴真大师。”

子慧扑闪一下大眼睛，便带我去了岐阜大学。

这里的绿化很好，和国内的许多名校一样。门口一块横卧的巨石上雕刻着“岐阜大学”四个苍劲的汉字。“岐阜”两个字在日语和汉语里是一个意思，岐山曲阜，一个周文王的龙兴地，一个儒家文明的发源地，可见“岐阜”这个名字在东方文明圈中多么有品位上档次。

子慧牵着我的手匆匆地走马观花，一路走来，我任由思绪飞扬：在工学部，在图书馆，在运动场，在古朴的苍松下，在怒放的花圃间，在细雨纷飞春意萌动的早春，在大雪飘飘寒凝大地的隆冬，有一个美丽的女孩在凝眉苦读，在奔跑跳跃，在静息沉思，在踽踽独行。她，就是我身边的子慧啊！

“继承君，我可以讲给你听的嘛！”子慧突然没头没脑地说，但是我明白她的意思。

“那不一样，这里是你的大学，只有亲自转这一圈儿，我才觉得参与了你在这里的学习和生活，或者说，见证了你在这里走过的岁月。”

“这很重要吗？”

“极其重要！”

“继承君，你真的是懂我的呢！”子慧用力拥抱了我一下。

中午，我们来到了联合农学部的食堂。子慧担心在工学部会遇到熟悉的同学。她让我坐在座位上，一会儿用托盘端过来两碗面和一盘味噌烤鱼排。

“继承君，牛肉和生蚝，你要哪份？”

我让子慧先选，她就把那碗牛肉面放到我面前，笑嘻嘻地说：“继承君，我也是懂你的吧？”

我点头，一边呼噜呼噜吃面一边含混地说：“当然！”

子慧笑笑，食指在唇前晃了一下，我意识自己的吃相有些狼吞虎咽，我便放慢速度，问子慧：“你好像对农学部很熟悉？”

子慧说：“姐姐呀，美慧姐姐就是农学部毕业的，现在，正带着学生在农场实习呢。不然，她一定会见你的。”

我说：“该不会你的哥哥也是岐大毕业的吧？”

子慧不经意间皱了皱眉，叹口气说：“哥哥高中毕业并没上大学，帮爸爸打理会社工作了。”

子慧好像不愿意谈哥哥。我不便多问，心里开始担心高山市的行程。和她的亲人们总该要见面的，虽然有些惶恐忐忑，但为了子慧，必须把他们都当成自己的亲人。其实，我期盼高山市一行，最想见到的还是黑暗，那条见证了我和子慧的生死恋，最终又领我们走出青木原死亡树海的狼犬。

可是，这想法我不能和子慧说。

黑色的路缎带一样在山岭间盘绕，车速明显慢下来。一路北行，我们已进入大山腹地。路上车辆不多，也不见闪烁的警灯，我胆子大起来，告诉子慧若累了我可以替她一会儿。

子慧惊讶得“啊”了一声，打开转向灯把车慢慢停在路边。她扭过头来严肃地盯着我，目光中满含责备，说：“继承君，你的证照在日本不能用，知道吗？”

我点点头，说：“这我知道。”

子慧突然提高了声音，说：“那你为什么还有这想法？”

我吓了一跳，觉得子慧有些小题大做了，便说：“好，你继续开，我怕你太累，只是随口一说。”

子慧心事重重地叹口气，缓一缓说：“继承君，在日本，你这想法让我很担心，处罚很严厉的。”

看到子慧嘟着嘴，我知道她真生气了，急忙赔上笑脸，轻轻拍拍子慧的肩膀，说：“我知道了，放心吧！”

“那你保证。”子慧举起右手。

“我保证，以后绝不让最亲爱的子慧为我担心！若失言，天打雷劈！”

子慧急忙捂我的嘴，说：“谁让你说这话！”

我握住子慧的手腕，和她击了一下掌。子慧终于露出笑容，边开车边摆了一下头，柔情地说：“继承君，你呀，还是个大孩子，真得我管着你呢！”

高山市名副其实，群山环绕，一片青翠，正是夕阳衔山，整个城市镀上了一层嫣红。霞光中，那细密的绒毛让子慧白皙的脸颊更显妩媚生动，我忍不住轻轻抚一下她的鬓角。

子慧扭一下头，笑说："别打扰我开车。"

我们到客栈卸下行李，办理了入住，去租车公司还了车。我想接下来该去子慧家了，便寻找附近的商场。我事先做过功课的，除了几包家乡的红松子和小礼物外，还应该再买一些当地上档次的东西，这样才显得郑重，也不失礼仪之邦的身份，何况除了岳父岳母大人，还有子慧的祖父呢。

子慧拉着我的手说："先填饱肚子，继承君，我请你吃高山飞骅牛。"

为了寻一个满意的去处，子慧领着我一路走来。古朴的建筑，整洁的街道，在落日夕照中显得静谧而安详，路边的水泥槽里有溪水淙淙流过。大概人少的缘故，一些店铺早早打烊，只有木雕工艺品静静守护在门前，透出一丝经典与怀旧的意味。市中心有一条河，子慧告诉我叫宫川河，河水清澈，哗哗北去。拐过街角，河岸的绿树突然衬托出一座鲜艳的红桥，桥上有几个穿和服的年轻姑娘在拍照。眼前的一切好像时空错了位，有些虚幻而不真实。我使劲儿掐了自己一把，没有感到痛，子慧却哎哟叫了一声，说："继承君，你掐我？"

我说："我好像在做梦。"

"那你该掐自己啊。"子慧挽着我胳膊的手突然用力，我疼得嘶嘶地吸气。

子慧笑问："梦醒了吗？继承君。"

我喜欢上了高山市，不全是因为子慧，大概还有一种无法精确表述的舒缓情调，典雅古朴，安静柔和，像个穿着和服低调内敛的深情女子，面对飞速流逝的时光和嘈杂纷繁的世象，一直柔柔款款地保持着固有的节奏。

"喜欢吗？"子慧举起哈苏，按动快门。

我说："岂止是喜欢，真想在此结一茅庐，和你把这美好的时光一直天荒地老地过下去。"

"真的，你说的啊！"子慧的眼里亮光闪烁，紧紧挽着我，拐入了一条古街。这里黑墙木屋，原木招牌，门前花圃，精巧别致。我们恍惚从历史的深处、从远古的洪荒中相携走来，跌跌撞撞地一路穿过风雨，穿过滚滚红尘，还要在这黑色的古街上一直走下去……

“继承君，如果大唐李白走在这里，会作诗吗？”随着子慧的声音，我又看到了那个身着长衫高举金樽的身影。

“当然，一定会的，会这样大声吟唱——”我挥舞着手臂，把自己想象成李白，“高山长寄樱花梦，携手玉人入黑街。暗香浮沉千古事，木扉轻叩寻飞驒。”

子慧停下脚步，扭头专注地盯着我，扑闪着大眼睛，问：“这诗，大唐李白？”

“大唐，李继承。”

子慧又在我胳膊上掐了一下：“欺负我不懂，不带这样的。”

我们走累了，刚好在古街上找到了一家不用排队的飞驒牛串烧店。一路走来，满大街的招牌全是飞驒牛。我问子慧，她告诉我，高山牛就是指飞驒牛。高山市附近古称飞驒国，现为飞驒地区，只有这一带才是真正的飞驒牛，受保护的名牌。子慧叫了烤牛肉粒和烤牛肉条各一份，外加两人份牛肉寿喜锅和两碗米饭。我担心吃不了这么多。

子慧说：“你尝尝，好吃着呢，不够再叫。”

果然，红白相间的有着大理石一样花纹的牛肉在烤帘上散发出浓烈的香气，蘸上味噌等蘸料入口，更是绵嫩香糯，感觉舌尖上的每一个味蕾都被充分调动了起来，而火锅里的牛肉和蔬菜，是蘸着生鸡蛋液吃的，更多了一份鲜香爽滑。

一碗米饭不知不觉下了肚。子慧笑笑，又给我添了一半，说：“要不再叫一碗？”

我说：“这回够了，吃撑了，只是你别饿着。”

子慧说：“我吃的肉多。”

饭毕，看时间尚早，我要去喝茶。

子慧说：“茶你没带着吗？”

我们便回了客栈。

子慧烧水，冲洗杯具。我从行李箱中取出两盒绿茶。

子慧仔细看包装，问我怎么改喝绿茶了。

我说：“什么茶都喝点儿才好。这个时节适合喝绿茶。不过如果是明前茶，也应该是去年的了。”

子慧先取了碧螺春，说："继承君，其实我觉得明前明后无所谓，产地更关键。比如龙井茶，当然还是西湖边上的最好嘛，还有这碧螺春，东山和西山的品质也大不一样，反倒是临湖的一面，水汽足、发芽早，尽管是头采明前，可喝起来肯定没有背湖面的口感好，你觉得呢？"

我被子慧惊得张大了嘴。

子慧嫣然地笑笑，边沏茶边改用汉语说："士别三日，当刮目相看吧，我们可是分别了整整七百二十五天啊，更何况我还要嫁给一个爱喝茶的人呢。你请先，继承君！"

子慧捧起茶盏，满屋子便飘荡起幽幽的茶香和她的款款深情。

二十三

和国内的寺庙一样，安国寺也是依山而建，巨大的石牌坊有些招摇地告诉人们，这里不是俗界。是子慧坚持带我来这里的，这里曾是一休和尚出家修行的地方。子慧明白，对于我这个年龄的人，童年记忆中日本的动画片意味着什么。

这里的建筑乍一看和神社没什么区别，走近了细观，还是有区别的。在日本人的世俗生活中，和神社可能联系得更紧密一些，自然万物、山川神明、鬼神祖先，只要认为能保佑自己的或者值得膜拜的，都可以进入奉祀之列。而寺庙则主要掌管着人的生死轮回，死后的事，谁知道呢，姑且信之吧。

然后，我们又到了水无神社，看了那棵著名的千年古樱。一树繁花，层层叠叠，密密麻麻，热烈地繁盛着，微风拂过，粉红的花瓣飘落子慧肩头。我轻轻拈起一片，说："刹那缤纷，瞬间寂灭，其短暂的芳华为什么不能有'化作春泥更护花'，'零落成泥碾作尘，只有香如故'的诗句？"

子慧叹口气，说：“继承君，一样的意思嘛，生命如花，自我毁灭也是生命的自我升华啊。”

这里游人稀少，异常宁静，我似乎听到樱花纷纷落地的窸窣声，我不想让子慧沉浸在无限的伤感中，也想探询一下子慧拖延着不回家的缘由。

我说：“子慧——”

子慧扭过头，一双大眼睛专注地瞅着我。我一时找不到合适的词语。子慧便仰起头，微眯秀目，让粉红的花瓣雨落上白皙的脸颊。

子慧说：“继承君，早来几天就好了，女儿节时这里十分热闹的。”

子慧告诉我，在日本，旧历三月三日是传统的女儿节，这里每年要搞一个祭祀活动的，而有女儿的家庭都要摆人偶坛，供桃花、白酒，还要吃菱饼、蛤蜊。

我告诉子慧，农历三月三在中国叫上巳节，也叫女儿节。这一天女孩们盛装出席，到水边踏青欢歌，《周礼》和《诗经》上都有记载。

我想起这几天商场店铺里摆着花样繁多的人偶坛，原来是给女孩们过节用的。我要送子慧人偶，给她补过一个女儿节。

子慧白了我一眼，说：“人偶只摆一天，第二天要早早收起来，收晚了女儿找不到婆家的，你是诅咒我嫁不出去吗？”

子慧佯怒，娇嗔中露一丝顽皮。

我哈哈大笑，说：“所以，你没得选，只好嫁给我了！”

子慧双手环上我的脖子，开心地转着圈儿，说：“你这家伙，真是狡猾。”

我双手抄在子慧腋下就势抱起她旋转一圈儿，再旋转一圈儿。直转得子慧嘻哈着说头晕。在这棵千年古樱下，子慧秀目微合，陶醉地伏在我怀里。一阵风过，正妖娆的樱花纷纷飘落，落到子慧和我的头上、身上，绚丽的樱花雨中，我听到子慧呢喃着汉语，说：“继承君，我真的准备好了，嫁给你！”

市役所接待我们的是一个戴眼镜的大姐，她听说我是外国人时，又仔细打量了我一下，然后小声问子慧：“你用不用再考虑一下。”

“谢谢您，我准备好了！”子慧边说边将在留资格变更申请书、照片、住民税证明书、质问书、户籍誊本及我的护照和证明等相关手续递过去。原来，子慧早已做了充分准备。可是工作人员对这些不感兴趣，也许是子慧准备得充分，这些证明文件都没什么问题吧。那位大姐推推眼镜大致翻看了一下，直接拿起质问书仔细读起来。看来，这个是重点，而子慧还加了好几张续页。

我突然有些紧张，仿佛这个眼镜大姐就是我和子慧的命运之神。子慧轻轻握一下我的手，我感觉她的手心里也满是汗。

我小声问："质问书写了啥？"

"一个感人的爱情故事。"子慧轻声说。

似乎为了配合子慧，眼镜大姐竟然摘下眼镜，拿纸巾擦眼睛，说："这简直就是神的安排，对不起，我不应该怀疑，这都是真的吧。"

子慧说："河口湖，继承君为了救一个孩子，险些淹死，我救了他。青木原，他把我背出了死亡之森，又救了我。然后，我们分别了两年，整整七百二十五天的相思与牵挂。现在，他又舍弃一切来到我身边，我们要是再不在一起，神都不会答应啊。"

"可是，你们怎么交流呢？"大姐重新戴上眼镜。

我用日语说："我会讲日语的。"

子慧改用汉语说："我也会讲汉语。"说完她又用日语重复了一遍，"继承君是研究大唐李白和中国古代文化与日本文化交流的，我们有许多的共同语言。"

子慧扭头看我一眼，我会意，先用汉语朗诵了阿倍仲麻吕的诗："翘首望长天，神驰奈良边。三笠山顶上，想又皎月圆。"又用日语诵了一遍。

不管这位大姐是否爱好诗词，但奈良她一定能懂的。她终于被我唬住，露出了和蔼可亲的笑容，然后竟然站起来向我和子慧鞠了一躬，说："恭喜啦！祝你们幸福！"

出了市役所的门，子慧双手环吊着我的脖子，我又旁若无人地带着她旋转。子慧开心地笑，天地间荡漾着她动听的笑声。

我转得有些头晕，子慧便挽着我跌跌撞撞地走，像喝醉了酒走在棉花上。待我恢复正常，子慧扑闪一下大眼睛，说："继承君，我走累了呢。"

我瞅着子慧花一样怒放的笑容，想都没想，一弯腰背起了她，大步向前。我的步伐是坚定有力的，我的内心充满了自信，我要把这份坚定和自信准确地传递给子慧，让她知道尽管前行的路上会有阻力会有风雨，但我们这份经历过生死考验的爱一定会战胜任何艰难困苦，迎来繁花似锦的春天。

恋人的心一定都是相通的，子慧伏在我背上，嘴凑到我耳边轻声用汉语说：“继承君，我好幸福好幸福！只要有你在我身边，我什么都不怕，青木原，你能背我走出死亡之森，现在，你也一定能带我走向幸福的远方。”

子慧幽兰般的气息痒滋滋地拂在我耳畔，紧接着一阵雨滴扑簌簌地落上我的脖颈和后背。我仰头瞅瞅，蓝天如洗，白云悠悠，灿烂的阳光柔情地抛洒于天地间，正值高山市风清气朗的美丽春天。

怎么会下雨呢？

我听到了子慧轻轻的抽泣声。

“继承君——继承君——”子慧边抽泣边轻声唤着我。

下午，子慧要带我回家。她换下了夹克衫牛仔裤运动鞋，穿上了水手服，蓝白相间的学生裙装，长筒白袜和白色帆布鞋。眨眼之间，便从洋溢着青春活力的姑娘变回天真烂漫的少女。

我说：“若是上午你这样打扮，眼镜大姐肯定不批。”

子慧笑笑说：“那你喜欢哪样？”

“都好，都喜欢！”

我想到附近商场转一下，再买些能拿得出手的礼物，也后悔逛宫川早市时没买束鲜花。也许事情没有我想的那样糟，那么此行我就更得好好表现。

“继承君，你不是说从国内带礼物了吗？”子慧系好鞋带，抬起头扑闪一下大眼睛，“我看看可以吗？”

我打开行李箱，让子慧一一查看。“除了三包长白山红松子外，还有一套京剧脸谱和一瓶茅台酒是给爷爷的，一瓶绍兴女儿红给爸爸，苏绣桑蚕丝巾给妈妈，梅花仿古漆器小屏风给姑姑，京剧人物工艺折扇给哥哥，云锦苏绣小屏风给姐姐。”

子慧动情地亲吻我，说：“继承君，礼物不在贵贱，只要表达一份心意，你太用心了！真的。”

子慧的家在市郊，一大片树林把喧嚣的市声挡在了外面。村庄不大，一条街道，几十户人家，依山临水，祥和宁静。在街道的尽头，我们下了出租车，一座花园般的庭院出现在眼前，这就是子慧的家了。门前花圃绿意盎然，几株一人多高的柏树，造型别致。子慧打开门，牵起我的手走进庭院，顺修剪得板正的忍冬青绿篱墙围起的甬路前行几十米，一棵高大的樱花树正灿烂怒放，绿毯一样的草坪上铺了一层粉白的花瓣。樱花树后，一座二层小楼飞檐翘角，青瓦白墙，古意盎然。

进入室内，子慧帮我把礼物放到茶桌上，引我参观了厨房餐厅。子慧说：“继承君你说的，看了这些就算你参与了我的成长啦。”

我点点头，有些百感交集。子慧又领我顺旋转的木雕楼梯来到二楼。子慧告诉我现在这房子只有爸爸妈妈常住在这里，爷爷和哥哥常在会社住，姐姐和她只有节假日才回来。我知道子慧的爷爷和哥哥都酷爱木雕，他们的会社除了生产家具外，还有木雕工作室。

子慧的房间整洁明亮，一张豪华的大床、一个大书柜、一张小桌，若不是床头柜上的兔子御守和芭蕾舞音乐盒以及子慧的一张水晶版照片，根本看不出是一个女孩子的闺房。

我按了一下，那个晶莹剔透的小舞女就伴着《天鹅湖》优美的旋律翩翩起舞。分别的日子，这个小舞女一定陪着子慧度过了许多相思的漫漫长夜，我感觉到了。却见兔子御守那双红红的眼睛盯着我，表情有些夸张，有一丝嘲讽，好像在笑我自作多情。

子慧说她们小时候姑姑偶尔来看爷爷，她和美慧抢姑姑，姑姑就一人房间住一天，后来她们长大了，姑姑反倒养成了习惯，每次来还是两人房间轮流住，即使她俩不在家。

我说：“姑姑很疼爱你和美慧。”

子慧的目光黯淡下去，幽幽地说：“姑姑光顾忙工作，忙事业，到现在也没有自己的孩子。”子慧说完，心事重重地叹了一口气。我的心很疼地哆嗦了一下，把目光从芭蕾舞女和兔子御守上移开，看向书柜。此时，我不敢接子慧的目光，我怕我们四目相对的一刹那她会崩溃。两年前，我们邂逅在河口湖，那是一段怎样惊心动魄而又幸福浪漫的时光啊！似乎命运之神无比偏爱我们，要将人世间的一切美好都呈现在我们未来的人生旅途上。

书柜里除了子慧的专业书，还有历史哲学文学书籍，最醒目的是《全唐诗》和《李白全集注评》了，一套日文版，一套中文版。

“子慧！”我突然有些哽咽，下意识地叫了一声。子慧便从后面抱紧了我，我听到了抽泣声，感到子慧的身体在微微地颤抖。我拍拍子慧的手说：“子慧，对不起，他们不同意，是吗？”

“不知道。”子慧抽泣了一下。

“他们反对，是吗？”

“不知道。”子慧抽泣着，下颌死死地抵在我的后背上，很疼。

“因为我是——中国人吗？”

“别问了，求你！”子慧呜呜地哭出了声。

这间承载着子慧太多快乐时光的屋子，终于在这一刻听到了她的委屈和悲伤。子慧说得没错，来到这里，我似乎看到了子慧曾经走过的一个个春夏秋冬。那个无忧无虑幸福快乐的小女孩，那个揣着甜蜜心事朝气蓬勃的少女，那个风情万种青春靓丽的姑娘，此刻，都化作伏在我背上大放悲声的可怜人。

我的心瞬间碎裂在胸腔里。

待子慧的哭声渐渐止住，我轻轻分开她的手，转过身来把她拥进怀里，一手轻轻拍着子慧的后背，一手抚摸着她抖动的肩头，像安慰一个伤心的孩子。

我说：“子慧，黑暗在哪儿？看一下它咱们就走吧，去名古屋，我给你一个无人喝彩的婚礼，然后去北海道度蜜月。我也决定了！”我声音很轻但语气坚定。我知道，在我和子慧前行的路上，一定还有数不尽的艰难险阻，可是，为了捍卫我们的爱情，为了不再让子慧伤心，即使付出生命也在所不惜。我暗下决心，既然死都不怕了，那就带领子慧，一路豪气勇敢向前。

子慧挥一把泪，仰头盯着我足有一分钟，说：“继承君，有你，我什么也不怕，可是，我得完成两年前的心愿啊。”

二十四

子慧家还有一个后花园，两块花圃，半方水塘，几粒顽石，数株松柏，花木森森，曲径通幽。

黑暗就生活在这方人间仙境中。看来子慧的家人对它不错，我替黑暗感到欣慰。

“黑暗！”我叫了一声，黑暗卧在水塘边的一块大石头上，毫无反应，看来它真的是老了，有点儿耳背。我改用日语又叫了一声。

黑暗警觉地抬起头，紧接着站起来。

“你还认识我吗，黑暗。”

黑暗愣了一下，突然向我跑来，围着我撒着欢转了两圈儿，前腿伏地，嘴里发出愉快的呜呜声，尾巴高翘着左右摇摆。

我弯下腰搂着黑暗的脖子，拍拍它的头，说：“黑暗，你果然还认识我。”

我拿出一袋犬粮，一粒一粒喂给黑暗。黑暗嘴里嚼糖一样脆响，我说：“黑暗，这是中国的犬粮，好吃吗？你吃得惯吗？”

黑暗边嚼边呜呜了两声，扑闪着水汪汪的眼睛，用头蹭了蹭我的手。哦，黑暗，你听懂了，果然听懂了。

然后，黑暗陪着我在后花园里转了一圈。园子不大，约有半公顷，但很精巧，一树一石，一花一草，看似随意又独具匠心，体现着这里的主人对美好生活的诗意追求。我似乎又看到了少女时代的子慧在这个园子里度过的那些美好时光。

子慧轻声唤我，我拍拍黑暗的头，说：“黑暗，我很羡慕你呢，这地方可比青木原树海好多了，你再转转吧！”

可是黑暗没有停下，它蹭蹭我的腿，一直把我送到茶室门口，在我考虑是否让它进屋时，黑暗乖乖地在门边卧了下来。子慧家的茶室和这座小楼一体，只是单独开门，一道曲折的回廊在后花园中又隔出一座独立的小院，更增添了与世隔绝的清幽。一件件精美的木雕，高低错落地摆放在回廊里，赋予这方天地灵动的艺术气息。

茶室是个套间，外间是水池、地炉、衣帽架、鞋架，里间拉门边是子慧刚才穿的一双木屐。

“继承君，别忘了洗手漱口。”如果子慧不提醒，我是不知道进茶室之前还有这规矩的。

两年前，在河口湖樱之都客栈，子慧说要亲自为我奉茶，让我体验正宗的日本茶道。可一路走来，长路漫漫，万水千山，我早已把子慧当年的承诺遗忘在旅途中，难得子慧还当作心愿一直记着。

我脱了鞋，挂好外衣，洗手漱口，拉开格子拉门，愣住了。

子慧跪坐在榻榻米上，微微前倾一下身体说：“继承君，欢迎！”她发髻高挽，鬓插红白相间的花头饰，身着红色织染百花图案的色留袖和服，端庄宁静中尽显雍容华贵，就像一朵热烈盛开的牡丹花。

“唯有牡丹真国色，花开时节动京城。”我由衷地赞叹。

子慧温情地望了我一眼，说：“继承君，你说什么？”

“我可能无法专心品茶了。”

“我已经是你的妻子了，又是第一次给你奉茶，你不应该更专心吗？”子慧歪着头瞅我笑笑，红花头饰上垂下的水晶串珠在两颊边熠熠生辉。

如梦似幻，我真的感到脱离俗世了，并且，目前这个虚幻的仙境只有我和子慧。

“继承君，请坐吧！”子慧示意一下。

我屏息敛气，很怕惊醒这个沉醉美妙的梦，轻轻走到子慧面前，跪坐下来。

子慧说：“就我们俩，若不习惯，可以不跪坐。”

我说：“两年了，我都忘了。”

子慧白我一眼说：“我可一直记着呢，也一直担心着，还能不能有机会，想不到，就在当下，感谢神的保佑！”

风炉上的水发出咝咝的声响。子慧拿柄杓舀了半勺水轻轻倒入两只黑亮的陶碗中。子慧双手端碗在手中旋转，将水倒入建水，然后从和服的宽腰带上取一块橘色茶巾，对折再对折，轻轻地擦拭茶碗。子慧恬静地做着这一切，她白皙的手微翘着兰花指，像两只美丽的蝴蝶在翩翩起舞。我知道，她的一招一式都是优雅从容的，非常繁复的动作在子慧这里已经随心所欲了。

水开了，子慧收起茶巾，打开茶罐，拿小茶勺舀出两勺茶粉放到碗中，又用柄杓舀开水冲入，然后拿茶筅在茶碗中点旋，由慢到快再到慢，待子慧白皙的手灵巧地倒托茶筅挪开，半碗碧绿的茶汤便呈现在我眼前。

子慧端起，三转茶碗，递给我说："继承君，你请先！"

我双手接过，像捧着半碗绿莹莹的玉翠，不忍心将其喝掉。

"请茶，继承君！"

我小心地三转茶碗，轻啜，慢饮。

一股苦涩的清香在口腔中浓稠地洇开来，漫漫下潜，通过喉咙直达胸腹，然后，空灵的荡气回肠的轻盈感像电流，从心脏开始由内向外，穿透血肉肌肤，把我整个人轻飘飘地融化在空气中。

"有些苦涩，是吗？继承君。"子慧注意观察着我的表情。

"还好，不，很好！"

这就是生活的滋味吧，这是子慧带给我的吗？可是，我愿意。

一碗茶喝出我万千感慨。

我说："子慧，谢谢你！"

子慧端起自己这碗，边轻转细品，边扑闪一下大眼睛，用汉语说："继承君，举案齐眉，就是这样的吧，也许，两年前，我给你奉茶，也仅仅是奉茶，我还体会不到更多的含义，而下一次呢，若在这里我们能有下一次的话，和今天的心境肯定又是不一样的。人世间一定存在着终极的真理，我们每天都是否向着这个真理迈近了一步？所以每次奉茶或者参加茶会，我都会和上一次做一个比对、反思，回忆过去，思考当下，展望未来，总会有所领悟，这可能就是茶和禅相交融的意味了吧，无论是日本还是中国，都是一样的吧，继承君？"子慧面色沉静地望着我，我恍惚感觉和子慧到了另一个时空。

“是的，无论是日本还是中国，这都是茶的最高境界——只有茶禅一味的高人们才能达到的境界。”

受子慧启发，我突然有了顿悟的感觉。日本的茶道文化讲究一期一会，一生一次，就如我和子慧当下的这段时光，只有用心去感悟，才能觉出万分的美好与珍贵，假如不能超凡脱俗，只有徒生无尽的愁烦悲苦。那么子慧每每念兹在兹的人生终极真理是什么呢？爱？善？幸福？欢乐？……

子慧放下茶碗，说：“我可不是什么高人，只是说说自己的感觉罢了。”

霞光嫣然地从格子天窗款款地斜照进来，辉映着子慧的百花和服，使她白皙的脸颊更加鲜艳明丽。

这时候，我听到子慧的手机发出催促声。子慧叹了口气，摇摇头说：“你看，美好的时光总是这么短暂，我们不可能超凡脱俗，梦醒了，带着你的子慧在红尘中奋斗吧，继承君。”

离开子慧家，我们像胜利大逃亡。

子慧白袍加身时，我有一种奇怪的感觉，特别是在一群着黑衣的巫女簇拥下，那种莫名的奇怪很强烈。子慧告诉过我，这白袍准确的叫法是“白无垢”。是日本传统婚礼新娘子的标准装。我必须承认，这宽大的白袍让子慧的绰约身姿消失得无影无踪，那个魔法师一样的连衣白帽子又隐藏了她的满头秀发。有那么一刹那，我甚至忘记了身边这个女魔法师一样的新娘子就是子慧，所以我只好死死盯着子慧的脸，驱赶着野蛮地横亘在我们之间的遥远和陌生。然后，一层白色的光环便罩到子慧身上，熠熠的白光中闪烁着让我只可仰望而不敢触碰的神性。

我没有着和服，神官要我更衣时，子慧真像魔法师一样捧出了一套唐装。我的心底升起一股暖流，温情地冲子慧笑笑。其实既然子慧想有个传统的仪式，我是不拒绝穿和服的，入乡随俗，这句成语在我头脑里根深蒂固，何况男式和服和唐装本来也差不了多少。

“继承君，在这个时刻，我希望看到你回到唐朝，就像你喜欢的李白。”子慧俏皮地眨眨眼，“白无垢”宽大的帽子让她那张白皙的脸庞更显精致。

离开高山市时，我真的有了逃跑的感觉。子慧虽然沉着淡然地叫车，收拾完茶室同我一起和黑暗告别，可是她把时间精确到分秒必争，这足以让我有些紧张。

黑暗显然想不到这么快又要和我们分别，嘴里呜呜地低吟着，不住地拿头蹭我和子慧的手，像个依恋大人的孩子。黑暗已经步入犬类的老年，两年前它流浪在青木原时就已显出了龙钟的老态。

“黑暗，你安心在这里享受晚年的幸福，我会再来看你的，他们既然能接纳你，我也一定能的，我们三个一定会在这里团圆的。”我拍拍黑暗的头，黑暗一如既往地瞪着水汪汪天真无邪的大眼睛，伸出舌头舔舔我的手。

子慧让我逗笑了，笑容后面又跟着现出悲戚，“继承君，再有十分钟，他们就该从会社回来了。”

回客栈拿上行李，我们登上了返回名古屋的列车。车速不快，人也不多，车窗外，偶尔晃过一两盏车站的灯，在漫无边际的夜色中，划出长长的光线。我和子慧面对面坐着，我把她的双手握在手里，我感到除了冰凉，还有来自她身体深处的一丝颤抖。

“继承君，第一次和你一起回来，就这样离开，实在对不起！”子慧眼底闪闪烁烁，渐渐涌上一团光亮。

“子慧，这没什么，我相信他们会接受我的，这一切都会过去的，放心吧。”我怜惜地握紧子慧的手，语气轻松。我的确很轻松，就像大学时面对一场毫无把握的考试，迫在眉睫时老师又突然宣布延期了，压力也就自然地推给了未来的未来，“我想，我应该给你的爸爸妈妈留封信，这样是不是很失礼？”

“我留了，以我们两个的名义。”子慧从我的双手中抽出了右手，拿手机按了一串号码，一个焦急的女声清晰地传来。

“子慧，你个坏丫头，急死我了，你快点儿给爸爸妈妈打个电话啊！”

“我不打，美慧姐姐你告诉他们，这一段也别给我打，打了我也不会接的。”

“你在哪里，你是不是跟那个家伙在一起呢？”

“是的，我们在列车上，那个家伙就坐在我面前呢。”子慧平静地笑笑，温情地望了我一眼。

电话里传来了一声叹息，“子慧，这是何苦，有什么事不可以和亲人们谈啊！”

“谈不了，姐姐，哥哥要打折我的腿呢，所以我得赶紧带着那个家伙逃跑。你告诉他们，我是认真的，如果不能接受我爱的人，不用打折我的腿，我会死给他们看的，拜托了！”

电话里的美慧还在焦急地大呼小叫，子慧这边已收了线。她白皙的脸颊挂满银珠碎玉，这一刻，我深切体会到两年来子慧遭受的委屈有多大。

子慧掐了我一下，我意识到在这么重要庄严的时刻竟然走神了，内心充满了歉意。我愧疚地望了子慧一眼，在她惊异的注视下朗声高诵：

海岛有高山，
云霞绕紫樱。
潺潺碧溪流，
款款玛仙容。
慧中藏锦绣，
娇姿国色倾。
天涯三秋过，
河口一夕逢。
与君长誓愿，
执手涕泪盈。
……
富士长白少年头，
玛珥深深相思浓。
一朝执君手，生死不分离。
……

我用汉语朗诵着献给子慧的长长的新婚誓词，权且叫新婚誓词吧，这是我造的词，如果翻译成汉语，我觉得应该就是这样的，类似于教堂婚礼上“无论贫穷还是富有……”的意思。本来这个环节应该有神官巫女参与的，可是我这独特的誓词是用汉语写的，我都无法准确地译成日文，就别难为神官巫女了。

子慧微张着小巧的嘴巴，恰到好处地表达出她的惊喜。随着我的抑扬顿挫，她深潭一样的大眼睛里渐渐涌起一片迷蒙的雨雾。待我诵完，子慧便旁若无人地扑到我怀里，伏在我耳边用汉语轻声说：“不要说你从大唐穿越而来，不要说前世，也不要说来生，我只要和继承君的今世相守，不离不弃，至死不渝！继承君，你听到了吗？”

我拿出那枚用一年多的工资换来的钻戒，牵起子慧白皙的小手，套到她的无名指上。

子慧脸上洋溢着灿烂的笑容，说：“你这个家伙，原来早有准备。”

尽管没有亲人朋友的陪伴恭喜，但有神官巫女们的簇拥祝福，气氛还算不上冷清。我和子慧牵手向他们鞠躬致谢，我感到天地间全是子慧那浓俨得化解不开的爱与悲凉。刹那间，我想起了武尊倭建和宫箦媛妃，这对接受了日本人民近两千年膜拜的神祇，几天前，也接受了我这个大海那边中国人的参拜，他们会祐护我和子慧吗？他们连自己的爱情都没有圆满，甚至死后还遥相守望，他们知道该以怎样的方式给予我和子慧美满幸福呢？可是，看到神官巫女们一本正经的表情，看到子慧青春的脸颊上自然流露出的庄重圣洁，看到一袭白无垢让子慧隐隐闪烁的神性光辉，我又想，正因为武尊倭建和宫箦媛妃的爱情不幸，他们更能体会到遥相守望的肝肠寸断，美满爱情的千金难买，化作神灵后，才会以博大的胸怀，护佑着一对对渴望爱情憧憬幸福的青年男女走向美满、走向成功吧。

我和子慧真的是心意相通的灵魂伴侣，或许武尊倭建和宫箦媛妃被感动得显灵了。

神官巫女们簇拥着我们走出神殿时，子慧用力握了握我的手，问：“他们会保佑我们吧？”

“一定会的。”

“真的啊，”子慧的小嘴巴惊讶地半张着，“接下来，我们——”

“我们北上！”

“一路追寻着盛开的樱花。”

“和着春天的脚步。”

“去度一个永远也不会结束的蜜月，可以吗？继承君。”

“当然，为什么不呢，当岁月过成地老天荒时，我们的蜜月会依然年轻！”

子慧的头幸福地靠上我的肩膀，她双手挽着我，紧紧贴在我身体右侧，把我罩在她那熠熠闪烁的神性光辉中。这一刻，我暗自发誓，子慧是我此生唯一的灵魂伴侣，就像我在新婚誓词里写的那样，“一朝执君手，生死不分离”。无论前方是开满鲜花的幸福坦途，还是让我粉身碎骨的万丈悬崖，我都会陪伴着心爱的子慧，同生共死，不离不弃。

武尊倭建和宫箦媛妃，你们都听到了吗？

二十五

有一只手在轻柔地、温暖地抚摸我，我睁开眼。一线霞光刚好穿过窗帘的缝隙，停留在我的脸上。我疲惫地活动一下手脚，想起昨夜是继红帮我关的窗户，挡的窗帘，这个粗心的丫头竟然给阳光留了个通道，不然我还可以多睡一会儿，让那个美梦继续下去。是的，应该是个梦，有时候，梦做得久了，也便成了记忆的一部分，让我分不清是梦境是幻觉还是曾经真实地发生过。并且，我还发现，如果运气好，这美梦是可以连续做的，今晚或者明晚抑或未来的某一晚，梦境就又接续上了。

我的大脑努力着，企图在混沌的黑暗中透进一丝光亮，让那个前一刻还海星一样贴在我身边的姑娘清晰起来，她不是燕琳，但她好像是我的妻子。在教堂或者寺庙，一群黑衣的年轻男女围绕着我们，子慧的白袍让她看上去更像个魔法师，可是，我终究没有成功。阳光顺着窗帘缝隙锋利地切割进来，把室内的朦胧空气连同我的思维蛮横地切割得乱七八糟，我搞不清这一切到底是梦境还是记忆。

我摇摇晃晃爬起来，浑身酸疼，感觉好像一夜未眠。

江欣怡来了，我像抓住棵救命稻草，盯着她急切地问：“快告诉我，那个穿白衣的姑娘，我的妻子去了哪里？”

江欣怡僵硬了两秒钟，然后很自然地伸手摸了一下我的额头，歉意地说：“看来真不该让你喝酒，是不又糊涂了？”

“我没糊涂。我好像做了个梦，我结婚了，她的家在日本，对，不是寺庙也不是教堂，好像是个神社，她去了哪里？”我用力追忆着，为了证明我的正常，在江欣怡蹙起眉头有些不知所措时，我又说：“其实，这个时候站在这里的应该是继红才对。”

“那是嫂子以前对你关心不够，我都说过了，我要改变的。”江欣怡仍然皱着眉，有些尴尬地笑笑说，“看来，你真的做了个梦，梦里娶了个媳妇，还是个日本媳妇，对吗？”

我认真地点点头：“是的。可是，她去哪了呢？”

“你这话跟燕琳说，她准得一口气上不来，口吐鲜血哭死过去。”江欣怡终于舒展开眉头，那张脸又艳丽得活色生香。

然后，继红就来了，我知道她一定会来的。

“继承哥，你是不又糊涂了？”继红的目光从我脸上转向江欣怡，“你能不能不要这么自私，江欣怡。”继红的语气有了剑拔弩张的意味，她很少直呼江欣怡的姓名。

我知道继红是埋怨昨晚喝酒的事。江欣怡没和她计较，或者是不屑，她说：“哪有那么严重，继承只不过是做了个梦而已。”

继红便走近我，仔细瞅我的脸，说：“目光涣散，表情呆滞，不是糊涂了是什么？”说着，伸出手在我眼前晃晃，屈起了拇指和小指。

我瞪了继红一眼，把她鸭子划水一样摇摆的手拨拉开，说：“难道，我就这智商？”

“他已经不配合了，正常时不是这个样子！”继红转过身去，拉开和江欣怡论个短长的架势。

江欣怡一把抓过继红的手，举在我面前，说："继承，给嫂子个面子，说，几个手指头？"

我瞅瞅继红又看看江欣怡，一胖一瘦，一矮一高，一个憨厚一个妖娆，一个脸红脖子粗，一个面色沉静如水。我突然就有个想法，要是这俩家伙动手打一架，会是什么结果？恐怕江欣怡不是继红的对手，不过以江欣怡的修养，她无论如何不可能那么粗鲁吧。此时，这两个较着劲的女人真把我搞糊涂了，她们定定地瞅着我，江欣怡的左手握着李继红的右手腕举在我面前，那五根挓挲的手指像五根小水萝卜，我必须准确认知，就像证明一个足以获诺贝尔奖的定理一样重大。

真是两个奇怪的女人。她俩严肃认真甚至带那么点儿庄重意味的神态终于让我感到好笑。我好久没有这么开心大笑了，一缕缕纤细的尘埃在斜射进来的晨光中簌簌抖动。我看到她俩的眉头越皱越紧，这回终于轮到江欣怡和李继红糊涂了。

之后不久，江欣怡的玛珥湖大酒店正式开张了。

我便对江欣怡刮目相看了。我不知道她的动力来自哪里，那个在停锯挂斧仪式上被人围攻惊慌失措的江欣怡，那个在继先坟前柔弱无助扶碑哭泣的江欣怡，那个在继祖办公室冷漠孤傲旁若无人的江欣怡，当然，那个在玛珥湖边飘飘若仙的江欣怡和眼前这个江欣怡更是相去甚远。

江欣怡现在是玛珥湖林业局第三产业办公室的副主任，她的玛珥湖大酒店挂靠在三产公司名下。按继祖的话说给她个副主任头衔算是安慰奖，毕竟，江欣怡凭着破釜沉舟的勇气，一下子解决了因停锯等待分流安置的近百名职工的就业问题。并且，江欣怡的启动资金还全是她自筹的。她把自己和父母的积蓄基本都投了进去，又跟几个同学借贷，最难的时候也跑到继先坟前哭过几次。我曾表示可以帮她，让我的父母也就是她的九叔九婶伸出援手，可是她却拒绝了。

江欣怡说："继承，你不是看见过你继先哥吗？我这是在替他做，我答应过他，这是我们俩的事儿！"

龙岗大酒店建于十几年前，大概是林业局刚刚开发旅游资源时吧，可是玛珥湖旅游季节性太强，加上人们认识一个旅游产品还要一个漫长的过程，所以从一开始就半死不活地勉强维持，后来旁边又先后冒出了四家个体旅馆形成竞争，所以没几年便关门歇业了。这次江欣怡和局里签了协议，对龙岗大酒店内外进行大规模改造。装修时，所有人都为她捏了一把汗。继红甚至三番五次提醒我离江欣怡远点儿，绝对不能借钱给她。

我说：“我倒是想帮她，可她不用我。”

这显然超出了继红的理解范围，她眨眨眼，说：“江欣怡一定是疯了，用不了多久，肯定又是玛珥湖的一个笑话。”

可是，事情的发展很快把继红的预测推翻了。江欣怡的保密工作做得实在好，连我都瞒过了，参与到她秘密行动中的只有继川和继东，也许继川和继东也没能知道她的全盘计划。这边她领着继玉和继英带一帮工人高调改造装修时，另一边又悄悄指挥继川和继东做周边四家小旅馆的工作，面对即将到来的竞争压力，又有村镇领导的面子，更关键的是江欣怡开出了不菲的价格。所以当她的玛珥湖大酒店点燃开业的鞭炮时，周边四家旅店或卖或租，经营权也同时转移到江欣怡手里。

“嫂子，这条血路，堪称完美，咋想起来的？”我想我应该表现出对江欣怡的敬佩。

江欣怡缓缓叹口气说：“我说过了，不是我，是你继先哥。”

我看着江欣怡，不知说什么好。每当说起继先，我就觉得她的丈夫还和她生活在一起，那座玛珥湖北山沟里的坟丘只是个衣冠冢而已，所以在江欣怡面前，我经常迷失困惑。

这是酒店开业那天的事。

今天，是继红电话招我来的。万事开头难，自开业始，这里每天宾客盈门，又正值旅游旺季，不知一切都理顺了没有。我听说江欣怡是按四星级标准收费的，要是光盯着游客的腰包，那她从开业到关门也用不了多长时间。

夕阳衔山，玛珥湖经过一天的热烈亢奋似乎有些疲惫，一切都静谧于落日的余晖中，有了懒洋洋的感觉。大酒店装饰一新，披一身晚霞，在阔大的停车场和停车场东面绿色林海衬托下，安详中透出几分庄严的意味，和落日前的慵懒形成了反差。停车场旁边的空地上，有几个员工在准备篝火晚会的木柴。早有服务生迎候在门口，把我引到电梯。看来江欣怡没有吹牛，这里服务还算到位，和四星级的标准应该相符吧。当初招收员工时，她的唯一标准是那天围攻她的职工优先，其余由局里定。想到一群人中间江欣怡手足无措地被推搡拉扯，我觉得她算得上玛珥湖最奇怪的女人了。

江欣怡五楼的办公室开着门，屋里却静悄悄没一点儿声息。继红到底搞个什么鬼？走到门口，见屋里竟然有四个大活人时，我已经感到了不寻常的寂静中正压抑累积着随时会爆炸的能量。

江欣怡双臂交叉抱在胸前，冷若冰霜又带一丝不屑地盯着坐在前面墙边沙发上的继红。那张横在她面前的宽大桌子，让江欣怡有了凛然的神色，也让我有了距离感。继玉和继英像一对称职的哼哈二将，一左一右站在江欣怡两边，表情同样寒气逼人。看来，在刚才的较量中，继红没有占到便宜，否则她不会叫我来的，搬救兵的往往都是败下阵的一方。

我想，自己应该说点儿什么，虽然我还没学会如何把控眼前的尴尬局面。我的大脑活动了一下，思维像被这肃杀的气氛冻了一层冰，头脑里除了升腾着寒冷的雾气，一片光滑中没有寻到适合的词语。

关键时刻还是江欣怡有风度，她脸色和缓了一下，双臂从胸前放下来，优雅地指了指桌前那把椅子，说："继承，来得正好，先坐。继英，给继承倒水！"

继英拿杯泡茶时，我瞅了瞅江欣怡桌前那把小转椅，那大概是财务、领班、助理什么的来汇报工作时坐的。我没有坐，假如坐了，表面上看这屋子里的格局就是一比四了，那还让不让继红活了，她别再一激动从楼上跳下去。

我站在两个阵营中间，说："都是一家人有什么大不了的？怎么把气氛搞得这么尴尬？"

继英拿着杯子不知是递给我还是放到桌子上，正犹豫着，继红站起来，说："继承哥，你坐沙发，让她们先说吧，看看到底谁的错！"说着，走到继英面前，伸手夺过茶杯，哧溜哧溜喝起来。茶水溅到继英手上，她哆嗦了一下，白了继红一眼。

原来，酒店开业时就缺两扇防火隔离门，江欣怡一直没整改。这些天开始装修周边盘过来的那四家旅店，江欣怡的设想很宏大，依据原来的格局，她要改造成高档别墅和低档普间，一旦完成，玛珥湖大酒店就同时拥有了一至五号高中低档次齐全的营业楼。可是，继红却三番五次来找麻烦，督促她更改设计，把消防通道一并改造出来。今天下午更是变本加厉，直接下达停工通知，还扬言，再不停工整改，就要连已营业的大酒店一并查封。两个人便杠上了，江欣怡非但不签字，还当着继红面把通知书变成了碎纸条。

平心而论，继红是占理的，在乡镇，消防工作全是靠包片民警拳打脚踢，可是现实有时候就是这样，占理未必能占上风。现在江欣怡风头正健，不仅仅有继玉和继英护佑在身边，那近百名分流安置的员工，更让她稳稳站在了道德的制高点上。继红算什么？如果江欣怡愿意，对马大哈也可以不屑一顾的。

“继承，你说，天下有这样的道理吗？这四家原来是旅店不？原来是不是都在正常营业？派出所干啥去了？怎么到了我手里就必须得更改设计了？就得有消防通道了？这不是欺负我吗？继承你知道我一天的费用多大吗？晚一天开业我损失多少吗？”江欣怡一连串的质问让我头大，她逼视完继红，又扭过头盯着我，双臂再次抱在胸前。显然她已经这样质问过继红了，继红肯定没有给出答案，她也给不出答案。

在我搜索词汇时，继红不耐烦地一梗脖子，一摆手说：“江欣怡，我告诉你，以前的事我管不着，现在就是来通知你停工的，你停不停吧？给个痛快话，撕文书、藐视法律，我就不信派出所治不了你，嘚瑟啥呀？”

没待江欣怡被激怒，继玉突然愤怒地拍了一下桌子，指着继红说：“李继红，你还姓李吗？”

继续闹下去，这俩家伙非动手不可。我急忙上前挡在两人中间，说：“都这么大人了，也不怕让人笑话，都给我个面子，现在开始，这件事谁都不要谈了，放一放，这么晚了，嫂子，我饿了，你这儿管饭不？”

“管，当然管。”江欣怡拿起电话。

继红拎起包气汹汹离去。走到门口又转回身来，说：“继承哥，你也别在这儿吃了，江欣怡太阴险，太会算计，全是糖衣炮弹！”然后，她又瞪了继玉和继英一眼，转身离去。

江欣怡望着继红的背影，突然爆发出欢快的笑声。

我说：“继红走了，干脆我请你们出去吃吧，也换换口味，这一段全是你们关心我了。”

江欣怡和继玉交换一下眼神，瞅着我说：“行，继承，不过，想替继红说话，告诉你，没门啊！”江欣怡说得恶狠狠的，她自己倒先笑起来。

我请她们去吃玛珥湖白鱼。那天继玉和继英吃得酣畅淋漓，我就知道，于她们而言，这不仅仅是一道家乡的美食。我们没喝酒，所以吃得就快，临结束时我才在头脑中排列组合好词语，说：“嫂子，我还得跟你说几句——”

“闭嘴！你闭嘴！”江欣怡瞪我一眼，语气不断加重。

“嫂子，你听我说——”

“不听，你闭嘴啊！”江欣怡的语调突然高了八度，继英和继玉瞅瞅她又瞅瞅我，有点儿不知所措。

“这事儿其实都怨继红！”为了使江欣怡不再让我闭嘴，我只好先对不起继红了，“她当警察久了，总想说上句，总把自己摆在高高在上的位置，办起事儿来难免简单粗暴。”

继英点头，继玉急忙附和，江欣怡开始专注地瞅我，眼神里有鼓励我说下去的意思。

“其实，换我是你，嫂子，根本用不着她继红来提醒。想想看，咱们酒店的目标是什么？四星吧，或者超四星吧，你们不是要升级吗？消防安全现在不一次性解决，将来也得解决，花钱更多。退一步讲，如果都睁一只眼闭一只眼，一旦哪天万一——我是说万一——发生火灾死了人，不光派出所要被追责，嫂子，还有你俩，法人代表和具体责任人，你们可是要进监狱的啊。”

江欣怡的汤匙连同一勺鱼汤当啷一声掉到盘子里：“继承，你盼我点儿好行不行啊！”

“有这么严重？”

“你可别吓唬我们！”

继玉和继英瞪大了眼睛。

我看到江欣怡的心脏幽蓝地闪了一下，我好久没看到别人的心脏了。“监狱”这个词还是深深地刺激到了江欣怡，或者说她对这个词很敏感。

然后，我听到江欣怡说：“继承，我看以后谁敢再说你傻。”说着，竟然屈起左手食指，在我脑袋上轻轻敲了一下。

这天晚上，我的心情奇好，回到房间，《玛珥湖》正静静地躺在抽屉里。

二十六

当民谣在玛珥湖边传唱时，镇上的人们没有在意，但是有一个人，却信心满满地认为，一个盛世将悄然来临，在这片曾经血火交织的苍凉土地上，玛珥湖就是太平盛世的发轫之地，他甚至毫不怀疑那缕盛世的曙光已于晨曦中映红了玛珥湖东边的金龙顶子山。这个人就是三子。三子是个有心人，他觉得自己已经破译了民谣的密码。

自从秦大爷、大娘和爹娘互认了亲家，两家走动得更勤了。二哥文华和二姐立夏出双入对，即使假期他们回到玛珥湖也手拉手，肩并肩，一刻不曾分开。

秦大爷说，念完了书就给他俩办婚事。

爹也说行，越快越好！

而二哥二姐却不以为意，说："我们不着急，毕业后我们要做的事情很多。再说，就算是结婚成家，也不用你们操办！"

"不行！"秦大爷首先表示反对，爹也不同意。二哥二姐显然是想走婚姻自主的新道路：两个人把被褥放在一起，在报上登个声明就算结婚了。

"不行，不光你们这样不行，三子和立冬也不行！"爹说。

三子知道他们说到最后总会落到自己和立冬头上。可三子更不急，他还想等哥哥姐姐毕业，家里条件好了，到海龙城里去念书呢，不管是中学还是师范，他相信自己都能考上。

他已经跟爹说过多次了，爹也答应了，只是他想让立冬也去，不知秦大爷能不能答应。至于立秋，秦大爷肯定不会让她去了，或许在秦大爷心里，早就打算好把立春和立秋留在家里了。这样想着，三子就有些同情立秋了。他们四个人立秋最大，但也最柔弱，三子也一直把她和立冬、麦子一样当妹妹看待。这几年一起读书学习，一起摸蝲蛄、抓鱼、采蘑菇，一起玩耍，早已情同手足。自从定了亲，三子和立冬的情感更浓了。立冬和麦子意识到她们早晚会成为一家人，自然也就更近一些，倒把立秋闪在了一边，有时立冬叫立秋去读书，立秋会说："你去吧，私塾先生是你男人。"三子叫她们去小河抓鱼，立秋又说："找你的女人去吧！"

其实，玛珥湖边定娃娃亲的年龄要比三子立冬小得多，有的甚至还没出生就被父母指腹为婚了，在三子和立冬这年纪才定娃娃亲的还真没有。所以，每当仝叔跟三子开玩笑，三子总是摘下瓜皮小帽，煞有介事地掸一掸灰，说："仝叔，莫开玩笑，男大当婚，女大当嫁，'关关雎鸠，在河之洲，窈窕淑女，君子好逑'。我和立冬虽然赶不上二哥二姐，却也是两小无猜，青梅竹马，绝不是仝叔说的什么二半吊子亲！"

镇上又有一户人家要搬到城里了。孩子有了出息，再加上在去年冬天的黄水病大灾里逃过了一劫，这户人家搬得很是决绝。所以宅子卖，二十多亩水旱田也卖。若非如此，土地是祖上置下的家业，不到败家的地步，卖房子卖地是让人戳脊梁骨的。

玛珥湖边，秦大爷和爹瞅着那水旱田干着急跺脚。他们知道这是一个置办田产的绝好机会，而且如果他们想买，仝叔是不会和他们争的。可是当初为了救命，他们借仝叔的钱还没还上，尽管这一春一夏，秦大爷和大娘拼命打鱼，爹娘拼了命地去采收山货，可才刚刚还上一半，要全还完怎么也得到秋天。

"一亩十块大洋，哪怕买几亩呢！"秦大爷吧嗒着长烟杆。

爹磕磕烟袋锅，说："莫后悔，将来一定还有机会。再买五亩田，除去捐税，一家人活命基本上就有保证了。"爹奋斗了这些年，最后落脚在玛珥湖边，拥有十亩田就是他现在最高的人生理想，也是他这些年为之努力奋斗的动力。

三子想，爹的目标一定会实现的，因为三子坚信他们已经走到了盛世边上了。不都说大难不死必有后福吗？想想看，他们两家人都在去年冬天死里逃生，从阎王殿里爬了回来，凭啥？一个没扔，这在玛珥湖边可从未有过。

"困，刚揜也。险以说，困而不失其所，亨，其唯君子乎？"处险而镇静，陷困能亨通。否极泰来，这或许就是上天达命吧。

不久，仝叔在日本留学的大儿子仝长江回来了，对于这个仝长江，三子没什么印象，倒是常在大人们的闲谈中听到，也常常让仝叔引以为傲。仝长江在县城谋了份差事，担任了县农会的技术员兼事务员，隔三岔五回来看仝叔，也带回来了一些城里的消息。县上决定要扯一根电话线到玛珥湖了，那样有什么急事在海龙城往玛珥湖打个电话就行了；县上还要给玛珥湖修公路了，修了路不光可以大马车并排跑，还能跑汽车，从玛珥湖到海龙城就可以坐汽车了。汽车是什么样子的，三子还没见过呢，哥哥和姐姐说在海龙城里才能看到。第二年春天，仝长江又给玛珥湖的人们带回来很多树苗，说是县农会从奉天那边引进的，免费发放给大家，在房前屋后、田间地头的荒地栽种。三子不认识这树苗，问了才知道这叫洋槐，还开花。花能吃，还可以养蜜蜂。三子便想象着他和立冬、立秋、麦子栽在屋后和玛珥湖边的洋槐树开花时的情景。

更有一个让人吃惊的消息，大姐韭儿和仝叔的二儿子仝长河恋爱了。对于三子一家来说，这当然是一个大好的消息，一门求之不得的亲事。

可是，爹却说："韭儿，你给我出了个难题呢。你仝叔本是东家，这回变亲家了，也门不当户不对呀！"

韭儿说："爷，你和仝叔咋论我不管，反正他仝家的二儿子再见了您的面得管你叫爷了！"

娘叹口气说："这些个孩子都是念书念的，这世道真是变了！"

爹说："变了好，这才是我盼的呢。"

许多年后，三子想起来，认为爹的骨子里是真有造反精神的。

果然，暑假时，韭儿领着仝长河来了。仝长河规规矩矩地站在爹面前，本来他是想叫大爷大娘的，他以前就这么叫的。可是韭儿在旁边掐了他一下，他便叫了爷娘，还向爷娘各鞠了一躬，慌得爷娘不得了。

韭儿说："爷、娘，人家长河可是家都没回就来看你们了。"

仝长河便递上两包点心和两瓶高粱烧。

爹埋怨说："韭儿，你这孩子也不早点儿捎个信儿来，让我和你娘也好有个准备。他娘，快杀鸡去！"

仝长河急忙拉住说："爷、娘，我先回家去看看，要不俺爹该有意见了！"

全长河走了，爹还在纠结和全叔的关系。

第二天全叔便来了，没进门就喊："大哥，这回咱可是亲家了。"

爹磕磕烟袋锅说："他叔，可这门亲有点儿门不当户不对呀！"

全叔说："大哥，门当户对着呢。你这是跟着刘单子闹，要是跟着孙文，现在不是将军，也是什么议员了吧，那我可是高攀了呢！孩子们都是读书人，咱们老哥们儿也当新派的人吧，没那么多礼数了。"

事定下来，全叔和爹就开始张罗韭儿和全长河今年夏天的婚事了。全长河毕业后在奉天谋了一个差事，韭儿明年毕业了也去奉天。他们两个人对张罗婚礼的事开始并不赞成。

全叔说："咱玛珥湖好久没有热闹了，去冬又死了那么多人，借你们俩的喜事冲冲秽气。"

全长河不满全叔的安排，说："干吗用我们去冲秽气，那我和韭儿成什么了？大哥结婚时你不也没张罗吗？"

全叔就瞪起眼睛说："混账！你大哥当初在日本，怎么办？这回正好你嫂子也回来，给镇上的老少爷们儿亮个相，和亲戚们都认识认识。再说，你丈人一直叨叨门不当户不对，咱要再不把韭儿红红火火地接过来，还不让他叨咕一辈子？"

听了这话，全长河不再争辩，跑去跟韭儿说。

韭儿一拍大腿，竖起大拇指说："成，全叔，不，你爹，咱爹，行，是这个！"

农历六月三十这天，娘早早地起来，帮着韭儿梳洗打扮。后来，娘哭了，韭儿也哭了，重新拿粉往脸上扑。麦子又拿剪子铰了块红纸让韭儿叼着。立春、立夏、立秋、秦大娘一些人帮着打包袱。爹和秦大爷领着文中、文华在院子和门前路上洒水压尘。

太阳一竿子高时，全长河骑着高头大马，斜披着红绸红花，带着八抬大轿和吹鼓手敲敲打打地来到玛珥湖边。

娘给韭儿蒙上红盖头，大哥文中把韭儿背上花轿。

玛珥湖镇的风俗是父母不送闺女出门，由秦大爷、大娘领着文中、文华、立春、立夏、立秋、立冬和三子、麦子，他们每人拎一个红包袱送亲。到了镇上全府，一应如仪。本来三子还想着全叔可能又要和他白话周易，可全叔此时早忙得团团转，只拍了拍他的头，说了句“好小子”，就去招待海龙城里来的客人了。

仝叔摆了一天酒宴，请了个蹦蹦戏班，连唱了三天。

三子对脸上抹得花里胡哨一男一女对着唱的蹦蹦戏不感兴趣，认为最大的收获是，知道仝长河的大哥仝长江娶了个日本媳妇，而这个日本女人也并不是像爹说的外国人那样，黄头发蓝眼睛，竟然和中国人一模一样。三子以为开了眼界。

后来，立冬问三子：“将来，你也像长河哥接韭儿大姐那样来接我，好不好？”

三子想了想，说：“咱俩家离这么近，就住在玛珥湖边，咋骑马呀？”

立冬说：“三子你真傻，你不会绕玛珥湖吗？”

于是两个人便走了一遍。从三子家出来，绕湖一圈，到立冬家，再绕湖一圈走回来。立冬拉着三子的手哈哈笑，宛如披上了红盖头的小新娘。

三子问立冬：“你咋不叫我哥了？”

立冬想了想，说：“你都是我男人了，还咋叫哥。”

说这话时，他俩走到了玛珥湖边春天栽下的那几棵洋槐树边，立冬捧起湖水浇树。

三子踩了踩树根，说：“在湖边它不渴。”

立冬眯起眼睛看看天上的太阳，问：“它真能开花吗？”

三子说：“能！”

立冬又问：“花香吗？”

三子说：“不知道，可能香吧！”

二十七

第二年春天，玛珥湖边那排小小的洋槐树真有一棵开花了，清幽香甜的味道让立冬陶醉。三子爬到小树上，树枝颤悠悠，似乎禁不住，他摘下一嘟噜一嘟噜的槐花丢给树下的立冬，立冬收集起来拿回家，娘用开水焯过，拌酱吃或放少许油爆炒，清香无比。

立冬说："三子，这是个好兆头。"

三子点点头："一定是！"

立冬说："要不走之前，你先娶了我吧！"

三子说："不行。"

"为什么不行？你看，槐树这么小都开花了呢！"立冬说。

"咱俩又不是洋槐树。"

为了走，三子和立冬准备了许久，可以说是当三子从私塾回家，说服爹娘和立冬几个人一起读书时，就开始为离开做准备了。只是那时，三子想一个人走，现在又多了一个立冬。

过了春天，哥哥姐姐们就都毕业了。大哥文中在海龙城里当了教师，大姐韭儿过了年就去了奉天，全长河在奉军已经当了排长。二哥文华和立夏已经被奉天城里的东北大学录取，很快也要去报到了。尽管爹再买五亩田的理想一直没有实现，但全叔说了，原来租种的五亩田让爹白种。只是爹不肯，说亲兄弟明算账，坚持要交租。

大哥大姐一工作，不光买五亩田指日可待，三子去城里上学的愿望也终于可以实现了。城里有火车汽车，城里的路可以跑并排的马车，比玛珥湖宽阔多了，城里的一切都那么新奇，让三子无限憧憬。

立冬说："三子，你不能光想着自己，我生是你的人，死是你的鬼。"

三子就回家问爹。

爹说："立冬还没过门啊。"

三子想了三天，只好硬着头皮去找秦大爷。

三子说："爹，圣人说君子务本，本立而道生，孝悌也者，其为仁之本与！今孩儿不孝，让爹为难了……"

秦大爷摸摸三子的后脑勺，说："孩子，我知道你要说啥，让爹想想。"

秦大爷也想了三天，让立冬找三子来，郑重地说："孩子，我一直都把你当大人看，我想好了，让立冬跟你去，只是你得答应爹一件事，不只是你，还有立冬，你们俩。”

两个人急忙说：“爹，你说吧，我们答应就是。”

秦大爷没有马上说，为了以示庄重，他又让立秋把三子爹娘和麦子一起喊来，让秦大娘把原本想拿镇上卖的新打的鱼炖了一大锅，还拿出了文华从海龙城里买来的高粱烧。除了大人，破例给立冬、三子也都倒了一杯。

秦大爷说：“立冬，三子，这句话本来想在你们成家时说的，可你们要一起去海龙城里读书，我就提前说了。今天，当着两家也是全家人的面，你们俩答应我这个条件，我就让立冬去，不答应，就别怪爹心狠。”

三子和立冬两个人又说：“爹，你说吧，我们答应就是。”

秦大爷一字一顿地说：“别学你二哥和二姐，你俩念完了书，无论外头多么好，多么风光，就是高官厚禄、荣华富贵都不要贪恋，回来，回来守着玛珥湖好好过日子！能做到吗？”

三子和立冬没想到是这一条，俩人对望了一眼，有些蒙，其他人也有些蒙。高官厚禄、荣华富贵都不要，不是傻吗？就连麦子都觉得秦大爷的条件提得不可思议。

“秦大爷，有道是山高任鸟飞，海阔凭鱼跃……”麦子的话还没说完，就被娘制止了。

“做不到？那三子要去我不管，你爹在这儿，立冬不能去！”秦大爷端起酒杯，和爹碰了碰，说：“咱先喝，让他俩先想会儿。”

立冬沉不住气了，想那五六年后的事，谁能说得准，便说：“爹，能做到，我和三子念完书就回来！”

几个人瞅着三子，三子瞅着秦大爷。

秦大爷说：“我这么做一定有这么做的道理，当初把立春留下，立春肯定恨过我，后来立夏哭着喊着去海龙城念书，我就下了决心，立秋、立冬再不许离开，所以这回立冬要走，得先应了这一条。”

三子说：“爹，人无信不立，等我们念完书那得五六年以后，那时候的事，我现在真答应不了。”

“好，是个君子。想明白就行，喝酒吧！”秦大爷指了指三子面前的酒杯。

三子端起来，被立冬一把夺下，一仰脖倒进自己嘴里。立冬被呛得低下头咳了几下，说：“爹，三子能答应。”

立秋说：“三子，你可想好了！”

立春说：“爹，让三子回去好好想想，过两天再回话吧！”

三子想来想去，就一个结果，他已经看到了盛世的曙光，外面是一个多么美好多么广阔的世界啊！现在家里有条件了，他要带自己心爱的女人去外面世界闯荡一番，干吗非守着这个偏僻贫穷、隔几年就暴发一次黄水病死很多人的玛珥湖度过一生呢？

迷惘，不解，甚至怨恨，三子第一次对秦大爷感到了深深的失望。

立冬劝三子：“干吗死心眼儿，先答应了我爹，到时候再说呗，反正还有好多年呢。”

三子说：“人无诚信不立，礼义廉耻，孝悌为本，何况还是你爹，我不能口是心非。”

“那咋办？难不成你想把我扔下你一个人走？”立冬双眼含泪，一副无依无靠的可怜模样。她使劲儿向湖里丢了一块石头，一群在湖边觅食的柳根鱼惊慌逃散，泛起一片水花。

“实在不行也只能这么办了，”三子无奈地叹口气说，“我先去，等你爹想开了，你再去！”

立冬“啊”了一声，说：“你还真是这么打算啊？你恨我爹，就拿我撒气啊！”说着，一屁股坐在洋槐树下号啕大哭起来。

三子慢慢蹲下，瞅着立冬哭，他没哄劝立冬，不是不想哄劝，只是不知道该怎么哄，现在说出来的安慰话，一准儿都是假话，只能让立冬空欢喜一场，到时候她会更难受。在三子看来，他一个人先去城里，也不是再不回来了，只要爹娘还在玛珥湖，只要立冬还在玛珥湖，那他的根就在玛珥湖，暂时的分开也不算什么事。可立冬怎么就像天塌地陷、生离死别了一样呢，这难道就是女人和男人的区别？难怪圣人说，唯女子与小人难养也，是不就这个意思？不管是不是这个意思，反正三子现在就是这么想的。

三子瞅着一大湖波光粼粼的水，心事重重地长长叹了口气。他好像第一次有了烦恼。

立冬的哭声终于从大到小，渐渐止住了。三子说："洗洗脸吧，脸都哭花了。"

立冬嘟着嘴，头扭向一边不理三子。三子到湖里捧了一捧水过来，给立冬洗。

立冬一头扑到三子怀里，又哭起来，边哭边说："不许扔下我！你扔下我，我就去跳湖。"

三子的心一凛，扭头望了一眼幽蓝的湖面，好像深不可测的湖水已经张开了血盆大口，就要把立冬一口吞下去。

三子搂着立冬，紧了紧手，说："不敢瞎说。要是这样，大不了我不去城里了，守着你终老玛珥湖好了。"

立冬推开三子，抹了一把眼泪，说："不行，你必须去，我让你必须去！"

玛珥湖边的小洋槐树下，一对少年心事重重，第一次尝到了烦恼的滋味。

立秋走过来，她在远处看了好一会儿了，直到两个人不再说话，不再搂抱，并肩坐在洋槐树下望着大湖叹气，她才走过来，然后瞅着两人哧哧地笑。

立冬瞅她一眼，说："看笑话？人家都愁死了！"

立秋说："愁有啥用，就看你有没有决心，要是我，死都不怕了，谁还能拦住？"

"咋办？"立冬和三子一起问。

想不到平时少言寡语、闷葫芦一个的立秋主意却坚定，她说："腿长在你身上，还用我多嘴？"

立冬说："可爹说要打断我的腿呢！"

"当年他也这么说二姐呢，二姐现在不也跟文华哥远走高飞了？"立秋抬头望着大湖东边的小金龙顶子，山头那片飘荡的云朵像一朵雪白的莲花。

立冬说："三姐，要不咱一起走吧？"

立秋撇撇嘴，说："你跟你男人去念书，我掺和啥？"

思来想去，三子想不出比立秋更好的主意，便默认了。大不了到时候让两个爹痛骂一顿。他表面上不动声色，依然领着立冬、麦子抓鱼、摸蝲蛄、上山采蕨菜，但心里已打定了主意。

小金龙顶上的那棵山樱桃成熟时，三子还特意叫上了立秋。

这是春天漫山遍野开花时麦子发现的。那时节，一片透明的绿雾中点缀着一束束山梨花、山杏花，这棵粉红色的山樱桃突然就在小金龙顶上盛开了。三子寻着花，提前上去了一趟，拿镰刀一路砍了记号，要不等花败了，想在一片浓绿中找出那棵樱桃树可就很难了。

三子把镰刀别腰上，往手上吐了两口唾沫，噌噌几下就蹿上树梢。山顶风大，三子摇摇晃晃，似要从半空中掉下来。

立冬仰脸紧张地喊：“三子，快下来吧，摔下来不得了。”

立秋和麦子互相瞅瞅，立秋撇了一下嘴，麦子吐了一下舌头。

三子顺着风向挥舞镰刀，很快就砍下来一些枝丫，一嘟噜一嘟噜紫红的山樱桃清香甘甜，很快染黑了几个人的小嘴巴。

这天早晨，娘早早起来给三子拾掇好东西，三子背起包袱出了院门。

爹说：“顺大路一直往前走，到了朝阳镇就有火车了。”

三子说：“记下了，爷娘放心吧！我走了！”

娘不放心，要往镇上送送！

三子回过身来，给爹娘深鞠一躬，说：“娘，回吧，我长大了！”

娘擦擦眼睛，麦子说：“我送送三哥，就送到镇上路口。”

立冬、立秋早就等在路口了，看到三子和麦子赶来，立冬扑上去，死死拽着三子的胳膊，好像刚刚经历了一场生离死别，而今相逢，又要一同庄重地赴汤蹈火似的。

立冬不放心地瞅瞅立秋，说：“三姐，爹知道了会怎么样？”

立秋沉静地说：“我担着，你们放心去吧，把书念好了，将来有大出息别忘了三姐就行。爹要不高兴就让他打折我的腿吧！”

三子双手抱拳向立秋作个揖，说：“立秋，其实我该叫你三姐才对，大恩不言谢！三姐的大恩三子永远记下了！”

立秋说：“不用谢我，对我妹妹好点儿！”

麦子说：“还有我呢，咋不谢我？”

三子又冲麦子抱抱拳，说：“麦子，听爷娘的话，啊！”

立冬冲立秋和麦子挥挥手，四个朝夕相处的少年就此别过。

立冬和三子一路向前，走到山脚下，回头望，立秋和麦子的身影还在镇外的路口望着他们。他俩挥了挥手，转过弯就看不到了。

立冬的眼泪流下来，说：“三子，我舍不得她们，要一起去该多好！”

三子给立冬擦擦泪，说：“别哭，咱先去，将来争取咱四个人再在海龙城里会合。”三子说得自己底气都不足。

立冬没听出三子是在安慰自己，高兴得蹦了个高，说：“真的啊！”

“真的，骗你是小狗。”三子这回清了清嗓子，坚定地说，“都快盛世了，有什么不可能，要不我哪敢领着你出来啊！”

“伏皇娲娘，临渊嗟叹，莽莽大地，浩浩长天，脉脉线溪，汤汤巨流，金人将现，龙腾薮渊，凤兮凰兮，百鸟来仪，鸾歌凤凰，盛世已矣。”三子挥舞着手臂，边走边抑扬顿挫地吟诵。

立冬边跑边跳接着唱：“金人出，龙腾渊，凤歌鸾，盛世见！”

轻风徐徐，一对少年美妙的吟哦声尽情飘荡在青山绿水间，渐次传向高远的天际。

立冬问三子：“你为什么说盛世将来？”

三子说：“你想想，《天湖赋》为啥偏偏在这个时候出现？天降福祸，必有异兆。还有你爹，不，咱爹。咱爹叫啥？秦金银啊，歌谣里说的金人不就是他吗？”

这一回自以为饱读诗书、通古达今的三子错了，盛世无论如何不是这个样子的。

二十八

来到海龙城，有大哥文中照应，一切都很顺利。

三子想让立冬上高小，可立冬说什么也不同意，非要试着考中学。关键时候一咬牙，竟和三子一起考取了县中。两个人高兴得抱着转，直转得天地跟着一起旋转。

大哥不知立冬是偷着跑出来的，给三子生活费时，三子说立冬盘缠带得少，大哥就又多给了几块，让他俩省点儿花，不够时再跟大哥说。

新的生活就这样开始了，美好的未来花团一样在三子和立冬面前铺展开来，常常让这对少年想入非非、踌躇满志。可是这一切很快便随着一天的到来结束了。

开始是传说，很快便得到了证实：奉天出事了，日本军队攻占了北大营！

“大姐夫怎么样了？韭儿大姐咋办呀？还有二哥二姐他们呢？奉天的事该不会影响到海龙城吧？”立冬扑闪着眼睛，一口气问了这么多。

三子一个也回答不了，他意识到自己肚子里的那些个之乎者也，在这紧迫的现实面前都是不顶用的。要是仝叔的话，可能还会打上一卦，安慰一下自己，可是三子不会，这种事太大太突然，他还处于蒙的状态。“天作孽犹可恕，自作孽不可活”，他已经躲过了天灾，已经看到了盛世的曙光，可这世界怎么突然之间说变就变了呢？这个自作孽的人又是谁呢？

海龙城里乱了，一伙伙土匪开始公开地冲到城里抢劫，有的还打着抗日的旗号。山城镇奉军驻守东边道的于司令紧急组建了两个团的队伍，宣布了东边道独立，但也没能稳定住局势。人们私下传说，他正秘密和日本人接触，投靠日本人已成定局。混乱中不断有消息传来，日本军队占了四平、占了长春、占了吉林，又沿铁道往海龙开过来。

学校也宣布停课了，大哥文中看看弟弟妹妹，说：“不能在城里待了，玛珥湖山高皇帝远，咱先回家吧。”他们没敢坐火车走朝阳镇，而是走了一条小道，出海龙城南门，来到辉发河渡口，还好，码头上还有条摆渡船。

大哥告诉他们，这里以前繁忙时，摆渡船有十几条，“渡口夕照”也是有名的海龙八景之一。可现在是早晨，船也只剩一条了。

三子心中升起了遗憾，说：“海龙八景，我还一景都没看过呢。”

立冬说：“日本人不好好待在他们日本，跑我们这里打什么仗？”

听声音她已经咬牙切齿了。三子仔细看时，她已是泪流满面。三子本想安慰她几句，可一时又找不到合适的话。

渡过河，取道新合堡，到圣水河子折向东。他们饿了就啃两口火烧，渴了路过河沟时趴在溪水边猛灌一气。

大哥怕立冬撑不住。

立冬说没事，她和三子在山里头野惯了。

一路逃难，连跑带颠十几个小时，终于在半夜时回到了玛珥湖。

一下子回来了三个，爹娘的心稍稍放下些，麦子高兴得直蹦高。

立冬说：“爷、娘，你们先收留我吧。”立冬不像三子那样称呼，自从定了亲就一直叫爷娘。

大哥不明白咋回事，瞅三子，三子又瞅爹。

爹说：“自己作的祸自己去承担。”

三子就说：“先吃饭，吃了饭我送你家去。”

说话间，立秋来了。立秋对立冬说：“回来了也不回家，不想让爹娘放心啊？”

立冬说：“我怕爹打折我腿。”

娘笑笑，说：“哪有那么狠的爹，你爹也就是说说吓唬你呢！”

立秋说：“其实你走的那天早晨爹娘全知道。”

爹又问了三子海龙城里的情况，不免为奉天的长河和韭儿、文华和立夏担心。音信全断了，这些天急死个人。

娘说：“早知道这样，念什么书，出息个啥？守着玛珥湖种个地，过太平日子比什么都强！”

爹叹口气，说：“怕是玛珥湖也太平不了几天了！小鬼子和老毛子打的时候我就看出小鬼子的野心了，只是这一天来得太早了。”

又过了几天，仝叔的三儿子长海也回来了，长海在县师范念书，比韭儿低一年。

仝叔说：“长江也应该回来啊，天下大乱了，还在县政府坚持个啥？日本人来了，弄不好就是个杀头的罪啊！”

三子爹说：“你咋就忘了，长江留过日，一口哇啦哇啦的日文，日本人能杀他？”

仝叔一拍大腿：“我咋把这茬儿忘了。”

城里一乱，在外读书的孩子呼啦一下都回来了，乡民有要求，仝叔在玛珥湖办起了完小，让文中和长海都去教书。

仝叔说：“天下越乱越要有文化，估摸着长河、韭儿、文华、立夏也得回来，他们一回来就把中学也办起来，让玛珥湖的文化人有用武之地，都让他们当先生去，可别出去野了，混乱的年头，把咱玛珥湖的后代先教育好了比啥都强。咱这山高皇帝远，天下乱就让它乱去，咱玛珥湖的日子总还得过下去不是。”

仝叔的想法三子爹和秦大爷都很赞同。三子和立冬、立秋、麦子也很高兴，办起了中学，他们就不用去海龙城了。

然而，风声越来越紧，文华和立夏却没回来，长河和韭儿也音信全无。玛珥湖边的几家人不得不整天提心吊胆地捏着一把汗。

这天傍晚，秦大爷杀了鸡，炖了半锅玛珥湖白鱼，把三子全家叫过来。玛珥湖白鱼金贵，打鱼人轻易舍不得自己吃。三子感到要有什么大事发生。果然，酒喝了一半，秦大爷去到里间，在神龛前燃上三炷香，跪地三叩首，双手合十嘴中念念有词，然后，双手抖抖地将那只闪着幽光的青瓷瓦罐小心翼翼地捧到杯里，捧到众人面前。秦大爷瞅了一眼大娘，大娘取下头上的银簪子挑亮了灯芯。秦大爷看着屋子里的每一个人，表情庄重地启开了青瓷瓦罐的蜡封。

“老弟，弟妹，还有孩子们，今天，咱们都是一家人，我秦金银就不说两家话了，那年黄水病就是这件宝贝救了咱的命啊。”

秦大爷小心翼翼地展开两张黑白相间的宣纸。

三子脱口而出："《天湖赋》《天湖记》！"

屋子里的人全都瞪大了双眼，两张宣纸似乎放出灿灿的光芒。

"没错，这就是流传多年的《大碑赋》，只是当铺里那两张是祖上传下来的，这两张是那年春天我新拓的。这也是祖上传下来的规矩，不到过不去的坎不能换钱，一旦出手了，就新拓一份传给子孙后代。我秦家世代居住在玛珥湖，守着玛珥湖，传了多少代已数不清了，玛珥湖镇繁荣过，祖上传说人丁兴旺时万人聚集，衰败时只有一户人家，就是我秦家。玛珥湖总有一支人脉守在这里，守到'金人出，盛世现'的时候，这也是祖上留下来的规矩。"

这似乎应该是个庄严神圣的时刻。

三子和立冬对望一眼，又瞅瞅爹娘、大哥、立春、立秋、麦子，屋子里所有人的表情都庄重肃穆着，这让三子感觉很有仪式感。

秦大爷开始吟哦《天湖赋》，又吟《天湖记》，抑扬顿挫，激越苍凉，听得三子浑身起了一层鸡皮疙瘩。原来秦大爷是个深藏不露的人，他身上还有多少秘密呢？两张宣纸看上去已经很有年头了，可能也是祖上传下来的。三子想这两张拓片再传个一二百年又是很值钱的物件了，可祖上为什么不让多拓几份呢？这时候三子终于电光火石般想到了碑，民间传说的《大碑赋》其实是《天湖赋》和《天湖记》，是写玛珥湖的，只是这一赋一记是刻在碑上的，所以千百年来的民间传说并不是捕风捉影，这块大碑才是传世的稀世珍宝。

三子很快就见到了，而且让他吃惊的是大碑不是一块，而是两块。当然和他一起见到的还有大哥文中。文中能见到，是有条件的，这条件比以往更苛刻，但他却答应得毫不犹豫。

秦大爷吟诵完《大碑赋》，终于切入了正题，说："想我秦家，是奉大将秦开军令留在玛珥湖的一支人脉，世代居此。虽因战乱灾祸流落奉天等地，但一有机会便重返玛珥湖，几千年来血脉相传不曾中断。我秦氏子孙，言而有信，行必有果，传到我这儿不能断了香火。文中，这就是我上次想尽快把立春嫁给你的原因，眼下立夏和文华音信皆无，已经指望不上了，立冬和三子还小。日本人打来了，咱玛珥湖边虽然打打杀杀几千年，可那都是活在这片土地上的人在窝里斗。这次不一样啊，说不准就是咱玛珥湖的一场大劫难啊，不能不早做打算。我和你爷娘已经说好了，不光立春要嫁给你，我还要招赘把你招到我秦家来。”

三子吓了一跳，他想这个老秦头怕是疯了，成天就想着提条件，并且还一次比一次苛刻。他急忙看向大哥，他想大哥一定不会答应的。可是大哥瞅了瞅爹娘，竟然毫不犹豫地答应了。然后，他和立春大姐一起拜了爹娘，拜了天地，拜了玛珥湖。

漆黑的夜里，只有满天星斗做证，文中和立春就这样完婚了。

小金龙顶子紧挨玛珥湖东侧，群山环抱的玛珥湖边一座山峰突兀地拔地而起。三子和立冬每天都会数次眺望它，他俩和立秋、麦子也曾无数次登上过它，它就像一个永生的沧桑老人，默默地站在玛珥湖边，寂静地迎送着一个个寒暑。

想不到，在它的怀抱里还隐着一个千年秘密。

在一片几乎密不透风的红松林里，一道石壁直指苍天，壁前乱石林立，枝条缠绕。秦大爷提着马灯仔细察看，最终在两块高约丈许的石块前停住。慢慢揭下一大片青苔，黝黑的大石，遒劲的笔画，大碑终于展现出真容。

三子左右瞅瞅，发现《天湖赋》这块稍高，差不多丈余，《天湖记》这块稍低，也就丈许。

秦大爷点燃手中的火把，插到大碑旁，头也不回地说："大碑后面就埋着秦家在玛珥湖生活过的祖先们！"

秦大爷跪下，文中和三子也急忙跪下。秦大爷双手抱拳举过头顶，文中和三子也双手抱拳举过头顶。

秦大爷说："列祖列宗、前辈先贤在上，今天新一辈传人李文中、李文明前来盟誓，保守秘密，人在碑在，代代相传，永世相伴，直到'金人出，龙腾渊'，直到'凤歌鸾，盛世见'！一旦盟誓，终生不悔，如若背誓，天诛地灭！"

秦大爷说一句，文中和三子跟着说一句。

盟誓毕，秦大爷问："孩子们，记下了吗？"

文中和三子说："记下了。"

"那就磕头！"

梆梆梆，三个响头磕在地上，磕在大碑和列祖列宗面前，一阵山风呼啦啦刮过，山石树木沙沙作响。

列祖列宗、前辈先贤们听到了，小金龙顶子和玛珥湖也听到了。

人是需要仪式感的，从地上爬起来这一刻，李文中的生命里就注入了强大的使命。三子呢，这一刻他觉得自己无比高大起来，甚至比这巍巍耸立的小金龙顶子还要高大伟岸。

回到湖边，已经鸡叫头遍了。立秋、立冬和麦子站在门外张望迎接，爹娘还有秦大娘端坐在堂屋。远远地，三子就看到西屋的烛光了，窗户上大红的喜字和烛光两相辉映，给玛珥湖边无限的黑暗染上了一抹朝霞，也衬托出立春大姐端坐在炕上的美丽剪影。

“完了？”爹问。

“完了！”秦大爷说

然后，秦大爷坐下。

大哥文中再次向四位老人磕了头。

爹轻轻拍拍他的头，说：“孩子，你长大了，去吧！”

文中从地上爬起来，庄严地走向西屋。

二十九

仝叔打了一卦，就急忙捎信让长江回来一趟。自从日军打下奉天北大营，仝叔就没睡过一个安稳觉。他后悔让长河去奉天当兵了，其实这也不能怨他，他开始只想让白老先生帮忙找个差事做，白老先生在海龙县当县长时和仝叔有些小交情，他曾经是张司令的老师，奉天城里关系也多，说话管用。他又听说奉天城里缺有文化的人，安排长河应该不算什么难事。

白老先生开始也是在政府里给长河找了个差事的，可长河不听话，非要去当兵。要说这人没有文化不行，傻！可有了文化也不行，精，有主意，大人管不了。不过其实也不能怨长河，当时还太平，仝叔想仝家三个儿子，有文有武更好，也就遂了长河的愿。谁知这日本人说翻脸就翻脸呢！

复卦云爻，象曰：迷复之凶，反君道也。上云：迷复，凶，有灾眚，用行师，终有大败，以其国君凶，至于十年不克征。

什么意思？迷途不知返，必凶险啊……这不就是说长河呢吗……违背了君主阳刚复归之道啊，误入歧途而不知返，大凶！天灾人祸就要来了，这时节还要出兵打仗，一定会大败的啊，连累国君遭殃，十年不能再克啊！

仝叔放下几枚牙牌筮签，双眼发直，连说十几声“完了”，吓得仝婶把手里的一杯茶直接翻倒在地上。

仝长江就是这个时候走进家门的，仝婶像抓住棵救命稻草一般，说：“儿啊，你二弟可有消息吗？”

长江说：“娘，没事，您老别着急。”

长江摘下礼帽挂在衣架上，用人小凤早投了条毛巾过来。长江擦了把脸，坐下，瞅瞅两眼发直的仝叔问：“你叫我回来就是放心不下长河啊？”

“长海天天在我身边晃悠，挺好的。你也能联系上，就长河，这都多少天了音信皆无啊。我去找你李大爷了，韭儿那边更是没有丁点儿消息，莫非……我刚打了一卦，凶险，大凶险啊！”

长江说：“爹，我打听过了，虽然死了不少人，可长河肯定没事，东北军十几万人马呢，哪能就轮到长河头上？”

“看来你也是没有准信儿。那你这次回来就别走了，咱这玛珥湖地处偏远，怎么也安全些。我和你娘就你们仨儿，怎么也得留俩在身边，心里才宽慰。你和长海就守着咱这家业，只要不赌不抽不嫖，几辈子也够你们用度了，啊！”

仝叔终于摆出了爹的威严，奋斗了大半辈子，几百亩上等的好水田就是他的底气。有土地在，有儿子在，不管是谁来了，老百姓总要吃饭活命的。可是仝长江不同意，毕竟是出去留过洋的人，看得要比只懂《周易》的仝叔长远得多。

长江说：“爹，天下大乱了，咱的心不能乱，越是这时候，海龙城里的县政府才越需要人坚守。山城镇的于司令已经开始稳定秩序了，就是有一天日本人真开过来了，也得有人跟他们周旋不是？再说，我媳妇是日本人，他们不敢把我咋样。还有，我在县里头打听个什么事儿不是也更方便吗？一旦长河和韭儿有什么不测，说不定我还能帮上他们，毕竟是一家人，打仗亲兄弟，上阵父子兵啊！爹、娘，我们哥儿仨不能都守着你们，要是都窝在玛珥湖，说不准哪天就都成了别人案板上的肉了。我看长河选择奉军挺好，奉军现在是国民政府的东北军了，一旦政府打跑了日本人，那长河是什么？卫国的大功臣啊！到时候长河骑着高头大马，带上队伍衣锦还乡也未可知。所以，爹、娘，你们一天别东想西想的，日子该怎么过还怎么过，天塌下来有我们呢，我们哥儿仨都长大了，你们就放心吧。”

长江往外走时，仝叔的话从后面追上来，仝叔说：“长江，看来你比你爹看得远啊！”

可是长江走了，仝叔的心仍然悬在半空下不来，整日惶惶着，总感到有什么事要发生。想来想去心思还是在长河和韭儿那儿，便又不停地打卦。打一卦凶，仝叔说，不准；再打一卦，还是凶，仝叔还说，不准；直到打一卦吉或大吉，他才把牙牌一丢，说，这卦才准，然后跑到玛珥湖边，说：“打卦了，吉，大吉！看来这俩孩子没事，大哥、大嫂，你们放心吧。”

三子爹吧嗒着长烟杆，说：“吉好，总算放心一点儿，可我这儿还有两个呢。”

仝叔知道他说的是文华和立夏，说：“可也是啊，撤退到关内的孩子都有信儿了，这两个孩子怎么也不给家捎个信儿来？”

三子爹磕磕烟袋锅，说：“担心的是他们没撤到关内啊，文中打探的消息说他们大学里有一些人去当兵了。”

仝叔说：“这些孩子都像你呢，你年轻时就能折腾……”仝叔把后面的话咽了回去，和李民比，他多少暗自庆幸，他和秦大爷的牵挂毕竟比李民少了一半。

可是，最让仝叔放心的长海，很快又让仝叔头痛起来。

长海和文中都在镇上的高小教书，论学识、论年龄，长海都得恭敬地叫文中一声大哥。生逢乱世，仝叔能够当机立断，给镇上办起了学校，镇上的人都很佩服，当然文中和长海更佩服，所以两个人教得也尽力。长海谈起文中的学识更是由衷地赞叹。可是最近，长海对文中的态度却冰火两重天，语气满是蔑视，说文中是个缩头乌龟，没志气，整日倒在媳妇的温柔乡里，若等立春肚子里的孩子生出来，估计他就更不像个男人了；还说跟这样没血性的男人一起教书太没意思，让他爹赶紧找适当的人把文中换了……长海起初说这些的时候，仝叔没太在意，觉得不过是年轻人争强好胜，天天一起教书，难免磕磕碰碰。更何况在仝叔的眼里，长海不过是一个十几岁的孩子，只是因为念了几年师范，才比别的孩子显得成熟些罢了。

不久，日本奉天的宪兵队成立了分队，顺着奉天到海龙的铁路进驻了山城镇。山城镇于司令还搞了个盛大的欢迎仪式，后又分出一队宪兵浩浩荡荡地越过梅河口，开进了海龙县城。海龙城里也搞了个欢迎仪式，参加的人中就有长江和他那个日本媳妇。

长海回到家说："爹，把我哥和他那个日本娘们儿都弄回玛珥湖来吧！"

仝叔不解，望着小儿子直眨巴眼，问："为啥？"

"'山城镇的于司令是个大汉奸，海龙城的仝长江是小汉奸……'外面的人都传开了！"

"什么是汉奸？"仝叔点燃烟卷，显然，在他的《周易》里没有这个词。

"汉奸，汉奸，简单地说就是帮着日本人做事的中国人！"长海一时也被仝叔问住了，接着又补充了一句，"汉奸帮着日本人欺负中国人，做坏事！总之就是像于司令和我大哥那样的！"

"别瞎说。你大哥啥时候帮着日本人欺负中国人了？我看你大哥说得没错，咱老百姓就是平平安安过日子，他日本人来了就不让老百姓过日子了？现在咱玛珥湖不是没乱套吗，还办起了学堂呢！"

"爹，您的眼睛可不能只看眼前这一点儿。不赶走日本人，哪有太平日子让你好好过啊？小日本在奉天北大营打死咱多少人？我二哥当兵救国，二嫂教书育人，招谁惹谁了，怎么就音信全无了呢？文华、立夏好好的东北大学怎么就念不下去了？我和文中的理想怎么就实现不了了？三子和立冬怎么又从城里回来了？他日本人不好好在自己的国家待着，为什么非得跑到咱这儿来祸害？我大哥还拿着小彩旗组织海龙城里的人去欢迎，这不是汉奸是什么？！反正我不想当汉奸的弟弟，您更不能给汉奸当爹。真若急了眼，大不了就跟小日本拚了！"

仝叔咂摸着长海的话，越咂摸越担心，他觉得小儿子变了，短短几个月的时间，长海变得让他感到陌生了。

说这话时是中午，长海回来吃中饭。大半个下午，仝叔的心都慌慌的。他躺了一会儿，午觉也没睡着，便来到学堂。孩子们的琅琅书声让他感到熨帖，把头的一间办公室里，传来文中和长海的争吵声。

“总之，你的道理再正确，说一千道一万，我也不能同意。孩子们还太小，你不能给他们灌输这种思想，这太危险了！”这是文中的声音。

“越小才越紧迫。我敢肯定，如果日本人在东北站稳脚跟，马上就会和我们争夺下一代的教育，对我们进行奴化，我们不能让孩子们忘了祖宗、忘了自己是中国人，甘心当亡国奴！抗日的种子必须在每一个孩子的心里种下，越早越好，越快越好！这样我们中国才有希望！”长海大声道。

仝叔停下脚步，认真听着，文中说完，他觉得文中说得有道理；长海说完，他又觉得长海说得也有道理。

“可是你想过没有，那些稍大一点儿的孩子，一旦让你煽动得热血沸腾，无疑是把他们置于危险之中，他们还是孩子啊！一场黄水病夺走了那么多人的性命，玛珥湖本来就人丁不旺，我们玛珥湖的后代不能再去做无谓的牺牲了！”

“好！说得好！”仝叔推门而进，情不自禁地叫了两声好。

文中急忙站起来打招呼，长海本来就站着慷慨激昂地争辩，转过身问：“爹，您怎么来了？”

仝叔说：“我不来，你们两只小公鸡还得斗。小子，你文中大哥年龄大、学问深，见识就是比你强呢。文中，你说得对，对当下的光景怎么看？”

“仝叔，您请坐！”文中拿茶缸子给仝叔倒了水，说：“四个字，韬光养晦！”

“天真！幼稚！日本人能让你韬光养晦？”长海又跳了起来，脸涨得通红，他因为自己没能说服文中，而此时文中又来了一个帮手而变得焦躁起来。

“长海，别急，我要听你文中哥说！”仝叔喝了口水，瞅着文中。

“仝叔，我是这么想的，你看日本人进了海龙城不也有些日子了嘛，除了把长江他们县政府改成了县公署，又派了几个日本官员之外，也没干什么啊！咱玛珥湖不还是日出而作日落而息吗？因为啥？因为他人手少啊！咱大东北这么大的地界，他小日本能占得过来啊？也就占占铁道线和城市。咱玛珥湖地处偏远，从县城到这儿山重水复的，也不是容易的事儿。所以，我想没准咱风水宝地的玛珥湖造化大，能躲过这一劫呢！”

“嗯，文中说得有理，有理啊！倒是你们读书人，有见识。”仝叔微微颔首，说，“长海，别争了，听你文中哥的，没错！”

可是，此后的日子，长海和文中两个人还是在争，就像两只斗红了眼的小公鸡，抽空就关在屋子里掐，谁也说服不了谁。有时，大一点儿的学生还过来看热闹。渐渐地，在学生中也分成了两派，文中便提醒长海那派的学生，说：“老师争论的这些不可出去乱讲啊！还有，这些都是纸上谈兵的东西，如果真遇上什么事，还是要多长个心眼儿，多用自己的头脑去思考分析。”

长海却不同意，说：“同学们，宣传发动很重要，咱们玛珥湖太小，走不上街头，但是，每个人的父母兄弟就是你们宣传发动的对象。我们要赶走日本人，就要让抗日的烽火燃遍东北大地！这样，最后的胜利就一定是我们的！”

三十

下雪了，漫天风雪中传来一个消息，黑龙江的马占山在嫩江桥头向日军开了枪，放了炮。

“人心不死，中华有救！人心不死，中华有救啊！”长海兴奋过了头，吃晚饭时突然扔下筷子，呼喊着在堂屋里来回蹿动。

仝叔感到问题严重了，他想起了大儿子。

海龙城南边的德胜门今天不让走了，仝叔只好绕到西边的靖边门。仝叔本不愿意走西门，不只因为南门是正门，相信周易的仝叔奉行中正守正，更因为靖边门外一条长长的窑子街。仝叔在玛珥湖也是响当当的头面人物，怕走西门让人误以为他去逛窑子街，有损清誉。

海龙城里有好几处都飘着日本旗了，刚才在城南门也看见好几面，像一小块白布上淋着一大滴血，扎眼得很，再加上明晃晃的刺刀，仝叔就联想到了杀人，可这些日本人倒没随便杀人。过了电灯厂，仝叔匆匆从西顺城街拐上西门里路，他看到从东边过来一队日本兵，街上的人都立刻停下，规规矩矩地靠边垂立。仝叔不想那样，何况县署吏员宿舍已经不远了。可当走到奉天第八监狱墙外，高高的监墙迫得仝叔惶惶然时，一队日本兵又从南往北开过来，仝叔也只好照样学样，靠边垂手而立。

亮闪闪的刺刀让仝叔目眩，仝叔突然想，他们是谁？自己凭什么对他们这么恭敬？就因为他们扛着刀枪可以杀人吗？要是他的二儿子长河这样带着队伍走过来，他心里一定是很光亮的。可这些日本孩子的父母们此时心里光亮吗？

日本兵走过去，仝叔心底涌出了屈辱感，昏花的老眼甚至还挤出了两滴浑浊的眼泪，仝叔觉得自己可能想儿子了！

长江还没回来，他的日本媳妇井子还算懂事，接过仝叔的包袱——包袱里是长江爱吃的腌蕨菜和腌刺嫩芽——给仝叔泡上茶，鞠了个躬就忙着做晚饭去了。

井子不太会说汉话，只会简单的几个词：爹、娘、坐、喝茶、吃饭，还说得很硬。在仝叔看来，就是嘴太小舌头太大。好在井子人还算贤惠，仝叔又念她漂洋过海嫁给儿子也实在不易，所以高看她一眼。长江刚回来时仝叔和仝婶也来过两次，可终究语言不通，说不到一起去，仝叔也就不愿意再来了。上次长河和韭儿结婚，仝叔也让长江带着井子回去过。井子表示要好好学说汉语，可过了这么长时间，舌头还是那么硬。

井子提着壶过来续上水，瞅瞅仝叔，说：“爹，冷娘好没？”

仝叔使劲儿眨巴了两下眼睛，没大明白井子的意思，就说：“我不冷，你这烧煤的屋子挺暖和。你娘也挺好的，她嫌道太远，就没来。”

井子听得还算明白，微笑着点点头，说：“爹，喝茶。”

说着话，长江也就回来了，吃惊地望着仝叔问：“爹，你咋来了？这兵荒马乱的，有啥事捎个信儿我回去呀。路上没遇上绺子吧？出啥大事了？”

仝叔说：“没啥，就是你三弟，他整天神神道道的。”

长江放下心来，招呼井子把饭摆上，又让她烫了一壶乳山白。

吃着饭喝着酒，仝叔把长海这些天的举动一五一十地跟长江学了一遍，长江越听眉头皱得越紧，口里却说：“爹，不打紧，你吃菜喝酒，吃了饭咱再说。”

井子拾掇桌子时，长江问仝叔，长海这一阵子跟谁接触最多。仝叔想了想，说：“文中啊。他俩人天天在一起教书。”又把文中和长海争吵的事学了一遍。

“文中还是有头脑啊！”长江感叹着，不由暗自佩服起文中来。

仝叔说：“你三弟的脑子不会是坏掉了吧？神经了？！”

长江叹口气，说：“爹，他要是神经了还好呢，他现在可比神经了还难办呢，一定还有什么人跟他秘密接触了。爹，你回去得盯着点儿。共产党，你听说过没有？”

仝叔晃晃头，说：“咱玛珥湖山高皇帝远的，什么这党那党的，我就知道早年的同盟会，那还是听你李大爷给我讲的。”

长江说：“他们在南方闹了好多年了，喊的口号是‘革命……打倒土豪劣绅，分田地’。”

这回仝叔听懂了，叫道：“咋，要分田地？！”

长江说：“是哩，爹。这要是在南方共产区，他们怕是早把你打倒、把咱家这田分光了。”

仝叔说：“分了田地，那不就等于要了我的老命吗？我拼了一辈子攒下这几百亩田，可是咱们仝家的命根子啊！他们凭啥说分就给分了？还有没有王法了？我看长海他是脑子坏掉了，一个十几岁的孩子，还能闹出这档子大事？不能吧！”

“不是的，爹，他们有组织的。长海这些危险的思想像极了共产党的腔调，这会给咱家带来祸患的，到时候遭殃的就不光是他长海自己了。”长江忧心忡忡地再叹一口气。

“行，我回去盯住他！”

回到玛珥湖，仝叔原想让王管家安排个可靠的长工去盯梢。可想了想，决定还是亲自跟踪长海。

一连几天，长海就是家里到学校、学校到家里，哪儿也不去。在学校里他也就是和学生、文中在一起；回到家就三件事，吃饭、看书、睡觉。仝叔还真没发现什么异常情况。

仝叔试着问:“这些天还跟文中争吵吗?”

长海懒洋洋地回了句:“没有，说了也是对牛弹琴。女人的温柔乡就是一把杀男人的刀，为了他和立春那个小家庭，他那个胆子已经比耗子还小了。我也懒得和他争了，我俩达成了协议，他怎么教学生我不干涉，我怎么教学生他也不许管。”

“可是儿啊，我觉得文中做得对哩。这个乱世，一个男人是要有担当，但更要紧的是先把老婆孩子的日子过好。”仝叔叼上一根烟卷，又拿下来，先呷了一口茶，才划火柴点上。

“大厦将倾，覆巢之下安有完卵?爹，日本人正是看准了中国人的懦弱怕事、贪生怕死、只求活命自保的弱点，才敢以区区几百人就来攻打上万人驻守的北大营!想我四万万同胞，就算一人一块石头也能把小日本砸个稀烂，可现在呢?竟是一盘散沙，任人欺凌宰割!再不警醒，奋起抗争，就要被亡国灭种了!”长海激动而悲愤，突然哽咽住，涕泪横流，一张白净而稚气未脱的脸涨得通红。

仝叔突然觉得这个儿子变得可怕起来，像一头暴怒的小老虎，如果此时县城里那些个扛枪的日本兵在他面前，他会毫不犹豫地冲上去撕咬个你死我活!更让仝叔担心的是长海接着说道:“爹，我哥当了汉奸，您可千万别再当汉奸了。不然，咱们就做不成父子了!”

仝叔心里一凛，终于明白了长海的话，做不成父子，那做什么?仇敌吗?虽然长海没说，可仝叔看着他那决绝的架势，猜想他是能做出来的。他已认定长江当了汉奸，那么他现在是不认这个大哥了吗?如果他们哥儿俩反目成仇，这可如何是好啊?他这当爹的夹在中间该怎么办啊?

“长海，不能这么说你大哥，你大哥虽然在县里当差，可他没仗着日本人欺负咱中国人，他不是汉奸。”

长海抹一把眼泪，苦笑一下说:“爹，知人知面不知心啊。您研究了大半辈子《周易》，这世上最难弄明白的是什么?人心啊，是不是?原来文中进步着呢，可有了家，立春再怀了孩子，他立刻就变成了缩头乌龟。”

这年冬天雪大，天也出奇地冷，西北风夹着雪粒子刮个不停，手脸挨上去，立刻像被割开了无数道血肉模糊的口子。

玛珥湖人管这叫白毛风。“白毛风连成垛，不是大灾就是大祸！”看着这停不下来的白毛风，仝叔心里没了底：“我得去玛珥湖边走走，跟秦大哥和李大哥唠唠，这难道是又要闹黄水病吗？上一次就是这么冷，白毛风连着刮了一个月啊。孩子们怎么还一点儿信儿都没有啊？”

秦大爷望着玛珥湖东侧的小金龙顶子叹口气，那里风搅动着雪，一条摇头摆尾的雪龙正在形成。

三子爹李民磕了一下烟袋锅，说：“是福不是祸，是祸躲不过，老弟莫担心，脑袋掉了碗大个疤，我闹义和团时就死过好几回了，活到现今早赚了！”

巨大的嘶鸣声让三个人心头颤抖了一下，他们停止说话，一齐望向玛珥湖东。一条银色的雪龙搅动起漫天风雪，叫嚣着向玛珥湖横扫过来，所到之处，山峰树林全被裹挟在它庞大的身躯下。那呼啸声越来越大，似乎要将世上的一切瞬间吞没。

风雪中，年到了。由于长河、韭儿和文华、立夏还是没有一点儿音讯，几家人的年都过得愁云惨淡。倒是长江想极力把气氛搞热烈点儿，领着井子回来住了三天。可长海一天到晚对他横眉立目，从来不主动跟他说一句话，长河几次挑起话头儿，长海也都只是哼哈了两声应付过去。对于井子长海更是冷鼻子冷脸，别说说话了，连正眼都懒得瞧她一眼，终于让长江觉得没趣。

井子操着日语哇啦哇啦地问：“江，我哪里做错了？要么是三弟病了？他怎么不高兴啊？”

初三这天早上，吃过饭，长江说：“爹，这年也过了，你和娘多保重，我和井子回去了。”

仝叔什么话也没说，让王管家套上马车，送长江和井子回海龙城。

临走时，长江拉一了下长海的手，说：“三弟，我知道你对大哥有看法，可大哥告诉你，我肯定没当汉奸，没欺负咱中国人！”

长海说：“是不是汉奸你说了不算，得事儿上看！”

长江说：“那我也提醒你一句，你长大了，也该懂事了。爹娘为咱哥儿仨操了一辈子心，他们挣下这份家业不易啊，你二哥二嫂没了音信，你可得懂点儿事，千万别让爹娘再操心了。你的那些个思想言论，爹都学给我了，我怎么听怎么像共产党呢。”

长海冷笑一声，说：“共产党？那你可高看我了呢！”

三十一

春天说来就来了，仝叔终于松了半口气。黄水病没有暴发，玛珥湖总算是躲过了一劫。他的另半口气，还是为长河、韭儿提溜着。长江打探的消息也不准，开始说九一八枪一响，长河带着韭儿跟队伍撤到关里了，还说东北大学有一大批师生也跟着一起撤了，当然，文华和立夏也在那里面。

仝叔高兴地告诉三子爹，三子爹又乐呵呵地告诉了秦大爷。三个人还在秦大爷家炖上玛珥湖白鱼，喝了一顿乳山白。可没过几天，长江又捎信回来说，长河和韭儿是先撤到锦州，在锦州待了几天，要么顺山海关去了北平，要么去了热河，要么去了西安。至于文华和立夏，说是东北大学离北大营近，当夜枪炮一响，他们的宁校长就开始行动。后来日本人让他们正常上课，可全校师生都不愿意当亡国奴，不到十天，三千多师生一个不落地坐火车撤到了北平。他们是坐火车单独撤的，没跟着东北军一起。

“不管怎么撤，平安就好，可这么长时间了，为啥一点儿信儿没有？”仝叔稍稍松快的心又悬了起来。

长江说：“这兵荒马乱的，书信不通，你让他们怎么给你信儿啊？”

仝叔想想，或许长江说得有道理。

可是苞米苗长半拃高、水田放水、耙地要插秧时，一件大事让人们觉得长江之前的话都是哄人放心的。

麦子和立冬说她们看见二哥二姐了，也就是文华和立夏。

前阵子，还没解冻，“满洲国”宣布成立，宣统皇帝又在新京当了执政，长江当差的县政府也改了名，挂出了“县公署”的牌子，奉天派来个日本人当参事官，另外还有十几个日本人分别到警务局和财务局当了差。这个参事官是个新头衔，仝叔听长江的口气判断，咱中国人的县长还要听这个参事官的，还听说宣统皇帝身边也有这么个参事官。仝叔就想，县长也就罢了，反正就算日本人不管你，奉天省那么多头头脑脑也都能管着你，多一个日本人管也不打紧。可你这当皇帝的，身边还有个人管着，那这皇帝还当个什么劲啊？当年西太后垂帘听政，好歹还算是一家人，可这回是日本人，那可是真正的外人啊。

仝叔不免又替宣统皇帝担心起来，口中念念有词，拿出牙牌筮签，闭上眼定了定神，认真给宣统皇帝打了一卦。下坤上艮，剥卦，不利有攸往。象曰：剥，剥也，柔刚变也，不利有攸往，小人长也，顺而止之，观象也。君子尚消息盈虚，天行也。一爻，贞凶，二爻，贞凶，三爻、四爻还是大凶险。

仝叔叹了口气：“‘满洲国’，够呛啊！宣统皇帝，凶险啊！”

仝叔突然想到长江，自己先吓了一跳，说：“他娘，我明天得去趟海龙城，把长江找回来，连带他媳妇井子。让他们回来在玛珥湖好好过日子！”

“为啥？一惊一乍的，孩子能听你的？”仝婶也让仝叔吓了一跳，

“你说这海龙县公署现在不是‘满洲国’的吗？咱儿可不能给‘满洲国’当差做事了，凶着呢，险着呢，我明天就去。”

仝叔说完，就见三子爹急三火四地走进院子。仝叔意识到肯定是发生了什么不寻常的事情。

三子爹说：“看见文华和立夏了，就在刚才，在玛珥湖镇南的大平地里。”

仝叔说：“大哥，别急，先喝口水，坐下慢慢说。”

三子爹拉起仝叔，说：“快走，你去看看，这事太蹊跷了！”

路上，三子爹说，是立冬和麦子看到文华和立夏的。

中午，三子要编一个抓鱼的小嘴坞子，立冬和麦子就去玛珥湖边割柳条。回来时看到南面的大平地突然聚集了许多人，还有人站在人群前讲着什么，俩人好奇，就朝那边走。

立冬眼尖，说：“是二姐，还有二哥！”

麦子揉揉眼睛，说：“像呢！”

两个人喊着“二哥，二姐”跑上前，可人太多，怎么也挤不到前面去，这些人也没一个她们认识的，远远地看着立夏和文华只能干着急。接着，人群呼啦一下散开了，分散到大平地里开始拔草间苗，却再也寻不到立夏和文华的身影。

立冬拧拧自己的耳朵，说：“麦子，咱俩不是做梦吧？”

仝叔跟着三子爹，边走边说：“俩孩子该不是冲撞着山神或是什么山鬼了吧？这大白天的，不认识的人来帮咱玛珥湖干活，那咱们给不给人家工钱啊？”

远远的，三子爹指了指两山之间的大片平地，对仝叔说：“你看！”

大平地上，日华朗朗，地气蒸腾，禾苗嫩绿，青草油油，人影绰绰，场面壮观。

“这可是咱玛珥湖从来没遇上过的！”仝叔拍了一下左脸，又掐了一下右脸，“咱俩可没冲撞着什么，这人影绰绰的，得多少人啊？少说也有好几千，怎么可能，他们是人吗？还是什么鬼神啊？”

说话间，北边的官道上一队扛着枪的人正列队向南开过来。官道不宽，平时能走一辆马车，所以一大队又是人又是马的，开进就有些拥挤。

仝叔吃了一惊，问：“大哥，该不是日本人的队伍开过来了吧？他们跑咱这偏僻地方来干啥？”

三子爹说：“不像日本兵，我瞅着咋像海龙城东边道的步兵团呢！”

突然间，平地一声炸雷，尖厉的枪声啸叫着撕裂了玛珥湖的宁静。

仝叔一屁股坐在地上。

三子爹手搭凉篷仔细看，刚才地里干活的人们瞬间呐喊着形成一股洪流，他们有的端着快枪，有的扛着土炮，有的挥舞着大刀，还有的干脆扛着铁锹镐头。几千人从四面八方汇聚起来，风暴一样席卷过去，那支扛枪的队伍还没反应过来，一眨眼便被滚滚洪流吞没了。

不久，有消息传来，王凤阁的大刀队缴了于芷山守备团两个连的枪械，包围了海龙城。

全叔更担心起来，急忙回家找出牙牌连打三卦，卦卦凶险。听说王凤阁的大刀队号称十万之众，就算没有十万，那三五万总还是有的。那天在大平地的阵仗全叔亲眼见过了，来玛珥湖的就有几千人啊！要是破了城，长江两口子还不得让大刀队当汉奸给剁了啊！全叔后悔没早点儿听长海的话。

又过了几天，听说海龙城解围了，全叔准备第二天去。可到了第二天，海龙城又被围上了，还说日本的宪兵中队也没好使，从山城镇赶过来增援的日本兵已经被大刀队剁了好几十个，所以其余的都吓得躲在城里当起了缩头乌龟。

全叔不再打卦，而是跑到玛珥湖边。

三子爹磕磕长烟袋，说："难说啊，日本兵太少，就看于芷山的汉奸兵了！"

全叔是佩服三子爹的，那一声枪响让他跌坐在地，可三子爹却只当是过年放了个炮仗，还用手遮着太阳看仔细呢，那是只有指挥过千军万马、从死人堆里爬出来的人，才有的大将之风啊！

三子爹说"汉奸兵"时，再次刺激了全叔。

这于芷山原来是东北军守备东边道二十多个县的司令官，手下有四个团的兵力。九一八枪响，他要听从张司令的命令，也是有能力把部队撤到关内的。但他没撤，还紧急扩充了两个团，说要守土安民。可很快就和日本人眉来眼去勾勾搭搭，他的兵力也就成了"满洲国"奉天省警备部队。

"现在应该有一个团驻在海龙城里，听说装备的都是快枪，还有机枪和小炮。大刀队虽然人多势众，但装备太差，没有重火力，所以想攻进城里，如果不靠智取也很难啊！"

三子爹的分析让全叔悬吊的心放下了大半。所以之后再有海龙城被围、被攻破的消息传来，全叔也没有之前那么慌了。他又重新开始关注起长海，虽然最近跟踪长海并没什么发现，可长海近来的沉稳又让全叔心里疑惑。大刀队攻打海龙城，砍杀长海口中的汉奸和日本鬼子，他应该高兴激动，就像听到马占山向日本人开了第一枪那样，他应该为中国人的血性兴高采烈才是。可这些天他却出奇地平静，莫非——全叔不敢再往下想，后脊梁冒出了冷汗。

他问长海："立冬和麦子见着立夏和文华了，你知道吗？"

"瞎说，两个小丫头肯定看花眼了，想哥哥姐姐心切。咱玛珥湖平时外人来得少，孩子的话你们也当真？”长海头也没抬，眼睛一直盯在手中的书本上。

“听人说那天消灭于芷山那两个连领头的叫李夏和秦华，你看这姓名，不就是他们俩吗？这俩孩子，好好的大学不念，净干脑袋别裤腰沿儿上的事儿。你说哪天万一没了命，你李大爷和秦大爷可怎么活呀？”

仝叔慢悠悠地吐出一口烟圈儿，注意瞅瞅长海。烟圈儿从大到小很规则地排列着，在混浊的空气中抖抖地上升，变淡，消散。

长海终于扔下书，瞅着仝叔说：“爹，你咋乱说？你盼他们俩点儿好行不行？文华哥和立夏姐可都是你看着长大的，你就不能说他们点儿好话啊？”

仝叔说：“儿啊，我当然是盼着他俩好啊。可枪子儿不长眼睛啊，这么好的俩孩子，非得豁上命吗？其实爹是怕你和他俩搅和到一起呀，什么打呀杀呀、枪啊炮啊的，是会死人的呀！”

“告诉你，爹，我没跟任何人搅和在一起，文华哥和立夏姐压根就没回来，他俩肯定都撤到关里了，所以你千万别出去乱讲啊，尤其不能跟那个汉奸仝长江讲！何况这都是你的猜测！”

长海越这样说，仝叔心里越画魂儿。

海龙城的仗打打停停，停停打打，大半年的时间里，围了又解，解了又围。大刀会和“满洲国”兵、日本兵虽各有输赢，但“满洲国”兵和日本兵明显寡不敌众，有一次甚至让大刀会攻破了东城门，斩杀了数十人。一时间大刀会威名大震，各地抗日武装纷纷响应，抗日义勇军、抗日救国军、辽宁民众自卫军、工农红军第三十七军海龙游击大队……队伍有分有合，人员众多，到底是一伙还是多股，别说仝叔，就连海龙城里的日本宪兵也搞不清楚。

“‘满洲国’风雨飘摇，真的大势已去了。”

仝叔做出这样的判断后，越发后悔当初没听长海的话，一下对小儿子刮目相看起来。有一次，仝叔甚至可怜巴巴地对长海说：“儿啊，要是城破了，你能不能出面保你大哥大嫂周全？再有，若是你的那个什么党得了势，能不能破个例，把咱家的地保住？这可是我和你娘一辈子积攒下的啊。也不只是我和你娘，还有你爷爷、奶奶，太爷爷、太奶奶，咱仝家几辈子人奋斗来的家当啊！”

长海眨眨眼，说：“爹，看来我那个汉奸大哥把你蒙蔽得不浅呢！首先，我不是共产党，就算真是，以我对他们的了解，你说的这些都是徇私的事，也是做不到的。”

仝叔想了想，说：“那就是我儿官太小了，我不为难你，我找你李大爷、秦大爷去，让他们去找文华和立夏，他们总归不能看我笑话的。”

“爹，你是不是走火入魔了？你可不能瞎想乱猜，这样会带来麻烦的！”长海终于有些气，“事情哪有你想得那么简单？要是用牙牌打上一卦就吉凶全知道了，那我天天也不用教书了，跟着你学《周易》得了！”

长海说完这话不久，海龙城的围突然就解了。

只几天工夫，大刀会的数万人马就消失得无影无踪了。刀牌的人回乡当起了农民，法牌的人重又去寺庙道观穿起了僧袍道服，只有枪牌的人撤到了大山里。前来解围的日本兵在海龙城里住了几天，又向通化开进。还有一队没走大路，绕道玛珥湖直接开进大山里，顺着玛珥湖能走一辆马车的官道足足过了两个时辰。前面的士兵明晃晃的刺刀上挑着太阳旗，仝叔说，怎么看怎么像摊血。后面还有骡马连驮带拉的重机枪和小钢炮，当然这东西秦大爷和仝叔没见过，是三子爹告诉他们的。

“这装备大刀会怎么能打得过呀？”三子爹叹了口气，小声说。他和秦大爷的眉头都拧成个大疙瘩，如果文华和立夏在大刀会或者海龙游击大队，那他们这回恐怕真是凶多吉少了。

大刀会声势兴隆那会儿，秦大爷要去打探一下文华和立夏的消息，看立冬和麦子说得准不准。秦华、李夏，传说中这两个首领的名字总让人产生联想。三子爹想了三天三夜，很坚决地否定了秦大爷的想法，说：“孩子们自有道理，如果真是文华和立夏回来了，到了能见、该见的时候，他们自会回来的。”

没等日本人队伍过完，仝叔就急忙回家取出牙牌，闭上眼口中念念有词，给长海连打三卦，卦卦大吉。这下他终于放下心来，看来长海确实没和什么党搅和在一起。

第二天，仝叔让王管家套上车送他到朝阳镇，坐车进了海龙县城。

井子依旧贤惠，只是比过年回去时胖了些，腰身也粗了不少，给仝叔倒茶时，低眉顺眼地说：“爹，你快当爷爷了！”

“啊——”仝叔的一口热茶咕咚一下落进肚里，他反应过来，又觉得井子的汉话比以前顺溜多了。真是否极泰来，仝家有后了！仝叔急忙让井子歇着。可井子不肯，坚持给仝叔倒上茶，又指挥用人张罗晚饭去了。

仝叔进门就发现，大儿子家比以前宽敞亮堂了许多，还多了个四十多岁的女佣。看来他们的生活没受什么影响，被围城这多半年，倒比以前过得更好了，没有自己想得那么悲惨。如果是这样，那还让不让儿子跟自己回玛珥湖了？正犹豫间，长江回来了。

长江瘦了，但精神头倒好。想到这大半年的提心吊胆，仝叔的泪先流了下来。

长江急忙说："爹，儿子不孝，让您和娘担惊受怕了。"

仝叔拉着长江仔细看，说："没事就好，没事就好。这回咱不干了，你和井子拾掇拾掇，跟爹回玛珥湖吧。这'满洲国'长不了，官再好咱也不当了，啊！"

"爹，咱先吃饭，吃了饭再说。"

饭毕，长江说："爹，你和娘要当爷爷奶奶了。"

仝叔说："听井子说了，得什么时候生？"

长江说："快了，过年前后吧。"

仝叔说："正好，咱回玛珥湖，平平安安地把孩子生出来，过太平日子去！"

长江说："爹，你看等井子把孩子生了再回去怎么样？咱玛珥湖连个医院也没有，这孩子咋接生啊？找老娘婆吗？"

"你娘生了你们仨，老娘婆咋了？耽误咱玛珥湖的女人生孩子了？"仝叔皱了皱眉头，长江拿孩子说事儿，这是他没想到的。

"可是，爹，井子毕竟不是咱玛珥湖的女人。我是说，就算井子现在嫁进咱们玛珥湖了，可她也没有咱玛珥湖的女人皮实啊。跟我到海龙城过日子已属不易，再到玛珥湖生孩子，万一有个三长两短，咱后悔就来不及了。"长江边说边给仝叔续上茶。

井子完全听明白了丈夫跟父亲说什么，恰到好处地提着烧水壶过来给暖壶灌满水，笨拙的腰身让她有些气喘。

长江说："你歇着吧，让吴姐做！"

井子用汉语说："医生说了，多活动活动好！"

仝叔望着这个日本儿媳，叹了口气，突然问："孩子，想家吗？想你爹娘吗？"

井子低下头，轻声地说：“爹，我想！”

全叔说：“那就把玛珥湖当成自己的家！”

井子抬起头微笑一下，说：“爹，这里和玛珥湖都是我家，您和娘就是我的爹娘！”

井子的话猛地撞了一下全叔的心，让他坚持了大半年的想法开始动摇了。

多年以后，当全叔后悔自己这一生有太多犹豫的时候，井子的这句话仍然清晰地留在他的记忆中。都是娘生爹养的，这个日本闺女也不易啊。

长江说：“井子每个月都要到医院找日本妇产医生做检查，要是回了玛珥湖，这么远的路也折腾不起呀。还是等井子生完孩子再回去吧！”

全叔没再坚持，他知道自己不可能说服长江了，孩子们都大了，走什么路，干什么活，都由不得父母了。即使自己再担惊受怕，也是没办法。长江还算好的，毕竟眼下转危为安了，比起长河两口子的音信皆无、生死不明，已经是烧高香了。就算是天天在眼皮子底下的长海，前段时间不是也没少让自己操心吗？

全叔住了一宿，第二天就回去了。长江给全叔买了车票，亲自送他到火车站。

长江身边一直有个小伙子跟班伺候。

全叔问长江：“你现在不在农会当办事员了？”

长江说，他现在是县公署内务局负责实业的股长了，还说不管哪朝哪代，实业对于老百姓都是重要的，所以自己干的是正事，让爹不要再担心。

全叔说：“不当汉奸就好！那样‘满洲国’垮了也没咱啥事。”

长江说：“爹，您千万别听长海的，把他看住了，实话跟您说，这‘满洲国’有日本人撑着肯定垮不了。就说这次大刀会，打打杀杀大半年，到头来怎么样？日本从国内调来一个师团，海龙城就来了个高波旅团，不到两千人，几万人的大刀会还不是说败就败了。”

全叔便带着既喜且忧的心情回了玛珥湖。

三十二

转过年正月，井子生了个男孩儿。长江捎信儿来，请仝叔和仝婶去海龙城看孙子。按玛珥湖的风俗，婆婆得去伺候月子传授育儿经。可长江家有用人，所以仝叔他们就是去看看，表示一下对家里添人进口的庆贺。

仝婶看到孩子头上的胎毛粘有一圈白色的痕迹，口中念念有词："不妨天不妨地，不妨爹不妨娘，要妨你就妨南墙。"然后在孩子头上抓了三下向南墙方向掷了三次。

井子迷惘地瞅瞅长江，长江摇摇头。仝叔说："这孩子是戴白帽子来的，克爹娘，要是咱玛珥湖的老娘婆接生就好了，不怕，你娘都给破解了。"

仝叔只住了一宿，给孩子打了一卦，起了个小名叫平安，就急慌慌地跑回了玛珥湖。他没回家，而是跑去找三子爹和秦大爷了。因为仝叔从长江嘴里听到一个爆炸性消息：日本人要派什么团来了！

三子爹磕磕长烟袋，笑笑说："日本人早就把军队派来了，从义和团那会儿到现在，多少年了，怕啥？"

"不是军队，是垦什么团，就是开荒种地的！"

秦大爷说："该开的都开了，从光绪爷丈荒放田开始，几十年了，哪还有荒地可垦啊？这宣统爷好糊涂啊！"

"毒啊！"三子爹重新点燃长烟袋，"日本人这招太毒！这哪是来垦荒？这是来跟咱抢土地来了！大关东的黑土地攥一把能出油，单单一个海龙县就一百四十多万亩耕地，米粮之仓啊！他们把日本人移民过来，再过个百八十年，这地盘不就是他们的了？"

"那咋办？我就觉得这是桩天大的事儿，所以才急慌慌跑回来和你俩商量。"

全叔想到自己的田地未来可能不保，就像有人要拿刀剜他的心头肉。

“灭了他！他日本人敢来抢，咱就灭了他！现在玛珥湖不还是咱们的天下吗？就那百八十个日本兵待在城里，怕啥？大不了拼了这条老命，就当再闹一次义和团了。老弟，你看咱玛珥湖是不得成立个自卫团了？哪怕是秘密的也好！”三子爹表情平静，却说得很坚决。

秦大爷说：“我倒觉得没这么简单，看看再说吧。”

是否成立自卫团，全叔一直犹豫不决。他打了一卦又一卦，前思后想，一会儿想成立，一会儿又不想成立。有时熬到半夜，下定决心了，可鸡一叫，天光大亮时就想再等等看看。这期间，三子爹找出当年的那把大砍刀，磨了一遍又一遍，直磨得刀身锃亮，又反复擦拭当年起事背回来的那杆快枪。看到三子爹气喘吁吁的样子，三子娘说年龄不饶人，光有心劲儿没有身子骨咋行。看全叔他们还没动静，三子爹叹口气，说：“真是老了，好在长河不像他，像我，要不咋成了我大姑爷呢。不是一家人不进一家门啊！”

没多久，海龙城、梅河口镇、山城镇、朝阳镇周边开始陆续有了日本移民垦殖团。宣统爷在长春又登基了一回，原来叫执政，现在又叫皇帝，年号也不是紫禁城时的宣统了，开始叫大同，刚叫得顺嘴点儿，又从大同改成了康德。大同通宝不用了，“满洲国”变成了“大满洲帝国”。

三子爹磕磕烟袋锅，使劲儿吐口痰，说：“他娘的，三岁登基，注定是个儿皇帝的命，咋改也没啥大出息！”

三子爹对全叔成立自卫团的事儿已不抱任何希望了。县公署的警务局在玛珥湖设了警察署，不时有警察和日本宪兵骑着马来巡视，也有几次晚上进驻，悄悄地往玛珥湖东面的山里开，围剿大刀会和海龙游击大队。在长江嘴里，游击队好像又叫抗联了。

不久，县公署又发布康德皇帝的命令，各乡各村实行保甲制，十户为一牌，十牌为一甲，十甲为一保。玛珥湖虽然能编许多甲，但离一保还远，所以只好编为一大甲，全叔这个镇公所主任就成了甲长，但他坚决不干。警察署长也来了，王保长也来了。王保长是朝阳镇的，因为偏僻的玛珥湖离朝阳镇最近，所以实行保甲制后，玛珥湖这一大甲不直接对县上了，而是归朝阳镇保。

王保长对仝叔说：“你不干没人能干了。镇长能干，甲长怎么就不能干了？”

仝叔说：“镇公所是民国那会儿的，可这甲长是‘满洲国’的。”

保长就笑了，说：“老仝真是聪明一世糊涂一时呀，‘满洲国’成立好几年了，你这镇长也早是‘满洲国’的镇长了。我问你，前两年你收车捐、船捐、渔捐没？交出荷粮没？”

“收了，也交了，我都交到县上了，咋的？跟‘满洲国’没关系。”仝叔梗着脖子说道。

“县不就是‘满洲国’的县吗？”

不论来人怎么说，仝叔就是油盐不进。

长江回来了一趟，说：“爹，就是换了个名字，甲长就是村长、镇长，只有你管着这镇公所，才能更好地保护咱家的田地不是？要是换作别人，有什么好事坏事，咱事先都不知道，还不是任人宰割吗？”

仝叔想想，也是这么个理，他觉得自己有些老糊涂了。

田地永远是仝叔的命根子。可是没多久，日本人就来动他的命根子了。他们开始在镇南废弃地上盖房，那一大片黄土岗，仝叔本来是准备盖学校的，可以让孩子们有个大操场。现在被县上的人看好了，说是要扩大玛珥湖镇的规模，仝叔开始还以为是好事。房子快盖好时，那些被警察看着勤劳俸仕的劳工突然被调到山城镇修飞机场了，于是县上就让仝叔召集玛珥湖人捐工，说每户二十个工，顶一半田亩税。可到了秋后，田亩税一分也没少，仝叔这才明白，现在确实是“满洲国”了。

紧接着，县总务科、警务局、内务局在一名参事官的带领下进驻了玛珥湖。那参事官说起话来舌头又硬又大，仝叔一听就知道他就是长江说的日本县长。

他们是来“征地”的！不，这么说不确切，应该说，是来抢地的！

一亩上好的水田，市价六十块大洋一亩，可他们只给五块！仝叔家水田多，被征去了一大半。玛珥湖边的两户人家水田全被征了去。秦大爷说以后就吃不着大米饭了。三子爹奋斗了大半辈子置下的五亩田也被征去了一半，他离十亩田的梦想更远了。

秦大爷怕三子爹真对着日本人舞刀弄枪，劝说：“老弟，咱两家的日子凑成一家来过吧，守着大山大湖的，饿不死人。只要还能活下去，就不值当去拼命。”

三子爹磕了磕长烟袋锅，说："我知道，咱都小心点儿。这日本人一来，大人小孩儿几百口，天天搅和在玛珥湖，千万别让他们听了什么风声去。"

最惨的是仝叔，大病了一场，奄奄一息，拉屎撒尿都得仝婶和用人扶着，后来干脆连地也下不了了，整个人像躺在床上的死人幌子。

"覆巢之下安有完卵？爹，我说什么来着，你还真信仝长江那个汉奸的鬼话。眼下最要紧的是你快点儿好起来，调养好身体，好跟日本人和那些汉奸走狗们坚决地战斗！"长海每晚给仝叔喂完药就如此演说一番。可是，长海越慷慨激昂、热血沸腾地演说，仝叔的精神头越萎靡，就像一支残烛，仿佛随时可能被长海挥动手臂不经意间带起的风扑灭，只剩下一缕青烟在空中飘荡。

长江急急地赶回来，长海拦在门口，对他说："你个汉奸，看看是谁把爹气成这样？还有脸回来？"

长江说："三弟，在家里你怎么说都行，但在外面千万不要这样说。我现在是内务局副局长了，你要这样说，不知你是我弟的人会把你抓起来的！"

"吓唬谁呀？这汉奸当得滋润啊，又升官了，看来这日本娘们儿没白娶啊！"长海一直双手掐腰堵在门口。

仝叔想说话，可一口痰憋在胸口，剧烈地咳起来。

仝婶急忙跑过来拉开长海，说："三儿，都少说两句吧，要气死你爹啊？"

长江跪在仝叔床前，拉着仝叔的手呜呜地哭，说："爹，儿子不孝！！可儿子也没办法呀，这征地是康德皇帝下的令啊，有的大户人家都给征走了一半多呀。我跟秋原参事官求的情，他才同意咱家水田征走一半，把旱田多留下些啊。水旱田相加，看总数的话咱家被征走的田还不到三分之一呢！并且秋原参事官说了，以后保证不再征咱家的地了，但其他那些征得少的以后还征呢！"

仝叔的脸憋得通红，哇地吐出一口浓痰，然后说："扶我起来！"

长江和仝婶急忙把他扶起来，长海上前轻轻拍着仝叔的后背。

长江说："爹，咱的家业没败。你看秦大爷、李大爷他们，田那么少，还被征走了一半。"

仝叔又哇哇地连血带痰吐了几大口，心里顿觉亮堂了许多，肚子里像揣了只斑鸠在咕噜咕噜地叫。

全叔说："快给我拿碗小米粥来！"

三碗小米粥下肚，全叔蜡黄的面色红润起来。

全婶说："五六天水米没打牙了，别撑着。"又转脸对长江说，"还是你了解你爹，会劝解他！"

长江在玛珥湖住了两天，第三天县公署电话打到警察署，让全局长速回县里开会。

长江看全叔能下地了，便放下心来，临走时跟爹娘半含半露地说："爹，你这地其实也没给外人。"然后，又到长海房里说："长海，识时务者为俊杰，好汉不吃眼前亏，能屈能伸方为大丈夫。大哥再劝你一句，我们生逢这乱世，就得有韧性地活着，太硬了会折断的。"

长海笑笑，说："你不会折断，所以就做这样的狗屁文章粉饰太平？'满洲建国四载，帝政实施两岁，国力日益充实，国基日益巩固，王道光辉已有普照东亚、远照欧美之势。海龙地处东边，久为重镇，自鼎革还，即汲汲于新政之建设，治安之确定，更进而昌明礼教，培育英才。其间虽遭刀兵匪贼之侵扰，然因年来政治复兴、宣抚等工作之结果，元气渐复，一般民众咸熙熙皞皞，康乐于德政之下……'"

长海没等念完，就气得将县公报扔到地上，啐了一口，说："山河破碎，生灵涂炭，你们还'民众咸煦煦皞皞，康乐于德政之下'？！大哥，你就是个汉奸，我最后再叫你一声大哥，你看看你自己，还是读着孔孟之道长大的大哥吗？"

长江说："我不是汉奸！"

长海说："你不是汉奸？这次全县开拓团一千多户，四千多口人，他们一下子从中国人手中抢走多少土地？你们内务局就是主持这个事的吧，你这个副局长敢说没参与？"

长江说："这是'满洲国'的国策，皇帝亲自下的命令，我们只是执行而已！"

长海说："你张口'满洲国'，闭口'满洲国'，还说自己不是汉奸。'满洲国'谁承认了？国联不承认，国民政府不承认，全中国的老百姓都不承认！"长海说到悲愤处，脸又涨得通红，恨不得上前敲开长江的脑壳，看看他到底怎么想的。

长江叹口气，说："三弟，怎么听你说的这些话都像是那些反满抗日分子说的。但不管你是国民党也好，共产党也罢，被抓着都是要砍头的。咱爹娘都上岁数了，经不起这些了！就算大哥求你了，凡事多想想爹娘，三思而后行啊！”

长海站起来走到长江面前，盯着长江看，他有许多年没这么仔细地看看这位大哥了。看到长江愁眉苦脸的样子，长海内心突然升起一缕同情，就像这早晨的阳光，在周身慢慢弥漫开来。

“大哥，”长海又叫了长江一声，“大哥，爹娘不还有你吗？我知道你的日子也不好过。你留学日本，被日本的强大吓住了，又娶了个日本媳妇。可你骨子里还是个中国人，一个传统的中国读书人，你一定天天生活在矛盾中。我们是一奶同胞，心灵相通，我理解你的不易。你知道小时候我和二哥为什么总往玛珥湖边跑吗？你那时只顾读书，可我和二哥最愿意去找李大爷，听他讲抗日俄、反清廷的故事。现在我们真的又到了亡种灭族的危险时刻了，你难道看不出来吗？连李大爷、秦大爷都看出来了。日本人把垦殖团弄过来，这招比派军队还毒啊！所以在这种时候，总得有人站出来，不怕吃苦，不怕流血，不怕丢命。如果我真有那么一天，大哥，我一定不连累你，不连累爹娘。只是，你要替我尽孝，即使你当了汉奸，我也能原谅你，认你这个大哥！”

长江突然忘情地哭起来，眼泪唰唰地流下来。他张开双臂，把面前的三弟拥进怀里。

长海也哭着，用力拍了拍长江的后背。

“大哥！”

“三弟！”

兄弟俩挥泪道别，没再说一句话。长海目送长江走出屋子，拐过影壁墙不见了。两个人都明白，从此之后，手足兄弟分道扬镳，桥归桥，路归路了。

仝叔本来已经做好了死的准备，因为镇上的医生也认为他得了疑难杂症，穷尽了一切办法依然无药可医。没想到长江的一席话，让仝叔淤塞在胸口的血痰咳了出来，人也奇迹般缓了过来。慢慢活过来的仝叔坚定地认为，上天还不想让他死，因为还有那么多家业等着他守呢！

李大爷、秦大爷都来道喜。仝叔唾一口唾沫，说：“他日本人抢了咱的地，可不能再让他们要了咱的命。我还不能死，我倒要看看抢咱地的人是三头六臂，还是和咱一样两个肩膀扛着个脑袋？”

长江走后不久，来了一队骑兵，是于司令驻扎在海龙城警备团的；后面是一卡车日本兵，他们身上明晃晃的刺刀晃着落日的余晖，反射着冰冷的光芒；卡车后面跟着一长溜几十挂马车；马车后又是一卡车日本兵，车上还架着一挺机关枪。垦殖团浩浩荡荡地开进了玛珥湖。

仝叔的病刚好，趿拉着鞋在院子里溜达，想起他那三分之一的田地就这样没了，心又一剜一剜地疼，一口老血又要堵在喉咙口了。他努力地往好了想，想想那些没了一半家当的，想想李大爷、秦大爷。

垦殖团没去镇公所，朝阳镇的王保长张罗着安排住处。那一溜一溜的新房，还是前些日子仝叔带玛珥湖人给封的顶，青砖基础，青瓦屋顶，玛珥湖人便把这叫青部。青部是为日本移民准备的。

秦大爷说："咱挣了一辈子命，老婆孩子也没住上这么好的房子啊！"

三子爹没有回应，把长烟袋锅在湖边的石头上磕了磕，又点上了一袋。

夕阳西下，天地间一片红彤彤的，晚霞余晖把他们塑造成棱角分明的雕像。

湖边的一排小槐树正日趋茁壮。

垦殖团就这样安顿下来，团长叫古坚一郎，腿有点儿瘸。卸东西时玛珥湖人看见他们也有几条枪，古坚一郎发给了几个还算壮实的男人。警备团的"满洲国"兵和日本兵并没有马上走，也在镇上驻扎下来。

从这一天起，玛珥湖镇一下子多了三百多口人，这三百多口日本的大人孩子漂洋过海，从这一刻开始就成了"大满洲帝国"奉天省海龙县玛珥湖镇的居民了。

第二天，古坚一郎竟然找上门来。他拎着两盒点心、两瓶乳山白站在门口恭恭敬敬地向仝叔鞠了一躬。

仝叔有些蒙：你们在我胸口捅了一刀也就罢了，怎么还再来撒把盐呢？仝叔一时把自己是甲长的事忘了，等他把甲长和自己联系起来以后，想可能是日本人也有进贡送礼的习惯。然而，他全错了。

古坚一郎说："大哥，咱们是亲戚，今天特地来拜望！"说着，古坚一郎又鞠了一躬。尽管他舌头很大很硬，可汉话说得仝叔全懂。

仝叔大张着嘴，像被雷劈了一样僵在门口。"日本垦殖团团长说是我家亲戚？那我岂不真成汉奸了！我家亲戚居然扛着枪抢走了我的地？"仝叔又仔细地从头到脚把古坚一郎打量了一遍，突然想起长江上次临走时说“地也没给外人”，似乎明白了一点，说：“你是……”

“我是井子的叔叔。井子，长江的媳妇，你的大儿媳。”古坚一郎生怕仝叔听不明白。

仝叔还真忘了井子的姓氏了，也许是他有意忘记的，他总觉得外国人的姓名大多怪怪的，让人摸不着头脑。想想自己的大孙子，想想井子低眉顺眼地倒水，想起她那句“爹，喝茶，玛珥湖就是我家，您和娘就是我的爹娘”，仝叔叹了口气，说：“进来吧，先喝点儿茶。王管家，安排灶上杀只鸡，中午待客！”

仝叔大病初愈，不胜酒力，几杯下肚，已是脸红脖子粗的半酣状态。他本想找三子爹来，都是亲戚，以后都在玛珥湖边一起讨生活，熟悉一下也好，可三子爹一口回绝了。仝叔想想，觉得还是闹过大事儿的人有骨气。

酒酣耳热之际，仝叔说：“那个什么郎，你以前来过中国？这汉话说得溜啊！”

古坚一郎说：“来过啊，好多年前就来过，给‘满洲国’找石油。后来摔了腿，回去养病。天皇陛下号召来这里垦殖，日满亲善，建立大东亚共荣圈，就又征召我回来了。多谢大哥关照，添麻烦了！”

仝叔也是识文断字的，他听明白了，这个古坚一郎说的是征召，便问：“你们来这儿是征召？难道不愿意来？这么好的房子这么好的地，来了就当东家。”

古坚一郎前倾一下身体，说：“我们愿为天皇陛下的国策效力，只是……只是中国有句话叫背井离乡，在我们日本也是这样的，有人一时想不通。拜托了！”古坚一郎拖着瘸腿站起来，又给仝叔鞠了一躬。

仝叔渐渐感到受用起来，又一仰脖干了一杯乳山白，说：“一郎，不瞒你说，咱是亲家啊，虽然是拐把子亲家，那也是亲家。井子这孩子，好！所以就算看在井子的面上，我也得认你这个亲家啊。可亲兄弟还得明算账呢，虽说是亲家，可你们一家伙抢走我那么多田，我这……”仝叔指了指心口窝说，“我这儿疼啊！不信你去问问李大哥，就是三子他爹，那可是我真正的儿女亲家呢！不像你，是拐把子的，他租我的地，我还照样收租子呢。他那么难，我也没舍他一亩田啊。你们可倒好，我这一百来亩田啊，咔嚓一下子就给抢走了，凭啥啊？凭你们有枪啊？我这里都疼碎了啊！”

三十三

于司令的骑兵和日本宪兵在玛珥湖住了七天就撤了，大概见垦殖团一切都安顿好了，团长和甲长又认了亲戚，这日满亲善的成果怕是要上新京的报纸呢！

像来时一样，骑兵队走在头里，两卡车日本宪兵跟在后面。玛珥湖官道窄，汽车走不开，不是左边轮子压到田里，就是右边轮子下了边沟，所以走走停停。韩营长和小野队长请示，小野挥挥手，说："你们的，开路！"

韩营长的骑兵待惯了城里，在玛珥湖这大山沟子里憋屈了七天，快要疯了，得了小野的命令，骑上马撒丫子往城里跑。上了玛珥湖北侧的山岭，抄近道窜回了海龙城。没想到，他们在城里左等右等，只等回来一个开卡车的伤兵，车上还拉着小野和另外七八个伤兵，外带两具尸体。

北山岭上的枪声响了足有半个时辰，玛珥湖人都听到了。

秦大爷跑来问："该不是抗联真跟日本兵干起来了吧？"

烟雾在三子爹脸上缭绕，他缓缓地吐出一口，说："这枪声脆呀！是该有点儿动静了！"

待枪声渐停，警察署的张署长带着十来个人扛上枪战战兢兢爬上北岭。一台车被打成了筛子，车上、地下，横七竖八地躺着十几具日本兵尸体，吓得张署长连滚带爬跑回来给海龙城里打电话。

渡边队长愤怒了，带领山城镇宪兵分队倾巢而出。守备大队长山本又从朝阳镇调了一个中队配合他行动。山城镇宪兵分队隶属奉天宪兵队，守备大队则是关东军大连守备队直属。再加上于芷山第一军管区的一个骑兵团、一个步兵团，两千多人马杀气腾腾地进驻玛珥湖，把周边的山林篦头发一样来回篦了几遍。

直到深秋，树叶落了，林子里不好藏人了，渡边调整部署，严令封锁各个进山的路口，再次反复给山林梳头，但仍然一无所获。

下雪了，玛珥湖的崇山峻岭一片银白，太阳一照，锃明瓦亮，有一只斑鸠飞过，老远也能看得分明。

渡边又领了一伙儿人天天拿着望远镜，登上玛珥湖东边的小金龙顶子瞭望，然后，再登上更东面的银龙顶子眺望。再往东面，过了麻达沟就是大金龙顶子了。

快过年时，渡边终于熬不下去了。一天之内，两千多人马呼啦一下撤走了，玛珥湖立刻安静下来。

当晚，大街小巷又贴满了标语，全是让日本人滚出玛珥湖的话，吓得古坚一郎急忙安排人扛着枪在垦殖团的大院里巡逻。晚上，张署长还带着警察来把守大门。

大年三十这天，天色阴沉。三子、麦子和三子娘在屋里包饺子，三子爹在外面劈柴。柴是早就准备下的，单等着今天劈开。玛珥湖一带的山岭上，爆马丁香树很多，锯开晾干，过年下饺子时当烧柴，噼里啪啦的爆响声不亚于鞭炮。

秦大爷来了，一手拎一只口袋，说："到我那儿过年吧，咱两家合一起。"

三子爹笑笑，说："大过年的，屋子空不得。"

秦大爷就放下手中的袋子，说："怕你不去，给你送点儿白面和苞米面。断顿了？听立冬说前一阵子都吃糠菜窝窝了？咋不吱一声，我不是说了，咱这日子就当一家来过嘛。"

三子爹摇摇头，说："没有，粮还有。"

秦大爷把劈好的木柈抱到屋里灶坑前。

"其实粮食还有，只是到来年新粮下来要欠三四个月，"三子娘说，"匀和着点儿，要不三四个月天天榆树皮、蕨菜干，孩子们怕是受不了。三子皮实，不管什么拿起来就吃，麦子就不行了，每咽一口都梗好几次脖。"

三子爹拍拍麦子的头，说："闺女，这儿比咱山东老家可强多了，好歹有东西吃，能活命啊！"

三子爹找出旧渔网，让三子娘补了两天，又借了秦大爷的一只冰梭，去玛珥湖穿了一长溜冰眼儿，把挂网顺下去，偷偷地忙活了几天，也有些收获。那之后再吃树皮、糠菜窝窝时，三子娘就煎鱼。

麦子也会隔几天就说：“娘，吃糠菜窝窝吧！”

拾掇完柴火，天上飘下雪花，大片轻盈的雪花漫天舞动，像一片片鹅毛被寒风吹到了半空。

三子爹望着雪落的群山，说：“大山里的孩子们不知能不能吃上饺子？”

秦大爷说：“你相信文华和立夏在山里头？”

三子爹说：“十有八九吧。”

天黑下来，三子爹烧火，三子娘下饺子，这爆马枓子的噼啪声还真像是燃放鞭炮。

煮好了饺子，三子娘把最先盛出来的三碗放到簸箕里，那里面还有些黄表纸。先祭灶神、财神，三子娘烧了几张纸，又用筷子夹下个饺子；然后是门神、山神、湖神、土地神和各位路过的神仙。三子娘口中念念有词，祈求着各路神仙们保佑一家人来年四季平安，风调雨顺。三子和麦子一直跟在娘身后，努力记下这些祭神的词。最后，三子娘把三碗饺子放在祖宗牌位前。三子爹净了净手，上了三炷香，领着三子娘和三子、麦子磕了头，才开始放鞭炮、吃年夜饭。穷苦人家，鞭炮也短，年夜饭就是几碗饺子，可一家人还是吃得很开心。

镇上的鞭炮声忽高忽低，响成了一锅粥。又响又长的，麦子说那是仝叔家的，更响更长的响过，三子说这才是仝叔家的。镇上的狗一开始还响应着鞭炮声，叫得热闹，渐渐地叫累了，便知趣地退出了合唱。

吃罢饭，三子娘把一小块豆腐、一小块方子肉和剩下的一碗饺子、一碗黏豆包放到锅里帘子上，这也是玛珥湖过年的传统，叫压锅，讨个不缺食物的彩头。

大哥文中、大嫂立春领着俩孩子来拜年了，三子和麦子也随他们一起给爹娘磕了头、拜了年。爹娘抖抖地从贴身衣兜里各掏出一块铜钱分别给了孙子。

立春说：“爹，娘，不要压岁钱了！”

三子爹说：“你们就不给了，孙子们还是要给的！”

三子娘拔下簪子，把油灯挑亮，窗外一阵风雪扑打到窗户上，爹突然举起手，说：“别吱声，立春，你爹他们也来了？”

立春摇摇头，刚要说什么，三子爹急忙上前拉开屋门。

两个戴着狗皮帽子的白白的雪人卷进一片风雪。众人惊恐中，两人双双跪下，摘掉狗皮帽子磕头，说：“爹，娘，过年好！”

待两个人抬起头，爹娘终于看清，是他们日思夜想的文华和立夏啊！立夏的怀里还小心地裹着个婴儿。

两个人黑黑瘦瘦，如果不是那依旧明亮的眼神，恐怕屋子里的人谁也认不出他们了。

三子娘哭着接过立夏怀里的孩子，说：“孩子也皮包骨，你们作孽啊！”

文华说：“娘，立夏没奶水。”

三子爹小声对文中说：“快叫你爹娘他们来，悄没声的！”

文中去了。

立春接过孩子落泪。

三子娘一手拉过文华，一手拉过立夏，说：“孩子，你们受苦了，快让娘好好看看。说说这些年你们是怎么过来的？”

三子爹说：“他娘，孩子们肯定饿坏了，快端饺子去！”

三子娘和麦子急忙把压锅的饺子、豆腐、肉和黏豆包都端了上来，三子把供在祖宗牌位前的也端了过来。

文华和立夏旁若无人地狼吞虎咽着，立春一旁提醒说：“不急，慢慢吃。”

文华边吃边说：“渡边那老鬼子把出山的路口封得死死的，我们一直没逮着机会。”说完，咕咚咕咚咽下麦子递上的一碗饺子汤。

三子爹说：“我就想渡边没这么简单，他还真是明撤暗不撤，歹毒啊。先吃饭，别说了。你们的事儿我也能猜个八九不离十，吃了饭挑要紧的事儿说，拣要紧的事办！”

文中领着秦大爷、秦大娘、立秋和立冬很快就到了。

文华和立夏起来磕头拜过年，又坐下继续吃。

瞅着他俩的吃相，秦大爷叹气，秦大娘抹泪，立秋、立冬和麦子不断地给他们添饺子汤。

三碗饺子、一块豆腐和一碗黏豆包很快就吃下了。文华拿起那块猪肉瞅瞅递给立夏，立夏咬了一口又递给文华，文华瞅立夏笑笑也咬了一口放下，两个人饿死鬼一样香甜地嚼着。

三子娘说："孩子，都吃了吧，还有这碗饺子。"

立夏说："娘，这块肉和这碗饺子我想拿走！"

文华咕咚咕咚又喝下一碗饺子汤，说："山里已经断粮半个月了，弟兄们还都饿着呢！今天晚上我们把小鬼子封山的暗哨干掉才下来的。"

三子爹说："吃的、用的，我倒是提前给你们备下了一点儿，你们全拿走吧。"

秦大爷说："我多准备一些，你们下来了多少人？"

秦大爷和三子爹互相望望，两个人心照不宣地点点头。

立夏说："爹，你给多少我们拉多少，十来张马爬犁呢！"

文华说："我们是分批下来了。镇上的人也提前准备了一些给养。"

文中"哦"了一声，瞅瞅文华没再往下说。

秦大娘实在忍不住了，问："你们当初不是说都撤到关里了吗？怎么又跑回来了？"

文华瞅瞅立夏，说："你跟娘说说，我去牵爬犁。"文华注意听了听，确定外面没动静才出去。三子爹、秦大爷、文中和三子也紧跟了出去。

立夏给两个娘和姐妹们讲了这几年的经历。

九一八枪响后，文华和立夏便随着东北大学三千多师生一起撤到关里了。但北平的街头也并不太平，流亡的东北学生遍地，不断有人组织学生们重新返回东北。想起玛珥湖边的爹娘和兄弟姐妹，他们两个人就没有再跟着学校南下流亡，也没去西安，而是和老师、同学们挥泪道别，毅然踏上了北归的道路。从辽南开始，他们一个地方抗日武装打散了就再加入另一个，边打边走，第二年就回到了东边道，加入了辽宁民众自卫军，后来被派回了海龙县游击大队。现在他们叫抗日联军，是杨司令的队伍。前年冬天，立夏和文华在队伍里成了亲。

立夏怕娘担心，简略叙述了一下："我们山里除了缺吃的，别的都挺好，鬼子找不到我们，你们都别担心。"

立冬说："二姐，我和麦子在南大平地看见过你和二哥。但喊你们，你们也不应，就没挤上前……"

立夏说："我们也怕连累亲人，所以这些年虽然一直在这一带活动，但也不敢轻易回来。”

三子娘说：“难为孩子了，你们得受多少苦，遭多少罪啊！”

三子娘和秦大娘一哭，屋里的人又都跟着抹泪。

立夏从立春怀里接过孩子，凑在灯光下仔细看着孩子的小脸，把孩子的小手吸在嘴里，泪水更是唰唰地止不住。

立春说：“这孩子倒好养，就是呼呼大睡，不哭不闹的。”

立夏说：“缺营养，可能没劲儿闹吧！”

男人们回到屋里。

文华看着立夏紧紧地抱着孩子哭，有些不知所措。

来时，他们已经商量了无数次，下了天大的决心。可立夏在哭，立夏很少哭——九一八时枪炮声就响在校园外，校长把女同学集中到地下室，很多女同学都吓哭了，立夏没哭；生孩子时没劲儿，难产，以为自己要死了，立夏也没哭；一次又一次掩埋牺牲的战友，立夏更没哭。立夏说，生逢乱世，有泪就往肚子里咽吧——可是现在，立夏却在哭，而且哭得汹涌，带动得娘和几个姐妹也一起掉眼泪。

文华上前轻轻拍拍立夏的后背，说：“大家都返回了，趁着雪大。”

三子娘想留他们住两天，秦大娘也说这玛珥湖边除了全叔别人不轻易来。

三子爹却说她们是妇人之见，“你们趁天黑雪大快些走吧，把孩子留下。”

文华心里感谢着爹，什么事儿都看得分明，他和立夏冒着这么大的风险回来，主要就是为了安置孩子。

秦大爷说：“交给立春和文中吧，他们养。”

立春说：“二妹、二弟，你们放心吧，我稀罕这个孩子，若外人问起，我就说是我生的。”

文中附和说：“是啊，就当我们自己的一样，你们再带回山里怕是养不活呢！”

立夏说：“大姐，大哥，那就拜托了！孩子叫和平，农历甲戌年六月二十五中午出生的。”

立夏仔细瞅了瞅孩子，似乎要把孩子的小脸印在心里，然后又亲了亲孩子的脸，双手抖抖地捧给立春。

文华拉着立夏扑通一声跪下来，说："爷娘，爹娘，我和立夏结婚也没给你们磕个头，现在补上吧！我俩不孝，这些年让你们跟着担惊受怕了！"

俩人磕过头，文中上前拉起他们。

文华小声对爹娘说："我俩改名了，我叫李夏，立夏叫秦华。"

立夏又伏在孩子的脸上亲了亲，抹了把泪，说："大姐，大哥，我替和平先谢谢你们了！"

雪，仍然在下，文华和立夏驾着马爬犁，一步三回头地向着漆黑的夜的深处悄然驶去。

秦大爷小声问："孩子们是啥意思？"

三子爹叹口气，说："孩子们是来交代后事的。"

秦大爷说："山里人总算过年也能吃上顿饺子了。"

漆黑的大年夜，阴暗的天幕下，风拥着雪，漫天舞动，很快把爬犁辙痕淹没得没了踪迹。

三十四

长海进门时脸色有些慌张，他已经很久不这样了，文中意识到一定有不寻常的事情发生了。

文中拿暖壶给长海的茶缸子里倒上水，一言不发地拍拍他的肩膀。经历过此前的几次争论，他们两人已经讲好了道不同不相为谋，井水不犯河水，所以相处得还算好，并且文中越来越关心长海。长海也渐渐收起了锋芒，变得沉稳起来，几乎在一夜之间就让文中觉得他长大了。长大的长海有了包容心，"懦夫""贪生怕死""缩头乌龟"这样的话也骂不出口了，反而觉得有这个胆小怕事的兄长时刻提醒自己倒是件好事，时间一久，还有些离不开文中了。

长海喝口水，平静一下情绪，瞅向窗外。

外面静悄悄的，房檐上一排长长的冰溜子像日本兵的刺刀，在阳光下明晃晃地耀眼。房上消融的雪水正顺着冰溜子滴滴答答地落下来，使这从刺刀继续不断地长长。

学校终于办起了中学班，那些高小毕业的孩子们就不用去海龙城了。本来教育局是不同意的，是仝叔找了内务局的长江副局长，长江找了县长，县长又请示了日本参事官，而且仝叔还答应由教育局派来一名老师教日语，中学班这才得以开学。为了减轻负担，仝叔想让垦殖团的亲家古坚一郎去兼课或者让古坚一郎在垦殖团推荐一个老师，可长海坚决反对。

仝叔就去问文中，一向和长海唱反调的文中这次也不赞成，仝叔只好作罢。

长海又喝了一口水，还是瞅着窗外。

文中知道，长海的情绪还没稳定好。他把桌上的《论语》捧起来继续读。

春节后开学，文中发现长海悄悄采买了一冬天的，存满了大半个废弃教室的粮食、油、盐、药品等东西都不见了，心里全明白了。想到大年夜文华和立夏狼吞虎咽的吃相，文中真恨不得上前给长海鞠躬磕头。

过了几天，长海又开始重新采买。今天捎回来一袋苞米，明天弄回来二斤盐，积少成多。有次去海龙城，长海竟在德胜门外的粮食市场买回来一袋大米。整个人也像这春天的太阳，欢欢喜喜的，好像能烤暖整个玛珥湖的冰天雪地一样。那天，文中也是给长海倒了一茶缸水，拍了拍他的肩头。长海惊讶地望着文中，满面春风的脸上渐渐隐去了笑意，恢复了平静。当天下午，长海又从跑山人手里买回一筐蜂蜡和半桶蜂蜜，没再咿咿呀呀哼小曲，一脸平静地望望文中，很快把蜜和蜡抟成一个个拳头大小的蜜蜡团，放在那间当仓库的教室里。

“来了两个日本人。”长海喝下第三口水，第三次望了望窗外，语气已经平静如玛珥湖的湖水。确实来了两个日本人，是从警察署来的，领头的叫小野，是海龙城宪兵队中队长。

“哦？”文中放下手中的《论语》，和长海一起望向窗外。

“他们还拿着一张拓片，其中就有咱玛珥湖民谣里唱的‘金人出，龙腾渊，凤歌鸾，盛世见’几句。”长海继续平静地说，说完又端起茶缸喝了口水。

玛珥湖这段民谣他从小就会背，也曾隐约记得他爹说过和秦李两家有关的《大碑赋》，“他们正在追问拓片的来历，我猜他们的目的不仅仅是拓片，我的意思是他们认为大碑可能是存在的。他们来了就先找麦子和立冬单独问话。”

“还在问？”文中平静的表情和语气，让长海松了口气。

“你能做什么就去做，这里我应付！或者我还能为你做什么？”长海终于转过身，严肃地瞅着文中。

文中和长海对视一下，说：“等，只能等！”

麦子被小野问话时，一眼就认出了《大碑赋》，秦大爷用《大碑赋》救回自己和娘还有三哥的命，她怎么会不记得，大哥和立春大姐成婚那晚在秦大爷家她又目睹了《大碑赋》的真容。虽然以她的学问还认不全上面的字，但那一笔一画工工整整、方方正正的大篆就像个大人调皮地伸胳膊撩腿向她摆各种姿势，要逗小孩子开心似的。结尾几句她从小和立秋、立冬是当歌谣唱着玩的。

“小姑娘，是你家的吗？是你家的就送给你拿回去！”小野又重复了一句。

“不！不是！”麦子坚决地摇了摇头。之所以坚决，是因为麦子知道别人家的东西不能要，爷娘从小就这样教育她，何况面前这东西还是秦大爷家的宝贝，自己就更不能要了。如果小野换一种方式问麦子，“你见过这个吗”“这是秦大爷的吗”或者“这是秦立冬家的吗”，她也许会毫不犹豫地告诉小野她见过，没准还会让小野把它送还秦大爷，麦子事后想。可是小野没有那样问，这就让麦子在坚决地摇头否定之后，有了好好想一想的时间，她突然觉得面前这个人说话的语调不太对，他的舌头和老师同学的都不太一样，有点儿硬。麦子努力在记忆中寻找，这倒不难，她很快就想起了垦殖团的那个团长，还有见过一面的长江家的大嫂。

“他是日本人！”

麦子被自己的想法吓出了一身冷汗。她想起了糠菜窝头，每咽一口都要憋出眼泪，还要悄悄地擦掉不让娘看见；想起了二哥二姐大年夜像饿狼，只有快饿死的人才会那样吃东西吧；还想起了和平，立春大姐用苞米糊一点一点喂他。

麦子小小的鼻尖渗出一层细密的汗珠，在阳光中晶莹剔透着。

“小姑娘，不要怕，再想想！”小野的话像给了麦子暗示。麦子突然颤抖着大哭起来，嘹亮的哭声惊天动地。

小野不耐烦地挥挥手，日语老师把麦子带了出去。

麦子边哭边说：“不是我家的，真的不是，这是啥东西嘛？”

立冬被带进来，和立冬擦肩而过时麦子还在边哭边嘟囔。当立冬见了展在桌上的《大碑赋》时心里把麦子感激了一遍又一遍。

小野问完，立冬像没听到似的，说：“这是什么呀？一幅古画吗？真好看。”立冬上前伸手要摸一下，小野急忙制止。

“小姑娘，好看吧，以前见过吗？”小野不甘心，注意观察着立冬的表情。

立冬又仔细瞅瞅，大大咧咧地说：“刚才那谁，真是胆小鬼，还让你吓哭了。我帮你出个主意，这东西有年头了，你看纸都让烟熏黑了，是不？”

“好。小姑娘有见识！”小野伸出大拇指说，“什么主意？”

“这有年头的东西大都是北平宫里头的。咱这偏僻的地方，穷得兔子都不拉屎，谁见过这东西呀？所以你应该去新京，问问康德皇帝，他老人家备不住见过，要是跟皇帝说不上话，找个宦官没准也成！”

尽管小野一脸平静，但立冬还是看出来他掩饰不住的失望。

学生们被一个个带进去，又一个个带出来。中学班问完了，又问高小班、初小班。一连两天，小野一无所获，回到警察署商量对策去了。

文中和长海都长出了口气。

回到家，仝叔问长海：“听说日本人认为玛珥湖还有大碑，说这《大碑赋》就是从大碑上拓下来的，这可能吗？”

长海说：“日本人就像群野牛，突然闯到咱家园子里，看什么都是好的，都想吃两口。那个拓片我看了，少说也有两百年了。两百年前，玛珥湖正让顺治爷封禁着呢，怎么可能？”

仝叔难得见长海平心静气像大人一样跟自己说话，便打开话匣子：“今儿个我和古坚一郎都去开会了，不是小野中队长，而是渡边大队长，也不是渡边大队长，而是奉天宪兵司令部的大官下的命令，让不惜一切代价找到大碑。”

长海心头一颤，说：“这事咋闹的，动静这么大？”

仝叔说：“都怨县上警务局长，也怨渡边。县上警务局查封了福兴当铺，发现了那两张古碑的拓片。警务局长听说渡边喜欢，就屁颠屁颠跑到山城镇孝敬渡边，后来渡边听说奉天的藤田司令官更喜欢，又送到了奉天，结果这个藤田坚持说应该有碑，就下令务必找到。再回来找福兴当铺，当铺一查，当时是直接收购的，一手钱一手货，掌柜的回忆好像是几个年轻人，因为拓片上的文赋里写的是玛珥湖，所以他们认定大碑就在咱们这儿。”

“那就让他找好了。”长海淡淡地说着，起身要回自己屋。

仝叔叹口气，说：“可是他们也给你爹下了任务呢，让快点儿提供线索。我估摸玛珥湖边你秦大爷、李大爷或许能知道点儿什么吧。”

“爹，”长海警惕地转回身来说，“日本人惯于听风就是雨，没有准确消息，你千万不敢随便给他们线索。还有，别说这大碑不存在了，就算真有的话，那也是老祖宗留下的无价之宝，应该舍命保护。如果这大碑因为你被日本人抢走了，您这汉奸的恶名可就坐实成了！”

“儿啊，放心吧，我有分寸。”仝叔说，“反正日本县长已答应不再抢咱们的地了！”

三十五

小野领着人在玛珥湖边转悠，开始是两个人，后来是警署的警察，接着又调来两个中队的日本兵。他们在湖边搜查了几天，又登上湖东小金龙顶子，然后再往东边大山里的银龙顶子去了。后来从山里折回来找秦大爷和三子爹，问去大金龙顶子怎么走。看似闲聊，说着说着突然就抻出一句跟大碑有关的话。小野的汉话说得相当不错，只是舌头硬那么一点点儿。

秦大爷和三子爹都暗自佩服麦子。那天麦子回到家，她爹就夸了她。她爹很少夸赞人，麦子就很明媚地笑了。

娘仔细瞅一眼麦子，说：“我小女长大了！这一看更俊呢！”

秦大爷拎来大半袋子苞米面，还有两条大白鱼，说：“给孩子吃吧，别光吃糠窝窝。”

再吃糠窝窝时三子就抢着吃，把面子糊全倒给麦子吃！

秦大爷说：“实在熬不下去了，就去给垦殖团的日本人扛活打短工吧。”

三子爹使劲儿磕磕烟袋锅，像没听见似的。秦大爷劝他多次了，可他每次都这样。垦殖团的日本人都分了百十亩地，家家都需要长短工。说是垦殖团，其实日本人根本不出力，都是来当东家的。原来是农民的，觉得还有一身力气，就亲自跟着长短工下地。其他像古坚一郎这样的，干脆就不下地了。他雇了秦大爷当短工，还有几个长工，什么时候干什么活秦大爷就全给张罗了。

三子爹说：“只要饿不死人，就走不到那一步，守着大山大湖还怕饿死吗？”

秦大爷只好转移话题，小声说：“这小野太郎要待到啥时候啊？是不他对山里头还没死心啊？”

三子爹说：“找大碑，也找孩子们。你屋里的宝贝挪挪地方吧！还有小金龙顶子上的，三子和文中跟你去见过，不是啥好事啊！”

秦大爷表面平静，可一个多月来总是终日慌慌的，吃睡不好，坐卧不安。他冲三子爹点点头：“你说得是呢。”

晚上，夜深人静，秦大爷起身把那两张拓片用油纸里三层外三层地包好，又拿来一坨蜂蜡，用火烤熔了仔细封好，小心地放到秦大娘找来的瓷瓦罐里，再用蜂蜡厚厚地把口封严，然后抱着瓦罐走出来。

繁星满天，春风轻拂，静谧的玛珥湖也在沉睡中，一泓湖水泛着黛色的神秘莫测的光。

秦大爷一手拎着铁锹，一手捧着瓦罐向前走着，突然就感到分外沉重了。不只捧着瓦罐的手臂，包括他的双腿，似乎一下子站在了远古的洪荒之上。他从祖先手里接过这只瓦罐，小心翼翼地守护着，一年又一年，终于艰难地走到了今晚。他感到自己太累了，就要坚持不下去了，可是爹的双眼正在小金龙顶子上瞅着，自己的使命还没有完成啊。

“你是在祖先面前发过誓的，秦家的几十代列祖列宗可都在小金龙顶子上看着你呢！”

爹的话又在耳边响起。秦大爷下意识地瞅瞅湖东，大湖东岸，小金龙顶子凌水而起，壁立百丈。绝壁之上埋着他的祖先，埋着祖先的一个承诺，更埋着秦家儿女世世代代为玛珥湖守着的一个秘密。

秦大爷在玛珥湖边那排小槐树下坐定，望着平静的湖面，突然悲从中来，泪水唰唰地流上沟壑纵横的脸，又吧嗒吧嗒顺脸滴落。他双臂抱膝，把脸抵在膝盖上，悄无声息地任老泪长流。

天快亮了，小金龙顶子后已映出了一道淡白的晨曦，露水打湿了秦大爷的衣衫。他在一棵小槐树下掘了个坑，把瓦罐小心地放进去，然后埋上沙子，盖上石板，培上泥土。

几天后，小野又带兵来了，还给秦大爷和三子爹鞠了一躬，说“例行检查，请多关照”。

秦大爷笑笑没吱声，三子爹磕磕烟袋锅，说：“搜吧，我们这穷家有啥看上眼的就拿走！”

小野的脸色难看起来，打个立正，说：“我们不是土匪，我们只是奉命寻找大碑，请不要把我们当土匪！找到大碑，我们会更好地保护。”

两户人家被里里外外翻了个底朝天，几个日本兵甚至拿铁锹把房前屋后的菜地都试着挖了挖，刚刚种下去的豆角籽又一粒一粒露了出来，像一块块儿泛着白光的骨头渣。日本兵走后，立春和立秋又将豆角籽一粒一粒拣了起来，把被开膛破肚的土地重新平整了，打起垄，再种上。

秦大爷终于有些沉不住气了，要到镇上去看看，却被三子爹拦住。

傍晚，文中带回的消息让俩人稍微松了口气：“今天，小野领日本兵把镇上也翻个鸡飞狗跳，除了垦殖团的大院，就连仝叔家也象征性地被搜了一遍。今天没搜完的地方已经戒严了，日本兵和警察把在巷口，严禁人员出入。”

文中说完，秦大爷望着三子爹说：“老弟，当年你在刘单子手下一定是个军师！”

三子爹吧嗒了一口长烟杆，又叹了口气，说：“乱世苟活，凡事就得往最坏了想，没错的。文中、文明你俩都记下了。”

湖边的四个男人便沉默了，他们目光不约而同地望向湖东的小金龙顶子。那里云雾缭绕，松涛阵阵，一个隐藏了两千多年的秘密正若隐若现，怎能不让人心急如焚？

枪声是在这天半夜响起的，响在玛珥湖人的耳边，如同大年夜的鞭炮般清脆。先是两声，这两声放倒了垦殖团门口站岗的日本兵和警察，小野的兵营就驻扎在垦殖团的大院里。两个中队的日本兵枪响了，像一阵暴风雨，朝玛珥湖东席卷而去。可是镇子里突然又枪声大作，暴风雨再次席卷回来。

几个回合的拉锯，直到小金龙顶子上空泛白，枪声才渐停下来。

天一亮，仝叔就着急忙慌跑到玛珥湖边，看看鱼篓，说：“这是一晚上挂的？这么少。”

秦大爷说：“越来越多的人靠着大湖活命，这是今年最多的一次了。一会儿聚源饭庄的伙计就来取了。”

仝叔说：“你先别卖钱了，昨夜响枪听见了吧？死了两个、伤了好几个，警署也给端了，好几杆枪、好几箱子弹被抢走了。小野急了眼，我这不得赶紧划拉点儿东西去慰劳嘛。抓了我家几只鸡了，可还不够啊。你说这山里人惹他们干啥呀，这枪把子攥在人家手里呢。”

仝叔拎起鱼篓走了几步，回头瞅瞅一言不发的秦大爷，于心不忍地说：“大哥，就算你帮我、帮咱玛珥湖的忙了，这鱼就别卖钱了，到老秋，给你减点儿田亩税，顶点儿鱼税也行啊！”

折腾了一夜，白天，小野终于消停了。

晚上，沉寂的夜幕下爆豆一样的枪声再起。忽而东，忽而西，忽而南，忽而北，让人辨不清方向，摸不准人数。

三子爹翻身坐起，仔细听了一会儿，说：“聪明啊！”

他点上一袋旱烟，内心隐隐地期待着。

一连几天，枪声突然就在玛珥湖人的睡梦中响起，有时上半夜，有时下半夜，还有一次鸡叫头遍了。弄得小野像发了狂的公牛，瞪着血红的眼睛大骂土匪狡猾，就是找不到对手。

秦大爷的鱼便不断地被仝叔拿去当了慰劳品。

这边正胶着，又有消息传来，一伙人打下了西南边的三源浦，又一伙人攻占了北面的辉南镇，还不断有传言，下一个目标是铁道线上的朝阳镇。

渡边终于熬不住了，下令小野带兵回防。回防可不是那么容易的，这玛珥湖崇山峻岭进来不容易，出去就更难了。小野吸取了上次的教训，爬上北面山岭时，三个人一组，分散搜索交替掩护前进，一遇上冷枪便迅速合围。尽管这样，仍有几名士兵被冷枪打伤。

玛珥湖再次获得了暂时的平静。

当长海采购的东西快要堆满仓库时，文中猜他山里的同志应该快来了，夜里睡觉便格外警醒。立春翻个身，他都要支着耳朵听半天，立春起身给和平喂面糊，他也跟着披衣坐起。

立春说："天光还早，你再睡会儿，喂个孩子哪用得着两个人一起熬啊。"

文中笑笑，轻轻拍了拍立春的肩膀，索性披衣起床到院子里走走，也不怕早晨湖边露水重。每当这时，立春浑身便涨满温情。他们加上和平已是四个孩子的父母了，可文中从未和她红过脸，甚至没大声和她说过话。她喜欢文中和和气气地对待自己，更喜欢他文文气气的书生样子。她知道自己除了像爹说的模样俊点儿外，最配不上文中的是没文化、不识字。她以为文中会嫌弃自己，所以一开始在文中面前总是诺诺的，大气都不敢出一口。文中说："你不要这样，都是玛珥湖边一起长大的，咱谁也没有理由嫌谁。我虽然读了点儿书，知道了点儿道理，想实现自己的人生抱负，像文华、立夏他们那样轰轰烈烈干一番大事业，不再过这成天刀架在脖子上的憋屈日子。可留下来和你成亲守着玛珥湖过一辈子，这是我自己的决定，是我愿意的。"

后来文中又说："你爹阴着呢，没说什么大道理，一个家族的任务使命就把我拴在了玛珥湖。"

这时立春已不再拘谨，拍一下文中的脸，说："有这样说老丈人的吗？我爹把他最俊的闺女嫁给你当了媳妇，你还委屈了？再说，那是我爹知道你是明白事理的人，高看你呢！"

文中笑说："也是啊，为了报答他老人家的美意，咱俩只能努力奋斗，不生二十个孩子决不罢休。”

说这话时文中正伏在立春身上，听得立春无比受用。

东天微曦，春露浓重。立春哄睡了孩子，拿件衣裳出来给文中披上。文中就势拍拍她搭在肩上的手，望着苍茫的大湖叹了口气。

立春想让他有什么心事就说出来，又忍住没吱声。读书人道道多，自己永远跟不上他的想法，索性就不问了。

回屋时文中说：“这几天夜里警醒着点儿。”立春答应着。其实同样的话文中也想跟爹说，想想山里的人和长海，他又一直没说。

这天夜里，正在沉睡的文中被立春摇醒，立春紧张地说：“外面有动静。”

文中起身听了一下，说：“别怕，应该是他俩！”

文华和立夏披着一身晨露进来，两个人更瘦了，好在身体还结实。立春要给他俩弄口吃的，文中要去喊爹娘，却被他俩拦下。

文华说：“来不及了，天马上就要亮了。”

立春便把几块饼子和家里所有的大煎饼卷到包袱里。

立夏的眼睛在炕上一溜小脑瓜上寻找。

文中说：“和平挺好的，比刚送回来时胖多了！”

立夏的眼泪便扑簌簌地落下来，掉在和平的小脸蛋上。文华抖抖地伸出粗糙的大手轻轻抹去。然后，立夏俯下身和孩子贴了贴脸，亲了又亲。

文中问：“你们去过镇上吗？”

文华微微一震，说：“去过了，立夏要是不为想着和平，我们就不回来惊动你们了。斗争形势越来越复杂，山里条件也越来越艰苦了。”

文中说：“坚持这么多年不易啊，实在不行就别硬撑着了，也学东北军，往关内撤吧！”

文华说：“不行，我们和东北军不一样，要是东北的抵抗力量都没有了，让日本人腾出手来，中国亡得更快！我们就是斗争到最后一个人也不能往关内撤。咱们四亿多人呢，只要坚持下去，唤醒全国老百姓不当亡国奴，早晚有一天会把日本人赶走的。告诉爹娘，我和立夏都还好。”

曙色微明。立夏抬起头，擦掉满脸泪痕。文华又轻轻亲了亲和平，接过立春递过来的包袱，背到肩上。几个人静悄悄地出了门，来到大湖边。

文华说：“回吧，别送了，照顾好爹娘弟妹们！”

文中说：“放心吧，你俩多保重！”

立夏和立春相拥泣别。

文中、立春目送文华、立夏相互搀扶着坚定地投入到黎明前的夜色中。

三十六

仝叔过来了，坐在院子里和三子爹抽烟说话，仝叔还是抽他的烟卷，那是他身份的象征。两人又说起了长河和韭儿，咋就一点信儿也没有呢？是死是活总得有音信的。这几年玛珥湖虽然发生了许多变故，两个人也总会突然就想起他们的大闺女和二儿子。逢年过节，三子娘和仝婶还会哭天抹泪一回，这种活不见人死不见尸的牵挂是很熬扯人的。

“他俩不会有事的，咱的孩子咱了解，要是没了一个，另一个早回来了。”三子爹磕磕他的长烟袋锅，又装上一袋。

仝叔叹口气，说：“就怕俩人一起没了！我给他们打的卦全是凶，没有一次是吉啊！”

“你瞅你这些年打的卦，哪一卦是准的？那些牙牌签你趁早扔了吧！”

仝叔也觉得自己刚才说的话不好听，便转了话题，“听古坚一郎说，他们垦殖团还要增加扛枪的人呢。”

三子爹皱皱眉头，吧嗒了一口烟，平静地说：“难不成渡边还要把他们改造成军队？”

“不知道，听说黑山头的垦殖团就是这样的，他们要轮流去火车站站岗，咱这玛珥湖是不是要让他们对付山里的人啊？”

其实，这些都是仝叔的猜测，古坚一郎并没有说得那么明确。现在仝叔有点儿喜欢他这个拐把子亲家了。一开始他还真小看了古坚一郎，后来发现古坚一郎也是个走南闯北见过大世面的人，更关键的是古坚一郎毫不掩饰自己对这片黑土地的热爱。世上的人哪有不爱自己家乡的，可古坚一郎就不爱，或许他们日本人都不爱，不然怎么跑到我们这儿来了？后来仝叔发现古坚一郎和那些日本人还真不一样，一次喝多了，仝叔问他，日本好还是中国好。

古坚一郎想都没想就说：“中国，不，‘大满洲帝国’大大的好！这里的石油、煤、铁、黄金、森林的都有。”最让古坚一郎念念不忘的还是石油。他是学地质的，以前来东北就是为了找石油，还摔折了一条腿，成了跛子。他对东北的石油念念不忘。虽然仝叔不完全明白他说的话，可他大骂关东军高层的话仝叔还是听懂了。“猪，一群蠢猪，空军看到的，一定是个油田，石油的，肯定有。”

仝叔还发现，古坚一郎不像垦殖团那些人那么狠。自从垦殖团进驻玛珥湖，就把周边山林看管起来了，垦殖团的人轮流值班，他们可以砍山上的树，看好哪棵砍哪棵，可是玛珥湖的人不行，甚至不准进山打烧柴。玛珥湖人世世代代养成了习惯，夏天还行，烧苞米秸高粱秸能勉强做熟饭。到了冬天，白毛风一刮，天地间的空气都冻成了一坨坚硬的冰。庄稼秸秆一股烟没了，根本取不了暖。胆子大的就悄悄进山，每每让垦殖团的护林员抓着就打个半死，没人作保还要送去勤劳俸仕。山城镇的飞机场和吉林那边的水电站人缺得紧，勤劳俸仕个一年半载也就累死了。

团里有个叫秋原的铁匠，人和善，对玛珥湖人偷打烧柴睁一只眼闭一只眼，所以每当他值班护林，人们便成群结队地进山。这事儿终于被县上知道了，要严办，最起码是送秋原铁匠勤劳俸仕。这很让仝叔开眼，原来他们对自己人也是不手软的。听说秋原铁匠和县上的参事官还是本家，可下令严办的正是秋原参事官，古坚一郎上蹿下跳地讲情也没管用，秋原铁匠还是被强制勤劳俸仕了。那一段，古坚一郎见了仝叔总是唉声叹气。仝叔知道他憋了一肚子话不能说。半年后，古坚一郎还是把瘦得没有人样的秋原铁匠提前弄了回来，青部里面的铁匠铺才重又响起了叮叮当当的声音。

这件事让仝叔很受刺激，他觉得这个古坚一郎比自己强，自己对待玛珥湖人没这样过，尽管人们习惯了大事小情找他，那是求着他恩典，那种高高在上的感觉他很受用。

秦大爷慌慌地走进院子时，仝叔刚好扔了最后一根烟蒂，站起身来要回去打一卦。

“出事了！出大事了！”一向沉稳的秦大爷惊慌失措得像换了个人。

仝叔一口烟刚要从嗓子眼里徐徐冒出，就打个哆嗦憋回肚子里，吭吭咳得涕泪横流。

三子爹拉秦大爷坐下，他的手微微用了点儿力，平静地说：“大哥，慢慢说，天塌下来，大家一起顶着，这不还有仝老弟呢吗。”

“立春和三湖被抓走了！”

三湖这一段天天嚷嚷着要吃大米饭，今早晨立春就用红金子米煮了粥。一个小孩子哪里分得清红金子米还是大米，爹娘说是大米他就当是大米了，一连喝了两小碗。可这红金子米生性硬，不好消化，三湖在镇上玩耍时全吐了出来，被警署侦查了去，抓了经济犯。警署又在全镇搜查，同样吃了红金子米的王柱子也被一起抓走，这回怕是过了北岭了。

“他娘的，水田全都让他们抢走了还哪来的大米，他们还讲不讲理了！”三子爹从屋檐下顺手摸出把杀猪刀揣在怀里，“大哥，不打紧，咱去要人，给便罢，不给，拼死他几个俺和咱孙子也够本了！”

仝叔咳完直起腰来擦擦鼻涕眼泪，说：“大哥，还没到拼命的时候，你留下，我和秦大哥先去打探打探。”

仝叔和秦大爷跟着进了海龙城。路上，仝叔前思后想，觉得除了找长江没有第二条道，原来想在德胜门停一停，可有日子没进城了，门外那半条街的市场不知什么时候被取消了，空荡荡的一大片平地显得城门楼子高大了许多，那一排日本兵和“满洲国”兵让人老远瞅着就直哆嗦。查验完，进了城门，仝叔找粮栈，秦大爷明白过来问：“你是不是想买点儿旱金子？我从家里带了。”

海龙县公署，仝叔给把门的“国兵”递上根烟卷，说明来意。

“找仝局长，好说，等着！”“国兵”进岗楼打电话。仝叔就感到长江在这里还有点儿面子，腰杆不自觉地挺了挺。秦大爷也似乎看到了一丝希望。

可是，内务局副局长全长江的眉头却越聚越紧，最后拧成个大疙瘩，看得秦大爷眼前一阵阵发黑。

“儿啊，日本人也不能不讲道理吧，旱金子怎么就成了大米了？咱和你秦大爷家可都沾亲带故呢。”全叔说日本人三字时，声音低得不能再低了，长江还是赶忙摆手制止。

秦大爷从怀里掏出小布袋，说：“长江，大侄子，家里的旱金子我全拿来了，你立春妹妹和孩子的命可全靠你了。”

长江接过小布袋，手里似乎拎了座山。他转身跟那个日本兵咕噜了几句日语。日本兵冲着大门挥了一下手。

跟着长江进了县公署大门，全叔心想，自己儿还是有面子的。他想起几次劝长江回玛珥湖，长江都不肯，现今看来长江是对的，要不摊上这事儿，他一个小小的甲长，那真是叫天天不应，叫地地不灵了。

长江先回自己办差的屋子拿了本书，又领着他们朝后面走。全叔和秦大爷想不到县衙这么大，一进一进的屋子好像永远也走不到头，来到最后面一排大屋，青瓦红柱灰砖墙立在台阶上。长江让他俩等着，走上台阶咕噜了一声日语，轻轻地推开门走进去。

“长江这孩子，书没白念呢，难为这孩子了。”秦大爷说着心突突个不停，他慢慢蹲下，然后又坐到地上，他想攒下一点儿力气。他守着玛珥湖逆来顺受一辈子了，自从爷爷那辈领他们从奉天回归了玛珥湖，先送走爷爷又送走爹娘，娶妻生子，到现在他完成自己的任务了，即使他死了，立春和三湖死了，还有大湖二湖四湖，还有立冬和三子，他秦氏家族的人丁会兴旺起来的。要和日本人拼命，也得他秦金银先拼，然后才能轮到三子爹李民吧。

“参事官君，旱金子和红金子都是玛珥湖人对红稷米的叫法，几千年了，炎帝黄帝那时就种植了。稷，又叫糜子，有糯粳两种，颜色有黄、白、黑、红四种，红色的粳稷果实较大，可能，可能有点儿像大米吧，请看，这是他们家的米袋子，都拿来了！”

听得出来，长江赔着小心，然后，有一人咕噜了一句日语，长江便也哇啦哇啦地说日语。

门外，仝叔和秦大爷屏息敛气，努力竖起耳朵，生怕听漏了，尽管他们听不懂那哇啦哇啦的话。

“仝桑！你的，很好！”哇啦哇啦的话突然又变成了硬邦邦的汉语。

两人不自觉地交换一下眼神，仝叔拍拍秦大爷的肩膀，说：“这个是县里最大的官了，我儿行啊！”

门就在这时候开了，长江满脸堆笑地走出来，又回过身冲送他到门口的日本军官深鞠一躬：“参事官君，多谢了！”

仝叔想不到这参事官是穿军装的，腰里还挂着一把东洋战刀，一手还扶在刀柄上，那架势好像随时要抽出刀来劈人。仝叔腿肚子不由得哆嗦了一下，拉着秦大爷转身要走。谁知这参事官竟然几步跨下台阶，冲着仝叔鞠了一躬，硬着舌头说：“仝桑，这是令尊大人吧，对不起，我告诉他们放人了。”

仝叔吓得险些跳起来，他拉着秦大爷急忙也鞠躬，浑身的骨头几乎瞬间碎掉，身体像水一样要往地上瘫。

“是家父，也是玛珥湖的甲长，日满亲善的甲长。”长江急忙边鞠躬边介绍。

“老人家，你的辛苦了，大大的好！”秋原参事官再次向仝叔鞠躬。

仝叔边鞠躬边想，我儿在这很有面子呢。

警务局在县衙最前面。远远地就见几个日本兵往车上押王柱子，立春牵着三湖的手跟在后面，三湖吓傻了，盯着明晃晃的刺刀，不哭不叫，浑身筛糠一样直哆嗦。秦大爷不顾一切地扑上去，把三湖紧紧地护在怀里。几个日本兵愣了一下，拿刺刀逼住秦大爷，立春俯下身紧紧护住爹的后背。

长江急忙上前，警务局长向身后示意一下，说：“仝局长，我已经跟小野队长说了秋原参事官的命令了，他不干——”

长江咕噜着日语，急忙满脸堆笑冲着小野点头哈腰。看得一旁的仝叔心直哆嗦，我儿屈辱啊。

“仝桑，警务局效率太低，你们中国人干活的不会，我们来！”小野讲着硬邦邦的汉语，挥一下手，“一起带走！”

小野这话让仝叔像块融化的冰，彻底瘫在了地上，他冲长江用力张了张嘴，想喊出来，可一点儿动静也没有。这人不但没救出去，反倒又搭上一个，看来真得让李民来拼命了。

几个日本兵上前拖立春，拖秦大爷，拎着三湖要往车上扔。

长江向警务局长摆头示意，然后冲上前去，拼命抢下三湖，逼视着小野说：“小野队长，我是‘大满洲帝国’海龙县内务局的副局长，你这是破坏大东亚共荣！破坏日满亲善！”

“仝桑，副局长，在大日本皇军面前，你们的，这个都不算！”小野伸出小手指晃了晃，一脸不屑地瞅瞅长江，又走到立春面前，盯着立春嘿嘿地笑，“秦立春，经济犯，偷吃大米的干活，我要亲自审问！嘿嘿嘿，约西！好好地交代，大米的，怎么来的？”小野的手抬起来，要摸上立春的脸颊时又放下了。

长江看穿了小野的心思，心里陡然一凛。仝叔无奈地摇摇头叹了口气。秦大爷暗想：我女命苦啊，生逢乱世，红颜就是祸水啊！这时就听见长江说：“别怕，孩子，有大爷在呢！”他说给三湖，又像是说给自己。长江把怀里的三湖推给仝叔，转过身一步一步走向小野。小野挥一下手，日本兵又往车上拖立春和秦大爷，还有两个日本兵端着明晃晃的刺刀想逼退长江。

长江大声咕噜了一句，日本兵停下了，转头看着小野。长江接着说：“小野队长，这里是堂堂‘大满洲帝国’海龙县公署，这里的最高长官秋原参事官已经调查清楚了，他们不是经济犯。”

“仝桑，你别忘了，我归奉天宪兵司令部指挥。”

“可这里是县公署！”长江突然提高了声音，还挥了一下手，“值班室，把大门关上，没有秋原参事官的命令，人不能带走！”

仝叔堆在地上，怀里揽着三湖，突然就涕泪横流了。这时他才知道，门口的更夫室长江说话也好使的。两个更夫麻利地推着吱呀呀惨叫着的大铁门，咣当一声关上了，其中一个更夫还咔嗒一声上了锁。关大门的声音仝叔第一次觉得这么好听，比过年节蹦蹦戏的小调调还好听。王管家每天也让更夫关大门，每当门轴吱呀呀惨叫时，仝叔都会说：“老王，浇点儿油。”可是，今天这吱呀呀的声音竟让仝叔听得有些心花怒放了，随着那声咣当加咔嗒，他一直高高悬吊在半空的心终于慢慢降落回胸膛。仝叔试着活动一下手脚，一用力，重新站了起来。他双脚叉开，把三湖拥在身前，双手环着三湖的脖子，有了一种大义凛然的感觉。

“仝桑，你敢哗变！”小野怒视着长江，“那也请你到我的宪兵队去！”

“不听参事官的命令，哗变的是你！我们县公署决不允许有人违背参事官的命令！”长江的话给了看热闹的警察以勇气，几十名警务局的警察挡在了大门口。

正僵持不下，警务局长匆匆跑回来，向小野边鞠躬边说：“小野队长，秋原参事官有请！”

小野愤怒地瞪了长江一眼，把东洋指挥刀抽出半截又怼回刀鞘。警务局长朝长江点点头，陪着小野往后面走去。

那天下午，秋原参事官对小野说了什么、做了什么，一概不得而知。小野回来时，对长江客气了许多，但依然傲慢地挥了挥手，说：“仝桑，经济犯秋原君已经查清，秦立春、小孩的可以回去，这个我得带走，他的牛，偷吃过军马的粮草，必须处罚。你的开门！”

押上车的王柱子突然挣扎着跪下了，边哭边说：“仝甲长、大叔、长江大哥求求你们，救救我，救救我吧！”

仝叔嘴里嘟囔着“柱子，柱子——”扭头瞅长江，长江无奈地摇摇头，任凭柱子哭号着被小野押走。

“快走，一刻也不要停，赶紧回玛珥湖！回去后立春妹妹就待在家里，哪里也不要去了。”长江瞅着汽车扬起的一片烟尘，终于有些慌张。

“儿啊，千万多加小心，你这里也是虎狼之地啊！”仝叔的心揪起来，可他没再劝长江离开。秦大爷和立春千恩万谢的话一下子都哽在了嗓子眼儿，立春拉三湖扑通一声跪下来，给仝叔和长江磕头。

长江挥挥手，“什么也别说了，快走，我怕小野还耍花招，赶快出城！”县衙门口，长江叮嘱完见他们上了大车，还不放心，又跳到大车上，说：“我还是送送你们吧！把城门的都是小野宪兵队的。”

王管家赶车奔向德胜门。

秦大爷终于心头一块石头落了地，说：“大侄子，你对俺秦家李家有大恩啊！该怎么报答你啊，修族谱时记下吧。”

长江笑笑，说：“大爷，我从小没少吃你打的大白鱼，咱都是一家人啊！”

仝叔皱皱眉头说：“好端端的，小野怎么就掺和进来了。”

长江压低声音说："爹，不光县警务局，玛珥湖警察署也有他们的日本便衣，所以以后，你们说话办事都多留个心眼儿。"

"儿啊，难为你了，千万当心着点，今天你是把小野这个王八犊子得罪了！"全叔抓住长江扶在车辕板子上的手用力握了握，这许多年，他第一次和长大了的儿子如此亲近，全叔多少有些不自然。

长江温情地看了全叔一眼，说："小野从来没把我们当人看过，山河破碎，这就是亡国奴的滋味吧！"说着叹口气，"采伐队要进玛珥湖了，一些意想不到的事情还可能随时发生，你们都警醒点儿吧。"

落日的余晖带着一抹苍凉，渐渐笼罩了海龙城。马车颠簸着把德胜门的城门楼子摇摇晃晃地推到人们眼前，城门楼子后，玛珥湖上的那角天空，一股浓重的阴云翻卷着升腾起来，渐渐汇聚到头顶，越堆越高，最后形成一座乌黑的山峰，然后，突然便坍塌下来，瞬间弥漫了整个天空。

三十七

继红又给我送来了红松子，她坚持认为这是健脑食品。我却不以为然，没有像她叮嘱的那样，每天坚持吃二十五粒到三十五粒，有时好几天都忘记吃，有时又一次吃得不计其数。继红便给我一粒一粒剥好，分装在小包装袋中。我悄悄地数过，不多不少，每袋正好二十五粒。所以我常常感动于继红的周到细致用心。她还告诉我，这红松子都是采自玛珥湖东的小金龙顶子，等我再恢复一段就带我上去。

我告诉她我上去过了，是燕琳带我去的。

继红便瞪着眼睛张大了嘴，以此来表示她的吃惊，然后说："燕琳，这个虎老娘们儿——"

我乐了，说：“燕琳要知道你这么说她，一定撕你的嘴！”

继红又说：“她不知道，肯定没带你走到里边那片红松林。”

我想了一下，好像就离悬崖边上不远，也是一片红松林，松树上也结了不少松塔，只是当时我关注的重点不是松塔，而是树林中那一座座坟丘。

一小撮红松子仁在继红的掌心中玲珑剔透着，屋子里飘浮着一缕幽幽的松香味。

“继承哥，上次你说服了江欣怡，我们马所长还要请你吃饭呢！你是怎么说服她的？”继红转换了话题，她大概看到我的眼光发直，她总是在我陷入深度沉思时把我从天马行空的状态及时拉回现实，好像如果任由我的思绪自由飞翔，就会进入再也回不来的、她们认为傻掉的状态。

我接过松仁儿，瞅一眼继红，看来她今天心情不错。阳光斜照进窗来，在她胖嘟嘟的脸上欢快地跳跃着。

“继红，还和以前那样，叫她嫂子吧，哪怕，看继先哥的面子。”

“江欣怡吗？她变了！继承哥你别管了，说不准她大酒店还有什么乱七八糟的埋汰事，要让我逮着，哼哼！”

继红的冷笑好像来自另外一个世界，我浑身起了一层鸡皮疙瘩。看来她和江欣怡的心结是牢牢地系上了。说实话，尽管上次的事责任在江欣怡，可我反感继红这样对待她，只是碍于继红照顾我的情面，我一时找不到合适的词语来表达。

我原来打算在玛珥湖是小住的，这也是妈妈的意思。当然这是妈妈悄悄告诉我的，这样做仅仅是为了给李由一点儿面子而已。现在看来我一时半会还真不能离开，尽管在他们眼里，我是一个没了记忆又随时可能犯傻的病人，可是我觉得，玛珥湖需要我，最起码江欣怡和继红需要我，就像我需要玛珥湖充足的负氧离子帮我找回失落的记忆一样，这于玛珥湖和我都是重要的。

江欣怡的别墅酒店改造进行得很顺利，增加消防通道，只是让她多投入了一些资金，迟一点儿开业而已。我这样说很轻松，却招来江欣怡的不满。她曾轻轻敲着我的脑袋说：“继承，你长点儿心好不好啊！那是一百多万，晚开业十五天，又是二十多万！看来你真是傻掉了！”

这一百多万是江欣怡用已经营业的主楼也就是玛珥湖大酒店一号楼抵押的贷

款。那一段时间，江欣怡穿着宽大的工装，戴个蓝色的安全帽在工地上摸爬滚打，一天到晚把自己弄得灰头土脸像个小包工头。除了我，谁也想不到这就是那个在玛珥湖边飘飘欲飞的圣洁仙子。

可是，新投入使用的几幢别墅没热闹多久，生意便冷清下来，连带着主楼的营业额也大幅跳水，算上银行利息，大酒店进入了负盈利状态。刚刚有些容光焕发的江欣怡嘴上起了一排水泡，一夜之间似乎苍老了十岁。

这是继玉告诉我的，继玉电话里说得哭哭啼啼，让我觉得江欣怡好像被逼到了绝境，似乎我不来劝她悬崖勒马，她就会立马从悬崖上跳下去。

可是，江欣怡躲进了套间里，我猜那里可能是她的休息室，门开着一道缝，继英挡在外面。继玉在门里，那条门缝恰到好处地把她切成一半，使她可以一半冲我，一半冲江欣怡。

“嫂子不让你进去！”继英对我笑笑，她总是皱着眉头，即使笑，脸上也挂着一缕苦涩，有点儿像哭。

“继承，我没事，你回去吧！”江欣怡的声音平淡，听不出要死要活的异样。来时我还在心里狠狠地抱怨继红那张臭嘴，我想，江欣怡要是真过不去这道坎，酒店让银行收走，破产了，我一定不再顾及情面，痛骂这个等着看笑话的臭丫头。现在看来情况还没那么糟。

门缝里，继玉的一只眼睛向我眨了眨。

我说：“嫂子，我知道你没啥事，我是想到玛珥湖边随便走走，路过大酒店，就想顺路过来看看你！”

“我这几天不方便见人，除了继玉和继英，你快回去吧！”江欣怡刚才清亮的声音变得绵软了许多，尽管她努力支撑着，可终究没能再次圆润起来，让我听出了无限的疲惫。

“嫂子，你一定是病了，那就更不能窝在这里了，得去医院，继英你躲开！”我要把继英拽到一边。

江欣怡突然提高声音说：“继承，你不许进来！”

“我是一个失忆的人，你怕啥嘛！”我笑了一下，江欣怡一下没了动静，我和继英和半个继玉交流了一下眼神，我知道江欣怡在犹豫，这个时候好像也只有我能带给她些许安慰。

“继承，我嘴唇肿了，头没梳脸没洗，像个黄脸婆，确实有碍观瞻，就别让嫂子出丑了！”江欣怡笑了一下，这多少让我放下些心来，然后，江欣怡让继英搬来把椅子，我便坐在了门外。

我说：“垂帘听政不过如此吧，清朝时大臣向西太后禀奏就是这样的吧。”

江欣怡果然发出一阵软绵绵的笑声，那声音来自胸腔，因为有了共鸣，显得圆润而饱满了一点儿，以前从未听她这样笑过。

我和继英在门外，江欣怡和继玉在门里，开始了这次特殊的聊天。说聊天也许不确切，更像是玛珥湖大酒店面临生死存亡问题的讨论会。玛珥湖，这片美丽圣洁的青山绿水要有人来，要有懂得她的人来欣赏，来观瞻，甚至来膜拜，那就要加大宣传力度。加大宣传力度首要问题是突出玛珥湖的特点，打造独特的旅游文化，除了自然风貌，还要有人文景观，可是景区建设是林业局的事。绕了一圈，这似乎是一个无解的难题。

继英叹了一口气，继玉也紧跟着叹了一口气。

江欣怡幽幽地说：“你们两个死丫头，我的心都要让你俩叹碎了！”

我急忙说：“嫂子，没事，你别愁，大不了最后关头，找你九叔九婶去，你不好意思开口，我去说，资金问题，还没到山穷水尽的地步。所以继英继玉，你们都给我振作起来，不许再垂头丧气的。”

“继承，不能把你当成不懂事的孩子了，最起码现在，你是我和继玉继英的靠山！”江欣怡的声音突然毫无征兆地清亮起来，似乎一下子就恢复了往日的风采。

我对玛珥湖如此重要，我怎么能扔下她们抬腿就走呢？就是在这一刻，我决定要在玛珥湖长住下来。

江欣怡没去医院，她嘴上的泡灭了，嘴唇的肿消了，往日的风采开始渐渐恢复。她把酒店的日常事务交给继玉和继英，自己关在屋子里，一待就是一天。要么就到玛珥湖边漫山遍野地走，这时候她会叫上我，边走边触景生情，说一些在我听来有些不着边际似是而非的话。

“玛珥湖圣洁得纤尘不染，是吗？”江欣怡望着一湖碧水，微微蹙起眉头。我知道她并不需要我回答，“可是如此美丽的森林湖泊，在我们这个星球上有很多。

旅游文化是强调唯一性的，哪怕是某个区域的唯一。如果换个角度，最大的火山口湖群呢？即便不是世界最大，也应该是亚洲最大吧。”

这个时候，我就出现了幻觉，蓝宝石般镶嵌在万顷绿波中的玛珥湖变得五光十色起来，光芒闪烁的湖面上，江欣怡白衣仙子般衣袂飘飘。

“还有玛珥湖的红色基因，我就不信，这众多的因素结合在一起，打造不出来唯一性？”

江欣怡的声音变得遥远，但很坚定，那个湖面上的白衣仙子慢慢地飘到了岸边。

“看来关自己禁闭还是有效果的。”我控制住自己，拉回漫无边际的思绪，适时地赞叹了一句，我发现，不食人间烟火的江欣怡也是愿意被我吹捧的。

“其实，答案就在那里，你继先哥早就准备好了，只是一直以来，我不敢去触碰它们。”

在江欣怡苦思冥想这段时光，事情竟然慢慢有了转机，虽然平日里依然游客稀少，半死不活地勉强维持，可到了周末，便人员爆满，无论什么档次，不预订就没有客房。几周下来，便形成了规律，月末一算账，除去所有费用，还略有盈余。

江欣怡终于稍稍喘息了一下，说：“看来，暂时不需要麻烦九叔九婶了。”她在玛珥湖大酒店 1 号雅间请我们吃饭，厨师长清炖大白鱼的味道已经超过了镇上白鱼馆祖传于聚源饭庄的手艺，连见多识广的副镇长继川都点头称赞。

继红没来。请继红是江欣怡交给我的任务，她说上次吵架后继红就没来过，也不再给她打电话，所以让我务必把继红请来。我想继红应该能给我这个薄面的，便拍着胸脯子答应了，谁知继红一句话就给我挡了回来。

“继承哥，我才懒得跟她置气呢，只是现在江欣怡是我的服务管理对象，我去吃请，传出去会有麻烦吧？咱们有纪律啊。”继红说着，露出为难的神色。

这是我事先没想到的，不过继红能这样想问题，倒让我刮目相看了。

“这个臭丫头，不就吵了一架嘛，还真的记仇了。”江欣怡面露愠色。

我想替继红解释一下，又一时找不到合适的词语，继红让我转告江欣怡的话却在肚子里蹿来蹿去，最后全憋在嘴里差一点儿就破唇而出。“你告诉江欣怡，让她守法经营，否则，别怪我！”这是继红的原话，这话要在此时说出来，无论如何都带着严厉警告的意味，只会把她俩的关系搞得更僵。我费了好大劲，终于就着一小碗鲜香的白鱼汤把这话咽回肚子里。

“继承，你面子大，去做做继红的工作，一家人，怎么就不能好好相处，互相帮扶一下？”继川以兄长的身份给我安排了任务。

继青喝一大口酒，说：“不用承子，明天我就去派出所把继红给揪来，让她听候嫂子发落。”他右手端杯，左手掐着那个矿泉水瓶子，瓶子里江欣怡早给他灌满了白酒。

“得了，消停点儿吧，你可千万别再去作出什么事来。”继东眨巴几下眼睛，又瞪一眼继青，“还是继承去吧。嫂子，你给继青安排活的事儿咋样了？脱贫啊，都愁死我了！”

江欣怡笑笑，说：“继青，你答应过梅姑不喝了，你也答应过我喝完瓶里这些就戒，还算数不？”

“算，肯定算，喝完这些，保证不喝了，再喝，我就是这个。”继青说着右手几个指头在桌子上做爬行状，继玉和继英相互瞅瞅，咯咯笑出了声。对一个酒蒙子说的话，听听就好。

我知道，这顿饭江欣怡主要是请继玉和继英的，继玉是酒店管理专业毕业的，继英跟着继玉在外摸爬滚打多年，她们俩在这方面或许真有一些独到的经验。继川和继东呢，江欣怡的行动计划里当然不能缺这哥儿俩，一个镇领导一个村干部。不过，假如现在江欣怡告诉他俩下一步行动目标，他俩一定会反过来求江欣怡的。

冬季，是玛珥湖大酒店的淡季，即使继玉和继英会经营，也改变不了这个事实。所以江欣怡必须提早谋划，她领我在玛珥湖边兜圈子，是寻找适合冰雪项目的地点，从低端到高端，先上投资少见效快的项目，量力而行，滚动发展，将玛珥湖的冰雪旅游开展起来。这些年，镇上不少人外出务工或搬到了城里，闲置了许多房屋，将这些房屋改造成火炕民宿，让游客来一个深度体验游，那又会为镇上的脱贫攻坚乡村振兴盘活多少村民的资产，带来多大的效益呢？这个计划说出来，继川和继东恐怕要乐得跪倒在地给江欣怡磕头了。

所以，这顿晚宴，只有我和继青不在江欣怡的计划中，算是额外作陪的，这让我有一些不爽，一个是酒蒙子，一个是丢失了记忆的人。这样想时，我就看到了江欣怡的心脏在胸腔里放着蓝幽幽的光。一种不祥的念头泛滥开来，我急忙闭上眼。

江欣怡伸手摸摸我的额头，说：“继承，咋啦，今天没让你喝酒啊！”

我说：“嫂子，没事，咱们早点儿结束吧！”我想，都回去躺床上睡大觉，还能有什么不祥发生呢，除非玛珥湖再来次大喷发，可玛珥湖的力量早在几十万年前就用完了。

几天后，惊天动地的大事还是发生了。

江欣怡费尽心机吹起来的那个五彩缤纷的肥皂泡，让继红轻轻一点就捅破了，所以继红由一个看笑话的人变成了笑话的制造者。我这个思维不太健全的人，一下子说清楚这事很难，必须捋一捋时间线索，从头开始说。

我是接到电话跑过来的，又是继玉打的电话，可见我在这丫头心中还挺重要。她说：“承子哥，你过来吧，过来救救我，我不行了，坚持不下去了！求求你了！再不来，我就从楼上跳下去了！”

然后，我就听到了她的哭声。所以，我只能跑，一路上，我听到耳边呼呼地响，原来风也和我一起往前跑。上到五楼，我看到江欣怡办公室门口，一个人披散着头发坐在地上，双手抱腿，头埋在膝盖上嘤嘤地哭泣，只把一小段白白的后脖颈暴露在斜照进来的阳光中，有些眩目。我认出这就是继玉了，这个浑身散发着风尘味，每次见面都要和我拥抱一下的妹妹，此时就像一坨剔除了骨头的肉，瘫软地堆在门边。

“怎么啦，继玉？——怎么——啦！”我上气不接下气跑过来，喉咙里像有一团小火苗，噗噗地跃动着，烤得嘴里生疼。

“你，别装了，你又想当婊子，又想立牌坊，为了钱，你什么乌七八糟的事儿都干出来了，是不是只要多给钱，你这个总经理就亲自出台陪客卖身啊？我呸！”

一路上，风跟着我跑，弄得我耳朵有些失聪，如果没有“我呸”这句，我还真听不出是谁的声音。我终于反应过来，这两个人又杠上了，我绕过继玉闯进屋里，呆住了。

江欣怡宽大的老板台一头，继红义正词严地挥舞着白钢手铐，随时准备给江欣怡铐上。江欣怡正摇摇晃晃地站起来，表情平静，嘴角似乎挂着一线鲜红，这明媚热烈的色彩让她的脸颊越发苍白。

整个世界一下子静下来，耳膜的嗡嗡声没了，跟着我跑的风不知躲到了什么地方。我想，我可能被这突然的寂静吓着了，呆立在那里不敢挪动一步，我怕听到空气被搅动的声音。此时，任何一个细微动作都会把这一屋子安宁的空气搅起滔天巨浪。如一片白纸一样的江欣怡终于慢慢靠近了继红，她似乎也怕搅动这安静的空气。江欣怡高高扬起右臂，我想她在配合继红，可手臂为什么扬过了头顶？

啪，我听到了一声惊心动魄的脆响，寂静得有些令人窒息的空气随着这声脆响，终于掀起了一波又一波的浪涛。继红也随着这声脆响原地转了一圈，白钢铐子甩在地上。继红转完圈，一手捂着胖嘟嘟的左脸，一手急忙扶住桌子，她喘息了一瞬，就高高抬起了右脚。

“李继红，你敢？”我急忙冲上前，一把扯开继红。

“你，你拉偏架！”继红恶狠狠地瞪我一眼，捡起手铐气咻咻地捂着脸跑出去。

噗，江欣怡极力想咽下去的那口鲜血还是喷薄而出了，她的白裙上瞬间开满了艳丽的桃花，灼得我有些目眩。然后，江欣怡浑身一软，慢慢地堆在桌子边。

我喊来继玉，发现她的双手已被亮闪闪的手铐铐在了一起。这时候，我的思维终于有了正常人的感觉。我寻找了一下，继红的小挎包狼藉在地上，我摸出钥匙给继玉打开手铐，让她给医院打电话，又试了试江欣怡的呼吸和脉搏，呼吸很细，脉搏也跳得乱七八糟。我判断，她大概一时气结，休克了过去。

江欣怡侧歪在冰凉的地上，那姿势似乎很难受。医院的担架车进不了电梯，走步梯那会耽搁很多时间，我似乎应该先把她背下去。我没有犹豫，一手揽过江欣怡的肩颈，抄起她的双腿，把她抱了起来……

三十八

江欣怡住进了玛珥湖林业局的职工医院。玛珥湖大酒店被派出所勒令停业整顿。继玉一个人三个地方奔波，这倒让我见识了她的本事。

经过最初的慌乱，或许就是在我给她打开手铐那一刻开始，继玉便镇定了下来。

“继承哥，他们想把继英送进去！”

“继承哥，整顿可以，但绝对不能停业，更不能查封。”

“继承哥，一切都先别跟嫂子说。”

继玉表情严肃，不再挂一脸懒洋洋的笑容张开双臂和我拥抱，整个人一紧张，懈懈怠怠的风尘味也不见了。

我终于反应过来，这一切的始作俑者是继英，也许继玉是同谋，按继红的话，江欣怡应该是幕后主使。我瞅瞅病床上的江欣怡，叹了口气，皱紧了眉头。

继玉拉我到走廊，说：“继承哥，你相信我吗？”她死盯着我，好像要把我看到她的眼睛里，“要是不信我，我也没有必要说了。”

我只好点点头，继玉告诉我，玛珥湖大酒店经营状况的好转，真得感谢继英和她的姐妹们。

我抓挠了一下头皮。我发现最近我又多了这个动作，当问题超出了我的认知能力时，除了皱眉外，左手会不自觉地往头上抓挠，似乎那里有个现成的答案。

“继承哥，继英在南方有一伙姐妹，是——是做特殊服务的，你，明白吗？”继玉努力停下，从她的语速上看出，她肚子里还有许多话。她不再往下说，是等着确认我是否明白了她的意思。

即使我傻掉了，我也知道“特殊服务”指的是什么，不愧是专业出身，这个词此时用在这里倒很贴切。我来回走了两步，空旷的走廊里全是烦躁的回响。

“这个继英，还真让继红说中了，怎么是继英？怎么可能？”我盯着继玉，这样问，再次证明了我不是个正常的人，所以继玉才没跟我计较。

“继承哥，我才更像个风尘女子，我才更应该沦落风尘，是吗？”继玉大概让我晃悠烦了，扳着我的肩头把我按到冰凉的塑料椅子上，“怎么不是继英呢？你别看她文文弱弱的，像个大学生，她连初中都没毕业，十三叔病病歪歪，一年的医药费你知道要多少吗？刚到南方时，继英也去工厂打工，可是，一个孩子，她体质又弱，流水线上的活她根本就坚持不下来。那时候，我刚毕业，也没能力管她。我骂过她，后来我还动手打过她。可那又能怎样，骂完打完就证明我和她这个自甘堕落风尘的妹妹划清界限了吗？我尽到了责任，良心可以得到安慰了吗？甚至从此就站在道德的制高点上，对她可以指责嘲笑、可以轻蔑凌辱了吗？她被人污辱了身体污辱了灵魂，最后还要承受她认为可以依靠的姐姐的打骂？她当时还那么小，我真不是人，我对继英简直就是犯罪。”

继玉不再理会我是否明白，自顾说得痛快，最后，一双眼睛就像两孔旺盛的泉眼，汩汩喷涌个不停。继玉的表演成功地打动了我，表演这个词似乎不确切，因为我毫不怀疑继玉的真诚，可是我一时又不知道该怎样更准确地表达。待继玉稍稍止息，我冲病房摆摆头，“她，知道吗？”

“天地良心！玛珥湖，谁不知道嫂子是有洁癖的，怎么敢让她知道。继英的主意，我同意的，要抓要关，我是大堂经理，我去！”继玉说得坚决。

“这么大的事，江欣怡竟然不知道？”我站起来，盯着继玉红肿的眼睛。

“继英是把她的姐妹们安排在各层楼当服务员的，出台是兼职。”兼职？原来这涉及风尘的事儿也是可以兼职的，继英，真有你的，我在心里说。

派出所，留置室里一下子塞进这么多人，让我有了胸闷气短上不来气的感觉。听继玉的口气，被继英召唤来兼职的姐妹不到十人，可这个小小空间里远远超过了这个数。我不动声色地推开一间讯问室的门。

继红和一名男民警正在讯问一名服务员，见了我，继红像见了瘟神，急忙拿起对讲机呼喊：“马所，我哥来了，不要向他透露任何案情，他是叛徒！”然后，继红翻着白眼瞪着我，似在示威。我抬手指了指她，想说什么，终又无话可说，或者是不知道该怎么说。那次她让我转告江欣怡的话，真不只是随便一说。看来，她蓄谋已久，我以前小看她了。

我推开另一间讯问室的门，继英吓得颤抖了一下，她坐在那里，双手被铐在椅子上，瞄了我一眼，就把头垂下了。我看到她嘴角好像有血，脸颊上还有个红肿的掌印。继英做出如此丢人现眼的事，作为李氏族人，我似乎也可以再给她脸上印一个掌印的。我感谢着继玉，走上前，拿出纸巾俯下身轻轻擦去继英嘴角的血。

“对不起，哥，让你跟着丢人了！要打要骂，你随便吧。”继英小声嘟囔着，头垂得更低了，似乎要把自己整个低到尘土里，满头黑发瀑布般遮住了面容。

我伸出左手用力在继英的肩头按了按，说：“继英，别怕，有哥在呢！”

马大哈所长从屋里迎出来，脸上果然挂着似笑非笑的表情，打着哈哈说：“哎呀老弟，继红的话你别当真，你们兄妹，她就开个玩笑。”

“我是没当真，可是老兄你也不能由着继红乱来啊。我跟你说，我今天可是来救你的！”我一脸严肃，让马大哈那别扭的笑容瞬间僵硬在脸上。他大张着嘴好一会儿，又使劲眨巴了几下眼睛，还是不知道如何接我的话。我只好指了指所长室，“没人吧？”

“没，没有，对对对，咱屋里说。”马大哈终于恢复了往日的热情，甚至比往日更热情。让座、倒茶，还从抽屉里抠出一盒中华烟拍到我面前。

我说：“你忘了，我不抽烟的。”

他才不好意思地笑笑，打开，自己叼上一根。

“其实，我对继红是比较放心的，也高看一眼，主要不是看李老弟你的面子嘛。”马大哈吐出一个烟圈，烟圈抖抖地上升、扩大、变形、破碎了。

“江欣怡也是你们李家的人啊，她要是不太出格，继红能对她下手？上次，她当着继红的面撕了派出所给她的法律文书，她当她是谁？还好，多亏你老弟出面，她增加了消防通道，这事本来也就过去了。可现在，她竟敢组织团伙卖淫，还敢动手打警察，好大的胆子！光天化日之下，就在我派出所眼皮底下，所以我批准的，深查，说不准还能挖出容留强迫来，那继红可就立大功了，说不准能给个工勤编也是有可能的。不瞒你老弟说，你的妹妹我可是拿着当我自己的妹妹对待呢！”

我喝口茶，微笑着瞅着马大哈。他停顿一下，贪婪地大吸一口，又吐出了一串烟圈。烟圈由大到小，规则地排列到那两片厚嘴唇处。我看着抖动着扶摇直上的一串烟圈，惊异于这两片厚嘴唇的功能。

“其实，你这个本家嫂子也实在是不会处事，两次开业，派出所没捞着一个请柬，所里弟兄的亲戚朋友来观个光旅个游，别说安排食宿了，连个折扣优惠都没有。你说，老弟呀，我那些弟兄们一听继红摸上来了线索，都嗷嗷地叫，我不批准动手，行吗？”

平心而论，这件事，继英有责任，继玉也有，而蒙在鼓里的江欣怡只是疏于管理，某种意义上说她也是受害者。可是派出所的最终目标却恰恰是江欣怡。继红这个六亲不认的家伙铐走了继英，还想继续铐继玉和江欣怡，还想弄江欣怡个组织容留强迫，这可是重罪了，若不是我及时赶到，后果简直不堪设想。

我微笑着呼呼地喝掉一杯水，马大哈又给我续上。看得出来，我的沉默不语甚至我的微笑已经让他的心脏高高地悬吊起来。

“我说老弟，我说了这么多，你咋反倒不吭声了，不是真的又傻掉了吧？”马大哈终于不再优雅地吐烟圈了。

“继红给你捅了个大娄子，要出大事啊！”我放下茶杯，不再理会马大哈的表情，“现在案子不好搞了。虽然玛珥湖山高皇帝远，这里的人都相对纯朴，派出所过头一点儿也不会说什么，可一旦案件进入诉讼程序，一定要靠证据的。也许，继红的情报不是捕风捉影，可我断定，你们现在没有拿到任何有价值的证据，那一铁笼子服务员再清楚不过地告诉我，你们在撒大网。如果继英真有这么一伙人，那也就是十个八个的，这是常识。你们把好几十个年轻的女服务员都抓过来，你们想到后果没有？一旦这些年轻女孩子的清白名声毁在你们手里，她们的家长不跟你拼命才怪。更关键的是，江欣怡她现在不是一个人，而是和林业局和镇上近百个家庭的生计绑在了一起，这些被抓来的女孩子有多少是转岗分流家庭的，你有数没有，她们的家长可都憋着一口气呢。你把玛珥湖大酒店弄黄摊了，一下子捅破了他们刚刚满怀希望吹来的肥皂泡，他们要是再不管不顾地闹到局里市里，继红这个协警编得开除，你这个所长我看也当到头了。由着继红胡闹，老马，你不是马脑子，是猪脑子啊！”

我说完，扔下傻愣愣直眨巴眼睛的马大哈离开。走出门，马大哈懵懵懂懂的声音追出来，“继承老弟，你是，你是有什么任务来卧底的吧？还养病呢，糊弄鬼吧。”

出了派出所门口，我放心不下继英，又折回去告诉她别怕，很快就没事了。

继英始终不敢看我，垂着头，长发遮面，嘴里不住地嘟囔：“继承哥，对不起，对不起！”

三十九

马大哈当天下午先放了那些服务员，临下班前又放回了继英。但是让我不解的是，继英的讯问笔录里清楚地出现了一次和某个客人发生过不正当关系的供述，还收了这个客人很大一笔钱。难怪继红会那么恶毒地谩骂江欣怡，让江欣怡失控打人，口喷鲜血倒地休克。原来，继红还真掌握着点儿证据，那她又是怎样对继英威逼利诱的呢？我想起了继英脸上的红掌印。后来，过了许久，我才弄清楚，继红给继英安排了卧底，警察当得真够格。那一段时间，继英的父亲又住进了医院，急需一笔医疗费，弄清这些事，应该很容易。不过，继红和马大哈确实没有达到目的，他们操之过急，在继英和继玉面前，继红显然还是嫩了点儿。加上林业局和酒店员工的抗议，第二天，派出所不得不收回停业整顿的成命。

继玉复又现出懈懈怠怠的风尘味来，见了面突然毫无征兆地拥抱我一下，说：“承哥，谢谢你！”然后，又对病床上的江欣怡说：“嫂子，都过去了，一切恢复正常，你放心，多养些日子吧。”

可是，江欣怡并没有过去，苍白着脸色，咬牙切齿地说：“让继英来！”

继玉打了个哆嗦。

继英是梳洗打扮一番才来的，脸上已不见了那只红掌印。她跟在继玉后面，低垂着头，小心翼翼地进来，恭顺地站在床边，小声说：“嫂子，对不起，我让你——丢人了！”

江欣怡叹气，指指床边的凳子，说：“坐吧，瞅你文文静静一个姑娘，怎么能做出这样的事儿？我不信，就想亲自问问你。服务员的事，是真的吗？”

继英很坚决地摇头。

继玉扯了她一把，说：“嫂子不是外人，我都坦白了，是我默许的。”

继英只好不情愿地点一下头。

“几个？”

“八个。”

“那好，给你这八个姐妹多开一个月的工资，马上辞退。继玉，你听见了吗？”江欣怡躺在床上，说话似乎很费力气，我上前把床摇了起来。

“嫂子——”继英皱着眉头，轻轻地叫了一声。

“嫂子！”继玉接过去，“咱们酒店才刚刚有了点儿起色啊——”

“我情愿赔死，破产跳楼投湖！”坐直上身的江欣怡底气足了许多，眼里又闪现出凛凛的寒气。

继英还想说什么，继玉扯扯继英，说：“那好吧，一会儿我回去就办！”

“还有，”江欣怡停顿了一下，目光在继英脸上游移，有些犹豫，似乎还没排列好词语的先后顺序，不得不斟酌一番，“那件事，是真的吗？”

继玉又扯了继英一把，说：“嫂子，那是继红陷害！”

“让继英说。”江欣怡瞪继玉一眼。

“是真的！”继英淡淡地点了点头。

“为什么？为什么？”江欣怡终于崩溃了，拼尽力气，抬起右手指着继英，如果继英再往前一点，我肯定她会再次挥起巴掌的。看来，人都会变的，几天时间，优雅高贵的江欣怡学会了粗鲁，“你真叫我失望，难怪人家继红那么骂我，有辱门庭，有辱祖先，你继先哥，他不会原谅我的！”

江欣怡突然就崩溃了，她边骂继英边呜呜地哭，像一个怨妇，毫不顾忌自己的形象，号啕声甚至惊动了医生护士。

“你们不要再让病人受刺激，先回去吧！”护士下了逐客令。

我知道，我们走了江欣怡会更难受，她似乎还没骂够继英。我上前跟护士解释，她们才没再撵我们。

终于，江欣怡累了倦了，那只指着继英的手无力地垂下，恹恹地说：“继玉，多给继英开三个月的工资，让她也走吧！”江欣怡的声音极轻，在我听来，却不亚于平地一声惊雷，把我们三人全部炸晕。

许久，我看到继英慢慢转过身，朝门外走。继玉叫她一声，她好像没听见。转过身去时，继英的目光是涣散的，晃晃荡荡的大眼睛像两潭了无生机的死水，那亮闪闪跃动于眼底的两团小火苗熄灭了。我记得在派出所，她被继红铐在椅子上，不敢接我的目光时，那两团小火苗也不曾熄灭。

我浑身一抖，禁不住打了个寒战。

继英出了医院大门，犹犹豫豫地走向了玛珥湖。我有了不祥的预感，认真想了一下，给继红打了电话。

远远的，一泓碧水又有些招摇地闯入视线。我再次惊异于玛珥湖的纤尘不染了，我甚至担心，继英这么不管不顾地一头扎入湖中，会弄脏了这一湖圣水。这样想时，我内心泛起一丝不安，觉得有点儿对不起继英。继红可以这么想，江欣怡也可以这么想，而我不行。如果换作另一个人，我也会这样想的，这和是否堕入风尘无关。我不记得自己会不会游泳，潜意识中好像在水中扑腾就不会下沉，手脚并用就能向前划行，那我应该行的。在继红还没有赶到时，继英如果想用这湖圣水濯洗她的灵魂，掩埋她的身体，我不会让她得逞的。

终于，继英走到了湖边，她低下头，定定地瞅着。我想她一定在看水中的自己，她可能还没准备好，还没下定最后一跃的决心。我远远地等待着。这时候我看到玛珥湖奇异的景象，湖心是蓝的，周边是绿的，蓝绿相互嵌在一起，使整个湖面平平展展地变成了一面硕大的镜片。继英你跳吧，你不会沉下去的。可是，继英没跳，她看了一会儿镜中的自己，绕到了湖东，开始爬小金龙顶子。这回她的脚步虽然还很缓慢，有气无力像个麻木的梦游人，却不再犹豫，反倒还带着那么一点儿决绝的意味。

小金龙顶子上埋着燕琳的先人，燕琳领我去过，或许也埋着继英的祖先，继英需要找个人诉说，哪怕是个死去的人，或者面对一座荒丘，就如同江欣怡面对继先那样。这好像也是玛珥湖人的一种习惯，我认定，此时的继英需要这个。果然，继英坐在了那一片土丘前，就是燕琳上次坐的地方。我停下脚步，远远地观望，努力梳理着继英和这片土丘的关系。

我扶着身边一棵小树喘息了一会儿，抬起头来时，我意识到视觉恢复了正常。继英离那片土丘还有一段距离，她的侧后，杈丫的松枝把天空切割成无数碧蓝的碎块，碎块在随风抖动。我揉了一下眼睛，发现蓝天破碎后，失去了支撑能力，便集体掉进了下面的湖里。

天啊，我向蓝天的碎块跑去。

“别过来，继承哥！”离继英很近了，她突然站起来，警惕地盯着我。从这个角度看，那些切割天空的树枝不见了，一大片湖水荡漾着蓝天，远处那一抹青绿，是湖和天合谋，强行推进我视线里的一波绿浪。

“继英，别做傻事！”我停下。我看到，继英已把鞋脱了，我往前进一步，她就后退一步，那片湖天融合后的湛蓝就在她身后不远处，闪烁着渴求她融入的光芒。我突然有了空间倒置的感觉，一时分不清是天空掉在了湖里，还是大湖飞到了天上。“别做傻事，把鞋穿上！”我提高了声音。这是一双廉价的球鞋，搭配着继英的牛仔裤和宽松的白开衫，让你想到的是青春活力，是花蕾般的年轻姑娘充满希望的未来。

“我不穿！”继英固执地摇摇头，她的脚很白，红色趾甲像一排艳丽的刺梅果在草地上若隐若现，“穿上鞋，你们更嫌我把大湖弄脏了！”

“不会的！”我脱口而出，然后，我意识到这样说似乎在鼓励继英，让她穿上鞋跳下去。

“光着脚死和穿着鞋死，有区别吗？”继英的淡漠让我感到惊异，似乎随时准备后退一步，融入这片碧蓝之中的是另外一个人，与己无关，所以她可以平静地和我讨论这个人的生与死的问题。

“继英，你的生命才刚刚起步，一切都才刚刚开始，无论如何都应该珍惜，不管遇到了什么，我们一起面对，好吗？”来玛珥湖，一直都是众星捧月，这是我说得最真诚最低气的话了。

“晚了，太晚了！继承哥。”继英仰起头，夕阳就在这一刻悄悄地把小金龙顶子涂红了。继英仰起头时，微眯了一下眼睛，两大滴的泪便慢慢滑上脸颊。“这次回来，我本来以为噩梦过去了，一切都会重新开始的。从前，丢人都丢在了外面，我不姓秦，也不姓李，没有人知道我是谁，继玉骂我，打我，我让她骂让她打，我能忍。可现在是在玛珥湖，不一样了，继红打我，嫂子也要打我，秦李两姓的人为了维护自己的尊严，都可以打我。我知道你们都嫌我脏，我不怨你们，其实我也嫌自己脏，不光身子脏，灵魂也脏。可我又有什么办法呢？告诉我爸妈，我实在扛不下去了，走不下去了，这样对我也许是最好的解脱。记得小时候，大人们总给我讲玛珥湖的故事，说这一湖的水是天母的乳汁，是仙女的眼泪，生了脓疮疔毒，闹了眼病，用这圣洁的水洗洗就好了。现在，就让我去洗洗吧，从里到外，让这个世界上最干净的玛珥湖水把我洗得干干净净，清清爽爽。”

我目瞪口呆地站在那里听继英述说，两条腿像两根插进泥土的木桩。望着继英决绝的眼神，我知道我除了当一个称职的倾听者，什么也做不了，任何轻举妄动都可能加快她跳下去的速度。

继英说完，瞅我一眼，我敢肯定这是世上最复杂最悲戚最揪心的眼神了。我的心瞬间碎裂在胸膛里，然后被七彩霞光蒸发成一抹血色的山岚雾气，在玛珥湖边的崇山峻岭间游荡。我就这样眼睁睁地看着继英后退了一步，倒退着倒了下去，她就像被山风强行撕扯下来的一枚绿叶，摇摇晃晃地飘下去，飘下去，最终波澜不惊地融入了那一大片刺人眼目的瑟瑟抖动着一层嫣红的碧蓝之中。

我头脑一片空白，颓丧地跌坐在地上，瞅着那双廉价的球鞋发呆。跳湖的人为什么都要留下一双鞋呢？是心有不甘，以此告诉人们这是她对这个尘世最后的留恋吗？我拿起这双鞋，轻轻举在眼前，一张折叠的纸片飘落草地，那摇摇晃晃的姿态竟然和继英一模一样。

这是继英的遗书啊。

四十

其实在玛珥湖，投湖也不算什么新鲜事儿。自从有了玛珥湖，自从玛珥湖边有了人，发生了多少投湖事件，谁又能数得清。玛珥湖以她博大的胸怀，滋养着玛珥湖人，同时也将那些自以为走不下去的生命重新吸纳进她柔软的怀抱，洗去他们尘世的污垢、忧伤和屈辱，让他们永享澄明与清净。所以，一直以来，玛珥湖人遵循着人死为大的约定，一旦人投了湖，哪怕这个人曾经犯下过十恶不赦的罪错，人们也就在心里原谅了他，好像这清凉圣洁的湖水真的能洗去一个人的罪恶，哪怕是灵魂深处的。

这，有什么不好吗？

继英树叶一样飘向大湖时，也一定是这样期待的吧。遗憾的是，她未能如愿。

“这个臭丫头，心够狠！”江欣怡听到消息，咬牙切齿地说，“她想让我成为杀人凶手吗？”

经过精心治疗，江欣怡恢复得很快，她的目光几乎在一夜之间恢复了往日的神采。只是苦了继玉，打发走了继英的那些姐妹，大酒店的生意又进入了半死不活的状态。她昙花一现的风尘味又消失得无影无踪，每天紧张兮兮地绷紧了每一根神经，还要酒店医院两边跑，跑到医院还要在江欣怡和继英中间两边抹光溜墙。

不过，我倒更喜欢一脸严肃的继玉。“你怎么这么傻，你想饿死吗？要还是我妹妹，就坚强起来勇敢面对！”继玉软硬兼施，就差给继英下跪了，“嫂子已经原谅你了，真的！”

“别骗我了，她不会的！”继英茫然的眼神艰难地转了转。我担心不把她眼底的两团小火苗重新点燃，她一定还会去跳湖。她是被湖水呛个半死，让继红她们给捞上来的。为了以防万一，在她往小金龙顶爬时，继红她们就把摩托艇开到了悬崖下。把情况通报给继红，直到现在，我都为自己当初的做法叫好。可是继英并不这么认为，她哇哇吐出一肚子湖水后，就那么恶狠狠地瞪着我。等能开口讲话了，她跟我说的第一句话竟然是："多余救我，恨你！"然后，就再也没跟我讲一句话。

江欣怡今天状态不错，她斜靠在床头，拿铅笔在一张张白纸上勾勒，嘴里还小声哼唱着西皮流水："伏皇娲娘，临渊嗟叹，莽莽大地，浩浩长天——诶，继承，你来得正好，快看看我设计的草图。"

铅笔在江欣怡手上优雅地转着圈，她纤长的手指十分灵动，像朵造型奇特的花，苍白的脸颊上有了一丝血色，让人感到她内心深处那团生机正渐渐恢复活力。

"你怎么了？"江欣怡的手指终于停止了花样翻新，目光从她感兴趣的草图移到我脸上。我知道她在勾勒民宿的内外设计，这是她又一个野心勃勃的计划。她以前说过，要把玛珥湖镇所有的闲置民居全部改造成民宿，只要玛珥湖人愿意，谁都可以参与，满族风情的，朝鲜族风情的，甚至以前猎人的地窨子，加上冰雪运动项目，让人们来一个深度的体验游。我没有想到的是，在整个酒店随时都可能因资金链断裂而倒闭的情况下，江欣怡还有心思描绘她未来的宏伟蓝图。是她的心太过强大？还是她变成了鸵鸟？

"嗳，你别这样看我行不行啊，拜托！"江欣怡终于放下手中的纸笔，双脚踩在拖鞋上站起来，或许这一连串的动作过快，一时让她的大脑供血不足，她不自觉地皱了皱眉头。

其实，尽管我的目光落在江欣怡脸上，可我的眼神却是茫然的，我清楚地意识到这点。在江欣怡问我时，我想到了继先，我为继先的强大气场感到震惊，他走了这么多年了，可他的气场还顽强地笼罩着江欣怡，而江欣怡也心甘情愿地陶醉其中，简直不可思议。

"这是什么？"江欣怡又开始玩孩子的把戏，伸出右手食指在我眼前晃了晃。可是今天，我没有心情陪她玩。

"我才不管那是什么！"我拨拉一下江欣怡的手说，"你是在逃避？还是在画饼充饥，或者是真的有这么强大？"

江欣怡眼神黯淡一下，说："都不是，是你继先哥。"

果然，又是继先。

“大酒店随时有可能倒闭，继玉那边一个人苦苦支撑，你不会不知道吧？”我盯着江欣怡，有了一点儿逼视的感觉。

“办法总比困难多，我没有那么悲观。”江欣怡一页一页归拢草纸，抬起头，迎着我的目光笑笑，“不是还有你吗？”

“那丫头咋办？你真铁了心让她自生自灭？”

“我就知道，你准是又为她来的，连我的设计图也不关心了。”江欣怡扬了扬手中的纸。

为了表示关心，我只好接过来看。这是当年继先的构想，这么多年了，才让江欣怡落到纸上。谁知我刚看了一页，江欣怡又一把夺回去，“瞅你心不在焉的样子，还是别看了。实话告诉你，我想了很久，就给这丫头个机会，让她留下来，但是必须痛改前非，脱胎换骨。”

“嫂子，那你去看看她吧，亲口跟她说这些。”

“别得寸进尺，继承，别逼我！”江欣怡瞪我一眼，坐回床上，双手交叉胸前，叹了口气，“还跳湖了，嫌丢人不够是吧！咱玛珥湖自古以来，跳湖的都是些什么人？舍生取义的英雄，忠贞善良的烈女，她继英也配？也不怕弄脏了大湖？反正我能做的就这些了，她愿意跳，让她继续。”

无论如何，江欣怡这样说我都觉得过分了，即使继英真让她蒙了羞，让她觉得无颜面对继先，在一条鲜活的生命面前，她也不该如此冷血。生与死对于人类来说都是万分庄严的事情，不管这个生命是多么卑微。此时，我终于明白，在江欣怡这里也许是不一样的。

我拿出继英的那份遗书放到床上，说：“嫂子，在你眼里，继英的确不可饶恕，甚至她的所作所为都是肮脏的，从身体到灵魂，所以她的生命可以像一粒尘埃般卑微低贱。可是，你、我、我们这个世上的每一个人都代替不了她。当你不知道她到底经历了一番怎样的苦难，没有真正走入她的内心时，你就没有权力指责她！”

江欣怡瞪着我的眼睛渐渐迷惘起来，她的嘴角向上牵了牵，终于没露出那排好看的碎玉，在我看来就有了一丝嘲讽的意味。是的，一个失忆的病人，如此这般地教训冰清玉洁的江欣怡，连我自己都觉得有些可笑。我装作没有看到她表情的细微变化，拿起继英的遗书展开，固执地递过去。

江欣怡瞪着我，许久，凌厉的眼神才渐渐柔和了一点儿，她叹口气，说："李继承，你真是个奇葩！"江欣怡伸出右手，用食指和中指轻轻夹住了那张纸。我急忙退出来。我得给她消化的时间，如果我告诉她这张遗书来自继英的鞋，她一定会让这片纸再次像树叶一样飘落。

可是，江欣怡终究没能如我所愿去看看继英，跟继英说她原谅她了。她只是把继玉叫过来，淡漠地宣布，让继英继续在酒店工作，提高工资到继玉标准。"这个丫头要是死不悔改，不用她自己跳我也会把她推下去！"江欣怡说得咬牙切齿，一副与继英不共戴天的样子，连见多识广的继玉也吓呆了。

我说："嫂子，其实——"

"继承你给我闭嘴！"江欣怡恶狠狠地挖我一眼。

我只好退出来，到继英病房说："欣怡嫂子原谅你了，让你继续回酒店上班，还给你涨了工资，副总的标准，所以一切都重新开始吧。继英，再难，咱咬咬牙，跟哥说，哥帮你，别再做傻事了。"

继英咬着被子一角抽泣，又把被子蒙在头上呜呜地哭，边哭边说："我知道的，嫂子她不会原谅我的。"

其实，我也说不准江欣怡是否原谅了继英。她收回了开除的成命，给继英副总的待遇，似乎是对继英更好了。可是，当只有继英、继玉或者我在场时，江欣怡对继英总是冷着脸，继英也总是惴惴的像个做错了事随时准备挨老师训斥的小学生，那惶恐的神色，让我生出无限的同情。我想时间是医治一切的良药，过一段时间她们俩会恢复之前样子的，可是终究没有等到那一天，继英便崩溃了。

这天傍晚，我在玛珥湖边，瞅着幽蓝而神秘莫测的湖面渐渐升腾起一片云雾，希望能看到"龙腾渊"的奇景，就见继玉急急慌慌地跑来。

"继承哥，看你往这边来了，你咋不接电话？"

我摸摸衣兜，"又落房间了——"

"快走，快跟我走！"继玉不由分说拉起我就往镇上跑。

玛珥湖客运站在十字街那儿，大客车喘了几口粗气，沉重地抖了抖身躯，越走越快，像个突然间获得了生命的凶猛怪兽，拐过街角不见了。

继玉嫌我跑得太慢，扔下我以专业运动员的速度又往前挣扎了一会儿，便蹲在路边剧烈地咳嗽。其实她和我一样，知道肯定是撵不上了，所以当大客车一边吼叫一边狂奔时，我不再跑，继玉加快速度只是证明她有多么不甘心而已。看来她比我还傻。

我轻轻拍着继玉的后背，问："到底怎么了？"

继玉咳出了眼泪，加上剧烈奔跑，面颊变得绯红，她的双肩在抖动，眼泪好像不是咳出来的。

"贱人，她就是个小贱人！"继玉边抽泣边咬牙切齿，那神情让面目有些狰狞，"欠揍，我扇她扇轻了！"

"谁？继英，继英坐车走了？"我推测着，迅速在头脑里建立相关的链接。

"我咋跟江欣怡交代？嫂子还有一个长远的帮助她的计划呢，你说我该咋办？"继玉急得跺脚蹦高，引得路人纷纷侧目，她已顾不上大酒店副总的身份了，"继承哥，要不你跟派出所马所长借个警车，咱撵吧！"

"不着急，我的意思是说，别弄错了，你确定继英不是临时有事，只是去趟海龙城或者梅河口？"我朝继玉伸出手，她没明白我的意思，所以我的手就一直那样伸着。

"我这几天就感觉她反常，突然又跟那群姐妹联系热络了，有时还背着我，准是她们又勾她了，贱，都是一群贱胚子！"继玉恶狠狠地骂了一句，又瞅瞅我一直伸着的手，眼神迷茫了一下。

"电话，手机！"

我给燕琳打了电话，告诉她务必要一下特权，去车站截住继英，然后，把她给我和颜悦色地押回来。

电话里，燕琳嘻嘻笑着问："尽量好言相劝，如果这丫头不配合可以动硬的。老公，我理解得对吗？"

"聪明！"

当晚，燕琳开着警车押送继英回到玛珥湖时已经半夜了。江欣怡早回到她那间鲜花簇拥的乡间小墅，进入了沉沉梦乡，所以，今晚小镇的夜空没有飘荡起激越的西皮流水，显得格外沉寂。

回到大酒店继玉和继英的宿舍，燕琳打着哈欠，说：“困死我了，开个房间先让我睡一会儿呗，这大半夜的继英你作什么妖？”说着，温情地望着我，又按住继玉要打电话的手，说，“算了，我先上车里眯瞪一会儿，你快一点儿啊！”

继英瞅我们几个笑笑，或许只是笑笑，她的眼神很茫然，在我们脸上瞬间扫过，她说：“打吧，骂吧，快一点儿，打完骂完，我好睡觉，我也困了！”

“谁敢？”燕琳拍拍继英的头，“都建设法治社会了，有问题就解决，我在下面，他们敢打你就报警。”燕琳冲继英伸伸舌头，出去了，她一定以为继英在开玩笑。

“你们不打不骂，那我可要睡觉了。”继英瞅瞅继玉又瞅瞅我，慢慢坐到床上，终究还是心虚，低垂下头。

“你不要以为我不敢扇你，把你嘚瑟的，你这样对得起我、对得起嫂子吗？”继玉说着，突然嘤嘤地哭起来，深更半夜的，我瞅瞅窗外的夜空，后脊梁滑过一阵午夜的寒凉，汗毛不知不觉竖了起来。

眼泪远比巴掌有力量。继英叹了口气，终于收起玩世不恭的笑容，说：“继玉姐，我知道，还有嫂子和继承哥，你们都是为我好，我不走了，行了吧。今天你们拼了命地堵截我，让我看到了你们的真心，对我这个败家妹妹你们没放弃，没任我自生自灭，我很感动。燕琳姐拉我回来这一路上我想好了，从今往后我痛改前非，重新做人，洗心革面，脱胎换骨，再不改我就拿绳把自己吊死，省得弄脏了大湖。求你别哭了，哎呀姐，我求你了！”

继玉接过继英递上的纸巾，边擦眼泪边说：“是不是那帮骚人又勾的你？”

“别这样说，姐，你不能这样说我的姐妹！”继英瞪了瞪眼睛。

“继英，我问你个问题，”我注意观察着继英的情绪变化，觉得有必要把事情彻底搞清楚，“你，在玛珥湖大酒店，不开心，是吗？”

这话让继玉有些吃惊。

继英的眼睛瞬间红了，眼泪溪水一样毫无节制地泛滥出来，顺着苍白的脸颊成双成对地滑落，一会儿便打湿了胸前的衣襟。

“继承哥，欣怡嫂子蔑视我的眼神、鄙视我的语气让我受不了，我开始怕跟她见面，现在一听到她的脚步我就心慌慌地直哆嗦。所以，我，我实在受不了了——”

继英凄楚地边微笑边流泪，惊得继玉大张着嘴说不出话，我的心闷闷地颤抖着，很疼。

四十一

燕琳走后，继玉告诉我，她内心最愧疚的一件事就是对不起继英这个小堂妹。当年十三叔婶把继英交给她时，继英是一个多么漂亮清纯的少女，是自己无能没有照顾好继英。所以当江欣怡召唤她们时，她发誓要把继英改变过来。继英也答应她树立信心重新开始。可错就错在她不应该把继英的那些姐妹招来，当然这是继英的主意。她们也是为了使大酒店渡过难关，还想在江欣怡面前表现一下，不过继玉给继英是划了底线的，谁知金钱的魔力加上习惯，最终还是让继英重操了旧业。这一次，继玉得知实情后又狠狠扇了继英一个耳光，所以当时我看到继英脸上的红手印不只是继红留下的。

“我悔死了，愧死了，怎么会是这样的？我一心想帮继英过上正常人的生活，可没想到竟是这样的结果啊！”继玉说到最后又嘤嘤地哭起来。

我明白了这个聪明丫头的意思。她总是这样，有话不明说，绕一个大圈，然后，等我终于领会了，替她说出来或者做出来。

“江欣怡在酒店吗？”

“在！”

我见识过江欣怡的伶牙俐齿，所以来的路上我理了一下思路。

“嫂子，我想跟你谈谈继英的事。”我不想跟江欣怡兜圈子。

江欣怡的目光从桌子上抬起来，她在欣赏自己的那些杰作，铅笔又在她手上灵动地转着圈。“好啊，说吧，说完了再看我的图。”她站起来给我泡茶。

“我觉得，不应该这样对她。”

“那你说我该怎样对她。在这么艰难的情况下，我给她副总的待遇，还不够吗？继承，要不把我的位置给她？”江欣怡的嘴角向上弯了弯，那种笑带着一丝嘲讽，她把递向我的茶杯收回去放在桌角。

江欣怡的态度让我很不爽，我犹豫着是否要把继英昨夜的原话复述给她。

“是不又断片了？别着急。”江欣怡放下铅笔，双手抱在胸前，注视着我。看得出来，她今天心情不错。

“我都看出来了，你鄙视继英，终日让她生活在惶恐压抑中，最终会把她弄崩溃的。你这样对她不公平！”我盯着江欣怡，她化了淡妆，苍白的脸颊上点染着一抹胭红，让她多了些妩媚和秀色。

“继承，那你告诉我，该怎么对她，表扬她？让酒店员工都向她学习？”江欣怡的眼神很锐利地刺中了我。我没有躲避，接住了她寒光闪闪的眼神，这时候谁躲避谁就先败下阵来。

“嫂子，人有脸树有皮，给她些尊严吧！”

“什么？你说什么？”江欣怡打断了我，“她一个卖……还要尊严！？”

江欣怡终于没有把那个词说出来，我猜可能她是想说“卖淫”或者“卖身”，所以我只好替她说了出来。

“嫂子，卖淫女就没有尊严了吗？就可以任人凌辱践踏吗？原来，你内心深处，并不像我想象的那样善良，你为了维护自己的洁癖，不断地用你的冷暴力去羞辱继英，可她不光是一个让人瞧不起的风尘女，还是我们的堂妹啊，你不是总提继先哥吗，如果继先哥……”

“你闭嘴！”江欣怡有些歇斯底里。

我双手撑到桌子上，俯下身死死盯着江欣怡的眼睛，“继先哥就在这个屋子里看着我们，你好歹算个知识分子，你回答我，咱先不探讨风尘女子有没有尊严，这话题太远，就说继英，她有没有尊严，需不需要我们一起来维护？”

“李继承，你闭嘴啊！”江欣怡喊完，头扭向一边，不再接我的目光，双手无力地从胸前放到桌子上。

“其实，我知道，让你像对待继玉那样对待继英，你做不到，但是哪怕，哪怕你只在内心鄙视她。”

“你让我装，我不会那么虚伪！”江欣怡叹了口气，语气淡漠了许多，扫了我一眼快速移开。

我站直身体，说：“嫂子，那不是虚伪，是做人的善良，毕竟，继英已经下决心要改变了。还有，继英是怎么一步一步走到今天这境地的，你对她又了解多少？当初她是一个多么清纯的女孩子，但凡有一点儿办法，她断不会抛弃廉耻去出卖身体啊！是谁把她逼良为娼的？当她陷入绝境的父母需要救命钱时，你让她怎么办？她又能怎么办？这些，你都想过没有？”我不知道能不能说服江欣怡，可我断定她听进去了，只是还需要点儿时间来思考。我转身往外走，觉得有些意犹未尽，还可以把我的意思再递进一层，“你这样对待继英，和那些花钱玩弄她身体的嫖客没什么区别！”

终于，一句狠话脆生生地从后面追上来，结结实实地砸在我后背上。

“李继承，王八蛋！”

几天后，继玉打电话跟我汇报，江欣怡对继英的态度有了变化，不再鄙视继英，也不再拿继英当空气。有时安排工作还对继英笑笑。继玉的词汇有限，没有准确描述江欣怡的神态，但我知道，江欣怡那温情脉脉的高贵笑容一定会慢慢融化掉继英心里的那块坚冰。

“继英还哆嗦吗？见了江欣怡。”

“不了，只是还有点儿拘谨。”

夏日天长，晚饭后还有很长一段才天黑，这时酒店也不忙，我去玛珥湖边转悠时便顺路叫上继英。

继红提醒我说：“哥，你千万别让那个臭丫头教坏了。近朱者赤，近墨者黑。”

我瞪继红一眼，说：“你怎么不往好了想？同样道理，我们都去亲近她，她不就又回到我们这伙里了？”

我发现，继英对看大湖并不感兴趣，她只是出于礼貌，默默地走在我身边。我不知道，在她童年的记忆中玛珥湖是什么样子的。

“大湖，不过一汪水而已。”

“那你喜欢什么？在玛珥湖。”我鼓励的目光殷殷。

“爬，爬小金龙顶子！”

于是，我们便去爬小金龙顶子。继英爬得飞快，落下我很远。“哥，你能行吗？”她等我赶上，抹把脸上的汗，露出开心的笑容，尽管是皱着眉头的笑，但我能感觉到她很开心。

“没事，森林氧吧里的有氧运动，对恢复记忆有好处。”

“那咱俩比赛呀！”继英像灵巧的小猫一样弯腰向前，开心得像个孩子，不到二十岁，不就是个孩子嘛。

到了山顶，在那片坟茔前，继英还是规规矩矩地跪下磕头。她说：“听爸爸说这是咱们的祖先。”

我想起和燕琳上来那次，说：“十三叔说得没错，不是祖先也是祖先的亲人。”我告诉她燕琳说的那些话，燕琳要嫁给我也是为了睡在这里的祖先或者接受了祖先的神谕。

“真的啊！”继英眨眨眼，然后清清亮亮地笑起来，没想到这丫头的笑声这么明丽动人，如同燥热的晌午穿过绿叶间的清凉山风。一只小松鼠似乎也受到感染，欢快地在树枝间跳跃。

“十三叔婶还好吧，他们到底都是什么病啊？”

“我爸，早年外出打工挖煤，尘肺；我妈，肾病。”继英的眼神暗淡下去。我意识到，我又发傻了，不该问这句话的。这次回来，玛珥湖的长辈都见过了，只有他们俩，长年和医院打交道，两个人交替着去城里住院护理似乎成了生活的全部。

继英慢慢坐在一块石头上，望着崖下的玛珥湖出神。那天，她就是在这里跳下去的。现在我不担心她再跳下了。此后许多次，我们比赛爬上小金龙顶子，继英就这么沉默地坐在那里，看大湖、看夕阳、看晚霞、看一片红彤彤的林海。至于说了什么，我不再记得。这次不同，这次和继英的对话，我会永远记得。

“没事，继英，别担心，一切都会好起来的，一切都会重新开始的。”许久，我打破了沉默，我太想安慰一下她了。

“谢谢你，哥，这些天，我很踏实，终于感觉不再孤单，有了依靠。”继英扭头专注地盯着我，一抹夕阳把流霞一样的嫣红涂上她的脸颊，让她有了奕奕的神采，那张还有些稚气的脸显得很生动，“我知足了，至于重新开始，永远不可能了。”

我的心陡然一凛，“为什么，你才多大啊？”

“哥，其实，我的心早就死了，你面前的我，不是真正的我，真正的我，在我第一次做人流时就已经死掉了。我是说我的心，随着那个被我杀死的孩子一起死掉了，可是，不杀死他怎么办，连他的父亲是谁都不知道。”继英转过头去，不再看我，好像对着天边的那片晚霞说，“当时，做完人流，没有一个我住得起的旅店肯收留我，怕带来晦气。你别小看了那些小旅店的老板们，他们见多识广，我们这样的情况，他们一眼就能看出来。当时，我想爬上楼顶跳下去，可我连爬楼的力气也没有了。后来，终于遇到个眼拙的大叔让我住下了，养了十来天。当我想不辞而别要去跳楼时，那位大叔把我叫住了，他说：‘孩子，你这么小，父母怎么舍得，回家去吧，回到父母身边，去干点儿别的什么营生。’他不是眼拙，他全看出来了。那一刻，我控制不住了，跑回房间大哭一场。哭完，我打消了跳楼的念头，我也不知道为什么，大概是那个大叔的话让我感到这个世界还残存着那么一点儿温暖、一点儿让我留恋的东西吧，尽管它来自一个我至今不知道名字的陌生人。我只好按我们这行的规矩，买了三尺红布，包了五十元钱，又买了一双布鞋——我当时想买皮鞋的，可我实在没有钱了——我把这些留在了我住过的那张床上，以此表达对大叔收留我的谢意。

“出了那家小旅店的门，真正的我便死掉了，只让我的身体活着，对于我那需要大把花钱的爸妈，发挥着活着的意义。

“你说，对于早已死掉的我，对于我污浊不堪的身体，我还怎么开始呢？继承哥！”

“不，你行的，可以重新开始的，我说行就一定行！”我知道这些话对历经苦难的继英是多么苍白无力，可我没有办法找到更有力量地表达。

一大滴泪在继英脸上慢慢滑行，绚烂的晚霞让她变成了一尊熠熠生辉的雕塑。我突然发现，继英生动的脸颊还是很漂亮的，在玛珥湖我的姐妹中，她算得上是最美的那个了。

四十二

现在，我终于觉得，玛珥湖充满了迷人的气息。

开始我并未意识到，试想一个没有记忆的人，当他突然重新获得了正常思维，对这个世界的一切都应该是感到新奇的、着迷的。就像一台待装程序的电脑，每一个信息都那么重要。我之前似乎混淆了一些事情，直到我说起继先时，继红吓瘫在地的反应，才让我意识到我在经历一些异常的，甚至是诡异的事情。我把这些告诉燕琳，可是她不信。当时她正忙着和我一起燃烧，烧成一团灰烬，或者沸腾后蒸发，让我们变成溪流干涸后两条张嘴喘息的鱼。这是燕琳所期望的。我隐隐觉得燕琳不懂我。

懂我的人很快来了，是梅姑带来的。

梅姑说："继承，这是梅冷，你姐。"

我瞅瞅梅冷，鸭舌帽卡着光洁的额头，一头秀发披散在背后的双肩包上，清清丽丽的脸上堆满稚气，好像在哪里见过。

我说："梅姑，她还是个孩子，咋成了我姐？"

梅姑说："不愿意就不叫。"

梅冷说："行，那我叫你哥。"

其实怎么叫都无所谓，我的心思是让梅姑领我见山爷。

梅姑说："这一段太忙，等梅冷熟悉了这里的环境再去。"

梅冷开着一台蓝色的越野吉普车，隔几天来一趟，让我陪她在玛珥湖边走走。更多时候，是梅冷从备箱里拿出画架、画板、小画箱之类的，往玛珥湖边一支，一画就是大半天。她画画时，还必须让我坐在一旁看着。有时候，她也拿出个带长焦镜头的相机，拍上几张照片，湖边美景、花鸟虫鱼什么的。高兴时，她也会给我拍，然后再摆出各种姿势让我给她拍。

“你是梅姑的女儿？”我问。

梅冷瞪我一眼。

“那你是梅姑的侄女？”

梅冷微微一笑，然后说：“你的好奇心倒是很重。这很重要吗？重要的是你快点儿找回记忆，等你什么都想起来了再告诉你。”

我去问继红梅冷和梅姑的关系。

继红说她也不知道，反正这孩子之前没见过。

我又问：“那梅姑到底是谁？”

继红有些蒙了，说：“梅姑就是梅姑啊。”

“我是说梅姑姓啥？是姓梅还是姓李？”

继红说：“梅姑当然姓李了，李青梅，告诉过你的。她是山爷的女儿，或者山爷的孙女吧？”

继红说着自己也有些迟疑起来，看来她对梅姑也不甚了解。

“那她咋不让我见山爷呢？”我终于想起了问题的关键。

继红说：“山爷住在深山里，我都好些年没见了，不是谁想见就能见的。梅姑得先报告，山爷同意了才能见。”

这山爷，摆出的是皇帝老子的谱儿啊。

这天，梅冷要画老槐树。老槐树躯干屈曲，虬枝盘旋，绿盖如伞，像一位沧桑的世纪老人，静静地伫立在湖边，看着玛珥湖朝晖夕阴、吞云吐雾、寒来暑往。

梅冷先用相机啪啪拍照，反复看看，选好了角度，才打开画架，支上画板，坐下来。我替她打开画箱，要去湖边打水，她说她今天画油画，我便在一旁看她在画布上涂抹。

说实话，我不懂水彩，更不懂油画，看见一块洁白的画布很快就被梅冷涂得脏兮兮的一团，就觉得她画技一般。

梅冷盯着画布，说：“李继承，你有点儿耐心好不好？还没画完呢！”

我想劝她还是画水彩，又怕她受打击，只好说："我没说啥呀，正在专心欣赏。"

"你是觉得我的油画水平不咋的吧？"梅冷一边说，一边把一团紫黑的颜料重重地涂抹在画面的一角。

我说："我确实这么想的，你咋啥都知道，你到底是谁？你来玛珥湖干啥？你要不说实话我可回去了。"

梅冷终于扭头瞅了我一眼，放下画笔，转过身来，正色道："哥，我再告诉你一遍，我叫梅冷，来帮我姑妈干活的！我姑妈说你有病，让我忙完了抽时间看着你！"

"你姑妈？"

梅冷咯咯地笑出声："李继承，你是真的傻了啊？我姑妈当然是你们的梅姑了。"

然后，梅冷给我普及色彩的知识，暖色调、冷色调、中间色调，以及画家用各种色调表达的意义，观众对色调的准确理解。

我顿悟，那些我看到的心脏，不光预示着有大事发生，原来还有更深刻的含义啊！

梅冷说着，突然"哦"了一声惊奇地瞪大双眼："天啊！"

我随着梅冷的惊叹转过身来，一身白衣白裙的江欣怡降临到我面前。

我赶紧介绍说："嫂子，这是梅冷，梅姑的侄女！"

梅冷和江欣怡寒暄了几句。

"飘，飘飘若仙啊，嫂子。"梅冷说。

江欣怡说："听说你来了，还想去看你呢！"

然后，江欣怡转向我，问："继承，能帮我个忙吗？"

我用力点点头："能，别人的忙不帮，嫂子的一定帮！酒店的事还是公司的事？"

梅冷扯了我一下，说："嫂子，他可是个病人啊。"

江欣怡说："没办法，情况太紧急了。我去派出所，可继红他们所长带着民警都去市里开会了，就几个值班的协警在。今天绝对不能让他们得逞，否则后果会很严重……”

平时干练的江欣怡啰唆起来。待我终于听明白是怎么回事时，果断地打断了她，说：“嫂子，这个忙我帮定了，走，我先回招待所换装。”

梅冷也急忙收拾画架跟了上来。

我说：“你别去了，会有危险。”

她撇撇嘴，冲我吐吐舌头。

北山梁是进出玛珥湖的唯一通道。一条七米宽的水泥路从镇子里吃力地延伸过来，通过山梁后又蜿蜒北去，像一条伏在绿色林海中的花白大蛇。记得《玛珥湖》里写过，当年文华和立夏就是带着人在这儿多次伏击日本兵的，只是那时的山路没有这么宽，也不是水泥路。

站在路上，我心头油然升起一种沉甸甸的苍茫。这里大树参天，绿荫匝地，一棵棵饱经沧桑的老树上，一定还留有当年的弹痕。那棵几人才能合抱过来的大青杨，是否为文华和立夏他们挡过子弹？当我知道脚下这片土地上曾经发生了什么，恨不得立刻跪下来、趴下来，去膜拜、去亲吻这片厚重的土地。可是，我只能忍住，我看着江欣怡和梅冷。

伴随着轰鸣声，几台大型自卸货车已开上了山岭，车身在树林中若隐若现。

江欣怡面色严峻，略显紧张，说：“继承，你有把握吗？我，我或许不该让你来，他们，他们万一是一伙要钱不要命的亡命徒……”

梅冷把小吉普车横在道上，跳下车拍拍牛仔裤上的土，说：“嫂子，不怕，继承不行还有我呢！”

梅冷刚才还笑嘻嘻的一副看热闹不怕乱子大的模样，一转眼又牛气冲天了。江欣怡当然不信，坚决地摇了摇头，说：“不行，是我错了，马上回去，我决定了，梅冷，把你的车挪开。”

我抻抻警服袖口，说：“来不及了，你俩听我的就好，待在路边别动啊。”

巨大的轰鸣声迎面扑来，脚下的路在微微地抖动。

我站在梅冷的吉普车前，举起右手示意停车。三台钢铁巨兽趴在了原地。司机还算听话，拿着几本证件跳下车。

我注意观察，每台车上只有一名司机，悬着的心放下了大半。我没有看司机的证件，看也看不明白，我晃一下工作证，说："市局刑警，知道你们拉的是什么吗？"

"土。"

"没错，是土。可是玛珥湖这土金贵，往外私运就是犯法，你们得跟我走一趟。"我学着电视上警察的样子，一板一眼地说道。看到几个司机开始点头哈腰，我更加底气十足起来。原来，我的职业这么牛，难怪继红当上个协警就对我感恩戴德了。

"可是大哥，我们三个都是他们雇的呀，我们不知道拉土还犯法啊！"

我看着三个愁眉苦脸的倒霉蛋彻底放下心来，今天运气不错。我双手掐腰，说："那就更好办了，跟我走，到派出所说明情况，就没你们的事了！"

江欣怡开车前导，我和梅冷在后，押着三台车回了玛珥湖派出所。

梅冷一边开车，一边拍了我左肩一巴掌，说："哥，你太牛了，说你有病谁信啊，你是不是选择性失忆啊？"

我说："今儿是有你俩助阵，也多亏了我这身警服。本来，我带着警服是为了吓唬那些在医院里飘来飘去的人的，我这虚张声势的样子，都是这些天从燕琳送来的警匪片里学的。"

梅冷眨眨眼，皱皱眉，好像没听懂或者没完全听懂，接着便一脚急刹车。

继红的态度让我有些恼火，她甚至还跟江欣怡起了争执。

继红说："承子哥，你这不是给我添乱吗？所长他们都不在家，让我怎么弄啊？"

梅冷冲继红做了个打电话的手势。

继红摇头说："在开会，谁敢打扰啊？"

江欣怡说："继红，难道你们所长不在，你们派出所就关门了不成？杀人放火、偷盗抢劫，这些你们都不管了？"

"可这就几车土而已，拉走就拉走呗。再说，这归不归我们管还两说呢。"继红不满地白了江欣怡一眼。

江欣怡上前还要跟她理论，这样下去她俩又得掐起来。

我急忙拦住："嫂子，别急，这好办。继红、你、我，还有你们值班的几个协警，先把这三个司机的笔录做了，他们不是说是被雇来的吗，问清情况，卸土、放车、走人。”

继红嘿嘿笑了两声：“承子哥，你没病啊，敢情是装的吧？可是你忘了，我们协警不会做笔录的。”

我说：“做个笔录看把你难的，绑上块大饼子狗都会干！”

这话我是跟那个不争气的继青学的，用到这儿还真挺恰当。

继红冲我翻了个白眼，说：“那也不行，还有执法权限的事儿呢！现在的执法环境严着呢，我们也是弱势群体！”

没待我继续说话，江欣怡突然就拍了一下桌子，“李继红，你还真记仇了？”我们几个吓得一抖。

继红气呼呼地指着江欣怡说：“江欣怡，你发什么威？这是派出所，不是你的大酒店！你是不是闲的，你说你管这事干啥？你管了不要紧，还把继承哥扯进来，他是个病人你不知道啊？”

江欣怡上前一步，冷冷地瞅着继红，说：“李继红，我就是没事闲的，今天这事我江欣怡管定了！告诉你，今天我们已经把人、车、土全送到你们派出所了，你管也得管，不管也得管！你不但得管，还得管好。我丑话说在前面，如果你和马大哈所长管不好，我拿上我们总局的介绍信直接去公安厅告你们，让马大哈丢官，让你回家继续顺地垄沟找豆包吃去！”

江欣怡语调虽然不高，但说得恶狠狠的，特别是最后一句，彻底把继红镇住了。她张了几下嘴，终于没能说出声。

梅冷急忙跑到两人中间，左右看看，不知说什么好，最后盯着我问：“咋办？”

“咋办？！”梅冷又问我一遍时，我的头脑仍是一片空白。我还缺少应对这种场面的经验。看来，这两个人还真是掐出仇来了。上次，江欣怡打李继红那一巴掌，马大哈本来是要个说法的，是我硬给摁下了，这是家里的事就用家里的方法解决，若公事公办只能加深她俩的矛盾。江欣怡是李继红的堂嫂，最起码是没出五服的亲戚——这是继川教我的，一服为一代，大概是从亲兄弟起为第一服——李继红是江欣怡的小姑子，这对姑嫂要是再掐个头破血流，那在玛珥湖又成大新闻了。一个是派出所的协警，一个是林业局的干部，若今天这事处理不好，不用江欣怡告状，李继红也得卷铺盖走人。这其中的利害李继红不会不知道，所以我断定虽然两个江欣怡也不是健壮的李继红的对手，但李继红也不敢动江欣怡一根汗毛。

想明白这些，当梅冷第三次问我“咋办”时，我说：“这样吧，继红，欣怡嫂子，咱都是一家人，别为一点儿小事伤了和气，伤了感情，今天都怨我多管闲事，可已经走到这一步了，这事就不能没个结果。这车土咱们不能放，放了就是不作为，那性质可就严重了！所以继红，你先把车和土扣下，给他们出个手续，等你们马所长回来，我跟他说，有什么事我兜着。嫂子，你看这样行不？”

“我看行，挺好！”没等江欣怡表态，梅冷先拍手叫好。

继红打开抽屉拿出纸笔，开始写字时，江欣怡才慢吞吞地说；“只好这样了。今天辛苦你了，继承，我谢谢你！”说完就往外走，到门口时又转回身来，“李继红，告诉你，这个案子我会跟踪的！”然后，转身，扬脸朝天地飘然而去。

继红的眼泪毫无征兆地落下来，值班的协警急忙过来拿过纸笔接着办。我和梅冷对望一眼，又感到束手无策。我给继红递上纸巾，梅冷又给继红倒了杯水。我捧着纸杯自己喝起来，折腾了一上午，我也感到口干舌燥，然后，我又倒了一杯水递给梅冷。

“哥，就你懂我。”梅冷给我一个微笑。

五大三粗的继红哭起来倒是嘤嘤泣泣，像个小姑娘，好一会儿才止住。

我轻轻拍拍她后背，说：“别跟欣怡嫂子一般见识，她虽然年长，可你看她个性多强啊，让着她点儿吧。今天都怨我多管闲事了！”

继红用纸巾擦了擦满脸的泪痕，说：“就你向着她，打我一巴掌的账还没算呢，又来找碴儿，不好好去开酒店办公司，管这破烂事，还好赖不知，就像条疯狗。继承哥，我劝你也别掺和这事儿，后面复杂着呢。再说你是来养病的，什么事儿睁一只眼闭一只眼吧，养好病，赶快回城里，再也不要回来啦，就像九叔那样。我有事就去城里找你，或者打电话。”

继红一席话说得我和梅冷目瞪口呆。

我说：“继红，难不成这玛珥湖还成了是非之地、虎狼之窝？”

继红说：“你说呢？反正不可久留。”

那就真是是非之地了！

玛珥湖，越来越让我觉得有趣了。

我说："妹子，我请你吃饭，走！梅冷作陪！"

四十三

"草炭土，又叫泥炭土，属植物界被子植物门单子叶植物纲禾本目，是湿生植物在长期积水条件下形成的不可再生的一种特殊土壤，是一种极其宝贵的自然资源。我国仅在青藏高原和东北有少量分布，又以玛珥湖一带的品质最优。从地质年代上看，形成于一百八十多万年前的第四纪格拉斯期，那时候烈焰还在玛珥湖地下积聚着力量……"江欣怡停下，给我和梅冷冲了两杯速溶咖啡。

梅冷吐了吐舌头，冲我笑笑。

我说："嫂子，我喝茶。"

江欣怡瞅瞅我，说："你就不能将就一下？"然后又泡了杯红茶递给我。我小呷了一口，觉得她这茶一定放置了许久，便放下杯，继续听讲。

"草炭土土体容积含水量高达80%，最大持水量450%~880%，泥炭层有机质高达45%~70%，腐殖酸40%~45%，炭氮比为14:20，具有可燃性和吸气性。是沼泽发展过度和发育强度的重要标志。玛珥湖一带的草炭土属高寒高纬度低位芦苇苔草型，天然无菌保水通气，有机缓释，其有机质含量钨在10%~60%之间。颜色呈深灰或黑色，有腥臭味，能看到未完全分解的植物结构，浸水膨胀，易崩解，有植物残渣漂于水中，干缩现象明显。"

江欣怡的学术演讲听得我和梅冷大眼瞪小眼。

我说："嫂子，关键是草炭土他们拉走干什么用啊？"

"草炭土是地球上存量稀少不可再生的优质植物栽培介质和土壤改良介质。"

江欣怡小啜一口咖啡说，“它埋在地下，但本身只有0.5米到2米厚的薄薄一层。冬天，地封冻后，他们给农民点儿钱，或者到保护区沼泽地用挖掘机揭开地表土壤，盗采出来，然后迅速恢复地貌。夏天偷偷运走加工，大都卖到国外，在国际农业栽培市场，它永远是抢手货，供不应求。而没了草炭土的沼泽，还是沼泽吗？没了草炭土的农田还算优质农田吗？我们玛珥湖的大米为什么好吃？深埋地底的草炭土功不可没。虽然暂时看不出来，但再过十几二十年，被盗采草炭土的农田一定会板结、渗水，完全失去原来的土壤特性，要想耕种只能靠大量的化肥农药了。也可以说，他们为了眼前的利益，正在让玛珥湖的土地慢慢死去！”

江欣怡最后讲的这段我和梅冷都听懂了。原来这些人图的是眼前利益，干的是断子绝孙的勾当。我不免对江欣怡肃然起敬。这一刻，我看到了她那颗闪着幽蓝光芒的心脏变得鲜红，几乎和梅冷的一模一样。

想到身披迷雾、飘飘若仙的江欣怡，为着这件事如此真实地充满了烟火气息，我说：“嫂子，你是个很有趣的人啊！”

要下班时，我和梅冷从江欣怡的办公室出来，来到派出所，马所长还没回来。

继红说：“看来得明天了。”

我拨了马所长的电话，想告诉他草炭土的事跟继红没关系，都是我做的主，此外，这个案子应该一查到底，盗挖草炭土的问题今后在玛珥湖必须得到彻底解决。可是，马大哈一直关机。

继红又说：“三台卡玛斯大翻斗车这么扣着，没事吧？如果扣错了，人家会要赔偿的。”

我看继红担心的神色，说：“没事儿，放心吧，有哥呢！”

回到招待所吃完晚饭，我说：“一会儿天黑了，你肯定不敢走，这大林子里再有什么山猫野兽的，还是我送你回吧！”

梅冷说：“那你咋回来？”

我说：“我住山里啊，哪天再搭顺风车回来！”

我盘算着顺便见一下梅姑，说说草炭土的事，更关键的是想见见山爷。

梅冷眨眨眼，说：“山里没你待的地方，再说，我今天本来就没想回啊！大槐树还没画完呢。”

“那你住哪儿？”想不到梅冷也有自己的小算盘。

梅冷说：“我住你那儿啊。你住哪儿我就住哪儿。”

“那好吧，跟我住招待所。”

我到前台给梅冷又开了个房间。梅冷跟在我后面，嘟嘟囔囔地说：“现在我们是兄妹啊，我还能有什么非分之想？”

梅冷跟我进了房间，伏在床上哈哈大笑，笑完爬起来时却突然泪流满面了。

我不知如何是好，瞅着梅冷鼻涕一把泪一把的，觉得应该给她擦擦，便递上纸巾，又拿了条毛巾，然后烧上水，泡茶。

“还是暖胃的滇红吗？继承君。”哭完，梅冷问。

“不是，是祁门红茶，不过暖胃效果是一样的！”我说。

“万古天风吹不断，晴空一朵玉芙蓉，你还记得富士红云吗？继承君。”梅冷像换了个人，大概看到我愣怔的表情，无奈地叹气。她归置一下行李箱，把几件衣物或叠或挂收在衣柜里，一套《李白全集注评》放到床头柜上。

我拿起来随手翻了几页，全是些似是而非的诗句，便兴味索然地放下。

梅冷拿起书在我眼前晃了晃，说：“落叶聚还散，寒鸟栖复惊。相思相见知何日？此日此夜难为情。”

她念得很慢，每念一句还停顿一会儿，大概希望我能接续上，然而她的目光最终还是黯淡下去，“算了，我还是继续替你保管吧。”

我双手按在梅冷肩头，盯着她一字一顿地问：“梅冷，你到底是谁，我们之间究竟发生过什么？”

“我是谁重要吗？关键你得知道你是谁啊！”

“我，李继承啊！”

梅冷让我气笑了。

这时，有敲门声传来。声音开始很小，犹犹豫豫地，想敲又不敢敲的样子，我和梅冷都没在意。过了一会儿，梅冷才反应过来，说：“门外好像有人。”

我急忙打开门，是个背影。我冲背影问了声：“有事吗？”

背影转过身来，是派出所值班的那个协警。继红总对他吆来喝去的，印象中很老实的一个小伙子。

“小兄弟，有事吗？”见他吞吞吐吐的样子，我说，“进来吧。这是梅冷，我妹，自家人。”

梅冷给小伙子倒了杯茶，小伙子捧在怀里，没喝，看看我，又看看梅冷，说：“继承哥，咱们可都是亲戚呢，我问爸妈了，他们说咱们是一辈的。”

“哦，是吗？也可能啊，在玛珥湖边，差不多都是亲戚。”我附和着他，觉得小伙子很有趣。他下了这么大决心，鼓足勇气，好像就为了来攀亲戚的。也许在他和他爸妈的眼里，我这个市局刑警还是有些价值的。然而，当终于知道小伙子的真实目的时，我再次不好意思了。我很惭愧，虽然负伤前的一切已如前世，可我的思维却不是从零开始，这个世界以其强大的世俗力量在最短的时间里就重新教会了我人情世故。

小伙子说：“继承哥，我很佩服你呢。你有文化、有胆识、有能力。你知道吗，你没伤前在我们这些人眼里就是个传奇！你知道吗，我们这些协警一提起你来都两眼放光呢。看看你破的那些大案子，大家都说将来的刑警大队长肯定是你。但我觉得大队长都挡不住呢。你知道吗……”

小伙子一旦打开话匣子，那张嘴就如滔滔江水，绵绵不绝。

“‘你知道吗、你知道吗’的，听得我头都大了。能不能不说废话，你知道吗？”梅冷微蹙着眉头，学着他的样子，自己倒先笑起来。

小伙子鼻尖冒汗，不好意思地笑笑，说：“我习惯了。你知道吗……”说完，他拍了自己嘴巴一下。

“没事，我们听的时候自己屏蔽、跳跃一下。”梅冷说着，蹦跳了一下。

我被梅冷逗笑了。

小伙子说：“那我还说吗？”

我说：“你说呀，我很愿意听，你知道吗？”

小伙子翻楞着眼睛，用力想了一下，似乎是在打腹稿，想接上刚才被梅冷打断的话。

“他，当个大队长都太小了。”梅冷指着我说。

“对呀，继承哥，大队长挡不住的。你知道吗？所以说江欣怡会选人嘛。咱玛珥湖，她是最最聪明的一个了。你知道吗？让你来办这事，说明她有眼光。继承哥，你知道吗，这草炭土的事太严重，也太复杂、太造孽了！你知道吗，只有你能管得了这事儿，你救救玛珥湖吧，继承哥！”

他最后这句话让我心头一抖。还没等我表态，小伙子就看看表，急匆匆地起身告辞了。

我问：“兄弟，不好意思，还不知道你叫什么呢。”

他转过身来，说：“自家人，秦继武。如果需要我干什么，继承哥你就尽管说。”

又是一个有趣的人。秦继武，我还以为他姓李呢。看来玛珥湖有趣的人和事太多了。

“他是来给你加油的。这件事看来还挺麻烦，你知道吗？”梅冷笑嘻嘻地说，端起杯细细品着茶。

“嗯，我知道。多亏挨了一枪，否则这草炭土的事还不知要拖到哪一天呢。”

“贱啊，挨打还上瘾了？”梅冷端起杯小啜了一口说。

“茶好喝吗？”

“哥，我想喝滇红，我就想喝滇红。”

“你下次来，我请你喝最好的滇红。明天我就打电话让他们寄啊！”

我敷衍着梅冷，猜想大概自己负伤前她总是这样跟我撒娇的。那她到底是我姐姐，还是妹妹呢？难道梅姑的话也不可信？

喝完茶，我把房卡递给梅冷。

梅冷嘟了一下嘴，说：“那我害怕咋办？”

我说：“就在隔壁，你敲墙啊。”

让我不幸言中了。深夜，当我正沉在梦乡时，突然被一阵砰砰砰的声音惊醒。我望着黑黢黢的空气，一时不知道身在何处，今夕何夕。稍顷，渐渐听清了是隔壁的声音，才从梦魇中出来。

梅冷边敲墙边说：“哥，外面什么动静，吓死我了！”

我支起上身，夜空中飘荡着空灵的女声：

伏皇娲娘，临渊嗟叹，莽莽大地，浩浩长天。脉脉线溪，汤汤巨流。

金人将现，龙腾薮渊。凤兮凰兮，百鸟来仪。鸾歌凤舞，盛世已矣。

“京剧，西皮流水……”还没等我说完，又传来砰砰砰的砸门声。

我跳下床，拖鞋也没穿，急忙开门，霎时惊呆了。

伴着一阵凉风，一个女人闯了进来。我想她应该是梅冷，因为她通身放着淡绿色的光，口鼻眉眼却看不分明，只有一颗绛红色的心脏在胸腔里剧烈起伏，玛珥湖，又有什么大事要发生吗?

“哥，吓死我了！”梅冷又说了一遍，我回过神儿来，不知道她身上的绿光从何而来。这时她已跳上床，盖上被子。暗夜中，我见她在发抖。

我说:“别怕，是江欣怡，嫂子唱的。”

我本想告诉梅冷，江欣怡这是要到玛珥湖北山上和继先哥约会去，但又怕告诉她，她更害怕，所以没说。

我又想掀开被子，看看梅冷是否还放绿光，又觉得不妥，便忍住了，说:“江欣怡唱得多好听啊。”

梅冷说:“好听？让我想起了鬼！”

我坐在床边，安慰着梅冷，听江欣怡空灵而华丽的声音向着玛珥湖方向飘然而去，直到梅冷沉沉睡去。

四十四

梅冷继续画槐树。

我看时间还早，便帮她收拾有些凌乱的画箱。打开夹层，一把瑞士军刀突然掉了下来。刀鞘弹开，刀刃看起来很锋利，强过我的警用匕首。我拿起来仔细端详，刀锋在阳光下闪着耀眼的光芒。我想用手试试锋刃，却听梅冷淡漠地说："放下，别乱动。"

我说："你弄把刀干吗？给我算了。"

梅冷用力一笔一笔地涂抹着油彩，说："我喜欢。不过我可告诉你，你给我好好表现着，否则，哼哼，这把瑞士军刀保不齐真是给你的。"梅冷说着转过身，挥舞了一下画笔，眨眨眼，学着秦继武的样子，说："你知道吗？"

玛珥湖上荡漾起梅冷愉快的笑声。

来到派出所，马所长没待我说完，就拍着胸脯保证说："小案子嘛，你还这么重视？承子，你放心吧，这事交给大哥我了，你放心，我一定顺藤摸瓜，把这帮断子绝孙的家伙一网打尽。你就安心养病，啊，有什么事我再让继红找你。"

话说到这份儿上，我不便再深介入了。本来就是临时帮忙，我现在这状态没帮倒忙也算烧高香了。

继红终于长出一口气，看来她很满意。

秦继武却意味深长地瞅瞅我，又瞅瞅继红，说："下一步的重点是他们把草炭土都藏在哪儿了，你知道吗？"

继红瞪了秦继武一眼。

我说："你们都听马所长的，好好干，有需要我帮忙的可以随时联系我。"

从派出所出来，我又给江欣怡打了电话，让她放心。

江欣怡叹了口气，一句话没说就挂了。

我瞅着手机发了一会儿呆，不是因为江欣怡没说话，而是她那声叹息。那不是西皮，清亮舒畅、如行云流水，反倒像二黄，拖着长长的尾音，一咏三叹，让人顿生凝重和悲凉。

梅冷收起了手机，她可能正想给我打电话。湖边空空，她的家什都收拾妥当了，小吉普车慢吞吞地喘息着。

"你的梅姑姑叫我回去，本来还想再待一天的。"梅冷嘟着嘴，从车上跳下来。

"大槐树画完了？"我问。

"还没，下次再画吧。"

"我跟你去吧？"我走向车。

梅冷扯了我一把，说：“你梅姑又没同意，谁敢？行了，你好好的吧，我过两天再来，走了！”

梅冷跳上车，吉普车轰鸣一声，绝尘而去。

我转过身来，望着湖边葱茏的山野，想象着当年秦大爷家的位置，三子爹家的位置。然后，目光落在那棵老槐树上。当年，三子领着立秋、立冬和麦子是栽了一排小槐树的，这棵老槐树就是它们中的一棵吗？秦大爷曾往老槐树下埋过大碑帖的，那个陶瓷瓦罐还在吗？我走到老槐树下，仔细瞅着树根下的泥土，希望能有什么发现。现在，这大碑帖能值多少银子呢？

我抚摸着老槐树沧桑的树皮，就像抚摸一位世纪老人粗糙的手臂，硌得手掌生疼。当年，三子领着三姐妹就是握着这里栽下去的吧？这些生活在玛珥湖的前辈们后来的命运都怎么样了呢？

我急切盼望着《玛珥湖》再次出现在抽屉里。

小金龙顶子上，一片乌云在聚集翻腾。

深夜，睡梦中好像又飘来江欣怡的西皮流水：

伏皇娲娘，临渊嗟叹，莽莽大地，浩浩长天……

江欣怡一身洁白，仙步飘飘地在绿色林海间飘行，飘向玛珥湖北侧的山岭。我翻了个身，却发现床头柜上的手机在闪闪烁烁，就好像江欣怡婉转动听的声音。

江欣怡家我去过，和玛珥湖人不同，前后庭院的菜园她都种上了花花草草，暗夜中看不太分明。我一直称她这里为花园小墅的，我觉得只有这个名称才和住在这里的人相称。室内灯光明亮，咖啡的香气四处飘荡，一定是现磨现煮的。

“咖啡煮好了，你先喝一杯，等我一下。”卧室里传出江欣怡的声音。

我坐下，喝了一口，咖啡的苦味让我打了个哆嗦，香气也太浓郁，还是红茶好喝。

江欣怡很快就出来了，她今天没穿白衣白裙，而是一套黑色衣裤，像练功夫的夜行人。

我什么话也没说，晃晃杯子继续喝着，给江欣怡也倒了一杯。

江欣怡几口喝完，又拿过咖啡壶再倒上。待我也喝下一杯时，江欣怡放下咖啡杯，拉着我来到卧室。卧室里没有开灯，光线朦胧，一股奇异的幽香让我抽动了一下鼻子。但是，她不是让我来闻香的。

我仔细看看，窗玻璃被砸了一个大洞，像一只怪兽的嘴巴，还露出锋利的牙齿。

“伤到你没？”

“还好，差一点儿！怕吗？”

“你都不怕，我怕啥？”

“我不怕，是因为有你！”

“我不怕，是觉得有趣！”

“那好，跟我走！”

“走！”

其实我不知道江欣怡要干什么，更不知道她要领我去哪里，只觉得她怎样做、做什么都是有道理的。

黑暗既能让人感到恐惧，也能带给人安全，当你也躲在黑暗的深处去观察黑暗时，慌乱的内心便渐渐平复了。

我说：“嫂子，你把手电关了吧！”

江欣怡说：“怕了？”

我抬头望望穿行于云隙中的半块月亮，说：“其实它比你亮。”

出了玛珥湖镇，绕过一湖墨色的水，一路东南。江欣怡在前，我默默地紧跟在后面，跨过一条小溪，拐入一条小道。我说：“我怎么好像来过这里？”

江欣怡扭过头来，暗夜中看不清她的表情：“怎么可能？”

我想，也许是三子来过，或者立秋、立冬、麦子来过，那条他们抓鱼的小溪，太像了。

进到林子里，湿漉的露水打得我一哆嗦。在小道上七拐八拐开始上山，不一会儿我便气喘吁吁。江欣怡拉起我的手，脚步却仍然那么轻盈，尽管她没有穿白衣白裙，但感觉依然在飘。一颗红色的心脏在白瓷一样的肋骨中跳动。她的心脏最开始是绿色的，后来是蓝色的，我记得很清楚，怎么说变就变了？原来这颜色也是可以变的。我想挣脱被她牵着的手，她的手太凉了。我原本还期望将她的手焐热，可走着走着就感觉自己半条胳膊都发麻了。江欣怡感觉到我的手在动，攥得更紧了。我们的手似乎被冻凝在一起。

越过这道山岭，前面平坦起来，江欣怡突然停住，指着一座又一座的山丘说："看，都是！情况比我想得还严重！"

"天啊，我还以为是山！"我拿过江欣怡的手电，到近前仔细照了照，和那天汽车拉的一样。这样想着，我突然意识到一个问题："他们怎么外运？"

江欣怡说："冬天时顺沟趟子有条爬犁道，夏天也能走汽车。"

星月不知何时隐没了，天地间一片黑暗，过了一会儿又飘忽下细细的雨丝。

靠着微弱的手电光我们急忙返回，穿出山林，雨也大起来，还伴着闪电雷鸣。

很快，我们便被淋湿，落汤鸡一样的江欣怡终于不再飘了，闪电划过，湿漉漉的散乱长发衬着她苍白的面颊，会把走夜路的人吓个半死。

我把江欣怡送回家，她没有让我马上回去。她看看我，又瞅瞅镜子，大笑。然后，找出一套衣服递给我，指了一下盥洗间，说："换上吧！"

我简单地洗了一下，换上干爽的衣服出来，江欣怡等在门口。她抱着睡衣，说："我热了咖啡，你可以再喝一杯。"

我在木椅上坐下来，端起咖啡闻了闻，又放下。看着客厅里这些精致的咖啡用具，听着盥洗室哗哗的水声，迷惘和困惑水一样漫上心头。茶几上，一朵野芍药开得正艳，和墙角边那盆茂盛的银边墨兰遥相呼应。

水声停了一会儿，江欣怡出来了。她一边吹着头发，一边婷婷袅袅地飘过来。是的，穿上白衣的江欣怡又让我有了飘的感觉。

她说："你好像不喜欢喝咖啡？"

"不是不喜欢，是我习惯了喝茶！"

"为什么？你这个年龄应该喜欢啊。"

"不知道，可能天生的吧。"

我瞅着江欣怡，想把这张略施粉黛的面颊和闪电下披头散发淌着雨水的那张脸做个对比。

江欣怡笑笑，说："茶，我这儿没有，你就委屈一下吧。干吗这么看我，我脸上有花？”

我说：“刚才，像鬼，现在，像仙！”

江欣怡再次大笑，欢快的笑声甚至盖过外面的风雨雷电。这是今晚，也是我认识她这么久以来她第二次大笑。大笑的江欣怡和平时判若两人，并且她的笑声极富感染力，我也跟着笑起来。看来，她今晚的心情不错。

我给江欣怡倒上一杯咖啡，递给她。她微微眯起眼，似乎很陶醉咖啡的香气，然后小呷一口，说：“他们可能有很多人，我们局里、派出所里可能都有他们的人，我最不愿意看到的，继川、继东也可能牵涉其中，或许城里还有一批人。你，还管吗？”

“管，管定了。就是撞了南墙，哪怕撞得头破血流，只要撞不死，就管！”

老天似乎为了配合我，一道闪电，紧接着一个炸雷，震得我们浑身一抖。

江欣怡端起咖啡向我示意一下，我也端起来。江欣怡双手捧着杯十分庄重地和我碰了碰，一饮而尽。她扭头看看墙上的钟，说：“抓点儿紧，还能睡三个小时。”又指了客卧的门，“有地方的，你不用睡沙发。”

我拿起那张小方桌，收起桌脚，在江欣怡的讶异中走进主卧。我把小方桌立在窗子上，再用拖把顶好，灌满屋子的风雨喧嚣终于被挡在了外面。

江欣怡双臂抱在胸前，默默地看着我做这一切。在我推开客卧门时，她幽幽地说：“继承，继先这衣服你穿着还真挺合适！”

四十五

趁工人换玻璃的档，我在房前屋后转悠了一圈。前面庭院花团锦簇，芍药花开得正艳。后面有草坪，绿草茵茵、平平整整，像铺了一条大绿毯，三棵高大的树木一字排开。从继红那儿我学到一点儿树的知识，认得这三棵树，一棵是楸树，一棵是橡树，还有一棵是山梨树。老实说，江欣怡的住所已经超越了普通的民居，怎么看都是一处优雅的乡间别墅，难怪玛珥湖的人视她为另类。玻璃换完，我想为了安全，应该把窗户上都装上防盗网栅。我给江欣怡打电话，她很坚决地拒绝了我的建议，“别，千万别，我不想住在监狱一样的房子里。”

“可是，可是我怕再有什么危险！”我委婉地提醒她，毕竟是一个弱女子。

“不是还有你吗？我不怕！”江欣怡很干脆地说完，挂了电话。

我想回招待所休息一下，下午再到派出所去。路上，秦继武骑了一台冒着黑烟的摩托车迎面驶来，声音震耳欲聋。他到我跟前一个急刹车，摩托车尖锐地叫了一声，像头怪兽突然被一口气噎住。

“继武，你这是摩托车呀还是拖拉机呀？”我说。

秦继武说：“继承哥，你管是啥呢。你知道吗，保管比你走省事。”说着，他还瞪了瞪眼。

我说：“那让我也体验一把？”

秦继武的摩托车似乎要散架了，费了好大劲儿才载着我开到招待所。下车时，秦继武说：“继承哥，你知道吗，那些货车放了，都放了！”

下午，没等我去派出所，马所长先屁颠屁颠地拎着两袋苹果、香蕉跑来了。

我说：“正要去所里向您汇报，怎么敢劳您大驾？”

马所长说：“什么大驾，老弟住这儿，我还没来探望过呢，失礼失礼。今天下午正好没事，过来陪老弟唠唠。”

我接过水果，给马大哈泡了杯茶，又给自己的杯里续上水，坐下说：“老兄难得这么清闲啊，草炭土的事处理妥了？”

马大哈的表情立刻生动起来，说：“哎呀，老弟，不瞒你说，这事可把你哥我累完了。这几天我们所从大到小，从老到少，全扑在这件事上了。你老弟吩咐的事，我们哪敢不重视啊？可是，可是查了半天，唉……”

马大哈一声长叹，来了个大转折，突然就愁眉苦脸起来。

我不动声色地笑笑，说：“喝茶！”

马大哈端起杯吸溜一口，呛着了，弯着腰咳嗽了一阵，抬起头来已是涕泪横流。我急忙拿了条毛巾给他。他接过毛巾在脸上胡噜了一把，说："你这茶，认生！"

我说："那别喝了，吃水果。"我拿了几个苹果，简单洗了一下准备削皮。

马大哈说："没那么多讲究。"他拿起一个带着皮的苹果就咬了一口，大嚼起来，像一条饿狼终于逮到救命的猎物一般。

我说："老兄，你这是没吃中午饭吧？"

马大哈边嚼边点头，说："实话实说，我还真没吃，那边电话一来我就跑过来了。"

这一刹那，我被马大哈的真诚和敬业感动了。我要到楼下食堂请他随便吃点儿，但他坚决不肯，说事儿没结果，不好意思无功受禄。

我的心又是一沉。

草炭土的事线索断了。

马大哈说，他们这几天马不停蹄地查，把三个司机的社会关系查了个底儿掉，可他们一致供述是一个不认识的人在车场雇的车，一车一千元，一趟一结算，谁知运气不好，第一趟就让我给截住了。

"这也太巧了？"我禁不住皱皱眉头。

"就是啊，我也觉得蹊跷，所以上午又派出一组人马，围绕这个手机号码深查，是雇车的人留下的，说到城里就打这个电话，再告诉他们卸货的地点。可这个号是前几年用假身份证买的。"

马大哈一共吃了四个苹果和四根香蕉，心满意足地拍拍肚皮，又打了个饱嗝，向我侧过身来，说："老弟啊，你说这事儿咋办？"

"咋办？我哪儿知道咋办？"我茫然地摇摇头。

马大哈突然一拍大腿，说："我咋就糊涂了呢，你现在是病人呀！恕我，忘了。不过老弟，以前遇到这样的案子，我可都是请示你的，我们所挂了号的刑事案件都是按你的思路搞开的呢，我习惯了。"

我沮丧地拍拍头，闭了一会儿眼，然后猛地睁开，就见马大哈那颗心脏用力地一缩一张，就像一台小巧的水泵，黑红的血像小溪一样汩汩地喷出。天啊，他的小水泵是黑的！

我惊得目瞪口呆。还要不要跟他说江欣怡家窗玻璃的事？我犹豫不决，说，恐怕没有任何意义，但不说，又不合常理。

“噢，对了，那三台车上午我让人放了。不放不行了，三台大卡玛斯，再不放，人家要是告我们，那就麻烦了！”

马大哈说着站起来，在狭小空地来回走了两趟，说：“不过老弟，你不要上火，这个案子我们全所上下一定会一直盯着，不获全胜决不收兵！你好好养病吧。本来这事也与你无关，你就别操那份心了，等养好病，重返战场，咱哥儿俩再并肩战斗，好不好？”

我说：“有老兄在，就有阵地在，我肯定放心。又不是什么杀人放火的恶性案件，你们慢慢搞吧，有线索就查，没线索就放放，也就是那天你没在家，我想帮你搭把手。”

“谢谢老弟了，那你好好养病。我所里还有一堆事儿……”马大哈冲我抱抱拳，大概他忘了来时说的话了。

送他到门口，我说：“老兄，你还得查一下，江欣怡家窗玻璃昨晚被砸了。我也是刚想起来，要是这两件事联系一起，问题可能就不简单了。”

“啊！”马大哈吃惊地瞪大眼、张大嘴，“还有这事？兄弟你放心，我回去马上组织专门力量，一定查个水落石出，给江欣怡一个满意的交代，你就放一百个心吧！”

晚饭前，继川和继东又来了。他俩一前一后，先来的是继川。和我寒暄完，我给他剥香蕉，他不吃，削苹果，他也不吃，只顾抱着茶杯呼呼地喝水。我一壶接一壶地烧水，知道他最近心情不好，本想去他家劝劝，还没来得及。

继川副镇长的官到底还是让继青给弄丢了。继青吃了继川给他扶贫的两只羊，自觉理亏。虽然继川被马大哈劝住不再拎棒子找继青，但继青也躲着他。继川没办法，想到市长要来巡视的指示，心就慌慌地提溜起来，让继东找继青，还得商量咋脱贫。继川掰着手指头算，又问了行家，说这一对羊从去年到今秋，最少能变成四只羊了。继川说：“实在不行我就再掏腰包吧，买四只，算继青的，但村里得帮他养着，怎么也得把市长检查这一关节过去呀！”

继东摇头，说：“谁给他养？村民会有意见的。上次纪委清查低保，就好悬没把我这个村支书给撸了，你不是不知道。”

继川一听急了，桌子又拍得啪啪响，说：“兄弟啊，皮之不存，毛将焉附？”

继东没听懂，继川只好掰开饽饽说馅儿，“你想想看，上次你之所以能过关，还不是我这个副镇长罩着，在会上给你说了多少好话。官场上行走，咱哥儿俩都不易。我这个小副镇长，也是好不容易熬上来的。虽然官儿不大，但要放在古代，那也是从八品呢，也是光宗耀祖的朝廷命官呢。现在又承担着扶贫的重任，你不帮忙，别人谁还帮？这扶贫是正事，也是咱玛珥湖行善积德的头等大事，你回去就说是镇上的决定，羊是镇长和市长自己出钱买的，送到你们村养，是全村人莫大的光荣，哪个村民有意见，让他直接找我。”

继东终于答应下来，去找继青。

继青说：“不干不干，坚决不干！吃了他两只羊，他就天天拎个棒子要打折我的腿，这回一起送来四只，是想要我的命吗？我才不去跟他签什么协议、下什么保证呢。让我去准没好事，他当他的官，我喝我的酒，你们就当我死了吧。”

另一边，继川媳妇的工作也没做通。她一个家庭妇女，没有继川觉悟高，所以不管继川怎么摆事实、讲道理、掰开饽饽说馅儿，她就是牙关紧咬，一毛不拔。

继川说：“那我跟别人借钱把羊给继青买回来。”

媳妇脖子一梗，说：“李继川，你敢借钱我就和你离婚！当年你对你爹也没这么孝顺啊？市长送他两只羊让他吃了，你送两只又让他喝了，这回你还要送？！那就是个填不满的无底洞你不知道啊？”

继川也知道继青是个无底洞，可关键现在已不是继青脱贫这件事了。继川清醒的头脑让他媳妇这么一闹，终于混淆了主次矛盾。后来，当看到市长的批示时，继川肠子都悔青了。

继东领了继川的命令，天天找继青，继青又开始躲他，可一个小镇里住着又总躲不开，继青便开始扩大自己的活动范围，天天拎个矿泉水瓶子四处游逛。这天逛到了市里。梅河口可比玛珥湖热闹多了，高楼林立，街道宽敞，一条辉发河碧波荡漾，河两岸风景如画。

继青最愿意去的是市里的厕所。玛珥湖的厕所是臭的，可梅河口的厕所却是香的。大镜子锃明瓦亮，手纸一卷一卷的，爱扯多长就扯多长，关键还全都是免费的，真想不到世上还有这么好的地方。要不是那个看厕所的人要报警，继青晚上都想住厕所里了。他觉得这儿的厕所比他家还好，当然也比继东的村部好。

继青爱上了梅河口的厕所，有时候摇摇晃晃地走顺了脚，没有屎尿也进去待一会儿。也是凑巧，这天继青蹲的时间长了一点儿，竟然还小睡了一觉，站起来两腿发麻。他咬着牙扶着墙走到门口的小榆树篱笆边坐下，就见一群衣衫整洁的人拥着一个威严的长者走过来。前面还有个人扛着台小机器不停地拍照。

继青觉得有趣，很想看看小伙子都照了些什么。这时候就听那个威严的长者说："好，太好了。你们一班接着一班干，像接力赛跑一样，把这里建设得如此美丽，真好像是这个，这个……"

继青借着酒劲儿摇摇晃晃站起来，说："天上人间，人间天堂啊！"

所有人都吓了一跳，唯有威严的长者哈哈大笑，说："你们看，群众的眼睛是雪亮的，老百姓的口碑才是最真实的评价嘛。同志，你在这里生活感到幸福吗？"

继青扬脖灌了一口酒，指着厕所说："幸福啊，老幸福了。厕所，我，进去就不想出来！"

众人大笑，一时化解了人群的紧张气氛。

市长认出了说话的人是继青，赶紧示意身边的工作人员，引着长者继续前行。

继青也认出了市长。继川、继东曾经扯着耳朵教了无数次的话，继青喝再多也记得，只是他一直没逮到机会说，今天终于有机会了。继青冲着市长打个立正，又深鞠一躬，像小学生背课文似的说："谢谢市长，您送我的羊现在成羊群了！"

长者一愣，问是怎么回事。

市长只好如实相告。

长者顿时来了兴趣，说："同志，来来，咱俩聊聊。你说你现在有一群羊了，那你生活过得咋样？还有什么困难吗？"

继青也是喝了点儿酒，又见这老头和善，胆子跟着大起来，将矿泉水瓶递到长者面前，就说出了足以让他骄傲一生的话，说："闻闻，酒，正宗的小烧，只要想喝，顿顿有酒，还可以杀羊。嘿嘿，市长送的羊，都变成一群了，让我杀了两只了。嘿嘿，你说我生活过得咋样？吃羊肉那个喝烧酒，我早脱贫了！要说困难，倒确实还有一件……"继青眯缝起红红的小眼睛，卖了个关子，众人跟着紧张起来。

长者说：“你尽管说，啥困难？”

“嘿嘿！”继青又咂了一口，不好意思地挠挠头，“这个困难不太好办，要是，要是再帮我娶个媳妇就更好了，嘿嘿……”

空气似乎一下子凝固了，长者突然发出洪亮而爽朗的笑声，众人便都跟着笑起来。

长者说：“这位同志啊，你很幽默嘛！谁说你喝多了，喝多了也没问题，酒后吐真言嘛。这才是我要看的真实情况。想娶媳妇了，以前不敢想的事敢想了，这说明我们的贫困村民对美好生活有了更高的期待啊！看来有意外收获，不虚此行啊。干得好，干得好啊！我们就是要真扶贫，扶真贫，老百姓才能发自内心地拥护我们！”

长者一时说得激动，抓起市长的手使劲儿摇了摇：“我代表贫困群众感谢你啊！”

回到省里，长者大会小会地表扬市长。每表扬一次，市长心里就打一次鼓，脱贫要都这么容易，他宁可每户都送两只羊。市长忙，日理万机，便派秘书悄悄地去了解情况。这一了解就露了馅儿，秘书报告说，羊让李继青吃了，负责扶贫的是他堂哥、副镇长李继川。李继川说市长送的羊也敢吃，一气之下拎着棒子把李继青赶出了玛珥湖，实际上李继青已经流落街头了。

市长惊出一身冷汗，拍着桌子说：“赶紧把人给我找到，送回玛珥湖，工作方法简单粗暴，让那个李副镇长立即给我做出深刻检查！”

事情本来也就到此为止了，谁知不久纪委要抓扶贫工作中懒政怠政不作为的典型，全市一踅摸，李继川就成了反面教材。继川真是百口莫辩，只好回家一顿拳脚把媳妇打回了娘家。

继东说：“哥，关键时候不能乱了阵脚，咱肥水不流外人田，风水轮流转，咱俩换换，行不？”

继川问：“你啥意思？”

继东说：“你来当村支书兼村主任，我去当副镇长！”

继川让继东气笑了，说：“副镇长？你小子想当官想疯了吧，你以为组织部是你家的？”

继东说："村主任得选，可村支书不就是上面任命吗？只要你愿意，找找镇上仝书记，总比一撸到底强吧？至于副镇长，你这个扶贫的活，这两年大任务啊，没有两把刷子谁敢接？我要是立下军令状，先让继青这样的脱了贫，你再帮我使使劲儿，差不多吧？"

听人劝，吃饱饭。继川采纳了继东的建议，镇里一把手仝书记又和他上下左右地一撺掇，继东的宏图大志还真实现了。

继川坐到村部继东原来的椅子上，想以前小看这个堂弟了。

继东没多长时间还真勾画出继青等几家贫困户脱贫的蓝图并着手实施。继东在市里找到个关系，以高于正常好几倍的价格把这几家的土地流转出去，不管人家种什么灵丹妙药，反正就是看好这块地了。合同签完，预付款一交，单等秋后收了这茬庄稼，继青一个人的年收入已经过万，超出了全市农民的人均收入。别管继青是吃了还是喝了，那是他的生活方式，反正人家的收入早已远远超过了贫困线，不再让各级领导们跟着操心了。上下皆大欢喜，继东这官也算暂时当稳当了。

唯独继川感到憋屈，说："继东，咱俩是兄弟啊，你有这好招、好关系的，咋不早说？关键时候一使劲儿把哥拱掉了，还得让哥感谢你给倒了个窝？忒不地道了。"

"哥，我这也担着风险呢……"继东好一顿辩解，继川总算原谅了他。

四十六

现在，这调换了位置的哥儿俩又在我这儿聚齐了。

继东是在继川喝下第五杯水的时候来的。继东不喝水，倒好像跟苹果有仇似的，进了屋就抱着大苹果啃起来，一口气吃了三个。茶几上，加上马大哈之前干掉的四个苹果，整齐地排列着七颗苹果核，像一列丢盔卸甲的士兵。果盘里只剩下了一个苹果，孤零零地望着被啃光了皮肉的同类。

我把香蕉摆到果盘里，说：“继东哥，再吃根香蕉？”

继东摆摆手，拿眼睛瞄着继川。继川不瞅他，仍旧抱着杯子呼呼地喝水。这是第九杯了，我想可能是哪个村民请他吃玛珥湖大白鱼，吃咸了。

我说：“你俩有事吗？是约好了一起来的吗？有事就说！”

两个人一齐摇头，说：“不是不是，没约好。”

“那就是不方便一起说了。要不谁先回避一下呢？”我说道。

“不用回避，肯定是一个事。”俩人竟然异口同声，又一齐摆摆手。

我忍不住笑了，说：“还说没约好，那就一起说吧，别抻着了。咱们都是兄弟，又不是外人。”

“那就继川哥先说吧。”继东点了将，眨巴了几下眼睛，这是他的习惯动作，似乎眼睛每眨巴一下，脑袋里就会多出一条道道。

继川不满地瞪了继东一眼，看来他还不习惯，原来的手下、现在的上司向他发号施令。

“要不我先说吧，是不是草炭土的事儿？”我终于憋不住了，给他俩起了个头。

“嗨，可不是！看看，当过刑警的人就是高，高！”继川向我竖起大拇指说，“一看继承就是咱继字辈最有出息的。上一辈是九叔，看看，人家现在都啥级别了，那可是响当当的朝廷命官呢。咱们这辈的就看继承你的了。”

“就是，继承弟，你好好休养，早点儿康复，早点儿回到岗位上，早点儿当局长，嘿嘿。那咱们哥们儿该多提气呀！”继东也跟着竖起大拇指。

我皱紧眉头，笑说：“你俩今天是专门来夸我的？拿我寻开心是吧，还局长呢，我现在都不知道自己是谁！这样的糊涂蛋还不把好人都抓起来，把坏人都放了？”

我站起身，指着他俩说：“没啥事儿我去散步了啊！”

“别，别，就几句话。”继东急忙站起来，把我按坐下，又瞅一眼继川。

继川说：“继承，是这样，你来玛珥湖也有些日子了，我们哥儿俩呢，也算咱家族在玛珥湖的头面人物了，平时工作太忙，都委托继红照顾你了。我们哥儿俩对你关心不够，先向你检讨。你呢，肯定是干大事的，所以就像九叔九婶交代的那样，专心养身体，别的事咱不掺和。这玛珥湖的事儿，复杂着呢！”

绕了一大圈，继川终于绕到了正题，然后瞅瞅继东。继东又接上来。这哥儿俩现在配合得倒是不错。

继东直接切入主题，说：“就是啊，你特别注意不要搭理江欣怡。虽然她是继先的老婆，可继先的骨头都烂没影了。再说，继先活着时也很另类，和咱哥们儿都不亲。这个江欣怡更另类，你看她在玛珥湖哪有亲近的人啊！不信你回梅河口打听打听，她那些仝家哥们儿，也都挺烦她的。”

“什么，仝家哥们儿？”我困惑了，怎么出来了仝家哥们儿。

“你不知道啊？她其实不姓江，应该姓仝！”继川说。

“那是随了母性？”

“她妈姓秦。”继东补充道，“所以说她是只怪鸟呢。嫌爹妈的姓都不好，硬自己改了姓，好像她姥姥还是奶奶才姓江的。”

“二位哥哥就是来提醒我这事儿的？那小弟先谢谢了！”我冲他俩抱抱拳。

继川说：“自家兄弟，不用客气。就是给你提个醒，这玛珥湖人多嘴杂，说什么的都有，风言风语传出去不好。再说，也让九叔九婶跟着你操心不是？要是他们埋怨我俩没照顾好你，我俩这罪过可就大了。何况继东现在也是镇领导了，也得要点儿脸面不是？江欣怡愿意瞎折腾就随她，咱别掺和就是了。”

继东说：“就是，这草炭土也不是卖一两年了，农民自己愿意。冬天掀开挖出来，再埋上，一点儿也不耽搁种地，还增加收入，变冬闲为冬忙。人有事干就不打麻将、赌博、喝酒、搞破鞋、打架了，你看这是一举多少得的好事啊！你断了大家的财路，大家还不都得恨你呀！没出五服，咱可都是一家人，所以才来提醒你，也是为你好啊！”

“为我好？是为我好。谢谢，谢谢啊！”我抱起拳，瞅着他俩微笑，然后呵呵笑，最后哈哈大笑。我的笑声洪亮而高亢，声震屋宇，赛过了半夜时分的西皮流水，吊灯上的灰尘似乎也被纷纷震落下来。

继川、继东两个人弹簧一样跳起来，惴惴地瞅着我，争先恐后地冲出屋去。

我闭上眼睛没敢看，我怕看到他俩的心。

晚上，继红来了，拎来一包红松子，这回还有一把专门夹松子的钳子。她夹好了一捧松仁儿递给我，说："不能多吃，一天一小把，营养大脑，有奇效。"她每次都这样说，让我觉得絮絮叨叨的像个老人。

我捏起几粒放进嘴里，松油一样浓烈的香气立刻在嘴里弥散。我点点头，说："真香，好吃！"

继红说："有的人吃不惯这松油子味，你还行。那就每天吃一点儿，我把明天的给你夹好，要是我不来，你就记得自己剥啊！"

我答应着，问继红那老哥儿俩给她打电话没有。

继红笑了一下，说："他们很担心你，让我来看看。他们跟你说什么了？是不是草炭土的事？你打算咋办？"

我说："咋办？我也不知道咋办。这又不关我的事儿，江欣怡要是不找我，你和马大哈要是在岗，我揽这破事儿干啥？马大哈都没招，我还能咋办。"

"这我就放心了。"继红一粒一粒夹着松子说，"都怨江欣怡，她就不是一个省油的灯。你瞅她那说的叫人话吗？还让我回家顺地垄沟找豆包吃去！我爹妈都说继先哥就是让她克死的，整天冷着个脸，一脸寡妇相。"

话从继红嘴里出来，已带着恶毒的味道。我闭了一会儿眼，再睁开，还好，她的心脏还是绛红的。

半夜时分，我再次被江欣怡的西皮流水惊醒。

伏皇娲娘，临渊嗟叹，莽莽大地，浩浩长天……

声音空灵缥缈，让我一会儿想到衣袂飘飘的白衣仙女，一会儿想到黑发遮面、口吐血舌的女鬼。今晚的西皮流水格外充满魔力，听了一会儿，我便起身，像个梦游的人似的，深一脚浅一脚地循着声音而去。

"进来吧，门给你留着呢！"江欣怡的声音充满愉悦。

我举起的手就势推门而入。江欣怡按了一下"停止"键，西皮流水戛然而止。她指指面前的咖啡，说："还热，别烫着。"

虽已是初夏，但玛珥湖的夜风还是很凉的。

我小呷一口咖啡，说：“这么晚了，你不应该开窗。”

江欣怡笑笑，说：“红茶买了，还在快递的路上。”

当又一阵沁凉的山风灌满屋子时，我起身想关窗，却发现窗子都严严实实地关着。我急忙跑到卧室、厨房、客卧，窗上残存的玻璃都龇牙咧嘴地望着我，似在嘲笑。一团团黑暗拼命挤进来，幽灵一样在灯光下弥散掉，却把恐怖的气氛留在了整个空间里。

“再不喝就凉了！”江欣怡的声音温柔而平静。

我回到客厅，继续和江欣怡喝咖啡。江欣怡瞅着我笑，我也瞅着江欣怡笑，杯子和杯子碰在一起，那声音似乎也在笑。

“这样好，凉快！”

眨眼之间，我又看到江欣怡那颗心放着幽蓝的光，随即感到一阵阵冰冷迎面袭来。

后来，江欣怡就那样靠在沙发上睡着了。我到卧室找了条毛毯轻轻给她盖上。睡梦中，她依然微笑着，只是那苍白的面颊上挂着一滴清泪。

上午，工人们再次把玻璃安好。我给燕琳打了电话，问她有没有打不碎的玻璃。

燕琳说有，玻璃砖，或者防弹玻璃。

我把尺寸发给燕琳。

燕琳说这一阵忙，没来看我，案子的事有了一点儿进展。

我说这边都很好，把玻璃的事落实就行。

放下电话，我想了一会儿，才想起自己中枪这事。然后，我回招待所收拾了一下，提着简单的行李又回到江欣怡的乡间小墅。

江欣怡接过去，把睡衣裤和几件换洗衣物叠好，放进客卧的壁柜里，洗漱用品摆放到盥洗间化妆台旁的柜子上，告诉我说下方是她的，提醒我别拿错了。她很平静，没有任何讶异，好像我早就应该住进来似的。

玛珥湖镇也很平静，除了继红偶尔打来电话，还专门跑过来看我之外，继川和继东都没有再吭声。江欣怡这里好像成了我的家，早上，我和江欣怡洗漱完一起出门，她去林业局或者玛珥湖大酒店，我回招待所。吃完早餐，我在自己房间看看书、上上网，或者站到窗前望着镇上高低错落的小楼、平房和十字街发会儿呆，再或者躺在床上闭目养神。午饭后小睡一会儿，或是顺着十字街到镇东边的玛珥湖边散步。

整个大湖被群山环抱，游人三三两两。由于特殊关照，我是不需要买票的。时间久了，工作人员指给我一条捷径——从西北角的小道钻入山林，先上山坡再下山坡，便到了大湖边。看到湖边林子里高得不可思议的负氧离子指标牌，不自觉地大喘气、深呼吸，便有了心旷神怡、耳聪目明的感觉，然后找一块山石坐下来，望着湖东的小金龙顶子遐想。自从看了《玛珥湖》，我有几次按捺不住内心的冲动，走到山路的尽头，钻进遮天蔽日的大林子里想去找山爷……可一想起“野兽出没，游人止步”的牌子和梅姑凌厉的眼神，又只好退了回来。

江欣怡很少做晚饭，也很少吃晚饭，所以我还是在招待所吃完才回去。有一次，她特意买了玛珥湖白鱼让我回去吃，我才知道她厨艺一般，和她煮咖啡的手艺没法比，可偏偏我不喜欢喝。江欣怡常常替我遗憾，便给我泡红茶。现在她已准备了滇红、祁门红、大红袍和金骏眉好几种红茶了。爸妈告诉我，挨那一枪前我就喜欢喝红茶，这个记忆我没弄丢，所以连江欣怡也坚信我能找回全部记忆。

周六早晨，江欣怡一直没动静，我便躺在床上呆呆地望着天花板。燕琳打电话说要来的，后来又不来了；梅冷那边忙着帮梅姑跑个项目，就把我闲下来。她俩要是看到我住进了江欣怡的家，不知道会吃惊成什么样，我想象不出。梅冷跟我到底是什么关系，更让我费脑子。刚醒来时，我是相信燕琳的，她说什么我都信。可自从梅冷出现后，我觉得谁的话都不能信了。也许她们说的都是真的，但真话和真相还是有区别的。

门突然开了，江欣怡飘然而入。她把我换下来的衣服抱走，显然是要拿去洗。

我说：“嫂子，洗衣服我行的！”

江欣怡没听见一样，走到门口，回头说：“还要再睡一会儿吗？我已经到湖边溜达一圈儿了。”

我急忙起床、洗漱、吃江欣怡顺路买回来的油条和豆浆。江欣怡洗完衣服，晾到外面的衣架上。然后，她磨了咖啡煮上，拿起一根油条咬了一口，慢条斯理地嚼着，眉头便紧皱起来。

我急忙回头，远远地见一个人进了院门，朝这边走过来。

“去我卧室！快！”江欣怡的话让我有点儿发蒙。

她起身把我推进她的卧室，说：“我不叫你，不许出来。记住了！”

那股幽香又全身心包裹了我，让我有了昏昏欲睡的感觉，我不得不努力打起十二分的精神听着外面的动静。

“你来干什么？”

“怎么，不欢迎？这是又有新欢的态度啊。可你怎么找了个失忆的残疾人啊？是不都天地一家亲了？他都傻掉了，武功还没废？”

“我告诉你，他正常着呢，思维敏捷，头脑聪明，善良正直，疾恶如仇。有着一个警察应有的、超出常人的逻辑推理能力。还有，他的身体也很健康，现在就躺在我的床上，还睡着，你要不要进去看看？”

很响亮的“啪”的一声，江欣怡随即短促地“啊”了一声。

“给你脸了，是不？”一个男人低沉的吼叫声传来，“是不是我总得提醒你，监狱的大铁门随时都为你敞开着，你才能乖一点儿啊？你这个贱女人。别以为和一个傻警察住在一起就安全了，想得美！好好开你的酒店吧，草炭土的事你少管，听见没有？嗯，你说话呀？”

“你放手，滚，滚开！”

江欣怡气喘吁吁地喊叫，我几乎控制不住就要冲出去了。我屏住呼吸，等着江欣怡喊我的名字。我准备好了，一旦听到“继承”两个字，就冲出去先将这个男人撂倒，再替江欣怡扇他一百个响亮的耳光，直到江欣怡喊停为止。

“来，别这样，乖一点儿。”这家伙突然换了一副嘴脸，“我不会让你坐牢的，我怎么舍得呢？当年，要不是继先把你抢走，你不早就是我的了，也不用遭这些罪了，是不？我是为了你好，才大老远地跑回来提醒你，老仝家哥们儿啥样你不是不知道，你惹得起吗？”

“你听好了，我不怕！这么多年我终于想明白了，你也不用总来威胁我，大不了我就去坐牢，说不准还能在那里找到一块人间净土！”江欣怡语调平静而决绝，我的心里却惊雷滚滚。

“扑通”一声，好像江欣怡倒下了。我不再犹豫，几步抢到门前，手搭门把手，就在门要被打开的刹那，我听到男人的哭泣声。

“欣怡，亲爱的，我给你跪下了，你别这样对我，好吗？这么多年了，天地可鉴，我有多爱你，你不知道吗？可你，我一来你就送我一顶大绿帽子刺激我，我不该打你，我错了，我不是人，我惩罚我自己，你原谅我，原谅我吧。你下不了手是吗？那我自己惩罚。”

“啪——啪——”传来扇耳光的声音，天啊，这是个什么人，演员吗？

门被我打开一条缝儿，我看到，江欣怡坐在沙发上，左手捂着左脸，右手放在膝盖，冷冷地看着跪在眼前的男人左右开弓自扇耳光。

更为神奇的是，越过江欣怡和跪着的男人，在我视线尽头的墙角，继先冷冷地站在那里。他穿着白色衬衣和蓝色西裤，金丝边眼镜，文弱书生的样子，沉默地看着这一切。

那男人不像是演戏，啪啪的声音清脆而锐利，一会儿我再扇他时，是不是可以少扇他几个或者只用八分力气？我这样想时，就见他停下一只手，抓着江欣怡放在膝盖上的手，剩下那只手扇耳光的力道明显轻了不少。

“我不是人，你原谅我好吗？欣怡，为了咱俩长久的幸福，你做什么事我都能原谅，包括你给我戴绿帽子。别的事都不值得去做，咱的主要目标不就是找《大碑赋》吗？只要一找到《大碑赋》，我立马就把你调走，你知道我有多爱你吗？从上大学那会儿第一眼见到你到现在，一点儿都没变啊！亲爱的……”男人说到最后，不再扇耳光，而是用手擦满脸的眼泪鼻涕。

他们也在找《大碑赋》？《玛珥湖》的故事不是虚构的？

天啊，我感到越来越有趣了。

“你，更爱的是大碑吧，何苦演得这么投入呢？”江欣怡冷冷地叹了口气。

“亲爱的怡，我的心天地可鉴啊！”那男人仍然跪在那里，仰着头，一脸讨好的样子，“上次你说可能在湖里，有进展没有？”

“还没有。到现在为止我只能这么说，所以你可以走了！”江欣怡把头扭向一边。

“那，那今天我们……嘿嘿……”男人突然又笑起来。

“滚，快滚！”

“那让我亲一下吧！”男人说着突然一弓身扑向江欣怡，强行叼住她的嘴。

江欣怡挣扎了两下，便麻木地瞅着天棚一角。

许久，男人终于放开江欣怡，意犹未尽地摇摇头，说："小娘儿们，还是这么软润，连个傻子都不嫌弃，咋就跟我哥们儿过不去？记住啊，有了进展马上告诉我！"

江欣怡冲男人唾了一口，歇斯底里地大叫："秦继宗，你快给我滚！！！"

五雷轰顶，把我震蒙了，等我反应过来，想再看看秦继宗的心脏时，他已经走出了院门。

继宗后面还跟着个身影，我知道那是继先。

是的，那一定是继先。我要再看看继宗这个家伙的心，是因为刚才继先的眼神不再冰冷淡漠，那道锐利的光芒带着温度、带着期盼，凌厉地刺穿了我。我浑身一颤，像得到上苍的某种暗示，扭头死死瞧着秦继宗。天啊，那是一台怎样凶悍的小水泵啊，乌黑透亮，竟然还闪烁着金属的光泽，扩张收缩之间硬生生灼伤了我的眼。疼痛袭来，那是来自肉体深处的莫名疼痛，从一个点扩散开来，电流一样袭遍全身。这一刻，我像得到了神谕，尽管我还没有找回记忆，在她们和他们的眼中我仍旧是一个傻掉的病人，但是这丝毫不影响我对使命责任这一类词的准确理解。秦继宗，既然让我看到了你那个生铁打磨成的心，我就不可能放过你了，这不是冤家路窄，而是头上三尺有神明。

感谢苍天，神明无处不在。

四十七

我给梅冷打电话，告诉她我这一段总是慌慌地不踏实，原因是我好多次看到了好多人的心。每当这个时候，总会有一些奇怪的事情发生，我也说不出来为什么，这些话，只想说给梅冷听。我曾经跟燕琳说过，燕琳先是咯咯地笑，然后说：“看来你真有病，跟我说说得了，跟别人说他们更以为你傻了。”其实燕琳不提醒，我也不会跟别人说的，我知道这话没人相信，何况我还是一个失忆的人。

“我在听，哥，你继续说啊！”梅冷没笑，也没说我有病，真的和燕琳不同。我告诉她，人的心还有不同的颜色，一个人在不同的状态下呈现的颜色也不同。

“有什么规律吗？”

“应该有吧，不过你得给我时间让我好好想想。这些你信吗？”

“当然信了，这世上未知的灵异的东西很多的。何况你还是挨过一枪的人，没准大脑的松果体被打出来了吧。即使是你的幻觉，于你而言，那也应该是真实的，我为什么不信呢？”

“看来，你是懂我的。”

“你这样说，我真的很高兴呢，继承君！”梅冷这样称呼，我还以为她在说别人。然后我好像听到了抽泣声，接着电话便挂断了。

我在继英经常坐的那块大石头上坐下来。这一段忙着江欣怡草炭土的事儿，我很少再和继英比赛爬山了。下午空闲时我会独自登上来，太阳快落山时继英只要不忙也会爬上来，看她的夕阳，然后我们一起下山。从继英越来越多的笑容上看得出来，江欣怡态度的转变，尽管她笑时仍然蹙着眉头，但那笑是放松的，她脸上的每一块肌肉每一寸肌肤都参与其中，活泛且生动，不是应付了事那种僵硬的皮笑肉不笑。

继红还时常提醒我，说：“哥，你离她远点儿吧，那么肮脏的一个人！”

“再肮脏，她也和你一样，是我妹！”我生气继红这样说。只是，江欣怡和继红仍然时不时互怼一下，继玉和继英也跟着横眉立目。我找继川和继东，这哥儿俩的回答如出一辙，“她们都是吃饱了撑的，专心养你的病吧，让继红惹不起还躲不起吗？江欣怡再打她一巴掌，谁也不能替她还回去，看继先的面子也不能啊！”

继英爬上来了，她在树林间跳跃着，像一头灵巧的小兽。我扭头看看，西天的太阳光芒四射，一大片金色明晃晃地铺满下面的大湖。这丫头难得这么清闲。

“哥，承子哥，快——”继英上气不接下气地捂着肚子。

她不是来看夕阳的，我一个高跳起来，问：“怎么了？咋不打电话？出了什么事？”

“电话不通啊！”

我跑向继英，可能刚才和梅冷通话时间长了些，准是江欣怡又和继红掐上了。我心里骂着，这两个不争气的东西。可这次不是，继英让我去救江欣怡。

玛珥湖地势高，在它四周的低洼处还散落着四五个小湖泊，人们习惯把这些小湖泊称为龙湾群。湖南面，还有几眼清泉汩汩翻涌，形成几道溪流，最终汇聚到一起，成了玛珥河的源头。所以这些小龙湾和泉眼应该是和玛珥湖暗通款曲的，更传说它们有地下暗河相连。

我随着继英沿玛珥河逆流而上，走到源头就是玛珥泉了。我们一路连跑带颠早已心慌气短，一旁的小河淙淙哗哗，像一缕银色的琴弦，不知疲倦地弹奏出动听的声音。

根据《玛珥湖》的记述，许多年前，三子就领着立秋、立冬和麦子在这小河里抓鱼、摸蝲蛄。我曾经向往着有机会也体验一下，可是今天不行，看身边继英拼了命地往前挣扎，我知道江欣怡危在旦夕。

尽管酒店经营得磕磕绊绊，可江欣怡是个撞了南墙也不回头的人，更何况还有继先，她是以两个人的力量在往南墙上撞啊。

吃过早饭，江欣怡让继英坚守，叫上继玉一路走来。她还是对冰雪项目念念不忘。在她看来，冰雪项目是她突破的关键，她的民宿、她的乡村深度体验游、她的大酒店步入良性循环，都会因此而满盘皆活。所以再难，她也要把这块硬骨头啃下来。

玛珥湖周边的地形都踏查遍了，是继玉建议到玛珥泉看看的。从玛珥湖到玛珥泉还有一段距离，要绕到大湖南侧顺玛珥河逆流而上，也正好让游人充分领略一下这里的湖光山色。这里不是林业局的地盘，是镇上和村上的，镇村的事就更好办了，又有继川和继东，有时候一纸承包或租赁合同就搞定了。

斜斜的一道山梁，以不大的起伏顺玛珥河两侧绵延向南，足足有两三公里。山梁上一条早年伐木的运材道依稀可见，大雪铺地时只要有轧雪机来回轧上几遍，一条天然的雪道就自然成形了。冥冥中，上苍似乎早就为江欣怡的冰雪项目做好了准备，单等着今天她的到来。

“谢谢你，继玉，这个地方简直太好了，我怎么就没想起来，其实，我应该最先想起来的。我看你身体素质要比继英好，你就做冰雪项目的CEO，大酒店让继英承担起来。”

江欣怡现出了神往的样子，眼底跃动着两团亮晶晶的小火苗，似乎这里已经人声鼎沸，欢声笑语，游人如织了。

“不过，继英有了权不会再把她那帮乌七八糟的小姐妹召来吧？”

继玉愣了一下，看江欣怡满面春风的笑容便嘻嘻笑起来：“不会，嫂子，你放心吧，我看这丫头已经洗心革面了，就是我去出台，她也不会啦！”

“死丫头，你恶不恶心呀！”江欣怡哈哈笑着拧了一下继玉的胳膊。寂静的山林中，她的笑声有些放肆。然后，她便愣住了。江欣怡的目光越过继玉的肩头，在山坡上发现了一大片山芍药花。江欣怡奔过去，俯下身仔细观察，这里的山芍药大多是单片的，可这一大片怒放着的芍药花却有许多片花瓣。江欣怡微眯起眼睛陶醉地嗅了嗅，说：“比我园子里的好看，一切都不是偶然，继玉你要相信，上苍是有灵的。”

诡异的事就在这时候发生了。江欣怡说着开始向东侧张望，然后，脸色突然就变得煞白，她不顾一切地站起来，冲下山梁，鞋也没脱就蹚过小溪又连滚带爬地上到东面山坡。

继玉不知道发生了什么，紧紧跟在后面，可还是被江欣怡落下了一段。等她喘着粗气爬上东面小山坡时，发现江欣怡的嘴角有血渗出，眼神茫然空洞。这一刻，继玉绝对相信了小时候玛珥湖的传说——江欣怡撞上了山鬼，她让山鬼杀死了！这样想时就见江欣怡摇晃了一下，噗的一声喷出一口鲜血，倒下了。

“嫂子死了！”

这是继玉见了我说的第一句话，她把江欣怡紧紧地抱在怀里，在她们周围，洁白的山芍药花被点染上艳丽的血红。

继英扑到江欣怡身上号啕大哭。

我不相信江欣怡就这样死掉，我试试她的鼻息，真的好像没有了呼吸，又摸摸脉搏，似有若无。我顺着她奔跑的路线向前看，越过山坡上那大片洁白的山芍药花，我看到了一个巨型的天坑。那里原来应该是一块山间平地，有几千平方米的面积，只是这平地整体塌陷下去了几米深，没有了树木，只有一片凄凄荒草，还有几朵洁白的山芍药。

这应该是江欣怡看到的最后风景。没错，这里被人盗掘了草炭土，应该是去年冬天盗掘的。可是，这就能让江欣怡口吐鲜血而亡吗？江欣怡如果这么脆弱，那她还是江欣怡吗？简直不可思议，看来，江欣怡也有病，口吐鲜血的病。

我望望这漫长的山坡，抓起江欣怡两只面条一样的胳膊背起了她，她柔软的前胸贴在我的后背上，我的两只手用力托着她的大腿。继玉和继英一左一右扶持着，我们三人顺那条废弃的运材道趺趺撞撞地往山下走。

江欣怡到底看见了什么？难道真的像继玉说的那样撞见了山鬼吗？

一阵山风呼呼地刮过，大森林紧跟着尖厉地啸叫起来，低沉的悲鸣，哀婉的诉说，愤怒的呐喊——像一首众多乐器参与演奏的交响乐，听得我浑身颤抖，唰的一下让我的肌肤结了一层冰，头发一根根竖起来。

四十八

文中最担心的事情还是发生了。

这年冬天，长海出事了。那时，立秋已经深深地爱上了他。

几次进驻玛珥湖，几次付出伤亡代价，渡边从此谨慎了许多，不再轻易派兵过来，玛珥湖过了一段相对平静的日子。只是苦了古坚一郎，三天两头跑到海龙城要求垦殖团搬家换地方，说没有兵驻扎，他心里发慌。

秋原参事官找来长江问：“全桑，你们是亲戚，有令尊大人在，垦殖团的安全有保证吧？”

长江扬起头，沉思了好一会儿，说：“应该有保障，但前提是皇军不能滥杀老百姓。”

秋原参事官面色愠怒，说：“我们建立大东亚共荣圈，王道乐土，日满亲善，五族协和，皇军怎么可能滥杀老百姓？”

古坚一郎只好一瘸一拐地去侄女家里吃饭住宿，第二天再提心吊胆回到玛珥湖，买鱼买肉，请仝叔到垦殖团喝乳山白。

喝到红头涨脸时，仝叔一手掐腰，一手拿着几根竹签子在空中挥舞着，口中念念有词：“伏羲爷，助我一臂之力，河图洛书，夏有连山，殷有归藏，周有周易。各位神人，我今借力，仰观象于天，俯察法于地，观鸟兽之文，与地之宜，近取诸身，远取诸物，以通神明之德，以类万物之情。我弟古坚一郎，叩问各位大神，来日否泰如何，各位多多保佑，保佑保佑！”说完，大手一挥，竹签子纷落，仝叔瞅着，眉头越皱越紧。

古坚一郎早慌慌地站起来。

“不妙，大事不妙啊，老弟！”仝叔拍拍古坚一郎，“下坤上乾，否卦，人道不通，不利正人君子。大人离去，小人涌来，天地阴阳不交，万物不能生长，君子上下不合，天下邦国不宁。小人之道不断发展，君子之道日趋消亡。”

“可是，可是大侄子说，你能保我安全呀？”古坚一郎抖抖地说。

“没错，暂时没事儿，有我罩着你们垦殖团。可长久看，不好说啊，打起仗来，子弹可不长眼睛。山里那些红胡子，要是杀急了眼，想灭你们这几百来人，那还不是一晚上的事。你们那几条破枪，能管用吗？你看小野厉害吧，还有机关枪、小钢炮呢，叮叮咣咣打那么多次，不还都是灰溜溜地撤了吗？他们要是不怕，能撤？你看，牛心顶子堡虽然也没有你们士兵，可那离海龙城近啊，住多少垦殖团也没事。黑山头，那都是些当过兵的人，每人一条枪，还帮着警察值班看车站呢。就咱这儿，队伍开车来也得小一天不是。你看这卦上说‘天地阴阳不交，万物不能生长’，你们是来种地的不？都万物不能生长了，你们还种个屁呀！这不就是说你们垦殖团的吗？”

古坚一郎吓得脸色煞白，大张着嘴一句话也说不出来。

然后，全叔又转悠到玛珥湖边，跟秦大爷和三子爹说："山里这些人咋一下子没动静了？看来这小日本还是怕了他们。"

接着，他又回到家和长海念叨："我给垦殖团打卦了，大凶。我看他们快撤了，我的地又快回到咱手里了，小日本抢了老子的地，吃大米饭噎死他！"

全婶吓得赶紧说："你别仗着酒胆瞎说，小心让人听了去。"

长海笑说："娘，让爹说吧，他也就这时候心里痛快点儿！"

长海越来越沉稳了，和当年批驳文中那个小伙子判若两人。他每天上课教学，下课回家，没事就捧着本书，不再多说一句话，也不再骂长江是汉奸了，终于让全叔全婶放下心来。

这期间，初小又扩了个班，文中建议："跟全叔说说，让立秋来怎么样？"

长海说："立秋能行吗？反正你是校长，你说了算！"

文中说："立秋教初小应该能行。要不这样，当先生不是闹着玩的，让她来试讲一下，咱俩和其他老师都听听。"

待立秋来一讲，大家都觉得行，长海便跟全叔说了。

全叔眨眨眼，说："这学校敢情是给他两家办的了。三子那时你李大爷可没来求我，李大爷硬气，不愿意求人，可这是你秦大爷家的事儿啊！"

长海说："爹，你眼光放长远点儿吧。我李大爷没求你，可三子不是孝敬你好几个月的薪水吗？谁心里还没杆秤啊！"

果然，立秋当了老师后，每个月领了薪水多多少少总要买了点心糖果来孝敬全叔全婶。立秋平时闷葫芦一个，可什么事心里有数，关键时候说话得体，处事周到，全叔全婶又没闺女，很快便从心里接纳了立秋，不再拿她当外人。立秋也不客气，赶上活儿就干，赶上饭就吃，一口一个婶子叫得全婶美滋滋的，慢慢就让全婶动了心思。

立秋再来，全婶就对立秋说："秋啊，把这碗大米粥给你长海哥送去。""秋啊，看看你长海哥干啥呢。""秋啊，不用总跟着我，让你长海哥讲课文去吧。"……

一来二去，立秋瞅长海的眼神就变了。在学校，再有不明白的事，不再问文中，而是趁文中不在时，跑去问长海。

文中和长海现在是学校的元老了，这间办公室成了名副其实的校长室。立秋虽然聪慧，可就跟三子学了几年私塾，国文还行，算术也对付，珠算和自然就不行了。现在教育局视学又严令要教日语，把立秋最拿手的国文课砍去了一多半，只因为玛珥湖山高皇帝远，文中一直以教师不够为由，初小的日语课才一直没开。

“长海哥，敢情咱玛珥湖还是有名的，书上都有呢！”立秋扑闪着长睫毛，慢条斯理地说。

“当然了，所有火山喷发形成的湖泊都叫玛珥湖，所以我猜测，这世上叫玛珥湖的地方应该还有。”长海放下手中的书，很博学的样子。

“那我可以给学生这么讲吗？”

“当然可以。自然嘛，你给学生讲的知识越多越好，通过课本上这一个知识点引申开来，比如说长白山天池，知道吗？”

立秋点点头。

“我在城里上学时，去过一次，走了好些天，就是喷发后的火山口湖嘛，和我们这儿一样，其实也可以叫玛珥湖的！”长海说。

“哦，这太有意思了。”立秋愉悦地拍了一下手，“可是长海哥，为什么这圆锥一样的山也叫玛珥湖呢？山，怎么可以叫湖？”

“哎，这个问题问得好，这正是你要给学生讲明白的。这涉及一个地质术语——术语你懂吧？专用名词——你搞混了两个概念‘玛珥湖地貌’和‘玛珥湖’。这圆锥形的火山快要喷发时岩浆突然从别的地方出去了，力量从别处释放了，就形成这些独特的地貌，不叫玛珥湖，而叫玛珥湖地貌。我们这里大概是二十多万年前喷发的，然后地表水上升，便形成了湖。”

“哇，长海哥，你懂得可真多呀！”立秋崇拜的眼神中又多了许多爱慕。这时候她终于明白了人外有人的道理，长海懂得的可比三子多多了，她暗下决心，要把长海知道的全学了来。

下了课，立秋还会边走边问，不知不觉就跟长海走到了全叔家。长海站在门口看看立秋，说：“吃了中饭一起回吧？”

立秋急忙点头。

有时，立秋实在觉得没啥可问了，就瞅着长海的背影走，心里默念着“下个胡同就拐，下个胡同就拐”，可实在不忍心这个背影在自己眼前消失，走着走着就又走到了仝叔家。

仝婶老远向立秋招手，长海才发现立秋跟在身后，讶异地问：“你，有事吗？”

立秋急忙摇摇头又点点头，然后羞得满脸通红。

这天午饭后，仝婶把立秋叫到堂屋里，说：“秋啊，你和长海的事我看出来了，我找媒人去和你爹娘说说可好？”

立秋立刻满脸通红，急忙摇头。

仝婶问：“怎么，那你是不愿意？没看好长海？”

立秋还是一个劲儿摇头。

仝婶说：“你这孩子可怪了，到底咋回事？那你说相中长海没有？”

立秋笑笑点点头。

仝婶长长出了口气。

立秋说：“婶子，这事你得先问问长海哥，我是怕他……”

仝婶呵呵地笑了，说：“我的儿我知道，他的心思早就在你身上了。”

可仝婶没想到她和长海一说，长海像让蛇咬着似的跳了起来，说：“娘，不行就不行，立秋多好的一个姑娘啊，你可别害了人家。这事我不同意。”

仝婶说：“儿啊，你不同意你天天和人家成双成对、形影不离的，你这是演哪出啊？”

长海叹口气，沉默了好一会儿，说：“在我心里，立秋还小，我拿她当妹妹。”

仝婶说：“可我都跟人家立秋说好了，她都答应了。”

长海说：“娘，你怎么不先问问我？这事你别管了。”

话一挑明，反倒别扭起来。立秋不好意思再到仝叔家，有弄不懂的事又去问文中。见了面，也是头一低就过去了。几天下来，人就瘦了一圈，一张小脸上只剩两只失神的大眼睛晃荡着。

长海说：“立秋，你别这样，当我妹不是挺好吗？”

立秋的泪流下来，说：“不好，一点儿都不好！”

长海叹口气说：“你还小，有些事你不懂的。”

“我都十七了，还小？你说，你凭啥就看不上我，我哪儿不好？你说啊，我改。反正我拿定主意了，这辈子你走到哪儿我就跟到哪儿，嫁定你了。你不要不行！”

长海让立秋气笑了，说："想不到你人小心大啊。我娘想你了，让你去家里吃饭，给你补补身子，瞅你瘦的，都成小鬼儿了。"

立秋又破涕为笑。

四十九

关键时候，文中点醒了立秋。

文中说："长海不是不爱你，是他心里苦啊！"

立秋反复琢磨文中这句话，想着和长海的一桩桩一件件，觉得长海心里是有她的，只要他心里有，别的都好办。

立秋说："你不是拿我当妹妹吗？行，啥都行！"

然后，就又回到了从前的状态，仝叔家她想去就去，有活儿就干，赶上饭就吃，一天能跟长海提一百个问题。

这天文中去海龙城领教材，长海一下子买到了上百斤蜂蜡蜂蜜。白天他没敢抟团儿，特别是最近县里那个视学逼着初小也开日语课，又要把学校并到垦殖团去，文中和仝叔商量，只好让古坚一郎从垦殖团里推荐了一个人来。教师成分越来越复杂，他不得不万分小心。

摇铃的驼背老更夫给长海开了门，长海把一叠大煎饼递给他，老更夫谢过，重新把大门锁好。

夏日昼长，天还没黑透，校园里静悄悄的。长海回到办公室，找出洋铁皮桶，开始抟团儿。蜜不多，大部分是蜂蜡，还有窗户纸一样的蜂房和死蜂，不然人家不能卖这么便宜。这不多的蜜正好成了黏合剂，把蜡和蜂房、死蜂黏合得恰到好处。

文华说，这是山里战士们最喜欢的给养，好储存，方便携带，还不用生火，最关键的是抗饿又有营养。吃上一个，能挺好几天。

立夏说，那年冬天鬼子封锁得紧，营地断了给养，她硬是靠着一个蜂蜡球坚持了十天。所以长海除了采购粮食、盐、药材，就盯着蜂蜡蜂蜜买，和镇上常跑山的人建立了联系。遇着野蜂窝，不管马蜂、蜜蜂、地雷蜂、草蜂还是葫芦头蜂，三下五除二，连窝端回来，不用摇蜜、不用去杂质，全搅和一起卖给长海。

文华和立夏说，他们不和鬼子周旋时，也置办这样的给养，只是很少遇见。最近一段相对平静一点儿，文华和立夏派人来的次数明显增多。他们说要准备下几年的给养，按文华的意思是建一个大给养库，这样和鬼子斗争到底的本钱就有了，让玛珥湖成为抗联的坚强堡垒。想到这些时，长海又热血沸腾，浑身燥热，鼻尖冒汗。按约定，这个礼拜天夜里他们会下山，他采购的东西又快堆满仓库了。现在药材专控了，大量采购目标太大，他联系了海龙城里的同学刘政儒，刘政儒的爹刘守一老先生，人称刘三邪，现在开着一家医馆，在梅河口街和海龙城都有药铺。自从原来的交通员梅花鹿牺牲后，长海就掌握着时间，让刘政儒的药早文华的人一天运到镇上。

很快，一长溜蜜蜡球摆到了桌子上，就像一队即将出征的威武士兵。想到文华、立夏看到这些宝贝时的惊喜神态，长海开心地笑了。

天色渐暗下来，长海手上加快速度。这时，外面传来沙沙的脚步声。

长海心头一紧，急忙起身警惕地走到门边。

“长海哥，你在里边吗？”是立秋喊着拍门。

长海开门，迅速把立秋扯进屋来。

“嘻嘻，我一想你就来学校了！”

“你咋进来的？”

“跳大门啊。”立秋眨眨眼，发现长海的脸色不对，“长海哥，咋了吗？不就跳个大门吗，你不高兴了？那我下次不跳了！”

“只这一次，你赶紧回家去。另外，以后不许总盯着我，知道吗？”长海口气越发强硬，不顾手上的蜜蜡，用力抓着立秋的肩膀晃了晃，表达着严厉和不满。

立秋疼得吸溜一口气，抽动一下鼻子，说：“长海哥，你弄脏我的衣裳了，你这是干啥？”

立秋的目光终于掉到桌上，嘴里“呀”了一声，挣脱开长海，几步跑到桌前，俯下身仔细看着蜡球，又闻了闻，起身挽挽袖子，从洋铁桶里捞起蜡块用力抟起来。

“小心死蜂子，肚子还蜇人呢！”长海提醒着立秋。

立秋的眼泪突然就噼里啪啦地掉下来，说：“长海哥，原来是你，你原来和二哥二姐是一伙的，你可是他们的大恩人呢。我替他俩谢谢你！”

长海急忙制止：“你别瞎说，小心被别人听了去，这可是要掉脑袋的，你要害死我吗？”

立秋急忙止住，用手背抹了一把泪珠。

长海问：“你咋知道的？”

立秋说：“我上次发现二姐怀里揣着半个，我还没来得及问，她就走了。这个，能吃吗？”

长海想自己以后更得加倍小心了。

很快，两个人就抟完了，又将抟好的蜂蜡团装回到洋铁皮桶里。长海从窗户向外望了望。

立秋也要一起送，长海说：“你等在这儿。”

立秋为自己发现长海的秘密兴奋得两眼放光，说：“长海哥，以后我跟你一起帮二哥二姐他们做事吧，买粮买盐我都行的。”

长海说：“你不行，就这一次，就当这事没发生过，你明天就把它全忘了。还有，别整天看着我，你要做不到，我就永远不搭理你了。”

“可是，长海哥……”

“没有什么可是的。立秋，这是关系到咱玛珥湖抗日的大事，关系到多少人的性命，你知道吗？”

“行，长海哥，那我听你的。可是，我不怕死，我很想为你分担一点儿，你也得答应我个条件。”

“啥条件？”

“我不要当你妹妹，我要给你当媳妇。要不，我就不听你的。”立秋表情庄重坚定，两只眼睛扑闪着，像夜空中的星星。

这一刻，长海的心底升起一股热浪，鼻子一酸，险些掉下泪来。

当年，他想一起进山，可文华和立夏传达杨司令的指示，说工作需要，他是留在玛珥湖最合适的人选。这些年，他像一只孤狼，提心吊胆地完成了一件又一件不可能完成的任务。从一个十七岁的少年逐渐成长起来，成为杨司令手下一名优秀的交通员。可是，有谁知道他的孤独苦闷呢？

长海心里翻江倒海。

渐渐降临的朦胧黑暗给了立秋勇气，她心一横，牙一咬，闭上眼睛一头扑到长海怀里，双臂使劲儿环住他的脖子，幽幽地说：“长海哥，你咋不说话？我不怕死，让我为你做点儿什么吧。”

立秋心里做好了长海推开自己的准备，她想即使那样，黑暗也能藏起她的羞愧。可是长海并没有，片刻犹豫之后，长海的双臂也环上了她的腰。立秋便有些心花怒放了，她仰起头，鼓励地望着长海，星眸闪闪。长海低下头，喘了一会儿粗气，突然就亲了她。那是一种什么样的感觉啊，柔柔的、温暖的情愫通过湿润的嘴唇瞬间点燃火一样的激情。立秋使劲儿环着长海的脖子往下拉，长海环着立秋的腰，两个人剧烈地喘息着，慢慢地躺在地上。

激情如潮水一般，长海感到自己和立秋都变成黑暗中一堆白色的灰烬，他落下泪来。

立秋摸一下他的脸，慌慌地趴到他的胸前：“长海哥，你咋哭了？你别哭，你一哭，我害怕！”

长海说：“我对不起你！”

“没，是我愿意的，我欢喜着呢，长海哥，我知道你的心，你都是为我好，怕连累我。可你越是这样，我就越放不下你。从今往后，我就是你的人了，无论发生什么事，我都和你在一起，都听你的。”

“那好，今后你得做到这几点：凡事心要细，少说话、多动脑，咱们的命不是自己的，要像文华和立夏说的那样，不做无谓的牺牲，保护好自己才能跟鬼子战斗到底。”

“好，我记下了。”

“我做的这些事你今后别插手，别过问，也别知道，就当什么也没有，不帮我就是帮我，明白吗？”

“不明白。”

“嗯？”

“哥，你放心，我照着做就是了。”

“咱俩的关系不能公开，就是同事关系。”

“可你都是我男人了啊！要不，有外人时我还做你妹，只私下里是你媳妇？”

“不行，一定要保持距离，能做到不？”

“嗯，能。”立秋答应着，却又哧哧地笑起来，“长海哥，你说的这些话可不像男人对他媳妇说的，倒像是长官对手下训话呢！”

长海拨弄了一下立秋的头，忽的一下爬起来，说：“你越这样，我越不放心你。这些话我可是考虑了很久的呢。你之所以说自己不怕死，是因为你觉得死亡离你很遥远。可是立秋，你知道吗，我和文华哥、立夏姐打从跟着杨司令打鬼子、反抗宣统那个儿皇帝时起，就意识到死亡可能会随时找上门来。也正因如此，我们才愈加感到生命的珍贵和活着的意义。所以，你一定要把这些话记进心里去，照着做，不然我会非常担心的！”

立秋爬起来，双手揽着长海的脖子：“长海哥，我和你说着玩儿呢，其实我早记下了，一定照着做，你放心就是！”

立秋把长海的交代一字不落地又重复了一遍。长海没想到立秋的记性这么好，知她心里有数，便稍稍放下心来。

五十

冬天来了，这是一个漫长寒冷的冬天。长海没想到，立秋也没想到。县上教育局的视学要撤销学校，把学生和老师都并到垦殖团的那个学校。文中和长海游说了全叔，全叔说垦殖团里那么小个学校咋能放下，要合并也得等来年新盖了校舍啊。

教育局不再坚持，但是给学校派来了一个执监。执监是个日本人，叫武藏二男，和他一起来的还有一队日本兵和“满洲国”兵，以及一个二百来人的勤劳倖仕队。倖仕队是来伐木的，一来就进了玛珥湖南面的大林子里。那里在秋天时镇上按保甲出荷工，修了大片地窨子和几栋工房。全叔知道，长江说的采伐队真来了。玛珥湖出木材，上好的红松、水曲柳、核桃楸，都水缸一样粗，笔直的茂天起，谁看了不眼红。

保甲连坐、清乡并屯后，散落在玛珥湖周边山里的几十个村屯一千多口人全被并到了镇上。县公署的布告上叫集团部落，玛珥湖人习惯称为“棚部”。他们被圈在了镇北边，住的是木栅子空隙中间塞泥草的窝棚。而垦殖团古坚一郎他们住的青砖青瓦的房子，叫作“青部”。在清乡并屯的同时，玛珥湖镇四周同时建了围墙，开始用拌了草的土打垒，可这土打垒实在太慢了，为了按时完工，又改用了两人多高的圆木栅子。对全叔这个建议，长海打心里叫好，这木栅子，即使再高，破坏个缺口也就是一袋烟的工夫。

现在，整个玛珥湖镇变成了一个大土围子，四周被木栅子和土墙圈了起来，里面的人自然分成了三等。被砖墙围起来的“青部”最高级，被木栅子圈起来的“棚部”最低级。

全叔为了最低级的人能活过这个冬天，来求最高级的人了。

“棚部昨晚冻死了两个人。”坐在温暖的榻榻米上，全叔觉得古坚一郎精神了许多，不像前些天老是慌慌的，像揣了个兔子，说话自然就赔了些小心。

“有什么病的，冻死人，怎么能？”古坚一郎客气地给全叔倒茶，他的气色也好了许多。

全叔心里一抖，反应过来，这一切都是看押采伐队那些日本兵和“满洲国”兵给他带来的。“老弟，原来还让捡点儿毛柴，怎么也比苞米秸秆抗烧啊！住屋子的还对付，那些并屯过来的，住的就是一个茅草棚子啊！”全叔不想绕弯子，他突然想起那天在县公署的长江，我儿好歹也是一个局长呢。“垦殖团的人想砍哪棵树就砍哪棵树，想怎么烧就怎么烧，你们没来时，玛珥湖人捡烧柴可是不砍活树的，都是捡站干砍。”

“站干”是玛珥湖人对大树死后干枯成烧柴的称谓。

“小野队长的脾气你是知道的。”古坚一郎示意仝叔喝茶，面露难色。

“可是，垦殖团归你管，现在是垦殖团的人看着山，不让玛珥湖人去捡一根烧柴。老弟，人命关天，你就通融一下吧，哪怕睁一只眼闭一只眼呢。”

古坚一郎想了一会儿才明白仝叔的意思，坚决地摇摇头，“不行的，秋原铁匠，教训太大，没人敢了！”

“真的不能给我这个面子吗？”仝叔心里又在想长江，他发现长江能给他底气，“咱还是亲戚呢，你想想看，你们来了，我们给你们盖好这瓦房，最好的地也给了你们，你们不种粮食，全种上了燕麦，当什么马的粮草。这大片的山林，我们世代住在这里的人倒连根柴火都不让捡了。你说，建立王道乐土，就是你的屋子热得穿不住棉袄，集团部落里的人却被冻死了，是这个理儿吗？”

古坚一郎欲言又止，脸色有些忐忑，沉默着低下头，过了好一会儿，喊女人枝子过来给茶壶续上水，待女人出去，才叹了口气，说：“对不起，我实在无能为力，秋原铁匠马上就被征召上前线去了，按说不应该征召他，就因为以前他值班时让你们随便捡烧柴，县参事说他同情支那人。”古坚一郎愁眉苦脸，叹口气，“作为大日本天皇的臣民，是不应该同情支那人的。”

仝叔努力控制着，双手还是不自觉地握紧了，他慢慢站起来，瞪着古坚一郎，他感到额头上的血管突突地跳，许多年都没有这感觉了，大概年轻那时有过。

古坚一郎显然让仝叔的神态吓住了，也急忙站起来，恭手垂立，不知道该说什么。

沉默了一会儿，仝叔转身往外走，他怕再不走自己会说出什么出格的话来。要是李民，这时候他的拳头应该已经挥上古坚一郎的脸了吧？要是秦金银呢？也未可知，毕竟他们也早过了血气方刚的年纪了。还是忍一忍吧，不然又能怎么样呢？

也许古坚一郎说得对，接下来的事实证明，住在棚部冻死的人，不全是冻死的。因为镇上也开始死人了，有的甚至一家几口相继死去。

黄水病伴着酷寒，再次袭击了苦难深重的玛珥湖。

仝叔想起了当年的刘三邪刘守一，慌慌地找李民和秦金银商量。李民说当年是孩子们找来的，这上哪儿去请老先生？

长海建议让文中去请。

文中当然知道刘守一老先生在梅河口街和海龙城里都有药铺医馆，也知道刘家的大公子刘政儒和长海是最好的同学。既然长海不想让别人知道，那自有他的道理。

几年过去，刘老先生更加仙风道骨。他身着白狐大氅，伴着纷扬的大雪，好像从天而降的神仙，面对吐空了肠肚吐干了胆汁的哀怜病人，一手捻须一手持针，三针下去，一碗红糖五味子水，大抵可以让一个垂死的人活转过来。当然也有的老人孩子没救过来，可多数人还是活了下来，这足以让玛珥湖人对刘守一感恩戴德了。

黄水病大流行，最高兴的是玛珥湖警署的人。按县署要求，玛珥湖每个人都要改一个日本名字，虽然刚开始推行以自愿为主，可还是有指标要求的。除了学校的学生和公职人员，人们一定不愿意把自己的名字弄成奇奇怪怪的四五个字。可是奇怪的事情发生了，镇上死了这么多人，住在青部垦殖团的几百口日本人竟然安然无恙。难道真的是连老天爷也偏袒天皇的子民吗？所以在刘守一老先生带领人们和黄水病抗争的同时，玛珥湖人也掀起了一股改名热潮。这下仝叔困惑了，他几经犹豫也改了个仝佳康夫，还到玛珥湖边劝李民和秦金银。

当然，李民和秦金银也想不明白，难道他们日本人真的是高人一等的，怎么黄水病找不上他们呢？可李民还是嘴硬，“不改，死就死，我李民都这把年纪了，决不辱没祖宗。”

“对啊，不辱没祖宗，我是秦大将军的后代，更改不得，几千年了！”秦金银附和着李民，倒把仝叔弄了个大红脸。

仝叔有点儿无地自容地说：“我这是糊弄他们呢，仝佳氏，自古居住在佟佳江富庶之地，正宗的镶黄旗人，满洲八大姓氏之首，他们日本人哪知道这些……”

最为困惑的当数学校里的几个年轻人。

立秋说：“长海哥，这到底该怎么解释？我想不通啊！”

“天意，也许是天意吧，我们玛珥湖人就该有这一劫！”文中叹了口气。

“什么天意，完全就是巧合而已。”长海愤愤不平地挥挥手，“玛珥湖多少人，那青部里的小日本才几个，两三百人而已。”

“不对，长海哥，也不是巧合，镇上得黄水病的大都是女人和孩子，青壮年很少，当年我们小时候不也是这样吗？”三子皱着眉头，“这里面肯定和体力有关。”

“可是，青部里也有女人和孩子啊，还是长海哥说得对哩，巧合而已。”

三子没和立秋争辩，他知道长海的话在立秋心里就是圣旨。刘守一老先生走的那天，三子特意去送行，把这些话说给老先生听。

老先生手捻银须沉思了一会儿，说：“抵抗力，年轻人，你大抵是对的。”

“可是，青部里的女人和孩子呢？”三子又抛出了那天立秋的问题。

刘守一飘然而去，头也不回地说：“还是抵抗力吧，青部的人吃食好啊！”

三子和仝叔等人朝着刘守一老先生的背影深深地鞠躬。

过了寒假，春天也就慢慢来了。让几个年轻人始料未及的是比改名字还难以接受的事情紧接着摊到了面前。

日本执监武藏二男去了趟海龙城，回来就开会宣布了县署的训示。他抖动着一小撮胡子，先呜里哇啦一通，然后又生硬地翻译成汉语，最后还煞有介事地鞠了一躬，说：“诸君，拜托了！”

“不教了！大不了黄摊走人！”三子生气地拍了一下书本。

长海瞅瞅文中，文中说：“那样，正是武藏二男希望的，他巴不得把这些孩子们都并到青部去。”

“改就改吧，反正都是我们在教。”长海话里有话，他显然低估了武藏二男。

武藏二男把“满洲国”《国民训》作为学生守则的一部分：“国民须念建国渊源发于唯神之道，致崇敬于天照大神，尽忠诚于皇帝陛下。”这成了学生守则的第一条。

“诸君，我们要建立理想的日满亲善的‘大满洲帝国’，建立王道乐土的大东亚共荣圈，就必须让孩子们少小时就懂得崇敬天照大神，忠诚康德皇帝……”

如果武藏二男剃了那撮小胡子，会是一个长得还不赖的人吧。长海瞅着那两片飞快翕动的嘴唇，努力不去听嘴唇间发出的声音，他的思维好像结了一层溜滑的冰，让这声音在头脑中迅速滑出，不会留下任何痕迹。否则他无法控制住自己，他会不知不觉地咬紧牙齿，攥紧双拳，脖子上血管凸起，文中就会悄悄伸过手来，用力握握他的手。

长海不想让文中担心，所以尽管武藏二男的声音呜里哇啦，长海也不知道他到底讲了些什么，倒是身边三子的呼吸越来越重越来越急促，长海扭头看他时，见三子紧盯着武藏二男怒目圆睁，额头青紫的血管像突然爬上了许多条小蚯蚓。长海急忙学着文中那样，用力握住三子的手，他感到三子的手在微微颤抖。

今天，立秋的穿戴好似要参加祀孔典礼，黑鞋白袜黑裙子，簇新的蓝士林大襟上衣。她开完会回到课堂上，让学生们拿出课本，她开始讲黄河、讲长江、讲珠江，讲三大水系、讲西高东低的地势、讲中国的版图，她要把整本书的内容浓缩成一节课，教给这些懵懂的孩子们。下课了，立秋要求学生把课本交上来，除了地理还有历史。学生们叽叽喳喳议论，像一群小燕子。

“同学们，交上来吧，明天，我们发新课本，满洲国的地理和历史。这是，这是我给你们最后一次讲中国地理。”

一股巨大的悲怆还是不可遏制地从心底泛滥起来，酸酸地涌上口腔鼻腔，立秋努力咬着嘴唇，可眼泪还是唰唰地流了满脸。学生们被吓住了，纷纷止了声，默默地把课本放到前面讲桌上。立秋让几个稍大一点儿的学生抱着送到了操场上的操台前，那里，武藏二男执监已经让驼背老更夫点燃了书堆，一条乱窜的火舌带着呼呼的风声，舔着刚投进去的中国地理和中国历史课本，很快将它们变成焦黑的纸灰，再翻卷着吐向空中。

立秋想起了三子和长海讲过的焚书坑儒，“满洲国”也开始了。下一步，康德皇帝能不能命令停掉国语，让日文取而代之呢？立秋不敢想下去。模糊的视线中武藏二男好像陪着个日本兵走来，日本兵的东洋刀荡悠在腰间。立秋急忙擦了擦眼睛，是小野。教室的门开着，小野和武藏二男是奔这扇门来的。

立秋打了一个激灵。

小野定定地盯了立秋足有一分钟，右手把东洋刀抽动了一下，咔咔的声响惊心动魄地震颤着学生们。

然后，小野不满地回头瞪了武藏二男一眼，咕噜了一句日语，紧接着左右开弓，巴掌扇到立秋脸上。

一阵头晕眼花，立秋急忙扶住讲桌才勉强站稳，她没有像学生们听到自己被扇耳光的啪啪声，她两耳中全是嗡嗡的响声，胆小的学生吓得小声哭起来。待眼前一团一团的黑暗扩散开去，立秋看小野和武藏二男已经走到了学校的大门口。立秋用手背抹一把嘴角淌下的血，咬牙切齿地说：“同学们，别哭，今后，我们都不哭，好吗？谁都不许再掉一滴眼泪！”

长海跑了过来，后面紧跟着文中和三子。看到立秋红肿的双颊和流血的嘴角，长海一句话没说，转身往外跑。立秋不顾一切地冲上去，紧紧抱住长海。

“长海哥，你不能去，不能去，我不让你去，我都能忍，你忘了怎么跟我说的啦？”立秋从后面紧紧箍住长海，嘴凑在长海肩头低声严厉警告，可长海还是拖着立秋向前挣扎。

关键时刻，三子跑上来伏在长海耳边悄声说：“长海哥，人多眼杂，千万别冲动，这个仇先记下，我替你报，大丈夫言必信，行必果，你得留下来干大事情。”

长海果然不再挣扎，扭头看着三子。

立秋说：“三子你也得忍，不能做傻事。”

“你俩放心，君子报仇，十年不晚，我不会蛮干的。”

立秋松开紧箍着长海的手，大门口的老更夫和后面的文中终于松了一口气。

五十一

“爹，把你那把刀给我吧！”三子记得，几年前爹那把鬼头刀就磨得锃亮了。

“等再长两年，爷连刀法武艺一起给你！”爹吧嗒一口长烟袋，若有所思地上下打量一下长成半大小伙子的三子。

三子没有磨叽，他知道爹不喜欢磨叽的孩子。他去找秦大爷学枪法，其实他更喜欢爹的那杆快枪，还有那一把黄灿灿的子弹，可是爹连鬼头刀都不肯给自己，枪就更别想了。

三子气定神闲地举着秦大爷那杆猎枪，感到从没有过的踏实，好像这枪有一种无法言说的魔力，让他获得安全感的同时，又把一股十分强大的力量注入他心间。“力拔山兮气盖世”，他想到了这句话，仿佛看到了枪口指向的目标变成了小野的脑袋。别说一个小野，就算是渡边和他那一大队日本兵我也不怕。

三子有了投奔二哥二姐的想法，那样才有可能更快地实现他对长海的承诺。

枪响起来的时候是半夜。

三子一个激灵爬起来，悄悄出了门，抽出爹藏在檐头茅草下的那杆快枪和装在荷包里的子弹，循着枪响的方向猛跑。夜，黑黢黢的，十几步外就看不清人影了，三子不知道二哥二姐是怎么指挥打仗的。

今晚是立夏带队来的。文华自开春就病了，身体虚得直打晃，连拿枪的力气都没有了。

“正好，我带队去！”文华明白立夏的话，许多次，执行战斗任务时立夏都尽量和文华分开，“咱俩不能都死了，更不能一起死。”这样说时立夏才现出女人的柔情，让文华想起许多年前在奉天东北大学读书时的情景。

“我不同意！”这话到嘴边了，文华却只是瞅着立夏动了动嘴唇。他们已经争执许久了，从收到长海的第一份情报，说俸仕队的王柱子已成功联络了十二个内应开始。那还是冬天，他们的主要目的是打击小野，解救俸仕队，夺取给养，还会有一批俸仕队的人参加队伍。一举多得，这样的作战目的是杨司令最提倡的。后来情报又说小野在玛珥河上筑坝，再后来小野运来了炸药，要炸开玛珥湖，要用大水将木材运出山外。

这样，保护玛珥湖成了当务之急，夺取给养扩充队伍倒在其次了。以往下山打仗，总要反复考虑得失。现在，即使付出再大代价，玛珥湖也必须要保住的，想那一湖圣水将要被小野炸开放干，那陪伴自己度过美好童年的玛珥湖最后会干枯死掉，无论文华还是立夏都是不能接受的。不是感情用事，而是涉及玛珥湖人的尊严。

“我真没用，无论如何，我应该死在你前面的。”文华懊恼地敲了敲自己的头。

“你念我点儿好吧，我不会死的！”立夏冲文华瞪下眼，笑了笑，把压满子弹的弹匣装回去。她挑选了十五名敢死队员，并且已经做了战前动员。他们的目的是炸掉简易水坝，破坏掉炸药，引燃木材，让小野白忙活一场，彻底断了他炸玛珥湖的念想。即使十五个人全部牺牲，也要达成战斗目的。

文华挣扎到洞口送立夏，说：“我等着你的好消息，等着你回来。”

“好，我们悄悄地下山，不惊动其他同志们，这里的一切你都照顾好了！”立夏走出洞口十几步，扭头看着文华恋恋不舍的眼神，便折返回来，张开双臂拥抱着摇摇晃晃的文华，说：“如果我死了，告诉和平，他妈妈叫秦立夏，到死，都很爱他！”

然后，立夏转身，没再回头。

三子循着枪声一路奔到玛珥河的上游，他发现东面、南面、北面好几处都在响枪，他只好奔向最激烈的这一处，可赶到那里，又觉得南面的枪声更激烈。黑暗中三子在小河边的一棵倒木旁趴下来，这里他来过，前些年总和立秋、立冬、麦子来摸鱼抓蝲蛄。小河东面的山坡一阵呜里哇啦，紧接着一阵弹雨泼向两边山梁。东面是小野的人，这漆黑一片不是瞎打吗？

黑暗给了三子安全感和勇气，他把枪托顶在肩上，朝东面枪响的地方开了一枪。

哗，一阵弹雨泼向倒木，三子感到大倒木一阵颤抖。

“节省子弹，瞄准火光！”西山梁上突然传来了喊声。“他们把我当成了自己人，本来也是自己人。”三子一阵狂喜。

“二哥！二姐！是我！”三子冲着西山喊，西山坡火苗一闪，朝东面开了一枪，算是对三子的回答。三子反应过来，在东山坡又向西泼出弹雨的刹那，他瞄准了一团火星，说来也奇怪，黑暗中他似乎看到了火星后面那团黑影。枪响了，那团黑影惨叫一声倒下。

东面的弹雨再泼过来时，西山坡的枪声响了，三子又听到了一声惨叫。一定是二哥二姐，要不哪能心有灵犀，配合得这么好。黑暗中三子竟然咧开嘴笑出了声。

几个回合，几声惨叫，东山坡上竟然不敢再开枪了。这时，南面，小河的下游，一团火光突然腾空一闪，晃得三子紧闭了一下眼睛，紧接着惊心动魄的爆炸声轰隆隆地传来，脚下的土地连同大森林跟着一起摇晃起来。对峙的三方都惊呆了。过了一会儿，待爆炸声渐渐平息，东面山坡上传来呜里哇啦的喊声，三子冲着喊声开枪，对方也不再回击。三子只好支起耳朵听着东面的动静，不断地回头望向南面。开始是一团火苗，在大森林里跳跃闪烁着，好像一阵风就能把它熄灭。慢慢地，火苗旺起来，形成一团一片，最后烈焰腾空而起，呼呼啦啦爆响着映红了南面的半边夜空，似乎整个大森林都跟着燃烧起来。

是否应该赶紧逃命？三子闪过这样的想法，尽管他知道那火离这里很远，像是堆在河两岸的木楞场起火了，但他还是有点儿害怕。

“砰！”一粒子弹怪叫着从身边飞过，三子反应过来，小野的人还在那里。西面山梁上几乎同时响了两枪，然后又传来喊声：“快趴下，打一枪换个地方！”

三子飞快地离开大倒木，躲到河边一块大石头后面。

对峙继续，身后的大火熊熊，天，渐渐亮了。

三子透过细密的枝叶张望，腿肚子禁不住剧烈颤抖起来。东面山坡上密密麻麻趴着一百多人，有日本兵也有“满洲国”兵。他的第一个反应是撒腿就想跑，便努力控制住别让腿肚子再哆嗦。不行，这一百多条枪眨眼间会把自己打成筛子的。还是黑夜好，黑夜真的是能给人带来安全的，他要是早知道这么近就趴着这么多人，要命也不敢冲他们开枪的。怪不得二哥二姐都是黑夜行动呢。三子再想喊二哥二姐，可张了张嘴没敢喊出声，他知道西边山梁是二哥二姐一伙的，但不是二哥二姐，要是的话昨夜一定能听出自己的声音。

很长时间他们都没有动静了，大概是在天亮前他们就撤退了吧。这些个家伙真不够意思，自己帮他们组成个牛犄角，顶住了大半宿，他们竟然偷偷撤了也不打个招呼。等见了二哥二姐一定告他们一状，让他们查查是哪些家伙。

天光大亮了，日本兵和“满洲国”兵从地上爬起来，鬼头鬼脑地向前搜索。三子仔细瞅瞅，没见有小野。南面烟熏火燎的气味随风飘过来，大火还在燃烧。三子慢慢从大石头后爬进一人高的蒿草，绕到灌木丛边一棵大青杨的后面。大青杨有几个人合抱那么粗，差不多活了几百年了，就像个沧桑的老人，在离地三四丈高的地方斜出个树杈，杈中间那团黑乎乎的地方就是个洞口，这是黑瞎子冬天蹲仓最好的去处。现在，三子对黑暗超乎寻常地喜欢，他把枪斜背在身后，像个灵猫一样三两下蹿上去钻进了树洞。

还好，黑暗终于又让三子踏实起来，那颗悬着的心咚的一声落了地。

地上的日本兵咕噜一句，一群十几个便猫着腰直奔大青杨冲过来。三子刚刚落地的心又紧紧地提起来，可是，日本兵没在树下停留，冲过大青杨奔上了西山梁，紧跟着所有人都围了过去。距离不远，三子在树上看得清楚。不一会儿，所有日本兵和“满洲国”兵列着队扛着枪，抬着八具尸首顺玛珥河往南去了，是八具，那些个哼哼唧唧躺在担架上的和一瘸一拐的伤兵三子没顾上数。

去灭火吗？早烧成炭了吧。三子想着，又悠然地在树洞里待了一会儿，他实在太喜欢一片光明中的这团黑暗了。

没等下到地上，三子便在草地上看见了那溜暗红的血迹，一片碧绿中红得惊心动魄，有些扎眼。

三子蹦下来，顺血迹跨过小河爬上西山梁，两个浑身是血的人吓得他腿一软跌倒在地。一个人背倚着大树，头歪到一边，睁着大大的眼睛，胸前五六个汩汩冒血的窟窿已呈干枯状态。另一个趴在大石头后面的地上，好像漂浮在一片血泊上，一个人咋会有这么多的血啊！三子魂飞魄散，好像自己也死掉了。他喘息了好一会儿，才勉强让自己的思维运转起来。他俩一定都死了，不然日本兵不会放过他们。他俩和二哥二姐是一伙的，我不应该害怕。他俩就是昨晚喊自己“节省子弹，瞄着火光”“趴下打一枪换个地方”的大哥吗？

三子战战兢兢爬起来，爬到离自己近的倚着树瞪着眼睛的那个跟前，拿手试了试，果然不喘气了。

“大哥，咱们、咱们昨晚一起并肩战斗过哩！”三子这样说时，突然不再肝胆欲裂了，前一刻还紧紧缠绕着自己的恐惧顿时烟消云散。“大哥，你们都安心地走吧，你们的任务完成了。李文华是我二哥，秦立夏是我二姐，他们一定会为你们报仇的。”三子摩挲一下他的脸，那双大睁着的眼睛合上了。

三子对自己很满意，这是他有生以来第一次和死人这么亲密地接触。他望望两条折断的枪和一地弹壳，又望望树洞。他们的子弹打完了，自己的枪和几发子弹藏在树洞里了，是否把这摔断的枪也藏进树洞里？三子想想，暂时放弃了这想法。他怕日本兵很快再回来，便回到小河边洗净脸上的尘土，先向西后向北，朝着玛珥湖镇一路狂奔。

小野当天就带着日本兵和“国兵”撤回了海龙城，把烧着大火的木楞场交给了镇警署还有古坚一郎和仝叔。他们只好安排人干瞪眼看着。勤劳俸仕队的二百人经过一冬连死带逃，还剩下七八十人，全让山里人救走了。劳民伤财，小野白忙活一场，据说让渡边召到山城镇狂扇十几个嘴巴，渡边还放下狠话，下不为例，否则切腹向天皇谢罪。

古坚一郎找石油之前也当过兵，他望着熊熊大火直摇头叹气，说：“小野队长遇到对手了，山里的红匪有能人啊。多路出击，激怒小野分兵去追，剩下一个‘国兵’班还不是任人宰割嘛。”

仝叔瞅古坚一郎又谦卑了不少，想起小野撑腰时他那个狂妄样子，想起棚部冻死的人，恨不得让人把他扔火里烧成炭。

当天晚上三子悄悄找到文中，说：“二哥二姐的人死了两个，咱俩把他们葬了吧。”

文中目瞪口呆了一会，说：“你咋知道？”

三子说：“大哥，你别问了，我就知道，你去不去？不去，我自己有点儿害怕，可咬咬牙也能行。”

“在哪里？”

“玛珥泉。”

趁着夜色，文中和三子悄悄赶来，在小河东山坡后那片平地将两个战士埋了。文中鞠躬说：“兄弟，将来再给你们立碑吧，让玛珥湖人永远记着你们。”

“还不知道他们叫什么名字，二哥二姐应该知道的。”

往回走时，三子把两支折断的枪交给文中，噌噌地上了那棵大青杨，从树洞里取回枪弹。

文中看着快撵上自己高的三子，叹了口气，说：“三弟，你长大了！”

第二天下了课，三子瞅四下没人，悄悄跟长海说：“长海哥，告诉二哥二姐，他们死的那两个弟兄，让我和大哥给葬了！”

长海平静地望着三子，一言不发，许久，他伸出右手在三子的肩膀上用力按了按。

“长海哥，你说，我这算立功了吧，让二哥二姐先给记下，将来我投奔他们时再一起算！”

“三子，你的承诺已经兑现了，这一页就翻过去了。”长海的右手一直搭在三子肩膀上，他又用力按了按。

“没有，咋兑现的？”

“渡边已经扇了小野嘴巴了。”长海笑笑，“所以快把这事忘掉吧。”

“不，不算，我要亲自扇，或者抓来让你扇，或者，他杀了二哥二姐那么多人，我杀了他。对，我一定要杀了他！”三子越说越咬牙切齿，好像他受到自己启发，边说边逐渐理清了思路，找到了目标和方向。

五十二

大半年的时间里，长海一共为山里采购了多少给养，连他自己也记不清了。

文华病好后和立夏交替着回玛珥湖，开始是十天一次，后来是一个礼拜一次，到了秋天，就三天回来一次了。当然，他们依然是半夜里来，然后静悄悄地运走。

长海知道日本兵这大半年没动静的原因是外线打得紧，杨司令指挥着好几路联军，今天西征，明天南下，弄得东边道的日本兵蒙头转向。山城镇的渡边和于芷山一会儿被调去吉林，一会儿又被派到通化。最多的时候，通化一下就进驻了好几个师团，也没稳定住形势，反倒让抗联的力量扎下了根。渡边只好严令驻海龙城的小野不要轻易出城。玛珥湖终于从游击区变成了大后方。

“要是没有青部的垦殖团，现在和民国时也没啥两样嘛！”仝叔每天都到玛珥湖边发一通感慨。古坚一郎虽是他的拐把子亲家，可仝叔一想起自己的田如今归了他，就愤愤不平。

这天一大早，古坚一郎一瘸一拐地跑到仝叔家，一进门就哇哇大哭。待问明情况，仝叔也吓了一大跳。原来，昨夜山里的人摸进镇子，缴了他们垦殖团的五条枪和一箱子弹。

仝叔说：“那赶紧去警察署呀！”

古坚一郎说：“警察署的枪也被缴了。对方那个领头的还让我带话给小野中队长，说我们垦殖团这些人就是他们的人质。”

这句话可说到仝叔的心坎上了，他说：“看看，你看看，卦上说的应验了吧？他们说得没错呢，你们在这儿不就是人质吗？别看你们一个个像小财主似的，但那些人随时都能取了你们的性命。现在没杀你们，那是他们仁义啊，还给你们留条后路。可要是哪天你们日本兵把他们弄急了眼，保不齐就先拿你们开刀。到那时，可就不是抢几条枪这么简单的了。”

古坚一郎本来就一条腿支撑着身体，听了这话，另一条腿也不好使了，扑通一声坐到地上。

“山里的人，仁义啊！”打发走古坚一郎，仝叔又去玛珥湖边说了一通。

秦大爷说：“是文华立夏他们吗？他们咋没回家来看看？”

三子爹磕了磕长烟袋锅，说：“孩子们难啊，太难了。没有枪支弹药这仗怎么打啊？枪炮全靠从对方手里夺，那能坚持多久呢？”三子爹是打过仗的人，想得就长远。他说，等他们再回来，就把自己家里那条枪也扛走吧。

秦大爷点点头，说：“行，还有我家那条。”

比三子爹更急的是长海。

春天时，文华问过警察署有多少条枪，他便开始留心。一开始，他忘了垦殖团，后来跟仝叔闲聊，才想起了古坚一郎的巡逻队。

这次行动还有意外收获，通过政策攻势，警察署长交代，秋后他们要有大行动。

“他们有行动，我们才有机会。”文华让长海多留点儿心。

不久，邵本良的一个“国兵”团开始经过玛珥湖朝凉水河子方向运动。

杨司令说：“日本鬼子这是要扎篱笆墙。”

文华说：“我们先给他在玛珥湖撕开个口子。”

也就是在这个时候，长海发现有人跟踪自己。

这天逢集，长海买下了半桶蜜蜡，往回走时发现后面有个人如影随形，他便折回身来，在集上慢慢转悠。

由于清乡并屯，玛珥湖的人比以前增加了许多，集也热闹了。这段时间长海逢集必来，采买起来也没怎么顾忌。虽然他知道这样有暴露的危险，可他别无选择。药品专控了，油盐专控了，粮食也专控了，集上可以买到的东西越来越少。

清乡并屯这招毒辣啊，日本兵和“满洲国”兵一起，把玛珥湖周边山山坳坳、沟沟岔岔里的山民全都强制迁到玛珥湖镇的棚部，谁不愿意走，就把谁家一把火烧掉。镇子四周还建了围墙和木头栅子。文华分析一旦日本人清乡并屯集团部落全部建成，下一步会将所有物资都专控起来，那样，抗联和老百姓的联系将被彻底切断，不被困死，也会被饿死冻死。所以，长海必须赶在那一天到来前帮文华他们建起给养库，否则他们无论如何是坚持不下去的。

长海有了紧迫感。

好一会儿，那个身影才消失。长海前后瞅瞅，又买下半筐咸蕨菜。往回走时，他突然想起中学部那个日语老师，这几天没事总来他办公室请示汇报，若把这些事联系起来，长海感到问题严重了。

这天晚饭后，长海出了家门，后面的那双眼睛没有跟来。长海惦记着集上买来的那半桶蜜蜡好几天了，得尽快抟起来。他往学校走着，快到时那个身影又出现了。长海让驼背的更夫等在大门口，自己去办公室取了本书便回到家。

不一会儿，立秋来了。立秋去仝婶屋里问了安便跑过来，伸手从后面蒙住长海的眼睛，嘻嘻笑着说：“猜猜我是谁？”

长海说：“你能不能换换样啊？”

立秋就扳过他的脸，使劲儿亲了一下。

这半年来，立秋严格遵守着那晚与长海的约定，在学校连“长海哥”也不叫了，就叫“仝老师”。文中还以为他俩闹别扭了，后来吃了晚饭见立秋忙三火四收拾完就没了影儿才明白过来。

秦大爷说：“仝家是咋想的？俩孩子都到这份儿上了，咋还不来提亲？”

文中说：“爹，也许这事不怨仝叔仝婶，一切都听长海的吧。”

有时候实在激情难抑，俩人也在长海的床上亲密一回。想起办公室那晚她总是哧哧地笑，说："长海哥，那晚你像个饿狼呢，不管不顾地弄了我一身土。"

长海说："你才没羞臊，是你揽我脖子硬把我拖倒下的。"

立秋就一手捂脸一手捂长海的嘴不让他再说。

今晚，立秋又目光灼灼，粉面桃花，看得长海心旌摇荡。俩人温存了一会儿，长海叹了口气，问立秋怕不怕黑。

立秋心头一紧，说："我从小在湖边长大，不怕！"

长海说："山里今晚来人，你去接应一下吧。"

立秋高兴地拍了一下手，说："太好了，我终于可以为你，也为二哥二姐做点儿事了！不过，你也得奖励我，让我今晚多待一会儿，从你这儿直接走！"

长海说："你现在就马上离开，还要先到镇上转一圈儿，看看异常。"

立秋立马严肃起来："那好，等我把这任务完成了，你明晚可不许撵我走？"

长海笑了笑，在立秋的鼻子上刮了一下，答应了。

鸡叫头遍时立秋悄悄出了门。她先到镇子上转了转。夜色中的玛珥湖镇沉沉昏睡，白天熟悉的街路房舍在黑暗中变得有些陌生，那条小小的十字街好像怎么也走不到尽头，不大的镇子突然感觉辽阔起来。随着鸡叫，偶尔呼应出一两声狗吠，然后遥远的北山中隐隐传来一阵悠长凄厉的狼嚎。天上繁星闪烁，少有的月黑风高。

立秋出了镇，快速奔向玛珥湖东南的路口。她边走边判断，这应该算是没啥异常吧。正走着，突然从路边闪出一个人影："九一八！"

立秋吓得"啊"了一声，已经被那人扭住了胳膊。这时她才反应过来，对了句："杀鬼子！"可还是被那人剪着双手拽回路边树林。

"报告团长，情况不对！"

立秋仔细瞅了瞅围着自己的一圈儿人，就瞅着一个眼熟："二姐，二哥咋没来？"

立夏一把扯过立秋，说："立秋，你瞎胡闹啥？咋是你，长海咋了？"

立秋说："长海挺好，是他让我来的。"

立夏"哦"了一声，又问了问镇上的情况。

“没啥异样！”

立秋说完，就见立夏一挥手，林子里呼啦一下涌出了近百人。一队人扛着武器先冲进镇里警戒开路，另一队人护送着三台大车在立秋的带领下直奔学校。

果然如长海所言，大门没锁，立秋轻轻一推就开了。一路上立秋还在担心呢，可此时已对这个驼背、歪嘴、斜眼的老更夫肃然起敬了。没想到他和长海是一伙儿的。立秋瞅了一眼漆黑的更夫室，带领立夏到仓库装粮食、药品和油盐。想到长海的交代，她又到办公室把那半桶蜜蜡和半筐咸蕨菜拎了来，说：“这个还没来得及抟团。”便特意交代给了一个战士。

立夏带领的人动作很快，装完，撤离。

“好了，我们撤了，你快回吧！”立夏对立秋说。

“二姐，我想跟你多待会儿，送送你！”

立夏便拉起立秋的手，出了校门，顺着十字街向东走。

立秋恍惚又回到了小时候，那时二姐总是这样领着她，在这条十字街上不知走了多少回。她清楚地记得那次，长海牵着狗撵得她和立冬、麦子哇哇大哭，是二姐过来，撵跑了狗，还打哭了长海。前些天，长海想起这事来还说，二姐小时候就比立秋勇敢，天不怕地不怕的。

立秋鼻子一酸，落下泪来。

暗夜中，姐妹俩彼此的表情看不太分明，只是轻声地一问一答。

“和平长结实了吧？”

“嗯，比上次你见时又高了。”

“几个爹娘，仝叔仝婶都好吧？”

“嗯，都好！”

“大哥大姐和孩子们都好吧？”

“都好。大姐今春又生了个男孩儿。立冬、麦子也都好，都上中学了；三子也教书了……”

“太好了。记住，别跟任何人说，就告诉爹娘，我和文华都好。山里现在给养充足，让他们放心吧。”

走到湖东南路口了，立夏望着东天边从银龙顶子山和大金龙顶子山后渐渐升起的一缕晨曦，松开立秋的手，说：“快回去吧。记住了，就做这一回，以后不管是谁叫你，都不干，啊！”

立秋说：“二姐，我想跟你一起进山。”

立夏叹了口气，转过身来，又拉起立秋的手：“我不希望你走二姐这条道，你还小，不值得搭上性命。”

立秋扑到立夏怀里，抱着二姐哭。

立夏接下来说出的话让立秋感到五雷轰顶。

立夏拍拍立秋的后背，说：“回去告诉长海，赶紧处理善后，三天内撤到山里，我们给他庆功，这是命令！”

五十三

二姐为什么下这样的命令？那一刻，立秋差点儿就跟二姐坦白自己已经是长海的女人了，长海要撤到山里，自己当然也要跟他去的。立秋苦苦想了一整天也没想通，也没逮着机会跟长海说。

晚上，长海告诉立秋他可能暴露了。

立秋整个人都傻在了那里，许久才说：“那咋办？对，按二姐说的，你赶紧进山，二姐说这是命令。我跟你一起撤，我这就去跟仝叔仝婶说！”

“立秋，你先冷静点儿！”长海用少有的严肃制止了立秋。他双手按在立秋肩头，让她坐在床边，说：“你忘了当初怎么答应我的，不是啥事都听我的吗？你不是说过你不怕的吗？我仝长海的女人不应该是遇事沉不住气、慌慌张张的样子啊？”

立秋扑闪着大眼睛，被长海吓住了。

长海微笑一下，说：“来，别慌，笑一下！”

立秋勉强咧咧嘴，说：“人家不是为你着急吗？”

“你这哪里是笑，比哭还难看。”长海笑说。

立秋终于让长海逗笑了。

“这就对了。别说现在事情还没有那么坏，即使有一天刀架脖子上了，立秋，你也记住，你是我仝长海的女人，更是咱玛珥湖的女儿，天大的事都要笑着面对，能吗？”

“能！”

“你发誓。”

“我发誓。我作为长海哥的女人什么都不怕，就是刀架脖子上了，也不慌慌张张，要笑着面对。”

长海终于松了一口气。

立秋说：“下一步咋办？你说，我都听你的。难道不撤了，二姐的命令你都不听了？他们可是叫二姐团长呢。”

长海在屋里来回走了几步，说：“撤还是要撤的，关键这件事到了节骨眼儿上，能放弃吗？他们既然盯上了我，那我何不将计就计，留在玛珥湖麻痹他们？这样，文华、立夏他们成功的可能性就会更大。他们的大队人马过去好几天了，估计也就这几天的事，这个险值得冒。”

原来，长海惦记着军火辎重，据同学刘政儒的情报，开往凉水河子的邵本良部队的军火辎重队已经到了梅河口。

长海违抗了立夏的命令，立秋也没有听二姐的话，三天后的傍晚，她还是踏上了进山的路。

早晨，玛珥湖镇戒严了。“国兵”卡住了所有出入的路口，从湖边到学校，立秋在镇东路口接受了一次登记盘查，她留心看了一眼，外面有五个“国兵”，帐篷里有多少看不清。

见了长海，立秋冲他点头。

上课时，长海过来了，站在门口大声说：“秦老师，校长交代我讲评你的课。”

立秋让进长海，对学生们说：“同学们，先自由诵读一下！”琅琅的书声瞬间响起："天地玄黄，宇宙洪荒，日月盈仄，辰宿列张……始制文字，乃服衣裳。推位让国，有虞陶唐……"

长海的目光扫视着学生们，小声说："你用心记下，'国兵'一百人左右，东西南北四个镇口各二十人，五人一班。另有二十多人在警察署守着二十辆大车，十车粮食、十车棉衣。垦殖团院里还有十三辆大车，其中两辆车上有几门迫击炮，另两辆车上是炮弹，其余九辆车上全是枪弹，重机枪和歪把子轻机枪都有，具体数目不详。剩下的二十多个'国兵'和镇上的二十多个警察重点就守那里。今天必须送出……"

立秋一手挎筐，一手拎着木棒，顺那条进山的小路匆匆走着，筐里有她随手捡拾的冻蘑菇。她边走边默念着长海告诉的情报和路线，生怕遗漏了什么，或者摔个跟头再忘了那么一星半点儿。她知道这事太大了，当长海决定违反二姐的命令时，她就明白，自己的男人是拿性命来赌这件事。因此她打定主意，陪着长海一起赌。长海让她把情报牢记在心里，到了地方再写下来，她不得不佩服长海想得周全。

天渐渐暗下来，脚下的小路若有似无。立秋知道自己已经走进了大山深处，因为三子从前领着自己和立冬、麦子走过的那些熟悉的山路都已经在她身后了。立秋找了个树空，努力瞅着东北方向银龙顶子的主峰，确定路线没错。她想，多亏有银龙顶子能指引方向，可是一会儿要天黑了，看不清银龙顶子在哪个方向可咋走？不行，必须赶在天黑前到达。立秋撒腿便跑，边跑边想要是遇上人就说自己是走麻达山了。

天又黑下来一点儿时，立秋已跑得满头大汗，衣裳湿漉漉地裹在身上。她停下来，急得直跺脚，兜里揣纸笔是她的习惯，可是忘了带洋火。

揣着情报在大森林里奔跑，再说采蘑菇，再说麻达山了，鬼才相信！管不了那么多了，大不了一死。立秋回头瞅瞅来路，找了个树空坐下来，借着朦胧的天光掏出纸笔垫在膝盖上，快速把情报写了下来。

再次向着银龙顶子方向奔跑时，立秋感到无比轻松。她边跑边笑起来，心里说："长海，你看，你的女人不怕！"

路的尽头，一棵黑乎乎的老红松歪仄着身体，几根遒劲的枝杈如粗壮的手臂一般屈曲向半空，似乎在向立秋招手。立秋就想起了学校里驼背的老更夫。她走上前，面向松树站定，向左转，百米外一堵石墙挡在眼前。

立秋抹了把脸上的汗水，仰起头。石墙上面，一峰突兀，壁立万仞，好似一把黑黑的铁剑直刺星空。可是，立秋却没有发现长海说的那个地窨子，不免一阵心慌气短。她又向北走了五十步，还是没有。天已彻底黑透，借着大林子里散落的几粒星光，立秋回头勉强找到老松树黑乎乎的轮廓，不敢再往前走。一旦失去老松树参照，她会立刻麻达在这片大林子里。

立秋转过身，寻着老松树散发的松油香走回来。山林里漆黑一片，呼呼的山风伴着山猫野兽的嗥叫，让她浑身冰凉，汗毛倒竖。

立秋再次面向老松树站定，左转，然后蹲下来仔细瞅着地面，趴下，向前爬去，厚厚的落叶发出唰啦唰啦的响声。她像一条灵巧的小蛇，在黑黢黢的山林里爬行，边爬边估算着距离。

突然，立秋的左手握住了一根圆圆的木棒，木棒很温暖，斜斜地伸出地面。立秋停下，注意观察，这根木棒斜出地面一米多高后，和另一根木棒交叉在一起，两根木棒中间是一块楸子树皮绑扎的门。

立秋一阵狂喜，一翻身滚进了地窨子坑。

地窨子里漆黑一片，立秋适应了好一会儿也没看清长海说的那个神龛在哪儿。她只好按着想象中的方位边爬边伸手去摸。阴差阳错，她竟然摸到了一盒洋火！

“啊呀！”立秋禁不住叫了一声。因为划着火后她发现，这里不仅有洋火，还有一盏油灯。点上灯，就见神龛上的山神爷正慈眉善目地冲自己微笑。

立秋朝山神爷作了个揖，说：“山神爷，我得请你老人家先挪挪了。”

立秋将这尊小小的木雕山神捧出，伸手摸，神龛下方果然有个空格。她迅速将路上写好的纸条又看了一遍，确定无误才小心地放进去，又将山神爷请回。

任务完成，立秋立刻有了心花怒放的感觉。她回头看了一下地窨子的摆设，门口台阶下是一口小铁锅，锅边有一抱干柴，铁锅往里是一铺地炕，炕上放着个布袋，布袋上就是立秋刚才意外摸到的那盒洋火。立秋打开布袋，发现里面还有少许苞米面。这应该就是跑山人共用的地窨子了，立秋猜想。

日本人没来时，玛珥湖的大山里有很多这样的地窨子，挖参的、打猎的，谁遇上了都可以用，只是走时，要把自己带的东西再留下些。一个地窨子在关键时候不知救过多少跑山人的命。

一阵风过，外面突然传来呼呼啦啦的响声，似乎有人或野兽在走。

立秋急忙吹熄了油灯，仔细听了一会儿。风停了，大林子又恢复了寂静。立秋想这样靠着土炕睡一觉，等天亮了再回，此时她才感到恐惧害怕，似乎没有勇气再一头扑入那充溢着魑魅魍魉气息的黑暗山林。她也想就这样等二哥二姐的人来，和他们一起上大金龙顶子。她听爹说过，银龙顶子东面几十里就是大金龙顶子了，虽然谁都没说，可她断定二哥二姐队伍的老营一定就在那里。

大金龙顶子周围悬崖绝壁、跳石乱塘，别说人和兽了，就连老鹰都飞不过去，只有一条从银龙顶子东北向东南延伸几十里的麻达沟可以通往。可这些年就没听说谁进了麻达沟还能活着出来的。在玛珥湖，大金龙顶子的传说很玄乎，说那上面鲜有人迹，老人参都得了道，每年夏天都会变成人参娃娃，天天嘻嘻哈哈地又唱又跳。人只要能上去，拿着红头绳拴就是了。拴够了，就牵着一串带红肚兜的光腚娃娃下山。等到山下回头一看，娃娃们就又变成了一排五品叶的老山参了。这传说引得无数跑山人去闯麻达沟，可只见人去不见人回。渐渐地，大金龙顶子和麻达沟就谁也不敢再提了。可二哥二姐他们不同，他们在立秋眼里都是神人，他们很可能已经征服了麻达沟，要不咋这么多年过去了，日本人和“满洲国”兵天天高喊着消灭他们，他们却越战越勇呢？

想着这些，立秋的上下眼皮渐渐合在了一起，似睡非睡间，一阵哈哈的笑声传来，激得立秋浑身一抖，清醒过来。她摸到门口爬上台阶，从门缝向外看，树隙中一只黑影一闪而过，接着又一阵哈哈的笑声。立秋猜那声音应该是猫头鹰弄出来的，才放下心来。这时她才感到自己的屁股有些疼，想起自己进来时是滚进来的，屁股先着地，正好硌在最后一蹬台阶上。

深夜了，不能再耽搁。立秋牙一咬、心一横，拎着木棒从地窖子里爬出来，重新把自己投入到漆黑骇人的大林子里。

摸到那棵沧桑的老松树前时，立秋睁大眼睛仔细瞅了瞅，然后扑通一声跪下，给老松树磕了个头，爬起来往回跑。

耳边的风呼呼地响着，立秋的心咚咚地跳着，有生以来从未有过的恐惧疲劳袭上心头。她跑累了便走一会儿，走完了再跑。

“长海，当你的女人真不易呢！”这想法不断翻上立秋的心头，她便在嘴里说出来。一阵风吹过，山呼林啸，好似山神爷在回应她。

立秋正跑着，身边突然蹿出一个黑影来，两只眼睛闪着幽荧的光，像黑暗中降临的鬼魂。立秋本能地大叫一声，将手中的木棒抡了过去。幽荧的眼睛向后躲了一下。立秋感到自己每一个毛孔都张开了，她歇斯底里地大叫，胡乱地挥舞了一阵木棒，转身再跑。她不敢看两边，也不敢回头看，那两束幽荧的目光太让人恐惧。她不知道那是什么，只顾拼命地边叫边跑，拼尽了全身力气向前。她想，你若是鬼就撵上来吓死我，你若是狼就撵上来吃了我。

不知跑了多久，立秋感到自己的最后一丝气力已经用尽，一股热流直冲头顶，她眼前一黑，跌倒在地不动了。许久，待那一声鸡鸣传来，她以为自己已经死了。

立秋活动一下手脚，感到浑身疼痛。一声声雄鸡的欢唱唤醒了沉睡的山林，阴曹地府应该没有鸡鸣的。立秋反应过来，又听出这鸡的欢唱是那么熟悉。

立秋翻了个身，仰面向天，疏星几点，东天已被朝霞染红。她忍着浑身剧痛软绵绵地站起来。

晨雾浓重，玛珥湖已若隐若现了。

“还好，时间还来得及。”立秋默念着，无比欣喜地向着湖边那排茁壮的槐树一瘸一拐地走去。

五十四

过卡子时，立秋把脚步放得很慢，走得摇曳生姿，不仅没让守卡的“国兵”看出异样，反倒还让几个在旁边斜楞眼的“国兵”看得眼冒金光。

一直坚持到学校，立秋再也忍不住了，便直接去了教室，一屁股坐在凳子上，又疼得龇牙咧嘴，站起来缓了好一会儿。

长海过来了，立秋侧歪着扶着桌子，说：“刚才上台阶时崴了脚，只能这样给同学们讲课了。”

长海看立秋喜笑颜开的样子，心中了然，说：“那我今天就不听你课了！下了课让你干娘给吹吹吧！”

下午课散，立秋故意留几个学生改作业，又喊过立冬：“告诉娘我去镇上了。”

立冬正和麦子牵着手要回家，麦子就嘻嘻笑说：“三姐，去镇上谁家啊？”

立秋拨拉了一下麦子的大辫子，说：“死丫头，该掌嘴！”

天快黑时，立秋让学生们回家，自己慢吞吞地出了校门往仝叔家走。一路上倒没发现什么异常。她知道仝叔家晚饭吃得早，这个时辰他们应该吃罢饭了。否则，她屁股疼得坐不住，一顿饭坐下来不知要多难受呢。

立秋直接来到长海屋里，桌上摆着饭菜，长海正焦急地等她。

“饿了吧？先吃饭！”长海说着把立秋按坐在椅子上。

立秋疼得嗷一声又站起来。

长海问：“咋了？看你走路没啥吗？”

立秋指了指屁股，说：“这儿，地窨子里摔的。”

长海就上来解立秋的裤子，立秋连忙打下他的手，笑说：“下流痞子，没羞没臊的。”

“让我看看，我买了跌打散！”

立秋不好意思地笑笑：“长海哥，我饿了！”

吃罢饭，长海让立秋趴在床上，褪下裤子，只见屁股上两大块青紫。长海心疼地抚摸了一下，疼得立秋嘴里嘶嘶吸气。

长海拿乳山白化开跌打散给立秋涂上，说：“挺好看个屁股，咋就摔成这个样？”

立秋哧哧地笑：“咋了，不好看了？那你别看！”

长海说：“好看，像两朵山芍药呢！”

立秋就跟他讲自己昨夜一路的经历，讲自己终于找到地窨子时的欣喜，以为这么小的门只能滚个跟头爬进去，谁知门口就是个深坑，她就摔成这样了。说完这些，立秋让长海今夜就走。

“反正情报已经送出去了，趁现在他们还没死盯着，不走‘国兵’把的卡子，翻栅子从大野地里也能出去。我都给你观察好了，先往北走，到后山再拐向东……”

长海叹口气，笑说：“就是为了你这两朵花，我也得坚持啊！”

“没个正型儿！”

长海轻轻抚摸着立秋的头，蹲下来说：“我现在更不能走了，为了保证这次行动成功，不能让他们有任何察觉。”

立秋一急，胳膊支着床要爬起来，疼痛又让她趴了下去。她扭头瞅着长海，流下泪来：“你放心走吧，剩下的我来做。你信不过我？”

长海说：“我当然相信，可你想想看，如果他们发现我突然不见了，会不会警觉？所以这回我必须坚持到最后。已经到这一步了，那么多给养和军火我从没见过呢，文华和立夏肯定也没见过，不能再动摇，枪一响我就跟文华和立夏走。”

于是，立秋便天天盼着枪响，夜里外面刮过一阵风，她也支起身子仔细听一会儿，再怀着希望与期盼趴下。

一连几天，山里毫无动静，警察却对长海看得越来越紧，学校里那个日语老师的眼睛更是一刻也不离开长海。

立秋的心一下子就提溜起来，分分秒秒都慌慌的，让她想到那晚大林子里猫头鹰瘆人的笑声。不怕夜猫子叫，就怕夜猫子笑。立秋的心被不祥笼罩着，可表面上还得若无其事，她知道了什么叫煎熬。

这天晚上，立秋坐立不安，拿杯子喝水，手一抖，水洒了一地。

长海拍拍立秋的肩膀，说：“没事的，应该快了！”

立秋说：“我也有这感觉，今晚二哥二姐一定能来。”

立秋目光烁烁，想了想又说：“可是长海哥，你没打过枪啊，你躲着点儿，直接去镇东湖边就行，啊！”

长海答应着，轻轻揭下立秋屁股上的跌打散又投了条热毛巾擦净，拍拍立秋的屁股：“好了，不疼了吧？又雪白了呢。”

立秋便哧哧地笑，双手搂着长海的脖子说：“长海哥，谢谢你！”

立秋水一样的目光漫过来，似乎满屋子都秋水荡漾。

长海一阵心旌摇荡，噗的一下吹熄了灯。

立秋说：“不，点着灯！”她爬起来，重新把灯燃上，还挑了挑灯芯。

长海说：“你不是怕羞吗？”

立秋说：“长海哥，今晚我让你看个够。”

说着，立秋开始一件一件脱衣裳，最后连红兜肚也摘了下来。她年轻的身体放射着光芒，就像一棵剥光了的嫩笋，青涩而又汁液饱满。

长海目瞪口呆，只感到一股股热浪从脚底直涌头顶，浑身被一种强大而神秘的力量膨胀得不能自已。他渴望投入自己全部的生命激情，和立秋一起去迎接一场暴风雨般的洗礼。

满屋灯光，一床炽烈。

两人如小船，颠簸在玛珥湖上，是立秋引领着长海搏击风浪；两人似烈焰，燃烧在金龙顶子上，是长海点燃了立秋，他们和漫山遍野的红叶一起燃烧，直烧得天地间一片火红。

“长海哥，”立秋呻吟着，“你真好，从没有过的好，我喜欢！”立秋的指甲深深抠进长海的后背。

长海气喘吁吁，嘴里念念有词，含糊不清地说着什么。立秋仔细听，竟是他们儿时唱的歌谣：“金人出，龙腾渊，凤歌鸾，盛世见。”唱着，长海的泪便流下来，一滴一滴落到立秋脸上，立秋便一下一下主动迎合着长海，把长海抱得更紧。

累了，两人搂抱着喘息一会儿，再次相互点燃，再次把天地烧得一片通红，再次把自己燃成一堆白色的灰烬。两人好似要把一生的激情全部耗尽。直到鸡叫三遍，油尽灯熄，窗外曙色微明，他们盼望的枪声也没响起。

文华和立夏没来，小野来了，来了直扑学校。

前边是警察，后边是警察，左边是警察，右边还是警察，把小野和几个日本兵围在中间，最里边才是长海。

长海边走边笑，冲着文中、立秋、麦子和立冬等师生挥挥手，说：“各位老师、同学们，再见啦！不要害怕，要战斗！大家记住，战斗，永远战斗下去！总有一天，玛珥湖会回到我们手中，玛珥湖人一定会过上自由平等的幸福生活！”

立秋紧咬嘴唇，觉得长海每一句话都是对自己说的。

小野押着长海上了汽车，立秋顾不上有没有人跟踪，疯了一样跑回仝叔家报信。

仝婶当场昏死过去，立秋抱着仝婶，叫了好一会儿“干娘”，仝婶才缓出一口气来。

仝叔一时六神无主，嘴里嘟囔着“作孽啊作孽啊”，来来回回地走。

立秋说：“干爹，干娘交给我，你去吧！”

仝叔愣了一下，说：“好，好孩子，那我去了！”

仝叔交代了一下王管家，揣上几张银票，找了个伙计陪着就去了海龙城。

这天晚上，立秋照顾仝婶喝了汤药睡下，外面的枪声响了。开始一两声，紧接着四面八方像爆豆一样响成一片。立秋慌慌地抬腿就往外跑，到了院子里，又想起长海，那么多日本兵围着他还在笑，也想起了长海跟她说的那些话。

立秋回到屋里，给自己倒了杯水，慢慢喝，她在心里发誓：“长海哥，从今天开始，你的女人就变个样给你看看！”

院外的枪声渐停，立秋出了门，飞跑向镇东玛珥湖边，路过哨卡，她注意瞅了瞅，横七竖八地躺着很多“国兵”的尸体。

立夏正焦急地等在路口。长海迟迟不执行命令，她就料到有重要情报。文华上午带着外线作战的二百多人星夜赶回，本来还想等杨司令的增援力量。立夏说：“长海已经暴露了，他迟迟不撤就是为了麻痹敌人让我们出其不意，他是拿着命在赌，我们也陪他赌一次。”

立秋见到立夏，就一头扑到二姐怀里哭起来，边哭边说：“二姐，你们咋才来？长海哥上午让小野抓走了。二姐，我上次就想告诉你，我已经是长海的人了，你和二哥一定要想办法救救长海啊！我不能没有长海。”

立夏一时僵住。

文华跑过来，说：“牺牲的五名同志就埋在玛珥湖边吧！赶紧撤，凉水河子的邵本良旅和松本旅团已经出动了。”

文华拍拍立秋的后背，平静地说：“立秋，你和长海的事我们猜到了。长海是个好同志，是英雄，是大功臣！你看看光这一百来匹马也能组建个骑兵连了。你放心，我们一定会救长海的。”

为了救长海，经杨司令批准，文华和立夏启动了内线。他们白天带队下山，悄悄赶到海龙城外，待夜晚降临，立夏指挥突然向南门发起攻击。虽然是佯攻，但迫击炮都用上了，十几发炮弹打出去，城墙上的日本兵倒了一片。

文华带人化装潜伏，悄悄接近西门准备接应。可是监狱里的暴动却失败了，两名潜伏在看守警察中的同志打死了几名日本宪兵后牺牲。

打了大半宿，立夏这边也一死三伤，文华、立夏望着海龙城只好挥泪撤退。

抗联以炮攻城，日本军和“国兵”死伤五十多人，渡边震怒且恐惧。一时间海龙城、梅河口镇、山城镇、朝阳镇的大街小巷都张贴着“捉拿匪首秦华、李夏”的告示。

仝叔看了画像问长江：“怎么像文华和立夏呢？”

长江小声说：“爹，别乱说，会让许多人掉脑袋的！”

仝叔说：“你早就知道，是不是？”

长江点点头。

仝叔又说：“可长海怎么就和他们搞到一块儿了？你说他蔫了吧唧的，怎么就把天捅了个窟窿啊？”

“爹，这就是我以前最担心的事。长海很可能是共产党，所以咱们都做最坏的打算吧！”长江说完，叹了口气。

仝叔落泪：“咋，那么多银圆也没好使？我可怜的三儿呀！你还那么年轻，闹啥反满抗日嘛？长江，不行你再去求求那个秋原参事吧，让他再去宪兵队那儿求求情，钱不够我再回家取去，哪怕把咱家的地都卖了，能保你弟一命也好啊！你们可都是爹娘的心头肉啊。你娘又最疼三儿，现在你二弟生死不知，要再没了三儿，还叫你娘活不活呀？”

长江说：“爹，秋原参事官说了也不算。宪兵队哪能听他的，再说这次为了救长海，他们的人又打死了那么多日本兵。还有，长海已经承认自己是反满抗日分子了，还坚决不投降，大骂咱俩是汉奸呢。”

“那是你三弟保护咱俩呢！”仝叔眨巴几下浑浊的小眼睛，一副活不下去的样子。

长江想了想，说：“爹，其实以前我跟三弟唠过，他对这一天早有准备。生于乱世，我没得选，只为苟活，可我打心里还是佩服三弟的。”

“你佩服？你佩服有个屁用！”全叔突然提高了声音说，“日满亲善，五族协和，王道乐土，小日本说的都是屁话！他们要是杀了我的三儿，我也反满抗日，就是豁上这条老命也要跟他血拼到底！”

“爹，你小点儿声啊！”长江胆战心惊，瞅着一队日本兵扛着明晃晃的刺刀走过。

全叔捂着脸，呜呜地哭着，慢慢地矮下去，矮下去，最终像摊稀泥一样堆在了地上。

五十五

海龙监狱还是海龙府时建的，现在改为了奉天第八监狱，高墙电网，青砖房舍，戒备森严。

长海作为要犯，渡边生怕再出纰漏，指示小野不要关在宪兵队，直接关进这里。

押进来后，长海望着九米高的围墙，最担心的就是立夏和文华组织营救。在这样的地方想要救人出去是不可能的。他已经达到了麻痹敌人的目的，只求速死。这里每天都有反满抗日分子被带去走廊尽头行刑，日本人嫌枪决浪费子弹，刀劈又麻烦，所以他们在走廊尽头的房间设置了一块活动翻板，人踏上翻板便会摔下深坑，即使摔不死也会在深坑里饿死，然后再清理尸首。

长海希望自己早日去踏那个翻板，可是小野并不着急，很有耐心，每天都来审讯长海，让他交代同伙。

酷刑用尽，手段使完，长海视死如归，然后说："小野，你能赢吗？"

那夜枪炮声激烈，监狱里也响起了枪声，两名潜伏的同志牺牲，虽然是长海不愿意看到的，但他断定文华和立夏在玛珥湖已经得手。

之后长海见了小野，不只是微笑，而是哈哈大笑，他说："小野，你输了吧？那些军需可给我们解决了大问题，不说枪炮棉衣，单那些膘肥体壮的大洋马就可以组建一个骑兵连了。你说，我拿这一条命去换，值不值？"

气得小野拍着桌子大呼小叫。

这天，小野看上去心情不错，戴着一副雪白的手套——小野每次戴上白手套，就会花样翻新出一个新刑罚。

长海笑笑，说："小野，电刑用了，火刑用了，铁刷子、老虎凳、辣椒水也都用了，你今天又给爷爷准备了什么新玩意儿？有没有刺激好玩点儿的？"

小野没怒，反倒也瞅着长海笑，然后挥挥手，"国兵"拎来个小铁皮桶放到长海面前。

长海望望小野，探头看看，禁不住哈哈大笑："小野，这个好，爷爷好久没做了，手正痒痒着呢，拿水来我洗洗手。"

"国兵"端来水盆，长海认真地洗罢，伸手从小铁桶里捞出一块蜂蜡，用力抟成团儿，然后再抟一个。长海旁若无人地抟着，抟得专注认真，有一个抟得稍大一点，他又掐下来一块，捏碎了重新抟。好一会儿，半桶蜂蜡终于被长海抟成了十个团儿，整齐地排列在桌子上，像一排即将出征的威武士兵。

"好看吗？小野，一个班了。"长海说着，想到自己再也不能为文华和立夏他们抟蜜蜡球了，眼睛突然就有些湿润，话也有些哽咽了。

这似乎正是小野想要的效果。小野变戏法一样又从兜里掏出一个已经变黑的蜜蜡团，放在排头，说："仝桑，没错，一个班，班长的这个。"

绝不能让小野看到自己的眼泪。长海努力控制着，扬起头哈哈大笑，说："对，'杀鬼子先锋班'成军了。"

小野的脸色阴沉下来，说："仝桑，作为军人，我很佩服阁下的意志，可是作为朋友，我的为你年轻的生命深感惋惜。"小野停顿了一下，来回走了几步，指着蜜蜡球继续说："这是什么？你做的压缩饼干吗？你们的军粮？就吃这个想打赢和大日本皇军的这场战争，你的相信？为了一场注定输掉的战争赌上你年轻的生命，有意义吗？请阁下三思。”

长海笑着拿起那颗黑色的蜜蜡球闻了闻，判断这颗蜡球应该一年多了，或许就是他自己抟的，也可能是山里哪位同志抟的，可这位同志没舍得吃就牺牲了。

长海用力啃下一块，香甜地大嚼起来，冲着小野笑笑：“以前我都舍不得吃，从来没尝过这东西的味道呢。对，这就是我们最高级的压缩饼干，来，尝尝！”

长海掰下一块儿递给小野，小野摆手。长海固执地举着，“怎么，没有胆量尝尝我们的压缩饼干？”

小野只好接过去，犹豫着放到嘴边小心地咬了一小口。

长海突然哈哈大笑。

小野浑身一抖，也跟着大笑起来。

下雪了，阴暗的天幕下纷纷扬扬的雪花随风舞动，扑打上那爿高墙上的小方窗。

这样的天气适合让自己去踩翻板。长海想着，再次意识到死亡已迫在眼前了。虽然他投身反满抗日时就做好了随时牺牲的准备，但内心深处一直认为死神离自己还远。如今这么快就走到了生命尽头，是他没有想到的。他还有太多的事没有做完，文华和立夏的队伍离不开自己。他还想，等最后胜利的时候，他还要和战友们欢庆上三天三夜呢。他要问问山里的每一位同志，他抟的蜜蜡球好不好吃。现在这一切只能让立秋去替自己见证，替自己欢庆了。

想到立秋，长海不免隐隐担心，他后悔把立秋引到这条路上来。

早晨，下了一夜的雪停了。西北风嗖嗖地刮着，像一把锋利的小刀，一片一片割着皮肤。

长海被小野带人押到车上，车出了海龙城德胜门，过了霍家烧锅，直奔山里。

“不让我踩翻板了？”长海问。

小野翻了一下眼睛，戴着白手套的手支着光溜溜的下巴，说：“仝桑，就要告别这个世界了，你此时到底是怎么想的，能说说吗？你不感到遗憾吗？这是最后的机会了。”

长海笑说："你好奇心很重啊？到玛珥湖杀我，是你的主意，还是渡边那龟孙子的？你们拿着我去钓抗联？你们也太小瞧抗联了，哈哈哈……"长海大笑。

小野又翻了一个白眼："仝桑，你还没回答我。"

长海说："好，那我告诉你，我是玛珥湖的男人，为了玛珥湖，脑袋掉了碗大个疤，你的明白？至于遗憾，当然有，并且很多。可是，我的战友、我的同志们可以弥补我的这些遗憾，你信吗？"

小野没再翻白眼，眨巴着他的小眼睛无言以对。

车到玛珥湖已是下午。日本宪兵和警察早把全镇的人集中到了镇东玛珥湖边的空地上，包括学校的学生。

渡边本来要求初小的学生也来，可文中说："你们一直说'日满亲善，王道乐土，五族协和'，这些孩子还太小，还不懂这些。但如今你们当着他们的面砍了他们老师的脑袋，之前灌输的'亲善和谐'不都白费了吗？剩下的就只有仇恨了。"

渡边这才同意将初小的孩子们留下来。

仝叔仝婶原本也得来，但长江担心他们受不了刺激，就找了秋原参事官说情。秋原又找了渡边，说仝镇长和仝局长同反满抗日分子，但仝长海不一样，他们对日满亲善是大大有功的。渡边才勉强没有让人去押仝叔仝婶。

所以长海下了车，没有看见爹娘，却很快在人群中找到了立秋。

立秋双眼含泪。

长海冲着立秋的方向笑，立秋便咬咬牙，也冲着长海笑。长海这才放心地呼出一口白色的气。

人群中，长海又看到了文中、三子、麦子、立冬、立春、李大爷李大娘、秦大爷秦大娘、王管家、用人小凤、驼背的老更夫和其他老师学生们。立冬、麦子在抹眼泪，李大娘、秦大娘在哭……

长海突然想到应该说点儿什么。他清了清嗓子，高声说道："父老乡亲们，再见了，谢谢你们来送我！我是咱玛珥湖的爷们儿，今天能死在玛珥湖，足矣！刚才来玛珥湖的路上，东洋小儿问我就要死了有啥感想。今天，老少爷们儿做个见证，这就是我要告诉东洋小儿的感想：神州风雪暗，国破使人愁。引颈向天笑，何惜少年头！"

渡边不耐烦地挥挥手，小野抽出东洋刀走上前。

“等等！”

一声大喊吓得小野和渡边急忙回头，人群四周架着的机关枪一阵嘁里咔嚓的响声。

三子爹从人群中走上前，说：“既然日满亲善，王道乐土，我替他爹娘送送他吧！”

三子爹从怀里摸出半瓶乳山白和一只陶碗。

小野的洋刀突然向前挥来，人群中爆发出一片惊恐的喊叫。

东洋刀架到三子爹的脖子上，他眯了眯眼，说：“小野队长，给将死的人送行可是我们玛珥湖的传统！”

渡边小声嘟囔了一句，小野收起刀。

三子爹用嘴咬起木塞吐到地上，咕咚咕咚倒上满满一碗酒，举到长海嘴边，说：“长海，我替你爹娘、替玛珥湖的老少爷们儿送你了。大侄子，一路走好！”

长海高声说：“谢谢大爷！”然后用极低的声音快速说：“山里有奸细。”

长海叼起碗，咕咚咕咚一口气喝下，然后一摆头把碗扔到雪地里，说：“谢谢李大爷，谢谢乡亲们，好酒！”

小野上前：“仝长海，你的跪下！”

长海瞅着小野轻蔑一笑，“玛珥湖的男人上跪天、下跪地、中间跪祖宗父母，岂能给你们这些倭寇下跪！”说罢仰天大笑，口唱歌谣，“金人出，龙腾渊，凤歌鸾，盛世见！”

渡边突然叫停，上前说：“仝桑，《大碑赋》，你的知道？”

长海说：“知道，但我能告诉你吗？这个秘密你是永远不会知道的！”

长海继续冲着人群大笑，继续唱歌谣：“伏皇娲娘，临渊嗟叹，莽莽大地，浩浩长天……”他看到立秋——他的女人也正冲着他笑。

立秋不断地默念着：“长海哥，我是你的女人，更是咱玛珥湖的女儿。”她那张笑脸迎着如血的残阳，通红通红的，她的笑容从未如此灿烂过，就像一朵迎风怒放的山芍药花。

小野的东洋刀高高举起，劈下，在人们眼前划出一道光亮。

长海的头落到洁白的雪地上，然而身体却没有倒下，就那样笔挺地站立着，两股鲜红的血线射向空中。

血，溅了小野一身，他看雪地里长海的头，双唇翕动，似乎仍在高唱，吓得挥着东洋刀指着长海的头颅跳到一边。

人群中再次传出一片惊叫声，有女人大声哭了起来！

渡边拔枪，朝长海的尸身连连射击。

三子爹高喊："长海，大侄子，你是咱玛珥湖的爷们儿，放心地去吧！"

长海的尸身终于山一样轰然倒下，砸起一阵雪雾，洁白的雪地上，一摊鲜红，像盛开了一大片火一样的山芍药花。

五十六

三天了，长海的尸身冻僵后又被日本兵吊在了玛珥湖边的树上。

白天有游动哨，立秋就深夜来。远远地见有黑影晃动，鬼魂一样。立秋知道日本兵看得紧，是用长海当诱饵，实施更大的阴谋。杀害长海前两天，进剿凉水河子的日本兵和"满洲国"兵就被调到了玛珥湖，里三层外三层地张好了口袋，就等着文华和立夏带人扑进来。

仝婶病情日沉。仝叔瞒着仝婶偷偷去了一趟湖边，远远地看上一眼便老泪纵横，回去后也长吁短叹，不再说话。王管家来询问一些事，仝叔也总是摆摆手，让他自己看着办。他和仝婶就一个坐着，一个躺着，整日呆呆地对望着流泪。

这天夜里，立秋又悄悄潜到湖边，一直等到天快亮时，那两个黑影才终于没有了。

立秋不再惧怕嘎吱嘎吱的雪声，飞跑到开了一大片红芍药的雪地里，一把捞起长海的头，紧紧抱在怀里。长海的头冷得像块冰坨，又硬得像块石头，他咧着嘴，似乎还在冲立秋笑。

立秋也冲着他笑，说："长海哥，我是你的女人，更是咱玛珥湖的女儿，不怕也不哭。你冷了吧？我给你暖暖啊。"

立秋解开衣襟，把长海裹在怀里，四下瞅瞅，又向长海的尸身跑去。到了树林边，立秋发现吊着长海的绳子已被冰冻住了，她的头嗡的一下，用手解、用牙咬，可怎么也解不开。就在这时，只见一个黑影急速朝她冲了过来。

立秋心头一紧，坚定地低声说："长海哥，我不怕！"

这一刻，立秋已经做好了陪着长海赴死的准备。可是黑影冲到树下，手起刀落，砍断吊着长海的绳子，又扬起手抓住半空中长海的脚踝，顺势把他扛在肩上，向前跑去。

立秋目瞪口呆。黑影跑了几步，停住，回过头来说："孩子，快跟我走！"

"李叔！"立秋惊喜地叫一声，紧跟上去，泪却再也止不住。

立秋深一脚浅一脚地跟着三子爹奔上了玛珥湖北山。在一个没有雪的小山坳里，立秋看到她爹已经掘开了冻土，开好了圹。她爹和三子爹谁都没有说话，爹抬脚，三子爹抬肩膀，轻轻地把长海放进圹里。

立秋双手捧着长海冰冷的头，小心翼翼地对到脖子上，然后又趴下来，上身探进圹坑和长海贴了贴脸，边流泪边笑着说："长海哥，你放心吧，我会好好照顾仝叔仝婶的！"

秦大爷拉起立秋，说："闺女，长海这个女婿爹认下了。"立秋一头扑到爹怀里。

三子爹拿黄表纸盖上长海的脸，想了想，又把自己的破狗皮帽子摘下来盖上去，说："长海，好孩子，是咱玛珥湖的爷们儿，安心地上路吧，不会让你黄土压脸的，等将来，再让文华和立夏风光地送你！"

埋葬了长海，三子爹领秦大爷和立秋在山里绕了好大一圈儿才回到镇上，又悄悄潜回玛珥湖边。

立秋径直去了仝叔家，扑通一声跪在仝叔仝婶面前："爹、娘，你们放心吧，长海哥已经入土为安了！"说着，和仝婶相拥哭成一团。

小野发现长海尸体不见了，狂扇那几个日本兵的嘴巴，又把两个“满洲国”兵吊在树上暴打，用的正是吊长海的那根绳子。他派人牵着大狼狗顺着雪地里的脚印漫山遍野地找，直累得大狼狗吐着长长的红舌头趴在雪地里不再起来。

小野带人到仝叔家搜，不只搜长海，还搜《大碑赋》。上次搜查时，小野没把这当重点。

大批日本兵和“国兵”屯驻在玛珥湖，从凉水河子一直到辉南镇，形成半月形的包围阵势，每天还分多路进山围剿。渡边拿着望远镜，哪里冒烟就往哪里去。零星地打了几次，抗联没抓到，倒是日本兵和“国兵”死伤了好几个。

一小队日本兵还被引到了麻达沟口，“国兵”从镇上找的向导说进不得，进去就出不来。小队长扇得向导鼻口蹿血。日本兵逞能率先撵着脚印冲进去，“国兵”在沟口战战兢兢地左等不出来、右等不出来，到了晚上，急忙向小野报告，小野又报告渡边，大队人马找了一宿，发现时一小队人已死伤殆尽。

渡边不得不停下来，向上报告，变进剿为围困。他知道有了那么多给养，山里的抗联是困不死的。这样想着，渡边就越发恨仝长海，只杀他一个还真不解气。他命令小野认真调查仝长江和他爹仝镇长，可查来查去这两个人还都算是日满亲善的有功人员，杀不得，倒是湖边的两户人家引起了他的注意。当校长的李文中，当老师的李文明，怎么看怎么像抗联的秦司令。玛珥湖山里的秦司令是渡边最大的一块心病，只要除了这心头大患，海龙一带就是东边道的治安模范区了。可是这秦司令的部队却越剿越多，最近又有了骑兵，敢公然扛着迫击炮去轰海龙城的德胜门，对外的番号也从团升格为师。若是再有了装备给养，他们的战斗力怕是要高过自己了，渡边隐隐觉得这回是遇上了真正的对手。

快过年了，虽然气氛压抑，可镇上依然响起了稀稀拉拉的鞭炮声。渡边严令不许放，凡放鞭炮者统统格杀勿论。之后，真有一个孩子因为放了个二踢脚被小野一刀劈死，于是镇上的气氛更加死气沉沉了。

腊月二十八这天，渡边突然得到情报，说秦司令明天要夜袭玛珥湖。渡边大喜，调凉水河子邵本良旅按时向北移动，又派出一个日军中队提前到玛珥湖南边埋伏，待秦司令的部队进攻时抄其后路。谁知半夜时分，镇南面山里却枪炮声大作，埋伏的这个中队被包了饺子，正好赶过来增援的邵旅先遣营也被打散。待渡边带人匆忙赶到时，雪地里只剩一百来具白花花的尸体——抗联把死尸的衣服都扒光了。

一次战斗就能全歼一个日军中队，还打散了一个“满洲国”兵营，渡边气得浑身发抖，恨不得切腹自杀。

这时，玛珥湖方向突然又传来枪炮声，渡边听得出来，那哐哐的迫击炮清脆响亮，一定是70毫米大正十一年式。他只好又疲惫地杀回来，见四个村口的哨卡帐篷被炸得一片狼藉，“国兵”和日本兵躺了一地，两个警察和学校那个日语老师的头血淋淋地挂在警察署门前……

渡边惊得一屁股跌坐在地上。

三子爹说：“不让放鞭炮，这动静比鞭炮响多了。这是孩子们给咱们拜年呢！”

一直到开春，青草发芽，山里人再没动静。

立秋知道，年前这一仗是二哥二姐替长海哥报仇才打的。冬天大雪封山，留下脚印容易暴露自己，山里人一般不会主动出击。可开春就不一样了，冰雪消融，春暖花开，饿了撸一串榆树钱儿也能充饥，离开老营过夜也不至于冻死。最为关键的是厚厚的腐叶和绿色的林海隐匿了人的踪迹，玛珥湖边一望无际的崇山峻岭一下子就能藏起千军万马，只待文华和立夏一声令下，就可以把渡边这千八百人踏成烂泥。

这天，仝长江突然回来了。仝叔吃了一惊。

长江说，是随县协和会一起来慰劳进山剿匪的日本兵和“满洲国”兵的。

长海出事后，仝叔怕日本人怀疑就不让长江回来了。仝叔现在明白了，和日本兵是没有道理可讲的，所以他不再打卦，也不再说话，终日沉默如门口那块影壁石。

长江放下给娘买的药，说了几句嘘寒问暖的话就起身往外走，走到门口又回过头来冲着娘看看，鞠了一躬，到了庭院里压低声音说：“他们可能知道秦司令就是李大爷家文华了，立夏暂时还没暴露，我分析他们可能要对李大爷家动手了。”

仝叔没说话，微微点点头。

长江走出门去，又听仝叔叫了声“儿啊”，便又转回身来。

仝叔佝偻着腰冲他挥挥手，说：“儿啊，快去吧！”

五十七

一切来得太突然，立冬来不及做出更多反应，她像被雷劈中，傻傻地让自己冒了一会儿烟，然后疯了一样狂奔到三子家，扑通一声跪在爹娘面前，哀求说："爷、娘，求你们带上我一起走，我不想和三哥分开！"

三子娘上前拉起立冬，三子爹磕了磕长烟袋锅，一句话没说就出去了。这时候三子还在学校没回来呢。

麦子瞪大眼睛问："娘，咋，要往哪儿走？"

秦大爷说："立冬早就和三子定亲了，你领走吧！"

"生死未卜，逃不逃得出去都两说，带上她不是等于领着孩子往火坑里跳吗？"

三子爹皱着眉头，深吸一口气，然后再慢慢地把烟从口鼻中喷出来，沉思再三，说："让立冬留下，要真能逃出去，等安稳了再让三儿来接她！"

秦大爷想想，说："也好，那就让他们先拜堂成亲吧，今天晚上就圆房。"

三子爹说："恐怕来不及了。"

傍晚，三子回来了，他的决定和爹一样。麦子和立冬还眼巴巴地盼着能和他一起走呢。

立冬当场哭出声来："三哥，我看你是变心了！"说着跑了出去。

三子娘说："快去，跟立冬好好说说。"

"要快啊！"三子爹说。

立冬没跑出多远，到了那排槐树下便停住了。今晚没有月亮，夜色黑暗，似乎到处游走着鬼魅。槐树已长成了几丈高、碗口粗细，像一排半大的小伙子，精神抖擞地挺立在湖边，微风吹过，新发的嫩叶们窃窃私语。

三子过来，手搭上立冬的肩头，摩挲着。立冬晃了一下肩膀，说：“今天我一定要跟你走，你走哪儿我都跟着！”

三子叹了口气，说：“立冬，别闹，我们全家这是去逃难，说句不好听的，万一逃不出去，落日本人手里会是什么样？长海哥的结果你也看到了……”

“我不怕，我早就跟你定亲了，咱是一家人，要死也死在一起！”立冬抹了把眼泪。

“不怕死固然勇敢，可是你想过没有，咱们活一次人，不是为了死，而是为了能更好地活着啊。别任性了，就是我爹娘同意，我也不会同意的，不可能让你做无谓的冒险或者牺牲。你先在玛珥湖等我，等我逃出去，安全了，一定回来接你！”

立冬摇头。

暗夜中，三子以为她不说话就是同意了，便继续说：“现在时间太宝贵了，走晚了说不定谁也走不成了！你就听话吧，啊，别再给大人添乱。”

立冬说：“三哥，让我听你的也行，但是……但是我要咱俩今晚就圆房……我都十五了……天亮，天亮我就让你走！”

三子说：“真的来不及了，爹说马上就走！别再闹了，说不定这时候渡边和小野已经领着日本兵往这儿赶呢！”

“那你还磨蹭什么？”立冬说着扯起三子的手朝着家飞奔。

三子说：“立冬，你好好的，我到时候肯定来接你！”

进了家门，立冬见三子娘和麦子正在打包袱，一边赶着去帮忙，一边说：“麦子，你把衣裳都带上，我就不家去取了。娘，你快去带上点儿大煎饼吧，给我也打个包袱。”

三子知道刚才的话都算白说了，提高声音，厉声道：“立冬，你就别跟着闹了！”

麦子吃了一惊，三哥可是从来没这样呵斥过立冬的。

立冬也浑身一抖，但她瞅瞅三子，竟然笑了笑，说：“发脾气呢？想发你就发，只要你不打死我，我就跟着你！”

三子娘拿饭帚唰唰地给大煎饼撣水，噶好。立冬麻利地把煎饼一张张叠起来，不一会儿就叠了厚厚的一大摞，用包袱皮包好。

立冬说：“娘，我就背这个沉的！”

三子娘叹口气，说：“立冬，不是娘心狠，这一去狼窝还是虎穴谁也说不准，你这孩子咋恁不听劝呢？”

立冬突然泪流满面，说：“娘，咱是一家人了，我舍不得你们啊！你别说了，反正我铁了心，就要跟你们走的。”

三子娘也抹了把眼泪，说：“你们老秦家这几个闺女，咋一个赛一个地犟啊？”

麦子哭着说：“立冬，我一百个愿意你跟我们走，我也舍不得你，可我想了又想，觉得爷娘、秦大爷，还有三哥，他们是对的。你听话，留下吧，我们的分别一定是暂时的。”

立冬说：“麦子，别劝我了，就是错，你也让我错这一次，我谁也不怨，你们就让我自己做回主吧。”

三子爹一直青着脸，皱着眉头，吧嗒着他的长烟袋杆。

三子找了条绳子，趁立冬不备，抓住她的手背在背后，三两下把她绑了起来。

“三子，你要干什么？”立冬挣扎撕咬，“三子，你个混蛋，放开我！我恨你！”

“你恨吧，早晚有一天你会感激我的！”

三子把立冬拴在房子的柱脚上，说：“爹，咱们跟秦大爷他们告个别，赶紧走！”

三子爹磕磕长烟袋锅，出去了。

立冬大喊：“娘，救我！我听话，您放开我，我不跟你们走了。”

三子娘听了上前要解绳子，三子拦住说：“娘，别信她！”

立冬又喊麦子。

麦子背上包袱，过来跟立冬抱了一下，说：“立冬，好好地守着玛珥湖，哪儿也别去，等安定了，只要我不死，就一定回来找你！到时候咱守着玛珥湖过一辈子，再也不分开了！”麦子说着大哭起来。

立冬也跟着她一起哭了起来。

这时，门外传来有人轻轻走动的声音，秦大爷、秦大娘和大哥、大姐、立秋都悄悄过来了。

立冬急忙喊："三姐，快救我！"

立秋一把推开三子："你干啥绑我妹？"

三子说："立秋，你来了正好看着她，看住了啊！"

立秋麻利地解开绳子，立冬挣扎着往前，和立秋撕扯到院子里。立春见状急忙帮立秋扯住立冬，两个人一边一个抓住立冬的胳膊，立冬徒劳地挣扎了一身汗。

秦大爷说："不能从镇里走了，先往南，再走山路往西。我和文中送你们到圣水河子吧。一宿别停，天明就能赶到柳树河子。"

三子爹说："不能再拖累你们了。你们一会儿都悄悄地回。文中，好生和你爹娘还有立春守着玛珥湖。"

文中说："我记下了，你们一路上多加小心。"

一起在玛珥湖边生活了几十年的两家人开始告别，此一去山难水险，生死未卜，除了三子爹和秦大爷，在场的人全都落了泪。

这时候，镇子东头突然传来一阵狗叫声。

秦大爷摆摆手："快走，快走吧！"

三子爹冲秦大爷一家抱拳作揖，说："大哥大嫂，孩子们，多多保重，后会有期！孩儿他娘，咱走了！"

立冬呜呜地小声哭泣，挣扎着疯狂地撕咬两个姐姐，像一头狂怒的小兽。

三子快步走到大门口，回头瞅了瞅，又突然跑回来，扑通一声跪在立冬面前，说："立冬，你对我的这份情我记下了。我发誓，此生不死，定不相负。天地可鉴，大湖做证！"

暗夜中，三子见立冬头发凌乱，站起来给她理了理，又抹去她的满脸泪水。立冬趁机一口咬住三子的胳膊，三子疼得叫了一声。

立春摇晃一下立冬："你疯了，快松口！"

三子忍着疼，说："大姐，让她咬吧！"

立冬嘴上使劲儿，牙便嵌进三子的皮肉，一股咸腥的血流进嘴里。然后，立冬松开口，咕嘟一声把嘴里的血咽了下去。

三子哭着一把将立冬搂进怀里："等着我回来娶你！大姐、立秋，立冬就拜托你们了！”

影影绰绰，黑夜中，镇上来的那队人马越来越近了。

三子松开立冬转身跑出大门，没入无边的黑暗中。

立冬跟着向前跑了几步，被立春和立秋抓住。刚咽下的那口咸腥的血涌上喉咙，哇的一下吐了出来，立冬一急，昏死了过去！

五十八

立冬在炕上躺了大半个春天，最终还是摇摇晃晃地爬起来。

立秋不放心，说："还是继续上学去吧，都读到中学了，不毕业可惜了。"

立冬说："不去了，麦子走了，去了伤心！"

文中又来劝。

立冬瞪了文中一眼，说："别说了，我男人什么时候回来当先生，我再回去当学生！"

立冬天天往山上跑，背着个小背筐，采回一筐筐的木耳、蘑菇，晾干，让立秋托人带到海龙城去卖。立冬说，等攒够盘缠她就走，去找三子他们，这回谁也别想拦她，再拦她就去投湖。盘缠攒到一半时，立秋看不下去了，悄悄给了立冬五块大洋。立冬便去问她爹，三子他们去了哪儿，是不是回山东老家了。

秦大爷说："不知道，你打听这些干啥？知情不举，保甲连坐，你不知道啊？"

立冬又问："他们走的路线是圣水河子、柳河、南山城子、抚顺、奉天、山海关不？我顺着这条道打听着找行不？"

秦大爷长长叹了口气，瞅瞅立冬，没吱声。

后来，立冬便天天磨着秦大爷问，她断定爹肯定知道。

秦大爷开始一直用沉默应付立冬，立冬一气之下说了重话：“你再不告诉我，我就不认你这个爹了，也不认咱这个家，我宁可去投湖！”

秦大爷气得挥手打了立冬一巴掌。姐妹四人长这么大，立冬是第一个挨巴掌的。

立冬跟秦大爷较上了劲儿，索性躺倒不再吃饭。秦大娘给她炒了鸡蛋榆黄蘑，她看也不看一眼。

立冬说：“要么打死我，要么饿死我，要么就告诉我。”

秦大娘伤心叹气：“我上辈子是造了什么孽啊？养了这么些个犟种！”

秦大爷想了三天三夜，说：“闺女，先吃饭，吃了饭养好身子，爹领你去找！”

立冬说：“不用你去，你告诉我就行！我都想好了，我把头剃了，女扮男装！”

“那你用心记下，别写纸上，”秦大爷说，“山东沂水，高桥乡酿泉官庄。”

立冬欢喜得一下子爬起来，三两口吞掉了饭菜，说：“娘，再给我炒俩鸡蛋呗！”

这年夏天，当一切都准备妥当，立冬连头发都剪好了时，日本兵开始大批开往关里打仗了。

文中对立冬说：“消停点儿吧，你是个大人了，不能什么事儿都由着性子来，这兵荒马乱的，别让爹娘担心了。”

立秋突然想起什么似的说：“对了，三子临走时说什么来着？不是让你在玛珥湖好好等着他吗？现在全国都在打仗，三子一定比你更急，万一他安顿好了急着回来接你，找不着你可咋办？”

立冬只好耐着性子等，这一等又是两年多。

这天，立冬又恹恹地下山。一棵枯木上，密密匝匝地长了一圈鲜艳的榆黄蘑，花一样怒放着。立冬瞅了瞅，却没心情去采摘，只是顺着枯藤乱石中那条似有若无的小路慢慢往下走。她不经意间又往山下瞅了一眼，突然发现一伙儿日本兵押着个人朝这边儿走来，难道是三子吗？

立冬倒吸了口凉气，揉揉眼睛，手搭凉篷仔细瞧了瞧。天啊，是大哥文中！

立冬飞一样跑下山，直冲进家门：“爹、娘，出事了！大哥被日本兵押着回来了！”

刚进院，小野的东洋刀就劈在门柱上，说：“秦桑，校长的良心坏了！当年去当铺送碑帖的正是校长，可他不承认。你的，开导开导！”

小野说着挥了下手，一队日本兵冲进来，把秦大娘、立春、立秋、立冬和七八个孩子圈起来，有的被刺刀抵在胸前，有的被东洋刀架在脖子上，年龄小的几个孩子吓得哇哇大哭。

文中说：“爹，他们搞错了，一定是当铺的伙计认错人了！”文中的脸上、脖子上、手上全是一条条的血道子，显然是被用过刑了。

小野说：“不不，一个是我们从奉天找来的，一个是从新京找来的，两个人一致指认，秦桑，你是个明白人，今天要是说不清楚，那你这一家人的安全我可就无法保证了！”

秦大爷笑着摆摆手，说：“小野队长，碑帖的事其实文中不知道，家里别人也都不知道！”

小野说：“那你知道？”

秦大爷瞅瞅被刀逼住的一家人，说：“对，我知道。你想想，这么重要的事我怎么能让他们知道呢？可这儿不是说话的地方，咱到镇上找个地方说？”

“好，秦桑果然是个明白人！”小野说着又挥了一下手，日本兵放开了孩子们，上来把秦大爷反剪双手绑了起来。

秦大爷说：“把文中也放了吧，我都告诉你们。再说，当时我都没让他们看，他们也不知是啥东西。”

小野再挥挥手，日本兵又放开了文中，押走了秦大爷。

秦大爷瞅瞅文中，说：“文中，照顾好咱的家。呵呵，今后爹可就轻松了！”

文中说：“爹，没有的事情你不能乱讲啊！”

日本兵上来一枪托把文中打倒在地。

小野把秦大爷带到镇警察署，指着一排刑具说：“秦桑，我知道，这些对你可能不起作用，对你起作用的应该就是你的家里人吧。你是个明白人，我请你吃饭喝酒怎么样？仝桑又给皇军送来了玛珥湖大白鱼。哦，我倒忘了，大白鱼可还是秦桑打的呢。”

秦大爷笑笑，说：“好啊，小野，我打了一辈子鱼，还没吃过这么大的白鱼呢。”

小野哈哈大笑，挥手说：“哟西，太好了！秦桑不止是明白人，更是个聪明人啊！去，把仝桑也请来。”

仝叔的腰弯得更厉害了，即使不向小野点头哈腰，那状态也极其谦卑恭顺。他快速瞄了秦大爷一眼，混浊的眼神中尚有一丝锐利。

“仝桑！”小野打着招呼，“你不是说你这里不可能有大碑吗？大碑的主人我已经请来了，今天让你也来做个见证！渡边大队长指示，今天用我们日本最好的酒招待你们！”

仝叔迷惘地瞅瞅秦大爷，说：“他？这怎么可能？小野队长，你们是在开玩笑吧？”

小野队长哈哈笑着端起酒杯，说：“仝桑，明天的，我就让你看到玩笑的变成奇迹。来，我向两位亲爱的朋友、聪明的中国人敬酒。你们中国有句古话，叫‘识时务者为俊杰’。你们的，都算得上是俊杰的干活，干杯！”

秦大爷一口酒喷出来，说：“小野，你这是酒吗？马尿吧。”仝叔瞄一眼小野，脸色吓得发白。

可小野却再次哈哈大笑，说：“秦桑，我们大日本的清酒，你的，不习惯吧？好，拿乳山白！”

秦大爷拿起乳山白咕嘟咕嘟倒满了一大碗，也没让仝叔，自己先咕嘟喝了一大口，有滋有味地吧嗒一下嘴，说：“他娘的，这才叫酒嘛！”又大口吃鱼，完全无视小野和仝叔的存在。

仝叔就想，原来人都是会变的，沉默寡言的秦金银怎么就变得和那个逃跑的李民一样了呢？落到日本人手里，他应该吓得尿裤子才对啊！

很快，秦大爷喝干了一瓶乳山白，大白鱼也被他风卷残云，所剩无几。他红头涨脸地扔下筷子，用力拍拍小野的肩膀，说：“大侄子，请大爷喝酒吃鱼，孝顺啊！行，明天大爷就领你去找大碑，啊！”

秦大爷说完，倒头呼呼大睡。

小野瞅瞅仝叔，看看满桌杯盘狼藉，说：“仝桑，今晚辛苦你陪着秦桑，千万的，别出什么意外。”

五十九

爬到半山腰时，文中已经挨了十几枪托。

一听说上小金龙顶子，他就跳起来：“爹，你好糊涂啊！小野那个王八蛋不是要杀咱全家吗？让他杀啊！杀了他也得不到大碑，咱们全家的魂儿也守在这里。”

小野本来不想绑他，可他竟敢骂自己是王八蛋，便又让人把他捆了起来。

文中说“爹，不能去金龙顶子啊”，日本兵砸他一枪托；

文中说“爹，你忘了祖宗的交代了”，日本兵又砸他一枪托；

文中说“爹，不能当千古罪人啊”，日本兵再砸他一枪托……

渐渐地，文中的腿肿起来，头上也渗出血来，顺着头发往下淌，把一缕头发黏到了脸上。

仝叔气喘吁吁地说：“文中，别说了，只管跟着走吧！”

可是文中停不下来，隔一会儿缓过来了就再说一句，劝他爹停下。

不到最后一刻，他不想放弃，守护大碑、守护家族的秘密，自他决定和立春成亲那天起，这信念就已经融入了他的血液和生命。他付出了太多，不能因为爹的“一时糊涂”而前功尽弃。早知这样，还不如背着爹悄悄地将大碑转移了。文中痛悔自己幼稚，更在心底痛恨起爹来。

秦大爷沉默地走在前面，任由文中在后面喊叫。听到扑通扑通的枪托声，他开始还回头瞅瞅，后来干脆看也不看了。小野不时向他伸出大拇指：“秦桑，你的，这个，大大的好，大大的良民。”

小金龙顶子不高，但却甚是陡峭，灌木藤条，乱石深沟，枯木青苔，崎岖难行。一行人走走停停，很久才爬到山顶。山顶上倒是没有了乱石、枯藤和灌木，一大片平展的草地毯子一样铺在眼前，绿毯上稀疏地挺立着几株粗壮的老树。西边刀劈般的悬崖直立百丈，崖下黝黑的玛珥湖神秘莫测。二十多万年前，炽烈的火山熔岩就是从这儿喷薄而出、一飞冲天的。小金龙顶子往东，走过这片平坦的绿毯，便是起起伏伏的崇山峻岭，峰峦如铸，连接着银龙顶子和大金龙顶子。

绿毯边缘，一棵高大的红松，虬枝屈曲盘旋，像苍老的树身上探出了一条条龙爪。

文中终于爆发，大叫着："爹，你也要当汉奸吗？你再往前走，我就不认你这个爹了！"

"噗！""噗！""噗！"文中被三枪托打倒在地，好半天也没有爬起来。

秦大爷浑身一震，停住脚步回头看了看。

小野挥一下手，说："混蛋，不要打了，架着走！"然后，又向秦大爷伸出大拇指。

从大红松下向东，一行人再次扑入绿色的林海中。翻过几座不高的山梁，七拐八绕，来到一片幽深的红松树林。

文中绝望地说："爹，两千多年啊，你对得起祖宗吗？"

当他们来到那堵墙一样的石壁前时，文中惊倒在地——石壁上爬满圆枣藤、葡萄藤，壁前，空空一片。原来立放石碑的两块石头基座上已长满了青苔，右边的基座上甚至还长出了一棵两尺多高的小榆树。

仝叔迷惘地看着秦大爷。

文中的嘴角不易觉察地向上翘了翘。

小野"唰"的一声拔出东洋刀，架在秦大爷的脖子上，说："秦桑，你在耍滑头？"

秦大爷哈哈大笑，说："小野，你有点儿耐心好吗？大爷领你来开开眼啊，你看这石碑原来不就立在这儿吗？"

"我是说现在，现在的，大碑的，在哪儿？"小野气得几乎就要手起刀落了。

仝叔吓得急忙闭上眼。

文中忽地一下站起来，要上前拼命，却被日本兵一枪托砸倒在地。

秦大爷说：“现在当然不在这儿了，你看这青苔长得，小榆树都这么高了，早挪走好几年了！”

“挪哪里去了？你的，带路！”

“好啊，我不带路你们能走到这里？”

“哟西，秦桑，在和我们开玩笑，你的，大大的好！”小野赶紧收了东洋刀，又满脸笑开了花，“我也和你开玩笑的，秦桑，你的，不要在意。”

一个日本兵过来和小野叽里呱啦了几句，小野从怀里摸出表看了看，挥一下手。

日本兵们打开背包开始吃饭。

小野向仝叔招招手，说：“仝桑，过来和我们一起吃。”

一个日本兵把两个罐头和几块饼干发给他们。文中的手仍被反剪着绑着，小野让仝叔喂给他。

小野一边吃一边说：“秦桑，好吃吗？只要跟我们合作，饼干的有，罐头的也有！皇军士兵只有一样吃，你们优待的，牛肉大和煮和鲸鱼肉罐头，两样。”最后，小野还从包里摸出几个像长条血块一样的东西，笑着递给秦大爷和仝叔：“羊羹，羊羹的好吃，美味极了！”

吃完，小野说：“秦桑，吃好了的？要不多休息一下？”

秦大爷意味深长地瞅了文中一眼，说：“不用。小野，跟着我走！”

文中央求说：“爹，到此为止吧！”

秦大爷头也不回，说：“跟我走！”

秦大爷引着小野一行人又回到了小金龙顶子，小野疑惑不解，问：“秦桑，怎么又回来了？”

秦大爷冲小野笑了笑说：“小野，你不是要找大碑吗？这大碑就在小金龙顶上啊。”

“可是……为什么？”小野向着刚刚钻出来的山林指了一下。

“咳，我不是为了让你相信嘛。先让你看看这大碑原来待的地方啥样，现在这碑是从哪里来的，要不我说是，你相信吗？”

“哟西，秦桑，大大的好！”

小野这次没伸大拇指，而是亲切地拍了拍秦大爷的肩膀。

秦大爷就势拉着小野的手，说：“小野，我是现在唯一知道大碑下落的人，没有我，你们能找到不？”

小野摇摇头。

“那我把大碑献给皇军，你和渡边那个小老儿给我啥好处？你这又是打又是杀的。”

小野突然一个立正，给秦大爷一个深深的九十度鞠躬，又一个鞠躬，再一个鞠躬，说：“秦桑，非常时期，非常手段，对不起，对不起了！秦桑，条件，你的，请讲！”

“一百块大洋？太少。一百亩地吧，对，就一百亩地吧，怎么样？”

“这个——”小野露出为难的表情。

“是啊，玛珥湖地少。那咋办？”秦大爷瞅了一眼仝叔，“要不你把仝保长的地弄出来五十亩，再从其他大户人家抽五十亩，就够了。”

“大哥，秦大哥——”仝叔的脸立时煞白，语无伦次。

文中大叫：“爹，你太让我失望了！”

小野说：“仝桑，就按秦桑说的办，一百亩地，哟西，秦桑，你的，大大的好！”

小野再次拍拍秦大爷肩膀，秦大爷再次拉住小野的手往前走。

一片白云飘上小金龙顶子山头，一阵山风划过林梢，松涛阵阵。

秦大爷牵着小野的手一步一步走向玛珥湖的悬崖。

文中突然明白过来，大叫：“爹，爹，你不能，不能啊！”

快到悬崖边时，秦大爷的手微微用力。小野突然警惕地停住，奋力抽出手来，指着秦大爷说：“秦桑，你的……”

悬崖下，墨蓝的湖水让小野感到一阵眩晕。

秦大爷指着小野哈哈大笑，说：“小野，看把你吓得，还皇军呢！大碑呀，你不是要大碑吗？”秦大爷向悬崖边跨了一步，站到了最边缘，向下指着说：“你看，横躺在大石头上的大碑。我给你念念《大碑赋》，渡边小儿做梦都在祷告的：‘东海之外，大荒之中，有山龙岗，天湖玛珥。碧野翠谷，莽莽苍苍，巨龙卧兮，日月出焉。水雾烟霞，浩浩渺渺，神龟潜兮，日月入焉……伏皇娲娘，临渊嗟叹。莽莽大地，浩浩长天。脉脉线溪，汤汤巨流。金人将现，龙腾薮渊，凤兮凰兮，百鸟来仪。鸾歌凤舞，盛世已矣！”

秦大爷一气诵完，文中也呆住了。爹平时总说自己大字不识一个，一篇长赋何以倒背如流！

仝叔战战兢兢，一步步挨到悬崖边向下看去，只见悬崖峭壁，乱石穿空，藤萝纠缠，阴风怒号，一泓幽幽的黑水闪着神秘而恐怖的光亮，一阵阵山风似乎是幽深黑水中伸出的无形长臂，要把悬崖上的人拉入自己的怀抱。

仝叔大张着嘴，迷惘地瞅着秦大爷。

秦大爷笑说："仝保长，拿绳子来，我先下去！"

小野终于将信将疑，一小步一小步小心翼翼地挪到悬崖边，就在他探头伸向悬崖的一瞬，秦大爷迅速抓住他的双肩，用力扯往崖下。

小野是保持着一份警惕的，所以当秦大爷的双手抓住他时，他便迅速下蹲重心后移，两个人像拔河比赛一样互相撕扯着较上了劲儿。

日本兵们一阵稀里哗啦地拉动枪栓，可只是端着枪就是不敢放。

文中向前跑了一步，被一枪托砸倒。

仝叔一时惊呆在那里。他知道应该帮秦大爷一把，可后面十几支黑洞洞的枪口和寒光闪闪的刺刀又让他腿肚子直哆嗦。立秋说过，就是这个小野砍下了长海的头，为儿子报仇雪恨的时候到了！仝叔只要跨前两步，抬起一脚，小野就会和秦大爷一起栽下山崖，可那样的话秦金银也活不成了，不过，秦金银本来也不打算活了。仝叔这样想着，双腿似有千斤重。犹豫间，秦大爷和小野已经双双躺在了地上，两人各腾出一只手击打着对方。这情形，一脚已经不可能解决问题了，必须用力去掀小野，借着秦大爷和他翻滚的劲儿，把他俩一起掀下山崖。秦大爷摆出与小野同归于尽的架势，滚了一下再滚一下，带着小野连翻了三个个儿，眼看着再滚两个就要成功了。可这时小野蹬住了一棵小树，抓住一把草，一用力又带着秦大爷滚了回来，并且借着滚回来的劲儿挣脱开秦大爷，摇摇晃晃地站起来，快速后退了几步。

此时，仝叔只能拼尽全力冲过去，靠惯性把小野推下山崖了。仝叔的位置很好，就在小野身后。可仝叔的腿仍在打着哆嗦，迈不开步子，要这么冲过去，他也有可能摔下山崖的。

小野举着东洋刀，大叫：“秦桑，你的良心坏了！大大的坏了！”

秦大爷从地上爬起来，指着小野说：“来啊，开枪啊，跟老子一起跳啊，跳下去找大碑啊！”

“秦桑，有话好商量，一百亩地嫌少，二百亩的也行。二百亩地，怎么样？”小野又换了一副嘴脸。

“小野，你做梦！我死了，你永远也别想找到大碑！”秦大爷向前走了两步，仰天大笑，然后，转过去纵身一跃，跳下悬崖……

六十

秦大爷死了，立冬不再闹着找三子，天天爬上小金龙顶子，坐在她爹跳下去的崖头发呆，一坐就是大半天。然后，她找出爹留下的那杆猎枪，仔细擦拭，填药装弹，扳机头，瞄准，温习着三子曾经教过她的步骤。

“娘，二姐再回来我就跟她上山。要是三子回来的话你就让他到山里找我。”

娘叹口气，说：“走吧，逃出去一个是一个！”

学校合并了，是县上教育局和那个日本执监勒令合并的，除了回家和去海龙城的，剩下的师生被合并到青部，也就是垦殖团院子的学校，那个才是“满洲国”教育局承认的学校。

文中一直被关在警察署，时不时地接受小野和渡边的过堂。

小野说：“我的知道，你的不知道，可你的总得帮我找到啊！”

文中哈哈地笑，自言自语道：“爹就是爹，做事英明啊！”

一切手段用尽，最后渡边决定放文中回家。

这天早晨，小野让人给文中送来了大米粥，不是苞米面糊。“满洲国”规定，大米是战备物资，是军粮，除了日本人外，“满洲国”民吃大米是经济犯，是要抓去坐牢的。玛珥湖这个盛产大米的地方已好久闻不到大米饭的喷香了。

文中翕动一下鼻子，问：“小野，这是要送我上路啊？”

小野说：“李桑，是送你上路，不过是送你上回家的路，你的，要感谢我啊！”

小野果真押着文中往玛珥湖走。

文中说：“既然你放我，就不需要护送了！”

小野挥挥手，说：“那好，我们一会儿见。”

文中走得慢，一瘸一拐地走到玛珥湖边时，小野已经把立春和立秋还有大湖、二湖、三湖三个孩子押出了庭院。

屋子里，娘和孩子们的哭声惊天动地。

“小野，放了他们，我跟你去！”文中扑上前去，被两个日本兵反剪双手押到一边。

“也好，李桑，那就一起走！”小野挥挥手，日本兵把文中一家押上了小金龙顶子。“前不久，令尊大人想拉着我一起的跳下去，今天，你的还想吗？”小野心惊胆战地往悬崖边伸了伸头，“你的一定想的！嘿嘿。”小野双手拄着他的东洋刀，笑眯眯地瞅着文中，那神态像是欣赏好不容易抓到的猎物。

“小野，放了她们和孩子，一切都和她们无关。我可以跳下去！”不祥的预感让文中直打哆嗦，他怕小野把立春、立秋和三个孩子扔下去，那是他无论如何也没法承受的。

“不，不不，”小野摆摆手，阳光下，手套白得耀眼，“不要低估了我的能力，都在归屯，怎么就留下了湖边这两家，你不觉得奇怪吗？你们有句古话：‘君子一言，驷马难追。’我说过，你可以放了，只是你和你的夫人还要帮个忙，这三个孩子，大湖、二湖、三湖，对吗？有一个是秦华的，我的没说错吧？”

“不，这都是我的孩子！”文中的头脑一片空白，徒劳地奋力挣扎，他只求和小野拼尽最后一口气。

“李桑，你的大大的不好，不诚信。”小野走向立春和三个孩子。

“那么夫人，你的，告诉我。”立春突然挣脱日本兵，扑到三个孩子身边，把大湖、二湖、三湖紧紧搂在身边。

“紧张的不要，夫人，日满亲善，建立王道乐土，你的孩子留下！秦华的，带走！我的保证他的安全。”

“不，他们都是我的孩子！”

小野失望地摇摇头，“那，我只好都要了！”小野挥挥手，日本兵上来先把大湖架开，又把二湖抓走，两个孩子的喊娘声撕心裂肺。第三个日本兵过来抓三湖时，小野制止了，他看到一开始立春就把三湖死死地护在怀里，即使抓走大湖二湖，她的一只手仍然紧紧攥着三湖细小的胳膊。

小野哈哈大笑起来，笑声透露出他无比的自信，面对着生与死的抉择，自然流露出的母性是经不起考验的。

“夫人，你已经告诉我答案了，这很好！”小野收了笑容，盯着立春的脸，“上次偷吃大米饭的也是他，看来你比较疼爱这个孩子啊！如果这个是你的孩子，那和他年龄接近的二湖就一定是秦华的。我说得对吗？”

“二湖，娘对不起你！”立春心里悲哭着，瞪着小野，一句话也说不出来，她的心早已经碎了，眼睛里的一切都是模糊旋转的。

小野挥挥手，两个日本兵把二湖举起来，像抛半截木头一样把二湖扔下悬崖。

立春和立秋拼命呼喊着二湖，二湖发出那声绝望恐惧的叫喊让立春当即昏死过去。

“小野，你个王八蛋！”文中高声叫骂。

“不，李桑，我应该把你儿子也扔下去的，因为你们通匪！因为你们不讲信誉，这一切都是你们自己造成的。”小野说着，冲举着大湖的两个日本兵摇摇头，日本兵把大湖扔在地上，大湖连滚带爬扑向立春。

“李桑，为了建立王道乐土，我们只把土匪的孩子扔进了湖里，让他给你的岳父陪葬，这不好吗？你难道不感谢我吗？”小野边说边押着文中他们下了小金龙顶子。他要把立春和立秋带回海龙城。

立春披头散发，目光呆滞，像一具任人摆布的木偶。立秋嘴角流血，被反绑双手，边走边挣扎。

文中不顾一切地冲上去，抓住小野的领口使劲儿摇晃着：“小野，你个王八蛋！你杀了我吧！你杀了我吧！”

小野笑嘻嘻地说：“李桑，别恨我，我也是执行渡边大队长的命令。夫人和令妹去慰劳皇军，你的找到大碑，就来交换！”

文中拼尽全力高高扬起拳头，没等落下，就被一旁的日本兵打倒在地，只能眼睁睁地看着立春和立秋被他们带走。

这时，传来闷闷的一声枪响，走在后面的几个日本兵叽里呱啦地大叫起来，还有一个趴在地上哀号，显然是被打中了。

十几个日本兵像得到了命令，唰的一下全趴在地上，随着小野的东洋刀一齐向着路边树林噼里啪啦地开枪。

立秋趁机用牙咬开绑立春的绳子，说：“大姐，快跑！”

立春问：“你呢？”

“别管我，快跑！”

小野冲过来，立秋突然伸出脚绊了小野一个狗啃屎。

立春连滚带爬地钻入路边的山林。

枪声响起时文中一阵狂喜，难道文华和立夏回来了！可看了一会儿，文中觉得不对劲儿，树林里好像只有一杆枪，只在日本兵们爬起来向前冲时响了一下。文中循着声音在树空中踅摸，一个灵巧瘦削的身影像头小鹿一样在林中跳跃！

是立冬！

小野显然也做出了判断，他派出五个日本兵跟着枪声追进树林，命令抓活的；又派了五个日本兵去抓立春，自己在路边狂扇立秋的嘴巴。

咸腥的血在嘴里越聚越多，立秋没再咽下，而是拼尽全身力量唾了小野满脸，然后冷冷地乜斜着小野高高举起的东洋刀，轻蔑地笑了。

树林里，稀疏的枪声渐行渐远，从玛珥湖西绕向南，再折向东，在小金龙顶子下穿过，向着银龙顶子的方向渐渐远去，最后，被山呼林啸彻底地吞没掉了。

只有玛珥湖依然波澜不惊，闪着一湖幽蓝的光，静静地沉默着……

六十一

我一口气看完了案头的十几章《玛珥湖》，恍惚中有了幻灭感，望着朗朗的日华突然间记不起今夕是何年。

我把书稿一沓沓捋好，小心翼翼地叠放在一起。望着窗外的这条小小十字街发呆，好像立秋被小野抓回来就关在了这里的某一处。

我飞奔下楼，顺着街两旁的门市房挨个看过去：奇石馆、炖菜馆、照相馆、玛珥湖白鱼馆、水果店、药店、龙鲜中西医诊所……所有人瞅我的眼神都怪怪的，像隔了一层毛玻璃。我想到长海说的那个词，“汉奸”。对，这些人是不是都是帮着小野隐藏立秋的汉奸？刚才中西医诊所那个小刘医生还向我奸笑了一下。我刚来时到他那里买过一次药，那时他不是这样笑的。然后，我到了警察署，进进出出的警察貌似很忙，其中有一个还跑到我面前，我想了一会儿，认出她是继红。

“承子哥，你有事啊？”继红问我。

我瞅瞅继红，又瞅瞅门口的牌子，说：“警察署改派出所了？啥时候改的？”

继红笑说：“承子哥，一直都叫派出所啊。你怎么了？”继红的手在我眼前晃了晃，还伸出三个手指头问我：“这是啥？”

我说：“手指头！”

“不是，我是问几个手指头？”

“继红，你以为我是不识数的小孩子吗？你们这帮汉奸，把立秋藏哪儿了？那个小刘大夫也叛变了，对了，他是不刘三邪的后代呀？”我瞪了继红一眼，往前走。

继红的声音从后面追上来：“承子哥，别往林子里去啊……”

我顺着玛珥湖边的栈道走。栈道是木制的，个别地段是仿木的塑胶板，蜿蜒延伸，一会儿在湖上，一会儿在林间穿行。一条大白鱼不时跃向空中，水面便绽放出一朵白色的花。

五个日本兵撵着立春从那里进了山林，五个日本兵追着立冬从这里进了山林，她们姐妹俩还都没出来呢，那排茁壮的槐树咋就剩一棵了呢？还都老成这样了。是哪个汉奸把它们砍掉了？还是小野？他们一定是为了找大碑吧。老槐树，你咋这么老了呢？

湖边的那两户人家已经荡然无存，三子回来会找不到家的……

我的脑仁儿开始疼，便拿出手机给燕琳打电话，我想要我的枪。

“养病期间哪来的枪啊？”燕琳有些吃惊地问。

我说：“我想要我的枪，说不准下一秒钟我就能遇上小野，我要亲手毙了他，然后把他吊在玛珥湖边的树上……还有渡边那个老鬼子，对，把他交给立秋，千刀万剐了他……你知道他们抓走立秋干什么吗？慰劳皇军，做慰安妇啊！还有，他们把二湖扔下悬崖了，秦大爷也跳湖了，三子一家被逼走了，我苦难深重的玛珥湖啊……”

电话里突然传来燕琳的哭声：“老公，你在哪儿？听话啊，千万别乱走，就在原地，我马上到！”

燕琳赶过来时，我好像已经坐在栈道边，倚着身后的大石头睡着了。大石头晒得很热，像继红家的小火炕。

燕琳给我剥了根香蕉，张开手在我眼前晃了晃。

我说：“五个！”

燕琳又抖抖手。

我说：“手，手指头！”

燕琳扑哧一声笑了，说：“老公，你吓死我了。你看到什么了，听到什么了？”

我摇摇头，说：“没，没有。现在是什么时间了？”

“中午！”

我说：“不是，现在是什么时间？”

“中午啊！”燕琳瞪大眼睛，又要拿手在我眼前晃。

我生气地拨开燕琳的手，说：“我是问现在是哪一年，‘满洲国’多少年？”

燕琳瞅着我突然一阵大笑，笑到最后，竟一屁股坐在了大石头上，弯着腰直喊肚子疼。

我一脸不解，这有什么好笑的？

燕琳说：“怨我了，老公，时间概念没特意跟你强调，你是出生在红旗下，长在改革开放的新时代。‘满洲国’，离得太远了，而且正确的叫法是伪满洲国，是上个世纪三四十年代的事，距离现在已经七八十年了。现在是 21 世纪了，伪满洲国早没了，日本鬼子也早被打败了！所以，哈哈哈——”

我满心遗憾地说：“有心杀贼，无力回天。那立秋立冬她们应该是我的奶奶，或者太奶奶，或者太姑奶奶了吧？”

“立秋，立冬？她们是谁？”

“你不知道的。”我摇摇头，又掰着手指头算时间。

“你只要记住现在，剩下的有什么不明白，用它查！”燕琳拿起手机又教会我一招。

可是，望着一泓碧水和四周的崇山峻岭，我仍然像刚从历史的烟尘中走出来一样。小金龙顶子上，秦大爷正在和小野搏斗；绿色的林海间，文华和立夏正带着一队人马若隐若现……

饭后回到房间，我有些心旌摇荡。燕琳好久没来了，她哧哧笑着说我猴急。

“见了老婆能不急吗？”我告诉燕琳，“其实我刚醒来时是没什么欲望的，每次你揽我入怀只是让我觉得很安全、很温暖，还是在你勾引下，我才知道是可以和自己老婆这样的。所以自那次以后，你就有了一种魔力，见了你就有一股独特的热流从脚底上升，直冲脑门儿。”我用了“勾引”这个词，在我当下的词语库中没有比这更恰当的了。

燕琳不同意，说：“你能不能用个更好的词？”

我眨眨眼，说：“没有了，不过，那感觉挺好的。”

燕琳嘻嘻笑，用手指轻点我头上的疤，说：“这一枪很值啊，打出个超级文明人来。”她推开我爬起来，像剥葱一样把自己剥个精光，说：“老公，来，那我再勾引你一次。”

燕琳下午就回去了，上车前她又问我想起那个黑衣人没有，她说查来查去怎么竟是个女杀手，只有这样才合乎逻辑。

“女杀手？谁？”我问。

燕琳摇摇头，说：“我哪儿知道。”

我催她玻璃的事快一点儿办。

她问：“你到底干吗用？”

我说：“你专心抓女杀手吧。江欣怡的一点儿小事。”

她听说江欣怡住院了，对是不是马上就走有些犹豫。

我说：“时间紧你先回吧，哪句话说不对她再受什么刺激。”

“那你替我问候她。”

捷达车便一溜烟儿地驶去了。

我给继玉打电话，她说她和继英正在忙，今天酒店生意不错。我便来到林业局医院，这里的条件比镇医院好多了。

江欣怡还在勾勒她的民宿草图，见我进来，抬起头淡淡地瞅我一眼，起身泡了杯茶给我，就又继续拿起图纸斜靠在床头涂抹。

“嫂子，我知道了，玛珥泉，那里埋着文华和立夏的战士，两个对玛珥湖有恩的人。”我排列着词语，说得缓慢，注意观察着江欣怡的脸色。这些天，我和继玉、继英都很听医嘱，和江欣怡说话小心翼翼的，对前来探视的继川、继东、继青、继祖等人也是先重复一下医生的话。

我给继红打电话，继红说：“你不怕我刺激着她？反正我见了她心里堵得慌，估计她见了我也是这样的吧。”

看来，这两个人的疙瘩一时半会儿是解不开了。

江欣怡没有回应我，仍然表情淡漠地低头勾勒草图。我只好端起杯喝茶，就听到了吧嗒吧嗒的声音，像水滴落在什么东西上。我狐疑地左右寻找，担心听觉也遇上了什么诡异的事情，却见江欣怡手中的图纸已洇湿了一大片，并且，她的眼睛就像两眼汩汩的清泉，泉水还在不断涌出。江欣怡低着头，泉水省略了流过脸颊的过程，直接坠向空中，撞碎在厚厚的图纸上。

我将图纸抽出，拿毛巾给江欣怡。江欣怡保持着刚才的姿势，捧着毛巾，让泉水下雨一样滴落。她没有哭声，甚至连双肩抖动一下都没有。有那么一瞬间，我甚至得努力提醒自己，这不是做梦不是幻觉，才能在空气中寻找到闪着光亮飞速溅落的一串水滴。我惊异于江欣怡眼睛的含水量，难怪她的双眼总如玛珥湖般深邃。

我说："哭干了泪腺眼睛会害毛病的。"我前倾一下身体，想看得清楚些。

"不要劝我，让我哭。"江欣怡的声音也是淡漠的，好像发自另一个毫不相干的人。我一时找不到任何可以用来安慰她的词语，我犹豫着是不是该给继玉打个电话。

终于，江欣怡的泪流干了，她仰躺到被子上，又侧卧过去，后背紧绷成一张瘦削的弓。"你回去吧，告诉继玉，我没事了，明天就出院。"江欣怡语气淡漠而平静，好像刚才的一切都不曾发生。

我在玛珥湖镇上行走，顺着那条十字街南北走了几遍，又东西走了几遍，不是漫步那种，而是脚步匆匆，好像要急急忙忙奔向一个什么目的地。我的心头一片茫然，街两旁的景物依稀，如果去掉那几栋稍高一点儿的楼房，再换成黑白的底色，这里便是仝叔的玛珥湖，李民、秦金银、长海、立春、立秋、三子、文中、文华、立夏、长河、韭儿、立冬、麦子等人的玛珥湖，当然也曾是古坚一郎、小野、渡边的玛珥湖。虽然那几趟青砖黑瓦的房子不见了，那一大片茅草棚子也不见了，但走过十字街，我还能准确找出当年"青部"和"棚部"的位置。

南北东西走累了时，我发现我又看到了玛珥湖蔚蓝的天空融化在水里，像一块巨大的蓝宝石，嵌在起伏绵延的碧绿中。走到湖边时，湖面已变幻了颜色，阳光斜斜地罩在湖面上，一泓碧水静谧而安详，粼粼闪动着耀眼的金光，让我瞬间感觉到她不再冰凉刺骨，而是充满了慈爱与温暖。就像母亲的怀抱，召唤着我这个找不到来路、迷失了方向，甚至有时候不知道自己是谁的落魄游子一头扑入。

秦大爷是这个感觉吧？江欣怡是这个感觉吗？继英呢？还有二湖，我希望他被扔下去的时候也是这个感觉。他还是个孩子啊。

不知不觉，我转到了湖东，爬上了小金龙顶子。继英果然坐在悬崖边，夕阳把她镀成一座嫣红的雕塑。她扭过头，把视线从湖面上收回，深邃的眼底还氤氲着一丝湖面的水汽。

"继承哥，我知道你会来！"继英笑了一下，一排洁白的牙齿碎玉一般闪闪发光，“你在街上暴走时，我就知道你会来，只有大湖才能让你的心安静下来，是吗？”

我点点头。

“我也是，即使我离开家很远很久，想起大湖，心也会安静。”

继英开心地拍拍身边的石头，示意我一下。我便挨着继英坐下来。

继英的变化是明显的，江欣怡对她的重新塑造常常让我心生感激。

“嫂子的事让你心烦，是吗？”继英转换了话题，“她真是个怪人！”继英心事重重地叹了一口气。

第二天，江欣怡果真出院了，就像她自己说的那样，她没事了。清高、孤傲、自信这些表情又回到了她的脸上，让我止不住地猜测，她有什么魔法，难道她的魔法就是长久地、默默无言地流一场清泪吗？

晚上，江欣怡仍然煮咖啡。

我发现煮咖啡并不说明她把日子过得多么精致，只是她消磨时间的一种方式而已。

江欣怡慢慢从罐子里摸出一把咖啡豆，仔细瞅瞅，端详半天，轻轻投入磨豆机口中。有时，端详完了不知什么原因，她会再把它们放回罐子。也许根本就没有什么原因，不过是下意识的行为。看她选咖啡豆的过程，会把性子急的人折磨疯的。

那一排玻璃器具就像化学老师做蒸馏实验，上滤纸、放咖啡粉、注水。江欣怡有条不紊地慢慢操作着，当咖啡机流出栗子皮色的咖啡汁时，再拿煮好的牛奶勾兑。

“唉，你咋不爱喝咖啡呢？我煮的咖啡会让你上瘾的。”江欣怡总是这样端着咖啡杯替我遗憾。

我喝口红茶，笑笑，我知道她从不需要我回答。

可是今晚她没这样说，而是关切地问我饿了没，要不要给我煮碗面。还没等我回答，她又自言自语道：“对呀，你是不是有吃夜宵的习惯？怪我给忘了。”

我说：“要么是你记错了，要么那是我负伤以前的习惯。现在，我多吃一点儿反而会睡不好觉呢。”

江欣怡微蹙着眉头打开电视，说：“那你就喝红茶吧，要是饿了就跟我说，别客气。”

我告诉她燕琳昨天来过了，等玻璃换完我还回招待所。

江欣怡认真地瞅着我，平静地笑笑，说：“害怕了？他们又说咱俩怎么着了吧？哼，我都不怕，你怕啥呀？”

我把上午和燕琳说的话又重复了一遍，便招来江欣怡的一阵笑。她捋着眼角说：“都笑出皱纹了。看来你还真是一个病人，不过这话当我说说得了，千万别再和别人说了。”

我点点头。

江欣怡突然放下手中的咖啡杯，伸手抚摸了一下我的脸，说：“真是个傻小子，我喜欢。不过，你知道吗，你若今晚不在这儿住，明晚他们就敢开十几台卡玛斯进来，抢运草炭土。你明白吗？”

“不明白。”我想了又想，理不清这里的逻辑关系。

江欣怡霸道地说：“不明白不要紧，但是，你必须听我的，住在这儿！”

半夜时分，西皮流水又幽幽地飘进我的梦乡，而且，是蓝幽幽的、带着颜色的那种，就像深不见底的玛珥湖。

我想江欣怡可能咖啡喝多了，翻个身准备让自己渐渐清醒的意识再往无边的黑暗中下沉，谁知江欣怡的声音却幽灵一般从窗户外面挤进来：“伏皇娲娘，临渊嗟叹，莽莽大地，浩浩长天……”

我忽的一下翻身坐起，仔细辨别了一下方位，悄悄下床，来到江欣怡的卧室门前，我犹豫了一下，敲了敲门。

卧室里静悄悄的。

西皮流水再起，在外面围着屋子飘荡。我推开卧室的门，迎着那缕幽香来到床前，枕头上还残留着一个小小的凹坑。

我追出去。

暗夜，白裙，小巷尽头，江欣怡拐个弯，不见了。我只好提前拐入十字街。

六十二

循着声音，我一直追到玛珥湖边。白裙飘飘的江欣怡又出现在我模糊的视线中，西皮流水到此戛然而止。前面，就是玛珥湖北侧的那道山岭。这时，我突然想起，长海也是葬在这道岭上的。

暗夜中，江欣怡仍然在前面飘，在一团团山峦雾气中穿行，白色的身影越来越像个鬼魅。我紧盯着她，生怕眨眼之间她便融进这无边的黑暗，或是驾着一团雾气离去，让我再也找寻不到。

江欣怡的路线依旧，到了继先坟前，半蹲半跪，点燃黄表纸。她侧对着我，红红的火舌温暖地舔着她的手，映亮她的脸颊和白裙，如同一尊精美的雕塑嵌在黑色的幕布上，无比生动地吸引着我。

我很想走上前去，看看她的手是否被火灼伤。倘若她愿意，我甚至会把她揽进怀里，让她靠一靠、歇一歇。我不知道自己为什么会突然产生这种奇怪的想法。在我就要付诸行动时，江欣怡站起了身。

来到玛珥湖边，江欣怡洗手，揉小腿，像刚从梦中醒来一样伸了个懒腰，然后，她开始脱衣服……

这回我看清了，就三件，一件白色长裙，一件内衣，一条短裤，挂在老槐树手臂一样的枝杈上，接着，她一步步向玛珥湖黑幽幽的水中央走去。

我没有像上次那样紧张，而是静静地坐在湖边甬路后的灌木丛中，看着黑色的湖水渐渐没过她的腿、她的臀、她的腰、她的胸……最后将她全部吞噬。

一弯上弦月，满天闪繁星，几声怪怪的鸟叫，大片漆黑的森林。夜风偶尔扫过小金龙顶子，森林发出一阵热烈的欢呼。

我看看表，才过了一分多钟。

没看清江欣怡下潜了几次，她是从苍茫的大湖深处游回来的。黑暗中一个看不真切的小圆点突然就出现在视线中，划起一道反光的波纹，如一头灵巧的天湖小兽拖着水纹缓慢往前。到了水浅处，哗的一下，伴着一团水花，江欣怡白瓷一样的身体又光芒万丈地笼罩了我。

回到岸边，江欣怡意犹未尽地转过身去，冲着大湖张开双臂做了几个深呼吸，弯腰撩水扬向头脸和身体，水花四溅中一大片寒意扑面而来。

然后，我听到了一个声音："你出来吧！"

我吓了一跳，左右上下寻找着声音的源头，天地一片寂静。

"你出来吧！"当这个声音再次响起时，我终于确定声音来自大湖。包围江欣怡的水花已被大湖收回，一泓静谧的湖水烘托出她脚踝以上的身体。

"你出来吧，偷窥女人洗澡可不是君子所为！"

江欣怡的声音幽深而空灵，就像这泓湖水。

我确认江欣怡是在跟我说话，只好硬着头皮从灌木丛中站起来，走到湖边。

"我不是故意来偷窥你的。"我小声说。

江欣怡背对着我，扭过头似乎冲我笑了一下："如果是病人，就不该狡辩。我好看吗？"

"像尊雕塑。"

"美吗？"

"一件精美绝伦的艺术品。"

"呵呵呵……"江欣怡动听的笑声在湖面上跳跃，一颗蓝幽幽的心脏从她起伏的胸脯里放出冰冷的寒光。

"谁说你傻了？再问你一遍，我，好看吗？"江欣怡不再望着幽深的湖面，而是扭头专注地盯着我。

"好看！"

"美吗？"

"美！"

"这才对嘛，说说吧，跟踪我多少次了，为什么？难道你是装傻？"

我沉默。

江欣怡又重复了一遍。

我说："你应该有话想对我说吧？你先说！"

"我没话对你说，一句也没有！"江欣怡回答得很干脆。

"那好吧。"我晃晃手里的手机，把它放在岸边的一块石头上。就在她惊愕的时候，我迅速把挂在老槐树枝杈上还散发着幽香的三件衣服取下，团在手中。

"我先回去了，你想好了就给我打电话。如果天亮还没想好，那你就只能继续往大湖深处游了，反正湖水不会告诉别人你没穿衣服！"

"继承！"

我没有停下，继续往回走。

"李继承，你回来！"

我继续往前走。

"我的衣服都被你弄皱了！你想知道什么？"

我停下，转身走回到江欣怡身边，把衣服递给她。她用闪着寒光的眼睛狠狠瞪了我一眼，指了指老槐树。

我走过去，把衣服一件一件重新搭上，问："继先哥是怎么死的？"

江欣怡侧弯着腰，开始一下一下捋头发上的水，说："你想送我进监狱？"

"不，或许是在拯救你。"

六十三

江欣怡和李继先的故事很简单，或者说并没有我想象中那么复杂。说他俩的故事必须捎带上秦继宗，对，就是那天强吻江欣怡，颇具演员天分，我要扇他一百个耳光的家伙。

当时，三个年轻人怀揣着美好的理想一起踏进了东北大学的校门。按秦继宗的说法，他一进校门就被江欣怡吸引了。江欣怡对他也颇具好感，只是后来她又认识了李继先，并很快就和继先确定了恋爱关系。秦继宗虽心有不甘，但也无可奈何。李继先的家在长春，江欣怡的家在梅河口，秦继宗的家在海龙城，也是通过江欣怡，李继先和秦继宗便认识了。

事情发生在大四那年即将毕业之际。一天，秦继宗找到江欣怡和李继先说："走啊，跟我回玛珥湖吧。"

李继先说："现在？马上毕业了，一大摊子事呢。再说，玛珥湖在哪儿啊？"

"寻根之旅啊！那可是咱祖上待过的地方。也包括你欣怡，你们想数典忘祖吗？"

玛珥湖江欣怡是知道的，但她绝想不到它和自己会有什么关系，更让她吃惊的是秦继宗竟然把玛珥湖的历史、玛珥湖的故事和玛珥湖边的几个家族说得头头是道、一清二楚。最后，秦继宗直接指着他俩说："你，李继先，是我的弟弟；你，江欣怡，是我们的亲戚。不信，你们回家问问家长，或者若是有家谱的，也可以回去翻翻。"

李继先和江欣怡面面相觑，满脸狐疑。

李继先说："家谱是啥？我们家没家谱。"

江欣怡一口可乐喷了出来："你别听他瞎掰，咱俩还成亲戚了？哪有这么巧的。"

然而，待他们三个真到了玛珥湖，见到山爷，就不得不信了。

山爷把他们爷爷那辈以上的历史说得清清楚楚、明明白白，包括跟他们有关的几个侧支旁系。山爷捋着花白的胡须，俨然就是一部活着的玛珥湖族谱。

很快，李继先便以巨大的热情爱上了玛珥湖的灵山秀水，也和山爷成了忘年交。毕业后，他放弃了考研，问正和自己爱得死去活来的江欣怡："玛珥湖，去吗？"

"当然！"江欣怡毫不犹豫就跟着他来到了这里，一同在镇上的林业局工作。对江欣怡来说，那是她生命中最快乐的一段美好时光。她和李继先都是环境专业的高才生，兴趣所至，又学有所长。江欣怡还自修了林业大学森林资源保护与游憩专业的课程。两个年轻人朝气蓬勃地从事着自己热爱的事业。领导器重，同事们夸赞，感情炽烈，比翼齐飞，一切都顺风顺水。很快，他们就成为玛珥湖方圆百公里、几十个林场备受瞩目的人物。

一晃几年过去了，到了该谈婚论嫁的时候。李继先说：“亲爱的，我和山爷还有个重大的约定尚未完成，等完成了就娶你，行吗？”

江欣怡问：“什么约定？”

李继先眨眨眼睛，推推眼镜，文绉绉地说：“暂时保密，到时保证给你一个惊天动地的惊喜，作为迎娶你的礼物！”

江欣怡摸摸李继先的脸，撇撇嘴说：“小样儿，一介文弱书生，手无缚鸡之力，还要给我个惊天动地的惊喜，能耐了你！说，我还得多长时间才能给你当老婆？”

李继先故作深沉地仰脸朝天想了想，伸出两根手指头，在空中潇洒地画了个弧线。

“啊！还得两年啊！”江欣怡的拳头雨点般柔柔地落在李继先身上。

李继先呵呵笑着说：“两年我可等不了，两个月啊！”

“坏死了！”江欣怡嘻嘻笑着扑到李继先怀里，“李继先，限你两个月后花轿来抬。花轿不来，哼哼，本宫就先休了你！”

当时，两个人正在湖边测绘，为修甬路做前期准备。李继先吻一下江欣怡，轻声说：“放心吧，亲爱的，这辈子娶不到你，我就去跳玛珥湖！”

江欣怡扑哧笑了：“你跳吧，我给你去当啦啦队。”

李继先虽然样貌文弱，但酷爱游泳，是个游泳健将。只是玛珥湖的水太凉，江欣怡几次鼓动他去游泳都没有成功。

六十四

秦继宗毕业后在省城的一家金融公司做投资理财顾问，虽然专业并不对口，但他能说会道，推销理财产品，没有一张巧嘴不行，所以也算人尽其才。

这天，秦继宗从省城过来，李继先和江欣怡在镇上的白鱼馆请他吃了玛珥湖特产大白鱼。推杯换盏间，三个人都喝了不少酒。

餐毕，江欣怡觉得头重脚轻，走路脚下高高低低的全是坑。她瞅继先和继宗，两个人也在晃悠，一时间搞不清是他俩在晃还是自己在晃。江欣怡想先回宿舍休息一下，她下午请了假，准备去收拾一下刚装修完的新房，她已经连续收拾好几个下午了。

秦继宗说："走吧走吧，湖边凉快，一阵风酒就醒了。"

李继先犹豫了一下，瞅瞅江欣怡，说："要不，就陪继宗到湖边散散步？"

仨人来到湖边，没走几步，便望见湖里树叶般漂荡的几条小船。秦继宗又来了兴致，说："咱们去划一下船也不错啊。"

那时候的水面刚被人承包，游人很少，管理也不严格。江欣怡便租了船，晃晃悠悠地载上李继先和秦继宗两个人划向大湖深处……

一切似乎都起于那阵风，风并不大，随风而起的还有大湖中央一缕慢慢升腾的雾气。

午后，天朗气清，日华灼目，青山环合，碧水拥翠。玛珥湖就像镶嵌在崇山峻岭间的一块巨大碧玉，闪耀着夺目的华彩。

江欣怡向着那缕雾气慢慢划着。

船头的秦继宗终于说累了，扭过身望着前面不再说话，李继先也转过身来瞅着江欣怡微笑。不经意间，江欣怡望着前面惊叫了一声："继先你快看，好像是龙啊！"

李继先平静地说："看过了，没你好看！"

大湖中央那团白色的雾越聚越浓，先是升腾起一片祥云，慢慢地，祥云幻化出五彩颜色。云下，从黑幽幽的深不可测的湖水中慢慢昂起龙头、龙身，甚至连两只盘曲的龙爪也清晰有型。雾气还在聚集，银龙缓缓升腾，最后连两只后爪和甩动的龙尾也出现了。

船头的秦继宗打了个哆嗦，说："神秘莫测的玛珥湖啊，你也太可怕了！"

江欣怡早停止了划船，微蹙双眉，惊得目瞪口呆。

李继先说："听山爷讲，'湖腾银龙'的景象这些年经常出现，玛珥湖人早习以为常了。"

"吉凶福祸？"江欣怡目不转睛地盯着已飞离湖面的银龙，生怕眨眼之间就会跃入天空消失了。

"伏皇娲娘，临渊嗟叹。莽莽大地，浩浩长天。脉脉线溪，汤汤巨流。金人将现，龙腾薮渊。凤兮凰兮，百鸟来仪。鸾歌凤舞，盛世已矣！"李继先诵完，秦继宗脱口而出："是《大碑赋》？"

李继先继续道："'金人出，龙腾渊，凤歌鸾，盛世见。'我觉得应该叫《天湖赋》或是《大湖赋》。这赋中的盛景一年总要出现几次的，见到的人总该是幸运吉祥的吧！"

然而，让人没想到的是，继先的不幸却很快降临了！

当江欣怡把船划到那团五彩祥云下方时，突然一阵风起，银龙飘散，小船瞬间剧烈地摇晃起来。江欣怡只觉得头晕目眩，胃肠像被一只脏手揉搡翻扯着似的。她心跳加快，一阵恶心反胃，哇的一声，把一口秽物吐向大湖。船身晃得更厉害了，江欣怡本能地扑向李继先，因为他宽厚温暖的胸怀总能在关键时刻给她带来踏实和安全。可这回她错了，也许因为她用力过猛，也许因为小船摇摆得厉害，也许两者都有，江欣怡竟然一下把李继先扑进了大湖。两个人迅速被黝黑的湖水吞没，江欣怡本能地张大了嘴，结果一口水把她呛晕过去。

江欣怡被秦继宗拖上船时，李继先早已不见了踪影……

此后的十年，那一刻便成了梦魇。江欣怡曾多少次下定决心忘记，但终究还是越忘越记。每下一次决心，记忆就被强化一次，反倒逐渐深刻起来，挥之不去，像一块大石头一样，沉甸甸地压在她心头。

“你为什么要害继先？给我一个理由啊！”

面对秦继宗一次又一次的逼问，江欣怡想得头痛欲裂，夜不能寐，也给不出理由，只好反问秦继宗：“你先给我个理由啊！”

秦继宗说：“理由我给不了，或许警察能给你个理由，我只相信自己的眼睛，我亲眼所见，是你把继先推下去的。”

于是，江欣怡便反复地重建现场，朦朦胧胧的记忆中好像真是秦继宗说的那样。她痛悔自己那天不该喝那么多酒，再怎么努力回想，一切都还是像隔着厚厚的毛玻璃，若隐若现，终不能清晰。所以此后她滴酒不沾，还爱上了咖啡。因为她觉得咖啡能让她始终处于清醒的状态，哪怕是正在做梦，身边所发生的一切她也能清晰地感知到。

“是你把继先亲手推进大湖的！你杀了我最好的兄弟！”秦继宗很愿意这样说。他每说一次，江欣怡的心便疼得千疮百孔，鲜血淋漓。

江欣怡嗫嚅道：“继先的死只能算是意外！”这声音小得只有她自己能听到。

“意外？骗鬼去吧！你一定有什么不可告人的卑鄙目的，你这个蛇蝎心肠的狠毒女人！看来只有警察才能还继先一个公道了！”

江欣怡恨不得一头撞死在老槐树上，她浑身颤抖得不能自已，只能听任秦继宗的摆布。

记忆是朦胧的，一次又一次泣血回忆，一遍又一遍揭下血痂，直疼得自己遍体鳞伤，事情的大致轮廓才在江欣怡心中渐渐清晰起来……

“完了？”

“完了。你满意了？小破孩儿，好奇心倒挺重！”

说话间，江欣怡已捋干了头发上的水，转过身来面对着我。一缕晨曦挤出小金龙顶子身后的山林，给她白皙的身体涂抹上了一层淡淡的嫣红，让这尊寒气逼人的大理石雕塑霎时生动起来。

我扭过头。

大槐树下，晨风轻拂，白色的衣裙飘飘欲飞。

“轻点儿，别弄皱了！”

我取白裙时江欣怡不满地提醒我。

我一件一件递给她，说：“你好像有一种欲望。”

“什么欲望？”

“裸奔。”

江欣怡冷冷地斜了我一眼，我感到她身上寒气依旧，仿佛是大湖上那一团团浓重白雾的起源。我甚至担心，如果离她再近一点儿，身体的热量会被她瞬间吸光，然后我会变成一尊冰雕。

江欣怡穿着妥当，没有马上就走，而是眨着眼问我：“回吗？”

“回啊！”

“不再问点儿别的吗？比如《天湖赋》，或者大碑？”

我说：“你忘了我是个病人，问多了会把‘小破孩儿’的脑袋撑爆的！”我扬起手，敲了敲自己的脑壳。

江欣怡于是哧哧地笑，伸手在我脸上摩挲一下。

我望着可怖的玛珥湖，江欣怡的轻佻动作让我的心一阵觳觫。

六十五

我必须尽快见到山爷。太多的疑惑纠结在我心里，让我这个找不到来路的人倍加迷失和幻灭。冥冥中，我觉得这神秘莫测的玛珥湖的一切都能在山爷那里找到答案，包括继先和他的约定，当然也包括继先的死。假如继先之死存在疑点的话——难道继先的死真是一次意外吗？

江欣怡可以这么认为，但是，我绝对不可以。

我给梅姑打电话，梅姑的电话关机。我又打给梅冷，她说：“梅姑去省里跑项目了，要好多天才能回来。”

我说：“那我去找你，你领我见见山爷吧！”

梅冷说：“你以为山爷是你想见就能见的啊？我也一直没见着呢。姑姑告诉我山爷住在大金龙顶子上，可去大金龙顶子就麻达沟那一条道路，直升机都上不去！”

我说：“怕了，是不？那不用你，我自己去！”

下午，梅冷便开着小吉普来到玛珥湖。见了面，她用手试试我的额头，说：“不发烧啊？”又仔细瞧了瞧我的神情，“一切正常啊。”接着，她突然一阵巴掌拳头向我袭来，有几拳落在我后背上，很疼，我感觉她是用了力气的。

我有些蒙，说：“梅冷，你开玩笑有点儿分寸好吗？”

梅冷一愣，瞪着大眼睛定定地瞅了我一会儿，突然委屈地哭起来：“哥，你知道我有多担心你吗？姑姑说麻达沟进去是要死人的！再说，你也不是没有经历过。”

梅冷边哭边继续捶打我，声音渐渐由大到小。

我轻轻拍拍她的后背，说：“好啦，那就等梅姑回来再说，好吧？看你，妆都哭花了。”

梅冷破涕为笑，索性跑到湖边，捧起水洗脸，重新绑扎了一下头发，打开画箱画夹，继续画那棵老槐树。

“我一边画一边看护你，等姑姑回来，也就差不多画完了。”梅冷扭头瞅着我，一字一顿地说。

阳光下，她素颜的腮上浮起一层细密的绒毛，让脸上的表情分外生动。我突然感到这张生动的脸颊是那么熟悉，并且是在很久很久以前。

吃过晚饭，听说我要去江欣怡家住，梅冷的眼珠子险些掉到地上。

“不是……”梅冷挠挠头，“你们……你和江欣怡住一起了？”

梅冷的思路一时有些混乱，拦在我面前，想爆发又极力控制着：“你们，这叫乱伦！”梅冷终于找到了一个自以为比较合适的形容词。

“你说什么呢？什么‘乱伦’，这么难听！”

我双手扳着梅冷的肩膀，把她按坐在床边，耐着性子把事情的来龙去脉一五一十地说清楚。

梅冷嘿嘿冷笑两声，说：“哥，你糊弄鬼呢？你们孤男寡女同在一个屋檐下，想想你以前对我做的那些事，我就更不相信了！”

“我对你做啥了？彬彬有礼、保持距离。上次是你半夜吓得跑到我屋来的，我只是看着你睡觉而已！”我盯着梅冷的脸，寻找着曾经对她做了些什么的表情。

梅冷挥挥手，说：“算了，不说你了，说江欣怡。她大半夜的唱那个什么——西皮流水？你还不得吓死啊？”

梅冷一脸天真地眨着眼睛，成功地把我逗笑了。可无论我怎么解释，她就是不让我去。

我只好给江欣怡打电话，说：“梅冷来了，这丫头胆子太小，晚上得有人照看……”

梅冷朝我吐吐舌头。

江欣怡答应了，从她的声音我能感觉到她脸上带着淡漠的笑。她说她正在喝咖啡，知道我不会过去了。她说我们失败了，那些人正在举杯欢庆，没有时间砸她家玻璃了。

“怎么了？”我问。

江欣怡长长地叹了口气，说：“明天再说吧。”

中元节这天傍晚，江欣怡让我必须和梅冷去她家吃饭。我知她厨艺不佳，所以事先做了点儿准备。

梅冷点点头，说：“你放心吧，说假话谁还不会？不好吃我也说好吃。”

谁知江欣怡竟然超常发挥，做的红烧大白鱼在厨房里就已飘香四溢，蝲蛄豆腐配上韭菜沫，那种独特的鲜味更让人直咽口水。

梅冷翕动着鼻子，瞅着江欣怡笑。

“有话就说！”江欣怡忙着倒酒，淡淡地说。

梅冷嘻嘻笑着瞅我一眼，说：“有人说你做的菜不好吃，可我今天一尝，觉得特别棒！超好吃！”

“什么有人，就是继承呗，背后说我坏话！”

江欣怡冲我翻了个白眼。

我说：“梅冷，你别不知好歹，嫂子给我做那是没用心。今天给你做，不光用心，还超水平发挥了呢！”

江欣怡瞪我一眼，边倒红酒边说：“李继承，长点儿心好吗？我现学的！”

我急忙赔上笑脸，说：“是是，要不你也来一点儿？”

“我不喝，你俩喝吧！”

江欣怡举起咖啡杯，同我和梅冷分别碰了一下。

我突然想起个问题：“嫂子，玛珥湖的银龙，我咋没见过？”

江欣怡一愣，沉下脸说：“那你得去问玛珥湖啊。”

梅冷瞅瞅江欣怡又瞅瞅我，说：“这玛珥湖也太神奇了吧！”

一时沉默，尴尬了一会儿，江欣怡才叹息一下，缓缓地说：“我也很奇怪，你继先哥走后，祥云没了，银龙也没了，只剩一团团白雾，总是飘荡一会儿便或融或散了。”

我哆嗦了一下，冷冰冰的气流迫上后脊梁，一股仲夏午夜不应该有的寒凉从头到脚灌下来，便回头朝餐厅门口瞅了一眼。白衬衫蓝西裤，金丝眼镜，文文弱弱的一个书生。继先站在那儿，正冷冷地瞅着我们几个，和那天秦继宗来时一模一样。

我站起来，朝继先抬了抬手，想拽把椅子喊他过来一起吃。可“继先”两个音节刚在喉咙里打转，便被我硬压了回去。

“你怎么了？”

梅冷拿手在我眼前晃，她俩终于注意到我的异常。

“是继先吗？”

江欣怡平静地问。

我连忙摇摇头：“看花眼了。”

“我要是再能看他一眼该多好！”江欣怡叹了口气，瞅着门口，眼底泪光闪闪。

梅冷瞅瞅我，又瞅瞅江欣怡，一脸惊惶。

我安慰着江欣怡，握一下她的手，说："嫂子，继先哥在天有灵，总有一天，会让一切大白于天下的。"我扭过头再瞅餐厅门口时，继先已没了踪影。

饭后，天渐渐黑下来，江欣怡说："回来再给你俩泡茶煮咖啡，咱们走！"

来到湖边，梅冷望着月光下树林间的阴影有些战战兢兢，每向前走一步都拽着我的胳膊向后使劲儿。

"没事儿，跟着走！"

梅冷向前指了指，小声问我："她是人，还是鬼啊？"

江欣怡一身白裙在树林间飘飘若仙。斑驳的月光筛落下来，明灭之间，她的脸越发白得瘆人。

我说："人亦鬼，鬼亦人，是人是鬼不都让你说了嘛。"

"今晚她怎么没唱西皮流水？"

我终于反应过来，一路上总像缺点儿什么，原来是缺了江欣怡的歌声。

"今晚的人们需要安静，今晚的鬼们也需要安静。"我胡乱找个理由搪塞梅冷。

我以为江欣怡去祭奠继先，可她提前折向了北山坡，正疑惑间，已停下了脚步。江欣怡蹲下，折根树枝在地上画了大半个圈儿，又从拎着的兜子里抖开一沓黄表纸点燃。

借着火光和月光，我看到一片萋迷的蒿草，没有墓碑，更找寻不到一丘荒冢。这里显然不是传统意义上的墓地，那江欣怡在干什么？她又是在祭奠谁？难道这是中元节她祭山神祭天地的一个道场吗？这好像有悖传统，假如真是那样也仅仅属于她独有，这个怪人啊！

江欣怡口中念念有词，声音很小听不清楚。我又仔细地寻找一遍，仍然没有找到墓碑和坟茔，只有大片的蒿草静默于火光之中，月色之下。此时不便问话，我再次抬起视线，前后左右观察山坡山梁。

天啊，这个地方我好像来过！一切都觉得眼熟，然后，头脑中滚过一阵闪回的影像……

月华如水，山峦起伏，一个着棉长袍的俊朗少年慷慨激昂地吟诵着："伏皇娲娘，临渊嗟叹，莽莽大地，浩浩长天……"

那是长海啊！

我又仔细观察了一下四周，是的，秦大爷、三子爹李民和立秋就是把长海葬在这里的。

墓呢？碑呢？

我的心里五味杂陈，见江欣怡已化完了纸钱，跪下磕头。我也跪下，恭恭敬敬地磕了三个头。

梅冷大概被江欣怡的仪式感带入，也跪下来磕头，嘴里还念念有词，可说的什么我一句也没听清。

离开时，我说："应该给他立块碑的，还应该给他起座墓的！"

江欣怡说："你记住这话，今晚我们就算没白来！"

一阵凉风突然扫过，刚焚化的纸钱如黑色的蝴蝶腾空飞舞，山岭上一阵松涛响过，像是在热烈地呼应。

此时，我们已走到这片蒿草的东侧，我转过身来，双手抱拳，恭恭敬敬地冲着长海作了个揖："前辈，您放心，我记下了！"

回应我的，是一片更强烈的山呼林啸。

梅冷吓得几步抢到我身边，拽着我的胳膊不肯撒手。山林间并排走很累人的，有时根本就并排不了，我只好把梅冷推到前面，让她走在我和江欣怡中间。我们拐向东行，又走了一会儿，才来到继先的坟前。

我前后左右地瞅，没有发现继先的身影。我真的非常希望再次看到他，从他那忧郁的欲言又止的神情中寻找到一丝启示。

江欣怡化完纸钱，我刚要转身，她却扑通一声跪下来，轻轻抚摸着墓碑上的照片，说："继先，十年了，你要有什么话就跟继承说，他可是警察啊！"

江欣怡话音未落，平地风起，不仅一群黑色的蝴蝶在空中翩跹，一阵山呼海啸后，坟后那棵老松树咔嚓一声巨响，树头折断了。

梅冷吓得惊叫一声，撒腿便要跑，我拽住她，又走上前，拉起伏在墓碑上的江欣怡，说："你有什么话要对我说吗？"

"继先的死，或许不是意外！"一颗硕大的泪珠晶莹剔透地挂在江欣怡苍白的脸颊上。

“一直存疑？”

“是，并且十年来与日俱增。”

回到镇上，黑色的蝴蝶已经满天飞舞了。月光下，一团团黑色的精灵在镇子的半空翩跹着，使整个镇子霎时充满了鬼魅的气息。镇上的人们仍然在大大小小的路口画着圈儿，口中念念有词，用跳动的火焰和虔诚的心灵继续把黑蝴蝶送到空中，让这鬼魅的气息进一步浓重起来。

陆续的，镇子上热闹了。

一台台手扶拖拉机、家用小四轮车突突地欢叫着驶上街路，亮着的大灯像只钢铁小兽的独眼。这些钢铁小兽们似乎在赶一个热闹的聚会，一起涌向十字街，然后又排起整齐的队伍，一路蹦跳着向北，向着苍茫的黑色山岭开进。

在钢铁小兽的空隙间，还热热闹闹地飘荡着一个个我熟悉或不熟悉的身影，他们赶集一样一会儿聚一会儿散，有的面无表情，有的喜笑颜开，也一齐拥向镇中心的十字街口。三子爹和秦大爷我认出来了，三子爹的烟袋杆还是那么长，他们走在前面。仝叔佝偻着腰在后面紧撵。还有文华和立夏，他们还是那么黑瘦，但英气逼人，腰里的两把匣子枪分外扎眼。后面影影绰绰看不分明的好像是长海、立春、文中、秦大娘他们。那个扛着一杆猎枪的小姑娘应该是立冬了。然后是继先，再后面的白发苍苍的老爷爷老奶奶我就都认不出是谁了。他们全都急急忙忙地向前飘着，目标很明确的样子。

“这些车去干啥呢？”梅冷边问边走向道中间。我往边上拉她一下，生怕她挡了他们的道。

“谁知道呢，也许是去取钱吧！”我应付着。

“净瞎说！”

我突然意识到她和江欣怡应该是看不到飘荡着的那些人的，便赶紧附和道：“是，我瞎说的，说着玩呢！”

江欣怡说：“你没瞎说，不信，你拦下一辆看看。”

一台拖拉机掉了队，司机正在车头那儿鼓捣着什么。我上前掀开苫布一角，不禁吃惊地张大了嘴。

“是草炭土！”

“对，草炭土。”江欣怡平静地说，“这队伍你拦得住吗？今天晚上应该是尾声了。”

江欣怡无奈地叹口气。

我说：“我想见山爷！梅姑到底啥时能回来？”

梅冷说：“我联系一下看看吧。”

六十六

五个日本兵撵着立冬进了大林子，一去便没了踪影。

五个日本兵撵着立春进了大林子，很快便把她抓了回来。

小野把立春、立秋关在警察署，派兵进山寻找失踪的五个人。可找了十来天依然一无所获，便押着立春、立秋回了海龙城。他把立春和立秋关在兵营里，论功行赏，每天让几十名日本兵轮流强暴立春和立秋。姐妹俩宁死不从，结果被打昏后惨遭奸污，后来，她们连反抗的力气也没有了，一个月下来便被糟蹋得奄奄一息。

长江冒险回来过一趟，说得赶紧想办法救她们，不然立春、立秋就被糟蹋死了。

仝叔悄悄来找文中，说：“赶紧给山里报信吧，我真是想不出更好的办法了！”

文中有些吃惊，他现在已不大敢相信仝叔了。

仝叔说：“大侄子，山里的事我早知道，咱都是玛珥湖的人啊！”

文中说：“除了长海和立秋，别人都联系不上他们！”

“这可怎么好，这可怎么好啊？”仝叔磨叨着。

文中说：“仝叔，就是找到他们又能怎么样？海龙城戒备森严，我们真能眼看着他俩带人去以命相搏吗？上次他们死伤好几个，也没把长海救回来啊。”

“小日本，造孽，造孽啊！”仝叔佝偻着身子离去。

文中的双眼快要瞪出血来，现在最想拼命的是他。一想到立春和立秋正在遭受非人的折磨，他就恨不得立刻去跟日本人拼了，即便是死也强过这样苟活。可他想到爹临跳崖前的眼神，想到大碑尚在，再难也得活下去，不只是为了爹的以命托付，更是自己对于大碑的以命相许。

正当文中焦急愤恨时，海龙城头德胜门前响枪了。

文华和立夏他们的人是在河南岸开的枪，枪法很准，两个日本兵一死一伤。

小野气得哇哇直叫，挥兵追过渡口，追进山林，只追到文华写给他的一封信。信中文华正告小野，杨司令虽然牺牲了，但他的抗日队伍会一直战斗下去，直到取得最后的胜利。

“既然你们任意屠戮手无寸铁的老百姓，甚至连孩子都不放过，那么从现在开始，所有入侵中国领土的日本人都是我们的敌人，玛珥湖游击纵队将予以坚决歼灭！”落款是“秦司令”。

从“秦团长”“秦师长”到“秦司令”，小野大骂红胡子虚张声势，他这个中国通只顾琢磨落款了，竟没明白这封信的深刻含义。第二天，古坚一郎慌里慌张、一瘸一拐地跑来时小野才如梦方醒。

“杀人了，杀人了！人头就挂在大门口！”古坚一郎语无伦次，他垦殖团里一个平时总打骂长工的成员昨夜被砍了头。

小野拿起文华的信，终于明白了文华的意思。他咬牙切齿一番，然后给山城镇的渡边大队长打电话。

渡边说关东军正在谋划更大的军事行动，现在的“满洲国”主要靠“国兵”和宪兵队维持治安。

搬兵不成，小野请示再次带队清剿，遭到渡边大骂：“土匪攻打海龙城怎么办？玛珥湖红匪不是一般的土匪，一次能吃掉皇军的一个中队，再遇上他们你打不赢怎么办？蠢猪，你要向天皇切腹谢罪吗？”

小野在犹豫中又过了一夜。

下午，仝叔佝偻着腰来了：“小野队长，快放人吧，再不放，大门上还得挂上一颗人头啊。土匪放出话来，明天可就不是一天一个了。要不你快把垦殖团搬走吧，这三百多号人，不抗杀呀！再说，我也担不起这个责呀！”

搬走垦殖团，小野没那么大权力，他大骂着土匪狡猾，但又毫无办法，只好妥协。

仝叔雇了台大车，又到长江家里让井子拿了两床棉被，裹上立春、立秋，便催促车老板赶紧走。

出了海龙城，绕过朝阳镇，仝叔才算松了一口气。他把水葫芦和几个烧饼递给立春、立秋，说:“孩子，好歹吃一口吧！”

立春不吃。

立秋接过烧饼狠狠地咬了一口，大嚼起来。姐妹俩形销骨立，面容枯槁，就像两片干枯的柳树叶，随时都会被一阵风吹到天上去。仝叔去接她们时，看到姐妹俩被糟蹋得不成人样，忍不住吧嗒吧嗒地直掉泪，可她们却连哭的力气都没有了。

天色渐渐暗下来，大车像悠车子一样在坑坑洼洼的路上摇摇晃晃。立春和立秋感觉仿佛回到了儿时，满天的繁星都在摇摇晃晃的墨蓝色幕布上眨着眼睛。立春想着她疼爱的二湖，闭上眼，她不忍再看这世上的一切。立秋却大睁着双眼，干涩的眼眶终于流出一滴泪来。

魔窟里的一个多月，两个人不敢去想，却又时时翻上心头，让她们感到一阵阵恶心干呕。

回到玛珥湖已是第二天清早。文中领着大湖三湖下地早锄去了，立秋让四湖喊他们回来。娘还躺在炕上痛苦地呻吟，姐妹俩跪在炕前给娘磕头。

立秋说:“娘，我和大姐回来了，没事儿，都过去了，您放心吧。”

娘的病立刻好了大半，让立秋和立春扶自己坐起来，伸手抚摸着姐妹俩枯草一样的脸，落下泪来。

立春突然感到一阵恶心，浑身不住地颤抖。她让立秋陪娘说话，自己借口去生火做饭，离开了屋子。

待半锅苞米面糊糊熬好时，立秋却找不见了立春。

“你们娘呢？”立秋问几个孩子。

孩子们摇摇头，都说没见着。

立秋紧张起来，扶着门口的篱笆栅子，虚弱地喊了声“大姐”。几个孩子房前屋后转着，高喊："娘，娘——"

立秋找了根棍子拄着，气喘吁吁地走到玛珥湖边，依然没见到立春的踪影。

太阳爬上小金龙顶子，透过树木的空隙，把光芒送进树林。立秋眯起眼望了望小金龙顶子，绕到湖东找到那条似有若无的茅草小道，蹲下，用手试了一下露水，果然比别处少了许多。

立秋拄着棍子一路向前，跌跌撞撞地追撵，艰难地爬上小金龙顶子。

立春正跪在悬崖边哭泣。

"大姐，回家吃饭吧。"立秋远远地喊。

立春扭过头，说："立秋，大姐不吃了，大姐恶心。你回去吧，照顾好娘和孩子们。这个家，大姐就全交给你了！还有，告诉你二哥二姐，大姐尽力了。"

立春跪着，艰难地挪动着身体，转过来给立秋磕了个头，"立秋，活着，其实比死更难，大姐对不起你，把这么难的事扔给你了！"

立春又冲着悬崖下家的方向磕了三个头，喊道："娘，闺女不孝，先走一步了！"

立秋拼尽全力，连滚带爬地冲上悬崖，说："大姐，大哥一会儿就回来了，有什么事你跟他说！"

立春说："立秋，告诉大哥，我没脸见他了！"

说完，立春身体前倾，像一片树叶般在立秋的眼前飘下崖去。崖下传来立春的呼喊声："爹，二湖，我来陪你们了！"

立秋跪在地上，欲哭无泪，她干号了两声，双手深深地扒进泥土里。

不见了立春，娘也没问，病却日沉了。请了镇上的刘医生来家里看过，文中又去海龙城抓了药，也没有起色。这刘医生是当年刘三邪的弟弟，手艺源自祖传，医术比刘三邪不差。

再去请他，他只是叹口气，说："医生治得了病，救不了命啊。秦老太太命苦哇！"

立秋咬牙坚持着，虚弱的身体慢慢恢复，她跟文中说："大哥，得让孩子们上学了，大湖都十几岁了。"

文中叹口气，说："活命都勉强，哪还有钱送他们去海龙城念书？再说，没文化没知识也挺好，不是一样种地、打鱼、吃饭、干活儿，更少烦恼！”

“亏你还当过校长呢。没钱，咱就在家教，像当年三子那样。大湖、三湖、四湖他们这几个都该开蒙了！”

立秋说得干脆，语气不容商量。

立春跳崖后，文中更加沉默了。他常常半夜起来爬上小金龙顶子，在崖边坐上大半宿。立秋也是想借着给孩子们开蒙的机会，让他再拿起书本，多和孩子们说说话。

文中想想说：“也好，省着去学那小日本的汉奸话了！”

立秋听完，顿觉一阵翻江倒海般的恶心。

文中说：“我忘了，忘了你听不得这三个字。”

自打从宪兵队出来，立秋就得了一种怪病，开始她并没意识到。那天在园子里锄草，她口渴了，和平就舀了一碗水端过来。递给她时，和平想替她擦擦脸上的汗水。和平的小手刚触到她的脸上，立秋便浑身一抖，碗也掉在地上摔得粉碎。立秋一边恶心呕吐，一边疯狂地把和平一把推开。

和平摔倒在地，吓得哇哇大哭。

立秋清醒过来，看看自己的手，拉起和平想拥在怀里安慰一下孩子。谁知却呕吐得更加厉害，她只好再次把和平推开。

文中便跟孩子们说：“从今往后，三姨娘的手、脸、身子，你们谁都别碰，送什么物件放到她面前，让她自己拿。还有，在她面前不许说‘小日本’这仨字。”

有时，看到最小的孩子咿呀学语，立秋也想搂过来抱一抱、亲一亲。可当九湖蹒跚地向她走来时，立秋的身体还是会不自觉地发抖，喉咙里一阵干呕。

这天，重病的秦大娘突然坐起来，说梦着水田丰收了，玛珥湖全镇飘着大米粥的香味。随后又叹了口气，说好多年没喝上大米粥了。

望着灶旁的半口袋苞米面，立秋说：“娘，你等着，咱家还偷存着大米呢。”

立秋来到镇上。仝叔上下打量了一番瘦得麻秆似的立秋，说：“孩子，再难，活着就是王道，要紧的是有命在！啊！”

立秋点点头，说：“爹，我记下了。娘好些了吧？俺娘想喝大米粥。”

仝叔说：“真是巧了。”他找来王管家，习惯性地左右瞅瞅，压低声音问：“还有大米吗？我记得还剩了点儿吧？”

王管家说：“还有一大碗。”

仝叔说：“分一半给立秋，剩下的今晚给长海娘熬了。”

王管家答应着去了，仝叔又叮嘱立秋千万晚上再熬，让警察闻了味去，报告了日本人，是要抓去坐牢的。

立秋听到“日本人”这三个字，肚子里又是一阵翻江倒海。她瞪大了眼睛，憋得脸红脖子粗，最后憋出了眼泪，好歹强压着没有吐出来。

仝叔问：“你咋了？”

立秋说：“没事，我去看看娘。”

立秋到仝婶的屋里坐了一会儿，看仝婶神情比前几天好了些，多少放下心来，便把半碗大米仔细揣进怀里，匆匆回到玛珥湖边。

她把大米一粒粒倒进碗里，捧到娘面前：“娘，你看，咱有大米了。晚上我就给你熬粥啊！”

秦大娘双手颤抖地接过碗，哆哆嗦嗦地举到鼻子下闻了好一会儿，说：“真香啊！咱玛珥湖的大米，死了也能记住这香味。孩子，难为你了，天黑一黑再熬吧，可别让小日本抓了经济犯。咱再经不起折腾了！”

立秋实在忍不住，跑到院子里哇哇地吐起来。吐完，拿瓢舀了半下凉水，咕噜咕噜地漱口，然后，又跳到玛珥湖里濯洗。

每次恶心呕吐完，立秋都觉得身子脏得不行，便跳进大湖里一洗就是大半天。其实恶心呕吐只是一个引子，从宪兵队回来，她就觉得自己整个人从里到外都脏透了。有时泡在大湖里她都不敢看自己的身子，她担心别再把这一湖碧水弄脏了。

今天的日头落得格外慢，还有一竿子高时，立秋就生上了火，水很快就开了。

娘躺在里屋炕上说：“秋啊，再等等吧，天还没黑呢！”

立秋答应着，跑到院子里看，太阳像个红灯笼似的，高挑在西天边。

过了一会儿，娘又在炕上问：“秋啊，大米粥熬好了吗？”

立秋答应着：“娘，快了快了！”又急忙跑到院子里往西天看。

娘在屋子里第三遍问“大米粥熬好了没有”时，立秋心一横、牙一咬，没再往院子里跑。她关上外屋门，淘了淘那半碗大米，倒进锅里。锅里水太多，米太少，立秋又舀出两碗水，再次把火生着。

很快，大米粥的香气在屋子里弥漫开来，立秋抽动着鼻子，惊惶地瞅瞅门缝儿。她希望来一阵大风，把偷偷挤出门缝儿的香气快速吹散。

娘躺在炕上，呵呵地笑了，说："孩子，我闻着大米粥的香味了，真好闻啊！"

"娘，就好了，别急啊！"

立秋说着掀开锅盖，拿椴木勺子快速搅了搅，再盖上锅盖，把灶坑的火撤出来。

待热气渐消，立秋拿碗盛上大米粥，吹着热气端进里屋。

"娘，粥好了，可香呢！我喂你吃啊。"

立秋轻轻吹着试了试，抻了抻娘的枕头。

娘没吱声。

"这么快就睡着了？"立秋弯下腰又拽了拽枕头，"娘，大米粥熬好了。"

娘的头歪了过来，眼睛半睁着，嘴大张着，脸上似乎还挂着闻到大米粥香味的微笑。

啪！粥碗摔到了地上，雪白的大米粥洒在了炕前。

浓郁而独特的香气充溢在这小小的空间里，又从门缝中挤出去，飘荡在玛珥湖畔。随着香气飘荡的，还有立秋那撕心裂肺、痛不欲生的呼喊：

"娘啊！大米粥熬好了，你睁开眼看看啊！娘啊——"

六十七

安葬了娘，立秋不再教孩子们读书识字，只是一次又一次把自己泡在玛珥湖里。

时令已是深秋了，湖水冰冷刺骨。

文中说：“三妹，我知道你不想活了，其实我也早就不想活了。”

立秋问：“那你咋还活着？”

文中说：“使命，爹传承给我的，你们家，不，是咱们家世代传下来的使命！”

立秋继续泡在大湖里，不再吱声。

文中叹着气离去。

过一会儿，立秋一扭头，突然发现孩子们在那排槐树下齐刷刷地跪了一串，加上和平，六男两女共八个。立秋鼻子一酸，流下泪来。她朝小金龙顶子望了一眼，湿漉漉地走上岸，说：“孩子们，走，回家！”

不久，仝婶也喊着长海、长河的名字，风一样地逝去了。

长江捎信来说，正在东边道山里劳军，赶不回来。井子虽然领着三个孩子回来了，可孩子们还太小，披麻戴孝行，摔劳盆恐怕不行。

立秋穿上一身重孝，说：“爹，你要是不嫌弃，我就替长海送送娘吧！”

仝叔说：“孩子，难为你了。长海他娘养了三个儿啊，立秋就权当是长海了！”

“开眼光亮堂堂，开嘴光吃四方，开脚光上天堂——娘，上西方大路！”

啪！黄泥劳盆被摔得粉碎。

立秋心里默念着：“长海哥，我替你给娘尽孝了！”霎时泪流满面，泣不成声。

出殡的队伍浩浩荡荡地走在玛珥湖镇的十字街上，立秋发现镇上多了几个陌生的面孔。来到茔地，葬了仝婶，立秋又和长江的孩子跪在坟前化了些纸钱，磕了头，便匆匆赶回家。

文中说：“累了三天，你歇歇吧。”

立秋没有歇，咕咚咕咚喝了半瓢水，带上盒洋火，揣上块干粮，又拿上把镰刀，寻着上次的路线连夜进了山。第二天早晨才赶回来。

“大哥，今天别下地干活儿了，孩子们你管！”

立秋说完倒头大睡。

这天半夜时分，立夏回来了。回来就在文中面前长跪不起。

文中吃了一惊，说：“文华出事了？”

立夏说：“大哥，我和文华对不起你和大姐，二湖的事我们都知道了。”立夏泣不成声。

文中拉起立夏，说：“一家人不说两家话。”

立秋和立夏抱头痛哭了许久。

文中向外张望。

立夏说：“文华没回来，病了。”

“是真的病了，还是……”文中一脸紧张。

“真的病了，在梅河口寻着一盒盘尼西林，昨天捎过来了，我来取，顺便解决那几个汉奸。”

立夏说：“太平洋战争爆发后，敌人的战线越拉越长，兵力不足，我和文华分析他们在玛珥湖不会再有大的行动了。还有，我们的队伍经过西征、南下、北上十几年下来，也损失巨大，组织不起来大规模的战斗了。”

文中说：“我早就跟文华说，实在坚持不下去就散，你们打了十几年，不易啊！”

“不能散，哪怕就剩一个人，只要有你们在，玛珥湖人就有希望。”立秋说，她想象不出一千多人的队伍损失巨大是个什么概念，还剩一百人？几十人？十几人？或者只剩下了几个人。战死一部分，病死一部分，逃散一部分，还有投降叛变一部分，这些减员都得不到补充。各村屯实行保甲制后，紧接着又强制清乡并屯，把抗联和老百姓彻底隔绝。文华、立夏他们能坚持到今天，已经是个奇迹了。

“大哥，要不要找找咱们那些学生？当年，他们可是有许多愿意进山的。”立秋说着，给立夏热好了苞米糊和饼子，又端上一碗咸蕨菜。

“不行，上次长海牺牲后，我们费了好大劲儿才把奸细挖出来。因为这个奸细，我们还吃了好几次败仗。”

立夏端起碗喝了一大口，继续说：“杨司令牺牲后，南满一带的队伍基本上各自为战了。我和文华建立的玛珥湖密营，因为地利，只要我们自己不出问题，就一定能坚持下去。而我们剩下这些人，都是坚定的革命者，现在我们必须千分谨慎，万分小心。”

立夏黑瘦的脸上现出坚毅的表情。她又喝一大口，一碗糊糊就见了底。

立秋再看那块饼子，也不知什么时候让她狼吞虎咽地吃掉了。立夏舔舔碗边，问:“还有吗？”

立秋说:“有。”又给她盛了一碗。

仍然是两口，立夏打了个嗝，放下碗说:“不管多难，坚持到最后，胜利一定是属于我们的。大哥、立秋，你们一定要坚定信心！”

文中和立秋让立夏的一席话鼓动得热血沸腾。

然后，立夏到西屋看和平，也就是三湖，她端着油灯，小心翼翼地在沉睡着的和平的小脑瓜前照了又照，轻声地说:“和平，你将来一定要记住，你的命是大爷大姨拿哥哥的命换回来的。”说着，泪扑簌簌滴落到和平的脸上。

立秋说:“二姐，母子见面不容易，你别总是哭啊。”

文中说:“就是啊，快好好看看，这孩子比文华小时候壮实。”

好一会，立夏止住哭，说:“怎么不像我？像文华！”

立秋说:“像你俩，但像二哥多一些。”

立夏轻轻伸出手，犹犹豫豫地在和平的小脸蛋上擦了擦又摸了摸，脸上泛起一片温柔，那是一个母亲该有的神情啊。

灯光下，立秋看到二姐的头发已白了一多半，她想帮她理理蓬乱的发丝，伸出的手终于还是停在了半空。

临别，立夏说:“大哥、立秋，越是艰难的时候，越不能动摇。下一步，我们这支队伍不再外线作战，而是以玛珥湖为中心，建立巩固的抗日根据地。估计今晚处理掉小野的先遣特务，他会收敛。若他亲自来，我们再和他游击，他要敢疯狂，那古坚一郎几百个垦殖团民就是最好的人质。我让他们的人头挂满垦殖团的大门。”

立夏双目寒光闪闪，充满了杀气，“放心吧，主动权很快就会回到我们手中。”

奇怪的是，这天夜里镇上并没有响枪。

第二天，全叔来说:“昨晚，警察署又让人摸了，死了一个值班的，还有玛珥湖客栈，听说是小野派来的两个人，也给抹了脖子。”

小野让警察署追查，警察署报告说是山里的红胡子干的，得派皇军来清剿，皇军不来，把海龙城里那个营的“国兵”派来长驻也行。

最终，小野没来，“国兵”也没派，此事便不了了之了。

从此，那些靠近皇军的人老实了许多，包括镇上的警察，连偷吃大米饭的经济犯也不抓了。渐渐的，一到入夜，玛珥湖又满镇飘荡起大米的清香。

这期间，立夏和文华分别回来过几次，筹给养、买药品。有一次，大白天，文华竟大摇大摆地到镇上找刘医生瞧病，来去也是风平浪静。

文华说："我们的祖先早就说过，一鼓作气，再而衰，三而竭。小鬼子，咱们已经打了十几年了，你要能再打十几年，老子一样奉陪到底！"

立夏说："种种迹象表明，日本人已经在走下坡路了。敌人离彻底失败的日子越来越近了！"

好像就是为了验证立夏这句话，不久，关东军一〇一四部队一个旅团的骑兵、步兵、炮兵几千人马浩浩荡荡开进了海龙城，在城北福安村一带，大肆抓劳工修建防守要塞。

仝叔说："风声不对啊，提醒山里人多加小心，他们怎么在增兵？"

文中想了想说："这就对了，十几年了，他们都是在进攻，什么时候见他们防守过？"

这天傍晚，吃过饭，文中爬到小金龙顶子上坐着。

立秋泡完玛珥湖，浑身湿漉漉地往院子里走，就见西边路上走过来一个陌生的身影。立秋衣服也没去换，站在门口等着。来人脚步很急，不时前后左右地张望，走到跟前时，立秋瞅着这个高高大大的小伙子觉得面熟。

"三姐！"来人叫了一声，"你是三姐吧？"

除了立冬，从来没有人这样称呼自己。

立秋反应过来，来人是三子啊！

长大后的三子更懂礼节，不叫自己立秋了。

立秋瞅着他手里的长烟袋，她认得，那是李叔的，说："你是三子啊！"

三子笑笑，说："三姐，我都长大了，叫我文明吧！"

"文明！"立秋叫了一声。

想到这些年玛珥湖边的变故，想到立冬，立秋立刻胸闷气短得说不出话，万千情绪堵在喉咙，最后又憋到眼睛里，泪水便唰唰地流了出来。

六十八

三子和爹娘、麦子离开玛珥湖后，取道圣水、柳河、南山城、清原、抚顺、奉天，避开大路，历尽千辛万苦到了山海关。整个秦皇岛都在“满洲国”的控制下，出关入关的人很难躲过豺狼一样的日本宪兵。

三子爹说：“活人还能让尿憋死？”

一家人顺着长城一路向北，一直走到热河境内，在一段抗日武装的游击区，他们终于进到了关里地界。

盘缠用完了，三子就一路乞讨。他不让爹娘和麦子出面，离开玛珥湖几个月，他仿佛一夜之间长成了大人。

这天晌午，他们来到一片山岭间。麦子说：“这里凉快，歇会儿吧。”看到沟底一条溪流明明灭灭，麦子说口渴了。

三子爹说：“正好到下面去垫巴块干粮。”

一家人离开小路下到山谷。麦子用手捧着水喝，三子趴在溪边一顿狂饮。突然，他们刚才离开的小路上枪声大作，三子爹赶紧让一家人都躲到树后面。

好一会儿，枪声停了，却见一个当兵模样的年轻人拎着枪飞快地跑下山来，冲到溪水边，看着几只包袱，冲着大树后面说：“大叔，别怕，我们队长请你过去！”

三子仔细瞅瞅，说：“爹，好像是东北军！”

一家人万万没想到，相逢在此时此地。

东北军的小战士把他们带到一个山清水秀的小山村，他们竟然见到了仝长河和李韭儿。三子娘拥着韭儿，韭儿拉着麦子，娘儿仨哭成了泪人。

三子爹问："刚才打的是日本人？"

长河说："一个小队，剩下的都是皇协军，扔下枪投降的就给他留条命。"

长河还告诉他们，东北军坚持留在长城一线的只是很小的一部分，没有了建制，没有了上级，都在各自为战。目前他手下有二百多人，有时候也跟共产党的游击大队联合行动。当初坚持留在这里也是感觉离老家近一些，说打就打回去了，可谁知这仗一打就是这么多年。

长河又问了家里的情况，三子爹便把九一八后玛珥湖的事情一五一十地讲了一遍。讲到长海的死，长河的眼里恨不得喷出火来。他又问了一遍小野和渡边的名字和职务，用心记下。

刚才那个小战士过来报告说，驻兴隆的日军大批出动，正向青山岭而来。

长河命令："让炊事班马上开饭，半小时后，全体向雾灵山转移。"

三子娘瞅着有些笨重的韭儿说："都双身板儿了，这么跑跑颠颠哪行啊！"

长河叹口气，韭儿说："六年前生了个男孩儿，送人了。也不知道活下来没有，后来几个都流产了。"

三子爹说："你们这样不行啊。你，还有你的队伍，怎么也得有个落脚的地方啊！"

"根据地，我们正在建，难啊！建过几个，日本鬼子攻进来就屠村。爹、娘，正好遇上你们了，我知道你们也很难，但能不能让韭儿跟你们一起回老家？等我这边根据地建成了，形势好转一些，我再去接韭儿回来。"

三子爹吧嗒了一口烟，说："行啊，长河，我没看错你，有种！出来时才是个小排长，现在已经能带着这么大的一支队伍抗日了。你安心去打仗吧，韭儿就交给你娘，再难，也要给你们老仝家保住条根。"

长河扑通一声跪下，给爹娘磕头。

三子拉起长河，告诉他山东老家的地址。他们匆匆吃了口饭，长河给了三子十五块大洋，一家人挥泪相别。

接下来又走了一个多月，酿泉官庄，这个沂蒙山区贫穷的小山村终于呈现在三子一家面前了。三十多年前，三子爹因为闹义和团，领着三子娘逃往关外。如今，一家人终于又回来了。

三子爹拿出两块大洋，村里的曹大哥找人把坍塌的老屋屋顶修上，一家人算是安顿了下来。

曹大哥其实并不认识三子爹，但他过世的爹和三子爹是拜把子兄弟。过了几天，三子得知曹大哥还是村上的民兵队长，原来八路军在这一带早已开辟了游击区，于是曹大哥便劝三子加入民兵队。

三子问："给钱吗？"

曹大哥摇摇头，说："参加抗日是光荣，也是义务，不给钱。"

三子说："你们都有地，能活命，要是能给几亩薄田，能养活爹娘姐妹，别说当民兵，就是让我马上扛枪上战场也干！"

曹大哥摇摇头，没再勉强三子。

连着三个晚上，三子和他爹都在里屋床底下挖大地窖。地窖顶上用石板盖好，再堆上些破烂家什。

韭儿问："爹，用得着吗？"

三子爹说："有备无患。当年要是有个藏身的地方，我也许就不用去闯关东了。"

大洋一块一块地花，三子和他爹都着急起来。三子原本打算当个私塾先生的，可眼下到处兵荒马乱、烽烟四起的，哪还有人顾得上读私塾啊！

村里倒是有几家的孩子想读书识字，可都穷得叮当响，不要钱还行，能找个十个八个的，但若收钱，怕是一个也来不了。

曹大哥也叹了口气，没了主意。

又过了几天，三子爹病倒了。毕竟上了年纪，又从玛珥湖跋涉到沂蒙山，一路上艰难险阻、提心吊胆的，终于逃了过来，精神一放松，一把老骨头就再也支撑不住了。

仅剩的一块大洋看了病抓了药，韭儿便把长河送给她的那块手表当了。三子娘本已经准备好了要饭的碗和筐，但现在不得不守在家里照顾三子爹。

一筹莫展之际，曹大哥过来说："我有个亲戚在北边的范司令手下当差，他们那儿正在招兵，给钱的，去吗？"

"去呀去呀，给钱就行！"

三子喜出望外，抓着曹大哥的手像抓着棵救命稻草。

“不过，范司令是地方部队，家底儿薄，钱少了点儿。”

“多少？”

“五块大洋。”

“行，省着点儿，够活半年的了。”

三子投了军，把大洋交到娘的手上。

娘问：“哪儿来的？”

三子说：“我被雇了壮丁。”

娘的眼泪就淌下来。

三子说：“娘，别哭，打小日本，不给钱都得打。”

三子爹说：“去吧，机灵着点儿！”

三子娘和麦子送他到村口。

娘说：“菩萨保佑，我儿好命，打了胜仗骑着高头大马回来！”

麦子说：“三哥，别硬拼，打不过就跑，啊！”

来到队伍上，长官听说三子打过几回枪，就扔给他一支枪，说战事吃紧，既然用过枪就不用再训练了，直接补充到一线去！

第二天，三子便扛着枪上了阵地，掂着班长发他的六发子弹叨咕：“好干啥？”

班长乜斜他一眼，说：“六发弹，你能撂倒一个就行。咱要保证每人撂倒一个，那咱就胜利了！”

三子学着班长的样子，拉枪栓、装子弹、举枪、瞄准，他觉得这枪比秦大爷的猎枪准头要好，可能还要比过爹的那杆快枪。

日本人开始进攻了，炮弹把前两排壕沟炸得尘土飞扬。三子就觉得范司令的人会打仗，要是日本人再多炸一排，那他连一枪也来不及放了。

炸飞的尘土还没散，稀稀拉拉的鬼子就端着枪叫喊着开始冲锋了。明晃晃的刺刀闪着寒光，分外扎眼。

班长瞅瞅三子，问：“第一次上战场，怕吗？”

三子摇摇头：“我跟鬼子有仇！”

班长说：“行，是块材料。”

连长说：“兄弟们沉住气，听我命令，放近了再打。”

鬼子越过了第一道战壕，见没有抵抗，便更快地越过了第二道，当冲到第三道战壕前面时，连长大喊一声“给我打”。枪响了，战壕里一排排手榴弹先飞了出去，像满天飞舞着一群黑色的小燕子，不等落地，就在鬼子头顶炸开了花，冲在前面的日本兵唰地倒下了。

紧接着，连长身边的机关枪也响了，后面的日本兵又唰地倒下一片。

三子看班长快速地把面前的三枚手榴弹扔了出去，心想，这仗打完得学学，这东西不赖，差不多赶上小炮弹了。

“小子，打呀！”

班长喊了一声，三子这才反应过来，枪顶肩上，瞄着正面刚从地上爬起来的一个日本兵扣动了扳机。

没打着，偏了。三子急忙再压子弹，拉枪栓，他的手有些抖，要是再打不倒他，一会儿他就要冲到阵地上来了。

什么也别想，就当打野鸡了。三子憋了口气，再次扣动扳机，那个端着刺刀正往前冲的家伙应声倒下。

“行啊小子，打得好！”

班长边打边夸三子。三子受到了莫大鼓舞，手也不抖了，瞄着最前面的又撂倒了一个。

第四枪三子没来得及打，就听连长大喊：“撤！”

班长拽了三子一把，向后一滚，出了战壕。三子学着他的样子连滚带爬地往山坡上第四道战壕爬去。爬到一半，脑后传来尖利的怪叫，鬼哭狼嚎的。三子回头一看，满天黑压压的炮弹像黑老鸹，成群结队地飞过来，不断怪叫着撞向他们身后的阵地，半人多深的壕沟眨眼间便被炸成了平地。

一股急劲儿上来，三子以从未有过的速度跟在班长身后滚进第四道壕沟。

敌人打了一阵炮，进攻也停止了。

兄弟们猫在沟里喘息，班长说：“这小子行，三枪干掉两个，不赖！”

老兵们都向三子竖起大拇指。

三子更佩服连长，没有连长喊撤退，这一百多人还打什么日本兵，早让人家的炮弹炸零碎了。三子断定，今天打死打伤的鬼子绝不止他们连这个数。

“看来这鬼子也没什么好怕的，要是有炮，鬼子肯定打不过咱。”

“好，有气魄！今天，咱就算没炮，也能战胜这帮狗日的！”连长听说三子头回上战场就三枪干掉两个日本兵，特意过来表扬他。

三子说：“子曰：‘仁者安仁，知者利仁。’今鬼子不仁，上天必亡之！”

“嘿，你这个东北娃，还蛮有文化的，念过书？”

连长一手掐腰，一手拍拍三子的肩膀。

“报告长官，我念过几年私塾。长官料敌如神，我要向长官学习！”

三子冲连长抱抱拳，作了个揖。

众人笑，班长给连长敬了个礼，说：“报告连长，俺还没顾上教他敬礼。”

连长也学着三子的样子抱抱拳，问：“多大了？你们笑啥，昨天才扛起枪，第一次上战场就三枪干掉俩鬼子，你们谁行？你说你们这些老兵，刚才有没有一个也没打着的？”

众人止住笑，气氛有些压抑。

三子学着班长的样子，挺了挺胸，把手举到眼眉，说：“报告连长，今年十七岁。人无信不立，咱是范司令花大洋雇来的，就不能让范司令白花钱。”

这回连长也笑了。笑毕，连长从兜里掏出一把子弹，亲手装到三子的子弹袋子里，再次拍了拍他的肩膀，说：“范司令这五块大洋，值了！陈班长，你关照好这个小东北。打完这仗，调连部来给我当通信员。”

尖利的嚎叫声又响起来，满天的炮弹像一群黑老鸹。

连长大喊一声：“出战壕，各自隐蔽！”

三子随着陈班长滚进沟前面的一个坑，班长告诉他这叫散兵坑。三子瞅瞅，见每三个散兵坑互成犄角之势。班长还告诉他，日本人打炮时不要跑，就地趴下，若是炮弹又长又扁，就不用理会它，要碰上圆圆的一个尖头，那就是奔你来的，赶紧就地十八滚。陈班长说话的山东味儿很重，但三子听懂了，他爹娘就这口音，他早就听惯了。

炮声一停，日本兵又端着明晃晃的刺刀冲了过来。刚冲到山坡上，连长就下令开火。机关枪炸坏了，手榴弹也没剩下几颗，微弱的火力根本压不住这么多日本兵。不一会儿，他们便像蝗虫一样越过了第三道壕沟。

“上刺刀！”

战士们一阵嘁哩喀喳。三子一摸腰，急出一身汗，挂在腰上的刺刀不知什么时候不见了，大概是刚才连滚带爬给弄掉了。

日本兵迫到眼前了，连鼻子眉眼都看得清清楚楚了。

“冲，杀呀——”

连长大叫一声，第一个跳起来，撂倒了一个鬼子。

双方很快混战在一起。寒光闪闪，刺刀碰撞时发出嘁哩喀喳的声响，混杂着分辨不出是哪方的惨叫声。

三子跟着陈班长的后面冲了出去。

“刺刀呢？”班长问。

“丢了！”三子说着，抬手一枪把刺向班长的一个日本兵撂倒。

班长说：“好，就这么干！”

斜刺里一个日本兵突然举刀朝三子捅过来，刺刀耀眼的光亮眼看挨到了三子的身上。他躲闪不及，一个前趴摔倒。那人挺枪再刺，班长急忙伸枪一拨，接着一扭身，顺势把明晃晃的刀子捅进那日本兵的身体，一扭一拔，对方惨叫着倒下，血溅了三子一脸。

三子抹一把脸上的血，说：“这招式真厉害，班长，等打完这仗教教我！”

班长拉起三子，两个人配合着，远一点儿能拉开架式的三子用枪，冲到跟前的班长用刺刀。不一会儿，他们面前就躺下了八九个日本兵，有的还没有马上死去，一张张年轻的脸痛苦得扭曲变形，三子不忍再看。

冲上来的鬼子眼看着败下阵去，那鬼哭狼嚎的怪叫又铺天盖地地响起来。

三子瞅着黑压压的老鸹群，全是圆溜溜的一头尖，说：“班长，他们连自已人都不要了！咋滚？”

班长说：“鬼子疯了，趴下！”

班长把三子扑倒在地。

待尘土落下，三子晃晃头，推开班长，只见他浑身是血，头脸被炸去了一多半，血不断地往外冒。三子喊了一声“班长”，才慢慢地把他放到地上。三子想找班长的枪，因为那枪上有刺刀，他觉得拿着刺刀捅才叫真正地杀鬼子呢。可惜班长的枪也炸折了，泥土中露出半截枪管。三子拽起自己的枪，拉了一下枪栓，一颗子弹了跳出来，还好，能用。三子推弹上膛，向着从地上爬起来的日本兵连连开枪。

西边，连长也在与日本兵肉搏。他的刺刀捅进一个日本兵的胸膛里，可能用力过猛，怎么也拔不出来了，正在这时，好几个日本兵哇哇叫着从地上爬起来冲向他。

三子一边喊着“连长，陈班长被炸死了”，一边朝连长背后的日本兵开枪。可还是晚了一步，一个日本兵从背后捅了连长一刀，日本兵拔出刀再刺，被三子一枪撂倒。鲜红的血从连长后背喷出一道红线。三子跑到近前才看清，前面日本兵的刺刀也捅在连长的肚子里。

又有两个日本兵冲上来，三子开了一枪，这一枪准得连三子自己也想不到，正打个满脸花，日本兵仰面倒下，另一个吓呆在那里。三子端着枪，满脸是血，像尊神一样站在连长身边大叫：“来啊，老子够本了！”

日本兵终于被震住，转身便跑，被三子一枪打倒。

又一排炮弹黑压压地飞过来，连长的嘴动了动，头歪向一边，还冲着三子笑了笑，三子也瞅着连长笑，他就那样瞅连长笑着被炮弹掀翻。

三子是被一声声惨叫惊醒的，他记得自己是被一大块铺天盖地的黑土砸倒的。他试着活动了一下手脚，竟然还都好使。他扭头左右看看，阵地上是稀稀拉拉的日本兵，正在抬他们的伤兵和尸首。还有一伙儿人端着刺刀，挨个捅倒在地上的战友，惨叫声就是那些没死的战友发出的。三子摸摸兜，还有三颗子弹，可他怎么也寻不见自己的枪了。三子憋足一口气，猛地从地上爬起来，向前飞奔，身后传来哇啦哇啦的叫喊声和枪声，子弹怪叫着从身边飞过。

三子拼了命地向前奔逃，几个日本兵在后面紧紧追赶。不知跑了多长时间，一道深不见底的大沟拦在面前。三子回头瞅瞅身后紧追而来的五六个日本兵，后退几步，又向前猛跑，跳跃。大沟魔鬼般张开血盆大口，就在要把他吞掉时，三子抓住了沟边的一棵荆棘。血唰的一下从手上流下来，三子咬着牙，拼尽最后一丝力气，把自己靠上沟沿。还好，前面就是一个陡坡，三子一阵狂喜，就在日本兵的枪声噼啪响起时，他就势一个翻滚，滚到了坡底。

六十九

三子一路辗转，回到家时已是冬天。大姐的孩子已经出生，取名抗日。一家人相见，悲欣交集。

三子爹说：“回来就好，范司令兵败，全家人还有你曹大哥都为你挂心着呢。”

“咱就是没有炮，吃了小鬼子大炮的亏。”三子重复着一路上的心结，“一连的人差不多都死了，没跑出来几个。”

三子细述离家从军这几个月的经历，感念着陈班长和连长的大恩，还有为自己挑满手刺的大娘、一路上收留掩护自己的好心人。

麦子拽过三子的手仔细察看，眼泪吧嗒吧嗒掉下来。

三子问娘，这几个月一家人是咋活的。

娘说：“大洋还有三块呢，花得省。”

大姐说：“爹娘和麦子每天出去讨饭。”

第二天，三子让爹娘和麦子在家歇几天，他想到沂水县城找份短工。走到高桥，遇到一个大户人家打井，能干个十来天，就停下了。高桥离家五里路，东家只管一顿饭，晚上三子便回家来住。遇到曹大哥，三子还不忘让他记挂着，有雇壮丁的事一定想着告诉他。这家干完，就再找一家，只要有活儿干，哪怕只干一天，哪怕只管一顿饭，三子也去。

这期间，三子爹娘依旧每天悄悄出去讨饭，留下麦子照顾韭儿娘俩。三子只好装不知道。爹娘好的时候一天能讨个半饥不饱，但不好的时候，也会讨了一天回来还是饿着肚皮，就一遍又一遍地喝水。

遇上好的东家，三子见饭剩了便要上半碗，带回来给爹娘吃。

一家人的日子挨得无比艰难。所以这一天，当五十七军来高桥雇壮丁时，没用曹大哥提醒，三子第一个就报了名。

国军就是国军，比范司令家底厚实多了。三子把十五块大洋递到娘手上，说：“爹娘，你们明天就千万歇着吧，我以后每月还发饷呢。”

三子娘抱着十五块大洋泪眼婆娑，说：“三儿啊，咱能不能不去了？为国尽忠，咱也尽了，你都杀了那么多鬼子了，就是见天要饭吃，咱一家人也要平安地在一起呀！”

三子爹吧嗒着长烟袋，说：“去吧，再去你就是老兵了。”

转天傍晚，到高桥集合时曹大哥也过来了，和三子爹娘、麦子、韭儿和抗日，一起来送三子。

三子说：“曹大哥，国共都在抗日，我参加国军一样的。”

曹大哥笑笑，说：“不一样，国军有钱啊！”

麦子问：“三哥，你想三嫂不？”

三子愣了一下，说：“咋不想，天天想，还想玛珥湖。打枪时，要是心慌慌地打不准，我就想玛珥湖的一湖天水，心一下子就静下来了。”

麦子说：“我要是男人多好，就和你一起当兵打仗去。要不，我女扮男装，像花木兰那样，和你一起走，你看行不？”

三子说：“你好好在家给爹娘尽孝，替我。”

三子掏出上次打仗剩下的那三颗子弹，想交给麦子，犹豫了一下还是交给了韭儿，说：“大姐，好好替我保存着，这是陈班长和连长留给我的念想，他们都死了。”

到了北村口，一家人依依不舍。

三子给爹娘跪下磕过头，朝麦子、韭儿和曹大哥挥挥手，转身向西走去。

夕阳像个火球，把西天边烧得通红。走出很远，三子突然听到麦子的声音从身后传来：“旦辞爷娘去，暮宿黄河边，不闻爷娘唤儿声，但闻黄河流水鸣溅溅。旦辞黄河去，暮至黑山头，不闻爷娘唤儿声，但闻燕山胡骑鸣啾啾……”

三子扬起头，望着即将没入西天山后的太阳，听着小妹的诵诗声，突然间涕泪横流。哭罢，抹干眼泪，发誓此生绝不再哭。

五十七军虽然有炮了，但个头和数量还是比不过日本人的，所以守阵地时往往吃亏。不过守的时间明显要长很多，有时候也能反反复复打上两三天。虽然败多胜少，可近战、夜战、突袭战也能把日本人打蒙打疼。

五十七军是东北军，不像范司令的部队官兵全是一口山东话。三子以为是长河原来的部队，一打听才知道长河是五十一军的，现在这两个军统归于司令指挥，也算是于司令的手下。当年长河违抗军令留在热河弄得动静挺大，连五十七军里的一些老兵都知道。这两个军算是东北军的主力了，因为家乡最先被日本人占领，又没捞着打上一枪，所以从上到下都憋着一股子劲儿，每每跟日本人打起来，人人都敢拼命。每仗下来减员严重，于司令下令就地雇壮丁补充，有时候也偷偷跑到北边别人地盘去雇。

这时候，八路军已经在沂蒙山建立了根据地和游击区。

和范司令的部队比起来，五十七军的人脾气大，尤其是吴连长，平时说话舌头不会打弯，骂起人来立马就顺溜了，当兵的背后都叫他吴大舌头。队伍里打骂士兵是家常便饭，老兵还欺负新兵。好在三子有过历练，也是满口的东北话，枪法又准，倒是深得吴连长的赏识，高兴时还会特意问问："小东北，又干掉几个？"

"三个！"

"好，好好干，你等着，我将来提拔你当班长。"

"小东北，这次干掉几个？"

"一个……"

"咋整的，不他妈想当班长了是不？"

众人便笑。

吴连长斜了一下眼睛："笑个屁，都他妈的跟着小东北学着点儿，给老子练枪法去！"

白石岭阻击战，他们一个连硬是顶住了二百多个日本兵加二百多个皇协军的轮番进攻，从早晨打到下午，直打到太阳也流出了红红的血。当团长他们把北上扫荡的日本十二军先头部队的四百多个日本兵包了圆儿，配合行动的六六七团还顺带抄了津浦路上的车站，临沂出来增援的这伙才抬着伤兵拉着死尸回去。同样，三子他们下阵地时也抬着伤亡的战友，轻伤能自己走的不算，重伤加阵亡的一共五六十人，好胳膊好腿的连抬带背，稀稀拉拉的队伍扯出去很远，就有了丢盔卸甲残兵败将的味道。

三子和丁小五抬着副班长，累得汗流浃背。副班长嚎嚎唧唧的，丁小五时不时回头看他一眼，说：“班副，你就叫唤吧，让咱知道你还活着，也有劲儿走。”

“操吴戈兮被犀甲，车错毂兮短兵接。旌蔽日兮敌若云，矢交坠兮士争先。”三子小声诵着古诗。

吴连长撵上来，说：“奶奶的，没看出来呀，你小子还挺有文化的。”他拿手在副班长的鼻子下试了试，连连摇着副班长说：“你他妈的给老子挺住！”

副班长不再哼唧，手软塌塌地从担架上悠荡下来。

“天时坠兮威灵怒，严杀尽兮弃原野。出不入兮往不反，平原忽兮路超远。”三子继续念着。

村口高冈上，一个看热闹的村妇笑嘻嘻地招呼着同伴：“快看，挺好看啊！像抬猪肉柈子呢！”

吴连长抬手一枪，村妇一头栽倒在地上。

高冈上一阵惊叫，看热闹的四散奔逃。

“小东北，你给老子念大点儿声！”

三子声嘶力竭地大喊：“带长剑兮扶秦弓，首身离兮心不惩。诚既勇兮又以武，终刚强兮不可凌。身既死兮神以灵，子魂魄兮为鬼雄……”

残阳冷照着山岭，也给这支衣衫褴褛的队伍涂抹上浓重的血色。“身既死兮神以灵，子魂魄兮为鬼雄——”三子的诵诗声长久地回荡在血色黄昏中。

团里开完庆功会，全连仍蔫叽叽地悲痛着。死了四十多，伤了二十多，剩下的还不到五十人。吴连长天天哭丧个脸骂骂咧咧的：“都他妈的跟老子从东北出来的，都他妈的给老子死在这儿了，让我咋他妈交代？！保卫上海、南京那会儿也没死这么多呀！”

骂完，吴连长把三子叫到连部，从柜子里摸出个小口袋，哗啦一下，一堆大洋躺到桌子上。

“听说你小子挺抠门啊，饷钱一毛不拔？”

“报告连长，爹娘和妹妹都在要饭活命，大姐又刚生了孩子！”三子挺了挺腰板，生怕哪句话说错了。

“呵呵，老子早他妈知道了。你大姐夫就是五十一军留在热河的那头犟驴，是吧？去找一排长，连你省下的那些饷钱，一起给爹娘捎去吧！”

吴连长把这二十块大洋往三子面前推了一把。

“这个……咋好……”

三子一时不知该说什么。

“别跟老子磨叽，咱爹妈老婆都在东北清原呢，想捎也捎不回去啊。原来想让你回去顺便看一下爹娘，又怕你兔崽子太嫩，弄不好惊动了八路。一排长我已经交代他了。你留下，和丁小五干点儿别的差事。”

三子拿上吴连长给的大洋，连同自己攒下的那几块饷钱，一并交给了一排长。

一排长问：“有啥话捎给爹娘没？”

三子就从兜里掏出一封信，说：“都写这上头了，拜托了！”

“嘿，你小子蛮有文化的嘛，还会写信？放心吧。”

然后，三子便和丁小五去了五里外的王官庄团部押运给养。丁小五家是东丰县的，离海龙县玛珥湖不远，两个人算是老乡，唠起来共同话题就多些，也格外亲近。吴连长已经答应三子了，副班长牺牲了，给养运回来就让他当副班长。他正想着该不该告诉丁小五让他也替自己高兴一下，路边沟里突然就冒出一伙儿人把他们拦住了。这伙儿人穿着跟自己一样的军装，却簇新得扎眼。

三子喊了声“不对”，刚要抬手就挨了一枪，头嗡地响了一下，眼前一黑，感觉自己像片树叶似的往下飘去。

七十

醒来时，三子发现自己在一间乱糟糟、臭烘烘的屋子里，他左右扭扭头，头还闷闷地疼。他记起自己是中枪了，那自己应该是死了。他活动一下手，想掐自己一下，左胳膊钻心地疼。还好，自己还没死。这一枪应该打在左胳膊上了，一跳一跳的疼痛就来自那儿。头上应该是被什么砸了一下。三子哼哼了一声，一张肿胀的脸凑过来，在三子向上的视线里，这张结了痂的脸像个大血葫芦，让他感到分外陌生。

“我是小五，你不认识我了？”

“你这脸咋了？咱们这是在哪儿？”

丁小五嘘了一声，小声说：“临沂，日本人的监狱！”

“这是咋整的吗？”三子叹了口气。他想起了吴连长，想起了去雇壮丁的一排长。

小五告诉三子，这几天临沂的日本兵穿上国军的衣裳，到五十一军和五十七军的地盘抓人都抓疯了。六六七团袭击车站时俘虏了两个日本工程师，他们想抓个像样一点儿的人质做交换，像丁小五和三子这不够格的就都押监狱关了起来。

“他妈的，老子这是啥命啊？”三子跟吴连长也学会了这么说话。他觉得自己的副班长可能当不成了。

七天了，三子的伤口已经溃烂感染，身上热得像块火炭，牢里的人说恐怕不行了。

丁小五趴在门上使劲儿地又敲又喊：“小鬼子，要杀要剐老子不怕，让人活受罪算啥事？”

一个汉奸模样的人开门进来，打了丁小五两撇子。后面又进来两个卫生兵，看看三子的胳膊，拿块破布条醮上盐水噗一下捅到伤口里，又从另一边拽出来。两个人拉锯似的来回拉着，直到把腐烂的肉一小块一小块蹭掉，鲜红的血淌出来，才拿块布重新缠上。

三子疼得满头冒汗，他咬着牙硬是没哼一声。汉奸走了，二十多个人围上来，冲三子竖起大拇指。他们有五十一军的，有八路军的，有地方游击队的，还有几个自报是土匪。

一个八路军的人操着口音说：“行，五十七军的，有种！”

五十一军的说：“当然，咱们东北人，哪个不是条顶天立地的汉子。”

游击队的说：“屁，日本人枪一响你们就吓尿了，十几万人啊，一枪没放就屁滚尿流地跑关里来了。”

“你他妈的说谁呢！”五十一军的一下子跳起来，急赤白脸地要抡拳头。

“行了！都啥时候了！”丁小五喊了一声，“都是一起打鬼子的弟兄，落到这步了还窝里斗！说不定明天咱们就让小鬼子都给突突了，还是想想法怎么才能活着出去吧！”

在这靠着一天几片生地瓜干，一碗水，勉强维持生命的监狱中，三子的伤竟奇迹般好起来，那个银圆大小的洞慢慢长出了肉芽，最终合拢形成个血痂。血痂掉了，留下块亮亮的瘢痕。

丁小五睡觉时悄悄趴在三子身边说：“再有死尸，你主动点儿，咱俩一起往外抬，见机行事。”

三子注意瞅瞅，见牢里少了个八路，缺两个游击队的，五十一军的也只剩下一个了。

第二天早上，一个土匪没爬起来。牢门打开时，丁小五抱起他的头，说：“文明，咱俩把这个兄弟送走吧！”

三子刚要去抬脚，几个土匪上来抱抱拳，说：“军爷威武，不劳大驾了，俺们人多，自己送吧！”

于是，他俩继续等着有人死。可没等再死人，三子就先爬不起来了。他感到身上一会儿冷一会儿热的，冷时浑身发抖，热时又抓心挠肝。

一个八路过来摸了摸三子的头，说：“发皮汗，必须让汗发出来。想吃啥？”

三子口渴得冒火，微弱地说：“梨。”

八路失望地摇摇头。

为了要梨，丁小五挨了两顿打。就在他绝望的时候，他看到牢门外不知哪个鬼子扔了一个梨核。丁小五一阵狂喜，伸出手，可怎么也够不着。于是他脱下衣裳，拿袖子搭上梨核，猛地往回一拽，梨核向牢门靠近了一点儿，再搭、再拽，又近了一点儿。如此反复多次，丁小五终于捧着梨核塞到了三子嘴里。

可是三子的汗还是没出来，昏死过去。

丁小五和游击队员把三子抬出牢房，抬到很远的铁丝网边。外边是一条大沟，监狱里死了的人都扔到那沟里，死尸层层叠叠地堆积着，臭气熏天，老远就让人一阵阵想吐。丁小五和游击队员慢慢把三子从铁丝网下推出去，铁丝网紧贴地皮，有一个铁蒺藜还挂住了三子的衣角。丁小五扳着铁丝网正犹豫自己是腿先出去还是头先出去时，汉奸似乎看穿他的心思，一把把他薅回来，骂骂咧咧地踹了一脚，三子便翻滚着摔到了沟底。

丁小五瞅瞅游击队员，游击队员看着汉奸手里的枪，摇了摇头。

三子的汗是在沟底出来的，然后，他便被铺天盖地的恶臭熏醒。他睁开眼，看到了瓦蓝的天空和明晃晃的太阳，左右扭头，惊起一片嗡嗡声。三子的脸上爬满了下蛆的绿豆蝇。我这是躺在死人堆里啊！三子明白过来，心里一阵狂喜，再次闭上眼。他想，苍蝇、蛆虫，你们尽管爬吧，我要等天黑了再爬出去。可是周围一阵阵恶臭的空气，像有千万斤的重量，压得他透不过气来。绿豆蝇糊在他的口鼻上，三子觉得再过一会儿，绿豆蝇会把自己憋死。

他轻轻地翻过身来，吐了口气，慢慢从死尸堆上往沟边爬，他爬一会儿停下，看看周围没什么动静，然后再继续。三子爬爬停停，不知过了多长时间，终于艰难地爬到了沟边，天也快黑下来。然后，三子听到了枪响，紧接着两个汉奸跑过来，把他重新抓回牢房。

丁小五这回笑了，轻轻捶打着三子说："兄弟，你这是啥命啊！"

游击队员拍拍三子，说："死里逃生，又活回来了，好命！"

春天来了，牢房里押进的人越来越多。

这天，最早被关进来的人被点出了十三个，三子和游击队员也在其中。

"要放你们吧？"丁小五羡慕地说，"兄弟，咱家是东丰二龙山的，咱爹叫丁老愣，告诉咱爹娘，虽然九一八咱一枪没放，但是后来咱没给他们丢脸！"

"兄弟，小鬼子要是能发善心，当初就不抓咱进来了。"游击队员淡淡地说，"先走一步了，谁要能出去，一定多杀鬼子！"

三子瞅瞅丁小五，笑了笑，说："海龙县玛珥湖镇，告诉秦立冬，别等我了，拜托！"

很快，这十三个人被反剪双手绑上，带到铁丝网边，一排鬼子在擦手里的东洋刀。

汉奸过来让他们跪成一排。三子斜了一眼，见十三个人自己排在最后。

别人都跪下了，汉奸过来踢三子一脚：“娘的，跪下！”

三子稳住身体，突然右脚发力踢向汉奸的裆部，汉奸惨叫一声，双手捂着裤裆蹲在地上打转转。

三子大骂：“你个狗汉奸，老子死到临头了你也敢踢！小鬼子，告诉你们，老子上跪天、下跪地、中间跪祖宗父母加恩人。你们算什么狗东西？也配让老子给你们跪？弟兄们，咱是爷们儿，不能给他们跪！”

“对，兄弟们，咱们都死到临头了，还给小鬼子跪个屁！”

游击队员往前一拱，站了起来。众人紧接着也都站了起来。

“兄弟们，躲不过一死，咱就死个痛快，跟小鬼子拼了！”

三子朝面前还在地上打转转的汉奸连踢带踹。接着，被反绑着的十多个人一齐朝那排日本兵走去。日本中尉吃了一惊，急忙挥手，大群皇协军一窝蜂冲上来，把他们打倒在地。混乱中，鬼子只好放下东洋刀，端着刺刀上来。一声声惨叫混杂着叫骂，锥心刺骨。三子被按坐在地上，他扭头瞅着一个个身躯被一刀刀捅成血葫芦，血喷出很远。三子想起了玛珥湖边长海哥脖子上射出的血线。

日本中尉把东洋刀架上三子的脖子，咕噜了一句。汉奸说：“皇军问你真不怕死吗？”

三子乜斜他一眼，冲着中尉大喊：“小鬼子，要杀就他妈痛快点儿！”

皇协军躲到一边，中尉抡起了东洋刀。

三子喊了声：“爹、娘，儿去了！学着长海哥去了！”然后，双眼死死盯着中尉。

中尉的刀在三子的脖子上划了道口子，最终竟停了下来。

三子被押回牢房，丁小五问：“他们呢？”

三子向着门口指了指远处，那里，汉奸们正在处理尸体。牢房里哭声一片，三子却冲着门口的皇协军嘿嘿笑了，吓得那家伙倒退了好几步。

第二天，三子再次被押了出去。这回人少，只有丁小五和五十一军的老梁。

老梁冲牢里的人抱抱拳，说：“拜托，弟兄们，有活着出去的有机会给咱家报个信儿，东边道柳河县凉水河子，咱爹叫梁柱。”

三个人被带到狼狗圈，一大群饥饿的狼狗正汪汪地狂叫着。

汉奸说："跪下！"

三子扭过头，见鬼子汉奸都离他远远的，他踢不着。

老梁第一个被扔进狼狗圈。一条恶犬扑上来，被老梁一脚踢开，无奈他手被反绑着，几个回合之后，老梁还是被恶犬们扑倒在地……

丁小五说："老梁，黄泉路上慢点儿走，我和文明随后就到！"

很快，老梁被撕扯成一堆血淋淋的尸骨，还有几只没吃饱的恶犬在用鲜红的舌头一下一下地舔着骨头上的血肉。剩下的一群伸着滴血的舌头渴望地瞅着三子和丁小五。

中尉没再下令，挥了一下手，把三子和丁小五带回了牢房。他们没有再回原来的牢房，而是被安排在一个干净的小房间里。午饭端来的是两个馒头、两碗豆腐菠菜汤。

丁小五摸了一下后脑勺儿，说："小鬼子什么情况，下毒药了吧？"

三子拿起馒头就吃，说："他们也不嫌费事。快吃，吃了好上路。"

吃罢饭，那个汉奸来了，点头哈腰地站在一丈开外，嘿嘿笑着问："白面饽饽好吃吗？"

三子点点头。

丁小五急忙说："好吃，好吃！"

汉奸又问："想天天吃吗？"

三子皱起眉头。

丁小五说："想啊，傻子才不想。"

"那恭喜两位了，你们的好运气来了。将来发达了，可别忘了兄弟我啊！"汉奸点头哈腰，上午还趾高气扬，这会儿就成了哈巴狗，三子觉得有些蹊跷。

丁小五说："什么好运气？有屁快放！"

"是这样，要想顿顿吃白面饽饽，天天吃肉倒也不难，但得答应皇军个条件。"

"啥条件？"丁小五的眼珠子滴溜溜地转。

"跟着皇军干！"

"当汉奸？像你一样的狗？做你的白日梦去吧！"

三子又抬起一脚，但没踢着。

“行行行，干，我们干，你马上跟皇军报告！”丁小五急忙拽住三子。

“主要是他，他得干！”汉奸指一了下三子。

丁小五忙不迭地说：“他是我带出来的兵，最听我的了，我保证他干，你快去跟皇军说吧！”

七十一

日本人和皇协军汉奸们看得很严，外出集会、训话，总有一伙儿人盯着。回来后还住在监狱那间干净的小牢房里。

三子明白丁小五的心思，密切配合着。让打锣就打锣，让喊话就喊话。有一次，日本中尉讲王道乐土，讲大东亚共荣，蹩脚的汉语把下面的老百姓讲得一脸蒙。

三子接过话，顺着王道乐土、大东亚共荣、日中亲善大讲文明之帮、孔孟之道、礼义廉耻、中正仁和。有点儿文化的一听就能听出来是在骂鬼子残暴，可中尉隔一会儿就听到一句“日中亲善”“王道乐土”，一会儿又听到“大东亚共荣”，最后见下面老百姓还鼓起掌来，高兴得冲三子竖起大拇指：“李桑，我的没有看错，你的大大的好！”

这天，临沂城要为皇军和皇协军召开庆功大会，庆祝他们的主要对手五十七军被彻底瓦解，重庆已经撤销了五十七军的番号。除了老百姓，临沂城里的日本兵和皇协军倾巢出动。丁小五和三子一人手里举着一个膏药小旗，中尉还给每人发了个膏药袖标，丁小五给三子戴袖标时冲他眨了眨眼。

三子会意，小声说：“分头行动！”

中尉今天没捞着讲话，讲话的是日军少将，临沂城的守备司令。中尉和他的皇协军汉奸们只有洗耳恭听的份儿，并且还听得格外认真。

三子和丁小五悄悄和他们拉开距离。待散会，几个出口的老百姓轰的一下拥挤而出，黑压压的全是脑袋，丁小五和三子互相招了招手，便被湮没在人流中。

逃出临沂城，三子昼伏夜行，一路向北。他想爹娘、想大姐和妹妹，还有小外甥。一转眼就是两年多，不知道他们是怎么熬过来的。

过了沂水，盘查越来越严了。各个路卡一到晚上就严密封锁，别说是人，就是扑棱着翅膀飞过去一只鸟，炮楼上的日本兵也要拿探照灯照一照。

三子只好退回来，忍着蚊虫叮咬在一片小树林边打个盹儿。待天亮再过来，远远地就见有人被抓了起来，他只好再退回来。一连三天，三子躲在这片树林边，没了主意。实在太饿了，他就趁天黑爬到前面的地里摸个甜瓜回来充饥。

第四天早晨，三子睁开眼禁不住一惊，急忙爬起来，一张皱皱巴巴的脸正瞅着自己笑。老汉脚边有个篮子，里面有两个甜瓜。

三子说："大爷，我是实在饿了才偷吃你的瓜。"

老汉说："吃吧，我又给你带了俩。"

三子顾不上客气，伸手拿过来，抱着就啃。

老汉说："没良民证？想过去是吧？"

三子一惊，瞅了老汉一眼，心一横，说："从临沂监狱跑出来的，五十七军的，求大爷帮忙。"

老汉把三子领到瓜棚，给他找了件破烂汗褂换上，让三子挑着瓜担子一路跟他走。

路上，老汉告诉三子，这是最后一道卡子了，所以查得严，再往北，就是八路的地盘了。

老远，卡子上的一个皇协军就冲老汉招手，说："又去卖瓜啊？"

老汉说："今天不卖了，送来慰劳皇军的。"

炮楼上日本兵喊了一声，皇协军指着篮子，说："米西！"

日本兵咧开大嘴，连声说："哟西哟西"。

老汉说："北边我外甥来看我，今天回！"

皇协军摆摆头，说："快走吧！"

“大舅，你多保重！”

三子冲老汉深鞠了一躬，又向皇协军点点头，转身迈开大步向前走去。

青山苍翠，绿水蓝天，沂蒙山的空气都是香甜的。

面对民兵、自卫团的一次次盘查，三子自豪地说：“五十七军的，日本人监狱里逃出来的，去酿泉官庄……”

从高桥转向东，三子已经看到那片黑魆魆的残破屋顶了，喜悦从脚底升腾起来。即将见到爹娘和姐姐妹妹了，三子似乎忘记了往日的一切苦难，感觉自己是这个世界最快乐幸福的人。

然而，远远地，三子就看见老屋的屋顶塌了，门窗都黑洞洞的，像怪兽张开的嘴巴。

“娘，娘我回来了！”三子边喊边跑进院子。

三堆土丘，丘前一堆纸灰，三子一阵胸闷气短，口吐鲜血，栽倒在地。

那天，日本兵是突然进村的。

爹娘和麦子把韭儿和孩子藏好，费力地盖上石板，麦子再想躲藏时已经来不及了。她刚往脸上抹一把锅底灰，一群日本兵就冲了进来。尽管娘已经给她剪成个小子头，可那清秀的模样，微微耸起的胸脯，活脱脱一朵含苞待放的山芍药。特别是还没有抹完的锅底灰，欲盖弥彰地告诉鬼子，这是一个试图女扮男装的俊俏女孩。

日本兵大笑着扑向麦子，麦子惨叫着反抗，掏出藏在身上的剪刀攮伤了一个日本兵。

爹操起炕前的梭镖，大叫一声：“她娘，跟鬼子拼了！”

拼的结果是一家三口被攮成了血窟窿，日本兵一死一伤。但他们仍不肯善罢甘休，临走时又一把火烧了老屋，把爹娘和麦子开膛破肚……

曹大哥陪三子跪在坟前焚化纸钱，他的耳边似乎又响起了麦子的声音：“旦辞爷娘去，暮宿黄河边，不闻爷娘唤女声，但闻黄河流水鸣溅溅……”

三子终于想起了韭儿，问：“大姐和外甥呢？”

“鬼子走后，自卫团来灭了火，救出韭儿和孩子，大伙帮衬着在自卫团住了一阵子，今年春天，大姐夫把他们接走了。”曹大哥想了想，又说：“前些天，自卫团的交通员说在胶东根据地看见韭儿了，她现在在妇救会工作。”

“长河回来了？他不是在热河建根据地吗？”

“没建起来，领着一百多人一路打回来的，参加了八路，现在是一一五师的连长。”

“曹大哥，赶紧帮我联系他呗，我要参加八路！”

“八路没有钱。”

“爹娘妹妹都没了，要钱何用？”

三子穿上了粗布的灰军装。领导发现他有文化，想让他到指挥机关，他却直摇头，坚决要上前线。他像换了个人一样，整天沉默寡言，训练时就琢磨枪法，琢磨怎么拼刺刀、怎么扔手榴弹，不训练时也琢磨。几仗下来，三子的战绩就超过了许多老兵，排在全连的头几名。

连长说：“呵呵，这是个啥子样的新兵啊？”

八路军官兵平等，当官的对当兵的好，老兵对新兵也好，真正做到了像兄弟。可连长不让叫兄弟，都一律称同志。虽然八路军吃得差，军饷少，也没有几门像样的炮，但打仗却对路子，很少跟日本军硬拼。但凡硬拼，都是兵力占绝对优势，有取胜把握的。打得过就打，打不过就跑，领着日本兵在沂蒙山的沟沟岔岔里兜圈子，日本人看不到八路的身影，急得哇哇乱叫。等把他们抻开了距离，说不定哪支日军队伍看到八路的身影时，这伙倒霉蛋离黄泉路就不远了。

每打一仗，三子就在他那支汉阳造的枪托上刻一条道道。一仗仗打下来，三子枪托上的道道也渐渐增多。他每次用刺刀往上刻时，就听到麦子的声音：“不闻爷娘唤儿声，但闻燕山胡骑鸣啾啾……”就又看到了在北村口，爹娘和麦子在向自己招手。这样他就不太想他们了，他在心里说又见了一面。他很享受这个时刻。他也想立冬，想她在玛珥湖怎么样了？但这是不一样的想，和立冬早晚能见面，然后要厮守一辈子的，有的是时间，有的是工夫。

八路军的粗茶淡饭让三子的个头儿噌噌地往上蹿。连长望着高出自己半个头的三子说：“到重机枪班吧。”

三子不走，手紧紧地攥着那支汉阳造。

连长说：“舍不得这支步枪？我特批你一直背着。”

三子还是摇头。

连长叹口气，说：“文明同志，机枪班的同志就不是你兄弟吗？你可怜可怜这帮兄弟好吗？你看看他们一个个黄皮拉瘦的，几个人抬着挺重机枪都直打晃，到了阵地上光顾喘气了，哪还有力量打鬼子。”

这要是五十七军的吴连长，早一句“他妈的”，接着一巴掌扇过来了，三子只好点点头。

山地游击战，日本人的大炮使不上，像崩豆似的迫击炮基本上就是对付重火力点的。有时候正打得过瘾，看着冲上来的日本兵成片地倒下，连长命令转移阵地，几个人就赶紧抬着枪、扛着子弹箱跑。有时候遇上有经验的日本兵，或者自己伪装得不好，还没开打，日军的炮弹就先飞过来了。

歪头崮一仗就是这样。连长听声音不对，刚喊完转移，圆溜溜的炮弹就迎面砸过来。三子滚得稍慢点儿，裤子就被炸成了裤衩，最后是连长把他背下的阵地，好在没伤着筋骨。在野战医院住了一阵子，留下两腿亮亮的伤疤。

出院时，连长派通信员通知三子，不用回连队了，上级让他直接去滨海支队报到。

于是三子又马不停蹄地赶到胶东，路上他还想着报到后安顿好了就去找大姐。谁知他刚一到，首长就下令出发。几个人在一个叫老班长的带领下匆匆上路，通过敌占区封锁线时，还有当地游击队来护送。这倒是三子从未享受过的待遇，不知接下来有什么重要任务要他们去完成。

十几天后，到了冀热辽军区长城边上的根据地。在这里，三子意外见到了大姐夫长河。长河已经是营长了。

三子要见大姐。

长河瞪大眼睛，说：“你没见着她？她还在胶东啊！”

更让人意外的是，三子接下来见到了老连长吴大舌头，对，就是那个骂起“他妈的”舌头有些大的五十七军的吴连长。原来，三子和丁小五被俘后，五十七军上层在“联共抗日”还是“联日抗共”的方针上产生了严重分歧，最终导致内讧。重庆的蒋总司令一气之下撤销了五十七军的番号，所属师旅直接由鲁苏战区总指挥于司令直辖。可是矛盾继续在师旅团级军官中蔓延，为避免被歼，师部和六六六、六六二和六六五三个团几千人马一起拉到了滨海支队的地盘，参加了八路军。

“连长，世事变幻，想不到这辈子小东北还能再见到你啊！”

三子感叹着。

“别他妈叫我连长了，老子现在是队长了！”

吴连长打了三子一拳，又扇了自己一嘴巴，说：“一高兴就忘了，我这改不了的军阀习气。”

三子发现吴连长其实改变了很多，甚至可以说是脱胎换骨了，原来那个骂骂咧咧的吴连长基本上看不到了。遇到什么难事大事，大眼珠子转悠一下，捋直大舌头，说：“同志啊，别急，办法总比困难多，我跟王政委研究一下。”

三子现在所属是八路军冀热辽军区东北先遣队，一百来人，除了王政委，全是原东北军五十一军和五十七军的兄弟们，他们对打回东北老家一雪前耻，有着无比强烈的愿望，一个个摩拳擦掌，恨不得立即出发。

王政委是长征干部，有着极强的原则。他反复强调：“训练必须认真再认真，准备必须充分再充分，差一点儿都不行。须知我们这百十人的一支孤军深入敌后，情况不明，环境陌生，同志们急不得啊！”

三个月后的一天傍晚，队伍悄悄出发了。出发前，大家都换上了便衣，每人又发了两套军服。有人问咋是两套，背着多沉。三子告诉他们，另一套是“国兵”的，“满洲国”兵的，就是咱这儿的皇协军。众人才明白过来，也难怪，他们入关已经十几年了啊。

天上飘着细细的雨丝，队伍越过长城，出到关外。下了山坡，走在前面的吴队长突然跪下了，然后又趴下来，紧接着一百多人的队伍全都趴在了地上，他们拥抱着、亲吻着久违的东北大地，一片抽泣声。

第二天，队伍仍然顺着山林一路向东。三子撵上吴队长，小声说：“咱是走辽西、辽北绕过奉天到西丰，再折向南奔通化吧？”

吴队长吸溜一口气，说：“小东北，行军路线高度保密，你咋知道的？”

三子说："我猜的。你看咱这些人老家不都是清原、抚顺、海龙、东丰、磐石、濛江、通化、临江东边道一带的吗？再说，这么走全是山连着山，虽然绕远但是更安全啊！"

"小东北，别再瞎猜，严守纪律！"

吴大舌头的语气从未有过的严厉。

"我这不觉得都能回家看看了吗？咱这是联系抗联吗？我二哥二姐就领着一支队伍坚持在玛珥湖一带的大山里呢。"

"小东北你得了话痨咋的！"吴大舌头的脚都抬起来，想了想又放下。

三子处于兴奋中，他又想起了立冬，不知道她长高没有，见了面还能不能认出自己。

"想你玛珥湖边的老婆了吧？没出息！"

三子没再吭声，他又想起了丁小五，这回队伍没准会从他家门前过呢，也不知道他现在逃到哪里去了。

出关的第三天傍晚，前面侦查的小分队回报说情况不明，正面与日军遭遇的可能越来越大。断后掩护的小分队又抓住个探子，说这家伙跟了一天了。

吴队长和王政委研究后决定，让大家换上"国兵"的军服就地宿营。

下半夜，轮到三子站岗。他借着朦胧的月光，就看到了被反绑双手、歪在干草堆里呼呼大睡的丁小五。三子一脚踢醒丁小五，小声说："小五，瞅你这个熊样，你咋成了细作？"

丁小五眯着两眼，瞅了好一会儿，拿头撞了一下三子，说："天啊，我不是做梦吧？文明，小东北，你不会真当了汉奸吧？你要真当了汉奸，老子认栽！"

"汉奸？老子现在是响当当的八路！"

"那赶紧给我松绑，老子现在是堂堂的国军少校。"

"蒙谁呢？国军都在关里呢！"三子刚伸出的手又缩了回来。

小五说，那次庆功会他俩趁机逃跑后，找不到原来的部队了。当时正好有个故交在重庆给他谋了份差事，他就投奔过去。然后被派回了东北，专门收集关东军的情报。今天他本是瞅着好奇，看衣着打扮，像一伙儿汉奸，或者土匪武装，但举止做派和行军脚步又像一支训练有素的正规军。所以他想弄明白关东军的大后方突然冒出来这一小股部队的目的，结果就成了俘虏。

三子给小五松了绑，说："别干国军了，留下吧，咱老连长现在是队长，反正都是抗日，咱连的大刚、铁柱、小二、胜子都来了，咱一起杀回老家去！"

"吴连长？嘿，真是缘分哪！太好了！"丁小五兴奋了一下，想了想又说："不行，我要是不回去了，咋对得起我那老朋友？再说，还得把情报发回去啊。"

"死心眼儿。你把情报给吴队长不是一样的？"

丁小五笑笑，说："这你就不懂了，情报搜集各有各的系统、各有各的任务，我们需要的在你们那里可能一文不值呢。"

天快亮时，丁小五对三子说："兄弟，我不但不能留下，更不能见老连长。你知道他那脾气，一定会把我扣下，那就陷我于不义了。咱俩是生死过命的患难之交，又是老乡，算是兄弟，我求你了，你要愿意成全兄弟就让我走；不愿成全，那我只好要杀要剐悉听尊便了。吴连长不会收留我的。反正我也不知道你们要干什么，我也不想知道，就当我没遇见你们。"

"丁小五，你他妈这是什么狗屎命啊！"三子不知不觉跟吴大舌头学会了骂人。他想，都是友军，都在一起抗日，大不了让吴大舌头骂几句打一顿，或者让坚持原则的王政委给个处分，行军结束后，再补关个禁闭什么的。于是私放了丁小五。

事情很快就被政委察知了。先遣队决定休整一天。王政委说："刚出关就出现这么严重违反纪律的事，不解决好，我们非得全军覆没不可！这种行为若在战场上，就算是通敌，都可以枪毙了！"

吴队长开始还坚持："把小东北给我叫来！批评教育。"

三子说："知道是违反纪律，可小五对我有救命之恩，我们是过命的兄弟，他也在抗日，所以我必须这么干。我敢拿命担保，丁小五不会给我们带来麻烦。没啥好后悔的。"

"同志，你的阶级立场有问题啊！你不能再在队伍上干了！"王政委严肃地下了结论，"念你有战功，也是枪林弹雨、死人堆里爬出来的，我们给你出个证明，回地方上去吧，热河、胶东、沂蒙都行。"

吴队长瞪着大眼珠子瞅着三子，张了张嘴，但没出声。

三子说："队长，既然这样，你别为难，我走就是，你们都多保重。"

就这样，三子告别了先遣队的兄弟们，临走，吴队长同意他背走那支汉阳造。

他昼夜兼程，回到老屋，化些纸钱，扒开坟丘带上爹娘和麦子的骨殖，一口气赶回了玛珥湖。

三子大致说完这些年的经历，说："三姐，这些年爹娘都好吧？二哥二姐还在山里吗？大哥大姐呢？立冬呢？"

立秋的脸色骤变。

七十二

梅冷的画终于完工了。一棵古槐虬枝屈曲，枝繁叶茂，苍老的身躯盘旋着展向半空，似要扑倒在地，终又傲然向天。老槐树下，几粒顽石，一角沙滩，让人听到了波翻浪涌，涛声阵阵。整个画面苍茫中带着些许悲凉，些许感奋，些许昂扬。

梅冷丢下画笔，静静地坐在小凳子上盯着画面一言不发。许久，睫毛翕动，一颗泪飞上脸颊，她叹了口气，说："这就是人生啊！"

我说："这地方是一排槐树来着，咋就剩一棵了呢？"

回到房间，梅冷抱过一台笔记本电脑，说要帮我找回记忆。

我说："记忆哪能说找回就找回，你别白费力气了。"

梅冷叹口气，专注地盯了我好一会儿，说话的声音有些变调："继承君，还记得子慧吗？你的子慧？"

"子慧，是谁？'你的子慧'又是谁？"我一脸茫然。

"你的！"梅冷大叫，好像被急哭了。

"拜托，梅冷，你别哭啊。"我急忙递上纸巾，"你知道的，我最怕你掉眼泪了。"

梅冷擦了一下，又破涕为笑。她点了一下鼠标，用精巧的下巴指了指笔记本电脑的屏幕。

我说：“这不是梅冷你吗？什么‘你的子慧’？”

梅冷撇撇嘴，说：“你看仔细了！”

我认真地瞅瞅梅冷的鼻子、眉眼和脸颊，又看看屏幕，没错，就是梅冷啊。在我视线将要移开的一瞬，顺着梅冷的手，我又看到了一个似乎很熟悉的家伙。梅冷牵着他的手，两个人幸福地笑着，那笑容比身后怒放的一大片樱花还灿烂。

“嗯，这家伙是谁？跟你好亲密呀。是妹夫吧，好像哪里见过，咋这么眼熟？”我一边端详一边说。

梅冷忽地站起来，把我拽到镜子前。

“看看，这个没良心的家伙到底是谁？”

“我？怎么会是我呢？”

我有些蒙，回到桌前再仔细看一眼，真的是自己。我面红耳赤，像偷了人家东西的小偷被当场抓了个现行。

“刚才这张是那年咱俩在名古屋拍的。”

梅冷又点开一张照片，远处的富士山若隐若现，近处热气蒸腾，一汪水坑中，我和梅冷相拥着在泡温泉。

“河口湖边的樱之都客栈。”

我默默无语，梅冷又动了一下鼠标：一只英俊的大狼狗和我。

我瞅瞅梅冷。

“它是黑暗啊，救了咱俩命的黑暗。”梅冷说，“你当时说这是玛珥湖群，富士山也算玛珥湖地貌，和长白山是姊妹山，几百万年前她们是连在一起的，是地壳运动才把她们断开，富士山被从大陆甩了出去，从此她们只能隔着汪洋大海相互遥望。本是你信口胡诌，我却当真地跑到大学图书馆里去查资料。后来，后来我们便和富士山有了个约定！”

梅冷又调出一张，小小的房间，光线昏暗，气氛暧昧。梅冷身披透明的轻纱，伏在我怀里……

我感到头晕目眩，一阵热流涌上脑门儿。

梅冷说：“这是在北海道，那天晚上突然遇上了倒春寒。你拉着我的手在风雪中挣扎，后来，我实在走不动了，你背着我，走了很久，半夜才赶回旅馆。”

梅冷瞅着我，一字一顿地问：“你说，咱俩算不算是生死之交，共过患难？”

我摇摇头又点点头，突然意识到一个问题：“为什么都是在日本呢？”

“你去问梅姑！”梅冷关掉电脑，“想看，我这里上千张，有的是你‘犯罪’的证据，不怕你不认！”

我说：“该不是你P的吧！”

梅冷丝毫没有犹豫，双手捧起笔记本电脑砸到我身上。我想接住，可终究还是慢了半拍，电脑啪的一声摔到了地上。

梅冷跑了出去，笔记本可怜巴巴地趴在地上。我捡起来，屏还好，没碎。我没有关门，我害怕一会儿梅冷会擂得地动山摇。我一页页理好《玛珥湖》的书稿，整齐地放进抽屉里，祈盼着写书稿的人，或者送书稿的人能满足我的愿望。我轻轻关上了抽屉。

梅冷还没回来，隔壁房间也没动静。

我下楼，在门外台阶上找到梅冷。她双臂抱腿，乱蓬蓬的头发深埋在两膝间，瘦削的后背向上拱起，像只刺猬似的正努力地把自己团起来。

我鼻子有些酸，挨着梅冷坐下，轻轻拍了拍她后背，说：“梅冷，也许，我真的对不起你！可是，可是我不是故意的。”我停顿了一下，才在头脑中找到故意这个词。

梅冷一动不动，像尊雕塑，许久，在她的两膝间发出幽幽的声音。

“对不起，对不起有用吗？一句对不起就全结束了吗？”

“那，你说咋办？”

我轻轻抚摸着梅冷的后背。习惯了她的强势，她的霸道，甚至有些玩世不恭，看到她如此痛苦哀伤，楚楚可怜，我内心深处最隐秘的一个地方还是很疼地哆嗦了起来。

梅冷缓缓地从两膝间抬起头，瞅着我说：“都怨我，一切都是我自作自受。我好害怕，我现在，恐怕连死的勇气也没有了。我们还能重新开始吗？”

“那，燕琳怎么办？”

“仝燕琳？她爱你吗，你爱她吗？”

我无言以对，想了想说：“怎么又仝燕琳了？”

尽管对我来说这是另外一个问题，却见梅冷嘴角翘了翘，露出雪白的牙齿。

“你连她姓什么都不知道，还敢说你爱她？”

我想起来了，燕琳是姓仝的，在小金龙顶子上她曾经说过。

夜半，玛珥湖半空又飘荡起了西皮流水：伏皇娲娘，临渊嗟叹，莽莽大地，浩浩长天——

我惊醒过来，等着梅冷敲墙或者砸门，可是直到天亮，隔壁房间一直悄没声息。

梅姑一时半会儿回不来，我不能再等了。

我去外面小超市买了些方便面，又到小刘大夫的诊所买了些创可贴和云南白药，装进双肩包里。吊床和睡袋装不下，只好额外再打一个包。

继红来给我送开口松子，我说马上吃，散装的就行。

继红说，包装好的比散装的要饱满些。

“怎么样，好吃吧，每天坚持吃没有？”继红显然没准备让我回答。

继红终于发现了地上的包。

我说：“简单归置归置，房间有些乱。”

“这活儿留给我啊。以后你别干了，梅冷不是来了吗？”

继红提醒了我，梅冷虽有睡懒觉的习惯，也没这么晚过。我急忙去敲门，可房间里却一点儿声音也没有。

继红跑到服务台拿房卡打开门，只见梅冷趴在床边，手垂着，玻璃杯碎在地板上。

我急忙上前把梅冷翻过来，感到她身上火一样烫。我和继红赶紧把她送到了镇医院。

梅冷直到下午才醒过来。她盯着输液袋看了一会儿，又扭头左右瞅瞅，说：“你就多余救我，让我死了岂不更好。”

我问：“你就甘心这么死了？”

“不甘心又能怎样？”

梅冷抬起手臂，按她以往的个性，我怕她薅针头，急忙一把死死按住。

梅冷轻轻呻吟了一声，说：“哥，你放心，我会配合治疗，我还不想死。”

我试了试梅冷的额头，感觉还很热。看着她憔悴的面容，话到嘴边又硬咽下去。

“有什么话就说，别吞吞吐吐地憋在心里。”在梅冷面前，我的一切都是透明的。

“还是等你好了再说吧。”

“你不怕憋出病啊？快说！”梅冷皱着眉头从床上坐起来。

我打开笔记本电脑，调出了这张令人困惑不解的照片。梅冷白袍加身，我着唐装，背景好像是个神殿，或者参加一个什么神秘的仪式。簇拥着我们的那一群黑衣女子，让整个画面透露出鬼魅的气息。

“这画面，好像来自千年以前。”

“白无垢啊！”梅冷扑闪着水汪汪的眼睛，“这一天，我成了你的新娘，前一天我俩到高山市役所登记履行了手续，在日本，我俩已是夫妻了呀！当岁月过成地老天荒时，我们的蜜月会依然年轻，我会永远记得。”

梅冷的话惊得我一抖，笔记本电脑掉到病床边又折翻到地上，发出惊天动地的一声爆响，震得我肝胆俱裂。

退了烧，梅冷又在医院住了两天便出院了。

七十三

早上天刚亮，我便背上双肩包，拎上行囊，悄悄地出发了。顺着玛珥湖东边的那条路，一头扎进山里。开始路很宽，走了一会儿才变窄的。以前这应该是玛珥湖林场的运材路，前两年采空了，路便渐渐被废弃，小榆树、小杨树和高大的蒿草从路边向中间合拢，便有了羊肠小道的感觉。我断定这就是当年立秋、立夏和文华他们走过的那条抗战小道，也是现在山爷和梅姑偶尔涉足的神秘小路。

老树参天，荫翳蔽日，鸟鸣啾啾，溪水潺潺。

我畅快地呼吸着凉爽新鲜又带着一丝清香的空气，感觉这里的负氧离子浓度比玛珥湖边还要高上许多。就要见到传说中的山爷了，我多少有些激动。我想见了面，自己是应该先给他鞠上一躬呢，还是敬个礼？我对闯过麻达沟有着高度自信，丝毫不曾怀疑自己的能力。

露水浓重，很快打湿了裤腿，我不敢碰稍高一点儿的蒿草，因为那样，冰凉的露水就会哗的一下给我淋个透湿。

大半个上午过去了，我终于看到了那棵大松树，它已不是我头脑中的模样了。退去了针叶，退去了树皮，光溜溜的枝干挓挲在半空，就像一个浑身褶皱的老人被无情的岁月强行剥光了衣服，在万顷碧绿中羞涩地、孤独地苍老着。

大松树，死了……

我走到树下，抚摸着干枯且尚有些温暖的树身，百感交集。一股浓重的松香包裹了我，我贪婪地趴在树干上使劲儿闻着。我知道，这香味来自松树的身体，一串串松节油眼泪般挂在树身上，泛着晶莹剔透的明黄色光泽，像珍珠。再过几万年，这眼泪能变成散发着幽香的琥珀吗？

我来不及寻找那间地窨子还在不在，而是直接望着银龙顶的主峰继续向北走。到主峰下，再向东就是麻达沟了。过了麻达沟，就是我此行的目的地——大金龙顶子了。

“站住！”身后传来一声断喝，着实吓了我一跳。我以为是自己听走了耳，直到第二声“站住”响起时，我才困惑地转过身来。

头发蓬乱，脸色苍白，一枚绿叶还粘在额头上。梅冷上气不接下气地扶着老松树喘息着。

“跟我——回去！”

我定定地欣赏着梅冷的神态，一股气流终于不受控制地从胸腔冲出来，带动着喉咙处的声音剧烈颤动。我被自己的笑声感染，心情分外愉快起来。我说：“你带镜子了吗？快照照，是山鬼还是山妖？”

“我没心情跟你开玩笑！”

歇了一会儿，梅冷渐渐缓过气来。

我笑笑，说：“你还真能耐，跟踪我？我决心已定，谁也别拦着！”

“麻达沟会要了你命的！继承君，我求你了！”梅冷喊得声嘶力竭。

“不会的，你放心吧！”

“你忘了，你真的忘了，富士山青木原，我们没有那么好的运气，不会再遇到黑暗了。”

我走回大松树下，拍拍梅冷的肩膀，说：“这条小路还是挺好走的，歇一会儿，你就原路返回吧。记住，遇着岔路时一律往右。马上中午了，我带了吃的，你吃点儿东西再回去吧。”

我打开背包，拿出一个面包、一袋榨菜和一瓶水递给梅冷。梅冷没接，我放在她脚下，起身便要继续走。

“李继承，我杀了你！”梅冷气急败坏地冲到前面拦住我，双眼寒光闪闪，像两把匕首投过来。

这眼神我好像在哪儿见过。

我双手扶着梅冷的肩，说：“病刚好，别再气坏了。我问你，你去过麻达沟吗？”

梅冷摇摇头。

“没去过你咋知道会死人？听梅姑说的吧？‘绝知此事要躬行’。不试一下怎么知道到底会怎么样？”我看到梅冷目光黯淡下去，便说，“要不这样，你跟我一起去，敢吗？”

梅冷终于上了我的当，嘴角一弯，露出一排好看的白牙。

其实，麻达沟没有一个明确的地域标志，我和梅冷是不知不觉走进去的。绕过银龙顶子的山脚折转向东，小路越走越窄，渐渐便淹没在一片灌木藤条和嶙峋乱石中。这时候就只能凭感觉按着大致方向，绕过深沟石塘，在山林中摸索向前，等费尽力气，本以为走了很远的路途，就要接近目的地时，却突然发现又回到了刚才的起点。

“哥，这不是我刚才坐着休息的大石头吗？咋又回来了？”梅冷瞪大眼睛，一脸不知所措。

我的汗唰地淌到脸上。麻达沟！我们什么时候走进的麻达沟？

梅冷看看表，说：“一个小时前，我就是坐在这儿休息来着。”

我安慰着梅冷，拿出午餐和梅冷吃完，很有把握地拿出指北针放在地上，红红的指针不停地颤抖着摆动，就像患了感冒发烧一样不停地打着哆嗦。我吃惊不小，急忙又把电子经纬仪拿出来，数字也在乱七八糟地蹦跳，无法固定在准确的一组。

“这是啥鬼地方，咋都不好使了？”我拿出手机，梅冷冲我摇摇头。

“没信号，我早试过了！”

“难道真的会死人？”我打了个寒战。

梅冷反倒嘻嘻地笑了：“继承君，这里和青木原一样，现在证明了我的判断吧。不怕，反正咱俩若是一块儿死这儿，也算是天意吧，挺好！”

“不至于，还有太阳呢。”我看看表，仰起头，可就是看不到太阳在哪儿，最后，只好从树的长势上大致判断出方向，再次向东。

我牵着梅冷的手，边走边在树上留记号。从这片跳石塘走出来，又进入另一片更大的跳石塘。“跳石塘”是我给命名的，我不知道玛珥湖人叫它什么。高低错落的灌木、乔木下，藤条缠绕着一块块大大小小的黑石头，石头缝隙间有的杂草丛生，有的却黑洞洞的深不见底，有的其间还会传来流水声，那声音或淙淙如嘤咛，或激越如擂鼓，似乎从地下很深处发出，让人听着便会起一身鸡皮疙瘩。我从这块石头跳到那块石头上，然后梅冷再跳。我提醒她注意脚下，有的石头上长着滑滑的青苔，稍不留神便会掉进石缝里去，可不是闹着玩的。

天色渐渐暗下来，我们已经不在石间跳跃了。麻达沟奇怪得像个魔术师，跳石塘不知什么时候在什么地方悄然消失了，当我意识到又在迈动双腿正常行走时，绿色的林海更加浓重地包围了我们。

梅冷拽着我的手说：“天要黑了，咱们今晚怕是走不出去了。”

我说：“再往前走一段看看。”

梅冷瞅着前面突然惊叫了一声：“快看，好像有人来过。”

我和梅冷急忙跑上前，看见一棵核桃楸树的树干上被人随手砍了一刀。黑黑的树皮泛着白茬儿，顺此往前，一米多高的大树小树上都留着一溜儿白茬儿，是刀砍的痕迹，茬口还很新鲜。

“这回好了，我们顺着路标走！”梅冷惊喜地说。

我又仔细看看四周，目力所及，纵横交错的标记勾勒出有人在这一带来回穿梭的足迹。我把手中的警匕比到树身的茬口上。

梅冷说：“是我们的？！”

我心慌气短，似乎已经看到了穿着黑衣的死神正狞笑着从森林的深处向我走来。

“梅冷，怕吗？”我问。

梅冷摇摇头：“不怕！”

再往前走，我们又回到了午餐时的那块大石头旁。大石头苍黑着脸，冷冷地注视着我们，似在嘲笑我们一下午疲于奔命的徒劳。

森林里的天说黑就黑了，我急忙在身旁划拉了一抱干柴，笼起一堆火，火苗跳动着，驱散浓重的雾气和寒意。

梅冷拿出面包、榨菜、火腿肠和一瓶水，说：“就剩一瓶了。”

原想大山里溪流纵横，可麻达沟里只闻水声却不见溪影。我拿出一块塑料布，系到几棵小树上，做了个收集露水的漏斗。

梅冷说：“看来，你还是做了点儿准备的。”

我笑笑说：“不是一点儿，是很多！”

这里的夜晚绝对不属于人类。一团团浓重的黑雾突然间就从地下升腾起来，填充在树木的空隙间。黑暗的树影中仿佛隐藏着无数的魔鬼，正恐怖地窥视着我和梅冷。

我们就像两个被投入地狱的孤独无助的孩子，只有不断往火堆里加柴，才能抵御越来越重的孤独和恐惧。夜的深处，不时传来一阵阵低吼和高叫。我不知道那是什么声音，或许是什么野兽吧，还有一些奇奇怪怪的声响忽高忽低，像恋人们在说悄悄话，又像垂死老人的咳嗽呻吟。我扭头望一眼黑暗的夜幕，希望能看到点儿什么，哪怕飘荡着的鬼魂也好，最起码能证明曾经有人光顾过这里，可是什么也没有，有的只是从无边的夜色中不断涌出的一团团黑暗和一次又一次闪现的黑衣死神，长发披肩，白脸红唇。

梅冷一边吃面包，一边用另一只手紧紧地拉着我的胳膊，还有些抖。

我稳了稳心神，咬了一口面包，用嘴撕开一袋榨菜递给她，说："别怕，一切有我！"

"哥，我真的不怕，走不出去我们就结束在这里吧！"

我说："辨不清东西南北，往哪儿走都不成啊！"

"一语成谶，看来咱俩真要死在这里了。"

梅冷说着拉开背包，查看剩余的食物，计算一下我俩大概还能撑几天。

我突然想到了立夏和文华，说："放心，死不了。告诉你，只要想活，多少年都能活下去！"

吃完，我在火边的两棵树上系好吊床，又把睡袋放上去，让梅冷躺进去，拉好拉链。

梅冷问："你咋办？"

我说："我看火。"

梅冷说："要不把吊床和睡袋都铺在大石头上，咱俩一起睡吧。火熄了更好，我总觉得黑暗中有无数的眼睛在看我，好恐怖。"

"不行，火绝对熄不得。"我说。

梅冷头一拱，滚下吊床，像条虫子似的蠕动过来，靠在我身上，说："那，这样睡吧。"

七十四

我看着火，不时填上几根干柴，思考着明天该怎么办，艰难地挨着漫长而恐怖的黑夜。

渐渐地，我感觉自己似乎睡着了，半梦半醒间，一阵凄厉的鬼哭狼嚎把我惊醒，诡异的事情发生了——

枪声，我先听到了噼里啪啦的枪声，然后是喊叫声。我站起身来四下寻找，竟然看见了一伙儿日本兵，没错，他们正叽里呱啦地喊叫着往前跑。跑在前面的不时放上一枪，明晃晃的刺刀寒光闪闪。我数了一下，一共五个人。我顺着他们开枪的方向在树空中寻找，竟然看到一个拎枪奔跑的少年，瘦瘦高高的身影像头矫健的小鹿，灵巧地在树林间跳跃，躲避着身边嗖嗖飞过的子弹，还不时回身开枪还击。

我下意识地摸摸腰间，我身上没有枪，只有一把警用匕首，帮不上忙。我喊了一声，可惜太远了，少年并没有听见。

少年在一棵大树后躲起来，这回我看清了，清瘦的面庞，短短的头发，是立冬啊！

我想跑上前去，可刚迈开脚步，就见少年双臂一抖，枪响了，一个日本兵应声倒地，其余四个开始分散包抄。

立冬转身再跑，引着剩下的四个日本兵跑向麻达沟深处，消失在我的眼前。

没待我回过神儿来，又一阵枪声响起，比刚才激烈了许多，还有千军万马的喊杀声。三子胸挎卡宾枪，手拎步枪冲了过来。是的，就是那支汉阳造步枪。他一个标准的战术跳跃，卧倒、翻滚、匍匐前进至那块大黑石前，弹雨便水一样兜头泼了过来，一伙儿日本兵稀稀拉拉地开始包抄。

三子端起卡宾枪一个点射，包抄的人躲在树后不敢再露头。

“小野，我已经发誓不再杀人，可你是个例外，我当年答应过长海哥。”

三子躲在石头后冲着天喊。

小野冲着大石头开了一枪，领着那伙儿人借着一棵棵大树掩护，继续缩小包围圈。这会儿我看清了，那伙儿人不是日本兵也不是皇协军，倒像是一伙儿土匪，手中的武器也是五花八门。

我困惑了。

前面几个冲得很快，在大树空隙间快速地跳跃翻滚，逐渐向大石头逼近。

我紧张得喘不过气来。

三子端起步枪，压弹上膛，瞄准击发，一连串动作如行云流水。前面几个纷纷倒下，后面的全趴在地上不敢再动。只有小野还在借着一个个掩蔽物向这边冲上来。他一手举刀，一手持枪，呜呜哇哇地朝着三子连连开火，打得大黑石头上火星四溅。

三子抬手一枪，小野的盒子枪掉到地上，再一枪，小野单腿跪地。

三子从大石头后站起来，向着远处突突了一梭子，喊道："不怕死的就来呀！你们这帮汉奸土匪！"

这伙儿人早被三子的气势震住，瞬间作鸟兽散。

"小野，我留下你条狗命就是想问问，你每次杀人时是怎么想的？那是一条条鲜活的人命啊，你说劈就劈了？"

"你的，是谁？"小野左手拄着东洋刀，努力支撑着抖动的身体。看得出来，他还想尽量逞出大日本皇军的气势。

"你大概不会记得，但是我不可能忘记，你刀劈长海哥，我们全校师生永远都不会忘记！"

许是一条伤腿跪累了，小野索性左腿也跪下来，左手抖了一下抽出东洋刀，边擦边说："大日本皇军，效忠天皇，是荣幸！"然后，小野把刀插进自己的肚子，哗的一下，血、肠子一起淌出来。他并没有即刻死去，而是佝偻着身子在地上呻吟，哇哇大叫。

三子转身离去。

"李桑，"小野哀求，"给我一枪，求求你了！"

"所谓大日本皇军的意志，不过如此！"

枪响了，群山此起彼伏地呼应着。

三子拿起小野的刀，薅一把草擦去血污，在那支汉阳造步枪枪托上刻下最后一道痕迹，扔下刀，向前走了几步，又返身捡起，看了看，提枪飘然而去。

我看看表，已经下半夜了。我望着黑暗的四周，期盼着更神奇的事情发生，任由那堆篝火抖动着由大变小，最后被黑暗挤灭，连同我和梅冷一起被淹没在无边的黑暗中。

一声巨响，石破天惊，涌动的地火终于冲开重重阻力喷薄而出。巨大的火龙摇摆着、舞蹈着，努力燃烧着黑暗的天际。熔岩滚滚，吞噬一切，天地之间一片火红。

梅冷的笑容生动灿烂，熠熠生辉，她站起身，一件一件将自己剥出来，就立刻光芒四射地笼罩了我。她过来抱着我，伴着山呼海啸，我们一起和着火龙快乐的起舞欢歌。

终于，梅冷左眼下那粒微小的红痣让我听到了一声低沉的呼唤：

“子慧，我的子慧！”

梅冷的手像一条小蛇柔柔地在我的脸上爬行，我睁开眼，梅冷在我眼前微笑，那清清丽丽的笑容恍如隔世。我按住她的手，又看到那颗红玛瑙般晶莹剔透的痣镶嵌在她白皙的脸上。

“子慧，我的子慧！”

我又听到那声呼唤了。我头痛欲裂，好像有人正在拿錾子一下一下錾开我的脑壳。

雾气在身边缭绕，阳光透过枝叶筛落下来，给这块黑色的大石和大石上绿色的睡袋，都印上了斑驳的花纹。

梅冷拱到我怀里：“哥，我冷！”

我伏过身去，用昨夜的熔岩再次把天地点燃，让一个红彤彤的世界再次呈现在面前。

伏在梅冷背上，我惊异她的力量。一开始她是扶着我走的，可是灌木丛生藤条葳蕤的林间这是难以想象的，梅冷一弯腰强行把我背起来。

我是想爬上那棵大树看太阳的，太阳永远指示着方向，尽管在让人迷失的麻达沟。

我踩着梅冷的肩膀攀上第一根枝丫，可是，树枝折了，我摔到地上。

梅冷瞅瞅我，指着那块大石头欢呼，“笨啊，树影啊，快看几点了。”

梅冷的背比我想象的瘦削，听着她沉重的喘息，我沉闷疼痛的脑袋终于被凿开一角，一道亮光照射进幽暗了许久的角落，让发霉的记忆渐渐鲜活起来，长出了几株嫩绿的芽。

淡淡的一抹花香，尽情在味蕾上绽放，一缕仙气在舌尖上起舞，薰衣草露冰激凌很适合我此时的心情。

无边无际的薰衣草花海从眼前一直怒放到天上，穿行花田的子慧宛若临凡仙女，飘飘欲飞。

我端着她的哈苏不断地按动快门。取景框中的鲜花和笑脸常常让我产生幻觉，仿佛置身一个童话世界。

这无比绚烂的花海似乎已怒放千年，只为等待一个人的到来，和她映衬，和她比美，她不来它不凋。

倦了累了，子慧买来两枚冰激凌，捧在手里，一人一口。

薰衣草的幽香由外及里，缠缠绵绵地缭绕在我心头。让我从富士山到名古屋，从高山市到北海道，一路摇荡不已的心旌瞬间掀起了狂澜。

子慧俯下身来，白皙的脸颊慢慢靠近颀长秀丽的花序丛，双目迷离，似在静静倾听。

我举起相机，子慧摆了摆手轻轻说：“别打扰，花儿在说话呢。”

“听到了吗？”

“听到了！”

“花儿说了什么？”

“她说她代表着真爱！”

“哦，真爱！”

“她告诉我，等待爱情！”

“那你，等到了吗？”

“你说呢？”

紫色的花丛中，子慧微扬起头，慢慢闭上了眼睛。她鲜红的唇如一粒熟透的樱桃，饱满且丰盈，一如她那鲜艳的脸颊，无比灿烂地绽放在花海中，顿令这大片的薰衣草花容失色。

我慢慢弯下腰，跪下来，生怕惊醒了花儿们的美梦，把脸贴上去，把唇压上去，然后，在花海深处，为了表达互相爱到极致，我和子慧终于把自己交与对方。

那一大片粉的、白的、绿的、紫的薰衣草为我们炽烈的爱与激情忽而翩翩起舞，忽而瑟瑟颤抖，最终纷纷折服。

“那是富良野的薰衣草啊，子慧，我的子慧！”

梅冷突然一个跟头摔倒，我从她后背滚落。梅冷皱一下眉，龇牙咧嘴地翻滚着爬过来，扳起我的头摇晃着说：“继承君，你说什么？你再说一遍，求你再说一遍，好吗？”

梅冷紧紧把我揽在怀里，泪水和着汗水簌簌地落在我的脸上。

透过枝叶的空隙，我看到远处的一脉山峰高耸云天，那不是富良野的十胜岳，而是玛珥湖的金龙顶子啊！

七十五

没待把岁月过成地老天荒，我和子慧的蜜月便戛然而止了。

子慧欲言又止，悄悄躲到卫生间里流眼泪，慢条斯理地帮我打点行装。我的心头乱七八糟缠绕起她的离情别绪。我知道子慧不想让我离开，可她的理由又不够强大充分，只好叹着气说：“办完签证我就赶过去！”

“也许，我会很快回来的，妈妈身体一向很好，不至于——”此时我很忌讳说出那个字，我的心已高悬在了半空。

子慧抬头瞅着我，说：“是的，妈妈一定会没事的，可是，继承君，我担心，我们俩——”说着，子慧便扑到我怀里，涕泪横流。

子慧的第六感总是那么准确。

出了机场，李由派来接我的车没驶进省城市区。我原来想，若妈妈真的得了这么重的病应该到省城住院的。难道是病入膏肓，没有治疗价值了？一个多小时的急驰，车进梅河口，直接拐入了锦绣小区。我狐疑地问司机："怎么不去医院？"

"领导交代，直接送你回家！"

我于是拎起行李箱一阵猛跑，出了电梯，在门口长长地呼出一口气，我担心着别有什么惊天动地的噩耗让我一时无法承受。门，却从里面打开了。妈妈站在那里，表情平静地伸出手，接过我的行李箱。

"妈，你好了？出院了？"一直高悬半空的心落了地，我听出自己的声音中满含惊喜。

妈妈关上门，拉着行李箱回到沙发边，坐下，她的手一直扶在箱子上。"继承，先不说这些，你爸爸有重要的事情要跟你说。"她严肃的样子，就好像遇到了生死抉择的大事情。

"原来你没病？看来，子慧是对的！"不祥笼罩了我。

"去书房！"妈妈严肃着，没接我的目光。

推开书房门时，我在视线的余光中发现，妈妈已迫不及待地打开了我的行李箱。

其实，事情远比我想象的糟糕。原以为李由——也就是我的爸爸——会拍桌子吹胡子瞪眼破口大骂，没准还会再动手打我几巴掌，以雪和我游击战中败北的耻辱，重塑一下作为父亲的威严。我对此早做好了准备，毕竟，我声东击西金蝉脱壳，最终顺利地东渡扶桑与子慧牵手成功。儿子忤逆了老子，还干败了老子，再不让老子发发飚，疏解一下心中的郁结，那他真得去医院了。

可是，这一切，都没发生。

李由给我泡了杯茶，并且是我喜欢喝的红茶——他是喜欢喝绿茶的。然后，就定定地瞅着我长吁短叹，好像一肚子话想说，嗓子却被人拿绳勒住了，憋得脸红脖子粗也蹦不出来一个字。在我二十多年的记忆中，这是从未有过的。

我吸溜一口茶，欣赏着李由的窘态，是的，"窘"这个词此时用在他身上最恰当了。想起他对我和子慧爱情的迫害，对我围追堵截时毫不留情，我竟然一瞬间有了幸灾乐祸的快感，可是上苍很快就对我做出了惨无人道的惩罚。

"也许，一切都是我的错，我罪孽深重，罪不可恕，道德败坏，罪该万死……”李由的开场白彻底让我傻掉了。

我设想了一千遍一万遍，也想不出是这样的。他自我挞伐，恨不得把所有的贬义词全给自己用上，让我目瞪口呆的同时，也不断地产生错觉，他被我气糊涂了，精神错乱了。

“我犯下的罪，不应该让我的孩子们来承担的……”李由流泪了，他竟然流泪了！这是我第一次看到他的眼泪。

懵懂中我的心已经感觉不到疼了。我迷惘困惑地瞅着李由一句话也说不出来。他大概觉得在儿子面前流泪是件很丢人的事情，擦擦眼睛开门出去了。

“烧了？”

门没关，李由的声音清晰地传进来。

我扭过头，见妈妈冲他点一下头。这时候我闻到一股纸张的焦煳味，丝丝缕缕地从客厅飘荡过来。

两个人配合默契，看来蓄谋已久。

关门声传来，我知道他们出去了。其实我的视线一直望向客厅，只是我什么也没看见，包括他们出门时的背影。

手机响了，伴随着欢快的铃声，属于子慧的那串数字在我眼前闪闪烁烁，犹如她调皮的目光。我端详着这块小小的屏幕，妩媚的子慧、妖娆的子慧、沉静的子慧、优雅的子慧——子慧变幻着各种风情姿态，万花筒般在我眼前呈现。

又过了一会儿，子慧发来一条微信。

“算时间，你应该赶到医院了，妈妈怎么样了？无论遇到什么事儿，我都会和你一起面对，千万别让我焦急，好吗？继承君。”后面还有一排流泪的表情。

可是，子慧，这一切我该怎么跟你说？我羞于启齿。李由也是在痛心疾首的自我批评、自我反省、自我诋毁中一语带过，像一场激烈球赛中场休息时一句无关紧要轻描淡写的解说。这个在基层摸爬滚打几十年，脸皮早已磨得比脚后跟还厚的人尚且如此，我又怎么能说出口呢？我终于明白了，之前一切不合常理的事情都得到最为合理的解释。可是我却选择了逃避和忘记，我没有勇气直面现实，甚至连记住这件事情都让我羞愤难当。

子慧的信息还在源源不断地涌来，我打消了找个没人的地方自我了断的想法，努力控制住走上楼顶一飞冲天的欲望。我死了，子慧怎么办？或许，要死也得牵着手一起吧，我似乎一瞬间变成了掌握自己生命的死神，看到了不久的将来，我和子慧的最终结局。

“亲爱的，别担心，我马上回到你身边。”我给子慧回了微信。子慧立即发来一排拥抱亲吻的表情，紧接着又跟了一句：“我等着你！”

就当一切未曾发生，只要我到了日本，回到子慧身边，这边的一切权当不存在，是一场梦，一个虚幻。哪有那么多真相，真相有那么重要吗？没有真相，人是否活得更幸福更快乐呢？真相是什么？你认为它是事实它就是，你认为它不是，那它真的就不曾在这个世界上存在过，不过如此而已。换句话说，即使存在过又如何，问问伏羲爷爷和女娲娘娘，问问伊邪那岐跟伊邪那美。

我一阵手忙脚乱，行李箱中却不见了护照，我哗的一下，把行李箱中的衣物翻倒在地，又仔细地找了一遍。

“烧了？”我想起了这句话，抽动了一下鼻子，纸的焦煳味还若隐若现，还有妈妈拽着我行李箱的神态。我拿起手机拨了一串号码，没待接通，便无奈地放下了。此时，出入境管理大队的哥们儿无论如何帮不上我了。

“对不起，子慧，我回不去了！”我发完这条微信，泪水止不住唰唰地流了满脸。

“不怕，继承君！”

“我以最快的速度办签证，订国际航班。”

“我会很快赶到你身边。”

“无论遇到什么事，这些天你什么都不要做。”

“你只要静静地等着我到来。”

“我要陪着你！”

“我要和你一起战斗！”

“我要和你生死相守！”

子慧的微信绵密地涌过来，我不想让她担心，我想发条语音。可是试了几遍，那沙哑的声音就像砂纸打磨着锈了一百年的铁片，只好改用文字。

“听你的，放心吧，我等着你到来！”

仅仅几天时间，岁月真的就呈现出了天荒地老的样子，一切在我眼里都是那么虚幻，那么不真实。包括这明丽得让人心虚气短的太阳，纯净得像画在头顶的蓝天白云。走在辉发河边，滨河景观带中的亭台轩榭、奇石拱桥、绿树红花，甚至点缀其间的三两游人，都以极其变形夸张的姿态呈现在我眼前。我要通过不断地眨眼睛揉眼睛来调整视线，才能避免脚步跌跌撞撞磕磕绊绊。梅河口地处北纬43度线，正是一年最惬意的时光，在这个美好的时节，这座城市将以她的倾城之美迎来我心爱的子慧，我应该振作起来，高兴起来。

可是，子慧，我该如何跟你说？我的喉咙又像被一只无形的手紧紧扼住。胸膛被许多条绳索绑缚，并且还越勒越紧。我看到从心脏倒流出来的血，在眼前一滴一滴慢慢洇开来，从一点迅速扩大成一片，如同夕阳残照中横卧辉发河上的彩虹桥，红艳欲滴，又像腾的一下燃旺在天地间的大火。

李由刻意躲避着我，早出晚归。其实，我也尽量回避着他。头两天，我是躺在床上的，不吃也不喝。瞪着两眼定定地瞅床头上面那幅富士红云，不一会儿，子慧就从红云中浮现出来，冲着我笑。妈妈默默把饭菜端来，再默默端出去。她变着花样做我平时喜欢吃的，可我真不是和他们示威较劲，最起码不是和她，我实在是难以下咽。

“你要饿死了，妈也不活了！”妈这样说时，就突然泪崩，大滴的眼泪吧嗒吧嗒掉到我身上。

我只好狠下心来，端起碗努力喝下去几口大米粥，抹一把嘴，摇摇晃晃爬起来，说：“我没事了，去上班！”

昨天晚上，妈妈送饭时没有关门，我知道这是她特意的。不一会儿，李由回来了，就那样站在门口小心翼翼地望着我。我没有瞅他，拿他当空气，连鄙视他一眼都懒得做。我不知道是为他感到羞耻，还是为妈妈或者是为自己。

我不敢正视自己，包括自己周围的一切。

我渴盼着子慧快些到来，期待着命运之神的最后审判。

上午，在公安局的楼顶，望着蓝得虚情假意的天空，我就有了融化其中的欲望，让我的虚情假意和它的虚情假意迎头相撞吧，撞个满怀，撞个粉身碎骨，看看到底谁的虚情假意更加强大。可是，最终我还是控制住了，燕琳正警惕地守在我身边，她微侧着身体，瞅那架势，只要我再往前走一步，她一定会毫不犹豫地冲上来把我撂倒。

回到家，李由还没回来，妈妈差不多炒了一桌子菜。

“你，能不能先在客厅待会儿？”见我走向卧室，妈妈赔着小心，注意观察着我的脸色。我想，燕琳这个多嘴的丫头一定跟她汇报了。我想告诉她，我还不想死，最起码在子慧到来前，还不想。我张了张嘴，嗓子竟然干涩得没发出声音。

妈妈急忙给我倒了杯水。我抿了一口，滋润了一下，在沙发上坐下来。

“今晚，咱们一起吃顿饭，啊！”妈妈战战兢兢的样子让我的心哆嗦了一下。我瞅着她眼角细密的鱼尾纹，叹了口气。

“他的事你都知道？”

妈妈点点头，小声说：“其实一开始，也不知道，都是慢慢知道的，也许，你爸爸一开始也是不知道的。”妈妈小心翼翼地看了我一眼，“其实就是知道了，又能怎么样呢，已经发生的一切还能改变吗？”

“您倒很大度啊！”我瞅着妈妈向上努力扯了扯嘴角，我知道，这表情带着很重的轻蔑与鄙视。

“孩子，如果我们真做错了，请你——原谅我们，我们可就你这么一个孩子啊！”妈妈的泪扑簌簌地掉在我头上脸上。

这时候，我听到手机的叮咚声，子慧的微信恰到好处地到来了。

七十六

东京成田机场 13 点 25 分起飞，沈阳桃仙机场 15 点 40 分到达。子慧在空中飞行两小时十五分，而我要在她起飞前启程，这样才能早于她赶到机场。现代化的交通工具让我们的距离不再遥远，我与子慧仅仅相隔两小时十五分钟的距离，然而这两小时十五分钟的距离却隔着两道厚重的国门，也不仅仅是这两道坐落在起点和终点的国门，我和子慧之间，还横亘着万水千山啊！如果我们一不小心，转过身去可能就是永别。

两个多小时后就能见到子慧了吗？子慧真的飞越了汪洋大海，来到我身边了吗？开车驶往桃仙机场的路上，我的思维还保持着这些天的惯性，在虚空中不由自主地旋转。我知道，这状态会让子慧担心的，所以我必须让自己正常起来。

如果，人生就是一次漫长旅行的话，那机场就是途中的一个个驿站，这里的人们永远保持着行色匆匆的样子。

终于，行色匆匆的人群中出现了那个熟悉的身影。子慧一手拉着精致的行李箱，一手挥舞着向我快步走来。她没有像以往久别重逢那样不顾一切地冲向我，然后抱着我又哭又笑。大概她知道入乡随俗这个词，明白自己到了一个相对含蓄的国度。

子慧走到我面前，静静地端详我一会，“继承君——”子慧叫了一声，哽住，眼底涨潮一样涌起一片泪光。淡淡的妆容难掩她的憔悴，尽管涂了口红，左下唇角豆粒大小的紫痕十分扎眼。

“上火了？”我示意一下，“你瘦了！”

子慧微笑，说：“让继承君抛弃了，能不上火吗？”她说着急忙垂下头，抵在我胸前，让大滴的眼泪直接粉身碎骨地撞向大理石地面，只把白皙的后脖颈露在我眼前。

我揽过子慧的肩头，说：“走，上车。”

车进市区，到达酒店办理入住，子慧一直乖乖地默不作声，及至进到房间，她突然从后面环腰抱住了我。

“妈妈没有病，我们遇上了大麻烦大问题，是吗？继承君。”子慧的胸脯柔软地贴在我后背上，温暖的脸颊伏在我的肩侧。

思维空白了一会儿，我轻轻抚摸着子慧光滑的手臂，说：“是很麻烦，但也不算大问题吧，一会儿再说，你先休息一下，我给你沏茶，你说过的，正宗东山碧螺春，不是明前，也不是头采，就是不敢确定是不是背湖山坡上的。”

“真有你的，我不需要休息，还是我给你沏吧。”

酒店的茶具虽不高档，但还算精致。我在卫生间清洗烫泡完茶具，子慧已经换下她的牛仔裤和夹克衫，洒脱垂在脑后的马尾高挽在头顶，发髻上雅致的玉簪坠花荡悠在耳畔，百花图案烘托着大红牡丹的色留袖和服让室内闪烁着灿烂夺目的光彩。

仿佛时光倒流。

假如时光真的倒流，我愿意让生命就停止在那一刻，那个铭记终生的下午。那是在子慧的家乡，高山市郊的小村庄，幽静得如梦似幻的仙境，子慧也是这般绚丽的装扮，亲自为我奉茶。不，不是的，严格意义上说那不是子慧的家乡，子慧的老家也在玛珥湖啊。

“我来吧，继承君！”子慧轻轻接过茶具，煮水，倒茶，冲茶，虽然不是日本茶道，子慧还是面色沉静，一丝不苟地操作着。“请先，继承君！”子慧微翘着白皙的兰花指，将茶盏奉到我面前，一缕碧螺春特有的花果香气紧紧地把我缠绕起来。

“子慧，我给你讲个中国的故事，你要听吗？”

子慧小呷一口茶，用力点点头：“当然！”

“在很久很久以前，有个叫华胥氏的美丽姑娘生了一个男孩和一个女孩……”

古老的故事大抵都是这样开头的，“在很久很久以前”，我这样一本正经的样子引得子慧爆发出一串悦耳动听的笑声，她甚至忘记了自己还故作优雅地捧着茶盏，让茶水洒了出来。

“这对兄妹姓风，对吗？继承君？”子慧终于止住笑，又捧起茶盏扑闪着大眼睛，神态专注，“男孩鳞身，女孩蛇躯，后来大水，兄妹俩在卦台山滚磨占婚，磨盘相合，兄妹俩成婚，繁衍出华夏民族，到很久很久的后来，他们俩就成了护佑华夏社稷的大神。”子慧说到很久很久的后来，又学着我一本正经的语气和神态，嘻嘻笑起来。

“原来你知道啊。”

“当然，我汉语这么好，凭啥？因为我嫁给了这对兄妹的后裔嘛！”子慧又给我斟上一盏，奉过来，“其实，日本也有一对差不多的兄妹。”

“伊邪那岐和伊邪那美，”我说，“三大神创造的一对兄妹，结为夫妻后，两人拿着天之琼矛搅动大海，日本列岛便缓缓地升出了海面。伏羲和女娲，伊邪那岐和伊邪那美，他们，可都是兄妹啊！”

“在现代文明人眼中，他们都是有违人伦的！”子慧笑了一下，笑容突然就僵在脸上，“你为什么给我讲这样的故事，继承君？”

“姑姑还好吗？”我把视线从子慧脸上挪开，我不敢看她接下来的表情，“没想到，那个那么疼爱你的姑姑就是我的梅姑啊。”

我听到了轻微的声响，茶泼在了地毯上，紧接着茶盏在地毯上翻了个跟斗，轱辘到墙角。

“开什么玩笑，这不是真的！”子慧的声音像换了个人。

“黑暗，黑暗还好吗？”我仰着头盯着天棚一角，努力不让眼泪流出来。

“我电话问过美慧姐姐，还好，我一直在东京办签证。”

我固执地问第三遍时，子慧才用变了调的声音回答我。

她站起来，一步一步挪到我面前，双手死死揪住我的衣领，用力摇着，咬着牙一字一顿地说：“我，我要你，明确告诉我！”她的眼底燃起两团小火苗，我看到了绝望和恐惧。她白皙的脸颊也因绝望和恐惧而扭曲变形，一贯的沉静优雅逃走了，美丽如花的笑靥不见了，一缕头发散乱下来。我痛苦地闭上眼睛，感到心脏瞬间碎裂在胸腔，眼前的红色血一样弥漫开来，让我想起昨晚梅河口的满天流霞和鲜艳的彩虹桥以及桥下一河瑟瑟抖动的红水。

子慧摇晃烦了，开始雨点般捶打，最后又变成抓挠，我像个失去知觉的木偶，这样想时，真的就坠入了没有了思想的浑浑噩噩之中。

醒来时，我感到一阵钻心的疼痛。我睁开眼，见一缕晨光已透过窗帷缝隙硬挤进来。子慧正伏在我怀里抚摸着我的胸膛默默垂泪，有泪水滴上去，针刺般的疼痛就来自那里。

“对不起，继承君！”子慧嘤嘤地哭出声。

我们坐在地毯上，我斜靠着床角，这个姿势让我浑身酸疼。我索性将子慧放平，自己也在地毯上躺下来。

“子慧，我不疼，别哭了。”我轻轻抚摸一下前胸，感觉到乱七八糟的血口结了一层痂。

“我们该怎么办？”子慧抽泣着。

“不知道。”我想问子慧饿不饿，我从昨天中午就没吃饭，子慧可能在飞机上吃了一口简餐，也许一口也没吃，她以前说过，最讨厌航空餐了。可是我实在太疲劳了，我只想沉沉地闭着眼睛，一点儿也不觉得饿。这样下去，我和子慧都会饿死吧，也好，那就让我们一起饿死吧。

我最后残存的那点儿意识，这样想。

再次醒来时，已是一片漆黑。我看看表，午夜时分了。身边的子慧大睁着双眼，失神地望着天棚，表情已完全恢复了平静。

“该怎么办？继承君？”子慧幽幽地说。以前，她这样问时我总是有主意的，甚至是不错的主意，包括在青木原树海，面对迫在眼前的死亡，我都没有如此绝望过。

“不行，我给姑姑打电话，必须听她亲口说。”子慧拿起手机，我按住她的手。

“我问过了，她瞬间崩溃，愤怒地呵斥我，我想，那该是她血淋淋的一段记忆，你亲自问，等于杀了她。李由亲口跟我说的，不会有假，想想看，从一开始，所有的亲人都不支持我们，这不反常吗？”

“要么，我们逃离，各自逃离，只是，你甘心吗？”子慧叹了口气。

“不甘心！”

“既然不甘心，那就为了我们这份爱情去战斗。像绚丽的樱花那样，刹那芳华，瞬间寂灭，让我们惊天动地的爱情和生命一起结束在这个最美好的时刻。我准备好了，你呢，继承君？”子慧决绝地说着，我惊异于一天半没有吃饭，她哪来这么大的力量。

我双手交叠在脑后，平静地说：“当我们的爱情止步于生命的寂灭时，便升华为永恒，看来，主意不错，或许这是我们唯一可走的路了，我，同意！”我说着，嘴角向上翘了翘，我是想笑一下的，不知道那笑容子慧看到了没有，反正，说完这话，我感到浑身释然。

“真的啊！”子慧惊喜地叫了一声，爬起来，定定瞅了我一会儿，开心地笑了，“我们又想到一起了，为了爱情，和我亲爱的人儿一起上战场。继承君！”

子慧那张美丽的脸颊又在我眼前熠熠生辉起来。

七十七

日本人投降了！“满洲国”垮台了！

消息传来，仝叔拄着拐棍第一时间赶到玛珥湖边报信。

“大侄子，文明，你说快了，我心里还不信，没想到这么快！”仝叔挺了挺佝偻的后背，腰似乎直了不少。

三子说：“仝叔，我估计大姐夫和大姐也快回来了！”

“真的？”

仝叔叹了口气，仰面朝天，又伸出手指头算了一下，泪就流下来：“我的儿啊，长河——韭儿——十四年了，你们整整打了十四年啊！不易啊！”

看到仝叔佝偻的背影，三子就想起了爹和秦大爷，眼窝有些潮。

仝叔走到门口又突然兴奋地折回来说：“大侄子，你再掐算掐算，咱这地将来能收回来不？就是被垦殖团古坚一郎他们占的那些。”

“不用将来，马上就收，不光要收回地，还有今年的收成，都是咱们的了。每户当年被强占了多少，镇公所有账底吧？”

“有，有啊，我这就去找找。”仝叔的腰几乎全挺直了，脚步快得像个年轻人。

立秋到湖边恶心呕吐了一阵，拿起一沓黄表纸一路小跑着上山，气喘吁吁地跪到长海坟前。

“长海哥，日本人败了！投降了！咱们胜利了！你的愿望实现了！你听到了吗？你听到了给我个信儿啊！哪怕托个梦也行啊！”

立秋抹一把脸上的汗水和泪水，一会儿哭，一会儿笑，化完纸钱，就呆呆地坐着，直到日落天黑，三子寻了过来。

“三姐，回家去吧，三姐夫在天有灵，会知道的。”三子扑通跪下磕了三个头。

立秋急忙上前拉起三子，说：“都是平辈，长海他受不起你这大礼的。”

三子瞅一眼树木杂草中的一抔荒丘，说：“人走为大，何况三姐夫又是为了咱玛珥湖，我永远忘不了他面对小野东洋刀的笑声，还有他诵的那首诗：神州风雪暗，国破使人愁。引颈向天笑，何惜少年头。要修墓，要立碑，要让玛珥湖人世世代代记着他。”

立秋记起当年安葬长海时李叔的话，心想，二哥二姐，你们应该给长海立碑的，是时候了。

第二天，立秋写好信又进了一趟山，她盼望着二哥二姐能早日归来。

三子爬上小金龙顶子，站在崖边俯望了一会儿玛珥湖，先到秦大娘的坟前烧了几张纸，又来到他爹娘和麦子的坟前，摆上一碗玛珥湖大白鱼一碗大米饭还有一捧陈年红松子，跪下，朗声高诵：

维民国三十四年，岁次乙酉，秋风乍起，春雷震天，日人投降，阴霾涤荡。

吾父李民，忠耿慨慷。少年热血，鸿鹄担当。投身行伍，反清抗洋。九死一生，忧愤绵长。归隐玛珥，苟活山乡。布衣一介，江湖两忘。

吾母王氏，贤淑善良。相夫教子，夙夜奔忙。糠菜树皮，聊度饥荒。沿街乞食，走村入巷。唯育儿女，悠悠日长。

小妹麦子，聪颖无双。才情丽质，远播里坊。乱世明珠，奕奕煌煌。鲲鹏之志，伯仲儿郎。烁烁其华，含苞欲放。

东洋倭寇，蛇蝎豺狼。毁我家国，千里逃亡。扣关归鲁，狼烟四方。艰难度命，三忍四让。不甘受辱，剖心挖肠。

呜呼，苍天不目，日月无光。斑斑血泪，痛断肝肠。

嗟夫，民众愤起，正义终张。杀敌荡寇，十四国殇。

昭告小妹，日人败降。昭告爹娘，日人败降。昭告祖先，日人败降。昭告玛珥，日人败降。昭告天地，日人败降。沉冤昭昭，日人败降。雪耻图存，日人败降。

佛国安息，澄明永享。以复祈祷，伏惟尚飨。

诵毕，三子将祭文和纸钱一起化掉。黑色的纸钱随着一阵阵秋风飘飘摇摇地直上云天。

麦子的声音突然从天空中传来："不闻爷娘唤儿声，但闻黄河流水鸣溅溅。"

"麦子，你看见立冬了吗？"三子在心里呼喊着，"立冬，日本人投降了，我该去哪儿告诉你啊？"

回到家，立秋惊惶地说："大哥不见了！"

三子皱起眉头，想了一会儿，说："放心吧，大哥应该不会有事的。"

此时，文中已在海龙城上了去梅河口镇的火车。

他在海龙城里转悠了大半天，连个日本兵也没遇到，小野更逃得没了踪影。文中心里纳闷，摸摸放在袖筒里的擀面杖，盼望着能在梅河口遇上小野，就算遇不上小野，碰到个日本兵也好。擀面杖沉甸甸的，这还是和立春成亲那年他用一根水曲柳木做的，逢年过节，立春就用这根擀面杖擀面条、擀饺子皮。他一开始想揣菜刀来着，可一刀下去鲜血四溅，他怕自己看到那血腥场面就没有勇气砍第二刀了。还是擀面杖顺手，瞄准小野的后脑勺狠命一击，小野就会一命呜呼。如果打偏了，或者小野反抗，那更好。他们的枪不是已经让苏军缴了吗，那还怕他什么？正好拼个你死我活。

小野他们杀了长海，逼死了爹和立春，杀了爷娘和麦子，在玛珥湖做了那么多孽，这帮小日本在全中国又得欠下多少血债？他们一句"投降了，不打了"，拍拍屁股就想跑？天下还有公理吗？一伙强盗闯到你家里砸了个稀里哗啦不算，还奸淫烧杀无恶不作，最后你全家人都起来反抗，强盗一看打不过了，说"我投降，咱们不打了"，然后就要全身而退？

自立春跳了崖，每天晚上，文中一闭上眼，立春就回来了，站在屋门口，不哭不叫，只是哀怨地望着自己。那是怎样的一种眼神啊，祈求、痛苦、无助、哀怜、绝望！在日本兵带走她的那一刻，她明明知道他拯救不了自己，可她还是希望自己的丈夫能够有能力回天啊！

车到梅河口，站台上立刻乱了起来，几千人拥挤在铁道边，还不断有人从福泰路沿两条明晃晃的铁轨涌过来。

文中在人群中穿行寻找着，他看得出来那些衣着光鲜的都是日本人，有城里的职员，大部分应该是垦殖团的团民。怪不得玛珥湖的垦殖团一夜之间就不见了踪影，原来他们都跑到了梅河口，准备要坐火车往回撤呢。

一股热血直涌脑门儿，文中把擀面杖握在了手里，在人群中加快了脚步。他断定小野一定藏在这些人当中，他后悔没带菜刀来。他感觉低估了自己，杀他一个鲜血四溅乱纷纷，即使坐牢，对立春也算有个交代了。

长长的火车惊天动地地鸣叫着开进站台，火车头哧哧地冒着蒸汽，像铁龙吐雾。站台上的人呼啦一下扑上了这条巨龙，每个车门口都聚起了坚硬的人墙，开着的车窗也吊着人梯。绝望的日本人仿佛看见了最后一根救命稻草，都想拼尽全力抓住。突然间，传来山呼海啸般的呼喊声，更大的人群潮水般一波又一波涌进站台。他们衣衫褴褛，有的还打着赤脚，他们应该是些流民、乞丐和赤贫者。

文中一时愣住了，不知道他们来凑啥热闹。仔细听了一会儿，文中才从嘈杂的人声中听清他们嘴里反复喊的那一个字：抢！

的确，冲在最前面的乞丐模样的人已经从惊慌失措的日本人手中抢到了包袱、皮箱和拎兜，正兴高采烈地挤向车尾，然后越过铁路，向北而去。反应过来的日本男人终于开始反抗，可是站岗的苏军士兵发现了，转盘冲锋枪朝天突突了一梭子，反抗的人终于都乖乖低下了头。

哄抢的人们似乎受到了莫大鼓舞，更多地涌上前来。

文中看着解恨，心情畅快到了极点。他加快脚步，一个车门一个车门地搜寻。找到小野，他一定不敢反抗，那就争取一擀面杖要了他的命。可正在这时，汽笛声响了，文中的心里一下子又充满了悲凉。他看看手中的擀面杖，呼出一口浊气，咬了咬牙，冲到车门口一把扯住一个男人的皮箱。

“找不到小野，老子今天就拿你报仇了！”

文中吼叫着，可日本男人并未撒手，死死地拽着皮箱，眼神充满恐惧和哀求。文中举起擀面杖，没有立刻砸下，只是高高举着，眼睛要瞪出血来。

日本男人终于松开了手。

文中有了胜利者的骄傲，擀面杖却无力地垂了下来，他提着箱子转身要走。

男人身边的女人突然跪下来，操着生硬的汉话说：“钱，孩子路上吃的，会饿死，求求你啦！”

女人身边一男一女两个孩子惊恐地瞅着文中，瑟瑟发抖，像两头将被屠宰的小鹿。

文中刚才的愤怒一下子烟消云散了，女人哀号一声，两个孩子也跪下来。文中心一软，终于把箱子还给了女人。

日本男人深鞠一躬，努力把自己长久地佝偻成一只虾。

文中转身便跑，头也不回，鬼撵着般一口气跑出了站台。身后仍是一片打骂声求饶声喊抢声……就像一锅沸腾的水，嘈杂喧嚣。文中躲到车站外水塔楼子下的角落里放声大哭。

七十八

“校长——李校长！”

文中想不到，这里还有人叫他校长，他开始以为是长海的同学刘政儒，可睁开眼睛看见的却是一张枯萎的脸，像失了水分的干柴随便用斧头砍成的粗糙木雕。若不是双眼偶尔眨动一下，很难让人觉得那是个活物。

文中仔细瞅了一会儿，摇摇头问：“你认识我？”

木雕吃力地动了动嘴唇，说：“李校长，古坚一郎，我。”

“天啊，你们才跑了几天啊，咋成这副样子了？”文中简直不敢相信自己的眼睛。

古坚一郎摇摇手，说：“我可能得了霍乱，求校长离我远一点儿。”

古坚一郎慢慢地回头，脖子像锈死了一样。文中看着都难受，恨不得上去帮他扭一下。随着他的目光，文中发现他身后一丈开外，一男一女两个孩子，蓬头垢面地坐在地上。

“你的孩子？不像啊！”

古坚一郎的孩子文中都见过。

“古坚二水是我的孩子。另一个孩子，秋原筱美，铁匠征兵上前线，死了，他媳妇光顾着逃命，挤散了。”古坚一郎似乎用尽全身的力气，喘息了一会儿，接着说：“拜托校长君，把他们交给井子吧！”

“那你咋办？”

“我活不长了，挺好，贞子他们几个都逃出去了，多亏我没挤上车，传染给他们，大家都得死！”

古坚一郎摆了摆手，古坚二水跪地上往前蹭了两下，眼泪顺着脏兮兮的小脸流下来。

“孩子，想活命，就跟校长走！”古坚一郎闭上眼睛。两个孩子战战兢兢地跪爬到文中身边。

“快走吧！拜托了，校长君！”古坚一郎想跪起来，终究耗尽了力气，只冲文中点点头。

文中转身要走，古坚一郎又把他叫住，说：“大碑可能在湖里。”

文中浑身一颤，问：“你咋知道？”

古坚一郎告诉文中，那一段时间，秦金银曾经向他借过耕牛。他判断，把大碑从金龙顶子转移到玛珥湖里是最安全也最省力的了。

“你放心，我没跟任何人讲，包括小野队长！”

古坚一郎终于累了，闭上眼睛挥挥手。

“二水，筱美，孩子，快跟叔叔逃命去吧！”

二水返身要扑向古坚一郎，被文中一把薅住，他一手拉着一个孩子离开。在车站转了一圈，文中改变了主意，来到八味堂中医馆。

医馆外，排了一长溜门板木条做成的简易担架，上面躺着一个个连吐带拉虚弱垂死的人。

刘政儒吃了一惊，问文中："哥，你咋跑疫区来了？别人都往外逃呢！什么重要的事啊？这俩孩子是咋回事？文华和立夏有消息了？"

文中说："一两句话说不清楚。真的是霍乱？"

刘政儒说："日本人撤退时给大井里投了霍乱弧菌，梅河口是疫区中心，死了有上万人了，你看看门外的一长溜儿，都是抬来找我爹的。"

"你爹能治？太好了，赶紧给我弄点儿药！"

"我爹用的是土办法，差不多百分之六七十的治愈率，止住拉吐，还要看个人的体质，一服药多半条命！"

刘政儒说着，犹犹豫豫地拿出一块指甲盖大小的黑色药膏。

"这是我偷出来给我爹备用的，他不让别人上手，怕传染，我怕他万一传染上再没了药。"

刘政儒这么一说，文中反倒迟疑起来，说："这可是刘老先生的救命药啊！"

刘政儒说："没事，只要你觉得那人可救，就先拿去，大不了我再从爹那儿偷一块留下。"

文中捧着这一小块药膏闻了闻："这不是烟土吗？"

刘政儒说："就是烟土。霍乱弧菌让人连吐带拉，把人消耗死，用烟土止住吐拉，剩下的就看个人造化了。"

"还有一件事，小野，那些日本鬼子都跑哪儿去了？"

"他们都撤退到东边道山里了，包括四平、海龙一带的富士旅团。我们的先头部队正在接收通化，很快会缴关东军一二五师团的械！好消息会越来越多！"刘政儒意气风发的样子，"只是，我现在最想把这好消息告诉文华和立夏，坚持打了十四年，他们才最有资格来解放海龙城啊！"

"文华和立夏一有消息我就来告诉你！"

文中别过刘政儒，一路小跑赶回车站水塔楼子下。

古坚一郎像半截枯木头似的横在地上，文中上前喊了两声，他才努力地把眼睛睁开一条缝儿。

"李校长，咋还不走？"

文中靠上前，把手掌摊开，那块黑黑的药膏在他汗津津的掌心中散发出苦涩的香气。

“别过来，都离远点儿！”古坚一郎使劲儿抬起头，看着文中。

“止呕吐拉稀的，我同学留着给他爹救命的，吃了它！”

古坚一郎伸出手，又缩回，说：“你放地下吧，离我远点儿！”

文中放到地上。

古坚一郎抖抖地伸出手，拿了两次都没有拿起来，便趴在地上，艰难地探过头来，直接把药膏叨进嘴里，翻过身，嚼嚼咽下。眼泪流下来，淌进他的嘴里。

“李校长……”

“你知道吗？古坚一郎，这霍乱弧菌是你们日本军队逃跑时悄悄投到大井里的，梅河口镇是中心疫区，已经死了上万人！”

文中本不想说，可他想这点儿大烟膏不一定能像刘政儒说得那么神奇，死也让古坚一郎死个明白吧。

“不仁不义，天良丧尽！天皇昏聩啊，怎么能依靠这样的军队？从他们漂洋过海，把刀架在中国人脖子上那一刻开始，”古坚一郎喘息了一会儿，缓出一口气，“就注定了今天这样的结局啊！”

回到海龙城，文中领着两个孩子找到县公署，长江正惶惶不安着。

文中说明来意。长江为难地摊开两手，说：“井子现在吓得天天躲在地窖里，自己的四五个孩子都照顾不过来，这个古坚一郎，他让我怎么办？”

文中说：“古坚一郎感染了霍乱，他也是没有办法。”

长江叹口气，说：“我现在是没地方跑、没地方躲，万一哪天再给我安上个汉奸的罪名，我还能管得了谁呀？文华和立夏联系上没有，他们的游击队现在应该来解放县城、解散维持会是最有资格的，他们来了还能替我做个证，说说好话！”

文中只好把两个孩子领回玛珥湖，领到仝叔面前。这是长江的主意，让放在仝叔这儿先待上一阵子，过一段时间看看情况再说。

可是仝叔比长江还干脆，摇头摆手说：“大侄子，不是叔埋怨你多事儿，从疫区往回领孩子，你是咋想的？他古坚一郎爱死爱活关咱们啥事？临死还弄两个日本崽子给咱们添乱！白白把咱们的地夺走，白白种了十来年，拍拍屁股走人连个屁都不放。他娘的日本人，就是一群恶狼，你把心扒给他吃，他还惦记你的肝！长海和立秋当年告诉我，他们那伙儿人是日本老百姓，是和日本兵分开对待的。错了，日本鬼子不就是他们的老百姓穿上军装吗？日本鬼子不就是他们老百姓养的吗？怎么分开？所以这两个崽子也是俩小白眼狼，你哪里领回来的，再送回哪里吧！”

“仝叔，长江大哥说先请您帮照看几天，过几天他来处理！去，找爷爷去！”文中本想撂下孩子就走，可两个孩子一边一个死死地抓着文中的手不放。

仝叔说：“大侄子，我话说得还不明白吗？咱玛珥湖住着，都是父一辈子一辈，非逼我和你翻脸吗？他长江都自身难保了，还有心管这事儿？三子说他们的队伍正往这儿开，他们哪儿都好，就是要分我的地不好。长河当了他们的官，可远水解不了近渴，要是看在长海豁上一条命的份儿上，他们或许能对我网开一面。我不能因为这两个小日本崽子再丢了我的地。十四年了，他们欺负了咱十四年啊！咱种了一辈子大米，到头来喝口大米粥都成了经济犯，要被抓去坐牢，你不会不知道吧？咱玛珥湖人都恨死他们了，养两个日本崽儿会惹起众怒的！”

说到激动处，仝叔的拐杖戳在地上梆梆直响。二水和筱美吓得躲到文中身后。

文中牵着两个孩子往外走，孩子的脚步倒比文中还快。他们快走到门口时，身后的仝叔喊了一声“站住”。

两个孩子吓得一哆嗦。

文中以为仝叔改变了主意，转回身叫了声“仝叔”。

仝叔问：“你打算咋办？”

文中摇了摇头，他确实不知道该咋办。

仝叔接着说：“送回梅河口，扔掉！你是有学问的人，自然该明白忠孝节义。别忘了你两个爹娘都是怎么死的，你媳妇立春是怎么死的，你妹妹是怎么死的，还有你那个苦命的二湖，别做出不忠不孝、不仁不义的事来。依着我，就弄死这两个小狼崽子！”

仝叔混浊的眼里竟然透出一股杀气，佝偻的腰几乎挺直了起来。

文中慢慢往玛珥湖走，两个孩子紧紧依偎着他。想起父母，想起立春、二湖、立秋和立冬，想起麦子、文华和长海，他的心被仇恨胀得满满的。弄死这俩孩子很容易，擀面杖还揣在怀里呢，然后往路边苞米地一埋，也就一了百了了。可是，那样的自己与日本兵又有何异？不也变成鬼子了吗？毕竟，这是两条无辜的小生命啊！作孽的又不是这俩孩子，难道就因为他们是日本人吗？

人，无信不立，何况自己已经答应了古坚一郎。

立秋瞪着血一样的眼睛，盯了两个孩子好一会儿，突然哇哇狂吐起来。她一边喊着“大姐死不瞑目啊”，一边跑到湖边，把自己浸泡在冰冷的湖水里。

孩子们吓得哇哇大哭，二水和筱美也跟着一起哭。

三子说：“大哥，你好糊涂啊，你忘了三姐的毛病了？你这让她怎么活？”

文中长叹一声，掏出擀面杖扔在地上，擀面杖骨碌着滚出很远。

三子扬起头瞅着湖东的小金龙顶子想了好一会儿，牵起二水和筱美的手，把俩孩子领回自己住的西边老屋。

这天晚上，立春又回来了，浑身湿漉漉的，披散的头发上还滴着水。她站在门口无言地瞅着文中，眼神中满含着祈求、痛苦、无助、绝望和哀怨！

文中一骨碌爬起来，揉揉眼睛，立春转身出去了。一阵风吹过，门窗啪嗒啪嗒地响。文中重新躺下，刚闭上眼，又听立春叫了一声：“文中！”

文中答应着又爬起来，又见着立春湿漉漉地站在门口。

文中说：“冻坏了吧？你快进来，我找件干爽衣裳给你换上。”

立春一扭身又出去了。

文中清醒过来，说：“立春，我知道你冤屈啊，怪我无能，没找到小野呀！”

文中不再睡，坐在炕上定定瞅着黑黢黢的门口，等着立春。不一会儿，立春又来了，还是湿漉漉地披散着滴水的头发，还是被一群鬼子抓走时祈求、痛苦、无助、绝望、哀怨的眼神。

文中说：“立春，作为你男人，我知道我不够好，我连抢一下日本人都没抢成，更没能给你报仇出了这口恶气，百无一用是书生，我就是个窝囊废啊，我问心有愧，你等着我，我这就过去补偿你。”

立春站在门口，还是一句话不说，不一会儿，哀怨的眼睛里流淌出两条小河。文中的泪也汩汩地从眼睛里冒出来。

两个人默默地对望着流泪，到最后，文中看到立春的泪变得鲜红，血一样淌了一脸一身一地。

七十九

早晨，文中浑身发软，头重脚轻爬不起来，勉强扶着炕沿下了地，便一头栽倒。他听着外屋立秋说：“这些粮食你拿去吧，从今天起咱分家另过，什么时候安顿完那俩孩子，你再回来。”

“嗯，听三姐的！”三子答应着。

“别怨三姐心狠！”立秋说。

三子说：“三姐放心，我不怨！”

文中的病日渐沉重了。立秋抓了镇上刘医生的药也没有起色。三子又分别去了海龙城和梅河口请了城里的医生来，刘政儒也捎来了药。可是，十几服药下去，还是不行。又去请西医，那个穿白大褂的医生拿着听诊器听了半天，竟然摇摇头说：“没啥病啊！”

“跳大神，驱邪，拿两个日本崽子祭湖！”仝叔面对着玛珥湖做出了一个无比庄严的决定。

“邪病就得邪治，这两个小丧门星，把文中克住了。文中第一天领回来，第二天就倒下了。小金龙顶子上那是你们两家人的冤魂啊，都瞅着呢！别犹豫了，就拿那俩崽子开祭吧。不然说不定还有灾祸降临！我这就去算日子！”

立秋说：“文中和文明不会同意！”

“由不得他们！”仝叔说罢，拄着拐棍佝偻着腰蹒跚离去。

这天晚上，仝叔说是黄道吉日，宜敬神祭祀。

一群人便簇拥着大神、二神来到玛珥湖边。大神手持金针，头戴花冠，腰里和脚踝上挂着叮当作响的铜铃，披着五颜六色的神袍。二神手持八弦单面驴皮鼓，披着一件黑色神袍。

他们在院子里转了三圈，然后“邦、邦、邦”三声鼓响，二神大喊一声：“依兰——索音——瑞机，请——神——啊——”

众人噤声，二神接着开唱：“太阳西下黑了天哪，倦鸟归林入了山哪，家家户户大门闭呀，三声炮响请大仙哪，哪嗨哪嗨哪唉，玛珥湖边神仙多哪，胡黄白柳都到全哪，降妖驱邪把鬼除呀，霹雳一声晴了天哪，哪嗨哪嗨哪诶……”

伴着二神的说唱，大神张牙舞爪地跳着，一招一式伸胳膊蹬腿的，绝非正常人的动作，倒真让人相信，他已灵魂出窍仙魔附体了。

大神跳二神唱，在院子里转了三圈又到屋里在文中头顶转了三圈，然后到湖边围着那排槐树，一直折腾到半夜。

循环往复，连续三晚。

立秋和三子本来不信，可第四天早晨文中却突然有了精神，坐起来要了碗水喝。

仝叔说：“看看，虚病吧！三子，你今天去海龙城再抓几服补药，补补身子，保管就没事了！”

三子去了不一会儿，立秋便听到西边老屋两个孩子的哭号声。她想若真像仝叔说的那样，用两个日本崽子的命换回大哥的命，倒也值得。

“叫声龙王你细听哪，敬献两头小灵牲哪，斩草除根去祸患哪，天湖永远享太平哪，哪嗨哪嗨哪诶……”

伴着邦啷邦啷的鼓声，二神怪里怪气的说唱断断续续传来。镇上的人顺门前那条小道，像听到了召唤般纷纷涌向玛珥湖。

文中在里屋叫立秋，立秋扔下水瓢跑进屋。

“外面什么声音，这么嘈杂？”文中问。

立秋说：“仝叔正在张罗着给你跳大神。”

文中说：“告诉仝叔，没用了，谢谢他！我要去找你大姐了，我想她了。也告诉文明，把孩子们的姓，一半改回李姓吧，包括和平，昨夜你大姐回来了，我跟她说，她同意了。”

“大哥，你没事的，别瞎说！”立秋擦了把泪。

文中摆摆手："哪几个姓秦、哪几个姓李，你和文明商量吧。"

文中喘息了一会儿，又说："那两个日本孩子要是送不出去，就让文明养着吧。我知道这样做对不起大姐和你，可咱都是读着仁义礼智信长大的，咱是人啊！我先给你道个歉，等见了大姐，我再赔不是吧！"文中笑笑，"我就要见着她了。"

立秋跑到院子里边呕吐边哭，听到湖边热闹嘈杂的声音，她没把自己浸在湖里，而是顺着门前的路向镇上疯狂跑去。

跳完神，敬上香，鼓声咚咚，唢呐悲怆。

四名穿着红色衣裤的大汉推着油纸扎的小船，船上载着羊头猪头游向大湖深处。以往，游到大湖中央，点燃纸船，羊头猪头沉入湖中，岸边的大神二神再手舞足蹈一会儿，就算礼成了。可今天又加了个项目，待湖中纸船熊熊燃起，槐树下的人们又跟着大神二神上了小金龙顶子。两个日本孩子早让这阵势吓傻，不再哭号，乖乖地伏在两个红衣汉子背上，又乖乖地跪在山顶几座坟前。

鼓再次敲起，唢呐再次吹响，哀哀切切的声音一下子勾起了玛珥湖人们的悲戚，人们纷纷跪倒在地，哭声一片。

"阎王老爷你细听哪，金龙顶上冤魂重哪，献上童男和童女哪，冤仇得报上天庭呐，哪嗨哪嗨哪诶……"

仝叔仰天大喊："秦大哥，李大哥，你们都看到了吗？玛珥湖冤死的人们啊，你们都看到了吗？山神湖仙水龙王啊，你们都看到了吗？今天，玛珥湖人敬献一对日本崽儿，祈愿你们保佑咱玛珥湖从此再无狼烟兵燹，天下太平，盛世降临，盛世降临啊——"

二神继续边跳边唱："金龙顶上求太平哪，各位仙家仔细听哪，进贡一对日本崽儿哪，永享盛世喜盈盈哪，哪嗨哪嗨哪诶。仙家已经知道了嗳，快扔快扔快点儿扔哪，哪嗨哪嗨哪诶。"

二神突然停了驴皮鼓，大神怪异地一手指天一手指地，拖着高而细的长音叫了一声："贡——牲——了——扔——啊——"

人群一齐跟着高喊："扔、扔……"

两个红衣汉子先抬起二水，荡悠着正要扔出去时，跑得满头大汗的三子突然冲上前一把抢下孩子。吓傻的二水被弄疼了，终于哇哇大哭起来。

所有人都愣住了。

三子一手牵着二水，一手牵着筱美朝人群跪下，说："感谢各位乡邻好意，这个情我领了。可是，用这俩孩子祭湖万万使不得啊！"

仝叔说："三子，你好糊涂啊！这两个日本崽儿就是丧门星啊，文中咋倒下的？留下他们早晚会害了咱玛珥湖。再说，他们日本人祸害了咱十四年，烧、杀、抢、奸，十四年啊，今天咱们胜利了，用他两个崽子除除晦气，咋就不行了？"

"对，咋就不行？"众人一齐高喊。

二神又唱："献上两个小畜生哪，龙王听了笑盈盈哪，今天已经通了神哪，要想反悔祸害生哪，哪嗨哪嗨哪诶——"

仝叔说："三子，先不用问各位乡亲，这小金龙顶子上一溜坟头，你先问问他们吧！"

三子双手抱拳，苦苦哀求："各位乡亲，仝叔说得没错，要说和日本人的仇恨，有谁比我们李家和秦家更深？我大哥领回这俩孩子时我也埋怨他。可是冤有头债有主啊，日本鬼子的所作所为和这俩孩子何干？还是我大哥说得对，我们都是读着孔孟之道、读着仁义礼智信长大的，我们是人啊！各位乡亲，我在此发下毒誓，如果因为不用这两个孩子献祭，玛珥湖神明开罪，全由我李文明一人承担！"

"文明，你快回吧，大哥不行了！"

立秋气喘吁吁地冲上山顶大喊。

三子拖起俩孩子向山下奔去。

安葬完文中不久，吴队长来了趟玛珥湖。他现在已经是先遣支队副司令了。

原来，日本人眼看败局已定，曾有在列岛焦土抵抗、"满洲国"迁都通化、天皇到"满洲国"和康德皇帝一起坚守长白山的打算。所以他们才用一个旅团在海龙城北福安一带的山上修建永久防御工事，关东军几个师团提前一两年调防通化。山东和冀热辽根据地的八路军获知这一情报，也提前布局，先后派出多批小股部队潜入东边道一带，秘密发动群众，收拢失去联络各自为战的抗联部队。没想到形势发展如此迅速，天皇很快宣布投降，先遣部队建立起的武装便率先成为解放东边道、建立民主政权的主要力量。所以当冀热辽挺进支队一部解放了海龙城时，东边道山里面已经开始全面剿匪了。

“这是八路军高层和日本人下的一盘大棋啊，可惜，咱们没发挥出原计划的作用！”吴队长多少有些遗憾地说。

三子请吴队长吃玛珥湖白鱼，喝乳山白。

吴队长问：“怎么，没见着你媳妇？”

三子摇摇头，说：“一直没见着，引着几个鬼子进了大山，可能还在山里转悠呢。”

吴队长叹声气，说：“那你归队吧。王政委到地方上工作了，正是用人之际，回来吧！”

三子说：“鬼子投降了，我回去也没啥用。大哥又走了，这一群孩子三姐一个人照顾不过来。况且，还有这俩日本孩子呢。”

吴队长喝口酒吃块儿鱼，舌头好像更大了。他吧唧两下嘴，捋了捋舌头，说：“我说你什么好呢，嗨——这样吧，队伍上给你留个位儿，你什么时候想回来，就找我。”

三子谢过，又问吴队长清原老家的情况。

吴队长说：“爹娘、兄弟姐妹，死的死逃的逃，好在老婆孩子勉强活过来了。上个月还回去了一趟。”

“很欣慰啊，值得祝贺！”

三子端起碗和吴队长碰了碰，就想起了东丰的丁小五，说：“我有些后悔了，当时不放丁小五走，是不是他也能回家看看了！”

吴队长大手一挥说：“不提了，咱老东北军的人就这命了，活过来的是英雄，倒下的更是英雄！”

吴队长刚走，武装工作队就开进了玛珥湖。让所有人大感意外的是，老更夫摇身一变成为工作队的队长。没错，就是学校给长海开大门的罗锅，现在已经不是罗锅，他把葫芦瓢从后背取下来，腰便挺直了。

老更夫姓张，仝叔第一个兴奋起来：“张队长，你们可得多关照点儿，看在长海和你共事的份儿上啊。”

张队长说：“还是叫我老更夫吧，听习惯了！仝叔，你儿子、儿媳是革命军人，小儿子又为抗日牺牲了生命，长海是我们党的优秀党员，你是革命的老人啊。何况你本人又是开明乡绅，是我们要团结的对象啊！”

仝叔的腰立马直起来，拐棍似乎成了他开明乡绅的标志，皱皱巴巴的脸也宽展了许多。

张队长来到玛珥湖边跟三子说：“我可是传达吴副司令的指示，请你出山，组建一支自己的武装，要不我这哪儿叫武工队呀。还有立秋也得出山，把学校恢复起来，哪怕中学、高小先不办，也得把初小先办起来，这样才好树立咱民主政府的威信呀。”

立秋擦擦手，说：“那就今年初小，明年高小，后年中学。”

“行，三年计划，我支持！”张队长朝立秋伸出大拇指。

三子皱着眉头沉思了一会儿，说：“要是能把二哥和二姐请回来该多好！”

“山里一定出了什么问题！”

张队长说文华和立夏他们跟鬼子的最后一仗是今年开春前。

这一仗三子和立秋知道，那次由于情报准确，藤田实彦制定的关东军一二五师团讨伐计划在玛珥湖遭到彻底失败。日军撤走后，文华和立夏还回了一趟家。

张队长又说，他们最后联系是今年夏天，也就是日本人投降前的一个多月，之后便联系不上了。这是从没有过的，这些年除了跟杨司令去外线作战，联系从未中断过。

“不然，何止是组建武工队，党的指示是让他们解放海龙城的。十四年啊，正由于他们的浴血奋战，坚持不懈，日本鬼子才没在玛珥湖站稳脚跟。严格意义上说，玛珥湖并没有完全沦陷。”

张队长遗憾地摇摇头，说：“无论如何，我们建起武工队后要找到他们。”

“是不是这样，麻达沟就是大金龙顶子的人也不是谁都认得路？”三子问。

张队长说文华跟他汇报过，为了保密，除了他和立夏，只有几个专门的向导，一般情况下，这几个向导不参加作战。

八十

年刚过，武工队还没训练成型，玛珥湖便发生了一件大事。半夜，十几户人家遭抢，驻在警察署的武工队遭袭，一名岗哨被砍死。

张队长气得大骂，请求大部队来剿匪。

三子说：“情报！关键这些人是谁，藏在哪里，我们得搞清楚。不然大部队开进来了，满山搜吗？”

这天下午，大姐韭儿回来了。她是坐着小吉普车，在三名士兵警卫下回来的，让玛珥湖有些轰动。

仝叔的腰板拔得更直了，拄着拐棍指挥王管家杀鸡宰羊。

韭儿说：“爹，您不用忙活，我简单吃一口，下午还急着回去呢！”

“不能简单，吃不下给长河带回去，反正有车嘛，十几年了，爹还能再见着你，不易啊！你娘要是在该多好啊！这小汽车，得多大的官才能坐啊，他日本人的参事官也没坐上呢。”仝叔满脸笑纹地感叹着。

韭儿告诉三子一个惊人消息：“过年那天，通化城里的日本人搞了一次暴动，好不容易被镇压住了。渡边是领头的之一，已被执行了枪决，还漏网了一些，缴获的名单发现一个化名叫板田小野的，跑了，你大姐夫不放心，才急着让我回来一趟。”

“我说呢！被杀的哨兵确实像是被东洋刀砍死的。”

三子愤怒地在地上转了一圈，说：“小野还真回来了。怎么，他也要在玛珥湖打游击吗？”

吃着饭，仝叔的心病又犯了，说：“韭儿，你们建立的什么民主政府，不会分我的地吧？当年长海可说我是‘打土豪分田地’的对象哩！”

韭儿说：“爹，现在的斗争形势很复杂，也很激烈，暂时还顾不上这些。再说了，你二儿子是团长，你三儿子是抗日烈士，分了地怕啥，政府会统筹考虑，不会让你有后顾之忧的。”

一块鸡肉卡到嗓子里，仝叔憋出了眼泪才勉强咽下。

“这么说，长远看你们还是要分我的地嘛。那可是咱仝家好几辈人置下的啊。我还能活几天啊，本想一劈两半传给你大哥和你们的啊，再给立秋十亩。要是被人家给分了，你不心疼啊？”

三子冲韭儿眨眨眼。

韭儿急忙说：“爹，你放心吧，到时候怎么也会征求你的意见，你不同意，不分就是，长河的团长可不是白当的呢！”

“就是，这才对嘛。我儿是团长，那得是多大的官啊。”仝叔放下心来，“回去告诉长河，干革命也不能不要老子了，再忙，也抽个空回来看看。”

韭儿走后，三子急忙找张队长汇报情况，提高警惕，加强戒备。待武工队具备了初步的作战能力，已到了冰雪消融跑桃花水的时候了。

不久，国民党挑起了内战，玛珥湖又一下子变成了前线。

滨海支队的最后一道防线就设在镇北的那道山岭上，和海龙城里出来的国民党军二十一师接过几次火。好在时间不长，从第一年春天到第二年春天，玛珥湖一带的国军就被打跑了。

按张队长的说法就是民主政权得到了彻底巩固。为进一步体现革命成果，让玛珥湖人早日过上新社会的好日子，分仝叔几家大户土地的事便急迫地摆到了面前。

当然，最头痛的还是张队长。他找到立秋，让她去做仝叔的工作。立秋直摇头，说：“这一帮孩子，学校里还有更大一帮孩子，忙死我了。”

找三子，三子说：“我真开不了口。土地那可是仝叔的命根子，当年我大姐嫁给了长河，我们家租他的地，一样丁是丁卯是卯地交地租。这个活我干不了，也不想干。”

老更夫嘴张成个鸡蛋，说：“还想推荐你当剿匪英雄呢，你思想咋这么落后？

真想不到！你想想凭啥你穷他富？凭啥你辛苦一年打的粮交给他一多半？”

“他有钱嘛，他地多嘛，地是人家的嘛。”

三子瞅张队长笑笑。

“对呀，他地多，所以才雇那么多长工、佃农来剥削嘛。”

张队长不死心，滔滔不绝地给三子上课。

三子说：“张队长，你跟我说再多也没用，反正我不去，反正你是工作队长，你都碍着情面，我们不更是吗？”

张队长说：“一想起长海来，我就感觉愧对仝叔。”

三子想起大姐已经回到县上工作，就说：“那你去找我大姐吧，让我大姐想办法。”

“唉，去过了。”张队长叹口气，“仝团长正在四平前线打着呢，你大姐更干脆，‘就按政策来，该照顾的照顾，不该照顾的坚决不能破例，历史的车轮滚滚向前，不容阻挡，谁阻挡必定粉身碎骨，拉上武工队，成分一划，政策一宣布，马上开分’，原话，听听。这么处理太简单化、太没人情味了吧？”

“那没啥办法了，你亲自上阵吧！”

三子去操练武工队去了。

张队长把自己关在屋子里冥思苦想了一天。傍晚，他拎上两条玛珥湖大白鱼和两瓶乳山白到仝叔家喝酒，酒酣耳热之际，仝叔问：“张队长，你是要分我的地吧？”

这一问，张队长倒先不好意思起来，说：“仝叔，你的地不着急分，虽然那几家大户都开了批斗大会，但你和他们不一样。我想，缓一缓，等你想通了，主动到工作队要求分，那多积极呀，也给被批斗的几户做个榜样，更给咱革命军人家庭争了光，是不？”

“这是你的意思？”

“不光是我，我还征求了李韭儿同志的意见！”

“非分不可？”

“迟早的事儿，不过越早越主动！”

仝叔的眼泪就流下来，喝一口酒，吃一口鱼，抹一把泪，说：“你让我咋和祖宗交代，咋和俺爹娘交代呀？”

张队长急忙说：“全叔，你别哭，咱有话好说。我这是来征求你的意见，缓一缓，不急！就当我没说，咱先不分了。”

“分吧，分吧，分了一了百了。”

全叔再抹一把泪，说：“长海啊，还真让你说着了，你革了你老子的命啊！”

不久，前线的长河让人给全叔捎回来一封家书，张队长不敢再催，只把长河的信交给王管家就匆匆告辞了。全叔一边抖抖地打开信，一边自言自语：“就是嘛，你小子还能撇下老子不管了？”

> 父亲大人钧鉴，儿河不孝，匆匆离家十七载，让大人空劳牵挂。年前近在咫尺，也未及探望，一尽孝心，念及戚戚。儿河身负使命，忠孝自难两全。喜在革命成功在即，待胜利之时，儿定让大人尽享天伦。欣闻家乡的革命工作轰轰烈烈，深望大人念英烈家属，革命家庭，积极响应，主动将多余田产、房屋分于贫苦人家，以早日实现吾党耕者其田，天下大同之理想，于大人亦是行善积德之美事，更可告慰三弟地下之英灵。此一举多得之事，宜早图之。儿河跪叩秋安！

全叔的腰一下子又弯了回去，并且比原先佝偻得更厉害了。跟人说话得先向后退两步，扭动着脖子斜着仰起脸。

农民们已经发动起来了，武工队员们在副队长的带领下早已摩拳擦掌，单等全叔一点头，大会一召集，玛珥湖革命工作的高潮就到来了。

“要耐心，再等等，我想全叔一定会想通的！”张队长不住地提醒大家，更是提醒自己。

这天，全叔来到工作队，张队长激动不已，又是让座又是倒茶又是敬烟。

全叔拄着拐棍向后退了一下，努力扬起头，说：“张队长，分吧，分了就一了百了，你们也好交差。”

“看看，我说嘛，革命的老人，咋样？就是觉悟高嘛，让那几家大户学学！非得开批斗会斗争一下？全叔的觉悟高着呢，抗日的时候就毁家纾难，我们都得向全叔学习呀！”张队长把桌子拍得山响。

仝叔出了门，还听见张队长在滔滔不绝地讲。

仝叔到仝婶坟前化了些纸钱，又回到家堂前给列祖列宗敬上香，三叩九拜，再到神龛后把一个精致的四角包着黄铜的小箱子抱出来。仝叔颤抖着双手抹去箱子上的灰尘，从贴身的衣兜里翻出闪闪发光的黄铜钥匙，打开了箱子。

天黑下来，煤油灯有些黯淡，他从墙角找来那只绿玻璃瓶子，注满油，抖抖地把灯芯挑到最大。

一张张发黄的地契被仝叔拿出来，有他爹留下的，也有他爹的爹留下的，更多的是他置下准备留给儿孙们的。一滴浑浊的泪落到宣纸上，洇开一片污渍。

仝叔一张张看着，看一张落一会儿泪。然后，按时间顺序归置好，轻轻地放回箱子。他抱着箱子打了个盹。不一会儿，他再打开，抖抖地取出，重新归置一遍。循环往复，一直折腾到深更半夜。

仝叔似乎小睡了一会儿，半梦半醒间他听到门有响动，然后一行人便鱼贯而入。仝叔以为自己在做梦，便说：“张队长，你还说不急，你不来我会给你送去的。”可是眼前却晃动着满是褶皱的脸。仝叔一惊，急忙揉揉昏花的老眼，见王管家的脸抽搐成一团，褶子更多了，他的肩膀上还扛着一把亮闪闪的刀，是东洋刀。

仝叔唰地出了一身冷汗，彻底清醒过来。

“仝叔，小野队长要给弟兄们弄些吃的，可厨房不够了，你把仓库钥匙给我吧。”王管家用力眨巴几下眼睛。

仝叔明白了，王管家是有仓库钥匙的。

仝叔一用力爬起来，抖抖地从腰里慢慢解下钥匙，递给王管家，说：“小野队长来了，赶紧生火做饭，杀鸡，不，杀猪，多杀几头！全杀了！”

寒光一闪，小野的东洋刀挪到了仝叔脖子上。

“仝桑，你的良心大大的坏，想给武工队报信吗？我们让你当甲长，当保长，十几年的，你没有跟大日本皇军一次真心。”

“小野队长，不是想让你们吃得好点儿吗。王管家，他们想吃什么就让伙计们弄什么。”仝叔想，真正刀架到脖子上时，也没有那么可怕，他努力把佝偻的腰往上挺了挺。

王管家摇摇头，泪哗哗地顺满脸褶子流淌，这时仝叔才看清，他的身上血迹斑斑，看来，那几个长工已经凶多吉少了。来者不善，小野是来杀人的。他想起了当年在小金龙顶子上，他可以帮着秦金银一起把小野推下悬崖的。

“那就，你辛苦去弄吧！”仝叔冲王管家眨眨眼。

“仝桑，不要耍滑头，今天晚上，我就让你们玛珥湖一个不剩，当然，我要把你留到最后，做个见证，也告诉你的儿子仝长河，大日本皇军是不会投降的，一二五师团还在和他战斗。”

小野笑了。仝叔不知道他砍下三儿子长海的头时笑没笑。李民和秦金银都没跟他说过，仝叔也不知道他为什么就在这时想起了长海，是因为小野的这把刀吗？当年砍下了儿子头颅，现在又来砍自己的了。这些年，自己怕过，恐惧过，屈辱过，委曲求全中苟且地活着，在长海的眼里有时候还是汉奸。他想，人活世上最重要的是这条命，只要命在，希望就在。可是现在，他朦胧中有点儿懂得了长海当年那些话的意思了，在这个世上，有的时候，真有比命还重要的东西，值得人去以命相搏。长海、李民、秦金银、文中、立春、文华、立夏、麦子、立冬莫不如是。

仝叔终于也笑了，他又努力向上挺了挺腰杆，说：“小野，在通化，又败了吧？你们天皇不是让你们投降了吗？用我给你算一卦吗？我可很长时间不给人算卦了，罢了，老夫仝半仙今天就给你算最后一卦。当年老夫不断地给我儿子算，给垦殖团算，给‘满洲国’算，咋就忘了给你们日本皇军算算呢？”仝叔肩上扛着刀，镇定地举起右手掐算着，“你从东南奔西北而来，时辰是子时，对吧。艮，止也。时止则止，时行则行，动静不失其时，其道才光明啊。而你呢，终止则乱，其道穷也，小狐汔济，濡其尾，无攸利。小狐狸过河，弄湿了尾巴，你的明白？哎呀，三子爹李民大哥总说我算得不准，今天我这最后一卦，就是神算啊。小狐汔济，濡其尾，无攸利。卦相上明确告诉你了小野，这最后的疯狂注定了你死无葬身之地啊！”

仝叔仰头向天哈哈大笑，声震屋宇：“小野，你可以杀了我，杀了我的伙计，可以杀光玛珥湖所有的人。但就凭你这点儿残兵败将，不用我儿长河的大军杀到，玛珥湖文明大侄子的武工队就能把你们打成破筛子。”

尽管刀仍然架在脖子上，仝叔双手拄着拐棍一用力，竟然奇迹般拔直了腰板，有了凛然的气势。

小野的东洋刀举了起来，王管家惊叫一声，可刀最终没有落下，而是重又架回到王管家肩头。

“你的，留下。”小野押着王管家出去弄吃的了，门口留下了两个兵，当然这两个兵穿着老百姓的衣裳，土匪？“满洲国”兵？还是日本兵？

“你们是中国人吧？这时候咋还跟着小野，不识时务嘛！”仝叔注意听着院子里的脚步，判断着小野的人数。

“老头，别说话！”其中一个端着上了明晃晃刺刀的枪晃了晃，另一个默不作声。

这个可能是“满洲国”兵或者土匪，就是长海说的汉奸了，另一个应该是日本兵，这应该是小野东拼西凑起来，在通化暴动的残部了，他们上次摸进来砍死了一个武工队员，是探路，是为了今晚更恶毒的行动。仝叔心想，我仝家大院绝不能成为他们血洗玛珥湖的堡垒。现在，几个长工伙计死了，能给张队长和文明的武工队报信的只有王管家和自己了，而小野蓄谋已久，他一定早把仝家大院控制得水泄不通了。

仝叔紧张地思考着，耳边响起刚才他让王管家生火做饭杀鸡杀猪的话。他的目光终于重新掉到地上那只精致的小木箱上。他和仝婶珍藏了一辈子，这些像自己性命一样重要的发黄的宣纸，要是由自己亲手把它们点燃，当成点燃这座大宅子的引火柴，那该是何等奢侈又是何等的壮怀激烈啊！

仝叔被自己的想法吓了一跳，他悄悄扭头瞅了一眼倚着门框打瞌睡的两个家伙，又瞅瞅炕上的棉被窗帘和糊满棚顶的《满洲日报》《满洲日日新闻》，还有墙角的那只大绿玻璃瓶子，最后把目光落在闪闪烁烁跳动着小火苗的煤油灯上。

“三儿啊，爹没给你丢脸吧？”

仝叔突然就想起了长海，和长海说完这句话，他笑了。他舒畅地默默笑着，满脸的皱纹都伸展开来，像个淘气的孩子一样，心怀无比的喜悦，产生了跃跃欲试的强烈冲动。

鸡叫头遍时，仝家大院突然火光冲天，狼烟滚滚。待张队长、三子等人打跑了小野，组织大家赶到时，几十间老宅已连成一片火海，红红的火焰像魔鬼的舌头，一摇一摆地舔着漆黑的夜空。

人们只能眼巴巴地看着它烧成一堆灰烬。当人们浇灭残火，找到仝叔时，他已烧成了黑黢黢的半截木炭。

王管家扑通跪下。

立秋喊了一声“爹”，便哭倒在地。

玛珥湖人披麻戴孝隆重地安葬了仝叔。

三子扛上那支汉阳造，又挎上一支美式冲锋枪，带足七天的干粮进了山。

张队长不放心，说：“你怎么也得带上几个人吧？”

三子说：“你领他们站好岗放好哨，我进山这段时间千万别让小野再摸进来，咱丢不起这个人！”

日子一天天过去，七天了，三子还没回来。立秋先沉不住气了，跑去问张队长：“文明可就备了七天的给养啊，咋还不回来？”

张队长说：“没事，文明艺高人胆大。你看那枪托上刻的道道吧。再说，他从小就在这山里长大，还能饿着他？”

第九天，还是没有丁点儿消息，张队长也沉不住气了，开始从武工队里挑选有山里生活经验的人，准备去找三子。

又过了一天，三子一身疲惫地回来了。他当啷一声把手中的东洋刀扔在地上，说：“还真是小野那个王八蛋！”

三子说完，倒头大睡三天三夜。

民主政府把全县划了八个分区，老更夫本可以留下升官，就任区长，可他坚决不干，他说留在玛珥湖愧对长海，回县民主政府商业局当了个小职员。倒是三子，当了玛珥湖区的区长。

不久，仝长江领着井子和五个孩子回来了。民主政府经过认真审核，对“满洲国”留用人员反复甄别，认为对长江可以从宽处理，虽然没有定为汉奸，但也不宜继续留用。

长江找到三子说：“三弟，没别的办法了，回家乡就靠亲友了。”

三子说：“还是张队长有远见，让区里留了一些机动地，明天领十五亩吧，吃饭不成问题。你一肚子学问，学校正缺人手，立秋一个人也忙不过来，你到学校教孩子们吧！”

三子又带人在仝家大院烧过的空地建了三间房，拆了原来的围墙砖倒也方便。

三子说：“正好，这地方是你祖上留下的，你还占着这一席之地，仝叔也可以瞑目了。村里再有盖房的就挨着你家往西。”

一家人很快安顿好，长江和井子感激得直鞠躬。

三子说：“大哥，回来就是一家人了，不用这么多礼节，特别是嫂子，就入乡随俗吧！”

八十一

山里的文华和立夏一直没有动静，三子决定不再等了，他要给长海迁墓立碑。他找立秋商量，立秋说：“你是区长，你说了算。”三子又去海龙城找老更夫张队长，可是张队长早已不在了。单位的同事告诉三子，张队长认为自己没实现对长海的承诺，没有照顾好仝叔，终日郁郁寡欢，回城不到一年就病逝了。

三子为老更夫的诚义唏嘘感叹一番，明白自己遇到了难办的事。“满洲国”垮台时，为了掩盖罪行，日本宪兵队、海龙县公署、警务局，还有奉天第八监狱，他们把档案资料一把火烧掉了。长海的直接领导是老更夫，老更夫不在了，山里的文华和立夏又一直没消息，那仝长海的烈士身份就没法核实，事迹也没法确认宣传。玛珥湖人都见证了他被小野砍头不假，可那时候被日本人杀死的人太多，不能都定烈士吧。

关键时候，还是立秋深明大义，她在三子的本子上写了一行字“夫仝长海之墓，妻秦立秋泣立”。

三子想想，也只好先这样了。他在一块红松木板上亲自刻上这些字，总觉得有些简单，半夜醒来，又在墓碑的背面刻上“神州风雪暗，国破使人愁。引颈向天笑，何惜少年头——仝长海绝笔”。这块木板是打棺材剩下的上好红松，在玛珥湖，用红松做棺木安葬逝者算是高规格了。先立木碑也是权宜之计，三子想等找到文华和立夏，再重新给他们一起立石碑，他要让玛珥湖的后人永远记住先人们的事迹。他早就选好了地点，把长海从玛珥湖北迁到玛珥湖南，那里窝风向阳，有照有靠，风水更好。最关键的是，玛珥泉边还有他的两个战友陪着，长海哥不会寂寞的。

立秋连连点头，说，“还是你想得周全，长海哥会满意的。”

迁墓这天，天空突然飘下来细密的雨丝。坟墓挖开，所有人都惊呆了，这么多年了，长海竟然尸体未腐。立秋轻轻揭下李叔当年盖在长海脸上的狗皮帽子，长海的鼻子眉眼还看得分明。立秋嘴里嘟囔着说：“长海哥，你的女人，不哭，不哭啊！”一口气没喘上来，晃了晃栽倒在地。

众人一阵手忙脚乱。

三子清了清嗓子，大声吟诵：“带长剑兮扶秦弓，首身离兮心不惩。诚既勇兮又以武，终刚强兮不可凌。身既死兮神以灵，子魂魄兮为鬼雄！长海哥，玛珥湖记住你了，今天，我们送你去和你的战友团聚。”

一道闪电弯曲着划过天际，惊雷滚滚，震动天地。雨，突然大了起来。

新中国成立后转过年春天，李韭儿回来探亲，拉着三子的手，眼泪一对一双地淌下来，让三子感到天可能要塌了。

大姐是谁？枪林弹雨、出生入死的老革命啊。从九一八开始就在队伍里摸爬滚打，当年在沂蒙山抱着半岁的孩子任凭身后鬼子汉奸枪声一片，硬是跑了出来。胶东反扫荡，为了掩护学生，盒子枪一甩，干掉几个鬼子也是眼皮都不眨的。

回到老屋，韭儿愤愤地说：“你大姐夫，仝长河，他变心了！”

三子的头嗡地一下大了起来。

他拿暖水壶给大姐倒了碗水，瞅着外面的小金龙顶子想了一会儿，说：“你当初就应该留在队伍上跟他走。”

“不是为了照看这些个孩子吗？谁知他仝长河这么没良心！”

“那你就先休了他，大不了你再找一个嘛！”

“你以为，你以为大姐还是一朵花吗？”韭儿拢了一下头发。

三子注意瞅韭儿一眼，见大姐头发已白了一半，额头眼角刻满皱纹，更为关键的是他从大姐的语气中听出了她心底对长河的那份不舍和依恋，便有了主意。

第二天，三子交代好区里工作，跟县上请了假，买了两张车票，领大姐去了上海。

也是凑巧，当年的吴大舌头当了师长，他还以为三子要求回部队呢，说：“小东北，你终于想通了？欢迎归队。”

结果三子却说：“我来跟你要人的，让全长河转业回乡！”

吴大舌头瞪大眼珠子，像头牛。

三子把事情原委学了一遍，最后说：“你要是包庇手下，我就找军长，军长不行就找司令员，不能眼瞅着全长河喜新厌旧、自甘堕落，刚进城就被资产阶级的糖衣炮弹打倒了。李韭儿同志是参加过抗战的老革命了，也是枪林弹雨里冲杀出来的，为了给全长河留后，我爹娘和小妹麦子让鬼子活活挑死。俗话说糟糠之妻不下堂，他全长河倒贪恋起资本家的娇小姐、洋学生来了，还有没有阶级感情了？这事儿，你们师里首长也有责任！”

吴大舌头眨巴两下眼，拍着桌子大骂全长河混蛋，腐化堕落、毫无廉耻，并保证师里一定严肃处理。然后话锋一转，问：“这事能不能缓缓？”

三子说：“缓不了，我把李韭儿同志撂这儿，一个月后不回，我们玛珥湖全体革命群众集体给部队写信，状告全长河！”

吴大舌头又拍一下桌子，骂道：“这点儿面子都不给老子？小东北，你真不够意思！”

三子也怒拍桌案：“吴大舌头，这点儿事你都办不了？老子枉跟你当兵一场。”

吴大舌头愣住。

三子说：“老子现在也是堂堂的海龙县玛珥湖区区长！”

吴大舌头指着三子哈哈大笑，说：“小东北，行，像老子的兵，出息了！”

接下来两天，吴大舌头领着三子逛了南京路和外滩，给三子买了好几盒子老上海的点心，说：“喂给你那一群孩子哩。”

车站分别时，吴大舌头又说：“小东北，啥时想归队就来找老子！我可怀念咱那段鲁南游击区东北军八连的光景呢！”

一句话竟然让两个大男人的眼泪都在眼窝里打转。

三子庄重地双脚一碰，举手敬礼，说：“老连长，多保重，小东北永远是你的兵！”

吴大舌头缓缓地举手还礼。

三子回到玛珥湖不久，李韭儿就和仝长河一起回来了。

仝长河转业安置到公安局。从天天有警卫员勤务兵伺候着的解放军团长，到一名普通的公安局侦查员，这落差太大了。仝长河整天沉闷着不愿意多说一句话，和几个孩子也不太亲近。

不久，朝鲜半岛狼烟又起，县上组织了民工队支前，长河主动报名，带队上了前线。县上大力宣传表彰仝长河永葆革命军人本色，李韭儿知道，仝长河是在和自己赌气。入朝第十天，在晴川江南岸，为了掩护两个民工，长河被美军飞机炸没了影……

消息传来，李韭儿哭得昏天暗地，边哭边说：“早知道这样，当初你要离婚就让你离吧，你要娶娇小姐就让你娶嘛，二十来年的仗都打过来了，这一关咋就没过去嘛……”

八十二

寻找立冬、立夏和文华，越来越成为三子的心病，活要见人死要见尸。三子一次又一次横下心进山寻找，摸索走出麻达沟登上大金龙顶子的路。朝鲜半岛的枪炮声停歇下来，他训练的全县模范民兵连便派上了用场，进山，寻找革命前辈的足迹。县上领导批评三子不务正业，他一气之下辞去区长不干了。

领导砰砰地拍桌子，“你这不胡闹吗？”

三子也梆梆地拍桌子，说“我找媳妇咋叫胡闹！”

岁月在三子坚持不懈的寻找中一天天过去，孩子们渐渐长大了，二水和筱美也去了城里上学。

这年冬天，玛珥湖的黄水病闹得格外凶，一个月时间死了几十口人，包括长江和他媳妇井子。这个病虽然冬春之际总会闹腾一下，可最近几年从未这么严重过。玛珥湖人便想起了会扎大长针的刘三邪。可此时，人称黄水病克星的刘守一老先生已经不在了。当年，为了抢救霍乱病人，他把所有的大烟膏都喂给了躺在门板上奄奄一息的人，没留下一丁点儿。最后，自己被传染上时，家人只能泪眼婆娑地看着他离去。

政府从上到下决心要根治黄水病，李韭儿临危受命，带领地方病防治工作队进驻了玛珥湖。

三子说:“大姐，这个黄水病从古到今闹腾了几百年了，你干啥不好，非得跟它较劲儿，谁都躲着走，就你往前冲！”

李韭说:“我是玛珥湖的女儿，我不来谁来？一个黄水病都消灭不了，我们还建设什么新国家？”

大姐告诉三子，黄水病最先从黑龙江克山县发现，被称为克山病，目前没找到发病机理，预防和治疗都比较困难。

三子就想起当年喝的五味子红糖水，说:“要是神医刘三邪在就好了。”

李韭儿受此启发，让工作队医生抓紧研究，并且迅速推广该偏方。脖后下针，针灸医生还达不到神医的水平，呕吐往往止不住，但有效地延长了存活时间。五味子红糖水的主要成分是维生素C和葡萄糖，都是营养心肌和肝脏的良药，而通过尸体解剖，工作队发现死者的心肌均神秘地溶解消失了。

就像当年打仗一样，韭儿又展现出非凡的勇气。她迅速向省卫生厅请调了大量维生素C和葡萄糖，直接血管注射。奇迹出现了，第二天所有患者均症状好转，有效率达百分之百，有的甚至当场注射当场止住呕吐。虽然心肌受到损伤，丧失了一定的生产劳动能力，但只要不再死人，蔓延在玛珥湖的恐慌情绪立刻消散了。

工作队走时，玛珥湖人敲锣打鼓扭秧歌欢送。韭儿把长江和井子的两个未成年孩子也带回了城里。此后，每逢冬春，韭儿都要带工作队来住上几天，防治方案进一步优化，只是黄水病的发病机理仍然谜一样困扰着韭儿，为什么得病的大部分是妇女、老人和孩子？

又过了几年，韭儿退休了，孩子们也都大了，她一咬牙搬回了玛珥湖。

三子说："大姐，我记得当年刘老先生说过，那年黄水病暴发，日本垦殖团的人就没得，玛珥湖还有一些人为这主动改了日本名姓。我当时问过刘老先生，他说是日本人吃得好、有营养。现在想来垦殖团是上面发粮食吃的，黄水病是不跟这个有关？"

韭儿笑笑，说："所以，我回来试验来了。"

"大姐，你可不能拿命开玩笑！"

"三弟，别怕，大姐什么阵仗没闯过？"

韭儿坚决地住进了湖边老屋，天天拿个硬皮本子写写画画，一住就是几年，从未离开玛珥湖一步。终于，这年开春，韭儿也得了黄水病，大吐不止，打上维C葡萄糖，有效，但不见好转。

韭儿让三子、立秋等人把自己抬上了小金龙顶子，颤抖着给爷娘磕完头，望着正在解冻的玛珥湖和玛珥湖镇，开心地笑了。她摸出三颗光芒闪闪的子弹，抖抖地捧给三子，说："大姐一直替你保存着呢，几十年了。"

三子就想起了范司令手下的连长和陈班长，想起那一连不怕死的人，想起酿泉官庄村北，爹、娘、麦子、大姐和曹大哥给自己送行的光景，泪就流下来。

然后，韭儿把那个硬皮本子交给三子，庄重地说："这个交给我的组织，黄水病的发病原因找到了，或许，将来用不着兴师动众地防治了！"

李韭儿说完，溘然长逝！

三子打开硬皮笔记本，竟是李韭儿来玛珥湖这些年的食谱，一日三餐，记得十分详细，密密麻麻的小字，一整本。

专家们经过研究李韭儿的食谱，终于初步印证了李韭儿的判断：问题出在玛珥湖人的食物上，通过食物进一步发现真正的问题来自土壤，这一带高寒山区土壤里缺乏一种人体所必需的微量元素硒，正是缺少这种元素导致了黄水病暴发流行。所以玛珥湖人急需扩充自己的食物结构。

答案竟然如此简单！

这让三子感慨万千。他想起了人送绰号刘三邪的刘守一老先生，想起了秦大爷，想起了年少时他和立冬说的话，他为自己对盛世的幼稚理解感到可笑。也许，“金人出，龙腾渊，凤歌鸾，盛世见”另有深刻含义吧。假如，这真是关于玛珥湖几千年来的盛世预言，那也得先驱除了这个一直盘旋在玛珥湖上空的邪恶幽灵，才有可能彻底实现吧。

慢慢地，时间证明了李韭儿以生命为代价做出的判断。随着时代的进步，玛珥湖人的食物结构越来越复杂多元，玛珥湖人和外面联系的机会越来越多，黄水病，这个在玛珥湖游荡了几百年的神秘瘟神竟然悄悄地消失了，再也没有现身。后来，连颇有资历的老医生也渐渐地把它忘记了。

八十三

立秋的怪病越来越严重了，她不光听不得那三个字，呕吐完还浑身哆嗦。所以古坚一郎来时，三子也没敢让她见。

听说文中从梅河口回来不久就死了，古坚一郎放声大哭，一边哭还一边嘟囔着什么。三子费好大劲儿竖起耳朵也没听清他说什么。这时候，二水和筱美已经结为夫妻，并且有了两个孩子古坚梅子和古坚次郎，大女儿梅子还有了自己的心上人。

“我听爹的！”当古坚一郎又重复了一遍，古坚二水瞅着三子小声说。

“我也听爹的！”筱美说，“这么多年了，我有点儿舍不得玛珥湖了。”

三子说："该回去就都回去吧，我跟你们说过多少遍了，古坚一郎才是你们的亲爹，咋见了面反倒不自在了呢？"

"梅河口车站，水塔下……"古坚一郎有意唤醒二水和筱美的记忆。

没等他说完，筱美突然爆发，大声说："别说了，求你！"

二水和筱美都落下泪来。

三子拍拍古坚一郎的肩膀，说："既然你们政府都给安顿好了，你儿子、儿媳、孙女、孙子一个都不少，都交给你了，我也算完成文中大哥交给的任务了。"

古坚一郎一迭声地说着"谢谢"跪下来，二水、筱美、梅子、次郎也跪下来。

梅子哭着说："爸妈，次郎，你们回去吧，玛珥湖养育了我，我不走。爷爷，我不走！别撵我走！"

三子拉起梅子，说："爷爷不撵，去留自愿！"

临走，古坚一郎坚持按传统给文中上坟。他领着全家抱着一大捆黄表纸爬上小金龙顶子，挨个坟前焚纸磕头，在文中坟前长跪不起，涕泪横流，不断重复着："李校长，对不起！我来晚了！我有罪！"

三子说："你知道吗，刘政儒先生把那块救命的药膏给了你，他的父亲刘守一老先生也把最后一块药膏给了病人，后来，老先生也感染霍乱弧菌，去世了！"

古坚一郎放声大哭："人啊——"

最后，古坚一郎又来到悬崖边，在断崖处焚化些纸钱，秦金银和秦立春是从这里跳下去的，二湖是在这里被日本兵扔下去的。瞅着一湖浩浩的天水，古坚一郎竟然以一口还算标准的汉语普通话庄重地高声诵读起来：

东海之外，大荒之中，有山龙岗，天湖玛珥。碧野翠谷，莽莽苍苍，巨龙卧兮，日月出焉。水雾烟霞，浩浩渺渺，神龟潜兮，日月入焉。山水相拥，四时列序。

若夫三春伊始，气象万千。朝雨初霁，旭日妍丽。满目鹅黄，玉宇清廓。夏则万顷覆碧，翡翠欲滴。旧年鸥鹭，仙宿新枝。浪携微风，雏羽开翅。悠悠而飞，恰恰娇姿。白鹭竞竞而争唱，锦鲤跃跃似媲形。白露秋风，黄花匝地，层林尽染，万山竞奇。云水相依，一泓琼碧。五花灼灼凝七彩，白帆点点映虹霓。至若冬至，不胜唏嘘。烟起深谷，霞锁雄峰，皑皑灿灿，银雕玉砌。冬捕锦翅裂冰镜，欸乃声中山水绿。

伏皇娲娘，临渊嗟叹，莽莽大地，浩浩长天，脉脉线溪，汤汤巨流。金人将现，龙腾薮渊，凤兮凰兮，百鸟来仪，鸾歌凤舞，盛世已矣。

古坚一郎走后，玛珥湖人开始私下里议论，在立秋身后指指点点。这个日本人的到来，似乎又勾起了人们对立秋进过鬼子兵营的记忆。

立秋病倒了，孩子们和孩子们的孩子们急忙来看她。

三子从山里出来，说："三姐，跟我进山吧，找立冬和二哥二姐去，那里清静些。"

这天早晨，天朗气清，太阳高挂在小金龙顶子。

白发飘飘的姐弟俩互相搀扶，向着玛珥湖东的大山深处飘然而去。

此后，人们便很少看见他们的身影，关于山爷的故事也慢慢变成了玛珥湖的传说。

八十四

打开抽屉，我呆住了，《玛珥湖》的手稿不见了。我回忆了一遍，没错，是放在这里的。我又仔细翻了一回，在报纸中找到了最后一页。其实最后一页没有任何内容，只写了四个字"第一部完"，告诉我还可以期待着。这页纸上次看完书稿时为什么没发现？另外，还有几张李文明和刘守一残缺不全的证明材料。我有些失落，好像在一个可以经常去的让人心情愉悦的地方，突然迷失了路径，让人前进不能后退不忍。

我必须以我的方式尽快把《玛珥湖》的内容记下来。

可是，没等我开始记录，一本神秘的旧杂志又出现了。

吃过晚饭回到屋里，这本杂志就端端正正放在床头柜上。一开始，我是没有当回事的，只是拿起来随便一翻就把它丢下了，在丢下的同时，一排大大的问号在我眼前起伏着。我反应过来，闭了一会儿眼睛，努力平静了一下，再睁开。

眨眼之间，眼前就一片光明了。

落日的余晖透进屋子，在窗前形成一道光瀑，有纤细的尘埃在霞光中抖动碰撞，然后，伴着似有若无的嘤咛声，纷纷降落到桌子上。

一片嫣红中，我的目光再次小心地触摸那本杂志。杂志很旧，高山、流水、长白山，封面上的图片有些彩色斑驳。是的，这本杂志就叫《长白山》，是通化市文联主办的一本地方性文学刊物。所以，这篇《麻达沟轶事》我是当作小说来读的，杂志编辑也把它放在短篇小说栏中。可是，读了几遍，我却怎么也读不出小说的味道。故事中的麻达沟，麻达沟里面的山爷、梅姐、李由和他的孩子似乎都和我和梅冷和玛珥湖有关。小说署名李春良，这个名字我没听说过，或许是当地一个不怎么入流的作家吧。让我感到十分不解的是他写这篇东西是什么意思？他又掌握着玛珥湖多少鲜为人知的秘密？他好像在跟我开玩笑，早早地写好了这篇东西刊登在杂志上，单等今天，我走过二十多年的风霜雨雪来读它。此时，我很想见见这个叫李春良的家伙，看他能不能帮我破译玛珥湖密码，帮我找回失落已久的家族记忆。

我的胃口被高高地吊了起来。

麻达沟轶事

小　　序

在山里，人们把迷失方向找不到出山路的情况叫麻达山。这麻达沟，就是特别容易让人麻达山的地方。

1

当梅姐频频地在麻达沟山口向我发出召唤时，我知道，我必须得回去一趟了。

天气很好，车窗外飞快向后退去的树木沐浴在明媚的春阳下，田野中农人们正热火朝天地追赶着节气。虽是游子归乡，我的心却既不兴奋，也不沮丧，只是于平平淡淡之中生出一种恹恹的疲倦来。这是混迹多年练就的本事。处变不惊，宠辱不惊，喜怒哀乐不形于色，把一个真实的自我深深地包藏起来，使亲近你的人感到你随和平易，使算计你的人产生深不可测的敬畏。这样才能始终掌握着主动。

车从柏油路拐上了沙土道，开始有了颠簸，只是刚刚化完了冰雪，路上还少有尘土飞扬。司机小王见我双目微合，有意放慢了车速。剧烈的起伏轻了，一个清丽的面庞又在我眼前晃悠起来。

其实，梅姐的年龄比我还小，那年她把我从麻达沟里救出来，歪着头眨眨眼，说:“我是你的救命恩人，你要叫我姐。”

于是我便叫她梅姐。

早些年，提起麻达沟，故乡的人往往要起一身鸡皮疙瘩。在方圆数百公里的大山里，树荫蔽日，乱草丛生，进山采山货的人们转悠着转悠着，便不知不觉迷失了方向，分不清东西南北，在一个沟趟子里，要么是在一个山坡上打转转，东一头、西一头地瞎撞，要么是绕着各个山头转了一圈又一圈，怎么也走不出去，只好靠在树上长叹一声：走麻达了！静等饿死或让野兽来祸害。所以儿时一淘气，妈总说把孩子扔到麻达沟去，于是孩子马上做惶惶的安静状。可是就在这让人恐怖的麻达沟沟口山坡上，有座外砌白石头的小木屋，屋里常年住着一个老头，人们都叫他山爷。

山爷须发全白，长髯飘飘，按现在说法，是一副仙风道骨的模样。人们不知道山爷的名字，也不知道他的来历，据年长者说，山爷原来是抗联战士，打过日本鬼子，对此山爷不承认也不否认。新中国成立后，政府要求山里的散居户归屯时，山爷不肯下山。生产队就把山爷按五保户供养着，山爷也心满意足。每过一段时间就走一天多山路，下山到村里背些粮食，用山货到供销社换些盐油，还在这十几户人的小村子挨家挨户送些灵芝草一类的中草药，给好长痄腮（腮腺炎）的小孩家送些长虫皮，最后再在生产队饲养室住上一夜，第二天返回。

那时每当见到山爷，看着他从那条清凌凌的山溪走来又走去，我的心里总是充满无限敬仰，敬仰山爷敢住骇人的麻达沟，有时也跟屁虫一样跟山爷顺山溪往上走出很远，磨山爷带我去看看吓人的麻达沟。山爷总是轻轻摸一下我的头，捋一下银须说："好小子，等你长大的。"

后来我长大了，长大的我上了大学，上了大学后又顿生一股豪气，暑假时，我要亲自去一趟麻达沟。开始我为这想法吓了一跳，接着是激动、兴奋。我背着家里人带上一块塑料布，两天吃的干粮，一把镰刀，几盒火柴，顺山爷常走的那条清清瘦瘦的山溪悄悄地上路了。尽管我觉得准备得很充分，比如说麻达山时，向小溪中放一片绿树叶，撵着树叶走；比如说辨不清南北时，看看身边的树，枝繁叶茂的一侧就是南方。然而一到大山深处，我才知道这些自以为是的经验和实际相差多远。走着走着，就渐渐迷失了方向，再抬头时，一棵棵大树，荫翳蔽日，树枝杈枒交错，如一把撑开的大绿伞紧紧罩在头上，让你没法分辨。我感到了危险，心扑扑直跳，再想回头找那条瘦瘦的细若麻线的山溪时，脚下全是乱石杂草，藤条缠绕，溪水不知在什么地方断了流，怎么也找不着了。

我走进了一片跳石塘。这跳石塘里藤条缠绕，灌木丛生，一片突兀嶙峋的乱石交错。经过久远的地质年代，风蚀雨涮，使石中形成了一个个明暗的石缝石窿，或隐或现。石上长满了溜滑的青苔，稍有不慎就会出溜进去。我小心地从一块大石头跳上又一块大石头，不住地在乱石中跳行。可是当我用了很长时间自认为已接近跳石塘的边缘时，仔细一看才发现又回到了原地。

走麻达了！

我后脊梁冒出一阵冷风，感到一个面目狰狞的黑衣死神正向我走近。

天渐暗下来，我躲在更暗的一丛灌木下，不敢出声。我想这可能就是麻达沟了，那么无数死在麻达沟里的孤魂野鬼躲在石缝中树丛下，一待天晚便会出来游荡了吧。望着树丛下石缝中弥漫开的一团团黑暗，恐怖霎时溢满整个大森林，我的腿肚子不住地哆嗦。“哈哈——”突然传来一阵尖厉的笑声，我本能地从地上弹起，原来是猫头鹰。山里人讲：“不怕夜猫子叫，就怕夜猫子笑。”难道这猫头鹰的怪笑，真预示着我的凶险吗？我不能这么待下去，猫头鹰提醒了我，这里还有野兽，并且四条腿的野兽大都是夜眼，那么我躲在暗处不敢出声，在有夜眼的野兽们面前无疑是掩耳盗铃。我壮着胆子大声喊叫着四下划拉了一堆干柴，很快燃旺一堆篝火，听着火苗噼啪作响，我的心稍稍松软一些。野兽们是怕火的，晚上，对付野兽最管用的还是火，几百万年前山顶洞人的方法，现在仍然管用。望着跳动的火苗，我还是希望遇上传说中的豺。据说此物极小、状若狸猫，爪锋利无比，极敏捷。如遇老虎，先上虎背，再剖虎腹，足见其威。传说中豺好与人为善，见露宿之人，必绕火堆，撒尿三圈，其尿奇臊，他兽闻之逃匿不迭。

然而，那天傍晚，我没有遇到老虎，更没遇到豺，而是遇到了一个清清丽丽的姑娘。她蓬松的鬓角粘着几枚绿叶，白皙的面庞沾几滴早下的清露，一身朴素装扮中透出高雅。那形象至今深印在我的心扉。

她，就是梅姐。

2

车子慢慢减速，最后停下来。原来到了路窄处，前面左侧是山，右侧是河，开春的桃花水很大，把路基削去大半。这河的最上游，就是梅姐她们经营了十几年的事业。在我记忆中，山里开春的桃花水是成不了灾的。如此泛滥是破坏了植被的结果吧。

对面靠山边停了一溜牛马车，小王示意他们先走，可农民们一个劲地打手势，脸上挂着友善的笑，小王只好缓缓地开过这段险路。望着农民沧桑脸庞上透出的善良，我不仅感慨颇多，他们是最纯朴最能理解别人的。许是农民出身的关系，我对农民始终充满了天然的好感，有时自己也觉得，拍一拍脑袋还能冒出高粱花气息，使一使劲儿也能放出一个充满苞米楂子味的响屁来，然而这又能证明什么呢？我并没给农民们做出什么实绩。

路，平坦了许多，车速渐快，挂在风挡玻璃上方的那个美女挂件又谄媚地舞动起来。别的司机常在车里挂上老人家的头像，谁知小王却弄来个美女标新立异，本想制止，细端详发现鼻子眉眼像梅姐，只是少了梅姐那份清丽，多了一份妩媚。

当梅姐领我离开那堆篝火，随她一路留下的标记走出跳石塘，登上前面的山顶时，我的心境豁然开朗起来。

一大片山顶平地绿草如茵，四周是参天大树，草坪中央一个外砌白石头的小木屋玲珑剔透。回望北侧幽深的山谷，我点起的篝火正变成一缕青烟袅袅上升，与山岚雾气渐渐融合在一起，在衔山的夕阳里，呈现出美丽的橘红。

我进入了麻达沟的边缘。

我来到了山爷的住处。

“傻小子，不是梅丫头看见了烟，夜里让你喂黑瞎子。”山爷微笑着，捋着他的银须，几年不见，山爷苍老了，步态也有些蹒跚。

梅丫头用手理一下蓬松的鬓发，摘掉几枚绿叶，对我眨眨眼，笑笑说:“我是你的救命恩人，你要叫我姐。”

于是我便叫她梅姐。

梅姐告诉我，她是专门来看山爷的。她比我聪明，每次来都让闯过麻达沟的村干部送来，再由山爷送出。她还背着山爷，悄悄地领我去草坪后边的那棵大苍松下，看那没有墓碑的一溜五个修整得寸草不生的坟茔。

“这都是当年牺牲的！”

我就惊骇得说不出话来。

那一夜，在山爷的小木屋内，山爷睡在地上，我却和梅姐坐在热乎乎的小炕上畅谈。我们谈人生、谈理想、谈历史、谈未来，最后当山爷发出鼾声时，我让她再给我说说山爷的事，她调皮地眨眨眼，说："将来再说，暂时保密！"

夜风起，木屋外松涛阵阵。

几天后，我和梅姐一起离开了麻达沟，山爷送出很远。临别，望着山风中银须飘飘的山爷，想着小时候生痄腮时常吃山爷送的鸡蛋炒长虫皮，心生伤感，险些落泪。人的心是敏感的，山爷后来风一样逝去，我才明白，这竟是永诀。

和梅姐分别后不久，收到了一本杂志，上面有一篇写山爷的文章，题目就叫《山爷》。摘录如下：

"……

"这是一段被历史尘封了太久的记忆，这是一段不该被忘却的岁月，站在山爷那座白色的小石屋一侧，我小心地扒开厚厚的腐叶，捧起一捧油黑的泥土，闻一闻，这泥土似乎仍然弥漫着浓浓的火药味。

"这是一场怎样惨烈的战斗啊！

"抗联战士们与敌人边打边周旋。两天时间，让鬼子尸横山野的同时，不断有战士倒在日本人的枪炮声中，鲜血浸染着白色的雪地，如一朵朵盛开的殷红的花，红白分明，格外刺目。鬼子咬得紧，摆脱的可能性越来越小了。最后当撤到麻达沟沟口时，连长身边只剩下包括通信员山爷在内的六个人了。把鬼子引进麻达沟，这是他们的一致想法，然而正在这时，几发迫击炮弹在身边炸响，又有几名战士倒下，连长也身负重伤。山爷把连长揽在怀里，握着最后一颗手榴弹，等待着。可是连长伸出了手，连长要他想办法活下去，任何时候都不能做无谓的牺牲，活着才是王道。山爷听了连长的话，把手榴弹弦套在连长手指上，趴在连长身边喊了一声："连长，只要我活着，就一定为你报仇！"山爷离开了连长，躲到了山背坡的一个树洞里。过了很长时间，他听到了叽里咕噜的声音，接着便是一声炸响。

“山爷在树洞里躲了一天一夜，等搜山的鬼子走后，他才发现，和他一同蹲在树洞里的还有一只冬眠的大狗熊。这枪炮声竟没有把它震醒。

“后来山爷又把打散的抗联组织起来，坚持跟鬼子打了一年多。最后当人们风传杨司令也牺牲了，他们就把枪归拢在一起，放在了麻达沟南岭的一个山洞内，各奔他乡了。

“战后，在日本关东军的档案里，有这样的记载：在1939年至1940年间，搜山的日本士兵和‘满洲国’兵不断在麻达沟一带神秘失踪。直至今日，日本人也没解开这个谜。

“几十年来，山爷沉默着，他不愿意与人忆及此事，而自己却不得不在痛苦的回忆中度过余生。没能和鬼子打到底，使他抱憾终生。然而我们能苛求山爷他们什么呢？当年东北沦陷了整整十四年，抗联除了一部分撤退到苏联境内，后又配合红军打回来外，大部分在常人无法想象的恶劣、艰难的条件下，顽强地抵抗了十几年。茫茫林海，漫长的冬季长达半年之久，正常的生存都十分困难，还要与凶残的鬼子战斗。我们这代人还有理由再苛求他们吗？毕竟在民族危亡的时刻，他们站了出来，用鲜血、用生命捍卫了脚下的土地。他们有的永远倒了下去，有的没有坚持到底，但是他们的精神又唤起新的一批人，迎着炮火，走上前去，生生不息地延续着我们坚贞不屈的魂魄。”

文章最后这样写道：

“这是一位不该被历史遗忘的老人，这是一座大山的丰碑！”

3

车子在崇山峻岭间穿行。我让小王减慢车速，打开车窗，清凉爽洁的山风霎时灌满车内，使人精神一振。望着山岭间弥漫着雾一样的新绿，我的感觉分外陌生起来。十几年了，我没有再踏上这片生我养我的神奇土地，是为了逃避那份情感，更没有勇气直面梅姐。梅姐那洞穿一切的幽怨眼神，深深刻在我记忆的底片上，不时曝光显影，让我经常反躬自省，我一次次臭骂自己卑微龌龊，又不断地找出种种理由为自己搪塞。

和梅姐有了交往后，通过山爷的话题，我们找到了更多共同语言。很快的，读梅姐的信、给梅姐写信，成了我的期盼与向往。梅姐在字里行间流露出的蓬勃朝气吸引着我、感染着我。我觉得我们的心在飞速地靠拢。这期间，梅姐借出差机会绕道学校来看我，我也去故乡的县城探望梅姐。再后来，我俩很自然地确立了恋爱关系。一次如胶似漆的甜蜜约会后，梅姐送我返校，上车时，她说她要参与开发麻达沟南侧的四方岭。望着偎在我肩头有些柔弱的梅姐，我未置可否地笑笑，我是想要带着她远走高飞的。其实，当时我对这个清清丽丽的姑娘实在了解太少了。

梅姐学过日语，水平还相当不错，这在改革开放之初的山城小县，确属凤毛麟角，所以调她去合资企业做翻译也是县里的意思，谁知之后不久就发生了影响我们一生的那件事。

山爷死了，我当时认为他的死与梅姐有直接关系，梅姐也是这么认为的。

当梅姐兴奋地向山爷描述着四方岭这片山林的美好前景时，山爷什么也没听见，他只听明白日本人又回来了，而且是梅姐她们请来的。在他心里，今天腰里装着钱来的这些人和当年肩上扛着枪炮来的人没什么两样。他银须抖抖，颤巍巍地把拐杖高高举起，在梅姐头上晃悠着，终于没有落下。

当梅姐意识到自己话讲得太直白时已经晚了，她就那么惊讶地、不知所措地看着山爷轰然倒下……

风刮过，山林呜咽。

得知山爷逝世的消息，尽管梅姐一再催促，我还是跑完毕业分配的所有事项，才匆匆赶到她身边。此时，麻达沟口白色小木屋后侧的松树下，一座新坟已芳草萋萋。我悲叹着生命的脆弱，把一束山花默默地放置在山爷的坟头，心中默念：山爷，你安息吧。

梅姐平静地向我叙述着，似乎又在讲述一个遥远的故事。我吃惊于她的平静，轻轻拍了拍她的肩头。她说：“我自己都不能原谅自己，本来我可以把话说得委婉些，要么干脆瞒着山爷，以后再慢慢告诉他，不行吗？”

我想让梅姐尽快摆脱痛苦，便告诉她，我分配到一个美丽的城市，希望她能与我同行。

“都过去了，山爷的死就算是他那个时代的结束吧！离开这里后，你会很快忘却这一切的。”

“不，原来我就没想过要离开，希望你能回来，现在就更不能走了，我说什么也不会离开的。”梅姐清清丽丽的脸庞现出少有的不可动摇的坚毅，眼底似有一团火苗在跳动。

分歧就从这里开始了。

我们开始了争执，争执的结果是谁也没说服谁，最后梅姐低下头幽幽地说：“刚见面，就别再吵了。”

那一夜，我们没有去山前坡梅姐她们的临时指挥部，就住在山爷那间小木屋里。我们看星星、看月亮、看朦胧夜色中的林海；我们听虫鸣、听林涛、听遥远年代的厮杀。不知不觉新一天的黎明慢慢降临，东天边林梢上露出一抹橙红的曙色。这时，梅姐突然从我怀里站起，在我惊诧的目光中，一件一件将衣服缓缓剥落，把炫目的身体呈现在我面前。

我与梅姐紧紧相拥，浸润于晶莹的朝露之中。一轮红日正冉冉升起，将灿烂的光芒斑驳地筛落到我们赤裸的身体上。

4

一路奔波，奥迪轿车终于驶入梅姐的集团公司总部。在这绿色的林海中，明珠一样镶嵌着一座座厂房。通过一个个岔路上的场（厂）牌，我知道这里已发展成为下辖八个子公司的中医药企业集团。这片大山，在梅姐她们手中彻底改变了面貌。

创业者的艰辛是无法用语言描述的，而梅姐从一个普通工作人员，升任集团的副总经理，她所付出的努力，更是我无法想象的。

当年，尽管我们谁也说服不了谁，却一起度过了一段甜蜜的日子。最后我们商定，彼此在各自选择的人生道路上前行一段时间后，再做决定。我们相信，缘分会使我们走到一起的。

那天，梅姐送我出山，送到县城，又送我到车站，其间的每一个细节都历历在目。梅姐往日的坚毅不再，她显得那么柔弱，以致数次动摇了我的决心。她的泪水突然滑落，急忙扭头擦去，回过头来时脸上又挂着僵硬的微笑。火车缓缓启动时，梅姐却再也抑制不住，泪水簌簌地从清丽的脸颊上流下，紧紧拉着我的手不放，最后让车站工作人员从车旁拉开。深秋的风吹起她的秀发，有些零乱地在空中舞动。

列车渐行渐远，我已看不清梅姐的面容，然而头脑中梅姐那一双盛满幽怨的泪眼却霎时清晰起来，并在此后的十几年里时时翻上心头。

我对不起梅姐。

"领导，到了！"司机打断了我沉重的回忆，抬起头，车已停在了楼前。一抹夕阳把花坛里那尊飘然欲飞的人参女雕像镀上了一层嫣红。

我忽然心怯，怕见梅姐。在走向她宽大的办公室时，我的腿有些软。好在梅姐并没在办公室，恭候我的秘书把一切安排得十分妥帖。

5

朝阳努力上升着，上升着，最后使劲儿一拱便跃出茫茫林海。灿烂的光芒中，山岚、雾霭、朝露，都勾化出迷人的色彩，山林里又充满了绚丽与神奇。

怕见梅姐！

我，见到了梅姐！

当年白色的小木屋不见了，只剩下茵茵芳草。草地上，春风里，身穿银灰风衣的梅姐亭亭玉立。

“梅……梅姐！”我局促地伸出手，又很快地收回。

“你回来了？”梅姐平静地微笑着，细细地打量着我，双手始终插在风衣兜里。

我们对望着，许久无言。

我惊异于岁月的神奇，竟有如此改变和重塑人的能力。眼角，隐约可见的鱼尾纹记录着十几年来梅姐艰辛的跋涉，而当年那张清清丽丽的面颊上时常显现出的柔弱，却被锁在眉宇间的坚毅取代；一身充满朝气的装束，使年近四十的梅姐风韵犹存。

“梅姐！”

“回来了？”

“回来了。”

“跟我来吧！”

没想到十几年后的重逢竟这样简洁。梅姐把我领到了那棵苍老的松柏下，我看到六座坟茔前都放着一束早开的山花。梅姐告诉我，她想在离开前把山爷他们重新安放到镇上的烈士陵园里！这是她要我回来的第一个原因。

“你说，山爷如果有灵，他会同意吗？”梅姐轻声问我，似乎怕惊醒了正在沉睡的山爷。

“会的，一定会的。”我十分坚定地点一下头。这可能是梅姐多年来的心愿。

迁放遗骨那天，天阴沉着脸，仪式办得隆重肃穆，除了县民政局的一班领导外，镇上的领导也全部参加了。然而当把坟茔全部挖开后，在人们的诧异中，我和梅姐又经受了一番强烈震撼。六座坟茔中，除山爷外，均无任何遗骨。我见梅姐晃悠了几下，便紧紧把她拉住。后来梅姐提议，人们只好把空着的小木棺放上一束松枝运到了烈士陵园，六个小木棺被缓缓放入墓穴中，领导们依次挥锹培土，最后是一群孩子敬献上花圈。于是，在镇烈士陵园里，就这样多出了六座新坟，与在山上不同的是每个坟前都立了一块石碑，碑上刻着梅姐考证过的姓名。我想，再过十年二十年，将来的人们是不会探寻墓里是否有遗骨的，人们记住的该是这石头上的姓名吧。

人们散去了，我和梅姐留下来，并排跪在山爷的坟前，向山爷深情地磕头。天边一阵沉闷的雷声轰隆隆地传来，细雨霏霏。不知是雨水，还是泪水，在梅姐不再清丽的脸颊上流淌。

6

后来几天，梅姐变得轻松起来，领着我到处参观，西洋参地、野山参地、鹿场、中药饮片车间……这期间，她滔滔不绝地说着她的集团从小到大的发展经历，如数家珍地介绍着她们的产品，只是丝毫不谈她自己的事情。我为了避免尴尬，也尽量回避着这个话题。

吃过晚饭，我早早地回到集团招待所。正是草长莺飞的季节，夕阳中，植树还林的人们正三三两两从山上回来。看来他们已意识到了这里生态环境的问题。站在窗前，眺望起伏连绵的群山，不由得慨叹起自然的永恒与韶华的易逝来。这里的确很美，曾经有一部叫《山神》的影片就是在这里拍摄的。我想导演选中这里，正是看中了这绵延几百公里的群山和神奇迷人的自然风光吧。谁知，我看过影片后大失所望，影片中的山林根本不是我记忆中的样子，更无法与眼前的美景相比。

有敲门声，可能是服务员送水，我喊声“请进”，仍目不转睛地望着夕晖中的巍巍群山。许久，听身后有细微的呼吸声，收回视线，见梅姐正注视着我，眼底闪出亮亮的光芒。床上放着一堆她刚刚拎来的大包小包，可能是她公司的一些产品。

“明天就走？”

“就走！”

“把这些带上。”梅姐说着，用手轻理云鬓，那神态仍与十几年前一样，充满了蓬勃之气。

就要离开这里了，尽管我不敢直面她的眼神，还是鼓起勇气问她：“梅姐，你……恨我吗？”

梅姐微微怔了一下，说：“都年届不惑的人了，早没了恨的心境。”停了一下，她告诉我，这十几年来，她一直孤身一人，盼望着说不定哪天我能回到她身边，“在爱情与幸福面前，我没有礼让三分的那种崇高，真的！”

沉默了一会儿，梅姐又说：“有一件事儿，我隐瞒了，今天必须告诉你！”

梅姐埋下头，小心地拿出一张照片递给我。我接过，照片上是个美丽的少女。见我不解，梅姐让我再看看，我仍摇头，梅姐便有些异样地抬起头，说道：“你女儿！”

如一声炸雷，把我震得跌坐在沙发里。

仔细看照片上的孩子，鼻子眉眼像我，也像梅姐，这是我和梅姐的！我仿佛又看到了山爷那座白色的小木屋。我更无法想象，梅姐为我付出了怎样的牺牲，承受了多少痛苦和压力。

许久，我站起身来，将背对我的梅姐揽入怀中，找不到一句安慰的话。其实面对梅姐，我早已无话可说。

梅姐仰起头，在我肩上靠了一会儿，又轻轻拿开我的手，说：“孩子叫我姑姑时，我的心像针扎一样难受，不管以前多么艰难，都过去了，要是可能，我仍盼着能重新开始，别急于回答我！”说着，她把一把钥匙轻轻地放在茶几上，眼神中闪出企盼的光来。

天黑下来，我一直没开灯，就这么呆呆地坐着。茶几上的钥匙如梅姐的一双眼睛，坚毅、迷人、幽怨、企盼，还能洞穿一切，直看到我的灵魂深处。我不否认，我是爱梅姐的，这些年一直都无法忘怀。可是……在我的人生历程中，有太多可是了，正因为有了这太多可是，才有了今天这两难的选择。我把钥匙拿在手上，我知道，梅姐正等着我，只要我走过去，我们仅仅隔着十几米的距离，跨过这十几米，我就回归了昨天的自我，回到梅姐身边，回到这片曾经交织着血与火的、生我养我的神奇土地，并和梅姐一道，为它做些实实在在的事情。然而我又实在没有勇气迈出这十几步，这每一步都如一个世纪般漫长、都如千斤般沉重啊！梅姐留下的钥匙如炭火般烧手炙心，我最终无奈地放下了。

一夜未眠，直到朝晖显露东天。

7

我再一次让梅姐失望了，就如当年一样。后来的日子，面对纷纷繁繁的世事，我时而如一头刚放出栏来走上角斗场的公牛，时而又像蚊虫见了淋漓的鲜血。梅姐和她的麻达沟，那片神奇的土地和土地上曾经发生过的有关血与火的故事，都渐渐变得遥远模糊起来，恍如梦境。

小　结

后来记不清是哪一天，我收到了梅姐的来信。没有她手写的只言片语，只有一张电脑打字的材料。上写："经过有关地质专家多年的考察研究，神秘的麻达沟之谜终于被破解。从外部看，麻达沟纵横交错的几百道山梁地况地貌基本一样，极易给人造成错觉；从内部探测，麻达沟有特殊的强地磁现象，足以干扰人的正常思维，使之失去方向，垮掉意志，最终迷失。"

以后的日子，我仍常忆起梅姐，有个问题也常萦绕脑际，我想再过几年，我和梅姐的那个孩子，像我呢？还是像梅姐？

我，真的不知道。

这应该是一篇虚构的小说。虚构是作家评论家的用词，要我说就是编，甚至是瞎编。这个作者东拉西扯，把山爷和玛珥湖的故事写得支离破碎面目全非，这还是山爷吗？这还是玛珥湖吗？不过，待冷静下来细想，这篇小说传递的信息还是让我目瞪口呆，甚至一时无法全部消化。我敲了敲发热的脑袋，努力祛除荒芜的枝蔓，理出了一点儿头绪。梅姐就是李青梅，我们的梅姑，只是没有交代她的身世，也许作者根本不知道，要么是他根据主题和讲故事的需要，做了艺术加工和处理——瞎编的另一种说法。小说中的“我”当然就是我的父亲李由了，他和梅姑还真生过一个孩子，这个孩子，或许真的不是子慧。山爷给长海迁墓的事，他也做了演绎，最为关键的是小说里竟然说山爷被梅姑气死了，天啊！

八十五

这天，继红开车和我回了趟市里。

“正好，你去和嫂子见面，我到街里逛逛，我有日子没去了呢。”继红很开心的样子。

“嫂子？”我疑惑地瞅瞅继红。

继红嘟一下嘴，说：“你就装吧，燕琳多长时间没来了？你是不想她了？”

我瞪继红一眼，让她直接把车开回了锦绣小区，没等她找到泊车位，我已经跑上楼把那幅富士红云取了下来。

“哥，别说逛商场转公园了，车都没下，这也算回了趟梅河口？”回来的路上，继红叨念个不停，我顾不上搭理她，我在想子慧，她看到富士红云时会是什么表情。

临下车，我拍拍继红，说：“别念叨了，哪天空闲我跟马所长给你请个假，让你去梅河口逛个够。不过，你以后记住了，你嫂子不是燕琳，是——子慧，也就是梅冷！”

我小心地从后座取下富士红云，见继红一脸懵懂地张大了嘴。

玛珥湖边的老槐树和富士红云并排摆在了墙边。子慧一下子怔住了，她呆立了好一会儿，慢慢蹲下来伸手轻轻拂去边框上的一抹尘埃，好像怕惊醒一个沉醉的梦，小声说："我相信了，继承君，你真的回来了。我的继承君，你还记得你的子慧啊！"

子慧抬起头来时，我看到她已泪流满面。

"子慧，我的子慧！"

我和子慧相拥着，泪飞如雨。

接到仝燕琳电话，我的心陡然一凛。我似乎又看到了长发披肩的黑衣女神，黑色的面纱后，一双星眸似曾相识，如一柄寒光闪闪的利剑，见血封喉。

当时我正兴奋着。我想起了一个主意，可以兵不血刃地让江欣怡大获全胜，我甚至为自己终于聪明起来的大脑笑出了声，吓得子慧不停地伸手摸我脑门儿。

子慧提醒我说："你不觉得帮她已经够多了吗？"

我说："我不只是帮她，你格局要大一点儿。"

五花山正浓烈着，大小金龙顶子、银龙顶子像个万花筒，高大的乔木、低矮的灌木把清一色的绿变幻成红的、紫的、黄的、白的，五彩斑斓，浓艳凝重，让玛珥湖沉浸在绮丽的花海中。

江欣怡却望着这壮美的五花山直叹气，说："秋叶凋零，他们又要开始疯狂了。"然后，她的目光就定定地瞅着我。

我不得不佩服江欣怡的坚韧了。她一次次被击倒，又一次次咬牙爬起来，朝着既定目标，义无反顾地前行。这个外表柔弱优雅的女人，圣洁的内心该是不锈钢铸的吧。现在，我知道了，玛珥泉边那个几千平方米断崖似的深坑，不光葬着文华和立夏的两个战士，还是长海最后的安息地。中元节夜晚，玛珥湖北边，我看着眼熟的那片山岭，是祖爷爷他们初葬长海的地方，后来长海是被文明祖爷爷迁到湖南面玛珥泉这个地方了。我不知道，文明祖爷爷当时写没写祭文，按他的习惯，应该写的，《玛珥湖》里没有交代，我也只能推测。也许，文明祖爷爷是想等找到文华和立夏，给他们三个一起立碑时再写吧。可是，摆在眼前的现实是已经永远不可能了。三个热血青年，他们用生命捍卫过玛珥湖的尊严，现在，葬他们的荒丘和他们的尸骨被当作草炭土一起卖掉了，不知道他们的灵魂是否还在玛珥泉边游荡。

难怪江欣怡会昏倒在大坑边，我现在想起来心还一阵阵发紧。所以，我拦住了江欣怡，把她和子慧引到了湖边，我已经没有勇气去面对那个怪兽巨嘴一样的大坑了。我突然就理解了那个叫李春良的作家，他把现实世界的无奈做了提炼和升华，让人看了以后，觉得这个世界还不错，最起码，还有人在反思、在忏悔，那么，一切就还有希望。除此之外，我隐约感到，李春良在《麻达沟轶事》中还想告诉我许多许多，只因为我眼拙，一时没有看懂罢了。

江欣怡姓仝，那长海应该是她的祖爷爷了。来到湖边时，我这样想。

“我刚才说的话，你听见没有啊？”江欣怡又重复一遍。

我说：“可以试试，不过也是权宜之计。”

江欣怡说：“只要让他们先停下来，停下来就是胜利。”

我打电话给继青，要请他吃饭。

继青说：“不用吃饭，喝酒就行，小烧！”

我说：“好，请你喝酒，乳山小烧，还有欣怡、梅冷俩大美女作陪。”

继青说：“不要美女只要酒！”

继青边喝乳山小烧边眯眼瞪着我。我边吃大白鱼边看他的土地流转合同。

继青说：“继承，两页破纸都让你看出花来了，喝酒啊！”

我突然把合同拍到桌上，说：“不对呀，继青哥，你让继东和继川哥耍了吧？”

继青一哆嗦，矿泉水瓶戳到腮帮子上，酒倒进脖子里，说：“继承，你咋也一惊一乍了？”

继青用手抹了一把脖子，伸出舌头舔舔手指头，又拿矿泉水瓶瞅瞅，满脸心疼地说：“足小半两呢。”

我急忙又启开一瓶乳山小烧给继青的矿泉水瓶添满，说：“你别一天天光知道喝，五迷三道的，梅姑和继红那么说你你也不听，看看，让那哥儿俩算计了吧。”

继青“切”了一声，说：“他们还能算计我，都哥们儿……”

“你好好看看，合同咋签的，土地流转后是进行规模经营，可那帮家伙不等经营，就把土地开膛破肚，把地下的草炭土给挖走了。我问你，流转后，这地是谁的？”

“我的，当然还是……我的了！”继青摇摇头。

“还行，没喝多。那既然是你的，这地底下的草炭土又是谁的？再过十年、二十年不都永远是你的吗？你咋就能让他们给挖走了？再说，这东西越来越金贵，别说再过二十年，就是再过十年，你再卖，那就是一个天价了。可你倒好，让人家流转过去，灌了一顿猫尿，白白就给挖走了，你不傻吗？”

“继承，你咋不早说？”继青呼一下站起来，拿矿泉水瓶咂了一口就要往外走。

我急忙叫住他，把另两瓶乳山小烧装进纸兜塞到他手里，说：“继青哥，你拿回去喝。还有，别一个人去，把地底下有草炭土的户都联合起来。你想想，本来抱着块狗头金，可你们都当河卵石卖了！我告诉你，别出去瞎嚷嚷，这草炭土好像是国家的什么战略性物质，再过几年，没准国家就出面收购了，贵着呢！反正在你的地底下，存着呗，怕啥呀？”

继青听我说完，抱着两瓶乳山小烧雄赳赳、气昂昂地去了。

玛珥湖热闹起来，人们开始疯传草炭土的价格被严重低估，将来要暴涨，超过黄金也不是没有可能。结果不用动员，利益自会转化成巨大的能量，人们纷纷行动，守护草炭土就像守护真金白银。

继川和继东哥儿俩来找我，继川说：“继承，你不能帮着洒蒙子出这馊主意，城里的哥们儿钱都付了，我俩没法交代啊。”

我瞅着直眨巴眼睛的继东和愁眉苦脸的继川，有点儿心花怒放了。

我说：“他付了钱正对，土地流转，该种啥种啥，干呗，咋就没法交代了？”

继东说：“挑明了说吧，不是冲着地底下的草炭土，流转哪能是这个价啊？”

我笑笑，说：“合同可没写啊，他们要不服，可以上法院起诉啊！按合同执行呗，草炭土要是写上了恐怕也不是这个价了呢。”

继川、继东大眼瞪小眼。

我扔下他俩往外走，走到门口又转过来，压低声音说：“这事儿我也没办法，继青就让我帮着看合同，开始我也认为都是哥们儿，谁能骗他，所以就实话实说了。还有，这回和江欣怡没关系，不过她家的玻璃已经不怕石头砸了。嗯，最后我还得提醒两位哥哥，把收人家的好处赶紧退回去吧，别赔急了眼，把你俩举报了！”

继川和继东的汗都下来了。

子慧说：“你啊，真坏！”

江欣怡捧着肚子笑弯了腰，我还是第一次看到她这么笑。她做了一桌丰盛的菜肴，还破例没煮咖啡，倒上了葡萄酒。

端起酒杯时，江欣怡没有说庆祝一类的吉祥话，而是定定地望着我，说：“秦继宗要来了该咋办？”

“别怕，好办！”

第二天，秦继宗来时，我偷偷地躲到餐厅里，除了我，还有继红和子慧，她俩是我请来看热闹的。

果然，秦继宗进门先主卧次卧地搜了一遍，问：“我那个傻子警察弟弟呢？”然后就要强吻江欣怡，我听到江欣怡的挣扎声。继红和子慧困惑地瞅我，我冲她俩摆摆手。

“滚，滚开！”江欣怡终于挣扎出来说，“你有什么事快说，说完了快走！永远不要再来玛珥湖了！”

继宗说：“咋了？天塌下来有大个儿的顶着呢。草炭土的事儿咋闹起来的？还不是你兴风作浪，给那个傻子吹枕边风吗？”

江欣怡说：“你抬举我了！告诉你，草炭土你以后就死了这条心吧，是农民不干了，反正埋在人家自家地里，埋着呗。没错，是继承给出的主意，继青让他帮忙看看合同，他就看出这里的纰漏来了。”

“算了吧，你糊弄鬼呢？”继宗恶狠狠地说，“继青让他看合同？继青有这脑袋就不是继青了。仗着他爹是个破领导，看把他嘚瑟的，你知道这得砸多少人的饭碗吗？那个开枪的家伙也是个废物，咋不一枪把他干掉！”

继红瞅我一眼要往外冲，我死命把她拉回来。子慧却低着头默不作声，一脸的愧疚。

“行了，还想那么远，这回天真的塌了，第一个砸的还就是你！”江欣怡变换一下语气，“你要是进去了，找到大碑还有什么用？”

“亲爱的，大碑有进展了？怎么个天塌了，快说说！”

我听到扑通一声，这家伙又给江欣怡跪下了。

江欣怡叹了口气，竟然先哭泣起来。这倒大出我的意料，看来不光继宗有演员天分，每个人的潜质被逼出来后，都能表演得不错。

“咋啦？亲爱的，快说，急死我了！”

江欣怡又哽咽了一会儿，才断断续续地说：“这些话——你不可——再跟别人说，你快点儿跑吧，跑得越远越好。”

“我不跑，亲爱的，我对你可是真心的，天地可鉴呀！”

“我听说，继承挖了继先一块骨头，鉴定结果已经出来了，继先死于砷中毒！”

这事说起来，我还要感谢镇上的小刘医生。那天聊得高兴，我说老兄祖上可是救人无数的高人刘三邪刘守一老先生？一句话打开了刘医生的话匣子，一中午再没有我说话的机会。说到药品监管，他说这些年监管严多了，前些年弄点儿麻黄素、砒霜都不在话下……

刘医生的话一下子打开了我的破案思路。

外面突然就没了动静，停了好一会儿，江欣怡的声音才传来。

“当时，就咱仨人，下毒的不是我，只能是你！”

啪！啪！两个声响不同，应该是咖啡杯摔到地上和耳光声。

“你个贱人，下毒也是咱俩一起合谋下的！”

这回我没有拉住继红，她一个高蹿出去，在秦继宗的惊愕中招呼上了一顿拳脚。看这架势，继红是练过的，没用我扇继宗的耳光，继红也没扇耳光，可能她觉得老拳和飞脚更有力量。继宗一个大男人没等还手，已经被打翻在地，只有双手抱头在地上左右骨碌的份儿。

终于，继红打累了，踢出最后一脚，甩甩双手坐在沙发上哭，边哭边说：“继先哥啊——继承哥，为什么啊……”

秦继宗摇摇晃晃站起来，指着我说：“李继承，你个王八蛋！自从你来玛珥湖就没消停过。你跟老子抢女人、争利益，你个吃里爬外的东西！”

秦继宗吐出一口唾沫和血。

我笑了笑，说：“继宗，家门不幸，出了你这么个败类。小金龙顶子上的祖先会死不瞑目的。你抵赖不了的，刚才有三个人证，还有好几支录音笔，怎么样，说说你的作案动机吧，继先的宿舍怎么被翻了个乱七八糟？你找什么？我试着推理一下怎么样？大碑、《天湖赋》拓帖，对吗？其实，那几张拓帖还不到一百年，没有你想的那么值钱，可惜，你太急了些。还有——”我瞅了一眼江欣怡，“还有，你一直暗恋着江欣怡，你认为是继先抢走了她，所以，你对继先刻骨地仇恨，这个更让你放不下，对吗？”

“嫂子，这些年让你受委屈了！”

继红终于原谅了江欣怡，有些别扭地抱着江欣怡大哭。

秦继宗抄起一把铁凳子向我砸过来。

出乎我的意料，瘦弱的子慧脚一抬就踢过了头顶，一个标准的跆拳道劈腿，秦继宗重新趴回地上。

她也是练过的，我记得她说过，包括射击和游泳，她都练过。

第二天上午，继玉打来电话，说江欣怡没到酒店上班，也不接电话，自己正和继英跟头把式地忙，顾不上她了，担心别出什么意外。

我说：“不会的，这会儿她正在欣慰地睡大觉，或者唱她的西皮流水呢。”

可是我错了，刚放下电话，门就被咣当一声推开，继红急三火四地闯进来，子慧正吹着湿漉漉的头发，手一抖，吹风机险些掉地上。

“哥，快走！欣怡嫂子病了！”

“瞅你一惊一乍的，赶紧送医院啊！”

“也不能算是病，可比病还严重，哎呀你赶紧去看看吧！”

匆忙赶到乡间小野，我和子慧都惊呆了。

这还是以往那个光彩照人的江欣怡吗？目光涣散，脸色苍白，头发蓬乱，左侧鬓角竟有一缕花白的。一夜白头的事，我信了。可我觉得，不光是我，子慧和继红也应该和我一样，觉得此时的江欣怡应该欣慰开心才是，毕竟，山一样背负了十年，几乎将其压得粉身碎骨的心灵十字架终于卸下来。仅此一点不就值得庆幸吗？

“嫂子！”我在头脑里搜寻了一遍，没有找到合适此时说的词语，所有的话都显得那么苍白无力，即使配合上子慧生动的表情。我悄悄退出卧室，按江欣怡平日的操作规程，给她煮了一杯咖啡，希望用她喜欢的味道，唤醒她对生活的一丝眷恋。

江欣怡仍然一动不动地仰卧在床上，失神地望着眼前的空气，两只手任凭子慧和继红一边一个握着，抚摸着。

“嫂子，我们俩说了这么多，你在听吗？”继红有些焦急。

子慧冲我摇摇头，又转向江欣怡说：“嫂子，要不，你哭吧，我们知道这是天大的委屈！我们陪着你一起哭。”

江欣怡仍然拿她俩当空气。

“嫂子，”我搅动着小匙，说，“嫂子，我煮的咖啡，你尝尝，合不合你口味？”

子慧说：“继承君，怎么不给我们也煮一杯？”

江欣怡干裂的嘴唇终于动了一下，沙哑地挤出了几个字：“继承，你们出去吧，我想和继先单独待会儿。”

子慧和继红惊惧地望着我。我俯下身，舀一勺咖啡固执地送到江欣怡嘴边，说：“嫂子，你尝尝我的手艺，我们就出去。”

江欣怡拿我也当空气，僵持了一会儿，她还是努力活动了一下干裂的嘴唇。

一连三天，江欣怡就那么望着满屋了飘荡的空气失神，那一小杯咖啡竟支撑了她这么久。

继红急得跺脚蹦高，说：“不听她的，要么强制送医院，要么请医生来输液。”

“要是……还当我是你们嫂子，就别逼我。”江欣怡吃力地说，鬓角那缕花白的头发像霜打的枯草，凌乱在苍白的脸颊。

子慧轻轻把这缕枯草替江欣怡理到耳后，叹口气说：“听嫂子的，别逼她！”

“那怎么办？再这样下去可是绝食而死的节奏啊！”

继红无比哀痛地瞅着我，好像江欣怡马上就要撒手人寰了。继红这几天的表现倒让我刮目相看了，这个胖丫头没白穿这身制服，现在她把江欣怡真的当作至亲了，努力用行动表达着心底的那份歉意，不知道万念俱灰的江欣怡还能否感觉得到。

“要不，你俩都去忙吧，我陪嫂子单独待会儿。”子慧瞅我一眼，语气异常淡定。多次被死神的魔爪揉来搓去的子慧让迷失在沉沉黑夜的我看到了一丝希望的光亮。

继红回了派出所，我心烦意乱地来到玛珥湖边，登上了东面的小金龙顶子。突然意识到继英已经很久没来爬山了，她在忙，这很好，说明她的一切正向着好的方面发展。

我在继英常坐的那块大石头上坐下来。吸收了一天的阳光，大石头暖暖的，使我感觉很舒服，好像继红家的热炕头。透过枝叶的空隙，一湖粼粼的波光抖动着向我涌来。我如同置身大湖深处，清凉洁净的湖水拥抱濯洗着我的污浊，让我的身心渐渐轻盈飘逸起来。我似乎看到了立秋太奶奶，她正把自己泡在夕阳残照的大湖中，这一刻，我感受到了她的体温，和她心意相通了。“长海哥，我是玛珥湖的女儿”，我想起了她说的话。还有我身后的李韭，我的太姑奶奶，她也是玛珥湖的女儿吧。现在她们都变成了玛珥湖的传说，我再也找寻不到她们的身影了。活着的呢？梅姑也是玛珥湖的女儿吗？江欣怡呢？

我突然打了一个激灵，站了起来。站起来时鬼使神差般张开双臂，抑制不住地想飞身跃下去拥抱那大片的波光。

回到乡间小墅，我看到子慧两眼红肿，双肩一抖一抖地抽泣，江欣怡大睁着双眼，任泪水打湿了枕头。我不知道子慧和江欣怡都说了些什么，或者什么也没说，就是陪着江欣怡哭了个痛痛快快。

要是再把泪水流干了，那江欣怡的生命之火恐怕要熄灭得更快了。我在心里抱怨着子慧，急忙给两个人递纸巾，却见江欣怡干裂的嘴角吃力地抽动了几下，沙哑地说：“为什么……为什么是我？为什么偏偏是我……”

“为什么不是你？怎么可能不是你！”我盯着江欣怡苍白的脸，唇齿间感受到了生硬与冰冷。

“可是，继承，为什么啊？”

我俯下身，一字一顿重重地说：“嫂子，因为，你是玛珥湖的女儿！”

八十六

这天半夜，玛珥湖的夜空又幽灵一样飘荡起西皮流水，比往常任何一次都激越、流畅、高亢。

子慧抚摸着我的脸，说：“我害怕！不是在梦里吧？”

我拍拍她的后背，说：“梦里就更不要怕！”

子慧幽幽地说：“江欣怡，是人是鬼啊？”

我叹了口气，想江欣怡大概飘去还继先的那块骨头了吧。

我没有再问子慧那天究竟和江欣怡说了些什么，江欣怡流干了泪，就让我给她再煮一杯咖啡。

第二大，子慧给她把那缕白发染黑，又画上淡淡的妆容，那个神采奕奕的江欣怡便又渐渐鲜活了起来。

玛珥湖的事情不只是越来越有趣了。

谜团一个纠缠着一个，或许传说中的山爷能解答。我常常望着湖东的小金龙顶子出神，不知道那个叫李民的究竟是我的曾祖还是高祖，我是他的曾孙还是玄孙？而我的祖母的祖先——当然也是我的祖先——更是层层叠叠地向几百年历史深处铺排而去，密密麻麻望不到尽头。

可是，山爷还在吗？

“哥，继承君，你好像有心事？”子慧微笑着说。我好像看到，一颗鲜红的心脏在她胸腔里快乐地起舞，“你应该高兴才是啊，帮江欣怡做了这么多。”

“我没帮她！”我再一次纠正子慧。

“其实，我知道你是怎么想的。”子慧迎着五花山张开双臂，阳光在她光洁的面颊上抖动，湖面上掠过一丝爽洁的风，“我给姑姑打电话了，她说过几天就回来。”

燕琳的电话就在这时候打了进来，接听前我还特意瞅了子慧一眼。

子慧扬一下小巧的下巴，嘟一下嘴，说：“我知道，在姑姑眼里，你比我重要！”

然后，我听到了仝燕琳严肃而且不容置疑的口吻。

“梅冷和你在一起吗？看住她！还有，你自己注意安全！”

我撂下电话，扳过子慧瘦削的肩头，仔细端详着她精致的面容，想从她瓷雕一样的脸上找到些什么。

“是仝燕琳？”子慧迎着我的目光，“怎么了？”

“她，可能要来抓你！”我平静地说。

“那我，杀了她！”子慧也很平静，嘴角还翘了翘，漾出一丝笑意。笑意收起时，她星眸闪闪，似一道道寒气逼人的利剑在我眼前飞舞。

我又看到了着面纱的黑衣死神。

“走，快走！”我拉起子慧上车。

她试图挣脱，扭动着身体向后使劲儿。

我又说：“子慧，回去吧！”

子慧不再挣扎，上车趴在方向盘上大哭。

我不再说话，一张又一张递纸巾，当我把一盒抽纸扯光时，子慧止住哭，抬起头，把车开回了招待所。

子慧有条不紊地归置着，我打着下手。那幅《玛珥湖大槐树》本来送给我了，还没来得及装裱，她又要了回去，她说想我时可以看看。那幅《富士红云》在她手里捧了一会，又郑重地递给我，她的神态亦如当初。最后，子慧把那套《李白全集评注》捧到我面前。李白，我崇拜的老先生。我现在想起来了，子慧说过，等我想起来时就还给我。当年分别时走得匆忙，落在她那里的，我的鼻子有些发酸。

“沦老卧江海，再欢天地清。”子慧诵了一句。

“病闲久寂寞，岁物徒芬荣。”我接上。

“玉关此去三千里——三千里啊……”子慧突然泪流满面，一下子哽住，说不下去了。

归置好，我说快走，时间不多了。

子慧却开始一件一件脱衣服，然后一下扑到我怀里。

我说关窗！

子慧说不！

我说关门！

子慧说不！

我升腾的一缕灵魂便顺着大敞四开的门窗出窍，随着秋风飘上了小金龙顶子，跟着那一大片火红枫叶一起燃烧。火借风势，风助火威，大火很快爆燃成一条血色的长龙，翻滚着、盘旋着、呼啸着、纠缠着，呼啦啦地吞噬着大地上的一切。最终点燃地底的熔岩，一声山崩地裂的巨响，巨大的火龙冲破坚硬的地壳，腾空而起，映红了整个天空。

火龙腾空处的山顶，巨大的天坑神秘地出现了。紧接着暴雨如注，裹挟着燃尽的灰烬纷纷落下，汇聚到天坑中。

玛珥湖，诞生了！

我关掉手机，开车向前急驰。

我知道燕琳一定就在后面不远处狂追。关键时刻，子慧的小吉普还是给力的，一脚下去，便提速一百八，路边刀叉的标志一闪而过。

“去服务区！”子慧疲惫地扭过头来。

我皱一下眉头，说：“能不能……”

“不能，憋不住了！”

子慧下了车，慢条斯理地去了趟洗手间，出来又去买了可乐、冰糕，边喝边吃，还递给我一盒。

我没有熄火，不住瞅着服务区入口，生怕眨眼之间，那台捷达车闪烁着警灯、唔哇唔哇叫着驶进来。我打开车门，示意子慧上车。

子慧瞅着我手里的冰糕，说：“吃啊，和富良野的薰衣草露比，咋样？”

我说：“子慧，时间怕是来不及了！”

“我知道！”子慧平静地说，“我不走了，在这儿等仝燕琳！”

我说：“子慧，就算我求你了，行吗？”

“可是，可是我离不开你啊！”

泪又从子慧的眼里涌出来。她抽泣一下，仰头咕咚喝一口可乐，把半截冰糕丢到卫生箱里。

“子慧，你先回，我们从长计议，好吗？”

我推着子慧的后背，把她弄上车。

车到机场，比预计时间晚了十分钟，我拉着子慧狂奔，在安检通道口，子慧又迟迟疑疑地不肯前行。

我问：“为什么不杀了我？你不是受过专业训练吗？”

子慧答：“那你为什么不杀了我？黑市上卖的东西真坑人！”

我说：“子慧，我明白了，回吧，要么，等我们都下得去手时，你再回来！”

“继承君，你是我的，永远只能是我的！”

我拿出装有血液的玻璃试管，塞到子慧手中，说：“我的，回去后马上做DNA，咱俩，可能不是姐弟，更不是兄妹。”

子慧挂一脸泪痕，说：“别骗我了，继承君，我走就是。”

“我是认真的！”

子慧哀怨地瞅着我，扑到我怀里，流着泪吻我，含混地说：“你要骗我，我自己就先去死！我不等你了。”然后，子慧拉着行李箱一步三回头地离去。

隔着巨大的玻璃窗，跑道上，空客320像只灰色的大鸟，轰鸣着一路向前，然后，昂起头沉重地冲上半空。

这时，我的脑袋被冰凉的铁顶住了。我挥手挡开，说：“仝燕琳，别显摆你有枪！”

燕琳说：“李继承，你放走了梅冷！你个汉奸！你个叛徒，你不忠不义，不仁不孝，十恶不赦……”

燕琳横眉立目停不下来，似乎要把所有恶毒的词都在我身上用一遍，一张气咻咻汗津津的脸因激动有些扭曲变形。

“我罪孽深重、罄竹难书、千刀万剐、五马分尸、天打雷劈……”

我替燕琳补充道。

“你为什么放走了梅冷？”

“她不是梅冷，她是古坚子慧！”

燕琳吃惊地呆住，说：“你的记忆恢复了？你好能装啊！走，跟我回梅河！”

我往外走，说：“凭啥？这是我们的家务事，我们不想活了，这也归你管吗？”

“必须跟我回梅河！”燕琳又要去掏枪。

我愤怒地指着她，说：“收起你那破枪！”

我眨眨眼，想看看燕琳的心脏是什么颜色，可是没能成功，我发现，我那灵异的功能终于神秘而诡异地离我而去了。自从上次在麻达沟从子慧背上跌落，就一直不曾出现过，它随着我记忆的丢失到来，又随着记忆的回归离去。生活中，这些神秘诡异不可捉摸的事情到底还有多少？

我转过身来，被一道幽蓝的冷光笼罩了。

八十七

梅姑打来电话，让我准备好，她一回来就领我去见山爷。

我有些蒙，难道山爷没有死？也许吧，作家们善于满嘴跑火车，《麻达沟轶事》除了梅姑和李由的感情，其余都是作者编的瞎话吧。

我说：“梅姑，不是我自己，我要带好多人。”

梅姑说：“你决定，多少都行。”

我找到江欣怡，问她想见山爷吗。

江欣怡瞪大眼睛，多少有些吃惊，说：“当然，做梦都想。十多年前，他和继先可是忘年交，我有好多话要问他呢。”

然后，我分别拜访了继红、继青、继川、继东、继英和继玉。我没打电话，打电话太随意、太不重视、太没有仪式感了。我觉得拜见传说中神一样的山爷，一定要有沐浴更衣的心态。

早晨，阳光透过小金龙顶子上的树林，筛落到玛珥湖面，一湖碧水闪金荡银。

继青呷了一口矿泉水瓶里的酒，说：“这要是一大湖酒该多好！”

继川说：“酒，酒你个头，就知道酒，没出息！”

继英说：“继青哥豪气！”

继红白了我一眼，小声说：“继承哥，你咋让她俩也来了？丢人！”

我说：“在你眼里继英、继玉是风尘女子，可在我眼里，她们不是！”

江欣怡笑了。

继红说：“你忘了？你有病啊！”

走到那棵千岁老人般沧桑着脸的枯松下，梅姑早就等在那里了。她瞅瞅一行人说：“队伍很庞大啊！”

我说：“梅姑，我有了穿越的感觉。”

传说，永远是不靠谱的。

梅姑没有领我们进入麻达沟，而是在银龙顶子主峰下折向东，始终沿着一条似有若无的山梁向前。不管是枯藤灌木互相缠绕的跳石塘，还是荫翳蔽日云锁雾封的原始森林，只管一路向前，看似走入绝处，可到了近前总有容身的通道。

中午时，一道绝壁立在眼前，黑黑的石峰，雄浑似铁，直刺苍穹。远处，一条飞瀑从石壁垂落，顺着山涧哗啦啦地流淌到我们脚下，又轻扭腰身从石壁旁一路款款，悠然北去。

“这里好美！”江欣怡忍不住感叹。

继英说：“真想不到我们玛珥湖还有这么美的地方。”

我瞅瞅梅姑，又仰望一下高耸云天的石峰，怀疑梅姑领错了路。

我们在这休息了一会儿，吃过午饭，跳过小溪，走到石壁脚下。梅姑上下走了几趟，又回头望望小溪和溪边的几棵大树。

看到她犹疑的脚步，我更加相信自己的判断，却听梅姑说：“打开手电，跟我爬！”

梅姑眨眼不见了踪影，吓得继红继玉几个面面相觑。

我急忙在梅姑消失的地方趴下，见荒草遮蔽着一个黑黑的洞口。洞不大，必须得爬着进入，我打开手电，边爬边观察，还好，爬不到十米，山洞豁然宽敞起来，人可以直立行走，洞高足有几十米。

这时继英在后面喊：“梅姑，继川哥卡住了！”

梅姑停下，说：“继川，吸气，收一收，你能进来！”

我们等了足有二十分钟，继川和继英才一前一后气喘吁吁地爬进来。

梅姑说：“前面一段路必须紧贴石壁，别看洞很宽，石缝石窟很多，掉下去就没命了！”

继玉吓得吐了吐舌头，说：“我不来好了！”

继续向前走了一会儿，巨大的轰鸣声震耳欲聋，手扶的崖壁也在微微颤动。整个山洞如同一个空旷的音箱，因为回响，听不清声音来自哪里。凭直觉，我断定这轰鸣声来自地下的暗河，就在我们身体的左侧，从一个个石隙石窟中溢出，令人恐怖地充满山洞。

我们学着梅姑的样子，一手持手电，一手扶崖壁缓慢前行。身后的江欣怡突然惨叫一声，我本能地拉住她，原来她脚下一滑，精致的小手电扔出去好远，滚落石缝不见了。当轰鸣声渐渐远去时，不知不觉我们已经走出了山洞，我看见了头顶的一线蓝天，只是两边的石壁仍如刀切一般，举头仰望，令人目眩。石壁似乎随时可能闭合，把行进其间的我们挤成标本。

上行一个多小时，一大片平坦的绿地终于在我们眼前铺排开来，一直延展到远处。草坪上间或一两棵粗大的古树，但却不高，树头好像被削去了。

大金龙顶子，这就是传说中的大金龙顶子啊！

梅姑指着草坪说：“山爷告诉过我，这里曾经是营房和操场。”

“山爷呢？山爷住在哪儿？”

我的目光在大金龙顶子上搜寻，草地边缘有几间石头房子，房顶苫着木头劈成的板子。我快步奔过去，梅姑却叫住我。她把我们领过草坪另一边，又往山下走了一段，在一片平缓处的乱石堆旁，梅姑指着一扇木门说：“山爷在这儿！”

梅姑说着，推开木门走进去。

借助手电的微光，我看清这又是一个山洞，山洞很深，也很宽敞。走了一会儿，渐渐发现两边出现了粗大圆木搭建的一排类似床铺的东西。然后是货架，有的上面还整齐码放着物品，我上前看仔细，是被服，用手抚摸，有的已经朽烂。

梅姑只顾前边走，我瞅瞅欣怡、继红、继川、继东、继青、继英和继玉等人，表情皆惊惧。再往前，两边货架上出现了口袋，已经变成黑色的玉米粒从口袋缝隙中淌出来。还有一排货架上整齐码放着拳头大小的一个个黑球。

电光石火之间，我心里刮起强烈的风暴。我想起了长海，在玛珥湖学校的办公室里、在海龙城的奉天第八监狱里，他抟起的士兵列队般的蜂蜡球。我想起了立秋、立夏和文华，想起了他们建的给养库。我拿起一个黑球吹了一下灰尘，闻了闻，啃一口，黑球坚硬如铁，连个牙印也不曾留下。

继英拿起来一个用手电筒晃了晃，举在眼前仔细看，小声跟继玉嘀咕："像琥珀，做成手串肯定以假乱真。"

继玉说："走时拿两个。"

江欣怡叹口气。

继红说："没有梅姑发话，看你们谁敢动？"

再往前，两边是枪支，先是步枪，一排排整齐地立在枪架上，好像随时等待出征，然后是十几挺日 96 式轻机枪和日 93 式重机枪，最后是十几门日 97 式 90 毫米迫击炮。

继东朝继川眨眨眼，说："这些该是文物了吧？弄出去一定值不少钱。"

继川说："一堆废铁，顶多够给继青换斤酒喝。"

继青摸摸炮身，说："上等的钢，一门炮咋也换一百斤酒了！"

在一个较大的空间里，梅姑停下了脚步，她跪下来就磕头，我们不敢怠慢，照样子跪下来磕头。当梅姑把四周的大蜡烛挨个点燃时，我们全都惊呆了。

佛光闪闪，我们眼前出现了四尊金色塑像。

四座神像端坐在莲花宝座上，栩栩如生，金光灿烂。

我仰望着，仔细辨别他们的容貌，脑海中浮现出先人的形象，从右至左他们应该是三子、立秋、立夏和文华。

我困惑地扭头看梅姑，梅姑自顾点燃手中的一把香，发给已经傻掉的我们每人三根。

梅姑重新跪下来，说：“山爷，姑奶奶，爷爷，奶奶，玛珥湖的子孙后代来看你们来了！”

然后，梅姑又问：“你们当中谁的爷爷叫和平？”

继青说：“和平好像是我爷爷！”

继英说：“我爷爷叫李和平！”

我扑通一下跪在左边两尊年轻的塑像前，文华和立夏，他们也是我的亲曾祖父母啊！

拜了三拜，我把香插到香炉里，说：“梅姑，我要见真的山爷，可，这是塑像啊！”

梅姑瞪我一眼，说：“继承，在山爷面前不许胡说，这就是真的山爷！”

我想起了上元节，那天半夜，行走在最后银须飘飘的老爷爷和白发苍苍的老奶奶，原来他们就是山爷和立秋太姑奶奶啊！

我定定地望着山爷，说：“山爷，我有许多话想问你，你咋就走了呢？”

我的泪唰唰地流下来，重新伏倒在地，边哭边给四位先人磕头。爬起来时，竟然感到山爷仿佛朝我微微笑了笑。

梅姑指着山爷边上的条案说：“继宗苦苦寻找的东西可能就在这儿。”

我看到了，秦金银——我应该叫他高祖爷爷——亲手埋下的装着《大碑赋》拓片的青瓷罐，黑幽幽地闪着光。当年，继宗掘地三尺不惜毁掉那排槐树也没有找到的宝贝，原来在这儿。还有山爷那支汉阳造步枪，静静地躺在案子上，枪身擦了一层油，枪托上密密麻麻的道道仍然清晰可见。紧挨枪托，立着三枚闪着幽光的黄铜子弹。

我一枚枚拿起，捧在手里仔细看，没错，是7.92毫米步枪子弹。三枚子弹似有千斤重，我颤抖着双手又一枚一枚小心地放回去，摆好。

更神奇的是，一块长条状但不太规则的黑色石碑就静卧在条案下，我用手轻轻抹去浮尘，一行行美丽的大篆在眼前跃动起来。

江欣怡随口诵道：

《天湖记》，初，燕弱，开为胡质。开者，鲁国秦氏，德能备也。昭王图强，拜开大将。开挥军击胡，取地千里。修长城，治北境，建五郡，置侯城，复辽东，饬边备。先临东辽水，又及二龙山，再达玛珥湖。王令班师，开留边将，行前三嘱，久卫此地，不可再失。口占偶语，慷慨而去：金人出，龙腾渊，凤歌鸾，盛世见！

梅姑说："这是玛珥湖副碑，主碑刻着《天湖赋》，至今下落不明，山爷曾说过，可能沉在了玛珥湖中，不过谁知道呢？山爷也不确定。"

江欣怡说："我知道，就在玛珥湖中！"江欣怡的话让我之外的所有人震惊，包括梅姑。

往回走时，梅姑让我们先撤，她依次吹熄了蜡烛，黑暗中，我听到她又在山爷面前跪下来，说："爷爷，就像韭儿姑奶奶一样，我也是玛珥湖的女儿，我不是白眼狼。这么多年了，您都看到了吧！"

"山爷暴怒时是想打我的！他的拐杖已高高举过了头顶。"

梅姑往火堆里添了一块干柴。

这天夜晚，我们就在当年前辈们的训练营地拢了三堆篝火。

"山爷不住地骂着我白眼狼。我哭了，想和他解释，又觉得自己委屈，山爷的拐杖最终没落到我身上，他用力戳着地，咳嗽了好一会儿，便倒下了。"

我顺着梅姑手指的方向，月光朦胧，小屋旁边的大树下，想象着山爷像一座大山一样轰然倒下的情景。

"也怨我忽视了，其实在山爷的内心，他是否把我当成亲孙女，我不敢确定。当他听说我要领着外商来投资开发这片大山的资源时，突然就爆发了。"

梅姑眼里泪光闪闪。

江欣怡过来递给我们两个烤面包，那边几个人正叽叽喳喳说得热闹。继川继东不断地往火里添柴。

"后来呢？"我问。

"后来一个叫丁贝贻的港商找到我，他说他是遵从先辈的遗愿。"梅姑喝口水。

“丁小五,一定是丁小五的后人！”我咬一口面包。

“我想他们都肉身不腐，是放心不下这片山水吧，后来我和丁总商量，便出资给他们塑了金身。”

篝火熊熊，映红了梅姑的脸庞，她干练地拢一下短发，白天我在她身后时，发现她黑发间已夹杂了许多白发。

我打开午餐肉罐头，递给梅姑刀叉，说：“谢谢你，梅姑！”我知道，再不问，就可能永远没有机会了，便鼓起勇气说，“梅姑，你和我爸李由是怎么回事？既然那么相爱，为什么没在一起？”

梅姑的手一抖，一块午餐肉掉到了地上。

我说：“梅姑，你和李由有孩子在日本，是吗？不过不是子慧——也就是梅冷，子慧是你弟弟古坚次郎的孩子，对吗？那个孩子应该比我和子慧大好几岁，可子慧仅仅比我大几个月，你说过的。难道那个孩子就是美慧姐姐？可你为什么不告诉我爸真相呢？”

梅姑的刀叉也掉到地上，大声说：“继承，不要再问了，你知道得太多了！”

泪，顺着梅姑的脸颊流下，火光跃动，像两行红红的血。

“继承，其实我不恨你爸爸的，一开始我就不恨。”梅姑缓缓地说，她的目光没有望向我，而是一直死死盯着那团跃动的火苗，好像那是我爸的脸，“你，你和子慧也不要恨他——和我。因为恨，解决不了任何问题。”

“可是，梅姑，这关乎你——你们一生的幸福啊！”

“是的，起初我恨过山爷。你知道，如果山爷坚决反对，那就注定了我们的悲剧。可是后来，我也想明白了，也不能恨山爷，谁让我们都是历史创痛的承担者呢，这一切我们只好承受吧。李由是李和平的儿子啊，和平就是三湖啊，他的命是用你二湖爷爷的命换回来的啊。而我是谁？我是古坚一郎的孙女，古坚二水的女儿啊。‘别忘了，你的父亲是和平’，山爷这一句话就足以让李由最美好最坚定的爱情誓言粉身碎骨。面对着巨大的历史创痛，不能只寄希望于时间，幻想它会让一切伤痕平复。我们这些后来人更应该努力以善良的心和宽广的胸怀去理解，去宽恕，去原谅，最重要的——是去爱。恨没有出路，恨只能让人绝望，而爱，或许还能给我们人类一点儿残存的希望吧！”

我不断地往火堆里投放着木柴，篝火熊熊。望着满脸泪痕的梅姑，无言以对。

“继承，还有什么问题，你就问吧，姑姑也想好了，把一切都告诉你！”

“姑姑，对不起，让你伤心了！既然这样，你们为什么还反对我和子慧？”我瞅着梅姑的脸小心地问，她的眼底，有两团小火苗在跳动。

“全家的长辈们都害怕，子慧可能落得和我一样的下场。”梅姑拿起一块干柴，犹豫着是否将其投入熊熊烈火，“谁知道，你们两个傻孩子，做出的事更惊天动地，更让人胆战心惊。”

“姑姑，我明白了，我和子慧都不会放弃，我们还要继续战斗，像您说的那样，努力用善良的心和宽广的胸怀，去理解，去宽恕，去原谅，去爱，还有，从今往后，我，还有子慧，都和美慧姐姐一样，都是您的孩子。”

终于，梅姑挂着泪痕的脸上，露出了笑容，凄然中带着一丝释然和欣慰。“谢谢你，继承！”梅姑说着，将那块干柴投入爆燃的篝火。

夜深了，清冷的月光照着即将脱去盛装的大金龙顶子，风吹来，山岭上呼呼啦啦地响，似乎涌动着千军万马。

我又往篝火里添了些干柴，火星四溅，长长的火舌抖动着，努力舔向夜空。

江欣怡钻出帐篷过来帮我。她说：“感觉像做梦。”

火光在她脸颊上跃动，我无言以对。

我知道这不是梦，也不是传说，一切都曾经真实发生和正在发生！

八十八

《玛珥湖》的第二部书稿再没出现，但冥冥之中好像总有一种昭示，让我固执地认为玛珥湖的故事并没有完结。《玛珥湖》应该有第二部的，所以我把看完的这部分称为第一部。我急切地想知道玛珥湖的后来怎么样了，所有故事的大结局都是吊人胃口的，玛珥湖最终将走向何方呢？几天来，我像丢了一件珍贵物件般寝食难安。半夜醒来望着窗外夜色中朦胧的小镇十字街，好像那里有意掩藏着我想要知道的秘密。有一瞬间，我竟然想听幽灵一样四处飘荡的西皮流水，可这声音已经好长时间不再响起了。

早晨起来，记忆便有些模糊，脑袋里好像有一堆乱七八糟的画面，一帧一帧闪过，这帧还没看清，那帧又塞了进来。

我理着几张残缺不全的证明给燕琳打电话，响了好久，没人接听。我想了想，拨通了子慧的电话。分别的这些天，每天都要和她通电话，有时甚至一天数次。她的状态让我越来越担心，在她看来，我现在说的一切都不真实，仅仅是为了安慰她，为了稳住她的情绪不再去铤而走险。并且每通一次话，这想法就在她内心深处得到一次强化，我能感觉得到，可是我又毫无办法，明知这是一场危险的游戏，还得乐此不疲地玩下去。

“说吧，继承君，我在听。”子慧的声音听起来精疲力竭。

“子慧，你怎么了，越来越没力气了？”我瞅瞅手机屏幕，咬咬牙，“再这样下去，是不是连爱下去的力量也没了？”

“不，我有，我有的是爱的力量，就像喷发前的玛珥湖！”子慧突然坚定起来，声音也大了许多。

“我敢肯定，DNA，你还没去做。”

“我，我是怕，姑姑也在哄骗我们，一旦真相不是你们说的那样，那我残存到最后的这点儿希望就彻底破灭了！”

子慧又抽泣起来，我默默听她抽泣了一会儿，说：“子慧，听我的，我非常坚信自己的判断和姑姑的话，去吧，命运总是会把奇迹和惊喜留到最后的。”

“不，我等你，我决定了，等你来到我身边，咱俩一起去！”子慧幽幽的语气，不容商量。

然后，她又说：“黑暗病了，两天两夜没吃没喝了，可能是它太老了吧，我要带它去看医生了。”

子慧收了线，想到在青木原死亡之森救了我和子慧的黑暗，我的心戚戚然了好一会儿，直到手机再次爆响起来。

是燕琳。

“李继承，你良心终于发现了，主动给我打电话？”

“我想，我想请你——放过子慧。”我单刀直入，没再斟酌词汇。

“休想，李继承你给我记住，只要古坚子慧再敢踏进国门，我非把她抓起来不可，即便像你说的，那是你们的家事，那又能怎样？暗网上购买枪支，枪呢？我必须查清。”

我好像看见了燕琳斩钉截铁咬牙切齿的神情。

“可惜，燕琳，大金龙顶子上，梅姑的话你没听见，那可是她用一生幸福的代价才参悟到的，字字珠玑，声声泣血。你要听吗？还有，刚刚，我和子慧通了电话，我们不会放弃的。”

“那我，我该怎么办？”燕琳突然崩溃，她的声音已带上了哭腔，“你别忘了，古坚子慧是谁的后代，而你的祖先又是谁！在小金龙顶子上，我告诉过你，那是我的太奶奶，而我爷爷全抗日，是曾姨奶奶一家三口用生命换下来的，爷爷临死前，我是答应过他的。”

应该承认，燕琳的辈分排得比我好。

我把手机举在半空，无言以对，只好一遍又一遍地叹息。

我的心情进一步灰暗着，又拨给江欣怡，她问我怎么不去喝茶，她说她现在已经试着喜欢上茶了，并且，是红茶。

我说《玛珥湖》第一部手稿不见了，我越来越觉得这对我很重要！

“你的情绪不对啊，继承，你很低落！”

江欣怡说完竟撂了电话。

我又打给继红：“继红，你告诉我现在是现在吗？”

继红那边一下没了声音，让我更感到漫天漫地的全是虚幻。

“继承哥，我没明白！”当我又冲着电话说了许多时，继红才回了这么一句。

“我是说，现在，是真实的存在，还是不存在的？”我想继红可能还不明白，又继续在头脑中搜索了一会儿，“也就是说，你明确告诉我，我，是不是在做梦，现在，我是不是在梦里给你打电话？”

继红终于咯咯笑了两声，然后突然明白了什么似的，很严肃地说：“继承哥，你现在不是在做梦，你是不是旧病复发又糊涂了？我这就过去！”

电话里刚出现忙音，江欣怡就推门进来，说：“继承，你没事吧？”她举起手里的一罐茶在我眼前晃晃。

我说：“茶叶——罐！”

江欣怡又伸出中指和食指。

我说：“二，两根手指！”

江欣怡长出一口气，说：“吃饭了吗？尝尝这罐茶！要不，你还是搬到我那儿吧！”

江欣怡麻利地烧水沏茶，给我归置行李，大有马上带我走的意思。

继红来了，她后面还跟着继英、继玉、继川和继东，再后面是继青，他有点儿晃，但没忘走几步咂一下矿泉水瓶子。

我说：“还真是个酒蒙子，这大早晨的！”

继红说：“没事啊，继承哥，你刚才挺吓人的。”说着，也伸出两根手指头在我眼前晃。

我拨拉一下继红的手，说：“二，两根手指，你们真当我傻呢？刚才就一阵，过去了！”

众人都笑了。

继川见江欣怡熟练地收拾我的物品，回头瞅继东一眼，继东皱皱眉，一双小眼睛又起劲儿地眨巴。

江欣怡说：“继红，壶里我刚沏的茶，你给他们倒！”

继红边倒茶边说：“继承哥，有两位良心发现，是来自首的。”

我一时没反应过来，欣怡停下手。

继英和继玉从兜里捧出黑黑的蜂蜡球。

我说：“你们还真一人拿了一个啊？”

继英说：“只想做个手串的。”

继玉说：“不做了！”

我笑说："那，你俩留个纪念吧，将来我好好给你们讲讲这蜂蜡球的故事，或者，等我把书稿复述下来，你们看《玛珥湖》吧。"

继青说："真送她们了？那我也拿两个好了！"

继红又给我送来了红松子仁，这回她用小塑料袋分好了包装。

我说："继红，别送了，我已经恢复记忆了。"

"那更得吃，说明有效果。"

"可是，小金龙顶子上的松子仁，你们不觉得像舍利子吗？咱们先人的舍利子啊，晶莹剔透的样子，我就是吃着这些先人的舍利子找回记忆的吧？我有点儿不敢吃了。"

众人戚然。

继川说："继承，咱们兄弟姐妹几个合计了，咱们玛珥湖或许不光能卖草炭土！"

我笑了，说："你们啥意思？"

继东说："我们推你为头儿！"

我说："得了，我一个大病初愈的警察，说不定下一秒钟又糊涂了。"

继青啷的一下把矿泉水瓶子蹾桌子上，说："谁，谁敢再说你傻，我扇他！继承，你是牛警察！"

众人再笑。

我说："我给你们当个军师还差不多，更多的恐怕还得找她。"

我朝江欣怡摆一下头。

却听江欣怡小声说："继先会高兴的！我想他了！"

这天晚上，我终于和继红继玉一样，在继英的脸颊上印上了鲜艳的手掌印，我甚至还听到了那声脆响。

"哥……"继英一只手捂着脸，另一只手犹犹豫豫地伸向我。我看不清她的眼神是怨恨还是委屈，因为泪水很快波光粼粼、汹涌澎湃了，红红地淌了她满脸，像火一样灼伤了我的眼烧疼了我的心。

我看着继英伸向我的手有些不敢相信，她的手像块冰，好像来自另一个世界。我顾不上多想，死死地牵着她往前走。

然后，我便醒来。正是午夜时分，浓稠的漆黑压得人喘不过气来，没有了西皮流水的玛珥湖夜空死寂得让我怀疑自己是否还活着。我急忙拨了江欣怡的电话。

“继承，出了什么事？”江欣怡朦胧中有些紧张。

“嫂子，继英的眼泪是红的，像血。”我把刚才追撵继英的梦境讲给江欣怡。

江欣怡沉默了许久，才叹口气，悠远而空灵地说：“继承，这，不是梦啊……”

八十九

尽管是中午，深秋的玛珥湖水仍旧很凉。我无法想象当年立秋太姑奶奶和眼前的江欣怡咋就能眨眼之间把自己投入湖中。

艳艳的秋阳轻漾着一丝温暖，江欣怡划着小船驶向玛珥湖深处。她白衣黑裤，宽檐的布帽将脖颈以上的阳光遮住，蓬松的黑发很随意地垂在肩头，沉静中更见仙气。

我试了一下湖水，打个哆嗦，说：“要不，回去吧？”

江欣怡眉头微蹙，说：“会越来越冷的！”

“实在不行，那就等来年夏天！”

“可我不想再等了！这是当年继先和山爷的秘密约定，也是他俩的愿望，可惜的是他们都没有看到这一天啊。”

是的，这是才华横溢的继先哥的愿望。十多年前他就提出了挂斧停锯封山，保护生态，挖掘旅游文化资源，以期永续利用玛珥湖及周边大林海的设想。所以，尽快确定大碑的位置，让大碑出水，是他和山爷的约定，更是他想送给江欣怡的惊喜，想不到他竟为此付出了生命的代价。

现在，历经苦难的大碑就要重见天日了。江欣怡以柔弱的肩膀，忍辱含垢，扛着继先和山爷沉甸甸的愿望，独行了十年，未来，她还要独行下去吗？玛珥泉边，长海和他的战友们不在了，他们的荒丘和尸骨被玛珥湖的不肖子孙卖掉了，长海应该是江欣怡的太爷爷吧。欣慰的是大金龙顶子上，文华、立夏、立秋和文明还在，并时刻以他们那不坏的金身，遥遥眺望着玛珥湖的芸芸众生。

我的玛珥湖，我的父老乡亲，我的兄弟姐妹们啊！

天地间比刚才又暖了些。望着一湖浩渺的天水，我想起了子慧的话，她说，她正聚集着火山喷发前的力量，那么喷发后呢，我们是否就变成了这波澜不惊的玛珥湖了呢？我确定，即便如此，我和她都是愿意的，那就让我们历经生死的爱情像火山一样猛烈喷发吧，燃烧吧，然后，待力量耗尽，变成眼前这美玉一般圣洁的玛珥湖。

江欣怡迎着阳光瞅了瞅，过了湖中心，向着小金龙顶子划去。我望着她那张略施粉黛的脸，心底突然涌出西皮流水的旋律，那的确是一张美得让人心惊肉跳的面容啊！

江欣怡笑着说："说实话，我美吗？"

我不敢再直视那张惊心动魄的脸，把头扭向一边，说："我，我想听西皮流水！"

于是，那段经常在镇子夜空幽灵一样飘忽的旋律，第一次在玛珥湖水面上时而轻柔空灵，时而激越高亢的跳荡回响。

> 东海之外，大荒之中，有山龙岗，天湖玛珥。碧野翠谷，莽莽苍苍，巨龙卧兮，日月出焉。水雾烟霞，浩浩渺渺，神龟潜兮，日月入焉……
>
> ……
>
> 伏皇娲娘，临渊嗟叹，莽莽大地，浩浩长天，脉脉线溪，汤汤巨流。金人将现，龙腾薮渊，凤兮凰兮，百鸟来仪，鸾歌凤舞，盛世已矣。

余音袅袅，随着船桨荡起的波纹跃动震颤。

"继先，继先，我唱得好听吗？"

我浑身一震，急忙伸出手在江欣怡眼前晃了晃。

江欣怡明媚地笑了，说："两个手指头！"进而又脸色黯淡下来，"对不起，不过继承，真得感谢你！”

终于，江欣怡停下了桨，从包里取出了经纬仪。

浩渺的天湖，静谧而安详。

我站起来，双手合十，向着小金龙顶子拜了拜。黄道吉日，宜祈福，宜祭祀，也许，从今天开始，玛珥湖会翻开新的一页吧。

江欣怡不顾小船的摆晃，轻盈地跨前几步突然张开双臂拥抱了我。我一阵胸闷气短，不知所措，稳住心神后，才犹犹豫豫地抬起手在她后背上轻轻拍了拍。

江欣怡伏在我肩头，说：“继承，谢谢你，衷心地谢谢你！”

江欣怡突然就哽咽了，我感到她的泪滴落我肩头。

一种莫名的伤感从湖面升腾起来，迅速包裹了我。

我说：“改天，咱回吧！”

我想去取船桨，可船桨在江欣怡身后，此时她已脱掉了衣裤。阳光下，她的身体洁白如玉，光芒四射，如一尊精美绝伦的瓷雕，让人目眩。

我扭过头去，余光中发现江欣怡朝我笑笑，像一条银光闪闪的鱼，纵身跃向湖中，有一滴泪还挂在她的脸颊。

这一刻，我后悔了。

我看着表，每一秒钟都像走过了一辈子那么漫长。我祈祷着，想等江欣怡上来，有件事要告诉她。

湖面静得可怕，手机就在这时突然爆响了，我吓得一激灵，闪闪烁烁的屏幕，像子慧扑闪的大眼睛。

“继承君——继承君——”子慧抽泣着悲伤得说不下去，我的心一下子高悬在了玛珥湖上空。

“子慧，千万别做傻事，我很快会赶过去，很快会回到你身边！”我知道，这回我真的言不由衷，我撒谎了。

“黑暗——死了——继承君——黑暗死了！”子慧伤心欲绝地哭出了声。

“子慧，亲爱的，黑暗没死，黑暗只去了它该去的地方啊——”

我搜刮着头脑中所有的词汇，边安慰着子慧，边焦急地望向湖面。

不经意间，天湖中央，一朵七彩祥云在微风鼓荡下，慢慢聚集变幻，一只巨大的彩凤腾空而起。彩凤下，更大的一团云雾正在相互缠绕。

我想起了《天湖赋》和《天湖记》，这是大碑上两篇古文的准确称谓。透过华丽的辞章，一个在玛珥湖流传了几千年的预言正若隐若现。我期待着，云锁雾绕的湖面一会儿能水花翻动，露出江欣怡湿漉漉的脑袋，然后，云雾散去，那条金色的巨龙渐渐昂首，跃出湖面。